KB056296

선창

船艙

- 1 -

천승세

선창 〈1권〉
천승세

2022년 4월 1일 초판 1쇄 발행

지 은 이   천승세
발 행 인   조동욱
편 집 인   조기수
기   획   천의경
펴 낸 곳   출판회사 헥사곤 Hexagon Publishing Co.
등   록   제2018-000011호 (등록일: 2010. 7. 13)
주   소   경기도 성남시 분당구 성남대로 51, 270
전   화   070-7743-8000
팩   스   0303-3444-0089
이 메 일   joy@hexagonbook.com
웹사이트   www.hexagonbook.com

ISBN 979-11-89688-79-0 04810
     979-11-89688-78-3 (세트)

선창

船艙

- 1 -

천승세

WWW.HEXAGONBOOK.COM

미완의 유작 〈선창〉을 발간하며

  선친께서 떠나가신 후 두 번째 봄을 맞습니다. 아직도 선친의 부재가 실감이 나지 않아 가끔 당황스럽습니다. 때와 곳을 가리지 않고 만나게 되는 선친의 모습은 그러나 다가서면 홀연 사라져 버리고 맙니다. 여러 달 와병 중에 계시다 돌아가시기 얼마 전 늦가을 오후, 모처럼 낚시터 물가에 앉혀 드렸을 때 눈을 감은 채 하늘을 우러러 "오십 년 지기의 손길 같은 햇살이 정말 좋구나" 하며 만족해하시던 모습이 눈에 선합니다. 저승에서라도 성한 몸으로 따스한 봄볕 가득한 물가에서 낚싯대 한 대 펴놓고 평안하시기를 그저 소망할 뿐입니다.

  선친의 작품들을 다시 읽어가며 어떤 이유에서든 마무리 짓지 못한 미완의 작품과 단행본으로 발간하지 못한 여러 작품을 정리, 발간하고자 계획했습니다. 나중에 선친의 전집 발간을 위한 선작업이기도 하고, 천승세 문학세계의 전모를 이해하는 데 당연히 포함돼야 할 중요한 부분이기에 그렇습니다.

  그 첫 번째로 준비한 〈선창〉은 1981년 1월부터 1982년 10월 30일까지 '광주일보'에 연재되었던 소설입니다. 애초 3부작으로 구상, 집필하셨던 작품입니다만 1부만 마친 상태로 남게 되었습니다. 당시 자유실천문인협의회 활동에 전념하시면서도 방대한 자료를 참고해가며 글을 써나갔지만 1부만 마친 상태로 남게 되었고, 여러 이유로 결국 선친 뜻대로는 완성되지 못했습니다.

  그러나 1부 자체만으로도 충분한 한 편의 완성작으로 볼 수 있기에 독자들께서 읽어가며 작가의 노력을 이해할 수 있고 치열한 작가정신 또한 전달될 수 있다고 생각합니다.

발간 준비작업을 하면서 가급적 당시 광주일보에 실린 원고 그대로를 싣고자 했으며 어려운 한자, 단어에는 각주를 달아 읽는 데 도움이 되게 했습니다.

　당시 〈선창〉을 쓰실 때 남기신 말씀이 떠오릅니다. 밤새워 몇 회의 분량을 겨우 마친 아침 탈진한 모습으로 "내가 이 소설을 쓰면서 확 늙는구나!" 하며 힘들어 하시던 뒷모습이 아직도 안쓰럽고 생생합니다. 그만한 노작이었음에도 미완으로 남게 되어 안타깝습니다.

　선친의 여러 작품 속 인물들에선 폭포를 거슬러 오르는 연어가 연상되는 생존을 위한 몸부림, 시대의 부조리, 현실의 모순에 저항하며 역경을 이겨내려는 강인한 사내들을 만나게 됩니다. 또한 인물에 투영된 작가의 일면을 종종 만나게 되어 뭉클해지기도 합니다. 〈선창〉도 예외는 아니었습니다.

　모쪼록 〈선창〉이 일반 독자는 물론 소설을 공부하는 후학들에게 읽는 재미와 함께 작가의 노력과 예술혼을 전해주고, 소설 공부에 큰 도움이 되어 주길 기대합니다.

　선친의 미완성 유작을 정리, 발간하는데 뜻을 함께하고, 선뜻 출판해 주신 출판회사 헥사곤에 감사드립니다.

2022. 3.

河童 千勝世 기념사업회 천의경

천 승 세 (1939.2.23.~2020.11.27.)

1939년 전남 목포에서 소설가 박화성의 아들로 태어나 목포고등학교를 졸업하고, 1961년 성균관대학교 국문과를 졸업했다. 1958년 동아일보 신춘문예에 단편소설 '점례와 소'가 당선되어 등단하였고 1964년 경향신문 신춘문예에 희곡 '물꼬'가 입선하고 같은 해 3월 국립극장 장막극 현상 모집에 '만선(3막 6장)'이 당선되었다. 1989년 창작과 비평(가을호)에 시 '축시춘란' 외 9편을 발표하며 시인으로 등단했다.

주요 작품으로 소설 '포대령' '황구의 비명' '낙월도' '이차도 복순전' '혜자의 눈꽃' '신궁' 등이 있으며, 60여 편의 중·단편, 5편의 장편소설과 미완의 장편 3편, 희곡 '만선' 등과 〈몸굿〉, 〈산당화〉 2권의 시집, 4권의 수필집, 3권의 꽁트집 외 다수가 있다.

신태양사 기자, MBC 전속작가, 한국일보 기자로 활동했고, 한국문인협회 소설분과 이사, 자유실천문인협의회 고문, 민족문학작가회의 자유실천위원회 위원장과 회장단 상임 고문을 역임했다.

1965년 제1회 한국연극영화예술상 희곡상, 1975년 제2회 만해문학상, 1982년 제4회 성옥문화상 예술부문 대상, 1989년 제1회 자유문학상 본상을 수상하였다.

암으로 투병 중 전신으로 암세포가 전이되어 약 2개월 와병 후 2020년 11월 27일 자정을 막 넘긴 시각 영면했다.

일러두기

1. 〈선창〉은 1981년 1월부터 1982년 10월 30일까지《光州日報》에 연재되었던 소설입니다.
2. 애초 3부작으로 구상, 집필하셨던 작품입니다만 1부만 마친 상태로 남게 되었습니다.
3. 1부 자체만으로도 충분한 한 편의 완성작으로 볼 수 있고, 작가의 노력과 작가정신, 작가의 예술혼이 전달될 수 있다고 판단되어 이 소설을 출판합니다.
4. 작가의 의도를 충실하게 전달하기 위하여 가급적 당시 광주일보에 실린 원고 그대로를 싣고자 했으며 어려운 한자, 단어에는 각주를 달아 읽는 데 도움이 되게 했습니다. 따라서 최근의 맞춤법 규정이나 띄어쓰기 규칙과 일부 다르게 표기된 경우가 있습니다.

목차

만적(蠻賊)

1~89

제1부 황년(荒年)

제1장 군도(群盜)

1¹. 만적(蠻賊) 1

오늘쯤 기별이 있을 거라는 미리 짐작에 새벽녘부터 마음을 가눌 수 없던 원보(池元甫)였다. 쪽마루에 올라서서 장단지에 거시락힘줄이 붉거지도록 원산도(元山島) 앞 바다를 내려다봤지만 오늘따라 중선 돛발이라곤 형체도 없다.

"최가늠 말이 그짓말이었남? 한달째 현신을 마다허니 말여."

원보는 쪽마루에서 내려서기가 바쁘게 걸음을 재면서 투덜거렸다. 원보가 기다리는 사람은 전라도 장신(長新=진도珍島)에서 행배(정선망.행망선行網船)를 모는 친아우 득보(得甫)였다. 자기 소유의 해선(醢船. 젓갈용 새우를 잡는 어선)을 몰면서 젓갈장사로 짭짤하게 재미를 보는, 이른바 태안(泰安)물주(物主. 어민을 상대로 하는 고리대금업자) 최만동이의 전갈이었으니 틀릴 리는 없으련만, 득보의 행배는 나타날 기미가 없는 거다.

---

1 1981년 1월1일~1982년 10월 30일까지《光州日報》에 연재된 회차를 표기한 것임.

원보는 바다를 내다보고 선채로 잠시 머뭇거렸다. 사흘째 바다가 끓어대는 판이니 주박(注朴. 새끼를 꼬아 만든 그물로, 조수(潮水)의 진퇴처에 환포(環布)하여 잡어를 잡는 주박망注朴網)에 고기가 들리 만무였으나 늘목에 나가본다면 그래도 한 통시리[2] 잡어는 잡을 수 있지않겠는가 하는 속셈이다. 곁들여 생각하기를, 물길이 저리 사나우니 득보가 올 리 없는 것이라고 다짐하며 조청 같은 노란 콧물을 패앵 풀어친다.

마침 물이 빠지고 있는 참이어서 원보의 당배(제일 원시적인 소형어선.=조선槽船)는 뱃머리를 떨며 바다를 향해 느슨느슨 춤을 춰대고 있었다.

원보가 닻줄을 막 잡는데 꺼렁대는 헛기침이 터졌다. 세도가 서슬푸른 김용갑이와 장상모가 떠억 벌어진 어깨춤을 나란히 하고 버텨섰다. 용갑이는 청석어전(靑石漁箭. 청어와 조기를 잡는 어전)을 하는 세도가고 상모는 진잡어전(眞雜漁箭. 준치와 잡어를 잡는 어전)을 하며 피둥피둥 두부살이 오른 물주다.

"뱃놈이 무슨 앙태여. 바다가 끓어대는 판인데 당배는 못헌다구 띄운다여?"

용갑이의 말이었고.

"배 깨지구나서 나 몰러 나 몰러, 엄살 떨덜 말구 아예 집이 가서 예편내 방댕이나 더듬는 거여."

상모의 비양질이었다.

원보는 구역질을 삼키면서도 마뜩잖아 멀렁하게 대꾸한다.

"지집년 아파 누운 지가 벌써 달포되얏유. 방댕이 더듬어봐야 황태만 배껴지지 않겠유?"

용갑이와 상모는 그 말에 꺼들꺼들 웃어제끼며 이내 등돌아서 갔다.

"기맥혀서 말이 먼츰 죽겠다네, 나원!"

용갑이나 상모나 원보와 서른살 동갑내기 들이다. 어떤 놈은 막말이고 어떤 놈

---

2 통시리 : '둥우리'의 방언(전남).

은 말 올리나 하는 맘에 이르러 원보는 닻줄을 팽개치고 주막으로 잰걸음을 논다.

2. 만적(蠻賊) 2

원보는 주막을 향해 잰걸음을 놓다말고 우뚝 멈춰선다. '옷점'선창이 눈물속에 떠있다.

"시상이 개좃긋다보니께 옷쨈선창도 기가 죽을대로만 죽으서 맴이 여려징겨. 어멈 디러워서!"

작년만해도 그런 대로 황톳길이 닳아질 판이었다.

소금가마 싣고 '드르니'나루로 향하던 달구지 패거리들. 석수어(石首魚. 조기) 싣고 '드르니'로 내닫던 달구지며, 장단지에 거시심술이 돋도록 잰걸음을 놓던 남정네들이며 아낙네들. 나무배가 엽송을 풀면 당나귀 불알이 핑경이 되도록 팔십여단 엽송단을 싣고 줄달음을 놓던 나무 달구지.

강원도 뗏배(벌목한 원목을 결결이 묶은 뗏목)가 풍랑을 피해 뗏목들을 풀고 뗏사공(원목들을 목적지까지 운반하는 사람) 늘죽한 한숨 한 자락 걷히기 무섭게 결결이 쟁여진 뗏수레를 끌며 신명살이 돋혀 날뛰던 수거꾼들. 천석꾼 '쌀배'닻줄 걸자마자 선창이 떠나가게 꽹과리를 치며 풍년가를 부르던 '옷점'총각들. 청석어(청어와 조기) 진어(眞魚. 준치) 만선으로 '옷점'선창으로 몰리던 '당걸루'들.(한선韓船=조선배. 선수는 몽툭해서 빠르지가 못하고 나무도 두꺼운 것을 써서 만들기 때문에 공전도 더 먹히지만 밑바닥이 넓어 그만큼 안전하고 한꺼번에 많은 짐을 실을 수 있었다) 주박전 잡어들로만 뱃전을 채웠어도 황당선(荒唐船=청선淸船)보다 더 기세좋게 밀물 썰물 다 가르며 선창에 와닿던 '장도리배(일명 쌈판이라 부르는 어선)'들.

배들이 선창에 차면 일손들이 모자라고 배가 짐을 풀면 벽공의 연줄처럼 끊길 줄 모르고 '드르니'로 줄을 잇던 '옷점' 선창 사정들. 그 매듭매듭 이어지는 짐수레며 사람들로 벌벌 끓던 황톳길. '누동리'지나 '중장리', '서륙개' 지나 '딴뚝', '숭언리'

넘어 '정당리' 뒤로 하면 '장기리' 설핏 넘어 '드르니'… 그 일곱 마을 가는 길이 이젠 허전하다 못해 휑 비었다. 황톳길만 비었으면 그래도 덜 허전할 일이었다. '옷점'선창엔 '당걸루'·'장도리배'는 고사하고 당배 한척 맘놓고 늘고 날 술을 모른다.

'황당선'이 무서워서였다. '황당선'작폐에 어전을 잃고, 배까지 빼앗기고, 그뿐인가 '황당선' 만적들의 철구(鐵鉤)에 쥐도 새도 모르게 물귀신이 된 '옷점'사람들은 손가락 발가락 다 합쳐 몇 곱을 헤아려야 옳으며, 그래도 죽은 사체(死體) 안고 우는 설움은 눈물만 마르면 그만이었다. '황당선'에 끌려가 기별도 없는 '옷점' 처녀만도 일곱에다, 지아비와 자식 둔 젊은 아낙들이 다섯, 헤진 그물코나 겨우 손질할 노인네가 셋이나 됐다.

날개미 떼거리 위에다 뱉으면 옴싹없이 기백마리 다리는 묶을, 엿물 같은 콧물을 또 한번 패앵 풀어치며, 원보는 장곡댁 주막의 써늘한 휘장을 향해 통방울 같은 눈을 가뜩 치뜬다.

3. 만적(蠻賊) 3

원보는 주막앞에 이르러 잠시 머뭇거렸다. 동갑상전인 용갑이와 상모 앞이라면 술이나 제대로 마셔보랴 하는 마음에서다. 돌각담 위로 자라 모가지 세우듯 얼굴을 얹고 술청을 살폈다.

"휘이~ 씨부럴 늠덜 읎서서나 말술 넣자고 훼질 치겠네!"

용갑이와 상모가 술청에 없다는 사실 하나만으로도 원보의 마음은 이내 가라 앉는다.

술청 위론 장곡댁 혼자 댕겅 앉았다. 간 빼준 남생이 꼴로 겨우겨우 비적거리는데, 앞머리칼 한올을 태질하듯 휙 뽑아내어 이빨새를 훑어대며 그적마다 쓰읍 쓰읍 하는 방정맞은 소리를 문다. 그 쓰읍 쓰읍 하는 소리 뒤에 디딜방아 속 겉보리처럼 스런스런 입맛을 다셔보는 낌새가 이빨 새에서 썩던 알큰한 고춧가루나 거진 알맞게 삭아

고소한 맛이 한풀 진한 통깨 한 톨쯤 암팡지게 씹어보는 조짐이었다.

"염병을 헐 녀언. 워찌자구 저리 허망혀! 웃잼 말세는 지년 혼자 다 만났남?"

원보는 헛기침을 쨍 내뱉으며 쪽문을 밀고 들어섰다.

"아휴 간쪽이여! 변졸도 아닌 꼴대에 대지침은 워째 내뱉능겨?"

원보는 슬깃 장곡댁의 눈치를 살핀다. 눈꼬리는 어지간히 들렸지만 입술 끝이 야실야실 떨어대는게 우정 싫다는 눈치만은 아니었다. 곁들여 푸짐한 짐작 하나가 자란다. 용갑이나 상모 아니면 못 넘긴다는 받힘술(술도가에서 만드는 술이 아니라 집에서 몰래 띄운 술. 지금의 밀주) 몇사발쯤 받아놓은 밥상이라는 마음이었다.

"지랄치덜 말구 술이나 가져오너!"

원보는 용갑이나 상모가 하던 행티를 흉내 내보며 술청에 늘편히 퍼져 앉았다.

"돈은 있남?"

장곡댁이 팔짱을 견채로 떠억 버텨선다. 부러 배퉁이를 내밀고 가슴패기를 뒤로 바짝 제낀 꼴이 그저 옴목 불거진 사추리께나 한번 쥐알리면 딱 좋을 모양새였다.

"씨부렁대덜 말구 술이나 가져오라니깐 그려."

"장곡네 술 그저 묵는 웃잼 사람 봤남?"

"지집년 성깔 한번 되게 술맛 훼질놓네 그려. 주박에 괴기가 사태루다 들었어! 워찌 이려?"

"몰러. 총각 속이는 늠 마빡엔 쇠뿔 나구 과부 속이는 늠 연장에는 끌날이 돋는겨! 날 속였다가는 끌날에 연장 두쪽 날줄 알어!"

장곡댁이 부엌께로 후적후적 걸어갔다. 모시천에 탄탄히 감싸여 뒤뚱대는 오진 방댕이가 알자리 찾는 폿각시 닭 밑도리다.

"여봐여. 바침술 아니면 안 넘겨!"

"흥! 갖잖은 간재비가 연장이 두 개라믄? 바침술 즐겨허지!"

장곡댁의 까랑대는 목소리가 술청으로 쨍 날아와 앉는다.

4. 만적(蠻賊) 4

　장곡댁이 술상을 차려왔다. 원보는 한 잔을 따라 단숨에 비웠다. 원보는 사발을 든 채로 퉁방울 같은 눈을 쪽문에 풍경 떨 듯 연신 껌벅대보며 쩌업쩌업 입맛을 다셔댄다.

　장곡댁의 거친 손길이 원보의 술사발 든 손을 꼬집어 뜯는다.

　"간쪽이여! 사발 한 개라두 작살내믄 느집 살림 축나다베께."

　"믓허는 짓이여? 토방제 뫼시는 맛상재라구 눈깔은 히뻔떡대능겨? 치잣물 묵은 오리새끼라구 입맛은 지랄맞게 다셔대능겨?"

　"술맛을 감별혔지."

　"그늠으 술맛 좀 공표히보지 그려!"

　"글씨이… 글씨… 술맛까정 즈 쥔 성깔을 닮아서나…"

　원보는 느글느글 능청을 떨어대다말고 이내 *끄끄끄* 목젖에 매달리는 웃음을 쏟고 만다.

　장곡댁의 눈이 사백창이 되어 시리디 시린 흘김질을 했다.

　"술맛 밝히듯이 넘 쇡두 밝혀보지 그려."

　"넘 쇡 밝힐 새가 으딨남. 옷잼 선창이 불 묵구 뒈진 도채비꼴인디."

　원보의 말끝을 물고 장곡댁의 가들대는 연한 한숨이 깔렸다. 발가락 새를 검지 끝으로 쓸고 있던 장곡댁이 그제야 밑불처럼 깊디깊은 목소리로 묻는다.

　"보생이 어멈 그저 앓남?"

　"뒈겼으믄 좋겠지."

　"천벌받을 소리 허덜말어."

　원보의 입에서도 걸죽한 한숨이 녹는다.

　마침 물 때도 한사리 두 물 때였다.

　갯벌에 얹힌 당배를 끌어낼려면 채운 세끼니가 용을 써도 힘이 부칠 만큼 밑창은 갯벌속에 박혀 옴싹않던 터다.

　최만동이의 젓동이들이 땡볕아래 놓여 젓국을 버글버글 끓여대던 참에 이르러, 원보는 주박 칠 마음을 버리고 최만동이의 젓동이 수레를 끌었다. '드르니'까지 이튿날 새벽을 대서 옮기지 않으면 '신온리'가기 전에 젓국은 다 마를 지경이었고 '소곳'에서 또 한밤 잤다하면 젓동이들은 건대기만 오글오글 끓어 남기 십상이었다.

　용케도 '태안'까지 젓동이를 나르고 그곳에서 이틀을 잤다. 원보가 '옷점'으로 다시 돌아왔을 때 보생 어미는 시신이나 다름없이 쪽마루에 늘어져 있었다. 원보는 사람들이 전해주는 말이 그저 꿈속처럼 멀고 멀었다. 칠순 노부(老父)가 황당선 만적들에게 끌려 갔다는 청천벽력이었다. 어장(漁場. 어족이 회유하는 일정한 물목에 설망착어(設網捉魚) 하는 것으로 어선들이 군집어로 할 수 있는 곳. 지금의 어장과는 성격이 다소 다르다)에 나간 횟배(궁선弓船)를 타고 돌아오던 중 황당선의 습격을 받았고, 두 사람의 어부가 죽었으며, 원보의 부친은 납치된 유일한 어부였다. 원보는 미친 듯 내달아 당배 닻줄을 풀었다. 그러나 허망한 짓이었다. 흔적도 없는 황당선을 쫓아, 그것도 당배로 어디로 어느만큼이나 저어 갈수 있단 말인가.

5. 만적(蠻賊) 5

　원보는 거푸 술사발을 들이켰다. 금새 술병이 바닥났다. 목청에까지 대창을 찌르며 솟던 울화가 눅진대는 취기에 섞여 한풀은 기가 진하는 기분이었다. 걸죽한 용트림에다 그렁그렁 닳기 시작하는 불 같은 단내를 끄윽 곁들이는데 장곡댁이 눈꼬리를 세우며 툭 내쏜다.

　"흥! 콩 묵고 복장 터진 황소 꼴이여. 내 술은 뜸물인감?"

　"웼다 지집 맴 한번 지랄같네 그려. 술병이 비었으면 패앵 술이나 더 채울 일이제 웬녀러 사설이여."

　"내가 보생이 어민감? 지집년 혀싸게!"

"술서방인데 지집년이라 부르지 고럼 워쩐 존칭을 쓴단말여."

"술서방 즐겨허네 그려. 술기운에 죽방맹이라두 제대루 한번 써봤능겨? 그려봤능겨?"

"얼라? 댐방 미치는게 안여 이 지집이!… 술이나 더 가져오능겨."

"흥! 속으로는 쬠끔 쑤시는게 있을껴!"

장곡댁이 술병을 들고 휑 돌아선다. 원보는 입꼬리를 샐죽 찢으며 능청스러운 웃음기를 물었다. 부친이 황당선 작폐에 행방불명이 됐던 날, 졸창까지 퍼부운 술기운으로 인사불성이 되어 이내 절인 팟단처럼 폭삭 퍼져버렸었고, 그 지경 속에서 엉뚱한 일만 반쯤은 벌여놨던 듯싶다. 손아귀 속으로 물컹물컹 잽히는게 있어 천근같이 무거운 눈꺼풀을 열고보니 장곡댁의 투실대는 젖통이 조청담은 삼베주머니처럼 암팡지게 쥐어져 있었다.

겨우 겨우 정신을 가다듬으며 아버님 재난 당한 날에 이 꼴이 무슨 일인가싶어 선뜩한 식은 땀을 얹고 돌아눕는데 장곡댁의 주먹질이 등판을 다드미돌 삼아 연방 떨어지는 거였다. 곁들여 아슴아슴 먼 장곡댁의 투정이 들려오는 듯싶었다.

"정신 안채리면 쥑여뻔질껴! 멀쩡헌 사람 환장허게 혀놓구서 자겄다구…? 그냥 자겄다구?"

원보는 다시 한번 혜죽혜죽 입꼬리를 찢다말고 뱃가죽이 얼얼하도록 헛기침을 내뱉으며 금세 딴청이다. 장곡댁이 내던지듯 술병을 원보 앞으로 밀어붙였기 때문이다.

"옷잼선창두 굶어뒈진 허천귀신 뱃때지구 술장사 인심두 쇳뚜껑에 떨어진 볼가지 지랄이여… 술동냥질 한번 쓰고 짜서 내원!"

장곡댁은 원보를 한번 흘겨대고나서 삽시도(揷矢島)쪽 바다를 향해 발굽을 세웠다.

"배가 들어오는데… 괴기나 터져나게 잡아오면 월매나 좋을껴."

원보는 배란 소리에 확 술기운이 가신다.

"못보던 뱅감?"

"몰러. 어청도 조기뱃감?"

원보는 후다닥 술청을 차고 일어섰다. 득보의 기별이 어청도 조깃배에 안 닿으란 법은 없다. 자산(玆山=흑산도黑山島) 조깃배들까지 '웃점' 선창으로 몰렸던 세월 아니었던가. 바다가 끓을때는 황천(荒天)을 피하려고 '웃점' 선창이 터질 듯 들었을 때도 있었다.

바다를 살피고 섰던 원보는 이내 퉁명스럽게 내뱉으며 술청에 주저 앉았다.

"엄멈, 눈깔에다 백태를 쳤남? 즈 선창 배도 모르는 것이 웃잼서 술장사는 믄 면목으로 채린겨!"

장곡댁이 암팡지게 내쏜다.

"주막 쥔이 술맛이나 재먼 돼얏지 배꺼정 보갈치 두름 꿰듯 쏘옥 꿰남? 파도가 씨어서나 배 대갈박만 들낙날락혀는 판에 썩은 당배 쥔이라구 고렇게 유식혈ㅠ?"

6. 만적(蠻賊) 6

홧김에 속 후련한 욕지거리라도 사발로 쏟아놓을 요량으로 널판 같은 가슴에다 벌근벌근 씨근덕대는 숨줄을 얹고있던 원보는 그만 마음을 사리고 만다.

한 눈에 상모의 '장도리배'다. 그것도 서해바다 싹 쓸어 흔치 않은 '삼대배'(돛이 세 개 있는 한선)다. 왕골돗폭을 거두고 이엉을 엮어 뜸을 친 '결집'(파도를 막을 용도로 떼었다 붙였다 할 수 있는 지붕)을 세운 꼴이 어지간히 바다가 끓는 모양이었다.

"괴기는 뭘늠어 괴기여. 날씨가 요모양인데… 황당선 작폐에 그물이나 죄 뺏기구 어전이나 쑥밭 안되았으면 천행이제!"

건성으로 내뱉아 봤지만 황당선 생각에 이르러 분통의 밑불이 버얼겋게 살아나는 원보다. 원보의 가슴을 야금야금 갉아대는 분통이 부친의 불행에 대한 적의만은 아니었다. 육십까지는 인천에까지 소문이 쩡쩡 돌았던 배목수로, 육십 넘겨 칠순을 이을 때까지는 설움받는 늙은 어부로, 갯바람에 절이고 바다에 닳다가 끝내 바다에서 명절한 부친이었다. 어찌 생각하면 바다 속에서 목숨이 진한게 차라리 다행이라고 까지 설움을 다스려봤던 원보였다. 시신을 못 챙긴 죄 말고는 부진에게 따로 진 죄가 없는 원보였다.

원보의 그중 가장 큰 분노는, 당배 한척 달랑 끌고 먹고사는 '주박어업'이지만 황당선 때문에 있는 고기도 못 잡는 현실, 바로 그것이었다.

"태안연안에 불법내어(不法來漁)하야 설망획어(設網獲魚)함은 물론 연안에 내유하는 어족의 어로(魚路)를 차단하는 이양소선(異樣小船=청나라 어선)의 수가 수백척에 이르고 원산도와 삽시도에 내침(來侵)한 황당선 기백척은 연해민의 어속(魚屬)을 탈거(奪去)하였다."

충청감사 이명응(李明応)의 장계(狀啓)가 이쯤 됐을 때는 그래도 황당선 눈치보며 고기라두 줍는 시절이었다.

그러던 것이 요즘에 와서는 판을 바꿨다.

황당선의 행패는 날이 갈수록 기세를 올려갔다. 흡사 기름먹은 엽송단에 불을 지핀 꼴로 미쳐 날뛰었다. 수백척의 황당선이 연근해를 장악하고 어로를 하는 것은 물론이려니와, 어전의 어망을 닥치는대로 끊고 그물에 든 고기를 송두리째 빼앗아 갔으며, 황당선을 쫓아간 우리 어선들이 항의하면 철구로 가차없이 배를 끌어당겨 배는 배대로 부수고 장창(杖槍)을 휘둘러 사람을 죽이는 생지옥이었다.

그뿐만이 아니었다. 3월에는 안면도(安眠島)를 쓸고간 백여척의 황당선들이 '안흥포'·'정산포'·'도황포'·'모항포'에까지 들이닥쳐, 아예 상륙해서 태안바닥을 쓸었다. 얼굴 반반한 처녀들은 겁탈 당하고 혹은 끌려갔으며, 땔감 될 만한 나무들은 닥치는대로 베어 배에 싣고 도망쳤다. 몽둥이나 삽자루 들고 맞싸웠던 사람들은 죽든가 아니면 목숨 건진 일이 한이 되도록 골즙 다 짜내고 병신 신세만 됐다는 소문이었다.

진졸(鎭卒)들은 지리멸렬 흩어지고 초탐선(哨探船) 한척 황당선 쫓아 뜨지도 못했으니 돼놈들 털난 간쪽에다 웅담보첩 달여준 꼴이었다.

원보는 저도 모르게 빠드득 이빨을 갈아대고 나서 아예 병째로 술을 넘겼다. 밖이 소란하더니 '삼대배' 어부들이 주막으로 들이닥쳤다. 모두들 기진한 행색들로 핏발 선 눈알들만 부릅뜬 악에 받친 표정들이다.

7. 만적(蠻賊) 7

술청은 금새 수선스러워졌다. 패거리들 중의 누군가가 돼지 멱따는 소리를 내질렀다.

"아 술 줘! 술꾼들이 왔으면 술을 주야 술집 아녀?"

그말을 따라 중구난방으로 큰소리들이 터진다.

"엄멈! 뱃길이 트야 괴기를 잡든 그물을 걷든 양단간에 걸쳐보지! 배가 즈 길두 못 찾구 쪽새 주동이 앞에 늘볼가지로 죽자혔는데, 아 인간 목자덜이 살아왔으면 술이라두 푸짐허게 내놔야 주막안여?"

"옳다마다! 빈그물 져날르는 뱃놈 간쪽두 쏠쏠헌 술맛에 새살이 돋는다 혔잖어?"

"술 읎으면 엽전도 읎능겨! 씨 갈아 가슬 맞는다구 지기미 술병 앵겨주구나서 심이라두 읊어보잖겄남!"

장곡댁의 눈빛이 비오실 기미 다 발라먹고 휑띠를 두른 달무리겄다. 살큰 들린 눈꼬리께에다 겨우 패거리들의 작태를 담고, 마음은 우정 청청대낮의 허세를 쫓다보니, 휑한 눈망울 속으로 가득히 담기는 것은 감출래야 감출 길 없는 대쪽 같은 오기뿐이었다.

"이봐유들! 괴기밥 읃어묵구 목심 지탱혀야 허는 팔자는 나나 옷잼 뱃사람들이나 똑같응규! 고운말이 오야지 술옹개도 쥐둥이를 벌리겄쥬! 안 그러유?"

장곡댁의 말이 떨어지자 그쯤 댕댕하게 닳던 패거리들의 허세도 금새 한풀 꺾인다. 장곡댁의 말이 어느 한곳 틀린 데가 없다. 바른 말로, 목젖 울도록 넘긴 술이 죄다 홧김 내세워 우격다짐으로 줄였지, 언제는 장곡댁 살림사정 살펴주며 셈 한번 제대로 치르고 마셨었던가.

패거리들 중에서 그중 나이가 많은 노봉 영감이 장곡댁의 말끝에다 사정투의 엄살을 달았다.

"어따아 장곡댁말 늬가 틀리다구 혔남? 괜스레 억정을 쏟아내다보니께 말끝마다 가시가 돋히능겨."

"흥! 찌를 데 보구 가시도 삐쳐야쥬! 말벌 침줄 땡감 속에 백히는 거 봐봤유?"

장곡댁이 째앵 내뱉아놓고 나서 술을 퍼올까 말까 제만으론 그럴싸하게 한판 기세를 올리고 섰는 참인데, 패거리 속의 장범이가 이때를 놓칠소냐 하는 양으로 잽싸게 말을 받았다.

"술만 있으면 다 끝나능겨. 안주는 연님이 어매 말로 다 되얐구!… 허긴 그려어 몰강몰강 속창에 열이 삭은 홍시래야 말벌 침줄을 받지 땡감 뜹뜰한 쥐둥이에다 꿀침을 줘봐야 침줄이 백힐 데가 있긋남? 감씨 골패에 단물이 돌아야 박는 침줄도 제대루다 뻗치능겨!"

장범이의 말끝을 물고 패거리들의 왁자한 웃음들이 터졌다.

"장뱀이 자네 말이 맹자훈도여! 그려, 나는 말벌이 될껴!"

"나는 말벌 침줄이 되지!"

"단물 삭는 감씨골패만 약조된다허면, 나는 꿀물이 될껴!"

노봉 영감이 장곡댁의 눈치를 늘근늘근 살펴대며 연신 '떼끼 사람들!'하고 외상술 달아날까봐 억지 점잖을 사리는데도, 웬일인지 장곡댁의 얼굴엔 오기가 없다. 오기는커녕 귓불을 싸담고 널펀하게 내리깔린 목덜미께로 버얼겋게 달은 놀을 담더니 이내 방댕이가 터지도록 부엌께로 잰걸음을 논다.

"화냥년허구는!"

슬며시 야릇한 부아가 치미는 원보다. 쓴 입맛 한 가닥 쩌업 마무리한 입술로 술병 주둥이가 늘척히 붙어 엉긴다.

8. 만적(蠻賊) 8

원보가 쓴 입맛 가시게 병째로 술을 들이키는 데는 그럴 많나 연유가 있었다. 왕골돛폭이 터질 듯 순풍을 안고 뱃전이 고기삭는 비린내로 물컹 떴던 시절만 해도 눈길 어슴 빗나가기 무섭게 서로들 인사치레를 걸쭉하게 깔아야 직성이 풀렸던 '웃점' 어부들이었다.

그러던 것이 황당선 출몰로 뱃길이 거진 끊기다시피되고, 그물이 간끼에 절여 실속없는 세월만 하냥 맞자, 사람을 보고도 허깨비를 본 양 시시덕거릴 무슨 건덕지가 없으매, 눈길 서로 닫기 무섭게 서로 피해버리는 써늘한 인정들만 자라나던 터였다.

세월이 진창속이라서 이런 일쯤 예사로 여겨야 옳을 일이었지만 한가지 못 참을 사연이 원보에겐 있었다. 그것은 원보의 눈길을 피해가는 장범이의 얕은 수작이었다.

원보는 기억하고 있었다. 부친이 황당선 작폐에 재난을 당하던 날, 만적에게 끌려가던 부친이 목이 터지도록 불렀던 사람이 장범이었다는 사실, 그것이었다.

그때 마침 황당선 근체에서는 상모의 '삼대배'가 허겁지겁 그물을 걷고 도망칠 궁리였다. 물에 빠진 노인 하나 구하자고 '삼대배'마저 재난을 당해야할 필요는 물론 없는 일이었다. 황망히 그물을 거두고 그 난장판을 재빨리 도망쳐 나온 일이 야백번 천번 잘한 짓이었지만, 그래도 장범이만은, 제 이름을 불러대며 허우적대는 부친을 건져 올리는 시늉이라도 해봤어야 사람 체면을 하는 것이 아닌가 하는 생각이었다.

이 소식을 전해 들은 원보가 며칠을 실성하다시피 하는대도 장범이는 홧병 가실 씁쓸한 위로 한마디 제대로 해주지 않았다. 기껏 한다는 말이

"너머나 상효(傷孝)허덜 말어. 일이 거시기 혀다보니께 부친께서 고런 재난을 당 허싱겨."했을 뿐이었다.

'썩어서 도야지 밥이 될늠! 그런 늠이 음담은 대문장 뺨치게 적적 풀지? 거그다가 인사말 한자리 건성으로 못 주겄다?… 그려?…'

원보는 속으로 이쯤 노기가 발했다. 술병 밑이 빠질 정도로 거세게 술병을 내려놓 고는 단전삼태를 읽어짜는 큰기침을 카암- 내쏟는다.

장곡댁이 술병을 세병이나 가져와 패거리들 앞에 가지런히 세웠다. 이내 눅눅한 술자리가 벌어졌다.

장곡댁이 잠시 멈칫멈칫 어정대더니 원보 앞의 빈 술병들을 챙겼다.

원보는 장곡댁의 손목을 쥐어짜듯 움켜쥐었다. 거나한 술기운으로 흠뻑 늘녹은 원보의 눈길엔 낯선 노기가 가득했다. 장곡댁은 콧날 끝에다 단내나는 숨줄을 해닥 해닥 얹고 어찌할 줄을 모른다.

"술병은 워찌 챙기는겨?"

"… 술이 다 빗잖남!"

"그래 워찌자는 거여!"

"멀 워찌긴 워쪄."

"엄멈, 외상 술자리에 콩새 박새 가리덜말어!"

"……"

"술 가즈와!"

원보의 기세가 사뭇 험악했던 모양이었다. 장곡댁이 군소리없이 술병을 챙겨들 고 돌아섰다.

"사람허구는. 그적 누군줄도 몰렀어. 원보 자네 한낮버텀 볼그락 달았구먼 그려. 주박에 괴기라두 터지게 등겨?"

장범이가 비열하게 웃었다.

"봉사 마패들구 엿 사묵을 판이여. 그적 누군줄도 몰렀다구? 흥!"

원보의 눈이 장범이를 쏘아본다.

9. 만적(蠻賊) 9

원보의 눈빛이 심상치않자 노봉 영감이 장범이의 옆구리를 쿡 찌르며 부러 목소리를 낮췄다.

"원보 자네 심사를 누가 몰러. 옷쟁선창으서 목심부치구 사는 사람덜이라믄 다 알고남제!⋯ 그런다구 늘짱 술만 퍼담구 여름 낙지처름 고렇게 사지에 맥을 빼구 늘어지면 자네만 손해여. 아, 죽겄다구 허는 짓이여? 살겄다구 뱃놈질 허능거 안여?"

노봉 영감의 말에 좌중은 물을 끼얹은 듯 조용했다. 그러나 한번 틀린 심사가 그냥 수그러들 원보가 아니었다.

마침, 탈상날 가슴을 쥐어짜는 벽용[3]처럼 어지간히 가슴패기를 달구는 술기운이겄다.

"그려유? 그렇다믄 살굿다구 용쓰는 뱃놈질은 워티께허면 될뀨?"

원보는 술청 바닥에다 엿물 같은 가래침을 카악 내뱉고는 느슨하게 겹다리를 꼰다.

"당배 몰구 주박에라도 뜨야지!"

"아니 황당선 겁나서나 삼대배도 지 살 자리만 찾는 판에 당배로 주박을 쳐유?"

원보가 핏발돋힌 퉁방울 눈을 눈썹살이 아프도록 치뜨자 노봉 영감의 입에서 가들지는 한숨가닥이 길게 샜다. 노봉 영감은 원보의 부친이 재난을 당했던 때를 떠올리고 있는 듯싶었다. '옷점'선창에서 부친과 노봉 영감의 끈끈한 우애를 모를 사람이 염을 친 생선말고 또 있던가.

노봉 영감이 말을 이었다.

"이봐여 원보⋯"

---

3 擗踊 : 몹시 슬퍼함. 어버이의 상사(喪事)에 상제가 가슴을 치고 발을 구른다는 뜻.

"지 여깄유! 요롷고롬 옴싹않구 앉았유!"

"속창사 다 뒤집어놓구 허는 말이제만 날 원망허는 자네 맴 다 알어. 자네 면상만 접해두 상두 생각으루다 핏줄이 말르는 내여!"

"아버님 함자 들먹대덜 말어유! 창사 오금탱이꺼정 죄다 꿰유!"

"그럴껴… 그러겄지!… 허제만 이 노봉이도 숨줄 놀때는 헐 말이 있어. 자네 맴으로는 내가 상두놈 녹도 물목에다 내팽개치고 혼자 살어서 왔다구 점괘를 내겄제만 고롷고롬 생각허면 천벌을 받어!"

노봉 영감이 술사발을 단숨에 들이켰다. 술사발을 쥔 손이 가들가들 떨리고 있었다.

또 한차례 노봉 영감의 긴 한숨이 샜다. 노봉 영감의 한숨을 따라 패거리들의 연한 한숨들이 물컹하게 샜다.

하긴 나였어도 어쨌을까 싶은 원보다. 선주 노임먹고 사는 뱃놈이 어전 그물이라도 먼저 챙길 일이요, 여차직 했다하면 삼대배가 깨질 지경인데, 그 황망 중에 늙어 꼬부라진 뱃사람 하나 건지겠다고 물속으로 뛰어들었을까 싶은 거다.

원보는 어금니를 빠드득 갈아대며 눈꺼풀을 닫는다. 닫힌 눈꺼풀 속에서 때글때글 구르는 눈알이 당고추를 부빈 듯이 맵다.

탁 하고 술상이 울렸다. 원보는 눈을 떴다. 장곡댁이 팔짱을 낀채 포수에게 쫓긴 토끼꼴로 숨줄을 할딱대고 섰다.

"고만 마시지 그류! 역정 돋치면 또 쌈판만 잔치날꺼 안유!"

원보는 장곡댁의 귓속말을 흘리며 술사발을 들이킨다. 술사발 겹두리에다 매운 눈길을 얹고 패거리들의 술자리를 살피는데 장범이의 겁먹은 눈길이 원보의 얼굴에서 술청 바닥으로 황급히 떨어져 내린다.

10. 만적(蠻賊) 10

원보는 술사발을 내려놓고 속으로 분통을 씹는다.

'그물코 빠져서 도망질놓는 밴대기세끼여! 씨벌놈어 밴대기 비양질⁴을 워티께 간을 맞춰야 쓴다?'

원보의 마음은 다시 끓는다. 패거리들 중에 두선이 얼굴만 안보였어도 죽었다 셈치고 돌아가면 그만이었다. 그러나 두선이의 질긴 눈길이 아까부터 원보의 얼굴에 못박혀 있는 터다. 두선이의 속마음은 원보가 장범이를 한판 다부지게 매다꽂기를 바라고 있는지도 몰랐다.

두선이는 해월염막(海月塩幕=해파리를 절이는 집) 연심이의 바로 한 살 밑 동생이었다. 연심이가 원보와 이종사촌간이고 보면 두선이는 '옷점'에 달랑 남은 유일한 이종 사내꼬타리였다.

이종사촌 동생앞에서 썰물 못 탄 삼복 해파리처럼 멀렁하게 눅쳐져서는 안 될 원보였다.

'시절 잘 만났어 늬놈! 늬가 죽던 내가 죽던 간에 한판 벌려보는겨!'

원보는 주먹을 불끈 쥐고 애써 연심이의 얼굴을 떠올린다. 장범이 때문에 팔짜 망친 연심이다.

한때는 연심이 없으면 목숨 끊는다고 생지랄을 떨던 장범이었다. 명줄걸고 날뛰는 장범이놈 등쌀에 연심이는 결국 콧대를 꺾었고 둘이는 '삽시도'로 도망쳐 한달여를 숨어 살았다.

"둘이 좋아서 살것다는디 늬가 머라고 헐껴. 접생이⁵도 즈 고장찾어서나 둥지를 튼다는디 그래도 옷쟀에 와서 살으야지. 어른덜 노기는 내가 다 맡어서 처리헐테니 그덜말구 어여 가여."

쓴말 단말 다 구슬리며 둘이를 '옷점'으로 데려온 사람도 원보였다.

---

4 비아냥거리는 짓(전라)
5 좁생이. '참새'의 방언

그런데 장범이가 상모의 '삼대배' 물질을 거들면서 부터 싹 마음을 바꾸고 나섰다. 이 핑계 저 핑계 대고 상모의 집을 드나들던 장범이가 상모의 동생 단님이와 눈이 맞은 거였다. 장범이는 두달도 못채워 단님이와 혼사를 올리고 말았나.

"독헌 맴묵구 살어! 느년이 나봐여 허구 살으야지 장뱀이놈 웬수도 갚능겨!"

원보의 부친은 이렇게 연심이를 위로하노라 헛바닥이 닳을 지경이었다. 처음엔 '그류! 그류!'하며 제 정신을 찾는가싶던 연심이었지만 얼마 안가서 실성끼를 띠기 시작했다. 궂은 날이면 맨발로 '딴뚝'까지 내쳐 걷고, '옷점'선창으로 배들이 몰리면 느닷없이 꽹과리를 쳐대며 헐래춤을 추어대는 연심이었다.

원보는 생각해 본다. 부친이 황당선에 끌려가던 날 유독 장범이를 목터지게 불렀던 일이 그랬다. 장범이보고 살려달라는 소리는 아니었을 것이었다.

어쩌면 한이 맺힌 가슴을 죽는 자리에서나 풀어봤을 것이었다.

원보는 생각이 여기에 이르자 그만 저도 모르게 술청을 차고 일어섰다.

"중뱀이 느늠! 아까 뭐라구 비양질을 쳤짐?"

"아니 ㅿ것은 또 믄소리여?… 내가 뭘 워쩟끼 이려?"

장범이가 겁먹은 눈을 대굴대굴 굴리며 딴청이었다.

"씨벌늠! 즈 주둥이로 쏟아낸 말도 몰러? 몰러?"

"……?"

"뭐여? 주박에 괴기라두 터지게 등겨?… 그려! 주박 괴디들로 당배 터지긋다!"

원보의 억센 손이 장범이의 목줄을 죄고 늘어졌다.

11. 만적(蠻賊) 11

술청은 금새 수라장이었다. 노봉 영감은 한켠으로 물러앉아 질끈 눈꺼풀을 닫고 있었고 두선이는 마당으로 내려선 채 연신 헛기침을 내뱉었다. 패거리들중 어느 누구도 싸움을 말릴 낌새는 아니다.

원보와 장범이는 한 덩어리가 된 채 마당을 나뒹굴었다. 장곡댁이 원보의 가슴패기 속으로 끼어들며 간이탄다.

"워찌들 이류! 지발 이러지덜 말어유!… 아니, 워찌들 고렇고롬 치다보고들만 섰능겨? 쌈을 말려사지 누구 하나 죽는 꼴을 봐야 씨언허겠유덜?"

두선이가 퉁명스럽게 내뱉었다.

"아 놔 둬유! 괴기 읎는 웃잼에 쌈이라두 있으야지!"

원보는 장범이의 배퉁이를 타고 앉아 미친사람 도리깨질 하듯 무작정 주먹을 휘두른다. 금새 핏물로 얼룩지는 장범이의 얼굴이었다.

"워디 또 한번 앙칼대 봐여! 삼대배 밑창에도 돌포래⁶가 앉는 시절인디, 뭐여? 뭐가 워찌돼여? 주박에 괴기가 터지게 들어? 요런 셰끼는 모감댕이를 분질러놔사 옳은 소릴 헐겨! 어따 돼져부아!"

장범이는 그만 죽어가는 듯싶다. 퉁시리 속에 든 주꾸미처럼 허진 발짓만 겨우겨우 해댈 뿐이었다.

"뱃놈이 물에 빠진 사람을 치다도 안 본다? 요 밴대기 셰끼야! 울 아버님이라고 해꼬자 허능거 안여! 누구라도 그렇지, 건져볼려구 시늉이라두 혀사 뱃놈이여! 장뱀아 장뱀아 허구 부르셨던 울아버님 소리 시방 들리능겨?… 시방 들리능겨?"

미친듯이 주먹을 내리꽂던 원보가 주먹질을 멈춘다. 장범이가 추욱 늘어져 발짓도 못한다.

"얼라?… 씨벌늠 뒈징겨?"

원보는 그제야 장범이의 배퉁이에서 내렸다. 눈앞에서 불티가 난다. 상모 뱃놈을 개패듯 해놨으니 일치곤 크게 벌여놨다 싶다.

패거리들이 늘펀하게 퍼진 장범이를 일으켜 세웠다. 장범이는 비칠비칠 한두 발짝 내딛는가 싶더니 이내 인중 맞은 황소꼴로 퍽 고꾸라졌다.

---

6 돌파래

"심 합쳐서나 황당선허구 싸워도 몬질랄 판에 우리 사람덜끼리 믄 작태여. 시상 참 황년이여!"

노봉 영감이 꺼질 듯한 한숨을 곁들이며 앞장을 섰고 패거리들이 늘어진 장범이를 들쳐업고 뒤를 따랐다.

"씨부럴! 될 대로 되레여어!"

원보는 술청으로 털석 주저앉았다.

장곡댁이 원보의 콧날 앞에서 닳은 숨을 할딱대고 있었다.

"아휴! 워찔려구 그렸어!"

장곡댁이 원보의 허벅지 위에다 얼굴을 묻으며 자근자근 원보의 가슴패기를 쳐댔다.

야릇한 일이다. 원보의 가슴에서 덜커덩덜커덩 디딜방아가 소리내기 시작한다. 속마음과는 달리 사타구니께가 엉뚱하게 불끈 들리운다.

원보는 장곡댁을 덮석 안아들고 술청을 질렀다. 곁방문을 떨어져라 발길로 찬다.

"몰러!… 난 몰러!"

장곡댁이 숨 넘어가는 소리를 씹는다.

원보는 장곡댁을 깔아 덮으며 더운 입김을 내뿜는다. 불이 붙는다. 방죽(防竹)[7]을 치듯 끄응 힘을 쓰며 활처럼 허리를 조아린다.

"아휴! 몰러… 몰러!"

장곡댁의 외마디 신음과 함께 원보의 몸뚱이가 징박은 망아지처럼 미쳐 뛴다.

원보는 끈끈한 땀을 이마에 얹고 다짐한다. 내일은 당배를 몰고 주박을 치리라-.

12. 만적(蠻賊) 12

원보의 목덜미께에서 죽는 장곡댁의 가뿐 숨줄은 사뭇 불김이었다. 가슴패기를

---

7 물이 밀려들어 오는 것을 막기 위하여 쌓은 둑. 늑축방

죄는 팔아름은 물사태에 밀리는 주박의 대발처럼 떨어대고, 방댕이는 소갈증에 눈이 뒤집힌 황소가 자갈밭 위를 허기져 뛰듯 들썩들썩 춤을 춰대는데, 그때마다 원수 앞에서 칼자루 쥔 벙어리처럼 빠드득빠드득 이빨 마저 갈아댄다.

홧김에 느닷없는 일을 벌여놓고 말았지만 머리 속으로는 영 딴 생각이 버글버글 끓는 원보. 주박 두 틀을 황당선 때문에 고스란히 띄워보냈으니 그물없는 주목은 박아서 뭣하랴. 그물을 새로 엮자면 옴싹없이 새끼줄 마흔 타래는 축내야 할 판인데 집구석엔 한 타래 새끼줄도 남은 것이 없고, '신합포' 짐배는 온다간다 기별도 없다. 주박 그물 엮을 새끼줄로야 '신합포' 새끼줄을 따라갈 게 어디 있더냐.

원보는 이런저런 생각에 미쳐 저도 모르게 느슨느슨 움직이던 허리를 쉬는 참이었다.

"시방 뭇허능감… 시방 뭇허능겨!"

장곡댁의 가쁜 소리가 닳는다.

"몸땡이가 말을 안 들어."

"아휴, 누구 미치는꼴 보자능겨?… 몰러 몰러…"

"작것! 뭇을 쳐묵었기에 음끼가 이리 씨데여."

원보는 마지못해 다시 힘을 써본다. 물속에 얹힌 배를 뺄 때처럼 힘을 쓰며 상앗대[8]질에 삿대가 휘듯 바짝 허리를 조아려보지만 한번 달아난 욕정은 여간해서 되돌아올 줄을 모른다. 원보는 단내나는 숨을 푸우 내뿜으며 다시 추욱 늘어졌다.

원보의 널짝 같은 가슴패기 밑에 눌려 찰진 땀을 얹고 있던 장곡댁의 이마가 허겁스레 들리운다. 사백창이 다 되도록 치뜬 장곡댁의 눈이 독기마저 담았다.

"쥑여뿌릴겨!"

"지발로 쥑여주지 그려."

"못쥑일지 아남?"

---

8 삿대. 사앗대. 배질하는 데 쓰는 장대

"살 맴 읊는 판에 시상 자알 되앗지."

"… 멀쩡헌 사람 건드러논 늠이 누군감?"

"……"

"싸보듬구 방으로 온 사람이 누구냐 말여!"

"술묵은 도채비였겠제멀…"

"아휴, 증말 이럴껴?"

장곡댁의 팔아름이 더욱 거세게 원보의 목덜미를 조이고 늘어졌다. 장곡댁이 암팡지게 쥔 허벅지를 떨어대며 한발은 실히 허리통을 쳐드는데 술청에 기척이 인다.

"아짐씨 기슈?"

원보는 죽은 체 옴싹않고 퍼진다. 보생이의 목소리였다. 툇돌에 신발이 얹혔으니 필시 눈치를 챘을 것이었다. 보생이가 돌아가는 기색이었다.

'여팬내 병이 더 돋쳤남? 그렇게 애비를 찾겠지'

원보는 기왕 벌여놓은 일이니 장곡댁한테나 홧통을 터뜨릴 참이다.

"으디 한번 뒈져부아! 원대루 쥑여줄껴."

원보의 몸뚱이가 태질맞은 당나귀처럼 요란하게 뛰기 시작한다.

"그려!… 그려!…"

장곡댁의 목소리가 끓는 밥솥처럼 버글버글 수선스럽다. 열 자 상모 놀 듯 허공에서 늘금거리던 탄탄한 두 장딴지가 이내 원보의 엉덩이 위로 얹힌다.

13. 만적(蠻賊) 13

원보의 당배는 '당걸루' 뺨치게 잘도 치고 나간다. 말이 당배이지 어떤 당배가 이만큼 탄탄하게 만들어졌으랴.

한판에 수백냥 밑돈을 깔으는 강원도 떼장사 아니면 만져보기도 힘든다는 춘향목[9]으로 만든 당배다. '옷점'뿐이랴. 당배로만 고기 잡아먹고 사는 '화산포'당배들도 기껏 소나무 '속'으로 짠 당배들 아니냐. '화산포' 당배는 고사하고 서해를 싹쓸어 이만큼 영근 당배는 없다.

부친이 춘향목 몸통을 통으로 잘라 흰색 '변'은 죄다 버리고 붉은색 '속'으로만 짠 당배다. '변'으로 짠 배가 오년 넘겨 제 구실 한 적을 봐봤던가. 물포래[10] 얹을 새도 없이 배밑창은 야금야금 썩어들고 기껏 세길 높이의 파도를 못 이겨 앞가림판 '비우[11]'는 제명줄 마다하고 결이 틀리기 마련이었다. 탄탄하기가 무쇠 같은 춘향목 '속'으로 배를 짜봐라. 배밑창이 물 먹을 틈이 어디 있으며 다섯길 쳐오르는 파도라고 '비우'결 틀을 힘을 엄두라도 내보랴. 강원도 춘향목에다가, 그것도 으뜸으로 치는 정선에서 벤 '정선춘향목'이다.

원보는 명치 끝에서 뿌드득 소리가 나도록 노를 젓는다. 참죽나무로 만든 노였다. 꾸부렸던 허리를 뒤로 바짝 눕힐 때마다 물비늘을 차고 솟는 뱃머리가 상광어(전라도 방언으로 상쾡이라 함.해돈어海豚魚=물돼지.)[12] 배풍(拜風=상쾡이가 솟고 가라앉고 하는 몸짓)처럼 용심을 쓴다.

원보의 입에서 뱃가죽을 쥐어짜는 큰기침이 절로 샌다. 뱃머리가 주목(注木) 겹두리를 슬깃 스쳤다싶었는데 주박에 든 고기들이 길길이 놀라 뛴다.

"씨벌늠어 괴기는 용갭이 허구 상모 늠만 잡자는거여? 원보 주박에두 괴기만 사태여!"

원보는 주목에다 당배를 걸고 주박용줄을 움켜쥔다. 힘 준 어깻죽지가 거들대도록 고기들이 살길 찾아 미쳐 뛴다. 주박에 이만큼 고기가 들기는 '옷점'선창에다 배

---

9 경북 춘양(春楊)지방에서 많이 자라나는 가장 우수한 소나무 품종 중 하나인 춘양목(春陽木)을 이르는 말. 곧게 자라고 옹이가 없으며 빨리 자라고 쉬 썩지 않아 최고의 재목으로 친다.
10 물파래
11 뱃머리 부분의 바닥에 붙인 두꺼운 널빤지.
12 우리나라 토종 돌고래. 이들이 호흡할 때 내뿜는 소리를 명칭화하여 '슈욱'이라 부르기도 한다.'상쾡이'라는 이름은 자산어보의 '상광어'(尙光魚)에서 유래를 찾을 수 있는데, 수면으로 드러난 몸이 물빛에 반사되어 반들반들 광택이 난다 해서 붙여진 것이라 추정해볼 수 있다.

얹고나서 처음이다.

주박 용줄을 잡곤 당배가 사래춤을 춰대도록 힘을 쓰던 원보는 심상치않은 기척에 모가지를 세우고 잠시 굳는다. 뒤를 돌아다본다. 남새 가마골까지 피가 솟는 듯싶다.

황당선이다. 여덟 팔자로 늘어선 황당선들이 원보의 주박을 향해 벌떼처럼 달려든다.

"씨벌늠덜아, 오너! 오너! 주박에다 손만 대봐여! 느늠덜 창새기로 삼줄을 꿰서나 당배를 끌겨!"

원보는 참죽나무 노를 걸대에서 빼들고 미친듯이 악을 써댄다. 황당선들이 눈앞까지 다가든다.

황당선들은 원보의 당배를 싸고 바짝 띠를 죈다. 철구가 당배에 걸렸다. 당배가 뱃머리를 떨면서 금새 넘어갈 듯 옆으로 눕는다. 만적 떼거리들의 웃음소리가 왁자하게 터진다.

"오너! 오너! 어여 오너어- 이 씨벌늠덜아 어여 오너어-"

가래뼛대가 어긋나도록 노를 휘둘러봐야 노 끝에 맞아 나자빠지는 만적들은 한명도 없다.

장창이 날아들었다. 장창 끝이 원보의 등줄에 꽂힌다. 장창들은 쉴 새 없이 날아들고 원보는 송충이 침줄 솟듯 수없는 장창을 등줄에 얹고 멀근멀근 핏물을 쏟는다.

"아버니임- 아버니임-"

목젓이 아프도록 오장이 다 뒤틀리는 악을 쓰다말고 원보는 소스라쳐 꿈에서 깨어났다.

14. 만적(蠻賊) 14

"꿈자리 한번 드럽지!⋯ 들구 엎어봐야 인저 쑤셕여댈 건대기도 읎는 옷잼인디 또

믄재난을 당혀겠다는 죄짐이여!··· 푸우-"

원보는 가슴패기를 개미떼 만난 콩벌레꼴로 바짝 오그려 붙이고는 불김 같은 한숨을 내쏟는다.

"보생이 그저 안 들어왔유?"

보생이 어미가 히멀건 눈알을 굴리며 겨우 묻는다.

"물이 들으야지 배도 들꺼안여."

원보는 퉁명스럽게 내뱉으며 끄응 무릎을 세운다. 물은 다 난듯싶었다. 고동색 갯벌이 어지간히 땡볕에 끓고 있다. 물골[13]들이 갯벌을 갈래갈래 찢으며 한마장은 물러난 물목[14]으로 구불구불 기어댄다.

물때를 놓친 배들이 선창 높게도 얹혔다. '새우횟배'(궁선망어선弓船網漁船)가 두 척에다 임통[15]에서 잡힌 고기를 실어나르는 '간수선'(看水船)[16]이 세 척 그리고 '웃점'과 '화산포'를 오가며 나무를 실어 나르는 '삼선'(杉船)이 한 척이다. 그 배들 사이에 끼어 뱃머리를 갯벌에 처박고 있는 알량한 당배에 눈길이 멎은 원보는 못 볼 것이라도 본 양 쪽마루로 털썩 주저앉고 만다.

"보생이 용갭이네 배 탔유?"

보생이 어미가 명치 끝이 맞치는지 이리뒤척 저리뒤척 몸살을 내며 숨 넘어가는 소리다.

"그려."

원보의 눈길이 보생이 어미의 얼굴 위에 얹힌다. 손가락 한마디쯤은 실히 꺼진 눈자위가 땡감 물을 먹은 듯 거무정정한 보랏빛이다. 겨우 껍질만 덮어쓴 듯싶은 깡

---

13 '물고랑'의 준말.
14 물이 흘러 들어오거나 나가는 어귀.
15 가는 댓조각이나 싸리를 엮어서 통같이 만든 고기잡이 기구. 아가리에 작은 발을 달아 날카로운 끝이 가운데로 몰리게 하여 한번 들어간 물고기는 거슬러 나오지 못하게 하고 뒤쪽 끝은 마음대로 묶고 풀게 되어 있어 안에 든 물고기를 꺼낼수 있다. '통발'
16 어살에 나가서 고기잡이를 하는 배.

마른 얼굴로는 숨다 못해 불거진 파란 힘줄들이 겹가지를 내뻗고 물줄 찾는 연자새
[17] 꽁지처럼 가쁜 맥박이 관자놀이께로 몰려 파들파들 떨고 있는 품이, 거진 숨줄이
진한 반송장이나 진배없다.

'불쌍헌 지집년허구는!… 저러다가 증말 뒈지능거 안여?'

원보는 바직바직 타는 입안을 마른 혓바닥 내둘러 겨우 침줄을 적시며 쩌업 쓴 입
맛을 다신다. 눈속에 쌍가래톳 설 지경으로 분통이 치밀때는 술보다 좋은 약이 또
어디 있던가. 마음 같아서야 당장 주막으로 내닫고 싶지만 장곡댁과 그 일을 치른
뒤로는 선뜻 발걸음이 떨어지지않는 원보였다.

"… 한정놓구 한숨만 내쏟으면 뭣헐규… 맴 독허게 묵구 주박이라도 치야지…"

"그물 짤 사내키[18]가 있으야지!"

"장뱀이헌테 좀 꿔달라지."

"지집년 인저 실성꺼정 허는거여? 백번 뒈져 즘생으로 환생헌데두 장뱅이늠헌테
사내키 돌라고 사정허나 봐여!"

"연심이네 염막은 그저 땡닢 한푼 못 쥔데유?… 줄을 달데라고는 그려두 거그밖
에 또있유…"

"염막 아니여두 신합포 짐배만 들면 그물 두 틀은 그냥 짜지. 짐배 도사공 권가늠
이라면 심 나중에 치르기로허구 말발이 맥힐틴디 짐배가 들으야 말이여."

원보는 또 한차례 걸죽한 한숨을 다발째 내뿜는다. 이럴 때 득보라도 불쑥 나타나
주면 얼마나 좋으랴싶은 거다. 온다는 기별을 접한지가 이젠 두달을 넘겼다.

"만동이헌테나 피잉 댕겨올겨."

원보는 집을 나섰다. 득보 기별도 좀더 똑똑히 들어볼 겸사였고 죽치고 집에 퍼졌
느니 젓동이[19]라도 끌어볼 마음에서였다.

---

17 연자(燕子). 제비
18 '새끼(줄)'의 방언
19 어패류를 소금에 절여 장기간 저장하던 용기.

15. 만적(蠻賊) 15

　부러 허리통을 뻣뻣이 곧추 세우고 억지로 시달가운 헛기침을 쥐어짜보는 원보
지만 허세와는 달리 뒤꼭지가 애릿애릿 시려왔다. 장범이를 그 지경으로 태질해 놓
고 스무날 넘게 집구석에만 박혀있었던 원보다. '옷점' 세가(勢家)들이 작당하여 우
루루 집구석으로 밀어닥쳤어야 옳을 이치였다. 개 끌 듯 끌고나가 늘퍽한 뭇매질로
안 죽을 만큼만 다듬어놓을 작정들이려니 하고 짐작했었지만 그런저런 기미도 없
이 스무날이 흘러가버린 거였다.

　원보는 사위를 두리번대며 걸었다. 원보가 선창으로 마슬 돌기를 기다려 이때다
하고 죽패듯 할랴치면 오늘을 날로 잡아 한 탕 수선스럽게 일을 벌릴 성도 싶었다.
원보의 속마음 같잖은 허세는 등짝으로 도끼날이 박히더라도 혓바닥 질끈 물고
기왕 맞을 매 뻣뻣하게 맞자는 속셈이었다.

　원보의 이런 작심과는 달리 사람들은 예나 다름없는 대면대면한 인사치레로 원
보를 봤다.

　"빙났든가베? 찰색이 뇌랗게 뜬 꼴이 원칸 앓았등게여."

　'간수선' 도사공 중천이가 히죽대며 원보 앞에 멈춰섰다. 입가장자리를 손바닥으
로 쓸며 쩌업 입맛을 다셔대는 품이 받힘술이나 몇 사발 죽였으면 원이 없겠다는
그런 낌새였다.

　"배가 원칸 높게 얹혔는디 물때 못재서나 못뜽게벼?"

　"부아 돋구덜 말어. 어전 괴기 못실어 본 지가 원제쩍인디… 어전에 뜨봐야 괴기
는 황당선이 다 훑어간 된디 급살났다구 시척씩이나 간수선이 뜰껴? 두 배가 나갔
으니께 그물이나 챙겨오겠지."

　중천이도 거진 혼이 나간 꼴이었다. 만적 행패에 누이동생을 잃은 중천이었다. 몸
을 망친 누이동생은 살길 마다하고 대추나무에다 아예 목을 걸었다.

　장순이를 묻을 때였다. 중천이는 한짐 부리고나서 뻣뻣한 등짝이나 쉬는 양으로

원산도 앞바다만 멀금히 내다보고 서있었다. 눈물은 고사하고 한숨 한가닥 흘리지 않았었다.

"그나저나 워찌 산녀! 핏줄 잇은 동생이라고는 막가지에 달랑 열린 쟁순이 한난디!… 원통히서 워찌 산다녀!"

중천이보다도 제편에서 더 홧김이 치솟던 원보였지만 정작 서러워해야할 중천이는 뜻모를 웃음기까지 흘리며 태연했던 터다.

"차라리 잘 되얏제 멀… 뙈눔헌티 몸뚱이 배리구 그꼴로 어찌 살껴. 나보덤두 자네 맴이 더 애릴껴. 춘부장 시신두 못챙긴 자네 맴을 내가 워찌 따라간데여."

이렇듯 늘퍽하게 마음을 사렸던 중천이었건만 날이 갈수록 돼가는 꼴이 말이 아니었다. 어전에 뜨는 날은 핏발선 눈으로 거진 실성하다시피해서 돌아왔고 배가 얹힌 날은 가마골 막장까지 술만 퍼담고는 길바닥 방구석 가리지않고 아무곳에나 퍼져누워 줄창 잠만 자댔다.

언젠가는 길바닥에 퍼져누운 중천이를 발끝으로 껍적대며 용갑이가 투덜댔다.

"이늠 이거 실성한 늠이여. 괴기 실을 생각은 허덜않구 황당선만 눈에 뎼다허믄 겁도 읎이 황당선만 쫓아간다구. 웬수 갚자는거 누가 마대여? 허제만 배를 생각히야지 배를! 뙈지드락두 즈늠 혼자 뙈지야지 사람덜 몽땅 쓸어서나 배까정 다 부서지자는 거 아니겠남!"

16. 만적(蠻賊) 16

원보는 중천이의 얼굴을 슬깃 살펴봤다.

"언간 술 생각이 동허나봐여."

"워찌 그리 자알 맞친녀. 폭폭혀서 실성헐 지경이여."

"근디 걸칠 마땅헌 자리가 읎단말여… 나두 시방 졸창이 빼득대는 참이여."

"장곡네 주막배께 더 있긋남. 그 주막으서 거시기허자면 그래두 자네 말이 더 잘

통혈껴."

중천이의 말에 섬찟 속마음이 찔리는 원보였다. 그 일만 없었다면 활개짓에 신명이 돋혀 곧장 내달을 일이로되, 원보의 엉덩이를 바짝죄고 가들가들 떨어댔던 장곡댁의 탄탄한 두 장딴지가 눈앞으로 아슴아슴 눕자, 그만 병아리 모는 씨암탉 뒷꽁지 물고 퍼득대는 수탉꼴로 금새 어색해지고 마는 원보다.

벌름한 콧구멍을 연신 쑤석여대며 어찌할까 망설이고 섰는데 마침 장곡댁의 딸 연님이가 방댕이를 한들대며 걸어오고 있는 참이었다.

연님이가 눈꼬리께에다 새들대는 실웃음을 얹고 먼저 아는 체를 했다.

"워찐 일루다 그리 움쩍 안허셨유?"

"괴기도 못잡는 늠이 마실만 푸짐허게 돌면 뭇헌데나… 워디 가는 참인감?"

"누동리에나 댕겨올려구유."

"누동리는 왜여?"

"대야도 마자발 배가 엊저녁에 마자발을 풀었다는 기별을 잡었쥬."

원보의 목젖이 꿀꺽 단침을 삼킨다. 새콤하게 식초를 앵겨 가릿째로 오독오독 씹어대는 마자발을 당해낼 술안주가 또 어디 있더냐. 혓바닥 밑창에서 물큰 솟아 고루고루 입념 새를 적시는 군침을 목젖으로 넘기는데 모가지가 아프도록 계란망울이가 차일질을 쳐댄다.

"댕겨와여…"

"주막에는 안들리실뀨?"

"글씨…"

"그렇잖아두 엄니가 궁금혀 허시든디 들려가시지 그류."

"술청에 술꾼덜 있등겨?"

"읎어유. 배들이 들어와야 술꾼들이 오겄쥬."

중천이가 쩌업 입맛을 다셨다.

"오늘은 술 한사발 못 적시구 그냥 넘어가나혔는데 자네 덕분에 공일 면허겄구면."

"또 길바닥에 퍼져뿔믄 워쩐다?"

"넘 속도 모르는 소리 허덜말어…. 실성헌 체 혀야 일을 꾸미지!"

"먼 소리여?"

중천이는 이내 고개를 내저었다.

"암껏두 안여!"

원보는 외상술 먹자는 주제에 중천이까지 패거리를 짜서 술청에 들어서기가 어쩐지 마음에 걸렸다.

"먼첨 가여. 연심이 염막이나 들이다보구 금새 갈껴."

중천이가 앞장을 서 후적후적 걸어나갔다. 원보는 뒤처져 걸으면서 연신 쓴 입맛을 다셔댄다. 장대널줄이 처지도록 염뜬 벽문어(碧紋魚=고등어)들이 구세미[20] 맞대고 줄줄이 널렸던 세월은 어디로 가고 집마다 널줄은 휑 비었다. 조기가 사태로 간을 먹던 막통으로는 겹두리 간끼핥는 쉬파리떼들만 제 세월 만났다. 덧자리에 널린 생선들이라는게 고작 이어(耳魚=노래미) 몇 마리에다 굵은 강아지도 담모퉁이 돌기 무섭게 내버리고 만다는 회익어(灰翼魚=장대) 나부래기들이다. 사람이 먹잘 것이라곤 눈에 띄는 것이 없고 돈으로 바꿀 생선들도 씨가 말랐다.

17. 만적(蠻賊) 17

용갑이네 집이라고 별다르게 없었다.

원보는 박달나무 연기로 꽉 찬 용갑이네 훈제막(燻製幕)을 떠올려봤다.

'청석어전'이 기세를 올렸던 때에야 '간수선' 뱃머리가 '옷점'으로만 굴힐 새가 어디 있었던가. 청어를 뱃전 터지게 실은 '간수선'들은 곧장 '모황포'로 달려 청어를 풀었고 그러고도 남은 청어를 실은 '간수선'만 뜸을 먹이기 위해 '옷점'으로 돌

---

20 '아가미'의 방언(경기, 전라, 충남).

아왔다.

선창에 내려진 청어들은 용갑이네 뜸막에서 박달나무 연기를 먹어야 했다. 생선이 부패하지 않게 하기 위해서였다. 박달나무 연기를 쐬어 말린 청어를 '연관목'(烟貫目)이라 불렀는데 '연관목'으로 치자면 용갑이네 것이 그중 진품이었다. '태안'은 고사하고 '당진'에서까지 장사꾼들이 몰려 용갑이네 '연관목'을 실어나르기에 바빴었다.

그쯤 생각하니 용갑이네 뜸막이 박달나무 연기를 쐬어 본 적도 꽤 오래다 싶었다. 뜸막은 휑 빈채 연기에 그을린 거무튀튀한 고미 끝까지 폭폭 삶는 더위만 꽉 찼다.

용갑이네 뜸막과 잇대어 있는 최만동이네 염가도 매한가지다. 빈 젓동이들이 쉰흔개는 실히 넘게 늘어섰다.

새우 '횟배'들이 신발돋쳐 새우를 잡는다 치면 길바닥에 늘어 선 젓동이들이 땡볕에 닳을 새가 어디 있던가.

'횟배'들은 간을 칠 소금과 젓동이들을 아예 싣고 출어했다. 그물을 거두기 무섭게 그 자리에서 담근 젓갈이래야 젓국 맛을 제대로 내기 때문이었다.

원보는 집안을 기웃거리며 우정 헛기침을 짜댄다. 만동이의 큰마누라 강당댁이 사지를 던져놓은 옻쪽처럼 아무렇게나 헤벌려 뻗곤 업어가도 모를 곤한 낮잠에 빠져 있는 터였다.

"기슈?"

원보가 기다리다 못해 부러 목소리를 높였을 때에야 강당댁이 후다닥 놀라 일어나 앉았다.

"뉘기시라구. 워찐 일이세유?"

"쥔은 으디 갔남유?"

"태안 들어간지 여러날 됐유."

"그류… 본즉도 오래 돼얏구혀서 그냥 들려봤쥬. 속이 지랄겉어서나 젓동이나 날를 맴이었는디."

"빈 젓동이 줄슨 것 보지그류."

"글씨말유… 그냥 가겼유."

원보는 어깻죽지에 맥이 빠지는 기본이었다. 몇닢 손에 쥐어보겠다는 욕심보나도 젓동이라도 끌며 사골이 뻐근하도록 힘을 쓰다보면 한결 마음이 가라앉을 듯싶었는데 그것도 틀렸기 때문이었다.

연심이의 염막에 이르러 발길이 절로 굳는 원보였다. 절일 해월(海月=해파리)이 없어 간물만 늘금늘금 짜대고 있는 소금가마에다 등짝을 붙이고 쪼그려 앉은 연심이가 헤죽헤죽 웃는 얼굴로 명반자루를 갓난애 얼리듯 하고 있다[21]. 한눈에 또 실성기가 동한 낌새였다.

"시방 뭇허능겨?"

원보는 울화가 치밀어 큰소리로 째앵 내쏜다.

연심이는 원보의 말에는 대꾸도않고 명반자루만 갖고 논다.

"저늠어 가시내가 인저 귓창꺼지 골았대여? 내소리 시방 안들리남?"

연심이는 막무가내 대꾸가 없다. 원보는 돌아섰다. 큰소리는 내쏟았어도 콧날로는 알큰한 설움을 얹는 원보다.

원보는 어둠속에서 오를 횃대 찾는 장닭꼴로 모가지를 길게 빼 건죽대며 주막으로 들어섰다.

18. 만적(蠻賊) 18

중천이는 연신 뒷통수를 긁적대며 멋적게 술청에 앉아 있었다. 장곡댁 서슬에 말 한마디 못 떼어보고 원보 오기만 기다리고 있었던 듯싶었다.

덩달아 흘끔흘끔 장곡댁 눈치를 살피던 원보는 펀뜻 제 정신이 든다. 장곡댁의 깊

---

21 해파리는 바닷물에 떠 있는 모양이 달과 같다고 하여 해월(海月) 또는 수모(水母) 등으로 불림. 우리가 먹는 것은 해파리의 갓 부분을 석회와 명반에 담가 표백하여 피를 뺀 후에 소금에 절여 놓은 것.

디깊은 눈길이 대못 지른 듯 원보의 얼굴 속에서만 놀고 있기 때문이었다. 덜된 허세라도 부려보자는 욕심이 불시에 인다. 장곡댁 너슬에 나긋나긋 말려들어 기를 죽이느니 살섞은 인연 앞세워 차라리 뻔뻔하게 구는 편이 낫겠다는 심사였다.

"사내늠이 왠녀려 청승인감! 술청에 앉아서나 술상 하나 못 받구!"

대뜸 중천이를 향해 앵겨붙이고는, 다시 장곡댁에게 내쐈다.

"스무날 넘게 사람을 못 봤으면 패앵 술상이두 채려들구 오녀. 한잔 술이라두 따르믄서 그간 정고를 풀으야헐꺼 안여?"

장곡댁이 싫지않게 원보를 흘겨대며 부러 퉁명스레 내쏜다.

"개옹²² 차먼 배들이 들어올 텐디 그때 내놀 술배께 읎으니깐 그렇쥬."

원보는 시달갑잖은 엄살은 피우지도 말라는 듯 할래할래 손을 내젓는다.

"어따 벨스런 요망을 다 떨어. 많이 퍼묵자는 것두 안여. 한사람 앞에 되반씩만 쳐서 딱 서되만 주먼 돼야."

장곡댁이 중천이 몰래 혓바닥을 날름대며 휑 돌아섰다.

'이잉- 불여수 간쪽겉은 지집년 허구는!'

입으로는 이쯤 걸죽한 욕설을 물지만 장곡댁의 비양질이 싫지만은 않는 원보였다. 거기다가 야릇한 안쓰러움마저 겹친다. 엽전닢 꽤나 달그락대며 세도를 부리는 '태안' 물주들 치고 장곡댁에게 수작을 안 붙여 본 사람이 없다. 그런데도 장곡댁 마음은 탄탄하게 쇠발을 쳤다. 못 이기는 척 한번만 발랑 몸뚱이를 헐어도 팔자가 판을 바꿀텐데 하필이면 '당배' 하나에다 명줄을 걸고사는 알량한 자기에게만 정을 못 줘 저러는가 싶은 그런 안스러움이었다.

"안주라고는 밴댕이 밖에 읎슈. 요런 황년은 츰 본다닝께."

장곡댁이 염치없다는 듯 연방 마른 혀를 차대며 술소반을 갖다놨다.

"안주는 믄 안주유 술남세만 맡어두 살겠유."

중천이가 허겁스레 술을 따라 단숨에 두 사발을 거푸 비웠다.

원보가 물었다.

"자네 나허구 장뱀이허구 한판 앵긴일 모르능겨?"

"워찌 몰러?"

"그란디 고녀려 것이 요상시룹단 말여… 장뱀이늠은 고사허구 상모선주 입에서두 말한매디 읎구. 날잡으서나 한판 허겠다는 작정들인감?"

중천이가 별걱정을 다 한다는 투로 말했다.

"이봐여, 시방 고런 잔자분헌 일이 다 맴쓰게 됐능겨? 뱃길이 거진 다 끊긴 판국인디 넘덜 쌈판 가지구 맴쓸 새가 으디있감. 그래두 옷잼 배들은 사정이 좋은 편이여. 모항포나 안흥포 배덜은 아조 닻줄 걸구 뜨도 못혀. 옹도²³서버팀 대뱅이 새뱅이까지 황당선이 시커멓게 붙었다."

원보는 술사발을 비우고나서 땅이 꺼져라 더운 한숨을 몰아쉬었다. 살맛없는 세상이었다. '대뱅이'·'새뱅이'라면 바로 '원북'콧뱅이 아닌가.

19. 만적(蠻賊) 19

연신 불김 같은 한숨을 쏟아대며 목구멍에서 퀼퀼 소리가 나도록 정신없이 술사발을 들이키는 중천이를 멀거니 내려다보고 있던 원보는 홧김에 버럭 소리를 내지른다.

"아 좀 살살 퍼마셔! 술로 홧김 달래자는거지 홧김에다 술 퍼뷔서 홧불 끄자는 거여?"

멋적은 웃음 한가닥 물고 늘척한 턱주가리나 손질하든지 아니면 맞대들어 댓방 악이라도 써댈줄 알았던 중천이가 푸욱 고개를 떨군 채 옴싹 않는다.

---

23 甕島. 충남 유일의 유인 등대가 있는 섬으로 항아리처럼 생겨 붙은 이름.

잇몸 물리도록 암팡지게 어금니를 갈아대는 꼴로, 볼따귀 위로는 잘근잘근 밭두덕을 일구면서, 연신 두 눈만 껌벅대고 있는 품이 뭔가 골똘한 궁리를 펴내고 있는 조짐이었다.

"자네가 대골통 삭힌다구 뱃길이 잇으질껴 황당선이 안 올껴? 싸가지없는 청승 떨덜말구 어여 술이나 마셔."

홧김에 버럭 소리를 내질렀던 짓거리가 외상술 내는 본새치고는 너무 지나쳤다싶어, 이렇게 중천이를 달래보는 원보지만, 말끝 자르기 무섭게 원보의 가슴도 다글다글 끓는다. 그 생각만 하면 허파쪽에 옴살이 돋게끔 가슴이 미어지는 것이었다.

"씨벌늠덜! 즈 나라 뱃늠덜도 개우개우 파묵고 사는 바다인디 워찌자구 떼늠덜헌티 바다는 내주느냔말여!"

그렇지 않아도 침줄 들먹대는 말벌떼처럼 몰려드는 황당선 때문에 살 맛이 없던 서해 어민들은 그 소문마저 왁자하게 퍼지자, 이젠 옴싹없이 죽는구나 하는 생각들 뿐이었다.

이 소문이란 바로 광서(光緒)8년(1882년, 高宗19년) 8월23일에 조인된「조청상민수륙무역장정(朝淸商民水陸貿易章程)」이었다.

청국(淸國)에게 어로권만은 주지 않겠다고 버티던 문의관(問議官) 어윤중(魚允中)이 청나라의 주복(周馥)과 마건충(馬建忠)의 엄포에 눌려 끝내 물러서고 말았다.

"조선의 평안·황해도와 더불어 산뚱(山東)·펑티엔(奉天) 등 성(省)의 빈해(瀕海)[24] 지방에서 양국 어선이 포어(捕魚)하는 것과 연안(沿岸)에서 식물(食物) 및 첨수(甛水)를 구매하는 일을 허가한다. 사사로이 화물을 무역하지는 못한다. 위반자는 선박과 화물을 관(官)에서 몰수하고 그 소재(所在) 지방에서 범법(犯法)하는 일이 있으면 그 근처 상무위원(常務委員)에 넘겨 제2조에

---

24 어떤 지역이 바다에 가까움. 또는 그런 땅

의거하여 징판(懲辦)[25]한다. 피차에 어선에서 징수할 어세(漁稅)에 이르러서는 준행(遵行)한지 2년을 기다린 후에 다시 회의하여 작정(酌定)[26]한다."

하는 장정(章程) '제3조'가 명문(明文) 규정됐고, 청나라는 우리나라에서 어로권을 획득한 최초의 나라가 됐으며, 따라서 이 장정 '제3조'는 청나라에게 있어 마음놓고 서해안을 침범할 수 있는 합법적인 발판이었다.

장정의 약정대로만 한다면야 우리 어선들도 청나라 연해로 내달려 뱃전 터지도록 고기만 잡아오면 그만이었다. 그러나 그 물길이 어떤 물길이라고 청나라 연해까지 용심좋게 내닫을 '한선'[27]들이 어디 그리 흔하며, 그곳까지 안 가고도 잡을 생선들이 철따라 사태지는 바다를 품에 안고 있는 판에 남의 나라 바다는 넘겨다봐서 뭣하랴.

이쯤 느긋하게 생각하며, 그 소문이 제발 뜬소문이기만을 바랐던 같은 물목의 어민들은 바다의 주인이 바뀐 격이나 진배없는 현실을 눈앞에다 보고서야 죽었구나 싶던 거였다.

20. 만적(蠻賊) 20

원보는 가마골 머리칼이 곤두서는가 싶은 모진 소름을 등짝으로 오싹 얹곤 진저리쳐지는 채머리를 떤다. 황당한 돼놈들만 살판 난 그 장정(章程)조인이 벌써 작년 여름의 일이고 보면 그 지긋지긋했던 한 해를 용케도 살아 견뎌냈구나 하는 생각과 더불어 이 살맛없는 난장이 장차 언제까지 또 계속 될 것인가 하는 섬뜩한 두려움 때문이었다.

---

25 죄를 벌하고 잘못을 따져 밝힘
26 일의 사정을 잘 헤아려 결정함
27 한선(韓船) = 조선배= 당걸루.

원보가 스무살 적만 하더라도 황당선들은 대개 '연평도'(延坪島)물목을 근거삼아 떼거리들이 몰려들었었고 '태안'물목으로는 한달에 대여섯차례 몰려와 행패를 부리는 일이 고작이었다. '마합도'앞바다에 몰려든 황당선들이 황해도 수사 정지현(鄭志鉉)에게 걸려, 수십척이 추포(追捕)되고, 돼놈 여덟명이 주살(誅殺)됐으며, 수십명이 사로잡혔다는 소문이 태안바다에 까지 파다하게 깔릴 정도였다. 행패를 부리다가도 부랴부랴 쫓겨 달아나던 일이 엊그제 같은데 이젠 서해 뱃길을 다 끊고, 그것도 모자라 아예 선창에 까지 들이닥쳐 작폐를 놓게끔 됐다.

말이 쉽지, 뱃길이 끊겼다 하면 막말로 뱃놈들은 다 죽었다쳐도 옳을 일이었는데, 그 이치는 이러했다.

연해어업에는 '어전'(漁箭)·'어조'(漁條)·'어장'(漁場)·'어기'(漁基)가 있는데 이 네곳 빼고나면 고기 잡을 자리가 없었다.

고기떼가 박히는 큰 물목에다 방죽(防竹)을 세워 신렴(薪廉)을 넓게 두르고 임통(袵桶)을 설치하여 그 넓은 물목을 완전히 막아버리는 것이 '어전'이었다. 용갑이나 상모 같은 돈줄 긴 세가(勢家)들이 '어전'은 도맡아 했다.

'어조'는 고기떼가 지나가는 정확한 길목을 잡아 그 길목에다 그물을 치는 곳이었고, '어장'은 고기떼들이 모이는 한 바다를 에워싸고 수많은 어선들이 한데 얼려 어로하는 곳이었으며, 고기도 고기지만 우선 물밑바닥이 고르고 어로조건이 편해서 힘 안부치고 그물을 칠 수 있는 곳이 '어기'였다.

한 바다는 어차피 이 네곳으로 나눠지기 마련이고, 뱃놈 한세상 밥줄 이어주는 곳도 이 네곳이고 보면 '어전'·'어조'·'어장'·'어기'가 제 구실 못하는 바다가 소금발 썩는 간수장이지 어디 펄펄 산 바다더냐.

'목덕도'로부터 '대청도'에까지 띠를 조르고 멋대로 바다를 누비는 황당선들이 '방죽'을 뽑아 팽개치고 '신렴'을 헐어 '어전'을 쑥밭 만들고, '어조'를 차지하곤 떼거리로 떠서 우리 어선들은 접근도 못하게 살기를 띠우는 판에다, '어장'과 '어기'에 벼락 같이 들이닥쳐 그물을 찢고 잡은 고기를 닥치는 대로 훔쳐가는 난장이니,

고기떼 염탐하고 뜰 뱃길은 죄다 끊긴 것 아니겠는가.

술사발을 든 채 혼나간 사람처럼 멀뚱하게 바다를 내다보고 앉았던 원보는 그제야 퍼뜩 제 정신이 들었다. 중천이가 헛소리처럼 원보를 불러댔기 때문이었다.

"… 이봐여… 이봐여 원보!"

중천이는 여전히 눈길을 술청 바닥에다 떨군 채 읊조렸다.

"씨벌, 타작마당에 쓸깨루 처백힌 허세비안여. 불렀으먼 연설을 읊으사지 웬녀려 헛소린감. 나 귓구멍 멀쩡혀."

중천이가 원보의 말끝을 채고 펀뜻 얼굴을 들었다.

21. 만적(蠻賊) 21

중천이가 버얼겋게 핏발이 선 눈으로 사위를 두리번댔다. 원보의 귀바퀴에다 대고 바짝 소근댄다.

"거시기… 장곡댁 시방 정지[28]에 있는겨?"

"몰러. 건 워찌 묻는댜…"

"넘 들으면 안될 소리를 혈참이어서 그려."

원보는 개풀개풀 감기는 눈을 똑바로 치뜨고 중천이를 건너다봤다. 중천이의 얼굴은 여느 때 같지않게 술기운이 없다. 몇 사발만 걸쳤다 하면 아무 곳에나 번듯이 드러눕던 녀석이 오늘은 웬일인가 싶어, 원보는 한동안 넋놓고 중천이의 얼굴만 살폈다.

"오늘은 딴사람 났구먼 그려."

"넘 속을 몰러서 허는소리여… 원진 이 중챈이가 실성혔었남!"

중천이는 다시 부엌쪽 동정을 살폈다.

---

28 정짓간. '부엌'의 방언

원보는 부러 콧방귀를 뀌어대며 심드렁했다.

"벨 요사시른 꼴을 다 부아. 이 살맛읎는 옷쟁으서 멀 공모헐게 있다구 사람 귓때기는 가린댜."

말은 이렇게 하면서도 벌써 심상치않은 기색을 눈치챈 원보다.

"장곡댁 정지에 있능겨 시방?"

원보는 목소리를 키워 소리쳐봤다. 다행히 장곡댁의 기척은 없었다.

중천이의 얼굴이 원보의 이마 앞으로 바짝 다가들었다. 중천이의 눈길과 딱 마주한 원보는 그때야 번뜩 집히는게 있다. 주막에 오기 전에 야릇한 웃음을 흘리던 중천이가 '실성헌채 혁사지 일을 꾸미지!'했던 말이었다.

중천이가 나즉하게 속삭였다.

"자네 이 중챈이 요며칠새로 영 못볼는지도 몰러!"

"건 또 먼 소리댜?"

"그저께 어전에서 돌아오다가 웬수 같을 자리 한나 단단허게 봐뒀지."

중천이의 입속에서 빠드득 어금니를 갈아대는 소리가 났다.

"마침 다덜 잠에 골아진 판인디 나혼저만 시상 잠이 와사지. 그려서 댐배 한 대를 잴 요량으루 장쇠에다 등짝을 붙이고는 일어나 안앚웃겄남?… 마침 나치도[29] 앞바다여. 시상에 기가 맥혀서! 황당선이 시척이나 나치도에다 닻줄을 걸었어! 피가 발바닥으루만 내쏠리는데, 그려두 정신을 채리구 번갯불키고 봤어. 이늠덜이 솔가쟁이를 치가지구 움집을 두채나 져났더란말여!"

원보의 가슴이 싸아 식었다.

"아조 맨날씩 묵는긍감?"

"그야 뻔허지!… 웬수덜이 타래루다 오글오글 모인겨! 모감댕이를 쳐스나 사발을 꿰구 살점들을 발라서나 젓을 담굴껴!… 누가 아남? 그속에 끌고간 옷쟁 사람 읎

---

29 羅致島. 충청남도 태안군 안면읍에 있는 둥그런 바가지를 엎어놓은 모양의 무인도.

으란 벱 읎지!"

원보의 차디차게 식던 가슴이 벌근벌근 끓어오르기 시작했다. 저도 모를 소리가 불티 맞은 쑥골처럼 화지직 탄다.

"배가 있으야지, 배가!"

"헐 수 읎지! 내가 뒈지든지 용갭이 간수선 하나가 불쏘시개 되든지 둘 중으 한 나여!"

중천이가 주먹을 불끈 쥐고 이마를 떡매질하듯 쥐어박는다.

원보가 바직바직 타는 입속을 술로 적시는데 장곡댁이 들어왔다.

22. 만적(蠻賊) 22

장곡댁은 술청앞에 떠억 버텨 서더니 한심스럽다는 듯이 원보와 중천이를 내려다봤다. 눈꺼풀을 연신 닫았다 치올렸다 하며 방정을 떨어대는게 흡사 모진 샛바람 타고 덜걱대는 웃겹 빠진 싸립문 꼴이다. 두 입술을 앙당 물어 입꼬리 한쪽 끝을 살큰 들어 조였는데 어지간히 오기가 얹혔다.

"허옇든지 간에 두 냥반 팔짜가 그중 났유. 대낮버텀 공술 퍼눗구 시월아 가라, 퍼지는 꼴대허구는."

껌새로 봐서 어려할까 싶었는데 영락없이 침줄 선 앙탈을 부린다.

"씨버럴 지집, 되게 공술 공술 읊으쌌지. 몸땡이 서방은 몰러두 술서방 나서스나 지년 술값 띠어묵을 원보여?… 술값 염출이 씨언잖었등가 보지. 해앵-"

그렇잖아도 속이 끓는 판이다. 아무리 계집년이라고 이런 판에 외상술만 투정하는가 싶어, 원보는 들릴락말락 작은소리로 투덜댔다.

"시방 머라고 혔유? 뭇이라고 혔냔말유, 야?"

장곡댁은 팔짱을 껴채 흘래붙는 환갑장이 황소꼴로 배퉁이를 앞으로 뒹겼다 뒤로 뺐다하며 한발짝 성큼 다가들었다.

"얼라?··· 내가 믄말을 혔다구 지랄이여 시방?"

"쫌 즌에 뭇이라구 씨불씨불 혔잖유? 안그렇슈?"

원보는 속으로 저것이 허리통 살점 내릴 음기가 동해서 또 저러는가 싶다. 맞대들어 티격태격 했다간 괜히 외상술줄만 끊길라. 사뭇 덜그덕덜그덕 벌렁대는 속마음을 가라앉히려면 아직도 세병술은 더 축내야할 판 아닌가.

원보는 늘금대는 억지웃음을 흘리며

"썽발 돈치니까는 더 이쁘다구 그렸어. 얼금삼삼헌 쌈쌈이가 죄다 귄덩어리라구 그렸지 뭘."

하고 능청을 떤다.

장곡댁은 그 말에 금새 한풀 화가 꺾이는가 싶다. 얼른 콧날을 쓰윽 훔친다.

"흥··· 좋아서 팔딱팔딱 뛸줄 알구?··· 한두 번 들은 소린감?"

싫지않다는 표정은 고사하고 거기다가 은근한 자랑마저 얹는 장곡댁이었다.

원보는 장곡댁의 콧망울을 두고 능청을 떨어 본 것이었다. 워낙 콧대가 예쁘게 생기기도 했지만 콧망울 위로 살강살강 깔린 열댓점 마마자국이 더 귄덩어리였던 거다.

장곡댁은 술청으로 풀석 방댕이를 붙였다. 무슨 꿍꿍이속인지 옷고름을 쥐어 눈두덩이를 꾸욱 꾸욱 찍어대고나선 간이 타는 긴 한숨을 휘이 내쏟는다. 중천이는 술병 눈치보느라 기가 죽어 말이 없고 원보는 멀뚱히 앉아있기가 좀은 민망해서 건성으로 물었다.

"한숨자락에 밥 뜸들게 생깃여. 먼 못볼 꼴을 봤게 눈뚜덩은 찍으쌌구 한숨줄은 그리 뜨겁대여?"

중천이가 장곡댁 들으라는 듯이 빈 술병을 연신 달각달각 해대며 한마디 거들었다.

"맴 상헐 일이 한두가진감? 그저 나죽었유 허구 몰르는치 혀야지··· 괴깃배가 괴기는 못잡구 뜻다 들다혀는 판에 외상술값 옴지게 갚을 엽전들이 어디 있것유. 쬐끔 기다리든 사정이 달르지것쥬."

겨우 홧김을 삭혔다싶던 장곡댁이 중천이의 이말에 발끈 성질을 돋궜다.

"술값 생각으로 눈물콧물 짜는줄 아남? 맴들이 편허니깐 벨소리 다혀!"

23. 만적(蠻賊) 23

장곡댁의 목소리가 어찌나 컸던지 원보도 중천이도 불알쪽이 밀리도록 흠찔 놀라며 엉댕이를 들었다 놨다.

"지집년, 휘이- 간쪽이여."

원보가 퉁방울 같은 눈을 치뜨고 장곡댁을 노려보자 장곡댁은 금새 얼굴 판을 바꾼다. 그 틈에도 재빨리 두 팔을 굽혀모아 얼굴앞에 세웠다. 기별도 없이 벼락질처럼 날아들지도 모를 원보의 주먹을 미리 피해보자는 수작인 듯 싶었다.

"술 다봤유?"

장곡댁의 입에서 황망중에 튀어나온 말이었다.

'지집년은 ㄱ저 태질헐 때츠럼 누깔에다가는 쌍불땡이를 키구 쇳뚜껑 깨지는 꽘질로 단닥질혀사 쓴다니까는'

원보는 속으로 이렇게 중얼대며 어깻죽지를 슬근 들어올렸다.

"그려… 술 다 빗다구 말 허기가 쬐끔 짬짬혀서 시방까정 암말 못허구 있었지 술병 빈 지가 작년이여."

원보의 얼굴에서 노기가 가신 것을 지레 짐작한 장곡댁이 본때나게 원보를 흘김질 하고 나서 부엌으로 갔다.

"암짝히도 수상혀! 그 콧대 높은 장곡댁이 워찌 자네헌티만은 아조 나죽었우 허고 빨빨 긴댜?"

중천이가 이렇게 속삭이는데 장곡댁이 술 두병을 가지고 부엌에서 돌아왔다.

"인저 증말 더 없유. 술이라구 반옹개나 개우 남웃는디 배덜들면 남세라두 피줘사 쓸꺼안유."

장곡댁이 휭 돌아서 가더니 멈칫 섰다.

"그 술만 비면 패앵 내려덜 가봐유, 딴순이집에 난리났유."

막 술사발을 들던 둘이는 멍청해서 장곡댁을 올려다본다.

"딱뚝네 친정아부지 시신이 숭언리 선창으로 떼밀렸대유! 식구덜 숭언리루 가기 전에 인사덜이라도 챙기사쥬."

"믄일이데여?"

원보는 허망해서 들고 있던 술사발을 놨고 중천이는 쩌업 쓴 입맛만 다셔댈 뿐이었다.

"거시기 거 있잖여… 숭언리에서 횃배 타는 황 영감님말여."

중천이는 대수롭지 않게 말문을 틀고는 술사발을 들이켰다.

"그걸 누가 몰러? 영감님이 언지 돌아가셨나 이말이제."

"기별도 못 들었구먼."

"장뱀이 패구나서는 집이서만 썩웃는디 워찌 알어."

"닷새나 됐을껴. 거울섬(거아도居兒島) 근방 어장에서 황당선헌테 당했다는 소식을 들었어… 아 뭣헌다구 시신은 떠밀린댜! 기왕 당허신건디 바다속에서나 편안으게 지무실 일이지!"

하긴 중천이의 말이 옳았다. 바다속에서 명절한 바에야 생선들 밥이 되어 고기들 살점이나 올려 줄 일이요, 탱탱 불어터진 시신으로 돌아와서는 초상 치른답시고 가난한 살림살이나 축내주는 짓은 뱃놈 할짓이 아니라고 믿어 온 뱃사람들 아닌가.

원보는 술사발을 비우고나서 끄윽 용트림을 내뱉었다. 인사치레는 해서 뭣하랴 이 사람 저 사람 접하다 보면 딴뚝네 설움만 더 불같을 뿐이었다.

원보는 멀건히 바다쪽을 내다본다.

물골들이 하나 둘씩 살을 합치는 꼴이 들물이 꽤 익은 듯 싶었다.

"배덜 들때는 들어올껴. 연님이 오거든 딴뚝네 집이루 오라혀줘유."

장곡댁이 나가자 원보나 중천이나 다시 숨줄이 끊는다. 둘이는 미꾸라지 본 황새

들처럼 바짝 이마를 맞댔다.

24. 만적(蠻賊) 24

"기중 중헌 것이 밴데… 헐 수 없능겨! 이 일치러놓구 옷잼으서 팬히 살것다는 중 챈이 아니여! 넘 괴깃배 타문서 물간 보갈치 치급 받는데두 인저 이골이 났구!…"

아무리 생각을 해봐야 성사할 길은 글러먹은 싸움이라는 다짐밖에 딴 방법이 떠오르지 않는 원보였다. 원보는 중천이가 하는 말을 찬찬히 듣고 있다 말고 얼굴을 든다.

"내맴으로는 아예 분을 삭히는 방도배께 딴 수가 읎어. 홀태질허는 맴 같아서야 시방 당장에라두 나치도로 시염이라두 쳐서 건느가고싶제만 아 배가 있으야지 배가!… 내 당배 믿구 일을 벌렸다가는 웬수도 못갚구 복날 똥갱아지츠름 죽잔 얘기구… 아서! 아조 못본 것으로 치능겨."

"짐빠지는 소리만 헐껴?… 내 목심걸구 용갭이 간수선 하나 뿌셔뿐지겠다는데 멀그려?"

중천이의 얼굴이 사뭇 험악하게 일그러진다. 원보를 쏘아보는 눈에 낫날처럼 시퍼런 독기마저 담겼다.

"내 말을 못 알어 듣는구먼."

"그럼 믄얘긴감!"

"일이 애사당초 고렇그름 쉽게 안돼야있다 요런 말여. 웬수갚구 죽으면 그만이다 허구 일을 벌려서는 죽두밥두 안여… 웬수는 웬수대로 갚구 우리는 우리대로 화가 읎으야되여!"

"워찌끼허면 고렇게 되는감!"

"아, 그러니께 궁리를 혀보자는 것 아닌감."

원보는 불에 덴 듯 화끈거리는 눈꺼풀을 내리덮고 생각해 본다.

마음만 급해서 눈 까뒤집고 거들을 떠는 저 중천이란 놈을 제 멋대로 놔뒀다간 일도 보통 큰 일이 아니다 싶다. 말이 쉽지 용갑이의 '간수선'이 불 처질러지든지 돼놈들 손에 뺏기기라도 해봐라. 제놈 한 목숨이야 끊어지면 그뿐이지만 살아남은 제놈 자식들은 용갑이의 불 같은 성화에 얼마나 부대끼다 죽어 갈 것인가. 그뿐이겠는가. '간수선'이 용케 일 다 치르고 돌아온다손 치더라도 뒤를 쫓는 황당선들이 '웃점'배라는 걸 짐작이라도 잡는 날이면, 미친 늑대떼로 둔갑할 것은 먹구름장 올려다보며 비 오실 점괘 뽑기다. 그러니 일을 벌일 바에는 골즙 썩도록 묘책을 짜내어 쥐도 새도 모르게 원수만 갚고 마는 일이었다.

더불어 요행이다 싶은 생각이 하나 더 얹힌다. '나치도'에 있는 돼놈들이 금새 떠날 리는 없다는 생각이었다. 두고두고 근거지를 삼을 작정 아니면 움집은 뭣한다고 두 채나 지었으랴.

'어전'·'어장'에 들이닥쳐 그물을 찢고 '신렴'을 깔아덮는 '황당선'들은 대개 어선들이었고 '임통'이나 '주박'에 든 생선을 도적질해 가는 '황당선'들은 못돼 먹은 우리쪽 물주들과 짜고 밀상(密商)하는 상선(商船)들이 거반이었다.

'나치도' 돼놈들은 필시 밀상 패거리들이리라―

원보가 이런 골똘한 생각들을 쫓고 있는데 뚱딴지 같은 중천이의 말이 떨려나왔다.

"용잽이늠, 움쩍 못허게 묶을 수 있어! 배 한척 부서져두 암말 못헐 입이 즈늠한테 있잖구!"

25. 만적(蠻賊) 25

원보는 눈을 휘둥그레 뜬다.

"먼늠으 헛소리여."

중천이의 낯가죽이 파들파들 떨어댄다.

"헛소리 한거 씨도 읎어."

"헛소리 아니구 뭐여? 아니, 옷잼 용갭이가 먼짓을 못혀서 자네겉은 뱃놈헌티 승을 잽힐껴. 화이고오- 배꼽이 행방정처를 몰르긋다!"

중천이는 원보의 비양질을 혼 나간 사람처럼 멀뚱히 듣고 앉았더니

"씨벌, 창사 오금댕이꺼정 죄다 일어나는 판이여! 고따우 비양질은 뒀다가 개죽이나 쒀!"

걸쭉하게 내뱉고나서 아예 병째로 술을 들이켰다.

"누구는 욕보따리 읎어서 악 못 쓰는 줄 아남? 즈애미 씨벌, 흘래 붙겄다구 뜸맥이는 숫개여 머여? 술병 쥐둥이는 워째 날람날람 뽈아대능겨!"

원보는 버럭 악다구리를 깔며 술병을 나꿔챘다. 중천이는 그 바람에 콧뱅이로 턱주가리로 튀어오른 술을 손바닥으로 쓰윽 쓸며 푸욱 고개를 떨군다.

'이소리를 혀사써, 말으사 써… 즈어멈, 기왕지사 죽자구나선 마당이여… 일을 꾸밀러믄 헐수읎지!'

중천이의 머릿속으로 그때 일이 떠오른다. 열흘전 한밤중이었다. 보름사리 때라서 물색 달이 되우 밝았다. 늘편하게 퍼져누워 잠을 청하는데 번뜩 두뼘은 실히 넘게 터진 '초망'(임통에서 생선을 건져담는 긴자루가 달린 끌채) 생각이 났다. 물 든다 하기 무섭게 배를 띄워야 할 물때라서 자칫하면 터진 '초망'을 잊게 마련이었다.

'초망'이나 미리 손질해둘 요량으로 집을 나섰다. 소금섬이 열댓개 쌓여 있는 간막을 막 지나는데 심상치않은 기척이 소금섬더미 뒤쪽에서 일었다. 숨가쁜 소리들이 여간 야릇해서 쥐 본 고양이처럼 납작 엎드려 살금살금 기었다. 맘놓고 엎드린 사내의 등짝이 달빛에 훤히 드러나고 그 등짝밑으로 계집이 가쁜 숨을 내뿜으며 깔렸다.

계집은 연신 '히이 히이' 허망한 웃음을 달고 사내는 간이 타는 모양이었다.

"꼴값 그만허구 얼른 말을 듣능겨-"

"내가 멀 워쩼다구 그류? 히이- 워찌 이러유? 힝, 히잉-"

"비양질 놓덜말구 일이 되겄끔 도와줘사지 이년아! 어서!… 아, 어서!"

"자아- 맘대로 혀봐유 자아- 난 몰러유. 장뱀이 헌티 일를테예유. 힝 히잉-"

"원끗 일러보래지! 실성헌년 말두 고지들을 빙신 있남⋯ 암, 암 그려야지!"

이내 사내의 등짝이 요란하게 춤을 춰대기 시작했다. 중천이는 살금살금 뒤로 기어댔었다.

중천이는 그때 생각을 떨쳐내고 얼굴을 들었다. 그리고 내뱉었다.

"용갭이늠이 딴 지집 강제루다 붙어묵는 꼴을 봤단말여!"

"원 벨 별난소리 다 듣긋네거. 용갭이가 못헐 일이 워딨어? 그깐놈으 일이 든 죄여, 지집년이 나쁘지."

원보는 흥- 콧방귀를 뀐다.

"지집이 연심이니깐 그렇잖구!"

"뭐여?⋯ 뭇이 워쪘?"

술청바닥을 차고 벌떡 일어난 원보는 저도 몰래 몇 번 비칠댄다.

"참, 참말인감? 엉?"

"그짓말이먼 월매나 좋을껴?"

원보는 맵디매운 눈을 허공으로 치뜨다말고 또한번 놀란다.

물골을 타고 배 한 척이 들어온다.

첫눈에 '신합포' 짐배 아니냐.

26. 만적(蠻賊) 26

'신합포' 짐배 뒤로 '간수선'이 한 척, 그리고 어장에 나갔던 '새우횟배' 또 한 척이 아슴히 먼 물길 뒤에 처져 있다.

'신합포' 짐배가 몰골위에서 닻을 내리는 낌새다. 선창 둑에까지 물이 들려면 한동안은 기다려야할 판이다.

짐배만 봐도 가슴이 벌렁거리는 원보였다. 엄지손가락으로 한쪽 콧구멍을 막고 패앵 콧물을 풀어친 원보는 이내 후웅- 하고 만족스러운 탄성을 문다.

짐배 도사공 권가 생각 덕분에 잠시동안 중천이가 했던 말을 잊고 있던 원보는 그 제야 중천이 옆으로 바짝 붙어 앉으며 대뜸 놈의 멱살을 움켜쥐었다.

"그짓말이라구 실토혀, 이늠!"

"베란간 워찌 이런댜?"

"느금 쇡을 모를덜 알구? 일을 꾸밀르다보니께 고따위 쌩소문줄을 맹글웃짐? 안 그려?"

"자, 자네 시방 미치능겨?"

"미친다구? 화이고, 미친늠은 느늠이여! 애만 연심이년은 워찌 제물로 삼능겨!"

"씨벌늠! 이거 안 놀껴?"

목조인 오리꼴로 툭 내민 입술만 연신 짭짭대며 숨 넘어가던 기색의 중천이가 원 보의 손을 우악스레 뿌리친다.

"성질 한번 쏙대기[30] 등까시여."

중천이가 목줄을 잡고 훼훼 도리질을 해대며 원보를 흘겨댄다.

설마 하는 마음에서 그만 울대 깨고 뛰는 씨돼지처럼 한바탕 미쳐봤던 원보는 금 새 멋적다.

"안 미쳐두 즘생이여!"

흘끔흘끔 중천이의 눈치를 살피며 단숨에 술사발을 비운다.

중천이의 말이 날짜 거짓일 수는 없었다. 말을 붙이는 사람이 혓바닥 밑 힘줄 아 프도록 수다를 떨어대야 겨우 한마디 대꾸할둥말둥한 중천이다.

그렇게 말수 적은 녀석이 무슨 짓을 못해 이런 소문을 지어내랴 생각하니 원보의 가슴은 칼맞은 대쪽처럼 쫙쫙 결을 찢는다.

"화이고오– 먼늠으 팔자가 이리 씨대여! 죽자죽자혀두 이런 벱은 읎어!"

머리골 속을 다 채운 열기가 끓다못해 눈꺼풀속에다는 화끈대는 밑불을 깔고 양

---

30 쏙과의 하나. 몸의 길이는 9cm 정도. 이마의 등 쪽은 사마귀 모양의 돌기가 있고 털로 덮여 있다.

쪽 관자놀이 끝에다까지 따끔대는 불씨를 심는다.

용갑이의 하는 꼴이 요새들어 바짝 눈이 시릴 지경이었다. '어전'에도 별 마음이 없는 듯 걸핏하면 심드렁해서

"즈어믐 붙을, 김용갭이가 은제는 괴기밥 묵구 옷잼으서 살웃남! 어전이구 배구 다 처분혀서 화륜선이나 장만히선 씨벌늠어 옷잼 뜨면 고만이여."

하곤 땅땅 큰소리를 쳐대던 거였다.

황당선 핑계대고 '어전'에 넌덜머리를 떠는 말만은 아니었다. 철금갑에다 돈줄을 채운 세가들이라면 귀가 솔깃한 잇속이 따로 있었으니, '조청상민수륙무역장정'이 조인된 두달 뒤인 10월 14일 '주교사'(舟橋司=배다리 창선船艙)와 양호(兩湖)의 조운을 맡아보던 관청에 명하여 민간(民間)의 '화륜선'(火輪船. 근대적인 증기선蒸氣船) 구입을 허가한 것이 그것이었다.

돈줄 세도만 믿고 이쯤 엉뚱한 잇속을 궁리하느라 골즙을 짜내는 것들이라면 '옷점'선창 한번 난장으로 뒤엎어 놓기는 마음 먹기에 달린 것이리라 생각하며, 원보는 빠드득 이를 갈아대는데

"워찔겨?"

중천이가 다급하게 물었다.

27. 만적(蠻賊) 27

원보는 선뜻 말문이 트이지않는다. 제가 중천이같아도 몇곱을 더 미쳐 날뛰었을는지도 모른다. 중천이의 가슴 속에다 불질을 지피는 것은 장순이 일보다도 온다간다 말 한마디 없이 자취를 감춰버린 제 마누라 생각일 것이었다.

황당선 돼놈들 작폐에 '옷점'이 발칵 뒤집혔던 날로부터 며칠 동안을 미친년 떡불 지피듯 멍청히 방구석에만 처박혀 죽치던 계집이, 중천이가 '대천'(大川)에서 '연관목' 뜸나무로 박달나무를 실어오느라 나흘을 비운 사이에 쥐도 새도 모르게 '옷점'

을 빠져나가 버린 것이었다.

"즈년이 도망질을 치른 워디꺼정 갈겨. 가랭이 찢으지게 띄부아야 꺽 안맨도 쪽 재비긋지."

처음엔 이쯤 맘놓고 슬근슬근 마누라 행방 염탐을 나섰던 중천이었지만, '드르니'까지 샅샅이 훑어봐도 계집의 자취가 없자, 지게 동발 물고 늘어지는 복날 똥개처럼 막바지 악에 받쳐 정신을 놓던 녀석이었다. 거기다가 뱃사람들의 농담들이 심심찮게 줄을 달았다.

"낯짝 뺀뺀허니 애사당초 자네겉은 뱃놈헌티는 과헌 지집이웃제 멀. 누가 아남? 용갭이가 작첩혀스나 태안바닥에다 꽁꽁 숨겨놨는지."

그러니 황당선 말만 나와도 눈발에 쌍심지 돋쳐 미쳐날뛰게 안 되었더냐.

원보는 중천이의 콧부리 끝에서 확확 풍기는 단내를 피하며 얼굴을 바다쪽으로 돌린다.

"원수갚자는 일 누가 마데여!"

"ㄱ르니께 후딱 서둚제는거 안여!"

"서둘은다구 되는 일 안여. 암팡지게 궁리를 짜내스나 일을 벌리사혀."

중천이의 사발 쥔 손이 바들바들 떨린다. 중천이의 얼굴 위에서는 늘금대는 웃음기마저 논다.

원보는 머릿속으로 주밋주밋 파고드는 부친의 모습을 애써 떨궈낸다. 부친의 모습이 사라지자 곧 이어 연심이의 얼굴이 한 사리때 달덩이처럼 떠오른다. 더불어 가슴속이 아릿하게 저려오는 방정맞은 근심이 깔린다.

해따리 절일때나 써먹자는 명반이다. 그 실성한 중에도 갓난애 얼리듯 명반자루 안아들고 헤죽거릴 것은 뭔가. 중천이가 목도했다는 그짓거리가 그때 딱 한 번이었다고 믿을 건덕지는 없다. 불알쪽에 단물이 꽉 찰 때마다 용갑이 놈이 그 짓거리를 벌였다치면 녀석의 씨가 안 생겨나라는 법도 없다. 실성한 년 뱃속에 새끼라도 들었다치면?

"쥑이뿐져사지! 모감댕이에다 돌을 메스나 물속으다 쳐박으야지!"

원보는 불식간에 간이 타서 내뱉는다. 영문을 모르는 중천이가 눈알을 휘둥그렇게 치뜬다.

"이봐여 중챈이"

"……"

"참말 그쩍으보구 고만인감?"

"눈깔로 보기는 그때가 츰이여."

"… 돼얏어!… 쥐둥이 놀릿다가는 멱줄을 딸껴!"

"미친늠, 벨소릴 다혀."

원보는 바다를 내다보다 말고 흠찔 놀란다. 그새 물이 다찼다. '신합포' 짐배도 '간수선'도 '새우홧배'도 자취가 없다. 선창으로 들었나 봤다. 선창으로 내달을 양으로 엉댕이를 떼던 원보는 다시 주저앉는다. 권가놈 주량이 술사발 들었다치면 서말을 축내는 판이라 녀석만 비쳤다 하면 지게문 걸고 버티는 주막인심이겄다. 닻줄 걸기 무섭게 주막으로 들이닥칠것은 뻔했다.

28. 만적(蠻賊) 28

원보는 늘펀하게 퍼져앉아 있는 중천이에게 눈길을 주다 말고 부러 사근사근하게 목소리를 낮춘다.

"패앵 내리가봐여. 일이 일이니만치 골즙 다 짜스나 궁리혈껴. 기별 곧 늘테니깐 어여 일으나여."

중천이를 우선은 내쫓아놓고 볼 일이었다. 이마 끝에다까지 벌근대는 가쁜 숨질을 얹곤 연신 걱죽걱죽 고개를 조아리는 꼴이 어지간히 취했다. 이 꼴에다 더 술을 앵겼다가는 무슨 일이 터질지도 모른다. 곧 짐배 패거리들도 들이닥칠 것이며 '간수선'이 들었으니 상모나 용갑이도 낯짝을 내밀기 십상이었다. 중천이라면 넌덜머리를 떨어대는 용갑이 아니냐. 다른 '간수선'다 띄우면서도 유독 중천이가 타는 '간수선'만 높게 얹어놓은 심사가 바로 그런 징조였다.

중천이는 한동안 뭉기적대고 앉았더니 슬며시 일어났다.

"그믐 내리가여 나… 기별 없으면 씨벌늠으거 나 혼저라두 일을 벌릴껴!"

"그려두 이늠이 정신을 못채렸남? 뒈짓다 생각허구 함부로 쥐둥이 까덜말엇!"

원보가 버럭 악을 써대자 중천이는 멋적은 헛기침자락에다 개트림을 섞으며 술청을 나갔다. 원보는 중천이의 뒷모습을 보다말고 못 볼 것이라도 본 양 끌끌 혀를 차댄다. 짓다만 까치집처럼 부숭숭 결이 틀린 녀석의 뒷통수가 오늘따라 유독 눈에 아프다.

장곡댁이 할래할래 들어서는데 어지간히 신명이 돋쳤다. 원보더러 들으라는 듯이

"오늘겉히만 괴기가 쏠쏠하게 잽힌다치믄 을매나 좋을뀨… 아닥빠닥 몸살떠는 넘덜은 그래두 괴기잡구 들오는디!"

해놓고는 부엌으로 들어간다.

돌각담 밖에서 두런두런 기척이 일었다. 꺼렁꺼렁대는 쉰소리가 얼핏 들어도 권가 목소리였다.

원보는 '짐배' 권가의 목소리를 듣고부터 이내 스렁스렁 가슴이 설렌다.

얼마만에 들어보는 권가놈 목소리냐.

마음 같아서는 맨발로 널븐널븐 쳐나가 권가의 지게 등태 같은 가슴패기를 덥석 안아도 기분이 덜 풀리겠지만 겨우 한숨 한가닥 푸우 내뿜으며 기쁨을 사르는 원보다.

주막 지게문이 곧 부서지게 몸살을 떨더니 이내 권가가 들어섰다. 그 뒤로 너댓명 '짐배' 사공들이 따랐다.

술청에 앉아 멀뚱하게 제쪽을 바라다보고 있는 원보의 눈길과 마주치자 권가는 내딛던 걸음을 멈추고 떠억 버텨 섰다.

"아니 저런 급살맞을늠 좀 부아? 즈늠 성님이 왔는디도 술청 깔구 처져있긴감?"

"에라 쌍늠! 성님을 봤으면 동상이 먼츰 인사를 치르야지!"

원보는 뒷통수를 긁적대며 후웅— 능청맞게 웃는다.

"얼라? 저 웬순늠 쥐둥이 까는 꼴때좀 보라여. 옷잼선창이 타작마당 되얏다는 소문도 말짱 헛것이었등게벼. 저런늠헌테두 술사발이 돌구."

"쏙대기 까시루다 쥐둥이를 쫑쫑 꿰미놓기 전에 어여 성님헌티 오너."

"아휴— 저 웬순늠!"

권가는 턱아지를 설핏 들고 헛웃음을 치더니 그제야 원보 곁으로 와 털썩 엉댕이를 붙였다.

"오랫만에 술값 한번 엽전놓구 챙기긋슈. 신합포 짐배가 쩰여!"

장곡댁이 얇실한 입술을 달막달막 놀리며 술상을 차려왔다.

29. 만적(蠻賊) 29

'짐배' 사공들은 술자리를 아예 따로 폈다. 권가와 마주앉은 원보는 멀거니 권가의 얼굴만 살핀다.

"이늠이 사람낯짝 츰보나? 워찌 눈깔은 매갱갱 혀가지구 혼이 빠졌냐? 어따, 성님술이나 받어."

원보는 권가가 따라주는 술을 두 사발이나 거푸 비웠다. 별안간 온몸에다 불을 지르는 술기운이다.

원보의 가슴속에서 멀금멀금 울먹임이 인다. 그간 어디다 대고도 풀길이 없어 엿판 엎듯 눌러참고 견뎌냈던 홧통이 불시에 또아리를 푼다. 가슴속에서 와글와글 끓어대던 울먹임이 급기야는 들먹대는 어깻죽지 끝으로 몰린다. 부친의 모습이 살아나고 알량한 '당배'가 갯펄에 박힌 뱃머리를 떨어대고, 보생이 어멈의 모가지에서 겨우 놀던 숨줄이 딸깍 멎고, 연심이년의 헐래춤이 둥실둥실 어지럽다.

원보는 엉댕이 걸음으로 권가에게 다가들자마자 권가의 가슴패기를 와락 안아쥐고는 우웅- 짐승울음 같은 울음을 내쏟는다.

"느늠 자알 만났여!… 이늠아, 원보 이늠 못살긋다 못살어… 느늠은 내 쇡을 알껴어- 고렇다구 말좀 혀부아 이 권가늠아!"

장곡댁이 그새 맹맹해진 콧소리로

"저냥반 인저 미치능게뷰!"

해놓고는 치마자락으로 콧망울을 쥐어틀며 팽- 콧물을 풀어치운다.

"얼라? 이늠이 베란간에 워찌 이른댜? 이늠아 놔여 놔! 화이고, 나 징그라와서 못전딘다구. 아휴 징그라와!"

권가는 애써 원보를 떠다밀지만 원보의 팔아름은 더 억세게 가슴패기를 죄고 울음은 터진 봇물인 양 기세가 더해간다.

"넘 적삼으다 졸창 쓸개물 넘으오게 콧물 침물 죄 반죽치구 먼 청승이댜, 이늠이!"

권가는 원보의 팔아름에다 가슴패기를 맡긴 채, 벌컥벌컥 술을 들이킨다. 연해서 꺼질 듯한 한숨줄을 몇차례 물더니 병째 술을 퍼담는다.

원보가 내쏟던 울음을 멈춘다.

"인저 씨언헝겨? 더 처울지 배내보지 감씨처름 뵈다마능겨, 그놈으 울음은!"

권가는 팔아름을 풀곤 손등으로 눈두덩을 훔쳐내는 원보를 흘기며 투덜댄다.

"니늠 그간 믄 재미가 고렇끔 좋아서 콧뱅이도 안뷩겨?"

"대천으서 고북 신정포까지 짐 신구 올락낼락혔었지. 그려두 그쪽은 괴기밥도 쏠쏠허게 묵어. 황당선 작폐도 없구."

한 바다를 향해 늘편히 품을 열은 '옷점'과는 달리 '보령'·'흥성' 겹자락을 따라 '고북'까지 바짝 품을 파고든 '천수만'(淺水灣)쪽 사정은 다른 모양이었다. 하긴 그렇다 환갑늑대 뱜쳐먹게 약아빠진 돼놈들이 죽을 작정 아니라면 뭣한다고 '임통'이나 진배없는 '천수만'을 파고들겠는가.

'원산도' 물목을 '벼리'(그물 윗쪽 코를 조이는 동아줄)삼아 바짝 끈을 조인다치면 '천수만'속에 든 황당선들은 그물속에 든 생선들꼴이렸다.

"주박을 치야 헐텐디 그물 짤 사내키가 있으야지!"

"심이 원칸 밀렸는디 심 치르는 것이 문제여."

"괴기 잡으서 심 치르먼 돼여!"

"말 한번 씨언히서 좋다 이늠아."

권가가 원보의 턱주가리를 철썩 소리가 나도록 손바닥으로 쳐올렸다.

30. 만적(蠻賊) 30

거푸 닷새동안을 죽자고 기를 써봤지만 말짱 헛일이었다. 주박속에 드는 생선들이라는 것이 손바닥만한 우설접(牛舌鰈=서대) 여나믄마리, 열두름도 못 엮을 박접(薄鰈=박대) 나부래기에다 소어(蘇魚=밴댕이) 반통발 쯤이다. 황석수어(黃石首魚=참조기) 떼거리는 고사하고 보개어(宝開魚=백조기. 보구치) 몇십선도 구경하기가 힘들었다. 이럴 바에야 차라리 탄도어(彈塗魚=망둥이) 낚시로 나서서 몇백두를 말려 챙기는 짓이 더 낫겠다 싶은 원보였다.

"지아무리 죽으라 죽으라 혀도 이런 뱁은 없능겨! 씨벌늠으거, 염장헐 괴기 낯짝이라두 보야 말이지!"

원보는 초망을 뱃전에다 팽개쳐버리곤 배밑창이 울리도록 쿵 주저앉는다.

"배밑창 빠지겄유."

보생이가 원보를 흘끔거리며 볼멘 소리다.

"급살을 맞을늠, 왠녀려 사설이여? 썩어 자빠즐 늠아 배 밀리는디 어여 노나 잡으엿!"

원보는 버럭 악을 써대고나서 주목에서 얼른 눈길을 거둬버린다. 사물사물 밀리는 주목이 눈에 가시처럼 아프다. 물때가 나쁜가 날씨가 나쁜가 사릿발 물때에다 뭉개구름 몇장 품어안은 물색 하늘이 오늘따라 유독 곱다. 황당선 눈치재며 좋은 물목 눈돌린 탓이리라- 이쯤 생각하니 불 같은 한숨이 절로 터지는 원보였다.

원보는 아예 벌렁 누워버린다. '신합포' 짐배 권가의 얼굴을 무슨 낯짝으로 보랴, 이번만큼은 절반이라도 셈을 치러보내야 사람행세를 하는 것, 그런데 이번에도 체면닦을 싹수는 영 노랗다.

"헐수 읎지!… 용줄 터진 주박 아니구 안 잡겄다는 괴기도 아니여!… 화이고오- 나 환장혀!"

원보가 턱주가리가 마치도록 오진 채머리를 떨어대는데 길게 내뽑는 목소리들이 가물가물 멀다.

"어이- 어이-"

원보는 배창에서 등짝을 뗐다. 두척의 '쌈판31'이 꽤 먼 거리에서 원보의 당배를 거슬러 가고 있었다. 오글오글 붙어앉은 사람들이 한 배에 스무명 씩은 되나 싶었다. 어부들이 아니고 장사패거리들 같았다.

"씨벌늠덜, 즈늠들 갈길이나 이쁘게 가면 돼얏지 꽘질은 왠녀려 꽘질인감!"

원보는 시큰둥 내뱉고나서 다시 누워버린다.

금년 정월에 '제물포'(濟物浦=인천仁川)가 개항(開港)했다던가. 그런 뒤로 저런 배들이 바짝 늘었다.

묵묵히 노만 젓고 있던 보생이가 목소리를 가라 앉혔다.

"아버님."

"… 워찌 그려."

"… 옷잼 뜻으믄 좋겄유!"

"……"

"소문을 듣자허니께유, 제물포에 가믄 일꺼리가 지천으루다 깔렸데유."

"그려서?"

"지허구 아버님허구 맴 독허게 묵고 일허다보면, 누가 아남유, 배 한 척이라도 짜

---

31 장도리배. 이음매에 구멍을 촘촘히 뚫어서 참나무못을 박아 만드는 '쌈판'

게 될는지유… 썩은 당배루다 괴기도 안 드는 주박은 맨날 치서 뭇허남유!"

"썩은 당배가 뭇이 워쩐다구? 요 급살맞을놈 쥐둥이 놀리는 것좀 보래여!… 느 하나부지가 워쩐 정성으루다 짜신 당밴디 뭇이 워쪄?"

원보는 초망자루를 쥐고 이내 개 패듯 보생이를 후린다.

31. 만적(蠻賊) 31

보생이는 간단없는 매질이 떨어질 때마다 땡볕 밑을 기어대는 송충이처럼 움찔움찔 등짝을 떨어댈 뿐 노를 쥔 채 옴싹않고 서 있었다.

원보는 초망자루가 부러지고나서야 매질을 멈췄다.

"쥐둥이 간수 안 혔다치면 고팬 아조 쥑여놀껴 이늠!"

뱃전에다 맷돌짝 같은 엉댕이를 털석 붙이는데 당배가 기우뚱하면서 한켠으로 쏠린다. 그바람에 원보는 대침맞은 떡개구리마냥 사지를 헤벌여 찢으며 물속으로 떨어졌다.

고막속에서 뽀골대는 소리가 겨우 가셨다 싶었을 때에야 펀뜩 제 정신이 든 원보는 맵게 쏘는 눈을 부라려 떴다.

물발이 어진간히 센 낌새로 당배는 사뭇 서너발 뒤에 처졌다. 황망중의 어림짐작으로도 보생이는 금새 물속으로 뛰어들 기세였다.

"이늠아, 배로 쫓아오야지 두 사람 다 물속으로 처백히믄 막장 보능겨! 둘다 죽능겻!"

원보는 목젖이 아프도록 악을 써댔다. 그제야 보생이도 제 정신을 차린 듯싶다. 보생이가 허겁스레 노를 저어왔다.

원보는 어깻죽지께를 지나 미끄러지는 당배의 뱃전을 겨우 붙잡고는 뱃창으로 몸뚱이를 던졌다.

"아버님 괜찮으세유?"

"썩어질늠! 느늠이 아까 물속으루다 뛰여들기만 혔으면 배는 배대루 뺐기고 사람은 사람대로 뒈짓여!"

원보는 보생이의 머리통에다 오진 황밤을 먹여대고 나서야 푸우 긴 숨을 내뿜는다.

보생이는 군소리없이 다시 노를 잡는다. 원보의 눈길이 보생이의 등짝 위로 날아가 앉는다.

홧김에 초망자루만 결단내고, 또 아비 살리겠다고 제 정신이 아닌 녀석에게 황밤벼락까지 먹였지만, 원보의 속마음은 영 개운치가 않다.

이제 겨우 열네살 채운 보생이다. 그 나이에 스무 살박이 장정 귓뿌리 넘어 설픈 올라 선 머리통이니 키도 어지간 크려니와, 호죽나무 초망자루 하나 거뜬히 결단내고도 끄떡않는 몸뚱이이니 허우대는 또 얼마나 장대한가. 이 모든 것이 다 한 쑥대에 겹가지 꼴로 원보만 빼닮은 것이었다.

주박에 생선 안 들기로서니 뱃놈 한 세상이 온통 황년만이랴, '당걸루' 노질도 혼자 해내는 억센 뱃놈으로만 물근물근 자라만 주거라- 이런 생각에 미쳐 가슴 한구석을 뿌듯한 자랑으로 채운 원보는 저도 몰래 슬근 입꼬리를 찢는다. 헛기침 뒤에다 다는 말이다.

"워쩌?… 견딜 만하든감?"

"야아? 뭘 말인감유?"

"애비 매질 말여!"

보생이는 그제야 말뜻을 새김하고는 피식 웃는다.

"… 견딜 만혔유."

원보는 부러

"호죽나무가 씨언잖읏등게벼. 매질이라고 개우 초장트는데 두쪽으로 작살나구."

하며 헤엠- 헛기침 한 자락을 더 깔은다.

'옷점' 선창 둑이 멀게 건너다뵀다.

"뭐좀 들읏든감?"

하는 큰 소리에 고개를 돌려보니 어느결에 따라왔는지 상모의 '삼대배'가 당배를 앞질러 미끄러지는 참이었다. '삼대배' 위에서 노봉 영감이 소리치고 있었다.

32. 만적(蠻賊) 32

'삼대배' 패거리들이 멀거니 이쪽을 건너다보고 앉았다. 하나 같이 어두운 낯색들이다.

"들기는 뭇이 들어유? 염장헐 괴기라고는 콧뱅이도 못봤유. 어전에는 좀 들었등가유?"

원보의 물음에 노봉 영감은 설레설레 손을 내저었다.

"엽전 바꿀 괴기는 씨두 읎어."

'삼대배'가 휭 미끄러져 앞장을 섰다.

"어전에서두 황 잡웃나보지유?"

보생이가 말끝에다 연한 한숨줄을 달았다.

"너나없이 죽자죽자혀는 판이여. 어전이라구 벨수 있긋남."

"황당선만 읎다면 사정이 원칸 달츄. 어전 앞으다 또 어전을 채린긋이나 다름읎으니깐 그렇쥬. 어전 물목을 떠억 밟구 그물을 치는 판에 괴기떼가 임통으루 백힐 쨈이 으딧유!"

보생이의 말이 맞았다. '어전'에 박힐 고기떼는 황당선 그물에 결려들고 떼거리가 작은 잡어들이 황당선 그물 곁두리를 돌아 '임통'으로 박히는 꼴이었다.

'삼대배' 뱃사람들 꼴이 비 맞은 장닭 본세로 어깻죽지들이 처질대로 처지고 상모가 제 정신 못 찾고 허겁을 떨어대게도 됐다싶다.

상모의 '진잡어전'만 해도 서해에서 몇째 가는 큰 '어전'이다. 염장 두 날개 길이가 삼백 파(把)에 이르고 '임통' 수심(水深)이 두 장이다. 한 파(把)의 길이가 어른이 두 팔을 양껏 벌린 한 발이고 보면 '신렴' 길이만도 삼백발 넘게 물속으로 뻗쳐 있는 것 아니냐. 그처럼 큰 '어전'에 들 고기는 안 들고 하잘 것 없는 잡어들만 겨우 몇백 선씩 박힌다면 그 '어전'은 이미 막장 본거나 진배없는 일이었다.

'삼대배'가 선창 둑에다 닻줄을 걸었다. 원보도 당배 닻줄을 걸고 흘끔 둑을 살핀다.

느긋한 팔짱을 껸채 노봉 영감을 올려다보고 섰는 상모의 얼굴로는 벌써 몇겹은 늘녹은 오기가 가득 찼다.

연신 뒷통수만 혜적대고 섰는 노봉 영감을 못 마땅한 눈길로 훑어내리던 상모가 큰소리를 친다.

"누구 환장지랄떠는 꼴을 귀경 허긋다는 거여머여 시방! 아니 뭣허자는 물선주여? 배가 들었으면 물선주가 어전 사정에 대혀서 연설문을 틀으사 쓸꺼안유?"

"… 괴기는 괴긴디, 거 뭐 거시기가 돼야지…"

"거시기가 워찟다는 거여?"

"……"

상모는 쪼르르 뱃전으로 오르더니 이내 닥치는 대로 우어(憂魚=삼치)를 쥐어들고 물속에다 패대기친다.

"요깐녀르것 뭣헌다구 신구오능겨? 싹 쓸으서나 바다속에다 내쏠일이제 뭣헌다구 선창꺼정 뫼셔오느냔말유?"

상모는 금새 미친 듯싶다. 근심 '우'자를 이름 머리에다 단 죄로 우어는 사태로 잡아봐야 말짱 헛일 있었다. 미주알 빠지게 가난한 상것들이라야 남의 눈 속여가며 살점이라도 뜯어볼까, 사람들 거개가 우어는 아예 쳐다도 안봤다.

원보는 노봉 영감의 속마음을 짐작해보다 말고 싸아- 콧날이 저려온다. 노봉 영감인들 전 같으면 생각이라도 해봤으랴.

원보는 등골에다 오싹 찬소름을 얹으며 머릿속으로는 '나치도'를 불씨처럼 심는다.

33. 만적(蠻賊) 33

해넘이가 설핏하면서부터 뜸을 들이던 마른 번개질이 기어코는 요란한 바람줄을 앞세우며 작대기 같은 빗발을 내리 쏟기 시작했다.

번갯불이 먹장 밤하늘을 파랗게 밝혀대기 무섭게 곧 따라 터지는 천둥소리가 귓청을 통째 찢는다.

원보는 쪽마루위에 벌렁 누운 채 쳇증 얹힌 것처럼 무겁고 답답한 가슴을 쓸어내려본다. 버글버글 끓는 속이 진정될 기미는 좀체 없다.

보생이 어미가 가들지는 신음가락을 내뱉으며 뒤척이는 낌새다.

"여봐유… 여봐유…"

오늘 밤따라 보생이 어미의 신음소리가 유독 귀에 거슬리는 원보다.

"아 워찌 불르구 지랄이여?"

원보는 발뒷꿈치가 저리도록 터엉- 쪽마루를 내리찍으며 버럭 악을 쓴다.

"비 들치는 쪽말래엔 뭣헌다구 눴데유. 등꼴에 한끼들믄 워쩔려구유."

"빙 앓는 지집년이 뭔늠으로 청승이여. 즈년 빙이나 나슬 생각혀."

원보는 토방께로 횡 돌아눕는다. 토방에서 튕겨오르는 빗방울들이 원보의 얼굴로 선뜩선뜩 날아든다.

"나 빙 낫기는 다 틀렸유… 을매나 오래본다고 꽘질은 놓구 그류…"

"뒈질려믄 별써 뒈졌어야지!… 넘꺼정 움쩍 못허게 묶덜말구!"

보생이 어미가 끄윽끄윽 몇 번 숨을 고루잡는가 싶더니 이내 흠찔거리는 연한 흐느낌을 문다.

"… 들자허니께 제물포가 크게 선창을 열웃다는디… 나 걱정말구 보생이늠 데리구 옷잼뜨유! 증말이유 빈말않유…"

"저런 염병 삼년에 땀도 못빼구 뒈질년!"

원보는 후다닥 일어나 앉는다. 마음 같아서야 당장 내달아 대구 절끔절끔 짓밟아

놓고 싶지만 이내 두 무릎 새에다 화끈대는 얼굴을 묻고만다. 또 그 생각이 자라온다. 번개 벽도질만큼이나 섬뜩한 생각이다.

사흘전 '주박'에서 돌아 온 날 밤이었다. 보생이 어미의 앓는 본세가 여느 때 같지 않았다. 눈꺼풀은 개개풀렸고, 그 눈꺼풀이 겨우 들리울 때마다 삼백창으로 치뜬 희멀건 눈알이 방고미께에 얹혔다 방벽께를 타고 스르르 떨어져 내렸다하는 꼴이, 그날 밤을 넘기지 못할 것 같았던 거다.

"이봐여! 정신채리봐여!"

원보가 허겁스레 달려들어 정신없이 몸뚱이를 흔들어대자 이번에는 누리뀌뀌한 좁쌀미음을 오작오작 게워냈다.

그 난장 속에서도 드르렁 드르렁 코를 곯아대며 깊은 잠에 빠져 있는 보생이에게 황밤주먹을 앵겨 깨워놓곤 무작정 집을 나섰다.

날 밝기 무섭게 '정당리' 한방으로 업고라도 뛰어가려니- 하는 작심만 급했지 돈한 푼 빌 데라곤 영 떠오르지 않는 원보였다.

주모 장곡댁의 얼굴을 떠올려보던 원보는 몇걸음 바삐 내딛다 말고 굳어버렸다.

"즘생 가죽으루다 면피를 삼웃다치도 안 될 일이여!"

정을 줄 만한 얼굴들은 다 떠올려봤다. 그러나 늘척한 한숨줄만 푸짐할 뿐이었다.

생각 끝에 열리는 얼굴들에게마다 목줄이 저리도록 안쓰러운 도리질을 해대며 발길을 옮기던 원보는 별안간 장승처럼 버텨섰다.

34. 만적(蠻賊) 34

원보는 어둠속에서 사위를 두리번거려 살폈다.

"내가 시방 죽자구 환장을 치능건감?"

원보는 어금니를 절끔 물고 나즉히 내뱉었다. 원보의 발걸음은 용갑이네 집 토담 옆에서 저도 몰래 우뚝 멈춘 것이었다.

원보는 토담곁으로 바짝 붙어선 채 한동안 뭉기적거렸다. 벌근벌근 가슴패기를 조이는 가쁜 숨결이 단숨에 목줄을 타고 오르며 콧날 끝에다 매운 단내를 심었다.

원보는 건조장 뒤 숲에서 연심이를 깔아덮쳤던 용갑이의 등짝을 떠올려 봤다. 이내 손아귀 속으로 찌걱대는 땀줄이 고이고 불끈 주먹이 쥐어졌다.

'어전' 돼가는 꼴에 복장을 태우며 반쯤은 미쳐 기승을 떨어대는 당배 뱃놈들과는 달리 기선 권현망 멜배 덕분에 사무장 직함까지 오달지게 꿰차고는 영바랍재는 녀석이었다.

'죽림'과 '조천'에다 꽃살림을 채렸으니 두 첩들 번갈아 돌며 서방구실을 할랴, 장사 잇속 염탐하며 '모월리' 드나들랴, 벌써 스무날 넘게 '석포'본가를 떠나 있는 용갑이었다.

그러니 안채엔 인평댁 혼자 가랭이 헤벌려 던지고 잠들어 있을 것이었다.

"셰끼도 못담는 년이 웬녀려 앙태여? 느년이 지집년 구실을 현다치면 미쳤다구 나가 외로 돌겨? 씨벌년. 그래두 씹골패는 짜졌다구 새암은 되게 뜰어데여!"

걸핏했다 하면 이쯤 호된 구박을 받으며 빼문 사발주둥이 위에다 눈물 콧물 뒤범벅치는 인평댁이니 용갑이놈 미운 마음은 어지간히 영글었으렷다.

"붙잡구서나 통사정을 혀부아?"

원보는 헛소리처럼 내뱉아놓고는 이내 고개를 내저었다. 무서리 호박순에도 애호박은 열리는 법, 보고들어 배웠다는 것이 제 서방 뺨쳐먹을 돈탐이었다.

딴뚝네 상가집 일만해도 그랬다. 선주 마누라는 한지 한 타래에다 삼베 닷자를 얹어 인사를 챙겼었는데 인평댁은 쭝쭝이로 시침질할 무명실 한 골패도 안 내났지 않던가.

원보는 생각이 여기에 이르러 더 궁리를 짜볼 틈도 없이 토담위에다 두 팔을 얹었다. 끄응- 힘을 쓰며 오른쪽 발을 토담위로 얹은 원보는 또 한번 멈칫했다. 하필이면 건조장 경비를 도는 오장이늠 곁방쪽이었다.

씨름판에서 맞붙으면 좀체로 결판을 낼 수 없는 통뼈 오장이늠의 얼굴이 떠오른다. 녀석의 갈퀴살 손아귀에 덜미라도 잡히고 삽자루 같은 녀석의 발등이 턱주가리라도 벼락쳐놓고 본다치면 일은 거기서 쑥밭되는 거였다.

원보는 토담에서 내려와 안채쪽으로 살금살금 기었다. 성큼 토담위로 올랐다. 원보는 토담을 넘어 마당으로 살푼 내려섰다. 오장이늠의 방쪽에서는 다행히 아무런 기척이 없었다.

안채 방문앞에 바짝 쪼그려 앉은 원보는 그제야 아차 싶었다. 문고리를 안에서 걸었다면 일은 말짱 허사였다. 문고리를 잡고 슬며시 당겨봤다. 천행이었다. 방문은 당기는대로 스르르 열리지않는가.

원보는 방안으로 슬깃 들어서며 앉은걸음으로 방벽을 더듬어 갔다. 인평댁의 숨소리가 저리 깊을 때 반닫이라도 찾아낼 일이었다. 세운 두 무릎이 뽀드득뽀드득 몸살을 떨어댔다. 가마골 막장까지 욱신욱신 쑤셔대는 가뿐 숨줄을 달래노라 잠시 옴싹않던 원보는 하마터면 소리를 내지를 뻔 했다. 홋이불귀 열리는 소리에 이어 인평댁의 팔아름이 별안간 원보의 허벅지를 죄고 늘어지는 것이었다.

35. 만적(蠻賊) 35

원보는 한동안 혼을 빼고 앉아있을 따름이었다. 번뜩 제 정신이 들었을 때 원보는 엽송단 긁어내리는 갈퀴날처럼 팔뚝을 뻗쳐내렸다. 허벅지를 죄고 늘어졌으니 필경 고래고래 고함을 쳐댈 터이고, 그 고함소리를 들은 오장이놈은 사람 하나 간맞춰 때려잡을 요량으로 벼락같이 들이닥칠 것이었다.

인평댁의 목줄쯤이리라 여기하며 와락 팔뚝을 뻗쳐놓던 원보는 주춤 멈췄다. 쓸개물이 마를 지경으로 뜨겁게 끓는 인평댁의 속삭임이 너무나 엉뚱했기 때문이었다.

"오쟁이남? 빙신! 아휴- 빙신! 맨날밤을 사람 간장 다 보트게 허능겨! 와여! 어여 이리 와여!"

"......?"

원보가 할 말을 잊고 멍청히 앉아 버티자 인평댁이 원보의 목덜미를 와락 껴안고 나자빠졌다. 인평댁의 펄펄 끓는 입김이 원보의 목덜미 위로 튀는 백탄 불티마냥 수선스럽게 떨어져 내렸다.

"멀 고렇고름 생각혀능감! 집구석인 나허구 오쟁이뿐이여! 아휴- 그덜 말구 어여 사정 좀 봐주여!"

깜깜절벽의 어둠속에서 어찌할 바를 몰라 눈알만 데룩데룩 굴리고 퍼져 누웠던 원보는 살길은 이 방법뿐이다 요량하며 화급스레 인평댁을 깔고 덮쳤다.

인평댁이 펄펄 끓는 소리를 목젖으로 넘긴다.

"속곳 벗으사지!"

인평댁이 속곳을 밑으로 홀태질하고 나서는 또아리 푸는 능구렁이처럼 늘근늘근 몽뚱이를 뒤챘다. 화끈 달은 붙두덩이 들먹들먹 들리운다. 원보는 고의춤을 까붙이며 불솥 같은 한숨을 깔았다. 어떤 맘먹고 벌인 일인데 느닷없이 사타구니께가 벌근벌근 끓어댄단 말인가.

'씨벌늠어 연장 댐박 두쪽 내스나 파묻어뿐지사지 편혀!'

원보는 머리골이 울리도록 채머리를 떨어대며 대침 꽂은 양 뻐근해 오는 엉댕이를 불끈 세웠다간 떨쳐내렸다.

"아휴! 아휴, 나 죽능게벼!"

년의 눈두덕으로 불금 솟은 옴살이 꽤는 두텁다 싶었지만 이렇게 음기 덩어리인 줄을 어떻게 짐작이라도 했으랴.

"몰러!… 나 몰러! 아휴 난 몰럿!"

인평댁은 곧 숨이 넘어가는 듯싶었다. 원보는 행여 오장이놈이 기미라도 차릴세라 인평댁의 주둥이를 손바닥으로 틀어 막았다.

한시바삐 일을 끝내고 나서 불알통이 핑경될 지경으로 곧장 줄달음을 놓는게 상책이었다. 원보는 고삐 뚫린 애송아지 꼴로 미쳐 뛰었다.

"오쟁이 느늠!… 느늠!… 아휴- 느늠…"

샛바람 타는 대숲처럼 이리 감기고 저리 걸치며 바르르 떨어대던 인평댁의 허벅지가 허공을 몇 번 휘저어대고 나선 슬밋슬밋 방바닥으로 떨어져 내렸다.

한동안 넋뺀 듯 눅처져 있던 인평댁이 무슨 짐작을 잡았는지 별안간 후나닥 일언 앉으며 화급스레 원보의 구렛나룻을 더듬어 내렸다.

"뉘기유!… 당신 뉘기웃!…"

"……"

"당신 뉘기냔말유! 야아?"

원보는 파들파들 떨어대는 인평댁의 손길을 우악스레 뿌리치곤 방문을 차고 뛰었다. 단숨에 토담을 타넘었다.

원보는 토담곁을 타고 줄창 내달았다.

정신없이 내닫던 원보는 허억-하는 신음을 물고 섬뜩 굳었다. 담모퉁이로 사람이 설핏 숨는 낌새였다. 누구란 말인가.

36. 만적(蠻賊) 36

"허어- 대체 누구란 말여!… 그늠이 도다체 누구냔말여!…"

담모퉁이로 몸을 숨기던 그 섬뜩한 사람형체를 떠올리다 보니 헛소리치고는 고함질이나 다름없이 꺼렁꺼렁 내뱉고마는 원보다.

"나지 누군 뉘기유! 보생이늠 대골사지 혼빼게 맹글구 보생이 아부지 천덕꾸래기루 맹글구…"

보생이 어미가 원보의 속마음을 알 리 없다. 훌쩍훌쩍 조심스럽게 간을 맞추던 흐느낌이 말을 내뱉기 무섭게 그당장 맘놓고 익는다. 울음가락에 오기마저 제법 섞였다.

"요런 급살맞을 늠어 예팬내, 왠녀려 헛소리엿?"

"헛소리는 보생이 아부지가 혔유… 내 말 헛소리 안유. 안 그래유? 집안 꼴 요렇고름 맹그는 사람목자가 나지 누군 누구겠유?"

"씨벌년, 넘 속을 몰러두 유분수여. 청승맞은늠어 울음뽀 시방 당장 안 그쳤다가는 쥐둥이를 사발틀여놀껴!"

"사발틀 쥐둥이나 된감?… 칼로 쓸어두 살 한점 뜨잴 듯 읋유."

원보는 주먹을 불끈 쥐고 엉덩이를 몇 번 들썩거려 본다. 그렇잖아도 실성하기 딱 알맞을 판인데 계집까지 다글다글 분통을 볶아놀 건 뭔가.

원보는 몸뚱이를 한두번 부르르 떨어댔을 뿐 이내 마음을 사리고만다.

번쩍 하고 번갯불이 치더니 금새 귓청 터질 천둥이 꽝꽝 운다. 버얼겋게 달은 번개 벽도질이 참죽나무 뿌리만큼 갈래갈래 제 몸통을 찢으며 선창 바다쪽으로 내리꽂힌다.

원보는 쪽마루 기둥에다 등짝을 붙이고 멀거니 토방을 내려다본다. 빗방울 소리들이 뽕알뽕알 극성스레 자진모리 장단을 쳐대는 꼴이 토방은 필시 흥건한 물바다렸다.

원보의 머릿속으로 다시 거미줄을 쳐대는 그 생각이다.

옴싹 못할 핑계 하나 만들어 원보를 때려잡겠다고 별러 온 사람이라면 그 당장에 덜미를 잡았을 거였다. 힘이 부친다 하면 고래고래 고함을 쳐 사람들 깨우기는 어렵잖다. 멸치 건조장에다 명줄 얹고 사는 녀석들이라면 다 그랬을 것이었다. 그런 부정한 짓거리를 정탐하고 나서도 설핏 몸을 숨겨 제가 먼저 자취를 감출 입장이라면 필경 둘 중 하나다.

그 하나는 원보의 약점을 밑천삼아 두고두고 제 잇속 거두겠다는 불여우 턱수염 뽑을 간특한 놈 짓거리일 것이요, 또 하나는 어쩌다 못 볼 것을 보고만 사람이 뭉기적대다간 저마저 말려 들세라, 허겁지겁 제 앞길 간수하고 말았을 것이었다.

그렇다쳐도 야릇한 일이 아닐 수 없다. 죽었다 셈치고 이틀동안을 멀뚱멀뚱 마슬을 돌며 기미를 염탐한 원보였지만, 단 한사람 그런 낌새를 내색하는 사람은 없던 터다. 장범이도 봤고, 오장이놈도 봤고, 그래도 여년묵은 정분 앞세워 항상 원보를 안쓰럽게 봐주는 당배패거리들도 다 만났지만 세월 여전한 인사치레들 뿐이 던 거다.

"… 미친늠!… 내가 미쳤여… 그 당장 도망질을 놀긋이지 워쩌다가 구레나룻은 잽 힛냔 말여…"

원보는 낮게 내뱉는다. 가슴이 박하수 먹은 듯 싸아 써늘하게 식는다. 오장이놈 의 투실대는 볼따귀론 구렛나룻은커녕 털시래기 한올 없다. 인평댁은 필시 짐작을 잡았으리라. 제 발 제가 저려 못 견딜 지경이면 선수를 쳐 용갑이에게 일러 바칠 지 도 모를 일 아닌가.

37. 만적(蠻賊) 37

원보는 게거품을 입술꼬리께에다 끓으며 희번떡 두 눈을 뒤집어 까는 용갑이의 얼굴이 떠올라 으스스 진저리를 친다.

"씨벌늠! 차라리 쥐도 새도 모르게 죽여주면 월매나 좋을껴!"

원보는 제발 그래줬으면 싶다. 언제는 목숨 챙기며 뱃놈질 했더냐. 살아 있는 일 이 꿈만 같을 정도로 죽을 고비만도 숱하게 넘겼다. 보생이 어미 살리자고 했던 일 이 엉뚱한 죄 하나만 더 만들고 말았으니 이래저래 뭇매맞고 죽을 팔자다. 패거리를 시켜서 때려잡든 용갑이 저 혼자 박살을 내든 간에 제발 소문없이 죽여만 주거라.

이런 생각을 하며 풀썩 주저앉는데 보생이 어미가 숨 너머가는 소리를 했다.

"… 나 뒤볼레요…"

원보는 군소리없이 성큼 방안으로 들어서선 보생이 어미를 들쳐업는다. 뼈가래만 앙상한 몸뚱이가 빈 통발만큼이나 가볍다.

"이런 호강혀서 미안혀유."

"꼼살맞을 지집년혀구는. 몸땡이만 송쟁이지 쥐둥이는 정정혀."

원보는 맨발로 토방을 내지른다. 토방으로 찬 물이 발목까지 싸담군다. 보생이 어미를 뒷간에다 내려논 원보는 한쪽 손을 보생이 어미 손에다 맡긴 채 멀뚱이 선다. 제발 죽었으면 했던 생각이 금새 싹 가신다.

'지집년 내 눈앞에서 죽는 날 꺼정은 혈 수 읎이 살으야지!'

원보는 빠드득 이빨을 갈아붙이며 보생이 어미의 손목을 저도 몰래 꼬옥 쥐어본다.

"내가 어서 죽으야헐틴디!… 내가 죽으사 쓰능겨."

"말에서 남세나여. 쥐등이 달구 뒤나 봐여."

보생이 어미는 연신 끙끙대며 힘을 써보지만 똥줄은 여간 감질맞다. 풀자루 쥐어 짤때처럼 삐직거리는 헛김만 푸짐하게 샜지 똥줄이라곤 겨우 거품만 끓여대는 곱똥 몇줄이다.

"… 뒤 다봤유…"

"웬녀려 똥줄이 고렇그름 명이 짧댜?… 허긴 묵은 것이 있으야 말이지."

원보는 보생이 어미를 들춰업는다. 빗발 기세가 갈수록 모질다.

"가물드니 인저 늦장마 드능게뷰."

보생이 어미가 오싹오싹 한속을 탄다.

"가물으서나 괴기 못잡웃지 인저 장마까정 들지, 뱃놈덜 다 뒈진겨. 소금발 씬 가뭄바다에서는 괴기떼도 놀덜 안혀. 장마들으서 육수나 또 백혀들으보라여. 백날 주낙을 백리 치면 뭇헐껴. 황이여 황!"

원보는 보생이 어미를 쪽마루에다 내려놓는다. 보생이 어미가 인중 비 맞은 똥개 꼴로 겨우겨우 기어 방으로 든다.

"그란디 이 보생이란 늠은 워딜 갔게 콧뺑이도 안 뵌댜. 에잉- 복더위 염병 얻으서나 섯바닥 타서 뒈질 늠!"

원보는 큰 소리로 투덜대며 집을 나섰다. 그제야 당배 생각이 났던 거다.

마침 물이 나기 시작할 때다. 빗물을 가득 담은 당배려니 물만 빠졌다하면 몇곱 더한 무게로 닻줄을 당겨댈 것이었다. 닻줄이 당배 무게 못견뎌 끊어질지도 모른다. 게다가 바람까지 둑을 쓸어갈 기세 아니냐.

원보는 걸음을 잰다. 볼따귀가 따끔댈 정도로 빗발이 억세다.

38. 만적(蠻賊) 38

막 담장을 돌던 원보는 흠칫 멈춰섰다. 대여섯 발짝 앞에서 인기척이 인다. 누군가 걸어오고 있다.

"보생이남?"

"……"

"거 누구냔말여?"

아무 대꾸없이 질벅대는 걸음만 옮겨 놓던 사람이 원보 앞에 이르러 따악 버텨선다. 모가지를 길게 빼늘이곤 곧 이마가 닿을 듯 상대방을 살펴보던 원보는 그제야 퉁명스레 내뱉는다.

"훠이- 산쪽이여. 쥐둥이는 뒀다 으디다 써묵자는겨."

중천이다. 어지간히 오기가 담긴 눈빛이 어둠속에서도 서글서글 탄다.

"패앵 뚝으로나 내리가여. 주막에는 들르덜말구. 용갑이하고 상모하고 술청차고 앉었여"

원보는 멈칫 선다. 용갑이란 말에 별안간 발이 굳는다. 다른 곳에 출행했다 하면 돌아 올 때는 떠들썩하게 기별을 달던 용갑이다. 그런데 이번엔 웬일로 소문 한줄 없이 불쑥 들어닥쳤는가 싶은 원보다.

39. 만적(蠻賊) 39

화끈화끈 열기가 솟는 얼굴을 하늘로 향해 번듯 쳐들고 곰곰이 생각에 잠겨봤던 원보는 내처 발걸음을 떼놓는다.

"옴뿔돋치게 대갈박 썩히봐야 뭇혀. 뒈지든지 살든지 둘중의 한나여, 씨벌!"

원보는 주막앞에 이르러 잠시 멈칫거렸다. 살금살금 다가가 토담위로 얼굴을 얹는다.

장곡댁이 술청 구석에 쪼그리고 앉아 꾸벅꾸벅 졸고 있고 용갑이와 상모가 술청 가운데로 늘펀하게 퍼져 앉았다. 상모는 푸욱 고개를 떨군 채 맥이 빠진 꼴인데 용갑이는 허여멀쑥한 낯짝에다 늘금대는 웃음기를 얹었다.

원보는 토담에서 뒷걸음질 치며 푸우- 한숨을 내뿜는다. 명치 가래뼈를 죄고 늘어지던 근심이 좀은 풀리는가 싶다. 인평댁이 그 일을 일러바쳤다면 저리 느긋하게 술청에서 노닥거릴 용갑이가 아니다. 그 당장에 들이닥쳐 집에다 불이라도 놨을 것이었다.

원보는 잰걸음을 논다. 모진 바람이 대숲을 흔들어놓고는 쌩쌩 둑쪽으로 내달아 간다. 둑을 치는 물결이 댓발은 칫솟는가 싶다. 쏴아- 내려덮치는 물보라가 투망질 하듯 원보의 몸뚱이를 싸감는다.

원보는 더듬더듬 당배 닻줄을 찾았다. 당배가 이리저리 쏠리며 몸살을 떠는 모양이었다. 손에 잡혔다싶은 닻줄이 이리 빠져나고 저리 빠져나며 한발 안에서 제 멋대로 논다. 그때마다 닻줄 끌리는 소리가 쓰르르쓰르르 난다.

"쬐끔만 늦었으도 당배 띄보냈긋여. 보생이늠은 워디 백혔기에 닻줄이 다 다는디도 몰르구 이려, 썩을늠!"

원보는 한쪽 발로 닻줄을 밟고 겨우 팔을 뻗는다. 서너번 손을 휘저어서야 바다쪽으로 뻗친 팽팽한 닻줄이 잡힌다.

닻줄을 끌어당기던 원보는 한두번 도리질을 해본다. 이상한 일이다. 여느 때같으면 스르르 끌려올 당배가 꽤 무겁다.

"이늠의 당배가 워찌 이렇게 무겁댜.… 물이 찼다쳐두 그렇지!"

원보는 닻줄끌던 손을 놓고 섬뜩 굳는다.

당배쪽에서 기척이 인다. 귀를 종그려본다. 물사태 소리만은 아니다. 분명히 사람의 기침소리다.

"… 누구 배에 있능감?… 보생이 느능이였?…"

당배쪽에서는 대답 대신 또 한차례 기침소리가 터진다. 그것도 들으라는 듯이 뱃가죽 쥐어짜고 내뱉는 헛기침소리다. 기침소리가 귀에 설다.

원보는 등줄로 오싹 찬소름이 돋는다.

"물구신 아니고 사람이먼 대답 좀 혀부앗!"

원보는 버럭 소리지르기 무섭게 있는 힘을 다해 닻줄을 끈다.

40. 만적(蠻賊) 40

원보의 부릅뜬 눈이 뚫으지게 앞을 내다본다. 어슴어슴 눈 속으로 드는 게 있다. 사람의 형체다.

"느늠!… 느늠이 누구여? 누구냐 말엿?"

깜깜절벽의 칠야에, 그것도 작대기 빗발 품은 대바람이 둑을 헐 듯이 모진 판에, 상사춤 춰대는 당배 속에 앉아 헛기침을 짜대는 사람은 도대체 누구란 말인가.

원보는 정신없이 닻줄을 끌었다. 당배가 둑섶에 와닿는다. 번쩍 번갯불이 일었다. 파란 번개술이 당배를 훤히 밝힌다.

원보는 허억- 단내를 물고 대못처럼 굳는다.

장범이다. 멸치 운반선에서 서너달 뱃밥 처먹더니 어느새 건조장 경비책임자라는 서슬푸른 밥줄을 실쌈스럽게[32] 챙기고는, 옛날 당배 패거리들과라면 언제 봤더냐 하며 기세 재는 녀석이었다. 장범이가 가마골 머리칼이 또아리를 풀면서 곤두서게끔 징그러운 웃음기를 흘리며 당배 걸대에 앉아 있다.

천둥소리가 꽝꽝 바다를 찢으며 자지러지더니, 이내 번갯불도 죽는다. 당배는 다시 어둠 속에 묻힌다.

---

32 매우 착실하고 부지런하게

"놀랠 것 씨도 읗어!… 어여 닻줄이나 암팡지게 쥐여!"

원보는 닻줄을 창대에다 조여감고 나서 애릿애릿 멀어져 가는 정신을 애써 모운다.

"느늠! 장뱀이 느늠이 넘으 당배는 워찌 타구 앉능겨!"

장범이가 꺼렁꺼렁 웃음보를 푼다. 녀석의 웃음소리가 와글와글 끓는 빗발소리에 닿으며 물비늘을 질러간다.

"후웅- 올 줄 알읏지… 그려두 알량헌 당배 걱정은 되게 씨었등게벼."

"이런 씨벌늠즘 부아! 넘의 알량한 당빼는 워찐다구 타구 앉았여?"

"이늠아, 고맙다구 큰절이나 혀. 느늠 당빼 물푸느라구 양 어깨가 깔앉으들어 시방!"

"느늠보구 원지 당빼 물 퍼돌라구 원청헸남?"

"화이고오- 그놈 참 사설두 길으여. 느늠 이쁘 봐스나 짚신짝만헌 당빼 타구 앉었는 줄 아남?"

"고름 뭐여?"

"느늠이 맴묵기에 땔링겨!"

장범이는 한동안 말을 끊더니 째앵 헛기침을 내뱉고는 말문을 다시 텄다.

"웬보 느늠, 세월 한번 광이 뻔쩍뻔쩍 나둥구먼 그려."

"……?"

"몰러?… 그려두 몰러?"

"즈어믐 씨벌헐 늠이 뭔녀려 헛소리댜? '옷잼'서 광빼는 늠은 느늠 혼차여!"

"또 있여!"

"용갭이나 상모겄지!"

"바로 느늠이여!"

장범이는 한바탕 또 웃어제꼈다. 원보는 사지를 후둘후둘 떨어대다 말고 까투리 등줄타고 퍼득대는 장끼처럼 장범이를 깔아 덮친다.

"느늠! 그려두 한 시절에는 성님 성님 섯바닥 놀렸든 느늠여! 느늠이 윗다대구 막말 놓능겨? 좆대가리를 홀태질혀서나 오짐뽀꺼정 바람줄 느놔사 알긋여?"

장범이의 목줄을 조이고 앉아 샛바람에 사립문 떨듯 몸뚱이를 벌금벌금 떨어대던 원보는 즈제야 펀뜩 제 정신이 든다. 나 죽는다 하고 엄살을 즐펀하게 깔아야 할 녀석이 웬일로 사지대골 흔연스레 늘어뜨린 채 죽으려면 죽이라는 기세다.

"근데 이 씨벌늠이 죽자구 환장을 혔남?"

원보가 오진 주먹을 불끈 쥐는데 장범이가 거푸 웃음을 터뜨린다.

41. 만적(蠻賊) 41

"끄 끄 끄- 느늠 원껏 쥑여봐여. 나 쥑있다허든 느늠 창새기는 연줄이 되능겨! 태안 백화산꺼정 창새줄이 날러갈찌두 몰러… 끄끄 끄."

"즈어듬 씨벌, 목심 두 개 안여! 느늠 쥑이구 한번 오지게 뒈질껴!"

원보가 장범이의 목줄을 죄고 바짝 힘을 쓸 때였다. 둑쪽에서 계집의 호들갑스러운 웃음이 칼끝처럼 날을 세운다.

원보는 목줄을 조이던 손아귀에 힘을푼다. 장범이의 마누라 단님이의 웃음소리다.

"이늠! 어여 이 손 놔여! 드르니 장터에 복똥개꼴루 죽덜말구!"

원보는 슬긋 손아귀의 힘을 푼다.

장범이의 얼굴이 원보의 눈길 앞으로 바짝 띠를 죈다.

"담 타넘는 솜씨가 어지간혔웃지… 황소 물구 뛰는 호랭이도 고렇고름 날쌉시럽진 못헐껴!… 내 말 대강 짐작이 집히남?"

"…?"

"… 내 말만 들으주면 쥐둥이를 봉혈껴.… 워티께 헐껴? 내 말 고대루 듣긋남?"

원보는 담모퉁이로 설핏 숨던 그적의 희끄므레한 그림자를 떠올려본다. 장범이었단 말인가.

"이늠아 대답을 혀사지!"

장범이가 버럭 다구치며 원보의 턱주가리를 올려붙였다.

"… 뭘 워찌라는겨! 워티께 혀주먼 되능겨!"

목줄을 타고 오장 뒤틀리는 울먹임이 치받히는 원보다.

"느늠 당배를 내놔여."

"뭐, 뭐여?"

"놀래기는?… 워찔겨! 모월리지서꺼정 끌려가 물고가 날껴, 아니먼 내 말대루 당배를 내놀겨?"

"… 여봐여 장뱀이!…"

"이늠! 대답이나 후딱 혓!"

원보는 질끈 입술을 깨문다. 금새 핏줄이 터졌는지 입속으로 짭잘한 간끼가 돈다.

"당배는 워다다 써묵겄다능겨?"

"섬량리 미역밭 잡일이나 거들자는 거여…. 그동안 멜배 인연 걸치구는 을매나 노심초사혔는디, 나라구 미역밭 못챙길 뱁 있넘? 쬐꼼쬐꼼씩 묵어가사지, 허엄-"

장범이에게 당배를 내준다치면 그 당장 세 식구가 멱줄을 타고 죽어야 할 판이었다. 몸뚱이가 물고질에 오각 육편을 뜬다손치더라도 당배만은 내놓을 수 없는 원보였다.

원보는 부러 성깔을 돋우며 막바지 용심을 써본다.

"그려! 느늠 본대루 토담 타넘은 것은 사실이여… 허제만 죄진 일은 암꿋두 읎어!… 보생이 어픔 약값이나 염출혈려구 고만 정신이 해까득 혔등겨…"

"그려서?"

"… 문꼬리가 안루 쟁겨있으서 고냥 뛰쳐나오는 짬였어!"

장범이가 원보의 멱살을 벼락같이 움켜쥔다.

"요런 급살맞을늠어 셰끼! 이늠아, 인평댁 씹애리든 소리 시방도 귀청에 멀쩡혀!… 아휴 오쟁인감! 몰러, 몰러!… 이늠, 요래두 딴청을 부릴껴어?"

원보는 그만 천근같이 무거운 머리통을 두 무릎새에다 묻고만다.

42. 만적(蠻賊) 42

장범이가 목젖 쥐어짜는 웃음을 끄 끄 끄 내쏟았다.

원보는 얼굴을 들고 멀끔히 앞을 내다본다. 뜨겁게 당금질해대는 가슴과는 달리 머릿속은 퀭 혼줄이 빠진다. 당배에 실려 기우뚱기우뚱 춤을 춰대는 장범이의 희부연 형체만 눈안에 들 뿐이다.

장범이가 훌쩍 둑위로 올라섰다.

장범이의 손바닥이 울청 뻗친 장닭의 날개짓처럼 원보의 어깻죽지를 쳐대며, 겸해서 느긋한 비양질을 늘편 깔은다.

"느늠 청승맞은 꼴 더 못봐 주겄여. 맴이 원칸 쓰리고 애리사지. 아서, 대갈박 죽자구 씩히봐야 벨 수 없구 몸땡이만 빙나여… 웃잼 통백다구 원보가 워찐 일루다 요렇고름 쓸쓸허디야?"

이내 녀석의 발길질이 원보의 엉댕이를 툭툭 쳐댔다.

"워찌긋남? 내 말대루 헐껴 안 헐껴? 이늠! 후딱 말을헷!"

넋나간 듯 멀뚱히 앞만 내다보고 앉았던 원보는 섬찟 놀라며 눈길을 바로 잡는다. 아름아름한 형체 하나가 허옇게 끓어오르는 파도의 머리를 밟고 온다. 중의 밑자락이 헐렁헐렁 춤을 추고 엿가락같은 뼈가래 두 쪽이 나붓나붓 물비늘을 탄다. 적삼소매 밖으로 앙상하게 내뻗친 두 손목 끝에서 윷쪽 같은 손가락뼈들이 부쉬져 내린다. 장창을 문 얼굴이 단내를 내뿜으며 확 다가든다.

"아버니임--"

원보는 외마디 신음을 내뱉으며 소스라쳐 일어섰다.

"근데 이늠이 웬 딴청이여. 실성헌지 허덜말구 이여 대답이나헷!"

번갯불이 장범이의 살기등등한 얼굴을 파랗게 밝혀놓고 이내 죽는다. 원보는 그제야 제정신이 든다.

"느늠이 굶은 괭이 낯짝으루다 나를 훌태질하먼 워쩔티여?"

"……"

"고렇다먼 헐 수 읎지! 살려주겄다는디도 안 살긋다는디 딴 방도가 있능감?"

장범이가 등돌아선다. 후적후적 몇발짝 떼놓는다. 원보는 화급스레 쫓아가 장범이의 팔뚝을 움켜쥔다. 놈을 이대로 돌려보내느니 차라이 이 당장에 닻줄로 목을 매는게 속 편할 일이다. 옴짝달싹 할 수 없이 죽을 길만 빤한 막장에야 놈의 멱줄 물어 끊고 함께 죽을갑세, 아직은 우선 살고 볼 일이었다.

"이거 놔여. 징그랍게 워찌 이려?… 사람 붙잽였으면 말을 혀든지!"

"느늠 말대로 헐껴!"

"진작 그랬으야지."

"요것 한가지는 꼭 알아둬여. 당배는 느늠헌티 냉겨주제만 느늠두 쥐둥이 단속혀사 쓸겨!… 막장에는 느늠 쥑이구 나 뒈지면 고만이여!"

"당배만 건니준다치면 목심 부칠때꺼정은 입 봉헐껴… 느늠 덕분에 안주박을 치는디 고만한 보답은 혀사지, 안그려?"

장범이가 경중경중 뛰어 어둠속으로 사라졌다. 원보는 주막쪽으로 길을 바꾼다. 술로 다스리지 않는다면 당장에 실성해버릴 것 같은 심사다.

43. 만적(蠻賊) 43

용갑이와 상모가 술청을 나갈 때까지 밤을 새워 못 기다리랴 하는 급한 마음으로 바짝 마른 단내만 허기지게 내뿜으며 간막 앞을 막 지나던 원보는, 당창종 돋은 목을 세우듯 뻣뻣한 목돌림을 곁들이며 스런 돌아선다. 간막 옆의 당나무아름 뒷켠을 돌아나오는 사람 형체가 작대기 빗발 속으로 잠시 비쳤다 싶었는데 어김없이 잘박대는 발짝소리를 다는거다.

다가오던 발짝소리가 두어 걸음 앞에서 딱 멈췄다.

"성님, 나유."

두선이의 목소리다.

"야밤중에 워찐 일여?"

"성님은 또 워찐 일유!"

두선이의 목소리가 여느때 같지않게 통명스럽다.

"… 당배 물 풀려구 나왔든챔여…"

두선이는 원보 곁으로 다가와 서며 대뜸 풀무질만큼은 드센 한숨을 푸우 내뿜는다.

앞쪽에서 떠들썩한 목소리들이 터졌다. 용갑이와 상모다. 목젖께에서 우렁우렁
대는 말소리가 소리만 컸지 무슨 말들을 주고 받는 건지 짐작이 멀다. 어지간히들
취한 모양이었다. 둘이의 비칠대는 발짝소리들이 만동이네 염가 담장을 끼고 빤
는다.

"어여 들으가여."

원보가 걸음을 재는데 두선이가 원보의 걸음앞을 딱 막아 선다. 한동안 가쁜 숨줄
만 씨근덕대던 두선이가 입을 연다.

"… 쥑이는 수배께 딴 도리가 없유!"

"……?"

"살자면 워찌긋슈!… 쥑이는 수배께유!"

원보의 목구멍 속에서 엿물처럼 찰진 침줄이 버글버글 끓는다.

"이늠이 믄 헛소리여 시방?… 누굴 쥑이구 말구 헌단말여!"

"누군 누구겄유, 장뱀이쥬!"

"믓여?"

"다 들웃슈!"

느닷없는 한기가 들며 따글따글 골추마저 떨어대는 원보다.

"둘중으 한나유! 그늠을 쥑여뿔든지, 아니믄 당배 주겄다구 쇡이서나 한 사날 날
이나 벌어서 우리가 도망질을 놓든지!… 나치도 황당선 칠 쩜이라두 있긋슈?"

원보는 벼락 같이 두선이의 멱살을 움켜쥐곤 사정없이 흔들어댄다.

"느늠 시방 실성허능겨? 살긋다구 대골사지 찢으지게 환장질을 치두 대갈박 솟아 날 구넉이 없는 판인디, 뭇이 워쪄? 사람 죽이고 나치도 치는 일을 워찌자구 큰 소리로 읊으대능겨!"

"원지 큰 소리로 읊읏유?… 일으다 훼질논 사람이 누군디 그류!"

"… 누구여?…"

"성님이지 누군 누구유!"

"대갈박버텀 아작아작 씹어묵을 셰끼, 쥐둥이 맴대루 놀렸다가는 인중골이다 태질을 칠겻!"

"… 고짬이 양기빨 돋츠서나 넘 예팬내 뱃때지나 타구유!"

"아휴, 요런 씨벌늠!"

원보는 두선이를 힘 대로 떠밀어 붙이고는 주막으로 바람 같이 내닫는다. 주앞에 이른 원보는 그만 난감하다. 그새 불을 껐다.

"장곡댁! 이봐여 장곡댁!"

원보는 간이 타서 불러보지만 장곡댁은 기척도 않는다. 멀뚱멀뚱 굴려대는 원보의 눈알이 뜨거운 눈물을 담는다.

44. 만적(蠻賊) 44

하늘이고 바다고 간에 뿌연 빗무놀 속에다 살을 섞었다. 여늬때 같으면 바다위에 댕겅솟아 발치끝에다 허연 물보라를 끓이고 섰을 '장고도'(長古島)앞 '노고암'(老姑巖)이 작대기 빗발 속에서 형체도 없다. 눈이 먼 물새떼가 잿빛 하늘을 바다로 가늠했음인지, 허기진 울음들을 끼룩끼룩 내지르며 느닷없이 대숲위를 낮게 날아 쏜살 같이 선창쪽으로 빨려든다.

빗날 기세가 엿새째 기승을 떨었다. 이런 기세로 열흘만 더 퍼붓는다치면 흙대로 헐어 움집이나 다름없는 집이 제풀에 폭삭 주저앉고 말리라. 그간 내렸던 비로 지

저분한 것들이 싹 씻겨간 탓, 토방으로 한 뼘은 실히 넘게 고인 물줄이 허드레 빨랫거리나 헹구면 딱 알맞을 개울물이나 진배없다.

몇날 밤을 뜬 눈으로 지새우며 골머리를 썩혀봤지만 명줄 닫는 데까지 살자면 '옷점'을 뜨는 수밖에는 별 수가 없다고 다짐해 버린 원보였다.

장범이에게 덜미를 잡힌 이상 녀석 말대로 당배를 건네주는 도리밖에 없고, 당배도 없이 '옷점'에 남아봐야 거적도 못 덮은 송장꼴이지 뭔가. 그러니 막바지 차일질을 쳐대는 생각은 부친의 원수나 갚고 죽자는 결심뿐이던 거다. 그러자면 중천이하고 일을 벌리는 수밖에 없었다.

원보는 불김처럼 닳은 한숨을 내뿜으며 끄응 엉댕이를 뗀다. 한숨 끝에 피가 발등으로 몰리도록 안쓰럽고 매운 얼굴이 댕겅 열린다. 제 죽고나면 핏줄 섞은 동고간 막가지에 혼자 달랑 남을 득보 얼굴이다. 부친의 비명횡사를 알린 지가 언제적 일인데 지금까지 감감무소식이란 말인가.

"박정시런늠… 뒈짓다믄 몰러두 살읏다믄 므 상녀려 행티여!"

원보는 선창쪽으로 걸음을 옮긴다. 보생이 어미가 다글다글 가래 끓이는 소리로 뭐라 하는 모양인데 말뜻을 알아들을 수가 없다.

"저승사자 맴이라구 독까시만 돋칠껴?… 지집년 죄진긋 읎으니께 대리가던 않긋지…"

원보는 얼굴로 내리꽂혀드는 콩알만큼한 빗발들을 손바닥으로 쓰윽 쓸며 내처 걷는다. 가마골을 타내리는 물줄이 금새 등줄을 다 적시며 엉댕이 골패로 스며든다. '천수만'쪽 '어장' 정탐을 나갔던 상모의 '삼대배'가 들어올 때도 됐다 싶다. 보생이도 '삼대배'로 들어올 것이었다.

간막 뒷쪽 자라바위께를 지나던 원보는 무심결에 설근 멈춰선다. 자라바위쪽이 여간 수선스럽다. 실랑이를 벌이며 악다구리를 써대는 두 사람을 에워싸고 대여섯명 구경꾼들이 또아리를 틀었다. 멀뚱멀뚱 자라바위께를 살펴보고 섰던 원보는 모가지에다 찬소름을 얹는다.

"저른 급살맞을년!"

맨발에다 적삼 앞섶을 혜벌려 깐 연심이가 한사코 장범이에게 매달리며 앙탈을 떨고 장범이는 그때마다 연심이를 떠다밀며 화뿔이 돋친다.

"느믐 쥑이고 나두 죽을껴! 날 워찌 싫어허능감?"

"안놀려? 아휴, 요 씨벌년을 고냥 워티께 쥑이놔사쓸껴… 놔여! 실성을 혔으면 섯바닥 깨물구 즈년 혼저 이삐게 뒈질 일이지 넘 못살게 지랄칠껀 뭐여?"

"장뱀이가 좋으니깐 그릇지! 느믐 읎이는 못살으여 난!"

원보는 두 주먹만 불끈불끈 쥐어댄다. 날이 궂는다 싶으면 실성기 돋치는 연심이다.

45. 만적(蠻賊) 45

원보는 사람들을 혜집고 두사람 사이로 끼어들었다. 속마음 같지 않게 대뜸 연심이의 머리통으로 떨어지는 주먹질이다.

"근디 요년이 워찌 또 이런냐? 당장 집구석으로 처가여!"

연심이는 한바탕 까르르 웃음줄을 놓는다. 이내 눈안에다 시퍼런 독기를 담는다.

"안 가유!… 장뱀이 읎는데루 내가 워찌가유!"

"이려두 안 가여?… 웬숫년!"

원보는 연심이를 한팔아름으로 번쩍 안아 퉁시리 매듯이 어깻죽지 위에 얹는다. 원보가 연심이를 들쳐매고 돌아서는데 늘금대는 장범이의 비양질이 터진다.

"실성헌 동생둬서 애만 자네만 고상이여. 미친년은 그저 씨도야지츠름 꽁꽁 갇우는 수배끼 없능겨. 단속 자알 혀사지 저러다가는 늬 손에 뒈질지 몰러!"

원보는 전신에다 불을 지피는 울화통을 애써 다스린다.

'느믐 원꿋 쫑알대여! 죽자구 맴묵는 날인 느믐두 막장잉겨… 원진가는 느믐 섯바닥으루 작쇠 백힐껴!"

내심 이렇게 이빨을 갈아대며 걷는데 누군가 옆구리를 쿡 찌른다. 올려다보니 만동이다.

"얼라, 월매만이여."

"오늘 아적이 일쪽 왔여. 연심이 대리다놓구 집이루 놀러오너."

"패앵 갈껴."

원보는 소금가마 부리듯 연심이를 '염막' 깔창에다 내꽂는다.

"또 나간다치면 고때 증말 멱줄을 딸껫! 아휴, 지발 정신 좀 채려 요년아!"

원보는 단숨에 만동이네 '염가'로 내닫는다. 연심이가 내지르는 고함소리가 뒤따라 온다. 멱창 따고 늘어지는 돼지 앙탈도 저리 드세지는 않을 것이었다.

원보는 겹다리를 꼬고 허망하게 앉아있는 만동이 옆에 털썩 엉댕이를 붙인다.

"시절 한번 되게 좋은 모냥이여. 옷잼으다는 낯짝도 안 뵈구."

'고북'에서 '태안'바닥에까지 돈줄 넣어놓고 사는 '옷점'세가 만동이지만 원보와 막말 트고 지내는 사이다. 그만큼 천성 한번 오지게 후더분한 만동이었다.

"속 모르느 소리 또 허네. 염장새비는 고사하고 소건헐 큰새비 몇접두 못 챙기는 줄 뻔히 알면서두 그려."

만동이가 뱃전에 패대기쳐진 복어처럼 배퉁이를 함방지게 불리면서 푸우- 한숨을 내뿜는다.

"널은 돈줄 걸으믄 되지 뭘."

"물주노릇도 인저 진저리나여… 그나저나 고상이 심헐껴."

"말 허나마나지. 보생이 에미는 반송장 다 되았구… 득보늠 헌티서는 기별 한자리 읎구."

"먼 일이 생깄능게벼. 거 요상시릅지. 금방 올긋츠름 수선을 달던 사람이 워쩐 일루다 이리 늦는데여." "글씨말여!… 오면 오구 말면 마는그지 헐수 있감… 아휴- 살맴두 읎어! 저승사자는 뭇허는줄 몰러"

"몇닢 빌리줄 테니깐 보생이 어믐 약첩이라두 써볼려?"

"고렇다먼 월매나 좋을껴!"

원보는 왈칵 울먹임이 솟는다.

"보나마나 뻔하지. 또 황이굿지."

만동이가 선창을 내다보며 중얼댔다. 상모의 '삼대배'가 막 선창으로 든다.

46. 만적(蠻賊) 46

"물질 나간거 안여."

"고럼?"

"천수만 쪽으루다 어전을 옮겨 박것다구 정탐질 뜻등겨."

"멋때미 그려?"

"황당선때미 그러지 뭐여."

만동이는 원보의 말끝을 채고 그제야 생각 났다는 듯이 목소리를 높였다.

"그나저나 큰 일여. 되늠덜 허는 작태가 날이 갈씨록 미친 즘생 행티란 말여. 워쩐 늠덜은 장창에다 녹봉장대로 사람 신체를 오각 뜨질 않나 또 워떤늠덜은 앞사정 뒷 사정 가리덜않구 그냥 총으다 빵빵 쓸으버리질 않나… 괴깃밴지, 장사밴지, 병선인 지 도다체 짐작을 잽들 못허긋댜!… 고것뿐인줄 아냐?"

만동이는 잠시 말을 끊었다.

'황해도'에서부터 전라도 '군산'(群山)앞 바다에까지 출몰하는 황당선들을 하는 꼴때로 나눠 정확한 이름을 붙이기는 어려웠다.

황당선들은 주로 '준치유자망'(진어유자망眞魚流刺網) '조기풍망'(석수어풍망石 首魚風網) 어업과 '새우주목망'(해하주목망海鰕駐木網), '갈치주낙'(도어연승刀魚延 繩) 어업으로 서해를 누볐는데, 속셈이야 어떻든간에 겉보기로 점찍어 이런 배들 을 '어채당선'(漁採唐船)이라 불렀고 노략질과 만행을 일삼는 배들을 '황당선'(荒唐 船)이라 불렀다.

만동이가 다시 말을 이었다.

"요짬에 원북 뱅길리꺼정 가봤지 않웃것남. 뱅길리 괴깃배가 황당선헌티 당혔는디 말여 총각뱃놈 둘이가 다 붕알을 발렸댜! 아니 그래 고런 씨벌늠덜이 즘생이지 사람인감? 차라리 쥑여뿟짓다면 몰러. 앞날이 청청헌 총각늠을 붕알 까서나 돌려보낼 것은 머냔말여! 허차암- 붕알통으다 소금으루 염질을 치구 대바늘루다 쭁쭁 꿰미더라는거여!"

만동이가 어깻죽지를 떨어대며 진저리를 친다.

"뙤늠은 붕알까구 뙤년 붙잽으면 씹골패 짜구 공알 발르면 돼능겻!"

원보의 목소리가 저도 몰래 너무 크고 독이 서렸다. 만동이가 놀란 토끼눈으로 원보를 쳐다본다.

상모가 침통한 얼굴로 '염가'앞을 지나더니 만동이를 보고 깜짝 반겼다.

"요런 촉새 겉은 늠! 죽을지경으서 혼줄이 빠지는디 으디가서 먼 재미 보다가 인저 낯짝을 뵌댜?"

"고만 앓구 앉기나 혀."

상모가 만동이의 뒷통수를 쥐어박으며 마루가 울리도록 풀썩 주저앉는다.

"아휴- 천수만 쪽으루는 장목 하나 제대루 못박겄여!"

원보는 상모의 장탄식을 뒤로 하고 중천이 집을 향해 걸음을 옮겼다.

중천이는 흘깃 원보를 살피더니 이내 방 고미께로 눈길을 떠올리고 만다.

방 한켠으로 날이 시퍼런 작쇠가 세개나 가지런히 놓였다. 긴 자루끝에다 낫날을 꽂은 별스런 연장도 두 개나 된다. 그간 밤샘을 하며 만들어 놓은 것이리라.

원보는 방벽에 등짝을 붙이며 늘펀히 앉는다. 그리고 내뱉는다.

"나치도 뙤늠덜 치야지!"

중천이의 눈이 금새 저글저글 탄다.

"원지?"

"물빨 자는 조금날 밤에 뜨여!"

"누구 누구 가넘?"

"내가 알으서 헐껴!"

원보는 지그시 눈을 감는다. 꽹과리 울고 징소리 찢어지는 웃점선창이 슬근 떠오른다. 고기떼 튀는 바다가 살아난다. 황당선은 다 물러간 우리 바다다.

47. 만적(蠻賊) 47

용갑이의 배들이 선창둑에다 결결이 닻줄들을 걸었다. '어전'에 출어하는 장(長) 여덟 파(把)짜리 '장도리배'가 두 척, 외연도(外煙島)앞 석수어 '어장'에 뜨는 '중선망어선'(中船網漁船)이 한척에다 그새에 낀 덩치작은 '간수선'들이 세 척이다.

"그려두 상모가 뱃놈이여."

중천이가 선창둑을 멀끔히 내려다보며 중얼댄다.

"누가 아니럼. 신렴 반날개가 시번이나 절단이 났는데두 아닥빠닥 괴깃배 띄우잖남."

원보도 한마디 거든다. 선친 대대가 고깃배 몰며 한 밑천 단단히 챙겼고, 그 밑전 거들내지 않고 또 부지런히 어장 출어 하여 '진잡어전' 거뜬히 차려 돈줄 쌓은 상모에다 비하면, 용갑이는 애사당초 뱃놈이랄 게 없다. 본시가 강원도 '정선'까지 들락대며 돈탐을 키운 '떼장수'였고 헐값에 어물(魚物) 사들여 뭍이란 뭍은 안쑤셔 본 곳이 없도록 팔방행상하여 돈줄에 앉은 용갑이었다.

황당선 되놈들 작폐를 생각해서야 뱃놈 어느 누군들 원귀살 안돋칠 리 있을까만 되놈들 만행 핑계대고 천금 같은 배들을 모조리 묶어둘건 뭔가.

바로 어제 '외연도' 어장에 떴던 '중선'이 황당선의 습격을 받았고, 허겁지겁 도망질을 놓는 통에 중선망 두통을 고스란히 흘려보냈다는 것이었다.

전장(全長)이 마흔다섯 심(尋)이요 망구(網口)가 마흔여덟 파(把)- 그러니 그물 길이만도 일흔 발에 이르고 그물고 둘레의 지름이 스무발짜리 '마승대망'(麻繩大網)

이다.

  그만한 그물이면 석수어 어장 싹쓸어 흔치않은 것, 뱃놈 처신이면 눈 까뒤집고 벌렁 나자빠지기 십상이었다. 그런데 용갑이는 선창 둑에 가랭이를 널븐 헤벌리고 앉아 쓴 입맛 몇 가닥에다 심드렁해서 내뱉을 뿐이었다.

  "허차암- 김 용갭이 옷잼운도 인저 다 되았어! 씨벌늠어 손재살이 워찌 이리 씨게 낏댜? 내 원 좆겉으서 못 살긋네 거… 니열버팀 배 한척 띠우나 봐여! 괴깃배구 가오리씹이구 정나미가 떨으졌여. 싹 풀아스나 어름배나 새로 짜? 쏠쏠한 돈벌이로야 어름배 따르갈 게 읹지."

  용갑이가 말하는 얼음배란, 금년들어서부터 '석수어어장' 갈고 다니며 톡톡히 재미를 보는 '빙장선'(氷藏船)이었다. 얼음을 싣지 않고 어장에서 생선을 사서 소비지로 운반하여 판매하는 배를 '출매선'(出買船), 배 밑창에다 네모꼴 얼음집을 만들어 거진 삼백여 가마의 얼음을 싣고 사들인 생선을 얼음에 재워 운반하는 배를 '빙장선'이라 불렀다.

  "용갭이늠 암짝혀두 수상혀. 누가 아넘? 되놈 밀상덜허구 장사속을 채리는지두…"

  중천이는 투덜대고 나서 단숨에 술사발을 비운다. 연해서 심각하게 내뱉는다.

  "세월 한번 좋다아- 옷잼 뜰 사람덜 풍년들겄여! 후웅-"

  중천이의 낯짝이 버얼겋게 익는다. '나치도' 되놈들 칠 날 받아 놨겄다, 궁리도 암팡지게 짜 놨겄다, 지레 숨줄이 벌근대는 녀석이리라.

  원보는 아무소리 않고 거푸 술사발만 비운다. 스무사흘 조금물이라야 기껏 엿새 남았다. 불 같은 한숨을 깔며 후질대는 빗발을 망연히 내다보는데 보생이가 숨이 차서 술청으로 들이닥친다. 보생이의 낯색이 거진 파랗다.

48. 만적(蠻賊) 48

원보와 눈길이 마주친 보생이가 그 자리에 움찔 굳는다. 술청에 휑 등돌림하고 돌아서는 행티에 어지간한 서러움이 얹혔다. 그 자리에서 뱅 배앵 맷돌질걸음을 그리며 어찌할 바를 몰라 안절부절 못하던 보생이가 푸우- 고개를 떨군다.

"… 시월 한번 늘척혀서 좋네유!… 시방 워찐 짬인디 볼그작작 술짐만 지피능규!"

"에라 쌍늠! 느아부지 심사가 불솥뚜껑 위서 흑태콩이 되는 참여 시방… 아부지 면전으서 고런 말버릇이 워딨감?"

중천이가 보생이의 말끝을 벼락 같이 채며 째앵 내쏜다.

원보는 흘금흘금 보생이의 하는 꼴대를 살펴보며 우선 녀석의 화통을 매기단할[33] 궁리로 머릿골이 끓는다.

툭 내민 사발주둥이 위로 도리도리 뭉친 녀석의 의중이 뜸을 치는데, 그 조짐을 모를 원보가 아니었다. 그것은 필시 둘 중 하나이리라.

귓청 속에다 곰살을 돋궈대는 그 소리- '옷점' 떠서 '제물포'가자는 앙탈 아니면, 그나마 마지막 소원으로 걸었던 상모의 '천수만'어장 정탐이 물거품이 됨에 이르러 '나치도' 일이나 화직끈 불을 지피자는 투정이었다.

"이눔! 뭣을 못 묵어서 중챈이늠헌티 꺼정 쌍늠 말을 듣능겨.… 사나늠 목자란 긋이 고렇고름 되방정맞어서는 내편 손해만 죽자고 보능겨! 헤엠-"

그렇다. 황년 끝장 궁리라는 것이 기껏 '나치도' 황당선 치고 다 죽자는 것이지만 '옷점' 토박이보다 못 하라는 '장신' 씻줄 아니다. 그 짬에도 그 옛적 '장신' 세월의 사연들이 옷배 곁 짜대며 북실치듯 요란한 원보다.

중천이의 눈길이 원보를 흘끔 살피다간 이내 술사발 곁두리로 얹혀 죽는다. 슬금 원보의 눈치를 살피더니 데면데면 해서 읊는다.

"아 앉으여… 듣자형께 대야도 배들헌티 쏠쏠맞게 당혔데지… 다 그렁겨. 아, 생

---

33 매기단하다 : 깨끗하게 마무리하다

각즘 혀부아! 대야도 괴깃배덜이 옷잼 물목 차구스나 장고도 섶쯤으나 어전 박겄다믄 옷잼 배덜은 불쏘시개라구 혼처 끓넘? 죽을판 살판 두심치구 한판 붙으앵길 긋은 뻔한 이치 아녀?"

"아암- 중챈이 아자씨 말이 맞능겨…. 그래 워찌 숨줄으다 엿물엏구 촉새방정을 뜨능겨?"

원보가 늘금 여유작작한 눈길을 띄우는데 보생이의 달무리처럼 팽한 눈길이 원보의 말끝에 가시처럼 움썩 박힌다.

"아부지… 엄니 시방 명줄 나봐유!"

"……"

"입 가장재리루다 달개거품을 바글바글 끓여대민서 한정놓구 아부지만 찾으데유 시방!"

보생이의 등줄이 금새 너울파도처럼 들먹이기 시작한다.

그말엔 어찌 귀가 그리 밝았든지 장곡댁이 부엌에서 쪼르르 내달아온다.

"시상으! 그여 가나부지… 에구야아- 보생이 어믐 불쌍히서 워찌 살꺄우"

원보는 술청을 차고 일어섰다.

"씨벌! 누가 죽는대여? 워찌 선곡은 틀구 이려? 아니 누가 죽으여?…누가?"

원보는 칡넝쿨 가르며 튀는 멧돼지 기세로 지게문을 박차고 내닫는다.

49. 만적(蠻賊) 49

원보의 지릅뜬 눈 속으로 허파숨량 닳게 하글하글 가뿐 숨을 끊이고 있는 보생 어미가 들어 앉는다. 기어코 죽는가 싶다.

말도 안 될 일이다. 만동이놈 땟물 저린 전대 풀고 말벌 침줄 빼듯 가까스로 빈 약첩 값 아니더냐. '정당리' 한방 말도 한재 숙탕(熟湯)이면 거뜬히 부혈(復血)하고 회기(回氣)할 것이라 장담했던 터다.

후질후질, 육모초 싹이나 깨우면 딱 알맞게 꿈질대던 빗발이 겹실 터진 발결 끝처럼 삐쭉삐쭉 날을 세웠다.

덥썩 보생어미의 깡마른 손목을 부여잡는다.

"이봐여, 내여!"

보생 어미의 눈알에 거진 생기가 죽었다. 방죽 겹두리 수초 안고 노는 물방개처럼 검은 창은 가까스로 사면 흰창인 희멀건 못속을 물방개처럼 놀고, 막바지 미련이 얹혔을 독한 눈길이 고미 모서리로 사뭇 굳었다.

"…보생이 아부지이- 나… 나 숨줄 놓는다치문 그 당장… 그 당장루 거적으다 둘둘 말으스나 녹도[34] 물목으다 쳐박으유우-"

"이런 매정시른 년 즘 보게여… 이봐! 느년 시방 먼 사설 읊으민서 사람 혼출 빼능겨?… 녹도 물목이 뭇이 워찌구 느년 숨줄이 시방 워찟다는 거여? 엉?"

"… 시방 숨줄 끊긴다치두 한나도 한 맺힐 일 읎슈!… 그려두!… 그려두유 내 자석 보셍이늠 허구유… 그늠 허구유… 보셍이 아부지 낯짝 쌈쌈혀스나 나, 나… 못 죽긋유! 절대 못 죽긋슈!"

보생이 어멈의 손이 화급스레 원보의 손목을 더듬어 쥔다. 손가락 뼈가래에서 뚝뚜둑- 모진 소리가 일도록 암팡지게 쥔 손 힘이 천명 다 채우고 살 것처럼 힘이 좋다.

"느어멈 씨벌, 정신 채르엿! 느년꺼정 허망하게 꺼지믄 이 웬보 워찌꼬롬 명줄 잇으라구 그려… 이봐여 보셍이 어믐! 아, 이 씨벌것아 정신차리라는디 시방 못허능겨? 아휴! 아휴우- 이년이 시방 누구 죽는 꼴 그여 보자능감!"

"아휴! 불쌍혀라 이 보셍이 아부지 불쌍히셔 워찔꼼! 보셍어! 내 보셍이 워디 갔유! 보셍어! 보셍어어-"

보생이 어멈이 목조인 닭꼴로 몸뚱이를 퍼득대는가 싶었다. 원보의 손목을 쥔 손이 마지막 용심을 써 뒤틀리며 장단지가 번듯 허공으로 들리운다. 두 장단지가 가뭄

---

34 충청남도 보령시 오천면 녹도리에 있는 섬.

염판 물방아 디딤질하듯 바삐 놀더니 이내 방바닥으로 털썩 가라앉는다.

"보셍어!… 보셍어어!- 웃잼 뜨여! … 후딱 뜨여어-."

보생이 어멈이 입술 끝에다 사래숨줄을 달며 칼끝처럼 길게 내뱉는다. 뒤이어 보생이 어멈의 쾡한 눈이 희멀겋게 생기를 끈다.

원보는 보생이 어멈의 앙상한 가슴패기 위로 얼굴을 묻는다.

"나 못살으여 나 못 살어어-- 아휴, 매정시런 요년!… 아휴우- 느년 시방 워디루 가능겨! 워디루우--"

혓바닥 물고 질끈 길을 막아야 할 울음이다. 울음이 이대로 익는다면 핏멍울만 고물고물 제가 먼저 죽을 설움이었다.

50. 만적(蠻賊) 50

조금을 사흘 앞으로 바짝 쫓는 물발이 꽤는 느슨대는 만조를 이루고 있는 모양이었다. 사릿발 들물때 같으면 선창 석축을 길길이 뛰어넘어 투망질을 해댈 파도가 기껏 석축 발치께를 핥아대며 넘실넘실 놀고 있는 낌새다. 빗발은 여전하여 구름장 틈새 벌릴 새 없이 후질대는 빗발을 내쏟지만 바람은 한껏 기가 죽었다. 그 새 사위는 한껏 어두었다. 바람줄이 설핏 기세를 죽인 때문인지 형체도 없는 물새떼 지저귐만 밤바다를 다 싸안았다.

원보는 술사발을 비우기 무섭게 하암-하는 긴 한숨을 내뿜는다. 술도 어지간히 퍼담았겠다. 여느때 같으면 불솥 같은 술기운이 버글버글 몸뚱이를 달궈댔을 터이지만, 오늘 밤따라 취기는커녕 대낮처럼 말짱한 설움만 선연하다.

보생이 어멈말대로, 겹실도 안뽑은 통마다리에다 시신을 둘둘 말아 묻어버린 원보다. 마지막 삽질 끝내고 나서부터 지금까지, 황당선이나 본새있게 치고 '옷점'을 뜨자는 작심뿐이었다.

'제물포' 바람에다 '황당선' 핑계에다 어차피 머지않아 휑 비어버릴 '옷점' 선창이었다. 그간 '옷점'을 빠져나간 장정들만도 열사람이 넘고 용갑이의 배들은 여전히 선창에 묶인 채로 배 밑창에다 돌파래를 키우고 있는 판이다. 새 '어전' 물색으로 막장 용심을 써대던 상모마저도 서른명은 넘게 구해야 할 일손들이 없어 그만 나자빠졌다. 막말로 배 부리는 선주없고, 어로비 돈줄 놓는 물주 없고 거기다가 그물질 할 뱃놈마저 없는 선창이라면, 차일 걷우고 품뜸이나 떠야 할 파장 물정이나 다를 바 없는 거였다.

'나치도' 움집 속에 만에 하나라도 부친이 살아있다면, 부친의 앙상한 가슴패기 속에다 얼굴을 묻곤, 싫커장 대곡이나 쏟아 놓으며 죽어도 한이 없겠다는 생각에 이르러 빠득빠득 잇날을 세운 원보였지만, 막상 일을 벌임에 이르러서는 전혀 승산이 서지 않는 원보였다. 생각다 못해 세워 본 계략이 노봉 영감의 힘을 빌자는 것이었다.

조금[35] 밤물때라야 생각이라도 해 볼 수 있는 일! 첫째는 물발이 덜 센 사정이 아니면 엄두도 못 낼 '나치도' 물목 정황이 그랬고, 둘째는 고기없는 조금때라야 배들이 선창에 얹힐 일이니 배 염출할 사정이 그랬고, 세째로는 배를 대는 곳이 '숭언리'든 '옷점'이든 간에 우선은 사람 눈을 피해야 될 사정이 그런 것이었다.

이런 일에야 서해바다 싹쓸어 노봉 영감처럼 영글대로 영근 뱃사람이 또 어디 있든가. 뱃길 사위로 눈에 드는 바위 하나 나무 한그루도 노봉 영감의 짐작 속이라면 한 치도 제자리 못벗어날 일이요, 물길속으로 십리는 실히 뻗친 암초라도 노봉 영감의 눈어림을 속여 숨지는 못할 거였다.

"이봐여 장곡댁!"

원보가 맘이 급해 부르자 장곡댁이 방속에서 겨우 기척을 한다.

"넘 한잠 시드는디 워찌 그류."

"노봉 영감님헌티 기별 늦는것 꼭 거시기혔남?"

---

35 조수가 가장 낮은 때

"고대[36] 오신다구 혔유. 쬐끔만 기달리봐유."

"영감님허구 날새스나 얘기 허자믄 술이 있으야 혈텐디 술뺑이 다 빘어."

"슬옹개 밑바닥꺼정 다 훑으서 퍼 마셔유⋯ 난 좀 자야 허겄유."

장곡댁 술 인심이 여느때 같지않게 어지간히 다르다. 원보의 속마음을 훤히 들여다보기 때문이리라. 원보는 제나름껏 궁리를 짜본다.

51. 만적(蠻賊) 51

'나치도' 일에 합세할 사람들이라면 열 명이면 족할 일이다. 잘못 일을 꾸며 소문줄이나 파다하게 깔린다면 너나없이 들고 나설 일, 상강(霜降)철 어슴 지난 박살속 박씨처럼 끼리끼리 찰진 정을 주고 받는 사람 딱 열 사람이면, 더도 필요 없겠다.

'중챈이늠⋯ 보셍이늠⋯ 두선이⋯ 황당선으다 큰애기 뺏긴 식구덜 일곱으다가, 나⋯ 노봉 영감님꺼정 거둔다치믄 그쩸 열 두사람이나 되는디⋯'

일을 벌릴 사람들 모으는 일이야 식은 죽사발 겸두리 핥아먹기로 쉬운 일이지만, 그 다음으로 연줄을 다는 궁리들이라는 것은 머릿골이 썩어지게 되우[37] 어렵다.

'간수선' 한 척을 띄운다쳐도, 황당선에 비할 양이면 '간수선'이 어디 배더냐. 모양새만 번듯했지 '한선' 고깃배들이라는 것을 황당선 곁에다 띄워놓으면 송판 이어 엮은 뗏목 꼴을 면치 못할 것이었다. 오죽했으면 벌써 몇세월 전의 상서(上書)가 이러했으랴.

"각포(各浦)의 병선(兵船)은 모두 목정(木矴)을 사용(使用)하는 바, 목정은 체대(體大)하나 실제는 가벼워서 능히 수저(水底)에 즉시 정지(停止)시키지 못하며 진흙과 암초가 있는 곳에는 깊이 하직(下矴)시킬수 없어 四, 五次 닻을 내려도 역시 선(船)

---

36 바로, 곧.
37 매우, 아주

을 정지(停止)시킴이 不可하옵니다. 중국선(中國船)이나 왜국선(倭國船)은 모두 호초(蒿草)[38]를 짜서 돛을 삼으므로 부드럽고 질겨 오래도록 완전(完全)하고 바람이 새지않는데 한선(韓船)은 오로지 모초(茅草)만 사용하므로 쉽게 파손(破損)되옵니다. 앞으로는 중국(中國)과 왜국선(倭國船)의 례(例)에 따라 정(釘)은 정철(正鐵)을 사용하고 돛은 호초(蒿草)로 삼는 것이 편리(便利)하고 이익(利益)이 될 것이옵니다."

상호군(上護軍) 윤인보(尹仁甫)의 상서요,

"강남(江南) 유구(琉球) 남만(南蠻) 왜국(倭國)등 제국(諸國)의 선(船)들은 모두 철정(鐵釘)을 사용하여 조선(造船)하는바, 견고경쾌(堅固輕快)하고 수개월 바다에 띄워도 침수(浸水)하지 않으며 대풍(大風)을 만나도 훼손(毁損)됨이 없이 二, 三十年을 견딜 수 있으나 아국선(我國船)은 목정(木釘)을 사용하여 급조(急造)하기 때문에 견고경쾌하지 못하며 八, 九年 경과하면 훼상(毁傷)하므로 보수(補修)하는데 드는 송목(松木)도 잇대기 어렵사오며, 이에 따른 민폐(民弊) 또한 다대(多大)하옵니다……"

대호군(大護軍) 이예(李藝)의 상언(上言)이었다.

그런데도 배사정은 지금도 꼭 마찬가지였다. 나무닻에다, 그나마도 없으면 새끼줄에다 돌을 매달은 임시변통의 닻이니, 배를 원하는 물목에다 대기도 어려울 뿐더러 만약 돌닻이 바위 틈에라도 끼어 박히는 날엔 도망질도 못놓고 물 위에서 황당선 밥이 될 판 아닌가.

거기다가 바람줄이 설경설경 새어나가는 '모초돛발'이니 바삐 도망질을 놓을 수도 없는 일, 쑥대로 결결이 틀어 엮은 '호초돛발'에다 가뜩 바람줄을 담고 쏜살같이

---

38 쑥대

따라잡을 황당선을 무슨 수로 피해보랴.

 일을 치렀다 하면 그 당장 쥐도 새도 모르게 뱃길을 터야 할 판이다. 그것도 황당선이 못따라붙게끔 사뭇 먼 물길을 잡고 돛폭 찢어지게 도망치는 수밖엔 딴 도리가 없다. 보생이하고 원보 이렇게 두사람 목숨이야 진하면 그뿐이지만 다른 사람들 목숨들은 기필코 간수해 줘야 할 처지 아닌가 말이다.

52. 만적(蠻賊) 52

 원보는 요란스레 채머리를 떨어댄다. 아무리 궁리를 짜봐야 엉덩이 한번 본새나게 때려붙일 묘안은 없다.

 배도 문제려니와 그중 난감한 것이 뱃길이었다. 먹장 밤바다 뱃길을 제대로 잡기란 하늘속의 별을 따기만큼은 어려운 일이었다.

 '장고도' 물목 들어서기 무섭게 물발이 또아리를 틀며 와글와글 끓어댈 것이었다. 뱃머리가 휙휙 돌아가게끔 정신없이 뒤틀어대는 물발을 별 탈 없이 타고 넘는 일은 밝은 대낮에도 힘든 일이거늘 더구나 깜깜절벽인 밤 뱃길 아니냐.

 '장고도'(長古島)로부터 '나치도'까지라면 '안흥량'(安興梁) 뱃길을 거진 다 집는 물목이다. '경상도'와 '전라도'에서 발선하는 배들에겐 '안흥량' 항로가 유일한 뱃길이었다.

 '안흥량'의 물목 이름은 원래 '난행량'(難行梁)이었다. 이름이 '난행량'이어서 그런지 한성강구(江口=한강)로 향하는 조선(漕船)(조세租稅로 거둬들이는 미곡과 면포를 운송하는 배로서 한 선단이 30척隻으로 구성됐었다)들이 제일 많이 난파(難破)를 당하는 곳이 이 '난행량' 항로였다. 그래서 조운(漕運)의 안전항해를 비는 뜻으로 '난행량'을 '안흥량'으로 고쳐 불렀던 거였다.

 '장고도'를 벗어나 겨우 오리 못 되게 뱃길을 잡으면 '계도'(鷄島)앞의 그 유별난 소용돌이 물살이 '간수선'을 가랑잎처럼 흔들어 댈 것이고, 겨우 '계도' 물살을 이겨내면 이번엔 동북방(東北方)으로 길게 뻗으며 물속으로 몸을 숨긴 '사도'(沙島=삼도三島)의 암초가 뱃길을 막을 것이었다.

"훠이- 다 죽자고 허는 짓여!"

원보는 저도 모르게 뜨거운 탄식을 내뱉는다. 중천이놈이 마음만 화급해서 땅땅 큰 소리를 쳐대지만 그만한 밤 뱃길을 아무 탈없이 트고 나갈 재주는 어림 반푼도 없다. 단 한사람- 노봉 영감뿐이다. 노봉 영감만이 해낼 수 있는 일이었다.

원보가 난감해서 연신 불김 같은 한숨을 쥐어짜는데 노봉 영감이 조심스레 들어섰다.

"… 지무시는디 죄송히유…"

노봉 영감이 술청에다 엉덩이를 붙였다. 깊디깊은 눈길로 멀건히 원보를 내다볼 뿐이다.

"… 짐작 다 잡으셨쥬?"

"… 그려서?"

"영감님 읇인 암끗두 못혀유!… 도와주셔야 허긋슈!"

"뭇을 워찌끼 도아돌런 말여?"

"… 밤 뱃길이라서 그츄.… 나치도꺼정 가는 뱃길을 누가 트유!"

"그러니께에- 시방 날보구 나치도꺼정 함께 가잔 원청인감?"

"바로 고거쥬… 뱃길만 트주시구 나서…"

"고러구 나서는?"

"영감님 먼춤 돌아오시면 안 되겠유."

"미친늠들여!"

노봉 영감은 차디차게 내쏘며 휑 얼굴을 돌린다.

"아버지를 생각혀서라두 좀 도와주세유! 증말 요렇고롬 빌어유!"

"난 못혀… 느늠덜 모다 미친늠들여!… 살긋다구 악을 쓰두 죽을 판인디 죽자구 환장치는 늠덜이 성헌 사람들여?… 다 죽자구 허는 짓은 거들을 맴 읎어!"

"헐 수 윲쥬!… 오래오래 옷잼으서 사세유, 흥-"

노봉 영감은 등신불처럼 꼼짝않고 앉은 채 조용히 눈을 감는다.

53. 만적(蠻賊) 53

해거름에 엎혀 사름사름 기세가 죽던 끝바람줄이 구름장을 내몰면서 하늘 귀퉁이를 빠꼼 열었다 싶었는데 그 당장부터 미친년 오줌발처럼 대중없이 내리붓던 빗발마저 거짓말 같이 멈추던 거였다.

남색 밤하늘 속으로 참깨알 흩뿌려진 듯 수선스러운 별밭이 오랜만에 총총 밝다. 설잠 깬 깨룩이떼들이 가들지는 울음을 깨루룩깨루룩 터놓는다.

눈이 시린 별밭을 올려다보며 맵싸하게 닳아오르는 눈알을 허망하게 치뜨고 있던 원보는 스스로 눈길을 떨군다. 떨어지던 눈길이 삽짝 웃겹 위에 얹힌다.

서릿발 애가지만한 자지 하나가 달랑 열린다. 삼줄 끝에 매달려 대롱대롱 춤을 춰대는 목각남근(木刻男根)이다. 보생이 어멈이 원보 눈 속여가며 밤새 낫날로 쪼아 만든 '복자지'다. 복자지를 만들어 걸고 뱃길을 빌면 끓던 물사태도 금새 잔다던가. 바람이 드센 날, 혹은 몇날째 이어 주박에 고기가 안 박혀 들랴치면, 물길무사 바라고 풍어 기원하는 마음으로 복자지 만들어 삽짝 웃겹에 걸어줬겠다.

'후웅- 개접시런 년. 즈년이 복자지 안근다구 물사태에 뒈질 웬보여?… 주박에 괴기 안든다구 뱃놈 시상 마다헐 웬보여?… 사추리 한번 안벌려주구 워디 갔남혔드니 뒤안서 복자지 맹글웃등게벼!'

콧방귀 한차례 마무리 하며 원보는 삽짝을 나선다.

"후웅- 개접시런 년!"

원보는 이렇게 내뱉다말고 섬찟 놀란다. 그새 복자지가 간 곳 없다.

"혀어- 허망시른 년!… 웬보 시방 워딜가는 쩜인디 암꿋두 몰르구!"

잠깐 헛것을 봤던가 싶다. 쓰윽- 눈두덩을 손등으로 훔치는데 찰진 물기가 멀근 묻는다. 눈물이다. 닦아내도 훔쳐내도, 꽤는 질긴 눈물줄이었다.

"아부지!"

보생이가 헐레벌떡 토방으로 든다.

"사람덜 다 배에 올렀유! 팽 가야쥬!"

원보는 연신 눈두덩을 부벼대며 건성 '그려 그려!' 읊조리고 앉았다.

"눈에 피 돋칭감유?"

보생이가 묻는다.

"안여… 눈에 피는 먼늠어 눈에 피여!… 눈깔속으루다 검볼땡이가 등게벼… 눈깔이 까실까실 영판 간지르여…"

지금이 어떤 계제인데 보생이놈에게 눈물줄을 보일까 보냐. 원보는 맹맹대는 콧소리로 아린 설움을 달래고 말았다.

"느는 먼첨 패앵 내리가여. 아부지 금새 꼬랑지 딸으갈껴."

"그름 지면츰 가유! 아부지도 고대 와유!"

보생이가 째앵 사립을 빠져 달아난다. 녀석의 몸뚱이가 통째 신살이 돋쳤다. 굼벵이처럼 기가 죽어 하냥 비슬비슬 대던 녀석이 오늘밤 들어 양기 뻗친 상달 올빼미 꼴로 힘이 푸릇푸릇 솟겄다.

원보는 쪽마루에서 엉댕이를 떼며 못 볼 것을 보는 양 방속을 둘레둘레 살펴 본다. 반송장 꼴대로나마 기진하게 누워있어 주었으면 원이 없겠는데 혼불 떠난 방속은 그역고 휑 비었다.

"… 시상에, 나 꼴즘 봐여!… 뱃늠이 항차 워찌겠다는 짓여, 이 짓이!"

원보는 혼자소리를 읊고 나서 뒷걸음질로 사립을 나섰다.

54. 만적(蠻賊) 54

삽짝을 벗어나 내림길을 타던 원보는 자꾸 뒷쪽을 흘금흘금 돌아다 본다.

"물질 팬히 허구 오유!"

보생이 어멈이 이렇게 단닥질하며 서있는 듯도 싶고, 이번엔

"씬 물빨에 주목이 다섯이나 거진 자빠싯여. 암팡지게 빅어놓구 오너."

부친의 당부가 뒷머리께로 실리는 듯도 싶었기 때문이었다.

원보는 주막 돌각담을 돌다 말고 걸음을 멈춘다. 명줄 팔딱대고 있을 때 마지막 걸쳐 볼지도 모를 술이려니 몇사발 넘겨야 술옹개에게도 도리가 설 일에다가, 그간 술 서방, 몸뚱이 서방 맘도 담아둬야 벼락맞고 죽을 일을 면할 것 같은 원보의 마음 이었다.

원보가 술청앞에 버텨서자 장곡댁이 살픈 방뎅이를 뗀다.

"요상시럽네거. 오늘 밤인 워찐 일루다 장정덜마닥 잠은 마데여?… 한 떼 금새 술 퍼마시구나갔유."

"술 한사발만 앵기주여."

"아, 앉기나혀유."

"그냥 서서 마실껴. 후딱 한사발만 딸으와여."

"흥!… 도망질 놓는 도채비 사추린감? 워찌 고렇고름 급허대유?"

장곡댁이 뾰루퉁해서 부엌으로 든다. 술사발을 들고 나온 장곡댁이 여전한 불만을 그리며 원보의 콧망울 앞으로 바짝 다가선다.

덥석 술사발을 채어들은 원보는 단숨에 술사발을 비우곤 화급히 등돌아선다. 장곡댁의 손길이 원보의 손목을 나꿔챈다.

"나즘봐유!"

"고럴쨈이 없다니께 시방!…"

"… 꼭 먼짓을 혀사만 쓰능감?… 나 맴은 고것이 안유. 일쪽 집이 가부아야 맴만 애리구 속만 썩을굿 안유!… 뵈는디 쌈쌈이마다 보생이 어믐 헛것만 푸짐혈틴디… 밤새고 술마시도 좋으니깐 술청으루드유 어서유!"

"워칸 급혀서 그려!… 니열 밤에 꼭 올껴."

"… 증말유?"

"어따 그려 요년아. 쁠빼으다 뜸물이나 치구 기대리면 되능겨."

"아휴! 나 못 살으여!"

장곡댁이 여들거리는 허리통을 휘청 틀어대며 원보의 허벅지를 오지게 고집어 뜯었다.

욕사발 안 틀고는 못 사는 뱃놈 처신에, 여편네 죽은 핑계대고 대엿새동안 함방지 게 입을 간수해 봤다 싶어 대뜸 끈적대는 상소리를 깔아봤지만, 여느때 같지 않게 서글픔만 보글보글 끓는 원보였다.

연심이네 '염막'앞에 이르러 또 한번 발걸음이 굳는 원보다. 기척이라도 있으면 년 의 부숭숭한 머리채나 한번 쓸어주려니 하고 굴뚝 덤토를 딛고 올라섰다. 봉창을 대 여섯번 두들겨대며 간이타서 부르는데도 연심이는 기척을않는다.

'늘목으 용왕님이유… 불쌍헌 연심이년이나 부탁디려유…'

원보가 낮게 목소리를 떨며 덤토에서 내려서는데 희끄므레한 그림자 하나가 앞 을 따악 막아선다.

"용왕님전 치성디릴 불쌍한 늠은 바로 느늠이여."

목소리가 귀에 익었다. 노봉 영감의 목소리다. 노봉 영감이 끝내 훼질만 놓는다면 그땐 한가지 방도뿐이라고 다짐하는 원보다. 죽이는 길뿐인거다.

55. 만적(蠻賊) 55

원보의 서릿발 서는 생각이 이쯤 섬뜩한 날을 세우는데 노봉 영감은 아랑곳 않고 후적후적 앞장서 걷는다.

"여봐유! 영감님 지즘봐유!"

몇발짝 화급스레 뒤따르며 간이 타서 단내를 뿜던 원보는 그만 멍청히 굳어선다. 머리칼들이 쭈빗쭈빗 곤두서고 장단지는 후둘후둘 떨린다.

앞장 서 걷던 노봉 영감이 원보를 따라 걸음을 멈추며 슬근 뒤돌아서는 기색이다.

"사람은 워찌 불러대구 지랄방정을 떨으대능겨? 팽 따라붙덜 않구!"

노봉 영감이 꽤는 큰 소리로 다그친다. 굳어선 채 옴싹않는 원보 앞으로 느린 걸음을 어죽대며 다가왔다. 원보의 면전에 떠억 버텨 선 노봉 영감의 모습이 물색 달빛에 드러나는 장승처럼 을씨년스럽다. 원보의 콧마루로 날아드는 노봉 영감의 숨결이 해소가래를 하글하글 끓여대며 눅진눅진 닳는다.

"영감님! 워쩨 이러세유?"

원보의 목소리도 어지간한 오기를 문다. 일을 꾸민 바에야 대쪽 가르듯이 단숨에 밀어붙이고 볼 일이다. 걸치적대는 건덕지랄 것은 눈 딱 감고 비질하듯 쓸어놓고 볼일인 것이, 제 바다 지켜 제 생선 떳떳이 챙겨잡자고 목숨걸고 나선 죄없는 뱃놈 다섯명이 원보에다가만 소원을 거는 터에다 더구나 해돋이 전의 이른 새벽 때맞춰 '나치도'에 닿을랴치면 손바닥 물집 마를 새없이 배를 몰아도 빠듯한 시간 아닌가. 이런저런 급한 마음으로 화끈화끈 달아오르는 눈꺼풀을 연신 껌벅대고 섰는 원보의 모습 또한 '무조어'(無祖魚=전라도 방언으로 짱뚱이) 구멍으로 잘 못든 '걸보해'(한쪽 집게손이 유독 큰 뻘게. 전라도 방언으로 꽃기) 앙탈처럼 되우 늘척하고 좀은 뻔뻔스럽겠다.

"내가 시방 뭣을 워찟감?"

"… 맴이 빈혔으면 넘 일으다 훼질은 안 노야쥬. 나 몰러허구 가만 기시면 안 되것유?"

"맴이 빈혔다?…"

"고렇잖구유!… 뱃길 좀 잡으주십사구 고렇고롬 사정사정 혔는디 입술이다 침도 안볼르구 따악 자르신 냥반이 누구유!"

"말도 아닌 해꼬자여. 나가 원지 느늠덜 모사에다 합심을 힛었등감? 고랬으야지 맴이 빈하구 안 빈허구 티집이라도 잡지."

"알었유!… 길이나 트주유!"

원보가 사뭇 밀어붙일 기세로 성큼 다가들자 노봉 영감은 재빨리 선창둑을 향해 걸음을 잰다.

"……?"

"패앵 딸으오기나 혀!"

"꺽 고러시긋다먼 나 환장혀유!"

"느늠 환장허든 달고래 끓이구 자빠지든 나허구 믄 상관이여. 해앰-"

눈알에서 번쩍 불티가 튀게끔 성깔이 돋쳐 어둠속을 노려보고 섰던 원보는 쭈르르 내달아 노봉 영감의 어깻죽지를 벼락 같이 나꿔챈다. 노봉 영감의 몸뚱이가 곁 집볏단처럼 맥없이 끌려온다.

"허어- 요런 쌍늠!"

"지발 요러덜 마세유!… 지발로 집으루 내리가세유!"

"안간다구 혔잖남!"

"… 시방 워찌긋다는 건감유!"

"눈깔으다는 백태를 둘렀남?… 느늠덜 모인 간수선으루 가능겨 시방! 보면 몰러?"

"아휴- 고냥! 고냥…"

"고냥 워찌긋다능겨? 쥑이구 싶남? 나 죽기 전에 느늠덜이 먼츰 죽으여!"

노봉 영감이 원보의 손을 뿌리치고 휭 돌아선다.

56. 만적(蠻賊) 56

원보는 힘살이 뻗쳐 뻐근한 어깻죽지를 화들화들 떨어대며 어찌할 바를 몰라 잠시 그 자리에 굳는다.

앞쪽에서 두런대는 인기척이 인다. 기다리다 못해 원보를 찾아나선 패거리 들이리라. 패거리들이 주춤 멈칫거리는가 싶고, 그 앞을 지나치던 노봉 영감이 퉁명스 럽게 내뱉는다.

"왠 녀려 도체비들이랴?… 미친늠덜! 워찐 일루다 오금오금 뭉쳐 댕기능겨?"

노봉 영감의 모습이 담창을 돌아 사라진다. 때를 같이해서 패거리들의 걸음이 바삐 다가왔다.

중천이가 원보 들으라는 듯이 투덜댄다.

"씨벌, 그여 눈치를 쟵히구 말읏잖념! 그래 나가 뭐랬남. 팽 뜨자구 고렇고름 풀무질을 혔는데두 몽그작다가는 이꼴 안여!"

"누가 아니래여! 인저 헐 수 없능겨! 이 당장 뜨는 수배께!"

"두말허믄 잔소리지!"

"물 나가기 시작허믄 배가 베락겉이 얹힐챔여 사설덜 나중으 틀구 후딱 뜨여!"

중문이·삼정이·대모가 중천이의 말끝을 받아 저마다 간이 타서 내뱉는다. 셋이가 다 황당선에다 풋각씨들을 뺏긴 홀아비들이다.

"성님, 후딱 뜹시다유! 요것저것 궁리헐 쨈이 으딧유."

두선이도 한마디 거든다.

"보셍이는 배에 있능겨?"

"그류."

녀석들의 말이 맞았다. 하늘처럼 믿었던 노봉 영감마저 손바닥 뒤집고 나선 판 아닌가. 지금쯤 용갑이네 집에 들러 오장이놈 앞세워 나서고 있는 줄도 모를 일, 일이 되고 안 되고는 고사하고 우선은 하늘이 두 쪽 나도 '간수선'은 띄우고 볼 일이었다.

"뜨여!"

원보의 말이 떨어지기 무섭게 패거리들이 선창둑을 향해 내닫는다. 우루루 내닫는 발짝소리들이 시절 좋을때 '드르니'를 행선지 삼고 뛰던 뗏판달구지 뺨쳐먹게 수선스럽다.

내달으면서도 연신 뒷쪽을 흘금거리던 두선이가 기어코는 "허억−"하는 울먹임을 내쏟는다. 두선이의 속마음을 모를 원보가 아니다. 각도질에 살점이 뜯기듯 찢어지는 가슴이 원보라고 두선이만 못할까보냐.

원보는 두선이의 등짝을 호되게 후리며 짐짓 딴청이었다.

"큰 일 눈앞으다 벌려논 늠이 웬녀러 눈물바램이여!"

"… 누님 불쌍히서 그류!… 워찌 죽지두 않구 저러는지 몰러!…"

"… 즈년팔자 팬헐라면 저러다 죽긋지…"

원보가 막 선창둑에 이르렀을때다. 먼저 '간수선'으로 올랐던 중천이가 뱃머리를 차며 둑위로 뛰어내린다.

"워찐다?… 자갤을 물리스나 실쿠 가사 옳어, 고냥 물속으다 처박으사 옳어?"

무쇠 담금질처럼 뜨거운 중천이의 말이었다.

"뭇이 워찟끼 수선이여?"

"노봉 영감이 꺽 훼질이여. 뱃속에 있어!"

원보는 닻줄을 잡아 끌고 뱃머리로 뛰어 오른다. 노봉 영감이 장쇠에 걸터 앉아 뻣뻣이 모가지를 세우고 있다.

"느늠덜츠름 못난 뱃늠덜은 내 평생 츰봐… 느늠덜 다들 앉으엿!"

노봉 영감의 목소리가 가들가들 떤다.

57. 만적(蠻賊) 57

중천이가 불멘 소리로 내쏜다.

"앉을 쩸이 으딨유. 못헐 말로 영감님이나 후딱 내리세유!"

중천이의 말끝을 채고 대모와 중문이가 노봉 영감 앞으로 성큼 다가서며 홧김에다 뜸질을 친다. 여차했다 하면 바다 속으로 메다꽂을 기세다.

"지들이 워찌 못났당게유? 괴기가 있으야 뱃놈이구 어장으다 장목이라두 치야 접꾼노릇도 허능규! 누군 뱃늠 마데유? 야아?"

대모의 날이 시퍼런 서슬에다

"복새풀 속으 황밤겉은 지집들 뺏기구, 괴기 물목덜 다 내주구유… 베리 쥔 선주덜은 옷잼 뜰 생각덜이나 홍떵허니 깔구유!… 우덜이 시방 잘난 뱃늠 행세허게 되 얏유?"

중문이의 다구침인데

"대모 말대루 뱃늠은 고사허구 접꾼도 못되야묵는 우덜이유! 고름, 맴 빈혀서나 우덜 일이다 훼질이나 치긋다는 영감님은 목자가 뭔가유? 체에-"

삼정이가 끓어오르는 화통을 마무리하며 퇴에- 가래침을 내뱉는다.

"허어- 이런 쌍늠덜!…아니, 요런 불싸시른 늠덜 행티 즘 보게여!"

노봉 영감의 탄식이 졸곡제[39] 챙긴 상주울음 끝처럼 허망하다.

원보의 입속에선 차마 떨어지지 못하고 불근불근 씹히기만 하는 한숨이 불당그래[40] 끝에 붙는 겹불꽃처럼 겨우겨우 탄다.

노봉 영감의 탄식이 저렇게 흐믈흐믈 기진하게도 되었다. 자기 앞에서라면 건성으로 쥐어짜보는 기침 한가닥에도 움찔움찔 어깻죽지를 떨어댔던 '옷점' 뱃놈들이 두 가랭이 떠억 벌려 버려 서선 양껏 불멘 투정을 쏟아놓는다니, 기실 식은 땀 송알지는 못된 꿈속만 같으리라. 노봉 영감은

"이늠덜! 목청들이나 쥑일 일여… 느늠덜이 시방 믄녀려 베슬 을 짓을 현다구 꽘질이나 마찬가지루 목청은 키우능감."

해놓고는 연신 안쓰러운 혀를 차대더니 이내 푸욱 고개를 떨군다. 멀쩡히 사람 값 해내던 녀석들이 이쯤 앞뒤도 못 재는 상것들로 판을 바꿔 버린 데는 그만한 연유가 있겠다 싶은 거다.

'옷점'에 남아있는 한창 용심좋은 장정들이라는 게 이름만 반듯한 뱃놈들이지 굶어 비루먹은 날거지 떼거리나 다름없다. '간수선' 뱃창에 터지도록 쌓여 펄펄 뛰어대는 비유어(肥儒魚=청어)더미 위에다 사지를 헤벌리고 벌렁 나자빠져서는 얼씨구 절씨구 흥타령에 겨웠던 세월좋던 뱃놈들이, 이젠 그물질은 고사하고 '어전' 접

---

39 卒哭祭 : 삼우제가 지난 뒤 첫 강일에 지내는 제사
40 아궁이의 불을 밀어넣는 데 쓰는 작은 고무래

꾼(어전 설치를 위해 동원되는 품일꾼)이나마 돼 보겠다고 아등바등 기를 쓰는 신세였다.

'선주'·'물주' 노릇하는 세가들은 관속들 비위맞출 양으로 밀린 '압조계'(鴨鳥契=공납물貢納物 조달을 목적으로 거둬들이는 돈)금 독촉하며 불호령인데, '압조계'금은 커녕, '선촌계'(船村契=영세어부들이 어로비, 어구비 조달을 위해 공동으로 모으는 돈)금이나마 제대로 부어봤으면 하고 간이 타는 황년 세월이었다.

"느늠덜 시방버텀 나말 자알 들이야혀."

노봉 영감이 얼굴을 드는데 중천이가 화급스레 등을 돌린다.

"닻줄 풀참이유 시방! 이 당장으루 내리세유, 어서유!"

"닻줄으다 손만 대봐여! 고래고래 괌질을 놀껏!"

노봉 영감이 불에 덴듯 장쇠에서 엉덩이를 뗐다.

58. 만적(蠻賊) 58

두 팔을 쩌억 벌려들곤 저도 몰래 버르장머리없는 본새로 노봉 영감을 가로막고 나서던 원보는 흠찔 놀란다. 남은 다섯 사람도 그제서야 뱃노래머리 틀듯 똑같이 입을 모은다.

"… 얼라?…"

"워쩨들 놀래능겨?"

노봉 영감의 목소리가 유독 깊다.

"놀래게 안 되얏유?"

원보가 목소리를 떨자

"개심심헌늠 같으니!… 도랭이 츰 보능겨?"

하며 노봉 영감은 우정 태연하다.

그동안 어두컴컴한 눈짐작 속이어서 노봉 영감의 희끄므레한 형체만 건성 살폈던가 싶다. 노봉 영감의 얼굴이 이엉 위의 박덩이처럼 댕경 도롱이 끝에 얹혔다. 그것도 짚으로 엮어 만든 짚도롱이다. 웬만한 빗발에야 도롱이 걸치고 나설 뱃사람 없다. 더구나, 풍랑에다 거센 빗발이 겹칠 때, 바다 위에서 한기나 죽이자고 걸치는 짚도롱이 아니냐.

"… 빌밭이 눈시리게 초롱대는 짬인디 웬늠어 짚도랭이를 글쳤을뀨, 내차암-"

"넘이사 짚도랭이 글치구 당사춤을 치대든 말든 먼녀려 상관인감!… 그보다두!…"

노봉 영감은 잠시 말을 끊더니 원보의 앞을 지나 뱃머리에 댕경 올라섰다. 선창 둑 쪽을 향해 등돌림을 하고 선 채 다문다문 입을 연다.

"허어- 이런 철없는 늠덜… 느늠덜두 뱃늠인감!… 하이고오- 뱃늠덜이 씨말렸여!…"

노봉 영감은 또 말을 끊는다. 짚도롱이를 걸쳐 입은 노봉 영감의 희끄므레한 뒷모습이 퍽 을씨년스럽고 괴이하다. 노봉 영감이 다시 말을 잇는다.

"… 그려서… 고러고 나서는 워칠 참여?"

"웬보 느늠 대답 즘 히봐여!… 일 끝내구나서는 워찔 참인감?"

"… 나두 몰러유…"

"몰러?"

"뱃길이나 트가민서 생각혀볼뀨."

"… 흥! 생각혈 쨈 많으서나 좋겠구먼 그랴… 그렇다치구… 고것은 고렇다치구 말여, 짐작만 잡웃다 치믄 화충으루다가 베락질을 치댈텐디 뙤늠덜을 뭣으루 칠껴?"

"나치도에 닿으면 새복참 아니것유!"

"그려서?"

"잠자고 있는 늠덜 베락겉이 덮쳐서나 대고 목줄을 따사쥬!"

"… 열늠 있다치믄 대여섯늠 죽인다치구… 남재기 서너늠덜은 황당선 몰구 딸으 잡겠지!… 고때는 워찐다?"

"우덜이 먼츰 뜨먼 되잖유."

"다덜 고냥 뒈지자?…"

"아, 뒈지긴 워찌 우덜이 뒈져유!… 우덜 살자구 목심걸은 일 아닌규!"

노봉 영감이 휭 등돌아섰다.

"에라 이 빙신늠!"

노봉 영감이 배 밑창이 울리도록 텅텅 걸음을 재며 장쇠에다 엉덩이를 붙인다.

"이늠덜! 후딱 시키는대루 혓! 웬보늠 당배으다 나뭇단 신는 데꺼정 실으여! 용갭이네 뜸막에 패앵 내리덜가서 어여 실으엿 어엿!"

원보의 머릿글 속에서 술사발 깨지는 소리가 쨍그렁 울리는 듯싶다.

"미친늠덜아 시방 고렇고럼 보락꼬 섰을 쩸여?… 나두 가여!… 뱃길은 내가 틀껴!…"

노봉 영감이 말끝에다 가들지는 한숨을 깔은다.

59. 만적(蠻賊) 59

노봉 영감을 에워싸고 서선 사뭇 살기등등한 기세로 가쁜 숨들을 헤닥거리던 중천이와 대모가 멋적어서 슬밋 돌아선다. 삼정이와 중문이는 금새 신발이 돋쳐 우당탕 둑으로 내려선다. 두선이와 보생이가 뒤따라 뱃머리를 찼다.

원보는 불시에 목이 메인다. 꿈은 아닌가 싶은 반가움과 고마움이 목젖을 물레 삼아 이겹실을 짜대는 거다.

"감사혀유 영감님!… 뱃길 트주시긋지 허구 발써 짐작 잡웃유!"

노봉 영감은 원보의 말엔 아랑곳 않고 등을 돌린채 멀뚱히 서있는 중천이와 대모에게 간이 타서 내쏜다.

"아 후딱 나무 실으라는디 뭣허능겨 시방? 저늠덜 저렇게 수선을 뜰다가는 댐박 들키구 말거여."

그 말에야 제 정신들이 든 양 둘이는 족제비 담창 타내리듯 잼싸게 뱃머리께로 기어 둑으로 내려섰다. 원보가 뒤따라 발길을 떼는데 노봉 영감의 손이 우악스럽게 원보의 팔뚝을 거머쥔다.

"느늠은 나허구 얘기즘혀."

노봉 영감은 밤하늘을 향해 얼굴을 든다. 눈시린 별밭을 이마위에 얹곤 한동안 말을 끊는다. 한숨 끝에 트는 말문이 마파람 앞의 불꾸러미 나르듯 조심스럽다.

"… 그려 워찔 참인감?"

"뭘 말씀이유."

"뱃길은 나가 잡으주기로 혔으니 나치도꺼정 갔다치구… 자네 원대루 뙤늠덜 몇 늠 오각질을 뜨스나 웬수 갚웃다 치구… 고러구 나서는, 고러구나서는 워찔 챔여!"

"… 생각혀 볼 쩸도 없었제만 워찌구 잣이구 뭐있간디유?… 천상 죽기베께유."

"… 고냥 다덜 뒈지긋다?…"

"고롷고롬 되기가 쉽긋쥬!"

"그려서 느늠덜이 시상 못되야묵은 뱃늠덜이라능겨! 웬수 갚웃다치면 내 괴기 내가 건저묵구 우덜 어장 우덜 그물 담궈서나 원칸 좋은 시월 한번 맹글어보자 허는 궁리를 펴사 뱃늠일텐디 아니 꺽 작심헌다는 긋이 뙤늠 멱 따구서 죽자능겨?… 아니 고녀려 짓이 웬수늠덜 밥되자는 짓이지 워디 웬수 갚자는 짓잉감? 안 그려, 이늠아!"

"……"

"고롷다치구우- 용케 목심을 건짓다치면 고때는 워찔끔감?"

"… 옷잼은 좌우당 간에 뜨야쥬. 도망질 놓는 수베께유…"

"어디루?"

"신합포 권가 찾으가스나 숨으야주. 제물포루 가자면 천상 관쟁항 물목으루 들으사 혈텐디 고녀려 억씬 물목을 당배루 워티께 넘남유."

"당배?… 당배가 또 있여?"

"……?"

"미친늠!… 당배는 불쏘시기여!"

"야아?"

"놀랠긋 없지. 미챘다구 당배이다 나무실쿠 가념?"

원보는 그제야 노봉 영감의 말뜻을 알아차릴 것 같았다. 그렇게 짐작을 하니 가슴속은 되려 후련해 온다. 차라리 태워 없애는 편이 그중 낫겠다 싶다. 장범이의 노질에 뒤뚱뒤뚱 물비늘을 가르며 주인도 없는 '옷점'선창을 들락일 것을 생각하면 피가 거꾸로 솟구치는 원보였다.

"느늠덜 살려보낼라믄 황당선덜 옆구리으다 당배 쳐박으서나 불질 놓는 수베께 딴 방도가 없여!… 상두늠이 짠 당배여… 인저 느늠 물건이 안여. 내 당배여, 내 당배!"

.

60. 만적(蠻賊) 60

노봉 영감이 빠드득 이빨을 갈아붙였다. 원보의 가슴이 얼음장처럼 싸아 식어온다.

원보는 노봉 영감의 앙상한 손목을 와락 움켜쥔다.

"영감님두 우덜허구 옷잼 뜹시다유! 워디 가면 요만헌 뱃늠질 못혈뀨. 신합포루 가서나 장신으루 득보늠 찾으나습시다유."

노봉 영감이 설레설레 고개를 내젓는다.

"안되여. 신합포루 배댈 생각은 허덜말으여. 니열 새복이면 용갭이 배덜이 싸악 깔리여. 감영⁴¹으다두 염줄 넣을껴."

"고럼 안흥으로 빠질뀨?"

"고것두 안되여… 차라리 백사 물목으루 빠지서 부석 강당리으다 대는 것이 날껴… 당배라면 몰러두 간수선으루 물목 빠질라면 한창 만조때대서 빠지야지 되

---

41 조선 시대, 팔도에 파견된 감사가 직무를 보는 관아.

야.… 느늠덜 제대루 뱃길 틀찌 고것만 맴에 걸리여."

"영감님도 우덜허구 함께 가실거 아니것유."

노봉 영감의 손이 원보의 손을 더듬어쥔다. 힘을 써 죄는 손이 파들파들 떨어댄다.

"나는 나치도가 끝짱이여!"

"야아?"

"놀랠 것 없어… 뱃놈 평생 원곳 살았여!… 느늠덜 생각곁이 일이 쉽지 않을껴. 물 위서 몰사 당허지 않을라면 황당선이 못따라붙게꼬롬 훼질을 치는 수베께 없는디, 황당선으다 먼츰 불을 노먼 퇴늠덜이 모다 깨날테니 느늠덜이 나 치도에 올를 쨈이 없구, 천상 일 끝내구 간수선 몰쨈 대서나 불을 놀 수베께 더 있긋남."

원보는 오싹 한기를 타며 등짝에다 왕소름을 얹는다. 원보의 눈길은 저도 몰래 노봉 영감의 짚도롱이에 못박힌다.

헛것 하나가 아슴대는가 싶다. 짚도롱이가 점점 크게 자라나며 짚결들이 쭈빗쭈빗 일어선다. 짚도롱이 밑자락에 불씨 하나가 떨어져 얹힌다. 이내 화지직 불길을 일구며 짚도롱이가 타다. 너훌대는 불길이 짚도롱이를 통째 싸고 오르고, 댕겅 열린 머리통이 등태맞은 살모사 머리처럼 상모춤을 춰대다간, 스런스런 꺾여내린다.

원보는 덥석 노봉 영감을 싸안으며 너덜겅[42]을 타내리는 달구지 소리처럼 수선스러운 헛소리를 뱉는다.

"안돼유! 영감님 안돼유… 난데없이 웬 짚도랭이를 걸치셨능가 혔었쥬!… 결대 안돼유! 차라리 내리세유, 어서유!"

"……"

"내리시라니깐 그류! 영감님이라두 옷쟁에 남어 기셰야쥬!"

"… 이늠이 시방 뜬녀려 헛소리댜?… 쥑인다혀두 못내리여! 쥑여서나 물속으다 처박으여 차라리!…"

---

42 돌이 많이 흩어져 깔려 있는 비탈

노봉 영감이 원보의 가슴패기를 우악스레 떠밀어붙이며 벌떡 일어섰다.

패거리들이 당배에다 나무단을 부리는 조짐이었다.

"후딱 뜨사 되겠유! 만동이 물주 염가쪽으서 사람 기척이 따라오유!"

대모가 숨이 차는 소리를 한다.

"당배 닻줄 간수선으다 걸구 두선이가 당배 노 잡으여. 후딱들 간수선 닻줄 것구 배에 올러!"

노봉 영감이 말을 끝맺기 무섭게 노를 잡는다. 화급스러운 노질에 간수선은 몸뚱이를 떨며 보챈다. 뱃머리를 한바퀴 돌림질한 간수선이 캄캄한 바다속으로 미끄러진다.

61. 만적(蠻賊) 61

형체도 없는 깨룩이떼가 '간수선'을 싸고 낮게 날며 시근시근한 울음들을 깔은다. 그때마다 심심찮은 바람이 돛폭을 간지럼 맥인다.

돛폭 한껏 위를 날며 허기진 울음을 다문다문 읊조려대야 할 것들이 목타는 우짖음을 수선거리며 물비늘 위에 바짝 엎혀 바다를 갈래갈래 누빔질 해대는걸 보면, 이곳은 필경 '사도' 옆구리 쯤의 물길이리라. 성깔이 그악스럽기로는 깨룩이 따라갈 물새가 없다. 물거품을 바글바글 끓으며 물위로 볼금 내민 암초의 머리만 봤다 하면 그 암초의 머리를 그 당장 술래삼아 낮게 띠를 죄며 숨어 날으는 짓이 깨룩이들의 천성이던 거다.

뱃머리가 통째 앞뒤를 바꾸도록 흔들어대는 그 유별스런 '계도' 물살도 용케 넘었다 싶고 물속으로 숨어뻗친 '사도' 암초도 잘 넘겨냈다 싶다. 만조끝에 풀리는 조금 물발이어서 그랬지 다른때 같았으면 이런 화급한 밤뱃길을 생각이라도 해봤으랴.

"대모 노즘 잡으여."

노봉 염감은 장쇠에다 등짝을 붙이며 털썩 주저 않는다. 불쑥 콧날이 맵다. 이제 언제나 다시 노를 잡아보랴 하는 생각끝에 열리는 매운 허망함이었고, 한켠으론 마지막 노질 한번 갈비짝 결 들리게끔 오지게 해 봤다 하는, 늘척한 설움 때문이었다.

"심드셨쥬!… 젊은 늠덜 낯짝이 서덜 않으유!"

"씨잘 데 없는 소리여."

"빈말이 않유… 꼭 옷잼으루 돌아가세야혀유!"

원보의 말에 노봉 영감은 시달갑잖은 소리는 하지도 말라는 투로 휑 고개를 돌린다.

"시방이라두 당배 몰구 돌아가세유. 나무 옮겨 싣구 두선이늠만 배 갈어타믄 안 되는 일인감유.… 당배는 옷잼으로 다시 보내야혀유!"

"쥔늠두 없는 당배는 뭇헌다구 옷잼으서 살긋댜."

"꼭 그래사 쓸 일이 있유!"

"안돼여! 말혔잖넘, 당배는 인저 내꺼라구. 느늠이 내뿐진 당배라면 쥔이 누구긋남? 나여! 상두 느아부지가 나허구 짠 당배여!"

"가수선 몰구 우덜은 도망질을 놓는다치구유, 고럼 영감님은 워찌잔 말인감유?"

"멧번이나 말혀사 써."

"고럼 우덜허구 것치 옷잼을 뜨유!"

"… 고렇고럼 안돼여!"

"고럼 당배허구 영감님허구 불쏘시개 되긋다는 고런 말씀잉가유?"

"… 만에 한나 목심줄 길면 또 만나보긋지…"

"영감님!"

"어허 시끄럽다니깐 그려. 나 펜히 있고 싶으여!"

노봉 영감은 지그시 눈을 감는다. 한참 후에 겨우 입을 연다.

"대모 자네… 일 치르구 나서는 워찔맴인감?"

"모르그쓔… 살면 뱃늠질베께 또 허그쓔?"

"중천이 느늠은?"

"옷잼 뜨스나 꺽 웬수 갚구 살으야쥬! 나중의 중선 한나 장만혀서유…"

"중문이 자네는?"

"나두 중천이 맴이나 똑같슈."

"삼쟁이 느늠은?"

"… 벨걸 다 물으세유 차암-"

"보셍이늠 두선이늠은 웬보늠 따라나설거구… 허어- 목심이 질어서 벨 일을 다 부아!…"

62. 만적(蠻賊) 62

골백번 생각을 쥐어짜내 봐도 허망한 한숨만 거푸 드센 노봉 영감이었다. 사리대로 따져서야 녀석들의 일을 말리다가 죽어 나자빠져도 모자랄 일, 그러나 조청 끓듯 눅진눅진 달아오르는 머리 속으로는 트집 삼을 건덕지 한 낱 떠오르지 않는다.

뱃머리 쪽을 향해 멀건히 쭈그려 앉은 등짝들을 눈에 담고 있던 노봉 영감은 손등이 저리도록 눈두덩을 훔친다.

그새 매운 눈물이 싸아 도는 거다.

어떤 바다에다 내놔도 이만큼 허우대 좋은 뱃놈들은 없을 터, 그런데 어쩌자고 이런 막장 모사나 꾸며 기껏 죽을 작심으로만 나섰단 말인가.

'지발, 지발 명줄 질어서나 상뱃늠 행세허구 살어들!'

노봉 영감은 속으로 백번 천번 옳은 일이라고 여김했던 터였다. 남의 바다에 들이닥쳐 짐승 작폐나 놓는 되놈들을 어찌 살려두며, 한사리 물발처럼 용심좋은 젊은 뱃놈들이 그물질도 할수없는 물목에 떼거지 꼴로 떠있어야 할 까닭이 어디 있는가, 하는 마음이던 거였다.

황당선이 떠 있는한 '안면도' 앞바다는 물만 짰다 뿐이지 썩은 간수장이나 진배 없었다. 노봉 영감의 머리 속으로 '안면도' 앞바다를 이꼴로 만든 이치들이 하나 하나 떠오른다.

첫째는 '비웃'(서해청어西海靑魚)이었다. '청석어전'이 성해야 선창은 활기를 띠게 마련이고 남의 배에 얹혀 사는 뱃사람들에게 엽진닢이라도 앵겨주는 생선도 '비웃'이 으뜸이었다. '동해청어'가 이름만 청어이지 '비웃'에다 맛을 비길랴치면 감히 어디다 쪽을 대보라. 그래서 '한성'은 고사하고 '강원도'·'경상도'에서까지 장사치들이 몰려 들었던 거다.

전라도 활도(猾島=부안 앞바다에 있는 지금의 위도蝟島)[43]에서부터 떼거리를 짓는 '비웃'떼들이 '고군산도'(古群山島) 물길을 지나 '안면도' 앞바다에 이르러 산란한 후 '황해도' '용호도'(龍湖島) 물길을 거슬러 '평안도'의 '철산'(鐵山) '원도'(圓島)로 빠지는데, '비웃'떼들은 '안면도' 윗섶의 '안흥'(安興)을 산란장 삼고 알을 풀었다.

'비웃'떼들이 알을 풀 때면 안흥 앞바다의 연초록 바다는 금새 횟가루를 풀은 듯 희뿌옇게 변했다. 숫놈들이 내쏴대는 고니(정액)가 물색깔을 통째 바꿔놓을 지경이었으니 '비웃'의 떼거리가 그 얼마나 큰 것이었으랴.

그러던 것이 작년 들고부터 '비웃'떼거리를 구경하기 힘들게 됐다. '비웃'새끼라면 닥치는 대로 잡아먹는 '임연수어'(臨淵水魚=이면수)가 부쩍 늘었기 때문인지도 몰랐다. '연관목'(불김을 쐬어 말린 비웃) 곁에 끼면 푸대접은 도맡던 '과미기'(소건청어素乾靑魚=말린 동해청어東海靑魚)가 '한성' 어전에서 본새를 재게끔 판이 바뀐 것이었다.

그나마 몇 뭇씩 겨우 박히는 '청석어전'의 그물은 황당선이 죄다 끊고 혹은 통째 끌고가기 일쑤였으니 '비웃'을 생선 밥 삼고 살아가는 '옷점' 뱃사람들은 달리 돈닢을 만져볼 방도가 없게 된 터였다.

기껏 몇백 세월이나 뒤처져, '요동해'(遼東海)에서 처음으로 '청어'를 잡은 되놈들

---

43 전라북도 부안군 위도면(蝟島面)에 속하는 섬. 연평도(延坪島)와 신미도(身彌島) 근해와 더불어 서해안의 3대 조기 산란장

은 그 맛에 홀려 이름마저 '신어'(新魚)라 화급스레 지어댄 판이었으니, '청석어전' 신렴 곁을 그냥 지나쳐 갈 리 만무한 것 아니겠는가.

63. 만적(蠻賊) 63

'요동'해에 홀연히 나타나 입맛만 돋궈놓고 자취를 감춰버린 '청어'를 못잊어 안달복달 하던 되놈들이 한반도 서해에서 '청어'가 풍산(豊産)된다는 낌새를 잡았겠다. '비웃'이 어떤 생선인데 조선놈들 창자에다만 기름발을 앵겨주랴 싶어 눈까뒤집고 달게들게 됐으니, 기실

> "… 청국빈해(淸國瀕海)의 어선(魚群)이 윤선(輪船)의 빈번한 왕래에 놀라 조선(朝鮮)의 서해로 달아나니 우선 산동어호(산동어호山東漁戶)로 하여금 대안(對岸)에 출어하여 포어(捕魚)하지 않을 수 없다."

하는 억지를 부려 '조청상민수륙무역장정'의 어로권을 따내게끔 됐던 거다. 그러나 '비웃' 물길을 잡고 탄탄하게 '신렴' 두 날개를 편 '청석어전'들이 서해를 가로 세로 갈라막고 있는 터에 이르러, 되놈들의 꿍꿍이 속셈은 허망하게 깨졌고 급기야는 '청석어전'에 든 '비웃'을 닥치는 대로 노략질해가는 날도적떼로 둔갑하게 된 것이었다.

그러니 엎친 데 덮친 격- 유별스러운 '비웃' 흉어해에다 되놈들 행패까지 이쯤 얹혔으니 '청석어전'에다 고기밥 걸고 살아가야 하는 충청도 뱃사람들의 삶은 거진 혼불 나간 듯 아득하던 것이다.

둘째는 '유수어'(踰水魚=참조기)[44]였다. '비웃 없으면 조기로 산다'하는 말이 생겨

---

44 조기는 머릿속에 돌처럼 단단한 2개의 뼈가 들어 있어 석수어(石首魚) 또는 석어(石魚)라 하며, 봄이 되면 해류를 타고 회유해 오는 생선이라 하여 유수어(踰水魚)라고도 한다. 또한 겨울 동안 허해

날 정도로 서해 어업의 대종을 이루는 생선이 바로 '참조기'다.

'참조기'가 뱃사람들의 삶과 어느만큼 끈적지게 연관돼 있는가는 참조기의 또 다른 이름만 봐도 알쪼다. 다른 생선들이 죄다 비늘톨도 안떨궈수는 흉어철이라노 '참조기'만 울어주면 금새 기력이 솟는 법, 오죽했으면 그 이름이 '조기(助氣)'가 됐으랴.

전라도 '흑산도'에서부터 떼거리를 짜는 '참조기' 떼들은 2월 상순에서 3월 하순에 걸쳐 '흑산' 앞바다에다 알을 풀고, 살구꽃 흐드러지게 피는 4월 상순이면 '위도' 앞바다에 이르러 또 알을 풀고, '칠산탄'(七山灘=전라도 칠산바다)을 거슬러 '위도'를 눈돌림한 채 북쪽으로 박혀드는 떼거리가 '연평도'(延坪島) 못 가고 '안면도' 먼 앞바다에서 놀면, 아카시아꽃 여뭇여뭇 져가는 5월 하순-

'참조기' 떼가 버글버글 끓는 바다속에다 '갯퉁소'(해죽통海竹筒=석자정도의 대나무를 속을 뚫어 만든 일종의 어구로 밑쪽은 바다속에다 넣고 윗쪽은 귀에다 대곤 조기떼들의 크기를 알아맞춘다)를 박고 들으면 수천만마리의 개구리떼가 울듯 '참조기'들이 꼬그락뾰그락- 울어댔고 '비웃' 없는 '청석어전', '임통' 속으로는 '신렴'발이 터져 밀리도록 '참조기'떼가 사태지기 일쑤였었다.

'웃점'선창에 내려진 '참조기'들은 '염건장'(鹽乾場=굴비건조장) 짚발이 터지게끔 결결이 늘어서고, 또 '염가' 염통이 모자랄 정도로 염장되었었다. 선창은 '구비석수어'(仇非石首魚=굴비)가 제 세월 만나 사태지고 '석수어해'(石首魚醢= 조기젓)·'유수란해'(참조기알젓) 담은 '간통'들이 입맛 도는 간국을 자글자글 끓여대며 줄줄이 늘어섰던 거였다.

'웃점'의 '석수어해'와 '유수어란해'는 '예산' '홍성' 산간에까지 평판이 자자할 정도의 진품이었으며 단지 '구비석수어'만 '오가재비 구비'(전남 영광靈光 특상품 굴비로 오사리에 잡아 만든 것. 다른 글비와 달리 한 두름이 10마리 였다)에 눌려 별

진 사람의 원기를 돕는다는 뜻에서 조기(助氣)라고 불렀는데 문헌에는 발음은 같지만 조기(朝紀), 조기(曹機)라고도 하였다.

맛 못냈을 뿐이었다.[45]

64. 만적(蠻賊) 64

'비웃'떼 모조리 못 훑어 갈 판에야 '참조기'라도 씨를 말리자는 심뽀였을 것이었다. 황당선 들은 '참조기 풍망'을 쳐 '청석어전' 물목을 겹겹이 막고 나섰다.

되놈들은 '비웃' 뺨쳐먹게 '황화유이'(황화어黃花魚=참조기의 중국 이름)를 으뜸 생선으로 손꼽았던 터다. 들물을 따라 바짝 바다 밑바닥을 헤엄쳐 오는 '참조기' 떼거리는 발이 깊은 '풍망'(風網)을 내려 훑어가고, 썰물 때 바다 중층을 헤엄쳐 빠지는 떼거리는 발이 짧은 '풍망'으로 싸담았다.

들물 때는 바다 밑바닥에 붙고 썰물 때는 바다 가운데로 떠서 내려가는 '참조기'의 습성까지 낱낱이 꿰는 되놈들이 질 좋은 '풍망'으로 이쯤 싸담아 가는 판이 되었으니, 제 아무리 '갯퉁소' 귀에 대고 '참조기' 떼를 쫓아 본들 무슨 소용이겠는가. '웃점'뱃사람들은 강 건너 불을 보듯. 어떻게 손을 써 볼 수도 없는 지경에 이르고 말 것이었다.

셋째는 '진어'(眞魚=준치) 사정이었다. '비웃'과 '참조기' 구경을 제대로 못한다 치면 '준치' 잡이에다나 막바지 땀을 쏟아야 할 일- 그러나 이 짓도 허망한 일이 돼 버린 것이었다.

'진잡어전'의 '임통' 앞으론 되놈들의 '진어유자망'이 시침질을 해대는 판이었다. '초망'그물이 헤질 정도로 '임통'을 휘저어봐야 기껏 열댓마리 담길 뿐이었고 '작쇠'로 찍어낼 '당호'(길이 두자 이상의 큰 준치)는 비늘 한 톨 구경할 수 없던 거다. 오죽했으면 상모가 그 좋은 물목의 '진잡어전'에 넌덜머리를 내곤 '천수만'쪽에다

---

45 곡우 때 잡힌 산란 직전의 조기는 '곡우살 조기' 또는 '오사리 조기'라 하여 가장 좋은 일품(逸品)으로 치고 있으며, 이것으로 만든 굴비는 '곡우살 굴비' 또는 '오가재비 굴비'라 하여 특품으로 취급된다. 조선시대 문헌에 굴비·구비석수어(仇非石首魚)·구을비석수(仇乙非石首) 등으로 기재되어 있는 것이 모두 굴비이다.

잡고기 '어조'를 터 볼 마음이었으랴. '진잡어전'의 '간수선'들이 '새우횟배'로 둔갑을 서두르게끔 되었으니. '비웃'이나 '참조기'에 견줄 고기밥은 못된다손 치더라도, 그나마 잴금잴금 앵겨주던 엽전닢 구덕[46] 하나만 더 없어져버린 쑬이었다.

그 네째는 '새우'였다. '비웃'이나 '참조기' 그리고 '준치' 물질들이 대풍이었다가 그짬 대흉어를 맞곤하는 들쭉날쭉한 것에 비해 '새우'잡이 하나만은 그만한 대로 변덕 부리지 않고 꾸준히 이어지는 서해 어업이었다.

'진잡어전'의 '간수선'들이 '궁선망'(弓船網) 채비로 바쁘고, '간수선' 뱃사람들이 '새우' 그물질이라도 할 양으로 만동이의 눈치를 쭈밋쭈밋 살피는 참에 되놈들은 '새우횟배'들 몰리는 물목에다 땅땅 장목을 박고 나섰다. '어채당선'의 '해하주목망'(海鰕駐木網) 어업이 바로 그것이었다.

제아무리 진귀한 생선들 일지라도 너무 대풍 들었다 하면 값이 떨어지게 마련이었고, 또 어떤때는 미처 실어나르지 못해 썩어 문들어져 거름더미로 밭가랑이에 처박히는 수도 있었지만, 산더미 같은 대풍이라도 그러면 그럴수록 엽전다발 꿰미 느는 잇속에서야 '새우' 물질을 따를 게 없던 거였다. 나무장삽 겹두리 닳도록 퍼담아 곧장 염장하면 '새우젓'이었고 빤질빤질 다져진 '소건장' (素乾場=황토를 얹어 단단하게 다진 네모꼴 땅바닥)에다 흩뿌려 말리면 그만에다가, '중하'·'대하'를 가려내어 한소끔 불질을 먹여 놓으면 갈데 없이 상등(上等) '자건하'가 되어 '한성'으로 줄달아 팔려 나가던 것이다.

그러던 세월이 빈 젓동이만 늘어서 하릴없는 막장으로 변했다. 그것도 '새우' 제철인 가을을 눈앞에다 두고 말이다.

---

46 바구니

65. 만적(蠻賊) 65

열나흘 사리 앞물부터 열아흐레 열물 때까지가 '새우횃배'들은 제일 바쁜 때였다.

'어채당선'들이 새우어장을 차지하고 앉아 으름장을 놓기 전만 해도 '옷점'배들은 고사하고 멀리 '신합'·'화산'·'비인'에서까지 몰려드는 '새우횃배'들 궁선망은 사태로 박혀드는 새우들로 어망이 터질 지경이었다. '벼리'를 끌어당겼다치면 그새 역한 구린내가 물비늘 위로 번져 올랐으니, 바로 미리 박혀든 새우가 짓물러져 그짬 썩어가던 이치던 거다.

이럴때면 어장 정탐을 나온 만동이가 뱃머리 '선수재'를 사추리 새에다 껴고 늘편히 앉아 평시조 몇가닥을 간들어지게 뽑아댔고, 뱃사람들은 만동이의 시조가락에다 겹붙여 절로 새는 흥타령을 섞으며 '대석작' 채질을 서두르던 것이었다.

'대석작[47]' 채질이란 것이 또 여간 흥 돋는 일이 아니었다. 결이 바튼 네모꼴 대바구니에다 새우더미를 쓸어넣곤 바다물로 채질을 하면 죽어 문드러진 새우들은 말끔 씻겨나가고 싱싱한 새우들만 함방지게 남아 쌓였다. 한자는 실히될 '대하'들이 '대석작' 윗쪽을 차고앉아 세도 푸른 수염발을 늘금대기 마련이었는데, 뱃사람들은 미리 실은 장곡댁 주막의 '받힘술' 한 사발씩 소갈증 든 종마 처럼 단숨에 마셔대고는 '대하' 한마리쯤 엄붙어 안주를 삼던 것이다.

마음씨 후더분한 만동이가 연신 흘끔대며 슬깃 눈감아 주는데,

"대새비[48] 한두름에 월매인 줄 알긋지딜. 시염버턴 꼬랑지거정 냉기지딜 말구 아작아작 씹으여. 더도 말구 딱 한마리만 묵으여딜."

했고, 거나해서 선창으로 드는 '새우횃배'를 눈동냥질 하는 '간수선' 사공들이나 '어전' 뱃사람들은

"횃배 뱃늠딜은 명도 질어. 누구 한늠 뒈저사 횃배 타보지. 대새비에다 바침술 걸치구 횃배 시월 한번 녹아난다닝게 그려."

---

47 (대)석작 : 가는 대오리를 걸어 만든 네모꼴 상자
48 대하

하는, 이쯤 독한 농담을 할 정도로 새우 물질을 부러워 했었다.

그러던 것이 이젠 텅빈 '대석작'들만 겹겹이 실은 채 '어채당선'들 그물 거두는 일이나 구경하게끔 됐다.

남의 바다에다 '주목' 박고 '어장'을 트는 되놈들의 그물쯤, 먼저 거둬 먹는 게 무슨 죄랴 싶은 '새우횟배'들이 뱃머리 끝까지 차오른 분통을 삭히며 허겁지겁 들이닥쳐봐야 말짱 허사였다.

'어채당선'들은 그새 덩이덩이 떼거리를 짜고 떠서는 물이 날 때를 기다리고 있기 십상이던거였다. 새우 물질은 다른 물질과 달라서 물이 나가기 시작할 때라야 '주목' 겹줄을 따라 매논 통발이 떠오르게 마련이었고 통발이 떠올라야 제 어장의 제 그물 친 곳을 알아낼 수 있기 때문이었다.

'웃점'의 '횟배'들을 비롯하여 연해 '새우횟배'들의 설망(設網)이란 게 많아야 겨우 두통- 그런데 '어채당선'의 한 어장 그물 수는 무려 여섯 통에 이르렀다. 그물 여섯통이면 '장목' 둘레만도 오리 뱃길을 바짝 죄는 거리에다 한통 그물로 '대석작' 다섯개를 채워 담는다. 설혼개의 '대서자'이 한번 물질에 만창이 되는 계산 아닌가.

'어채당선' 피할 양 좋은 물목 눈돌림하고 어쩌다가 새 물목 잡아 그물을 내린다 해도 새우는 기껏 반 석작쯤이었고 죄다 버려 마땅할 벤댕이 새끼만 사태지던 거였다.

66. 만적(蠻賊) 66

그 다섯째가 '면어'(민어民魚) 사정이었다. 음력 5월 초순부터 6월 하순까지를 꽉 채우는 동안 '진잡어전'의 '임통' 속으로 심심찮게 들어박히기 시작하는 '면어'들은 그적부터 떼거리에 떼거리가 모이고 그 떼거리가 또 합쳐서 충청도 연해에서, 경기도 '덕적도'(德積島), 그리고 평안도 '신미도'(身彌島)와 '신도'(薪島) 연해로까지 뻗치며 성어기를 이뤘다.

'면어'떼가 이쯤 넓은 물길을 놀판 삼을라치면 7월도 중순- 이때부터는 세가들 '어전'이 아니더라도 미주알 빠지게 가난한 뱃사람들의 낚시밥도 덥석덥석 물어줬는데, '가리', '어스래기'(세뼘 정도의 작은 민어)는 고사하고 운 좋은 날이면 대들보 굵기의 '개우치'(芥羽叱=넉자 이 상의 큰 민어) 서너마리도 챙겼던 거였다.

다른 생선들이 우선은 많이 잡고봐야 고기 밥구실을 하는데 반하여 '면어'는 '암치'(岩崎.민어 새끼)만 아니라면 '개우치' 서너마리로 고기 밥 한번 오지게 챙길 수 있었다. 그도 그럴것 이 '면어'는 머리에서부터 꼬리까지가 속속들이 먹잘 것에다 창자 하나라도 허드레로 버릴 것이 없던 터다. '한성'사람들의 풍습인즉 복달임으로는 '면어국'을 으뜸으로 꼽는지라, 선창을 차고앉아 눈알을 해번득대는 '한성' 어전상들은 '면어' 한마리라도 더 사갈세라 아귀다툼이었다. 그뿐인가.

살을 저며 말리면 흔한 '굴비' 윗자리 차고 앉는 진미의 '백상'(하얀 부분의 민어 살만 떠서 말린 어포)이요, '면어'알젓을 담그면 생선 젓갈로는 그중 으뜸인 '면어란해'인데, 이 '면어란해'는 양반집 잔칫날의 교자상 위가 아니면 구경할 수 없는 진품이었다. 또 '면어' 알을 고대 말리면 '숭어란포'와 감칠맛의 앞뒤를 다투는 '면어란포'요, '면어'의 부레는 '민어교'(民魚膠)로 장롱, 쾌상49 문갑 짜는 소목(小木)들의 주문이 성화 같던 것이었다.

고기밥 한 번 이쯤 푸짐한 '면어'를 되놈들이 눈돌림할 수는 없었다. '개우치' 한마리라도 건지겠다고 아둥바둥 몸살을 내는 우리 어선들을 몰아내곤 '표어'(민어의 중국 이름) 낚시질에 눈 뒤집힌 일본조(一本釣=외낙 드림 낚시) '어채당선'들이 떼거리로 몰려들었다.

'어전'의 신렴을 깔아뭉개고 그물을 끊는 짓거리만 아니라면 '비웃'이나 '참조기'·'준치'들은 그런대로 동냥질 삼아 줏어먹을 수라도 있었지만 '면어' 사정에 이르러서는 그야말로 파장이었다. 그런 연유는, '비웃'·'참조기'·'준치'들은 떼거리가

---

49 문방구를 넣어 두는 방세간의 하나. 네모반듯한데 위 뚜껑을 좌우 두 짝으로 달았으며, 서랍이 하나 있고 밑이 비었다.

컸기 때문이요 '면어'는 여간해서 큰 떼거리를 안 짜는 생선이기 때문이었다. 수십 리를 뻗쳐 떼거리를 짜는 '면어'라면 '어채당선'들의 낚시밥만 가려 먹으란 법 없을터, 그러나 상답 곡창 속에 박힌 텃논들 본새로 겨우 물목을 잡고 널린 빤한 '면어'어장이었다.

길면 오리 물길, 넓어야 '어전' 반날개 폭의 듬성듬성한 '면어' 어장으로 '어채당선'들의 낚시줄이 수백겹발을 엮는 판이니 어느 쌈에 '개우치' 한마리라도 통째 안아볼까 보냐. 상뱃놈 허벅지만한 '개우치' 안고 뱃창으로 나자빠져 씨름판을 벌였던 일은 이제 아슴아슴 먼 옛 이야기던 거였다.

67. 만적(蠻賊) 67

'비웃'·'참조기'·'준치'·'새우'·'민어'의 다섯가지 고기밥에다 '갈치'(刀魚=군대어裙帶魚) 하나를 더 얹어 여섯 생선을 잡고, 이 여섯 고기밥이 성하면 충청도 연해 어업 그물질은 한껏 본때를 뵈던거다. 다시 말해, 충청두 어업의 뼈대는 이 여섯 종자 고기밥이 맥을 이어주는 것이었다.

그러니 '비웃'과 '참조기'의 '청석어전', '준치'의 '진잡어전', 그리고 '새우' '주목망' 어업과 '민어' 외줄낚시가 쑥밭이 됐다치면 마지막 명줄을 걸고 넘겨져야 하는 고기밥은 '갈치'였다.

그 여섯번째가 바로 '갈치' 사정이다.

큰애기 젖꼭지마냥 봉긋 제 자리를 틀고 솟는 살구가 여문 살을 내리는 오월 초순께부터 전라도 '칠산탄' 물길을 거슬러 오르는 '갈치'떼가, 유월부터 시월 하순까지 충청도의 '격렬비도'(格列飛島)·'죽도'(竹島)·'녹도'(鹿島) 물길로 다 뻗쳐 떼거리를 짤 양이면, 충청도 뱃사람들은 주낙줄이 모자라 눈 뻔히 뜨고 '갈치' 떼거리를 흘려 보내야 할 지경이었다.

'갈치'만은 다른 생선과 달리 한해 내내 고기밥 몫을 해주던 것이었으니, 제 아무리 산더미 같은 '갈치' 대풍이라도 무작정 염장만 해대면 되는 거였다. '염장도어'(鹽藏刀魚=절인 갈치)는 우선 썩을 걱정없어 산간벽지까지도 운반이 수월한 터에다, 뱃사람 밑반찬은 고사하고 농부들이 더 즐겨먹는 연유로 하여 언제고간에 곡물과 맞바꿀 수 있었다. 그만큼 값이 싸면서도 가난한 사람들 밥상 위에 늘상 얹혔겠다. 오죽했으면 '엽전닢 아끼고 싶은 사람과 가난한 사람은 절인 갈치를 먹어야 하느니라'하는 말이 생겨났으랴.

우리나라에선 가난한 사람들 반찬에나 쪽을 대는 '갈치'였지만 되놈들 처지에서는 진귀한 생선 몫을 하는 게 바로 '갈치'였다. '인도어'((鱗刀魚. 갈치의 중국이름) 떼거리 찾아 몰려드는 '도어연승'(갈치주낙)·'어채당선'들은 그야말로 수백척을 헤아리는 대선단이었다. '산동성'(山東省) '등주부'(登州府) '해남'(海南) '내주부'(萊州府), '복주'(福州), '관동주'(關東州)로부터 벌떼처럼 몰려드는 '갈치주낙' 황당선단은 그 어떤 '어채당선'보다 떼거리도 컸고 어선도 그중 탄탄한 대형 신조선(新造船)들이었다. 쌀 2백섬은 족히 실을 만한 '모선'(母船)들이 기백척- 게다가 그 '모선'들은 또 저마다 대여섯 척의 자선(子船)들을 햇병아리 몰듯 풀어 놓던 거다.

파도가 치어올라 배 밑창이 물바다가 될 양이면 '박품대'(긴 자루끝에다 바가지를 걸어 물을 퍼내던 어구)로 물을 퍼내야하는 우리 주낙배와 달리 되놈들 '갈치주낙' 배들은 뱃전 중간에 뚫린 배수구로 콸콸 물을 뽑아대는, 그런 용심좋은 배들이었다.

안개라도 자욱히 깔리는 날이면 '자선'과 신호하는 '모선'들의 소라고동(貝笛) 소리가 온 바다에 다 깔려 귀가 따가울 정도였고, 잇대어 소름발마저 쭈뼛쭈뼛 일어서던 거였다.

이래 저래 고기밥 되는 생선들은 죄다 되놈들에게 내주고, 비늘만 봐도 엽전닢이 절로 도망가는 쓰잘 데 없는 생선들마저 황당선 행패가 무서워 눈치껏 잡아야하는 처지였으니, 충청도 뱃사람들 그 누구인들 선창지켜 물질할 엄두를 제대로 내볼 수 있으랴.

68. 만적(蠻賊) 68

 서해어업이 이렇게 망해버린 뒷면을 살펴볼라치면 우리 어부들의 미련스러움도 한몫 단단한 구실을 한 셈이었다.

 '조청상민수륙무역장정'이 조인된 뒤에야 바다의 주인이 통째 뒤바뀌어버린 형편이 됐지만 그 전만해도 사정은 달랐다.

 황해도 연해를 발판삼고 주밋주밋 눈치물질을 하던 황당선들이 '충청도' 연해로 길을 죄며 야금야금 달려들었을때, 바로 그때 바다의 주인 본때를 단단히 뵈줬어야 했고, '조선'뱃놈 악다구리쯤 본새있게 부려대며 황당선을 내몰았어야 옳을 일이었다.

 그런데도 충청도 연해 어부들은 태평이었었다. 황당선들의 물질을 빤히 건너다보면서 느긋한 믿음 하나만을 키워댔으니 바로 이런 것이었다.

 "불가지겉은 늠덜. 가재미 잡겄다구 여그꺼정 깔대올건 뭐여. 되늠덜은 입맛꺼정 쌍시롭구 조잘시룹단 말여. 원꿋덜 잡으가레여."

 이런 믿음이 전혀 틀린 것만은 아니었다. 콧발터진 그물 담가놓곤 벼리만 암팡지게 죄는 꼴로 이쯤 물렁물렁 물러앉는 우리 뱃사람들을 흘끔대며 되놈들은 아닌게 아니라 '접어'(鰈魚.가자미)만 잡던 거다. 기실 '비웃'이나 '참조기'·'준치'·'갈치'에다 '새우'와 '민어'를 넘보며 속임수를 부리는 황당선들이었지만 우리 어부들은 이같은 되놈들 속셈을 까맣게 몰랐다.

 '접어' 중에서도 너댓자 크기의 '비목어'(比目魚=넙치가자미) 아니면 고기밥으로 여기지 않는 우리 어부들과 달리 황당선들은 겨우 한자 길이의 '소접' '장접' 가리지 않고 '가자미'라면 힘살 세워 미구 잡았다.

 '조선'에서는 천대받는 가자미였지만 되놈들에게서는 엉뚱한 환대를 받는 생선이던 것이, 되놈들이 지은 우리 바다의 이름만 봐도 알쪼였다.

 되놈들은 '조선'의 동·서·남해를 통틀어 '청구접역'이라 불렀던 거다. '청구(靑丘)'

는 되놈이 부르는 '조선'의 또 다른 이름이요, '접역(鰈域)'은 '조선삼해'(朝鮮三海)를 이르는 말로 '가자미가 많이 나는 바다'라는 뜻이다.

그러나 정작 황당선들의 '가자미' 어업은 광서 7년(光緒7年. 1881년,高宗18년)을 고비로 조선바다에선 끝장을 낸 거나 진배없었다. '가자미' 잡이 '어채당선'들은 '참조기 풍망'·'준치유자망'들로 채비를 바꿨고, 서해 조선 어부들이 달갑지 않게 여기는 '가자미'를 잡는 양 거들을 떨며 슬근슬근 계략의 띠를 조일 즈음, 바로 그때 맘놓고 놀판 삼을 '통어권'(通漁權)마저 따냈던거다.

서해어부들이 '가자미'를 고기밥으로 치는데는 그럴 만한 이유가 있었다. 한창 물 좋을 때라야 국거리 생선 몫을 하는데 '가자미'는 유독 빨리 상하기 일쑤였고, 상할세라 땡볕에 말려 '소건접'을 만들어봐야 장사치들은 훼훼 고개를 내젓고마는 것이었다. 그 이유인즉 '동해 가자미'에 비해 '서해 가자미'는 맛이 훨씬 덜한 이치였다. 그래서 장사치들 어깻죽지에 걸쳐 물나들이라도 하는 '가자미'라면 모두 '영동접'(동해산 가자미)이었고 '서해 가자미'는 비틀어진 눈겹에 갯물 마를 짬없이 천대만 받던 팔짜였던 것이다.

'어채당선' 되놈들이 이런 기미를 모를 리 없었다. 그러니 미운 '가자미' 핑계대고 바다만 내준 꼴이었다.

69. 만적(蠻賊) 69

배가 몸살을 떠는 조짐에 노봉 영감은 번뜩 눈을 뜬다. 풀린 실타래처럼 대중없이 풀어놓던 생각의 갈피들을 그제야 접는다.

어림짐작에 '외도'앞 물발이다. 배를 한사코 옆으로 밀어붙이다간 또 뱃머리를 뱅그르 싸안아 돌리는 품이 물속으로 얕게 뻗은 암초가 배의 사위로 자리를 틀었다는 징조였다. 자칫 뱃길을 잘못 잡는다 하면 물 깊이가 너댓발밖에 안되는 '태바위'(태서太嶼) 물목으로 떠밀릴 참이었고 '태바위' 남서쪽을 뱅둘러 들쭉날쭉 널린 바위에 뱃머리를 요행 들이받지 않는다 치더라도 뱃길은 '나치도' 웃섶을 한껏 넘어 흐를 판이었다.

노봉 영감은 대모의 손에서 노를 빼앗아 쥐고 헉 허억- 단내나는 숨을 내뿜는다.

"거진 와가지유?"

원보가 묻는다.

"배가 원칸 돌았여. 덕분에 뱃길만 더 늘어짓다베께."

"고럼 워쩌지유?"

"이늠아, 목심 잽히구 가는 길에 든녀려 걱정이여."

"날만 환히 샜다허면 일이구 잣이구 다 망치니깐 그츄.… 개우 시뿌열참 대스나 달으사 쓸텐디… 워째, 고렇고름 되겼유?"

"기가 맥혀서!… 쥐둥이가 대못질 받구 벌려지덜 안혀!"

"……"

"고렇고롬 밤뱃길에 먹짱인 늠덜이 배짱도 커여. 느늠덜끼리 뱃길 틋다치면 나치도 가굿다구 석도로 갔을껴!… 철없는 늠덜!"

입으로는 건성 투정을 내뱉지만 가슴속에서는 바직바직 살얼음이 결을 짜는 노봉 영감이다.

'허어- 말려사 쓸 건덕지가 있으야지!… 그려!… 그려!… 옷잼에 남어스나 볼가지로 요리저리 밟히는 것보담은 백번 천번 나여어-'

노봉 영감은 목이 뻐근하게 매달리는 불덩이처럼 뜨거운 분통을 참는다.

"인저 삼쟁이가 노좀 잡으여… 그라고 두선이 저늠 심들겄여. 당배 닻줄 땡겨서나 중챈이 허구 노질 바꿔사지."

노봉 영감이 원보의 곁으로 바짝 붙으며 엉덩이를 붙인다. 원보의 어깻죽지 위에다 손을 얹은 채 한 동안 말이 없던 노봉 영감이 와락 원보의 목덜미를 껴안는다. 이내 노봉 영감의 등짝이 요란하게 들먹였다.

"… 영감님!"

"… 암소리두 말으여!"

노봉 영감은 원보의 목덜미에다 불김 같은 입김을 길게 내뿜고 나서 팔아름을 풀었다.

"… 이 노봉이가 일러주는대루 꼭 혀사 써!… 강당리루다가 배를 대라는 말은 워찐 이치냐?… 강당리 선창에 주막이 하나 있여. 그 주막쥔이 방개댁이라는 과수댁인디 바로 공남이 손녀여."

"뵙던 못혔제만 말씀으로는 많이 들었유. 배목수 영감님 말입쥬?"

"옳다마다여. 느아부지하고는 기중 친허게 지냈던 영감인디 풍문으로 듣자형게 한성 노나루에서 시방도 배를 짠댜… 숨을 데 라고는 거그 뿐여. 제물포 바닥으서 어정그리다가는 재깍 잽히구 말껴… 방개댁 찾어서 내 말 전하구 노자라두 얻어서 공남이를 찾을 일여… 느늠이 상두 아들늠인줄 알먼 반가워서 반은 죽을 늠이여."

노봉 영감의 한숨이 유독 길었다.

70. 만적(蠻賊) 70

받힘술 한잔 자란자란한 겹두리부터 핥듯, 노봉 영감은 긴 한숨 끝자락에다 감질나는 엿물을 치며 다시 말을 잇는다.

"나 많이 생각혀 봤여 시방… 기가 맥히서나 말이 안 나와여. 노봉이가 워찐 뱃늠인지 느늠 얼쭈 알껴. 고렇다구 혀부아."

"알구말구가 으딨유! 노만 열 여섯 번 잽혀묵은 영감님 안유. 그려서 함짜가 노봉 영감이라구 빈혔대믄서유."

"고늠 참 영민두 혀. 워찌 그리 귓밑이 밝대여… 상두늠이 고러등감?"

"아버님 말씀 아니먼 들을 데 없깐디유? 젤로 츰에 듣기는 신합포 권가늠헌티 귀동냥 혔유."

원보는 그새 목숨 내놓고 벌인 일도 말끔히 잊는다. 죽을 자리에라도 노봉 영감

곁에 끼어 간다면 뱃놈 막장에도 금줄을 얹는 거다. '충청도'를 마무리 짓는 '당진'(唐津) '교로리'에서 부터 '전라도' '옥구부'(沃溝府=지금의 군산群山)에 이르기까지 노봉 영감을 모르는 뱃사람은 없다. 엽전 한닢 없이도 서해 '파시'(波市)란 '파시'는 다 쑤셔대고, 말 술 주량 찼다하면 '낭자새'(娘子鳥='파시'에 몰려드는 갈보) 사추리에다 불뜸질을 앵겨, 불두덩의 거웃이 트레머리가 되도록 상앗대질을 쳐야 직성이 풀리는 노봉 영감이었다.

"그간 쪼그락몽땅 하나부지[50] 뫼시느라구 심 많이 썼어. 담에 올 찍에는 팔낭충 두어 말 묵구 올껴. 골패에 백태 안 얹치도록 간물이나 자알 치두어- 헛허엄-"

술값 계집 몸값 어림짐작해 봐야 손바닥에 쥔 것이라곤 노질에 돌덩이처럼 굳은 곰살뿐, 뒷꼭지가 하냥 시려서 이쯤 너스레를 떨며 헛기침을 쥐어 짜는데, '낭자새' 떼거리는 막무가내 제 잇속들만 읊어대겠다.

"이봐유! 영감님이 워찌 이리 우뭉허디유? 뭣이라도 내놓구서 약조를 혀사쥬!"

"허어- 이런 몹쓸년들즘 부아?… 아니, 서해바다 괴기가 이 노봉이 허가없이는 그물코도 마다 혀! 고쨈 못 기달리긋남?"

"헐 수 없쥬! 노를 잽히 두구서나 심 치룰 수 밖에유."

"뭣이여? 노? 이런 급쌀맞을 년덜허구는. 요년덜아. 노없이 돛폭이 시개믄 뭣 혀?… 심?… 아니 뱃늠덜 심에 느년들 씹쩐두 끼라구 워뜬 늠이 정혔넘?"

"각없는 소리 허덜 말구유, 퍼뜩 노나 잽히유!"

노봉 영감은 한숨 끝자락에다 멀근대는 횟통을 달고는 우선 배앵 돌아서서 북녘 하늘을 눈에 담는 것이었다.

'북천만 맑으면 비도 바람줄도 없다혔지. 워디한번 혀부아덜. 노 없다구 내가 나 선창으다 배 못 댈껴? 후웅-'

"에라 요년덜! 괴기밥 있으사 뱃늠 시월이구 뱃늠 손으루다 놋대 집히야 뱃길 열

---

50 늙은 할아버지. 노인

린다 혔여. 노도 없이 워디로 가란말여? 허제만 워찔끔. 엇따아- 노 삶어묵구 복창
이 편주되스나 물구신 될 년딜!"

그것도 열 여섯 차례- 노없는 물길도 둥지 찾아드는 하지 낮올빼미 꼴로 어련하
고 심 치른다고 작정한 날엔 어김없이 꽃값을 갚는 노봉 영감이었다. 노만 잡아두
면 제 아무리 상뱃놈인들 어디로 가랴싶어 열 여섯 번 노를 잡아봤지만 온다던날엔
꼭 얼굴을 뵈는 노봉 영감을 두고 '귀신 아재비 뱃놈'이라는 이름을 붙여 마땅할 소
문만 짝자그르 퍼졌던 거다.

71. 만적(蠻賊) 71

한두 번은 놀라 자빠지고, 열 번을 채울 때는 미덥지가 않아 실성했고, 열 여섯 번
다 채워서야 사실을 눈앞에 두곤 낭자새 떼거리들이 워그적거리며 술렁대면

"후웅- 요년딜! 노 잽히구서나 즈믄이 구신 아니라면 워딜 또 오긋남 혔겄지딜.
나 왔여! 노가 봉 된 줄 아넘 봉이 없어 노를 봉으루 잽힌 줄 알웃남?… 내 참죽나
무 노 어여 내놔여, 어여!"

하며 노봉 영감은 짐짓 태연했던 거였다. 대발로 엮은 알량한 편상 모서리를 차
고 앉아 이렇게 인사깔을 트는 노봉 영감의 귀바퀴로 죽을 때까지 잊진 못할 그중
반가운 말이 담기더란다.

누군가 선소리를 깔으는데

"구신은 쇡여두 저 노봉이 영감님은 못 쇡이지 인저… 아휴- 그래, 고짓말루 노 잽
히라혔지 바른 말루 노 잽웃넘?… 그 영감님이 분명형겨" 했고,

"아휴- 무시라아!… 고 영감님유! 고 영감님!… 뭐라구 거시기혔쥬?… 맞아유, 노
봉이 영감님… 그류, 바로 노봉이 영감님유!"

제판으론 귓속말로 살큰 말끝을 잘라버렸지만, 시퉁하게 남의 이름 바꿔짓는 짓
거리가 그렇게 예쁠 수가 없더라는 거다. 노봉 영감의 딴 이름 한번 이쯤 걸죽한 사

연을 업었던 거였다.

그쯤 잠잠하던 노봉 영감이 다시 입을 열었다.

"느늠두 자알 알껴. 간월도·황도·죽도·대야도·누농리·웃샘 이렇게 어싯 신창 매덜이 상뱃늠덜을 뽑아서나 노없는 뱃길 트기루 경합헌 일 있음잖넘."

"들웃유. 기끗혀서 녹도 물목 돌아오는 시합인디 아홉 척 배덜 중의 단 한 배두 지 선창 찾으온 배는 없었데쥬."

"맞읏여… 상달 용왕제니 샛바람 오진 시한안여?… 시상으! 아무리 상달 샛바람 철이라두 고렇지. 젊으나 젊은 뱃늠덜이 고깐녀려 물목 하나 못 짚구 장고도로 숭 언리로 떼밀릴 것은 뭐여… 이 노봉이는 어청도는 넘으 짧다치구 변산 하왕등도에서 버텀 웃잼꺼정 노없이 물길 트서 온 늠이여… 이 노봉이가 요짬이 요런 모사에나 합심헌다니 요것이 될 뱁이라두 헌 얘기냔 요런 말여!"

"… 죄송혀유!"

"고런 뿔빼 겹쟁이 썩는 소리 듣자는 건 아니구… 느늠덜 허는 일을 말리사혈 건두지가 씨도 없어서나 요렇고럼 허망한겨. 생각 많이 해봤제만 웃잼은 인저 막장 본 겨. 졸창으로 기름발이 앵기든 쑥대살이 돋든 간에 그물을 담궈사 뱃늠인디 베리 쥘 틈새기가 있으야지!… 그물코가 삼천 코면 뭇혀? 한 발 베리가 괴기밥 정하는 겨… 비웃 없지, 죄기 없지, 준치 안나구 민어 안놀지… 거그다 새비도 못 담지 갈치꺼정 황년이지!… 요런 씨벌늠어 시상이 원지 또 있었간!"

노봉 영감의 말끝이 맹맹대는 울먹임을 안 달더라도 원보의 마음은 아까부터 사 큼사큼 썩어나던 참이었다. 노봉 영감의 사정에다 제 운명을 섞어 지칫거리면 그럴수록 핏멍울만 쇠똥 마르듯 따글따글 굳는 원보였다.

아버님 생각, 그리고 통마다리에다 둘둘 말아묻은 보생이 어미 생각, 거기다가 마지막 떠야하는 '웃점' 사정들을 기를 쓰고 엇구뜰하게 그려보자니 더욱 설움만 앞당겨가는 원보였다.

72. 만적(蠻賊) 72

바로 작년 이른 봄 3월이었던가.

"동해의 청어가 관북해양에 출몰하야 동말(冬末) 춘초(春初)에 남양의 영남(嶺南) 해양(海洋)에 이르러 쇠(衰)한 지 이년인 현금(現今) 해빙(解氷) 삼월을 시초(始初)하야 해서(海西)에 이르는 비유어(肥儒魚) 천만대군(千萬大群)이 안흥(安興) 연안으로 내도(來到)하여 산란하는 바, 다산(多産)의 도가 지나쳐 일망여산(一網如山)으로 어획되며, 이 비유어 대군은 성쇠(盛衰)의 40년 주기를 과(過)한 해서계군(海西系群)으로 추이되니 곧 망미(望末) 40년은 파망대풍(破網大豊)의 운집(雲集)임이 확실하옵니다…"

충청감사의 '장계'가 이쯤 그들먹할 즈음이었다. '장계'의 끝자락에 밝힌 '성쇠의 40년 주기를 과한 해서계군의 청어'라 함은, '동해청어'의 풍산기(豊産期)를 마무리하는 '서해 비웃'의 대풍을 넘보는 뜻이었다. 곧 '연해주'(沿海州)로부터 함남북을 뻗쳐 영동 및 경북연안(慶北沿岸)에 이르는 '청어'를 '동해청어', 그리고 충청도 연해에서 황해 연해로 뻗치는 청어떼거리를 '서해 비웃'이라 이름했는데, 이 '동해 청어'와 '서해 비웃'은 40년을 주기로 서로 성쇠의 세월을 맞았던 거였다. '동해 청어'가 풍산되는 40년 동안은 웬만해서 큰 떼거리를 볼 수 없었던 것이 '서해 비웃'의 사정이었고, '서해 비웃'이 풍산되는 40년 동안은 또 '동해 청어'가 풍년세월이었던 거다.

마침 그 40년 주기가 끝나 '서해 비웃'의 풍산기가 열리던 초봄이었으니 충청감사의 장계대로 '청석어전'의 대발날개가 터질 지경으로 '비웃' 떼거리가 사태지던 그 적-

"고냥 안흥포루다 가유덜! 뜸막의 불짐 쎌 낭구두 인저 없으닝게 딱 한 배만 웃잼으루 가구 남재기 두 간수선은 하옇든 간에 안흥 선창으다 괴기 퍼내리구 봐여딜!"

용갑이는 제 정신이 아니었다. 용갑이의 말대로 '간수선' 두 척은 그 길로 '안흥'으로 내달렸다.

"상두 느늠, 워디 한번 혀볼 챔여? 뉘 배가 안흥포으다 먼춤 닻줄 그는지 혀부아?"

도사공 중천이를 떼밀어내곤 대신 노를 잡은 노봉 영감의 자긋자긋한 장난끼였고,

"허참 그늠- 워디 한판 땡겨부아! 저늠이 장신 상두늠을 아조 얼측없이 본다닝게 그려."

노봉 영감에 맞서 만만찮은 오랏바람을 재는 부친이었다. 한쪽에선 노봉 영감을, 또 한쪽에서는 부친을 추켜세우는 고함들이 어리숭하기 한나절- 두 배는 하냥 뱃머리를 함께 재며 도무지 물러날 줄을 몰랐었다.

'안흥' 선창을 빤히 눈앞에 보며 노질들이 한껏 드셀 즈음이었다. 까닭 모르게 뒷전으로 쳐지던 노봉 영감의 노질이 느닷없이 바빠진 대신 뱃머리를 앞세워 본새있게 내달리던 부친의 노질은 그만 그 자리에서 죽는 참이었다.

"이늠아아- 느늠은 배목수구 나는 뱃늠이여어-"

노봉 영감이 휑 앞자리를 차고 내달리며 큰 소리를 지른다. 부친은 사색이 돼서 연신 '이늠의 비웃! 이 웬수늠의 비웃!' 하며 신음을 내뱉을 뿐이었다. 노봉 영감은 '비웃'떼거리를 피해 잽싸게 배를 몰았고 부친은 '안흥' 선창으로까지 뱃길을 막고 뻗친 '비웃' 떼거리 위에 얹혀 노질마저 제대로 해볼수 없는 지경에 이른 거였다.

73. 만적(蠻賊) 73

좀 전까지만 해도

"충청도 뱃늠덜 노질이 노질인감? 씬 물발에다 바람 묵은 돛발 덕분으로 놋틀만 좃을 뿐여. 노질이사 전라도 뱃늠 노질을 워티게 딸으갈겨."

하며 비지땀 얹고 타울거리던[51] 부친이 그만 맥이 빠져 비웃더니 위로 풀썩 주저 앉아 버렸다. 부친의 눈길이 벌써 저만큼 앞서 가버린 노봉 영감의 뒷꼭지에 허망 하게 박혀있었다.

고기 떼거리만 봤다하면 온 몸뚱이에다 헐레춤을 절로 얻던 부친이 그것도 '안흥 포' 선창 안까지 뻗은 산더미 같은 비웃떼를 깔고 앉아 넋이 빠지던 거였다.

원보는 그제야 야릇한 아픔이 시큰시큰 늑살져 올랐었다.

겉보기로야 심심풀이 삼아 다투는 노질인 양 했으나 두 노인의 속마음은 그것이 아닌 듯싶던 거다. 노봉 영감은 충청도 뱃사람의 체면을 걸고, 부친은 전라도 뱃 사람의 본때를 내세우며, 은연중에 진땀 솟는 싸움을 벌이고 있었는 지도 몰랐다.

그런 징조는 뱃사람들의 드센 거들이 노봉 영감에게로만 쏠리면서부터 시작됐었 다. 처음엔 이쪽저쪽 알맞게 뜸질을 먹여주며 서로 치기해 주던 뱃사람들이, 두 사 람의 노질이 뱃머리 어금 빗날세라 어승비숭해지자, 모두들 노봉 영감의 편만 들며 욱시글득시글 닳아 오르던 거였다.

알다가도 모를 일은, 그날로부터 꼬박 사흘 동안 부친은 뱃물질도 마다했고 끼니 마저 거르던 일이었다. 사흘 동안을 고미 모서리만 흘겨대며 죽은 듯 누워 죽치던 부친이 나흘만에야 당배 닻줄을 풀면서 했던 말이었다.

"물은 한가지로만 짠디 뱃늠덜은 시고 달고 여러 목자란 말여! 물맹끼로 짭짤헌 뱃늠덜이 없여…"

부친의 뜻 모를 말이 잠시 귀바퀴에서 입김을 뿜어대다간 사물사물 가셨고, 노질 을 못하도록 '안흥포' 선창까지 뻗쳤던 비웃떼도 물비늘을 재우며 원보의 생각 속 에서 사라져 갔다.

"그쩍이 신빨 돋쳤었쥬?"

원보는 저도 몰래 밑도 끝도없이 묻고만다. '나치도'가 가까워 올수록 명치끝이 죄

---

51 어떤 일을 이루려고 악착스럽게 애를 쓰다

는 터라 심난한 생각들이나 죽일 양으로 건성 던져본 말이었다.

"먼소리댜."

"작년 봄이 즈아버님허구 노질 겨룬 일 말유."

노봉 영감은 푸우- 긴 한숨을 내뱉고나서 밍밍하게 말했다.

"… 느아부지 증말 지독스런 뱃늠이여… 허긴 내가 잘못 혔었지. 느아부지가 비웃떼 눈치 못챈 틈 타서나 억불러 그쪽으루 밀어부쳤으니께.… 나가 잘못헌 줄은 알 제만 느아부지는 그일 뒤로 목심 끊을 때꺼정 옛날 정은 따악 짤랐여!"

"………"

"그나저나 그쩍으 비웃떼 원칸 컸여. 뱃늠 육십평생 넘겨서나 츰보는 비웃떼였 여… 워찌나 떼가 컸든지 어전 그물코가 비웃 알로 맥힐 지경 아니었남. 그물 속 에서꺼정 알을 시래서 말여… 황당선만 아니라먼 앞으루도 몇십 년은 대풍 들 참 인다!"

노봉 영감은 말을 마치고나서 연신 깊은 숨을 들여마셨다.

"짐작이 불길혀!… 갯남세에 뭍풀 남세가 몰강몰강 섞였여. 해무가 찔 모양인디 새복참 대서 해무나 찐다치먼 불꾸덕 속에 봉사 팔짜여!"

노봉 영감의 정갱이가 파들파들 떨기 시작한다.

74. 만적(蠻賊) 74

노봉 영감은 후둘후둘 떨어대는 정갱이를 재울 양으로 물도래 밟듯 두 다리를 번 갈아대며 배 밑창을 제겨디딘다[52]. 그러나 발뒷굽이 살풋 들리우기 무섭게 더욱 요 란스레 지벅거리는 정갱이다.

"워쩨 그리 뜨세유? 치우세유?"

---

52 발끝이나 발꿈치만 닿게 디디다

중천이가 볼멘 소리로 묻는다.

"씨잘 데없는 소리… 짚도랭이 속으루다 땀줄이 짤복헌 챔여."

"고럼 떨들 말아유. 고렇잖아두 맴이 요상시릅구… 환장헐 판이어유, 시방."

"급살맞을 늠어 쥐둥이다 대발을 칠껴."

말은 이쯤 맵게 쏟아놓지만, 정갱이뿐이랴, 명치 끝에 물리는 가쁜 숨이 콩닥콩닥 불김을 지펴대는 노봉 영감이었다.

"나치도두 거반 다 와가구, 일 벌릿다허먼 인저 전생에서는 원지 다시 볼 줄 몰르는 챔인디, 말씸이 원칸 매정시르워유. 좀 이삐게 따둑그려 주세야쥬, 안그류?"

중천이는 말끝에다 속편한 너털웃음을 단다.

"아휴- 이뻐서 죽겄여. 하도 이뻐서 입념으루 신물이 돌어."

"고럼 볼태기나 한입 칵 물어줘유."

"이잉- 태평천하여 저늠."

노봉 영감은 중천이의 등짝을 흘겨대며 겸해서 매운 눈길을 두리두리 넓힌다. 희끄므레한 모습들이 저마다 가시처럼 아프게 박혀온다.

중문이는 팔베개에다 머리통을 얹고 바다쪽을 향해 옆으로 엇비스듬히 누웠는데, 그 늘쭉편편한 허우대가 갈 데없는 일등 '장승목'(長丞木) 감이고 삼정이와 대모는 갯바람에 살점이 삭어나는 '조망석'(潮望石=지금의 망부석. 시신도 못 찾은 남편을 기리며 세워논 돌로 들물 썰물 다보며 물때를 지킨다는 뜻)처럼 멀끔히 바다만 향해 앉았다. 원보는 무슨 생각을 해대는 참인지 통개구리 삼킨 오리 본새로 쉬었다간 도래질을 하고 도래질을 하다간 또 쉬며 불 같은 한숨만 잦고, 보생이는 세운 두 무릎 새에다 얼굴을 묻은 채 꼼짝 않는다. 다만 중천이만 거드락을 떨어대는데 끄응 하는 안간힘에 이어 작쇠날을 뱃전에다 거푸 내꽂는 거다. 당배의 노를 쥔 두선이마저 끝장으로 눈길속에 담을 마음에 뒷쪽을 멀금대던 노봉 영감은 거두는 눈길 속에다 늘척한 한숨을 섞는다. 기껏 너댓발 뒤에 처진 당배쪽에서는 물비늘 쪼개는 노질소리만 찰박댈 뿐 두선이의 모습은 짐작에도 없다.

언제 다시 이만한 울먹임이라도 견뎌보랴. 목젖너머로 넘겨대면 그럴수록 입덧 떠는 샛과부 욕지기처럼 울컥울컥 치미는 흐느낌이다.

"허어- 내팔자야! 아휴 죄 많은 이늠 팔짜야!"

노봉 영감은 참다 못해 어금니 시린 신음을 문다. 일치고 이렇게 박정스러운 짓이 또 있을까 싶다. 뱃놈세월 막장으로 도리뭉실하게 뭉친 떼거리라는 게 어 쩌자고 그중 착하고 탄탄한 뱃놈들이냔 말이다. 늘상 생각하기를, '옷점'선창 지켜 뱃놈뽄 새 안 그르치고 살놈들은 '웬보늠, 중문이늠, 중천이놈, 삼쟁이늠, 대모늠… 그리고 애호박 뱃늠들이제만 탄탄하게 영근다치면 두션이늠허구 보셍이늠이 기중 상뱃늠 지둥이여!'하며 늘퍽한 믿음을 다져왔거늘, 하필이면 이 일곱 뱃놈들이 죽기살기로 '옷점'뜨겠다는 끝장 아니냐.

"시상으! 개씹겉은 황년여으-"

노봉 영감은 똥구멍에 피똥이 보글댈 지경으로 창자 뒤틀리는 탄식을 문다.

75. 만적(蠻賊) 75

풀무질을 따라 허망한 헛바람만 피식대는 헤진 불대처럼 연신 실미적지근한 신음을 삭히며 섰던 노봉 영감은 조심스레 무릎을 꺾는다. 녀석들이 짐작을 못 잡도록 슬며시 뱃전에다 엉뎅이를 붙이며 손을 담가본다. 바닷물은 여느때 같지 않게 유독 차다. 이번엔 훼훼 고개를 돌려대며 콧망울이 뻐근하도록 깊게 숨을 들이켜본다. 선머리를 틀기 시작하는 바람결에 후덥지근한 온기가 물컹 섞였다.

노봉 영감의 가슴이 싸악- 식는다.

부러 좋은 편으로만 넘짚어 보며 생각을 쪽매질 해보지만, 일은 여간 고약스럽게 아스러지는 조짐이었다.

물이 차면 바람도 따라 냉냉해야 할 것이며 또 바람이 후덥지근할랴치면 물도 온기가 있어야 제대로 된 날씨겠다.

그런데 바닷물은 느닷없이 시리도록 차고 바람은 땀띠옹두리 짓물려 솟게끔 덥고 축축하다. 찬 물비늘 위로 더운 바람이 낮게 엉히면 영낙없이 짙은 해무가 끼게 마련이던 거였다.

노봉 영감의 귓청속에서 별안간 황당선들의 소라고동 소리가 익는다. 벌떼 울음처럼 웽웽대는 소라고동 소리에 겹붙어, 그적, 상두가 장범이를 목 터지게 부르던 비명이 살아난다.

그날- 한치 앞도 분간 못할 해무만 아니었다면 상두가 그렇게 허망한 횡사를 당할 리 만무였고 따라서 상두를 쫓아 함께 물귀신이 됐을갑세 이렇게 혼자만 살아남지도 않았을 것이었다.

해무 속을 갈팡질팡 떠흐르며 뱃길을 잃은 '삼대배'가 와글짝 울어대기 시작하는 소라고동 소리에 갇혔을 때는 이미 일은 손쓸 새 없이 꼬이고 만 뒤였다.

'삼대배'는 갈치주낙 '어채당선'들의 떼거리속을 스스로 파고 든 꼴이었고, 화급스레 저어대는 놋대로는 벌써 주낙 줄들이 타래타래 감겨대는 판이었다. 되놈들이 날려보내는 장창들이 '삼대배' 돛대 위를 비켜날으는 낌새로 무쇠솥 겹두리 터지는 소리를 내며 쩽쩽 허공을 찢었고, '삼대배'를 짐작잡곤 무작정 밀어붙이는 '어채당선'의 뱃머리에 받힌 '삼대배'가 대여섯 차례 요란한 널춤 을 춰댔을 때, 바로 그때 상두는 물속으로 떨어진 것이었다. 장범이를 불러대는 상두의 고함이 불씨처럼 노봉 영감의 고막을 달궈댔지만, 야릇한 것은 뱃놈의 천성이던 거다. 머리속으로 가득한 것은 배를 살려야 된다는 생각뿐이었고 노질을 서두르는 어깻죽지 위론 전에 없던 힘살만 뻗치던 거였다.

되놈들의 소라고동소리가 한껏 멀리 뒤쳐졌을 때 배 밑창으로 곰삭은 겹기둥 허물어져 내리듯 주저앉아버린 노봉 영감은 그제야 달근달근 끓어대는 울음을깔며 정신을 잃어버리고 말았었다.

노봉 영감의 머리속에서 그적의 생각이 스런스런 지워져갔다. '지발 해무만 쪄주지 맙소사!' 속으로 빌며 별밭을 올려다본다. 더구나 새벽녘 돼서 해무가 낄 양이면 여섯 뱃놈들을 한 그물속에다 오글오글 싸담아 '나치도' 되놈들 앞에 젯밥으로 올려바치는 짓이나 진배없는 일이었다.

'… 상두 자네 겉었두 배 먼츰 살리놓구 부았을껴!… 물구신 돼얐으면 우딜 뱃길이나 자알 트주여! 해무만 안찌게꼬름 도와주여!… 그라고, 그라고 이늠덜 목씸 한나라도 뺏어가면 안 되여! 죄다 살려보내서나 즈늠덜 뱃늠 명줄 다 챙겨묵고 살게꼬름 혀줘사 쓰여!'

노봉 영감은 속으로 이렇게 빌며 쓰린 눈두덩을 훔친다.

76. 만적(蠻賊) 76

머리속으로 겹겹이 또아리를 틀어대는 불길한 생각을 행여 녀석들에게 내보일세라 우정 시치름히 별밭을 우러르고 앉았던 노봉 영감은 선뜩 제 정신이 든다. 뒤뚱대며 너그적거리던 배가 별안간 고물과 이물을 번갈아 떨며 오리멱질을 해대는 거다.

"중문이, 후딱 돛폭 걷으여!"

노봉 영감은 잽싸게 노를 뺏어쥔다. '태바위' 물살에 얹힌 배이니 여차직했다 하면 뱃길은 한마장이나 길어질 판이다. 가슴패기가 뒤로 거진 눕도록 억척스레 노질을 서둘러 뱃머리를 돌린다.

돛폭을 거둬내리며 중문이가 묻는다.

"다 와뿐졌쥬?"

"… 십리 물길도 안남었여……"

노봉 영감의 말에 뱃전은 금새 수선스럽다. 원보만 앉은 그대로 옴싹않을 뿐, 나머지 것들은 뱃전 한켠으로 몰려 우왕좌왕 들썩하게 거들을 떤다. 그때마다 배는 몸살을 떨고 노질은 되우 무겁다.

"이늠덜아 앉으여딜! 심 들어서 노질을 못 허겄여."

노봉 영감의 불호령에 뱃전은 다시 조용해졌다.

"뱃늠질두 인저 끝장이다 싶으니깐 맴이 지랄겉으서 그류……"

중천이의 나직한 투정을 채며 노봉 영감이 버럭 악을 써댄다.

"암짝으다두 못쓸 짓은 워쩨 모사했었등감? 맴이 지랄겉을 일은 워찌자구 폴뚝 걷고 나승겼!"

"벨 뜻 있깐유?… 뒈질 판에야 악이라두 원굿 써보구 뒈지자 요것이쥬… 다덜 고렇겄지덜?"

중천이가 고개짓을 훼훼 곁들이며 제딴으론 한껏 막잡이로 으쓱대는데 다섯사람들은 도통 대답이 없다.

잠시 후였다. 두선이가 무릎을 세우며 씨그둥해서 내뱉는다.

"… 고렇지가 않구먼유."

"얼라? 저늠이 먼 딴 소리댜?"

두선이는 중천이의 말끝을 날름 채며 볼멘 소리를 더 익힌다.

"딴 소리라뉴?… 나가 원지 딴 소리혔유…"

이번에는 원보 들으라는 듯이 목소리를 차악 가라앉힌다.

"그냥 옷잼으루 돌아갑시다유… 지발 돌아갑시다유덜!"

뱃전은 금새 물을 끼얹은 듯 조용해진다. 노봉 영감의 노질하던 팔뚝이 슬밋 멈춘다.

"다른 맴으루 요런 말 허능긋이 안유… 누님땜이 그류! 우리 누님 땜이 이러능규!… 거그다가 실성꺼정히서 옷잼 좃발때꼴 아닌감유… 나 눈깔 앞으서 죽는다면 물러두 멀쩡하게 살어 있잖긋유!"

"저른 베락맞어 뒈질 셰끼즘 부아?… 재수더럽게 먼녀려 청승이댜, 저 씨벌늠이!"

중천이가 벌떡 일어선다. 두선이는 아랑곳 않고 사뭇 울먹인다.

"고럼 요렇고름 혀주… 몇날만 참으주유! 내 손으루 누님 쥑이놓구 속 팬허게 옷잼 뜨게유… 차라리 내 손으루다 쥑여사 혀유! 아휴- 생각덜즘 혀봐유우"

두선이가 기어코 왈칵 울음을 내쏟는다.

어깻죽지가 거드럭대도록 가쁜 숨을 씨근벌떡 대며 성깔을 키우고 섰던 중천이가 우루루 두선이를 향해 달겨든다.

"저늠이 셰끼, 고냥 멱을 죄서나 물속으다 처박으야 히여! 뭣이 워쩌구 워쩌?"

77. 만적(蠻賊) 77

중천이는 단번에 두선이를 깔아덮치며 사정없이 주먹을 내두른다. 가차없이 내리찍는 주먹질에 두선이의 숨 넘어가는 비명이 터진다.

"아, 뭣들 허고 있능겨? 말리사지덜."

노봉 영감의 목소리가 밑불 누르고 얹힌 불돌처럼 뜨겁건만 어느 누구 한사람 싸움을 말릴 기미는 없다

"웬보 자네 뭣허능겨? 저늠 저러다 죽긋여!"

원보는 그제야 흘낏 옆을 살핀다. 도리깨질 맛는 널그물마냥 죽은 듯 매질만 받던 두선이가 기어코는 중천이의 허리통을 거머쥐고 한덩어리가 된 낌새다.

"놔 둬유. 혼빠지게끔 맞으사 헛소리두 않긋쥬… 씨잘디없는 소리는 워쩐다구 혀 냔말유."

"두셴이늠 말이 워쩨 헛소린감. 천만번 옳은 말이여."

"… 헛소리유, 헛소리!"

말은 이렇게 살똥스럽지만[53] 속으로는 두선이보다 더 끈끈한 설움을 씹는 원보다.

그렇잖아도 연심이의 헛모습이 물비늘을 밟으며 줄창 따라 온 참이었다. 그렇다고 연심이년 생각만 진하게 펴면서 엄부력[54] 부려봐야 일만 글르기 십상인 것, 기

---

53 독살스럽고 당돌하다
54 어린아이처럼 매우 철없이 부리는 엄살이나 심술

왕 벌인 짓이나 단통[55] 밀어 붙이고봐야 한다는 다짐으로 이빨 악물며 참아냈던 것뿐이었다.

"이손 놔유! 넘은 심없어서 못패는 줄 아넘유?"

"그려두 이놈이 쥐둥이를 까데여. 일으다 훼질놓덜 말구 느늠 가고 싶으면 워디 걸어서 옷잼 가봐여!"

"씨벌, 누가 걸으서 간됐유?"

"또 고런 말 헐껴? 안 헌다구 후딱 대답혀, 이 급살맞을 늠!"

"나 못혀!"

"그란디 요늠이 워따대구 등까시를 피벌리구 환장을 뜬댜? 아휴, 요 잡세끼!"

"즈애미 씨벌, 죽기베께 더 허긋남. 워디 맘대루 앵기봐여!"

엎치락뒤치락 하며 배 밑창이 빠질 지경으로 나뒹구는 둘의 입에서 번갈아 오진 신음들이 터진다. 두선이가 어디를 어떻게 했는지 중천이는 자지러지는 비명을 지르며 길게 뻗는다. 두선이가 작쇠를 움켜쥐곤 개미에게 물려가는 콩벌레꼴로 바짝 등짝을 옹크린 채 몸살을 떨어대는 중천이에게 와당탕퉁탕 달려든다.

원보는 허억- 단내나는 숨을 내뿜으며 두선이의 멱살을 움켜쥔다.

"이늠! 작쇠루다 해골박을 오각 뜰껴?"

"놔유, 요거 놔유! 쥑이게꼬름 고냥 놔 둬유!"

"느 성님 말만 믿으여… 난중으 꼭 연심이넌 데리갈껴!"

"다 죽구나서나 누가 데리가유!…… 누가유?"

"누구는 누구여? 이 웬보지!"

두선이는 작쇠를 뱃전에나 힘껏 내리꽂고나서 그 자리에 물렁 주저앉는다.

"미리 심을 다 빼 뿐졌으니 나치도에 올렸을 즉인 좆빼구 늘어진 숫개 꼴일껴."

대모가 느긋한 비양질이었다.

---

55 그 자리에서 대번에 곧장 하는 것

'겁두 없구… 잔꾀들두 없구… 시상에 상뎅상깜 뱃늠덜이여- 나치도가 눈앞인디도 쌈질덜 한번 물굿 친 날 씨름판츠럼 펜허구… 워뜬 구신덜이 느늠덜 목심을 묵는댜!… 내뱃늠덜! 웃쟁 내 뱃늠덜!…'

노봉 영감의 가슴속은 느닷없이 뻐근해 온다.

78. 만적(蠻賊) 78

뱃길은 어차피 반 마장 남짓 늦었는가 싶다. 얼굴에 살큰살큰 붙어 앵기는 물김들 속에 섬뜩한 물파리똥들이 섞였다. 본때 재는 해무에 앞서 자근자근하게 물비늘 위를 밟고 깔리는 것이 바로 수천개 낱낱의 물파리똥이겄다.

해가 돋는 낌새로 동쪽 수평선이 뿌옇다. 눈거풀이 절로 감길 감질나는 빛살을 얹곤 '한성강구'로만 치근치근 내닫는 듯싶은 섬이 '울멱섬'(울미도蔚美島)일 것이요, 남녘 물길을 바래 어깻죽지를 떨며 머리통을 봉긋 세운 바위가 '지채섬'(芝採島)일 것이었다. 해돋이는 '지채섬' 서쪽골을 파대며 스무자 거웃 못미쳐 섰는 '퇴끼여'(兎島)와 그 '퇴끼여' 가슴을 헤적이며 동북방 알자리를 잡아 살 곳을 틀은 '됀섬'(돈도敦島) 사이에서 익고 있는 듯싶었다.

'됀섬' 반 마장 멀리 이백 일흔 자 실히 넘게 하늘을 뚫으면서 섰는 섬 하나가 줄래줄래 가지를 뻗는 잡목들을 트래트래 윗쪽으로 접으며 물비늘을 깔고 앉았다. 상달 박씨 여물어 악물듯이, 닳고닳아 깎여진 허연 정갱이를 입념 삼아, 자글자글 노는 물비늘을 살큰 물고 더운 땀을 식혀대는 섬- '나치도'(羅致島)다.

솜틀에서 빠져나오는 햇솜타래 같은 짙은 해무가 '거울섬'(거아도居兒島) 발치를 얼키설키 감곤 물비늘을 밟고 온다. 기별없이 밀어닥치는 해무의 내달음을 따라갈 배는 없겄다. 어중쩡 시간만 죽여 대다가는 밀어닥치는 해무속으로 영락없이 갇힐 판이었다.

노봉 영감은 해무가 빠를세라, 배가 늦을세라, 사골이 문드러지는 노질을 서둔다.

노봉 영감의 목청이 불식간에 운다. 상두의 머리통이 '나치도' 웃섶처럼 눈앞으로 댕겅 서는 참이었다.

> "우리 인생도 이릇케 놀다가, 한번 아차 죽어지며언- 육진장포 일곱마로 장
> 하루다 절끙 묶어 소방사 댓뜰 우로 떵그랗게 후딱 매고오-"

원보는 가마골위로 쑥뜸질을 얹은 양 놀라며 노봉 영감을 올려다본다. 노봉 영감은 눈을 질끈 내려감은 채 울먹대는 목소리로 '선소리'를 틀고 있는 거다. 그 흔한 뱃노래 마다하고 하필이면 부친 횡사날에 헌옷다발 시신 삼고 불렀던 '상두가'(喪輿歌)[56]더냐.

"싫쿠먼유! 영감님 원칸 싫어유!… 안흥량 잡놈뱃노래나 불르주유!… 있잖유, 거시기… 에헤여 에헤여, 찧구 찧어두 살보지 떡방애여- 느 보지 닻줄되구 내 양물 물때 되여, 감아죄구 땡기대구 놋방애가 젤이루다아- 요런 것 있잖유!"

원보의 목소리는 벌써 흥건한 울음 속에 섞여 하글하글 떨어대는데, 무슨 신살이 돋는지, 원보의 사정도 아랑곳없는 노봉 영감의 '본소리'는 번갯불에 비 내리듯 여전할 뿐이다.

> "북망산천 돌구돌어 산토루다 집을 삼구, 송판으루 울태리 치구 두견접동
> 이 벗이 되느니- 산은 첩첩 깊었는디 처량헌 굿이 인생이라아- 시내강변
> 종달새는 천장만장 구만장 뜨구, 상애 우로는 방잘뜨구 방잘밑으루 상애
> 가 노네어-"

"아휴우- 아부지이!"

---

56 喪頭歌-상여가(喪輿歌). 상여가 나갈 때 상여 머리에서 저승길을 가는 혼령을 달래느라 상여꾼들이 부르는 소리.

원보가 닳은 쇳부리치듯 바직바직 닳아오르는 신음을 물었을 때다. 노봉 영감의 읊조림을 따라 다섯 뱃놈들의 걸걸한 목청들이 '선소리'를 잡고 터진다. 두선이놈의 목청은 되우 더 크다. 중천이의 '선소리'는 사뭇 운다. 복장터시게 마음껏 뽑아대는 목소리들이, 언제 우리가 치고박고 싸웠더냐, 하는 꼴이다.

79. 만적(蠻賊) 79

    "우리 인생도 이릇케 놀다가, 한번 아차 죅으지면, 육진장포 일굽마로 장하
    루다 절끔 묶어, 소방사 댓똘 우로 떵구렇게 후딱 미고오-."

 녀석들의 '선소리'가 필경은 선왕젯날의 제주(祭酒) 술옹개를 다 비운 너슬이었다. 노봉 영감의 '본소리'는 갈수록 바글작작 뜸이 든다.

    "물가운디 저 꽃송이는 심낭자가 죅은 혼이요,
    오동추야 달두 밝은디 님 생각만 간절허구우-,
    묵던 밥사발 뚜껑 덮구 묵던 수제는 뇍이 쓰니,
    오늘 지녁인 집이서 자구 니열 지녁 북망산천은 워찐 말여,
    객사청청 유색신언 나만 두고 허는 말,
    나 간다구 서르말구 부디 잘 허고 잘 살으러어-,"
    "우리 인셍두 이릇케 놀다가 한번 아차 죅으지면,
    육진장포 일굽마로 장하루다 절끔묶어,
    소방사 댓똘 우로 떵구렇게 후딱 미고, 에허여 여허여-"
    "저 달은 뜨서 대장되구 겐우직녀는 후군이 되어,
    은하수를 얼른 건너 어서 바삐 딸으가셰에,

원앙금침 잣비게를 도도 베니 방춘호잽 잠깐되어 방춘화를 찾애가니 이화 도화-."

"우리 인생두 이릇케 놀다가 한번 아차 죅으지면,

육진장포 일굽마를 장하루다 절끙묶어,

소방사 댓똘 우로 떵구렇게 후딱 미고오-에허여 여허여어-"

"행화 영산홍 자산홍 철쭉 진달래 가운디로 풍류랑이 온갖 재조 다 갆추구

허글벌쩍 놀긋마는 북망산천은 웬말이여 고녀리 데가 워디쫌여,

북망산천얼 가고싶으서 가느냐, 가고싶으서 가느냐아-,

천명이 요뿐이라 헐일없이 가는구나 헐일없어 가는구나아-"

"우리 인생도 이릇케 놀다가 한번 아차 죅으지면 육진장포 일굽마로 장하 루다 절끙묶어,

소방사 댓똘 우로 떵구렇게 후딱 미고오- 에허여 여허여어-"

노봉 영감의 고개가 푸욱 꺾였다. '에어여 여허여-'하는 '선소리'가 노봉 영감의 '본소리'를 치먹여대며 서너 번 되풀이되다가 스름스름 죽고만다.

한참 후에야 노봉 영감이 얼굴을 들었다. 손등이 눈두덩을 대구 부벼댔던 품이, 꼬 잘스럽게 눈꼬리를 파고 늘척 없는 눈물을 훔쳐내었으리라.

"눈깔 똑바루 뜨구 봐여… 뵈지덜!"

노봉 영감의 목소리가 잣불었은 대바늘처럼 슬근 달아오른다.

"… 해무유!…"

녀석들이 목소리를 합친다.

"그려… 해무 담박질은 금새여! 배가 해무보담 빨러야 나치도에 올러."

주름이랑 속마다 먹장그늘이 얹히는 노봉 영감이다.

80. 만적(蠻賊) 80

노봉 영감은 검불단 긁어모으는 갈퀴날 본새로 물비늘을 야금야금 먹어오는 해무를 곁눈질하며 혼줄 빠지는 노질을 서둔다.

배는 '나치도' 북쪽을 웃돌아 흘렀다. 다시 배를 되돌려 '나치도'의 서쪽을 안고 흐르는 방법뿐이었다. '황당선'은 필시 '나치도' 동쪽의 그중 편한 발치께에다 닻줄을 걸었을 테지만 그쪽을 겨냥하고 배를 몰다가는 설잠 깬 되놈들 눈에 제꺽 들키기 십상이리라.

거기다가 '나치도' 동쪽을 도는 뱃길이란 것이 문제였다. '제물포'로부터 '전라도'와 '경상도'로 가는 온갖 배들은, '마도'(馬島)의 허리를 돌아, '목개도'(木蓋島)와 '정족도'(鼎足島) 사이의 '관장뱃길'(지금의 관장항수도官長項水道)을 빠져 '나치도'를 동쪽으로 안고 가야하기 때문이다.

노봉 영감은 해무에 갇힐세라 '관장뱃길'을 빠져 헐레벌떡 '불터바위'(화기서火基嶼)를 벗어나는 배들이 눈에 뵈는듯 했다.

원보는 점점 또렷해오는 '나치도'를 눈에 담은 채 멀뚱히 앉아있다가 좀은 미심쩍은 생각이 들어 화닥닥 무릎을 세운다.

"영감님."

"……"

노봉 영감은 아무 대꾸도 없이 노질만 서둘고있다.

"… 뱃길이 틀리잖유!… 요롷고롬 가서 워디다 닻줄을 걸것다는 거남유?"

노봉 영감이 그제야 툭 내쏜다.

"섬 서편으루 도는 챔여!"

"… 아니 워찌 그류?"

원보는 기가 막혀 되묻는다.

"영감님 정신 있으유 시방? 나치도 서쪽으루다는 설흔넉자나 되는 애미바우에다 또 열다섯자짜리 새끼바우가 애미바우 낯짝을 막구 있었유! 그 가상으루다는 물밑 바우들이 연줄을 쳤구유…, 워디다 배를 대겠다는근감? 나원 기가 맥힌다닝게!"

중천이가 원보의 말끝을 채곤 목소리를 높인다.

"이늠덜 시끄럿! 나가 가잔데루 가사 일사발이든 술사발이든 둘 중 간에 한나가 되는겨!"

"텍도 없는 소리 허덜 말으유! 영감님 말씀은 죄다 뻘소리유 뻘소리!"

중천이는 노를 뺏아쥘 듯 노봉 영감께로 한발 성큼 다가선다.

"다 알으여. 섬 서편으루다는 애미바우 셰끼바우가 앞뒤꼭지 보구 섰구, 섬 동편 빼놓구는 사방이 모다 흠헌 벼랭인 줄도 알여."

"고란디유?… 아심시러 워찌 그류 고럼!"

중천이의 눈에 금새 핏발이 선다.

"느늠덜 뒈지든 살든 간의 좌우당간 섬으루는 올러사 쓸긋 안여?… 배 댈 곳이라고는 동편의 황당선 닺줄 걸은 데 뿐인디 고짝 짚으보다가는 섬에 올르지도 못 허구 다 뒈져!… 뙤늠덜 눈 앞으루다 올르자구? 고말인감?"

"막판이유!… 뒈질 자리에 뙤늠덜 눈깔 앞으루다 올르면 워찌구 뒷판으다 좃박으면 뭇이 워쪄유?… 노 이리 줘유!"

중천이가 노봉 영감의 가슴패기를 떠밀면서 와락 달겨든다. 그때였다. 중문이의 가뿐 목소리가 단내에 얹혀 터진다.

"당걸루유! 용갭이 선주네 당걸루유!"

81. 만적(蠻賊) 81

노봉 영감의 노질이 멈춘 것뿐이랴. '간수선' 위의 '옷점' 뱃놈들은 모두 혼불이 덩이덩이 어깨춤을 짜고 한길로 오르는 판이었다.

'간수선'이 '나치도' 동쪽 허리를 뒤로 밀어 붙이며 쏜살같이 서쪽 정갱이를 싸고 흐르는 참이었다. 중문이의 고함은 사뭇 저승사자의 목소리였다.

"뭣이여?… 당걸루가 뭣시 워찌구 워쪄?"

노봉 영감은 노질을 멈추곤 그 자리에 풀썩 주저 앉는다. '나지도'의 동쪽편 배 댈 곳을 파고들며 '황당선' 한 척과 눈에 익은 '한선' 한 척이 의형제를 짠 양 나란히 닻줄을 걸었다.

"허어- 이를 수는 없어!"

중문이의 말이 거짓이기를 바라며 눈알 대룩대룩 굴려보던 노봉 영감은 기어코 깊디깊은 신음을 문다.

'황당선'과 옆구리를 비비적대며 닻줄을 친 '당걸루'- 그배는 어김없이 '임경업 깃대'(林慶業旗)를 세운 '한선'(韓船)이었다.

'빙장선'(氷藏船)을 구할 양으로 벌써 사흘 전에 '고군산도'로 떴던 용갑이의 단 하나뿐인 '당걸루'다. 돛폭이 두개 달린 '두대배'다.

어림짐작으로 용갑이가 되놈 '밀상'(密商)들과 꿍꿍이 돈줄을 트고 있는 것은 미리 알아차렸었지만 일이 이처럼 대낮같이 밝아 올 줄은 몰랐던 노봉 영감이었다.

노봉 영감의 생각 속으로, '임경업 깃대'를 달은 '한선'들이 '조기'를 그물 터지도록 쓸어담던 세월이 제 자리 찾고 편편히 자리를 깔았다.

'당걸루'들이 저마다 '임경업 깃대'를 높이 다는 연유는 이러했다.

일천 육백 사십 년. 그해 5월 스무 하루였다든가.

그 적, '청나라'와 '명나라'(明朝)가 서로 싸움을 벌일 즈음, 조선 '영상'(領相=영의정) 최명길(崔鳴吉)은 평안병사(平安兵使) 임경업과 뜻을 모아 중(僧)인 독보(獨步)로 하여금 '진문'(秦文=지금의 비밀문서)을 '명'나라에 몰래 가져가게 했다. 그런데 그 일이 '청나라'에 껌새를 잡혀 '임경업 장군'은 '명'나라로 피신하고자 중놈으로 변장하여, 상인(商人) '이무금'(李武金)에게 은화(銀貨) 2백50냥을 주고 '매곡선'(買穀船) 한 척과 쌀 열섬, 그리고 '고사'(篙師=지금의 도사공)를 마련해 주도록 했다. 그리고 '매곡선'의 사공 김운(金運)과 박남(朴男)에게는 '황해도'로 가는 화주

승의 매곡선이라 속여 '삼개'(지금의 서울 마포麻浦)를 떠났다. '황해도'의 '연평도'에 이른 임경업 장군은 비로소 승복(僧服)을 벗어던지고 장검(長劍)을 빼어들어 자신의 정체를 밝혔다. 그러나 선원들은 망향(望鄕)과 고해(苦海)를 그리며 두려워한 나머지 배 안에 있던 식수(食水)와 양식을 죄다 바다에다 버려버리기에 이른다. 마침 '연평도'에 이른 임경업 장군은 먹을 양식이 떨어지자 엄나무를 베어다가 '연평도' 연안으로 발을 세워 꽂았다. 고기라도 잡아 끼니를 때우자는 생각이었다. 그런데 이튿날 아침, 기실 놀랄 일이 일어났던 거다. 엄나무 발 속으로는 '석수어'(조기)들이 사태로 박혀든 게 아닌가.

'조깃배'들이 '임경업 깃대'를 필히 매다는 연유가, 바로 '석수어' 그물질의 으뜸 머리는 '임경업 장군'이라는 기림을 새기는 뜻이던 거였다.

'황당선' 곁에서 '임경업 깃대'를 펄럭대며 있는 '당걸루' – 그 배가 하필이면 용갑이의 '두대배'란 말인가.

82. 만적(蠻賊) 82

노봉 영감은 녀석들을 보기가 괜히 민망해서 용갑이의 '당걸루'를 향해 멀뚱이 군다. 민망하다기 보다는 큰 죄 하나 암팡지게 만들어서 끝장에 벼리 풀듯 속셈을 풀어논 꼴이었다. 밤뱃길 트며 그 어려운 물목 다 견뎌 온 막장이 이 꼴이라니, 누가 생각해도 일에다 훼질을 칠 양으로 그간 은근한 꿍꿍이 속을 길러왔으리라는 넘짚음은 면키 어려운 일이었다.

녀석들 중 누구 하나라도 '인저 알겠유! 우덜을 몽땅 보쌈채루 쥑일 심사였쥬?' 하며 작쇠날을 번뜩댄다치면 옴싹없이 모가지 들이밀고 죽는 수밖엔 딴 도리가 없는 노봉 영감이다. 일이 억척스레 꼬여도 이쯤 얼키설키 대발을 엮으랴 싶어 노봉 영감은 땡볕 쐬고 빼들빼들 말라가는 피문어 본새로 걸늠적하게 사지를 늘어뜨린 채 혼줄마저 다 빠지는 거였다.

그동안 적적하기가 상달 그믐칠야에 쇠똥 얼듯했던 뱃전이 차츰 수선스러워졌다.

"영감님 말씀즘 혀봐유! 거시기 용갭이 선주 당걸루가 옴싹없쥬? 그렸쥬?"

작쇠를 쥔 손을 파들파들 떨어대며 벌써 조청 끓이는 뜨거운 숨을 혜닥서리리는 중천이에다,

"구신이 대곡을 놀 판여… 말도 안되여! 고럼 고짬 반은 다 쥑여나면서 나치도 온 굿이 용갭이 당걸루 마중나왔다 이거여?"

중문이는 사뭇 복똥개 멱창을 딸 기세다.

"멀 한냥읍시 보락꼬 슷슈! 노를 주든지 당빼 닻줄을 땡기든지 둘중의 후딱 혀유! 우덜으사 영감님만 믿구 옷잖유, 거시기 뭇이든 간의 제깍 시크사지 안되긋유!"

벌레벌레 가슴패기를 떨며 노봉 영감께로 우당탕 다가드는 삼정이는 여차직 했다 하면 정수리라도 꺾어 놓을 낌새로 눈알을 혜번뜩대는 거였다.

"여봐여덜, 요렇고름 환장을 뜬다구 될 일두 안여!… 차분하게 일을 꾸미사지 옹니빨 곳니빨 한 입념속으서 쌈질헌다구 지쪽 하나 지대루 씹는감?…… 워티께 혀면 좋을뀨, 영감님. 잘라스나 말씀 혀봐유! 요래라 저래라 어서 말씀을 내리봐유, 야?"

대모는 삼정이와 노봉 영감의 새에 끼어들며 안달복달 가슴만 끓여댄다.

작쇠를 휘저어대며 반은 실성한 편이나 진배없이 뱃전만 오락가락 헤매던 중천이가 원보를 향해 소리쳤다.

"느늠은 워찐 일루 요렇고롬 핀혀데여? 시방 워찐 참인디 등태 옹그리구 주저앉능겨?"

그제야 중의속 사추리께에다 늘척히 붙였던 두 손을 빼며 무릎을 세우는 원보다. 거진 제 정신은 아닌 꼴로 목소리마저 숨기가 진했다.

"워티께 된 판여 시방!… 뭇이 워티께 되야가는 판인지 나두 몰러! 모르긋여… 워찌는 것이 그 중 좋대넘? 엉?"

원보의 말끝을 채며 중천이가 화닥닥 앞으로 가 선다.

"인저 앞으루 치구 들어백히는 수베께는 벨 수 읎어! 서쪽으루다 빠지봐사 배댈 곳이라고는 썩은 고먹쟁이두 없이 죄다 베랑이여! 고냥 당걸루 상활 맞바라봄시러 치구 들으가능겨! 워쩌덜?"

중천이의 물음에 한결같은 뜻이 합쳐진다.

"그수베께 딴 도리가 있넘? 어여 치구 들으가여!"

83. 만적(蠻賊) 83

고물께로 오글오글 몰려 시끌벅쩍 수선을 떨어 대던 녀석들이 태질맞는 헌멍석처럼 또아리를 풀며 흩어졌다. 이어 노봉 영감을 에워싸곤 바짝 띠를 조인다.

"노 인줘유!"

중천이가 노봉 영감의 손에서 와락 노를 뺏아쥔다.

"쬐끔만 참꾸덜 나 말 들으봐여!… 느늠덜헌티 해로갈 말은 결대루 안혀!"

노봉 영감은 두 팔로 놋대를 조여안고 죽을 힘을 다 써본다. 노를 빼앗기느니 '고물비우'를 박멸처선[57] 배고 사람이고 통째 바닷물 속으로 가라앉아버리는 편이 차라리 낫겠다 싶은 생각이었다.

"영감님 차암 깝깝두혀유! 우덜헌티 해로갈 말이구 잣이구가 시방 워디 있유! 목심이 백이 간듀, 야? 한나뿐인 목심인디 웬수라두 갚으주구 죽으야쥬." 중천이는 다시 와락 달겨들며 이번엔 노봉 영감의 등짝을 싸안고 늘어진다.

"우덜 맴 다덜 한가지유! 저 해무 땡기오능 것 보유! 웬숫늠덜 콧뺑이두 못 보구 해무에 갇히긋유!"

대모가 노봉 영감의 팔아름을 풀 양으로 널짝 같은 가슴패기를 얹곤 배내뿔 아리는 송아지처럼 펄쩍펄쩍 뜀질이다.

---

57 박멸치다 : 모조리 때려없애다

노봉 영감은 더욱더 거센 힘으로 노를 싸안으며 아갈잡이[58] 짓에 미쳐뛰는 씨돼지처럼 악을 쓴다.

"요거 놔여 놓아- 느늠덜 노질루다 바우 옴셍이라두 지대루 밟으볼긋 같으셔나요려?"

"고러니깐 고냥 앞으루 치고 들어간다는 것 안유. 황당선이든 당걸루든 간으 고냥 메두깐 하라지[59]으다 닻줄 걸긋다 요것이유!"

중천이의 목소리도 사뭇 목젖을 달군다.

"조런 철없는 놈! 하라지으다가 닻을 걸치면 뭣혀… 아니 닻줄은 누가 죄준댜?"

"……?"

"워찌 암소리도 없능겨? 이늠덜아 워찌 암말두 못혀능겻?"

노봉 영감의 다그침에 중천이도 대모도 금새 입이 굳는다. 중천이는 등짝을 싸안았던 팔아름을 스스로 거두며 그제야 제 정신을 챙긴 듯싶고 대모는 뜀질하다 멈춘 가랭이를 작대기 엇비슷 걸치고선 지게 동발처럼 헤벌린채 움집을 가늠하는 눈치다.

"허어-"

한동안 넋빼고 앉았던 원보의 입에서 불 같은 탄식이 떨어진다. 노봉 영감의 말뜻을 새김하면서 그당장 움집께로 눈길을 띄워봤지만 그새 움집은 형체도 없다. 물비늘을 밟고 눌눌한 품을 넓히던 해무가 '나치도' 정갱이를 벌써 다 싸감았다.

노봉 영감의 목소리가 샛바람 얹은 대숲인 양 모질게도 떤다.

"봐여!… 저거 봐여!… 해무가 짜악 다 깔렸여어- 금방 을를 것 같제만 아직 뱃길두 한참이여…"

황당선 뱃전에다 '하라지'를 맞대고 뜬 '당걸루'가 겨우 호랑이 깃대(호기虎旗) 와

---

58 소리를 지르지 못하도록 입을 헝겊이나 솜 따위로 틀어막는 짓
59 닻배나 어망선에서, 갑판 양쪽에 배의 길이대로 댄 나무. 파도가 높을 때 선원들이 이것을 의지하여 움직인다.

'임경업 깃대'를 내보이고 있을 뿐 '메두깐'·'어물깐'·'고물깐'·'막깐'들은 어느새 해무 속에 숨었다. 좀 전까지만 해도 펄럭대던 '호기'(號旗)[60]도 자취를 감췄다.

불구덕속에서 빠져 나온 무쇠쪽이 당금질 물을 먹듯 하는 기세로 헐레헐레 뱀춤을 춰대는 해무의 머리가 끝장으로 '임경업 깃대'와 '호랑이 깃대'마저 날름 삼키면서 '간수선'께로 무놀겨온다.

84. 만적(蠻賊) 84

헐름헐름 입김을 뿜어대는 해무가 '간수선'을 스런스런 싸덮는다. '골장'(지금의 갑판甲板)으로 늘펀축축하게 깔리던 해무는 추녀끝 타고 오르는 혼불마냥 '봉깃대'를 어느새 둥싯둥싯 감아먹는다.

'나치도'는 벌써 형체도 없다. 해무는 한 바다를 거진 다 먹고나서, 쪽달 본새로 겨우 남은 '가의도'쪽의 비취빛 수평선을 겨냥하며 드센 입김을 둥글리는 참이었다.

미쳐 날뛰던 중천이도 대모도 허망해서 말이 없다. 나머지 것들은 숫제 꿀 먹은 벙어리꼴이다.

그도 그럴 것이었다. 제 아무리 화통이 상앗대 질을 쳐댄다손 치더라도 해무 속으로 숨어버린 '나치도'에 무슨 수로 오르랴. 뱃길이 한뼘만 빗나가도 '간수선'은 솔개 피해 달아나는 꿩치 팔자겄다. 천상 해무가 걷히기만을 기다리고 있어야 할 판인즉, 걷힌다 하면 또 벼락 같이 숨어버리는 해무의 성깔이다. '어채당선' 떼거리에게 그 당장 들킬 것은 뻔한 이치요, '간수선'이 '당걸루'를 알아봤듯이, 용갑이 또한 한눈에 제 '간수선'을 짐작 짚을 것이었다. 그렇게되면 '황당선'은 밀어 두고 '옷점' 배끼리 너 죽고 나 죽자 하는 야릇한 싸움을 벌여야 할 판 아닌가.

원보가 입을 연다.

---

60 신호로 쓰는 기

"영감님, 요럴 수도 있능감유… 인저 워쪄면 좋다쥬!…"

중문이, 삼정이, 대모에다 두선이와 보생이도 번갈아 한숨다발만 트는데, 그래도 중천이의 고집만은 밑불처럼 끈덕지게 살아 버틴다.

"… 워찌긴 뭘 워쪄?… 헐 수 있능감. 해무 젖히기만 지달리사지.… 인저 딴 수가 없능겨!… 작쇠 팔짜으다 금줄이나 치주야지!"

"작쇠 팔짜를 워디다 앵겨준데유? 박을 디가 워디냔말유… 박을 디가 증혀져사 금줄이나 치주쥬… 안그류?"

보생이가 물었다.

"저늠은 꺼억 헌다는 소리가 도야지두 안 묵을 뻘소리여? 아 워디긴 워디여? 뒤늠덜 마빡이지!"

"… 당걸루는 누구 편 든데유?"

보생이의 되물음에 한동안 쓴입맛만 쩌업쩌업 다셔대던 중천이가 버럭 악을 써댄다.

"뒤늠딜허구 움집속으서 삘간사 다 부리는 늠덜이 옷쟁늠들인감?… 그늠덜두 뒤늠허구 똑겉은 웬수여 웬수! 고냥 싸잡아스나 다 쥑이능겨! 쥑이사 허능겨!"

뱃전은 잠시 상여깐 속처럼 조용했다. 누구 한사람도 입을 열을 엄두를 못내는데 한참 뒤에야 노봉 영감의 풀기없는 목소리가 길게 깔린다.

"아서어– 생피 씹질보다두 더 죄 받을 짓이여!–"

"고럼 워찌자구유? 다시 옷쟁으로 가자구유?"

벌떡 일어서는 중천이의 기세가 누구 하나 죽일 기세다. 노봉 영감은 속셈이 따로 있는 거다. 부러 목소리를 차분하게 낮춘다.

"… 누가 고러겠남!…"

원보가 중천이의 성깔이 설핏 죽는 틈을 타서 묻는다.

"… 움집속에 용갭이 선주 있긋쥬?"

"… 있긋지!"

"당걸루 노질은 누가 혔을뀨?"

노봉 영감은 입을 굳게 다문다. 이 물음에만은 대답할 기력이 없다. 장범이밖에 더 있겠는가? 그러나 그 말 듣고 미쳐 날뛸 원보의 모습이 불을 듯 훤한 거다.

85. 만적(蠻賊) 85

노봉 영감은 기를쓰며 '황당선'을 '당걸루'로 잘못 봤거니 생각해 본다. 그래야 납물 삼킨듯 저글저글 끓는 가슴이 좀은 진정될 것 같아서다.

그러나 그것은 어김없는 용갑이의 '당걸루'였다. '당걸루'를 알아보기란 '대발' 떨음새 보고 '임통' 속의 고기떼 짐작하는 것 만큼이나 쉬운 일이던 거다.

'이물'과 '고물'이 앞뒤 분간할 수 없도록 펑퍼짐한 데다, 장(長) 열파(把)에 견폭(肩幅=배의 넓이) 쉬흔 다섯 척(尺)이니, 그 모양새 한번 되우 미련스럽고 덩치 또한 뽄없이 무작정 크기만해서, 한눈에 어림잡기 딱 알맞던 거였다. '이물'을 향해 곧추 내려꽂힌 '쪽집개부리(지금의 키)도 유별난 형상이려니와 '창 나무'(키 자루)도 여느 배들과 달리 바닥으로 눕지 않고, 한발이 넘게 발끈 공중으로 들렸다. '골장'은 가로 질러 앉혔고, 돛대 두개가 눕고 설 수 있게끔 된 것도 여느 배들과 다르던 터다. 그러니 '골장'만 둥글게 깔고 '이물' 앞에다 거북이 머리만 새겨 박는다면 오갈데 없이 '개판'(蓋板) 없는 '거북선' 아니더냐. 두 돛폭의 '상활'(돛폭의 윗매듭대) '지활'(돛폭의 아래매듭대)이 못견디도록 오진 바람을 안고 내닫을 때면 '이물비우'(뱃머리 가림판)에다 허연 물거품을 물고 용심좋게 미끄러지는, 우리 '조선배' 본때 재는 '당걸루'다.

그래서 여느 배들과 달리 강(江)이고 바다고 간에 가리지 않고 밀고 다니며, 강에서는 '시선배'(장사 배)요, 거친 바다속에서는 '쌈판'이라 불렀던 터다.

그 '당걸루'가 '황당선'과 뱃전 맞대곤 나란히 닻줄을 걸었다니- 노봉 영감의 마음은 가위눌리는 흉몽 속처럼 도무지 미덥지가 않는 것이었다.

용갑이가 '황당선' 되놈들과 속장사를 트고 있는 것은 이제 꼼짝없는 사실이 되고 만 셈이었다. 비록 노봉 영감 뿐이랴. '웃점'뱃사람들이라면 모두가 어렴풋한 짐작은 해왔던 터였지만 그렇다고 이쯤 분명하게 일이 드러난 줄은 몰랐다.

노봉 영감은 빠드득 이빨을 갈아붙인다. '호기'를 생각하니 더욱 그렇다. '임 경업 깃대'나 '봉깃대'들이야 바다속에 뜬 조깃배라면 으례 올려다는 것이로되, '호기'만은, 우리 뱃사람들끼리만 속뜻을 알리자고 올리는 신호깃대가 아니더냐.

'호기'를 올려 단 모양이, 되놈들과 저들끼리 작정한 신호를 서로 주고 받았으려니 생각함에 이르러, 쓸개물이 끊어대는 노봉 영감이다.

노봉 영감은 되놈들과 어울려 움집속에 숨었을 '웃점'뱃사람들을 떠올려본다. 용갑이, 장범이 그리고 뜸막의 불머슴 오장이의 얼굴들이 살아난다.

'일은 인저 다 깨졌여!… 뙤늠 몇늠 멱 따긋다구 우덜끼리 서로 쥑이서는 안 되어… 그나저나 워찐다?… 이늠덜은 워티케 혀서든지 살리서 도망질을 시키사 쓸 틴디!'

노봉 영감의 머리골이 욱찐욱찐 닳는다. 불끈 쥐어보는 주먹이 부르르 떨린다.

"헛차암- 황년치구, 간재비 좆뽈구 실성하는 가오리 씹이여!"

노봉 영감은 어깻죽지에다 힘살을 얹으며 놋대를 움켜쥔다. 다 죽으면 말짱 허사다. 바다를 이꼴 만든 원수들을 두고두고 앙갚음 할라치면 이 여섯 뱃놈들은 꼭 살아남아야 했다.

86. 만적(蠻賊) 86

노봉 영감의 힘찬 노질 두어번에 '간수선'은 팽그르 돌며 요란하게 몸뚱이를 떨어댄다.

"아니 요판에 배를 돌리뿐지면 워찐데유?… 영감님, 먼 맴 잡숫구 이류?" 원보가 심상치않은 기미를 눈치채며 놀라자 나머지 뱃놈들도 그만 정신이 아득해지는 낌새였다.

"뱃머리 함방 죄구 뜨있어두 몬질랄 판인디 배는 워쩨 물리유, 야?"

"닺내리구 해무 젖히기 지달려사쥬. 안 그류 영감님!"

녀석들이 떨어진 벌집 싸고 침줄을 들먹대는 말벌떼처럼 바짝 워그적거리는데도 노봉 영감은 태연하다.

"팔꼬뱅이[61] 삐도록 노질을 혀대두 몬질랄 판이여. 잔소리들 씨불대딜 말구 후딱 돛 올리여!"

"뭐유?… 돛?"

"그려! 돛 올리라구 혔다. 이늠덜!"

원보는 연신 '돛? 돛이라뉴?' 되뇌이며 혼을 빼고, 녀석들은 녀석들 대로 헛소리나 다름없는 소리들을 웅얼거리며 해무발만 침침한 돛대를 올려다본다.

"돛을 올리라는디 뭣들 허능겨?"

노봉 영감이 발끈 성깔을 돋운다.

"… 돛 올리구 워디루 가자능감유?… 영감님 속씸이나 뵈주유 먼츰!"

중천이가 엿물을 끓이며 단물을 빼는 씨돼지처럼 씨근덕거린다.

"멍청시릅기는 기중 꼴막대여 저늠. 속씸은 먼 지랄맞을 속씸인감? 배를 나치도 으서 멀찌감치 빼놓구 해무 젖힐 때를 지달리사지 용갭이 당걸루가 눈앞으로 떴는 디 고럼 워찌잔말여?"

"아니 고럼 옷잼으루 가능 거여 시방?"

"이놈아 옷잼으론 뭇헌다구 가!"

"고렇타먼 멋땜이 돛 올리라는 거유?"

"저런 째알스런 늠! 그려, 느늠덜 맴대루 혀봐여! 인저 난 몰릇!"

노봉 영감은 '막간골장'에다 털썩 엉덩이를 붙이며 놋대를 놔 버린다. 그틈에도 녀

석들 몰래 '창나무[62]'는 암팡지게 쥐었다. 창나무 쥔 손만 안 뺏기고, 돛폭만 오른다면 짐작이 그리 글러먹은 뱃길은 아니었다. 마침 바람도 서쪽에서 동쪽으로 길머리를 틀겠다. 어중떠중 흐른다치면 '백사물목'을 향할 것이요, 그동안 해무 기세가 죽을 양이면 '간수선'은 어쩔 수 없이 '강당리'로 가야할 팔자라는, 이런 속셈이었다.

부러 숨결을 하글거리며 나 모른다하는 본새로 연신 마른 혀를 차대던 노봉 영감은 녀석들의 눈치를 응큼스레 살펴본다. 그도 그럴것이었다. 어느 한사람 선뜻 놋대 쥘 기미가 없다. 겨우 눈앞의 형체나 분간할 수 있을 정도로 농익은 해무속에서 뱃머리가 제멋대로 돌아버렸으니, 놋대쥐고 발버둥쳐봐야 가늠할 뱃길이 없는 터다. 닻을 내리고 볼 엄두도 못낼 것이 와글와글대며 끓는 물살은 사뭇 썰물이 익었다.

금방 목이라도 조일 듯 울릉대던 중천이가 돛폭의 '용총[63]'을 잡는가 싶더니 이내 불단속에서 튀어나온 율무기[64]처럼 허리를 떨며 '용총'을 잡아당긴다. 왕골돛폭이 올랐다. 돛폭의 '줄허리'가 그새 바람을 담고 '아디줄[65]'이 팽팽하게 조여지기 무섭게 돛폭의 '앙그띠'가 몸살을 떤다.

'간수선'이 미끄러지기 시작했다.

노봉 영감의 '창나무' 쥔 손이 덜레덜레 떨기 시작한다. 노봉 영감은 '창나무' 쥔 손등에다 이마를 묻으며 울먹대는 것이다.

87. 만적(蠻賊) 87

녀석들 보는 앞에서는 눈물바람을 않으리라고 마음을 다져먹었던 노봉 영감이었지만 찔꺽 눈겹두리가 고춧불을 쐰 양 매워오더니 기어코는 눈물이 손등을 적신다.

---

62 배의 방향을 잡는 키의 자루
63 돛대에 매어 놓은 줄. 돛을 올리거나 내리는 데 쓴다
64 이무기
65 배의 조종간과 방향타를 연결하는 줄. 조종삭(操縱索)

질커덕한 눈물줄이 눈두덩을 잘복하게 적실 지경이라니- 노봉 영감은 이쯤 청승살을 떨며 울어본 적이 없다.

두해전 팔월이었던가. 등주(登州)에서 몰려온 황당선 세 척이 대동선(大同船=대동미운수선大同米運輸船) 한 척을 안흥량 앞바다에서 때려잡았었다. 대동선곡(大同船穀) 삼백 열 아홉 석(石) 중 여든 두 석을 되놈들에게 뺏긴 큰 재난이었지만 무슨 일인지 안흥진(安興鎭) 군선(軍船)들은 형체도 안뵜던 거였다. 전선(戰船)이 한 척이요 방패선(防牌船)[66]이 한 척,그리고 병선(兵船)과 사후선[67]을 합쳐 네 척이나 있던 안흥진 군선들이 뱃머리도 안뵈는터라, 마침 그곳 멀지 않은 어장에서 물질을 하던 상모의 '삼대배'가 '대동선'을 도와 황당선과 싸웠었다. 노봉 영감은 그때, 외아들 댕복이를 잃었다.

"기왕으 죽은 늠여!… 뱃늠이 맨손 꼬뱅이루 장창 맞대서 쌈혀다가 죽었으면 팔자 한번 상당 묵응겨."

이쯤 모진 생각으로 눈물 한줄 흘려보지 않았던 노봉 영감이 콧방울이 불김을 먹도록 매운 눈물을 질질 짜고 있는 것이다.

노봉 영감은 생각해 본다. 자신이 노를 잡고 뱃길을 튼다는 일은 달리 생각해서 녀석들을 모두 죽이자는 일 아닌가. 꿍꿍이 속을 딱 잡아 들켜버린 용갑이가 녀석들을 고이 돌려보낼 리는 만무인데다, 녀석들이 미쳐 날뛸 양이면 황당선 되놈들과 한통속 떼거리를 짜고 죽기살기로 싸울 것은 뻔한 이치인 거다.

그렇게되면 작쇠날이 어느틈에 연장 구실을 해보랴. 장창이 번뜩댈 때마다 녀석들의 목숨 또한 허망하게 꺼질 것이요 철구로 끌어당긴 '간수선'은 그 당장 되놈들 손안에 들 것이었다. 짚도롱이에다 불을 지펴 황당선이나 재 되도록 태워버리고, 자신은 불쏘시개로 타죽으면 그만이려니 하는 생각이었지만 용갑이의 '당걸루'가 '

---

66 조선 후기에 주로 사용했던 전투함의 하나. 방패선은 전선(戰船)보다 훨씬 작은 군선(軍船)으로 소맹선(小猛船)에 해당함. 선채의 상갑판 위 양쪽 뱃전에 적당한 높이의 방패만을 세워서 적군으로부터 군사를 보호하였음
67 伺候船. 조선시대에 사용된 소형 군선.

나치도'에다 닻줄을 걸은 판에 이르러는 그 생각도 말짱 헛것이었다.

녀석들이 살 길은 딱 한가지 뿐이었다. 한시 바삐 이 물목을 벗어나 '강당리'로 가는 거 였다. '간수선'만 찾아낸다치면 여섯 뱃놈들이 '옷점' 뜬 일이 되려 살쥔 일이다 싶을 용갑이다.

'간수선만 찾게 되면 고뿐잉겨. 간수선에 일이 붙는다허면 늠덜두 금세 잽히게 되어!… 늠덜 도망질쩜 벌라면 나가 옷쟁으루 가사되긋지…'

노봉 영감은 얼굴을 든다. 바람의 기세가 갈수록 모질다. 이렇게만 흐른다면 해무 걷힐 때쯤 해서는 '숭언리' 옆구리를 바짝 파고들 것이었다.

"시방 워디쨈으루 밀링규? 돛 내리사지 요렇고름 가다가는 바우에 배 부서지유!"

중천이가 소리친다.

"나두 몰러… 해무가 요렇고름 짜악 찢는디 노봉이라구 벨 수 있능감!"

노봉 영감은 흔연스레 대꾸하면서 한쪽 손을 뻗쳐 당배닻줄을 더듬는다. 또한번 울컥 울음이 치민다.

아까부터 목젖께를 당금질 해대는 울먹임도 바로 이것 때문이었다. 한시바삐 당배로 옮겨타선 녀석들과 헤어지자는 다짐이 가슴을 절써덕절써덕 때려대며 질긴 울음을 만들고 있는 거다.

88. 만적(蠻賊) 88

녀석들은 이런 노봉 영감의 속셈을 짐작잡지 못한 듯싶었다. 제 아무리 수선을 떨어봐야 중무 먹고 죽은 놋대귀신도 어림잡지 못할 해무 속이니 죽었다 셈치고 우정 맘에 없는 본새나 보여보자는 수작일지도 모른다. 허망하기 짝이 없는 시겁잖은 소리들이 흔전히 깔린다.

대모의 말이다.

"거 머시기 뱃늠 상팔짜 묵으면 요분질 자알 허는 시약씨 한나 앵겨줄려? 웬수 갚었겄다, 볼싸시런 옷잼 뜨서 뱃놈세월 새로 열었겄다, 대모늠두 느울자리 가리서나 지집 가쟁이 타구 한판 놀아봐사지, 안그려? 중챈이."

삼정이가 말을 받는다.

"요분질 질겨허지. 뱃늠 연장 갈매 지방지루 스보래여. 요분질 베락겉은 지집 가쟁이가 다 머여? 막 뒈진 가오리 밑구녁두 금새 헐을껴, 흥."

걸죽한 상소리를 깔며 두 녀석들 말끝을 채 신명이 돋치리라 짐작했는데, 중천이는 엉뚱하게 내쓴다.

"느늠덜 둘이 모다 좆 자래모감댕이[68]으다 쏙대기 등까시를 박어 줄 늠들여. 해무가 중무로 되는 판인디 씹 애리는 소리만 귓청으루 괴능겨? 쌍늠덜은 뒈지는 자리에서두 개씹 옹도리만 뵈능겨!"

삼정이는 중천이의 '쌍놈'이란 소리에 금방 화뿔이 돋는 기색이다.

"씨벌늠 원지 양반 되얐디여… 뱃늠덜 쌍늠 안되면 시상으 누가 쌍늠되여!… 원 꿋 양반 묵으여!"

그제야 두선이와 보생이를 흘깃 살펴보며 원보가 말을 자른다.

"아덜 듣는디 먼녀려 쌍소리들인감. 영감님두 절에 기신 쩸이!"

노봉 영감은 녀석들이 이렁저렁 어울려드는 틈을 타 펼치던 생각을 매듭짓기에 바쁘다.

녀석들은 노봉 영감의 속셈이 사실로 드러날 때 거진 미쳐 뛸 것이었다. 그러나 기어코 마음 먹은 대로 일을 벌여야했다. '신합포 짐배' 권가놈에게만이라도 원보의 도망질을 알려줘야 할 것이, 한달이면 두번쯤은 '한성' 강구 나들이를 하며 '경강선'(京江船=한강을 드나드는 모든 배의 이름) 구실을 하는 양이니 권가의 도움이 필시 있어야 할 것이었고, 연심이년의 막장이라도 원보와 두선이대신 간수해줘야 상두 물귀신 앞에 그적 정리를 펴보는 것이었다.

---

68 자라 모가지

노봉 영감의 마음이 불시에 화급해졌다.

"보셍이늠 와서 창나무 즘 잡으여."

보생이가 고대 다가와 '창나무'를 잡는다. 노봉 영감은 슬며시 당배 닻줄을 끈다. 남은 한 손으로는 작쇠를 쥔다.

당배 뱃머리가 '고물장빗'을 슬근 들이받으며 몸살을 떨었다.

'잘들 가여덜… 이늠덜아!… 이늠덜아 꼭… 꼬옥 다시 낯짝들이나 뵈주여!'

"창나무 암팡지게 쥐여사 다 살어!"

노봉 영감은 보생이의 귀바퀴에다 바짝 소근대고 나서 화급히 당배로 떨어져 내린다. 후들대는 손으로 작쇠를 내리찍는다. '간수선'의 '고물사비'에 매달렸던 닻줄이 끊기면서 무딘 소리를 낸다. 당배는 금새 '간수선'으로부터 멀어졌다.

"아니! 아니?… 영감님! 영감니임!"

녀석들이 불러대는 소리가 울부짖음이나 진배없다. '간수선'은 사뭇 중무기세인 해무입김에 싸여 그새 형체도 없다.

"이늠덜아아- 몰러! 몰러어- 암끗두 몰러어-"

노봉 영감은 기어코 갈비짝 뒤틀리는 울음을 쏟는다.

89. 만적(蠻賊) 89

"여봐유 영감니임- 워찌 이류?"

"영감님 워딨유 야아? 지발 요러덜 마세유우-"

'고물'로 '이물'로 와당탕퉁탕 미쳐뛰며 노봉 영감을 목 터지게 불러대던 녀석들이 필경은 입을 다물고 만다. 멍청하게 굳었다. 목소리를 쥐어 짜노라 구부슴히 구부렸던 등짝들도 그대로요 목소리를 멀리 보낼 양으로 둥글맞게 모았던 두손 바닥들도 상기 입술 양끝을 죄고 바짝 얹힌채다.

원보도 녀석들 틈에 낀채 몇번 노봉 영감을 불러는 봤다. 그러나 얼마나 허망한 짓인 줄도 금세 안다.

"웬보!… 항차 워티께허면 좋대여! 말이래두 히봐여…"

중천이가 풀석 주저앉는다. 막무가내 뻗치던 앙탈도 장마철 소금섬처럼 물컹 삭았다. 이쯤 기진한 녀석의 꼴을 보기도 처음이었다.

대모, 삼정이, 중문이는 숫제 말도 없다. 연달아 풀석풀석 무릎들을 꺾는다. 보생이는 '창나무'를 쥔채 푸욱 모가지를 떨궜고 두선이는 볼따귀로 팬 밭두렁을 불근거리며 거푸 단내나는 한숨만 깔고 앉았다.

여섯 뱃놈들이 언제 원수 갚자고 떠났더냐 싶게 탈진해서 곱드러지는 연유는 두가지였다.

그 하나는 어차피 원수 갚자는 짓은 글렀다는 생각이요, 또 하나는 '옷점' 떠서 도망질을 놓은들 빌어먹고 살 재주라곤 뱃놈질뿐이라는 그것이었다.

뱃사람이 그물질 하며 사는 일이 무슨 죄랴만 세상은 짐승가죽보다도 덜 치는 게 바로 뱃놈들이요, 사람 목자들 중 그중 상것을 뱃놈으로 꼽던 거다. 목숨 끊길 때까진 짐승 취급도 못받는 뱃놈세월로 살아야 할 팔짜를 생각하니 미주알 끝까지 섬뜩한 무섬기가 내리는 여섯 뱃놈들 이었다.

세상이 뱃놈들을 보는 눈이 이렇던 거다.

"어전과 어선은 각 아문 혹여 부민(富民) 세가(勢家)들이 본주(本主)가 돼야 어전과 어선의 노즙을 자비로 조달하며 근 四,五百금 비용을 들여 경영하였는 바, 차제는 본주들이 손을 떼고 어전이나 어선의 노동을 제공하던 조취모산(朝聚暮散)의 걸인(乞人)격(格) 어한(漁漢)[69]들과 원근(遠近)의 무뢰지배(無賴之輩)들이 어로를 할 지경이니 물주(物主) 없는 어전은 미구(未久)에 자파(自破)될 것이오니다…"

---

69 어부를 천하게 이르는 말.

뱃사람들이 미워서 하는 소리도 아니요, 그딴엔 '어전'이나 '어로'의 세액(稅額)을 감해달라 사정하는, 충청감사 이익보(李益輔)의 장계(狀啓)다.

어부의 노동력을 등쳐먹고 사는 물주나 선주는 '세가' '부민'이라 '육각삿' 머리를 틀어주고, 삼해(三海)를 누비며 고기떼 쫓는 가난한 뱃사람들은 싹 쓸어 '걸인'이요 '어한'이요 '무뢰지배'의 짐승만도 못한 값을 매기던 터다. 뱃사람들의 피 같은 임금이나 착취하며 '세가'들의 아부에 놀아나는 '아문'(衙門)은 '본주'가 되어 겹다리 꼬고 큰 기침을 하되 남의 배에 얹혀 그물질 하는 뱃놈들은 죄다 날거지 상것들이니 '어전'·'어장'에서 한시바삐 몰아내야 한다는 말 아니더냐.

"… 워디루 가서 워찐 뱃늠질 또 혀묵구 살껴!"

중천이의 말끝을 물고 원보는 허억─ 흐느낀다. 제 아무리 부친의 천성을 받았기로 보생이 어미 묻을 때도 눈물 한방울 안 비췄던 원보가 질긴 울음을 우는 것이다.

해무는 인제 '중무' 기세요, 바람 담은 돛폭이 끌고가는 '간수선'은 영영 '웃점'과 뱃길을 가른다.

왜구(倭寇)

90~296

제1부 황년(荒年)

제1장 군도(群盜)

90. 왜구(倭寇) 1

세계에서 으뜸가는 '천해어장'(淺海演場) 황해(黃海)— 이 '황해'가 산동(山東)·등주(登州)·해남(海南)·래주(萊州)·복주(福州)·관동(関東) 등지를 떠난 '황당선'들의 놀판이 되기 시작할 무렵— 어족의 보고(寶庫)인 조선의 '남해'(南海)는 이보다 사백년 세월을 앞서 왜놈들에게 먹혀들기 시작한다.

'황당선' 출몰이 제일 처음으로 발견된 곳이 황해도의 '장연'(長淵)과 '옹진'앞바다였고 이때가 1621년 8월(孝宗 3년)이었으며 왜놈들이 '남해'의 '금주'(金州=김해) 앞바다로 몰려들어 처음으로 어속을 수탈하고 연해민에게 작폐한 때가 1223년 5월(고려23대왕 高宗 10년)이었다.

'황해'를 먹자고 든 '만적'(蠻賊)과 '남해'를 저들 바다 삼을 양으로 첫술부터 장검을 휘둘러 댄 '왜구'(倭寇)의 서로 다른 점은 '만적'들은 거개가 뱃사람들이요 '왜구'는 시초부터 '반어반적'(半漁半賊)의 떼도적들이었다는 거다. 다시 말해, 되놈들은 '황해'의 조선 생선은 다 저들 그물속에다 싸담자는 속셈의 포악한 뱃놈무리인 반면 왜놈들은 고기잡이를 겸해서 노략질도 하자는 '어선' 탄 도적들이었다는, 이런 말이다.

고려조 충정왕(忠定王) 때부터 바짝 기세를 떨친 왜구들은 '남해' 한 바다를 다 제 것 삼은 기세였다. 그러나 1389년(고려 창왕昌王 1년) 경상도 도순문사(都巡問使) 박위가 1백 척의 전선(戰船)을 이끌고 왜구의 소굴인 대마도(對馬島)를 쳐 크게 이긴 후론 왜구의 기세도 한껏 죽은 듯했다.

그것도 잠시, 다시 창궐하기 시작한 왜구는 급기야 남해를 넘어 충청도의 비인현(庇仁縣=지금의 서천舒川) '도두음곶'(都豆音串=군서면도둔리郡西面都屯里)에까지 쳐들어와 작폐하기에 이른다. 이때가 1419년(世宗元年) 4월이었다.

그해 6월 세종은 이종무(李從茂)를 '삼군도체찰사'(三軍都體察使)로 삼고, 우박(禹博)·이숙묘·황의(黃義)를 '중군절제사'(中軍節制使)로, 유습(柳濕)을 '좌군도절제사'(左軍都節制使)로, 박초(朴礎)·박실(朴實)을 '좌군절제사'(左軍節制使)로, 이지실(李之實)을 '우군도절제사'(右軍都節制使)로, 김을지(金乙知)·이순몽(李順蒙)을 '우군절제사'(右軍節制使)로 삼는 모두 아홉 절제사의 대정벌군(大征伐軍)을 만들어 '대마도'를 치게 했다. 병졸 1만7천2백85명에 전선이 2백27척인 대군이었다.

그러나 6월20일 '훈내곶'(訓乃串=후나코시船越)에 상륙한 세종의 '대마도 정벌군'은 '절제사'들이 사망하는 불운을 겪어 제대로 싸워보지도 못한 채 퇴각하고 말았다.

이처럼 '왜구' 정벌에 큰 뜻을 두었고 또 성왕(聖王)으로서의 치적이 눈부셨던 세종대왕- 그런데 야릇한 일이었다. 어찌보면 왜놈들이 조선의 '남해'를 발판으로 삼고 조선을 송두리째 침략할 수있는 지름길을 열어준 왕이 바로 세종대왕이랄 수도 있었다.

왜놈들은 기실 '어업'을 내세워 조선을 넘봤고, '어업'을 핑계삼아 조선땅에 항거(恒居)할 수 있었으니, 왜놈들편에서 보면 이 두가지 속셈을 다 세종대왕의 덕분으로 이룬 셈이었다.

그것이 바로 '삼포개항'(三浦開港)과 '고초도어업허가'(孤草島漁業許可)다.

91. 왜구(倭寇) 2

삼포(三浦)란 동래(東萊)의 '부산포'(釜山浦), 경상남도 창원군 웅천(熊川)의 '제포'(薺浦=냉이개乃而浦), 울산(蔚山)의 '염포'(鹽浦) 이 셋을 이르는 것으로, 1426년(世宗 8년) '염포'가 마지막 개항됨으로써 바로 앞서 개항한 '부산포' '제포'와 더불어 '삼포개항'의 막이 오른다.

'삼포개항'의 문을 연 '제포' 개항은 국사(國事)치고는 그렇게 쉬울 수가 없었다. '대마도' 왜인 14명이 '제포'의 해변에다 움집을 짓고 거주하면서 '어업과 매주(賣酒)로 생활하면서 살겠으니 허락해 달라'고 사정한 일이 제꺽 받아들여졌고, '제포'의 경우와 별 차이가 없는 조건으로 '부산포'와 '염포'도 쉽게 개항을 서둔 것이었다. 조선 땅에서 술 팔며 고기잡고 살으라고 허락하다니- 나라 한구석을 왜놈들 땅으로 내준 짓이나 진배없지 않는가.

물론 약정(約定)이 전혀 없는 것은 아니었다. '삼포'에 항거(恒居)하는 왜인은 통행처와 거처를 필히 지켜야하며 내우(來寓)하는 왜인은 볼일 다보고 꼭 '대마도'로 돌아가야 한다는 '쇄환지법'(刷還之法)- 그리고 "'삼포'의 어로구역에서 포어(浦漁)하는 왜국 어선은 필히 선원 한명을 조선의 포소(浦所)에 유치(留置)해야 하며 그 대신 감시를 위한 조선의 선군(船軍) 한사람을 왜국 어선에 동승시켜 출어해야 한다"는 이른바 '선군환기'(船軍換騎)- 이 두가지 약정을 묶은 '삼포금약'(三浦禁約)이 있긴 있었다.

그러나 '쇄환지법'이나 '선군환기'의 약정이 제대로 지켜질 리 만무였다. '왜 어선'(倭漁船)에 탄 조선 '사관'(射官)은 간혹 왜놈들과 결탁하여 되레 '왜구'로 둔갑되기 일쑤였고, 교역(交易)과 조어(釣漁)가 끝나면 '대마도'로 돌아가야 할 왜놈들은 그대로 눌러앉아 '삼포'의 왜놈들은 날이 갈수록 수가 늘어갔던 거다.

'삼포'를 저들 땅 삼고 살며 '남해'의 조선 생선 잡는 맛에 간이 커진 왜놈들은 급기야 조선에 대해 '어로구역의 확장'을 요청하기에 이른다.

1430년 11월(世宗 12년)- '삼포'의 왜놈들은 '삼포'외에 '가배량'(加背梁)·'구라량'(仇羅梁)·'두모포'(豆毛浦)·'서생포'(西生浦) 이 네 곳에서의 어업을 허가해 달라고 생떼를 썼다. 조선은 이들의 요청을 완강히 거절했다.

그러나 5년뒤인 1435년(世宗 17년)- '대마도' 주(主)는 또 다시 '삼포' 이외 수역의 어업허가를 요구해 왔고, 5년전 그쯤 굳굳했던 조선정부는 무슨 일인지 왜놈들의 엄포에 물렁물렁 주저앉고 말았으니 바로 '울산'의 '개운포'(開雲浦) 어업허가가 그것이다.

'개운포'에서의 어업이 허가되면서부터 '삼포'의 왜놈들 수는 늘금늘금 불어나기 시작했다. '어로구역'의 확장에 따른 어쩔 수 없는 추세던 거다. 그제야 조선정부는 '쇄환지법'을 내세워 항거왜인(恒居倭人) 이외의 모든 왜인을 쇄환하라고 불호령을 내렸지만 '대마도' 주(主) '소오'(宗貞國)는 '모두 쇄환할 것이로되 가장 오래 거주한 60명은 그대로 있게 해달라'고 사정해 왔다.

알다가도 모를 일이었다. 조선정부는 '대마도' 주의 이같은 청원에 또 한번 굴복한다.

92. 왜구(倭寇) 3

'삼포' 거주(居住) 왜인 중 그중 오래 산 60명을 왜놈들의 간청 그대로 눌러앉게 만든 처사가 불씨가 되어, '삼포'연해는 왜놈들의 어장으로 야금야금 먹혀들어갔고 '삼포'로 이주해 오는 왜놈들의 머릿수는 조선의 볼만장만[70] 어리숙한 틈새를 틈타 쑥뿌리 뻗듯 기세를 늘려갔다.

---

70 보기만 하고 간섭하지 아니하는 모양.

그로부터 두해 뒤인 1438년(世宗 20년) 봄 '대마도'에서 '삼포'의 어로구역으로 몰려오는 왜어선(倭漁船) 중에는 '채곽어선'(採藿漁船)이라는 낯선 배들이 떼거리를 짠다. 곧 '미역'을 따는 왜놈들의 '채곽어선'이 그것이다. '채곽어선'들은 '삼포' 중에서도 '제포'의 '웅천' 앞바다로 특히 많이 몰려들었는데, 그 '채곽어선'의 떼거리에 놀란 조선은 그제야 허겁지겁 묘안을 짜낸답시고 '거제도'의 '옥포'(玉浦) 이 북으로 '채곽어선'들을 내몰았다.

"채곽선이라니? 삼포 어로구역을 그들에게 허가하여 조선의 생선을 나눠줬거늘 이제 조선의 감곽[71]까지 채취하겠다는 말인가? 당치도 않거니와 방자스럽기 그지없도다! 제포에 도래하는 왜(倭) 채곽선을 당장 거제 옥포 북쪽에서만 채곽하도록 할 것이며 옥포만호(玉浦萬戶)로 하여금 문인(文引)을 발급하여 채곽 시기가 지나면 당장 되돌아 가게끔 하라!"

세종대왕의 진노는 얼핏 보기로 왜놈들의 '채곽어선'을 조선바다에서 내몬 듯했다. 그러나 이짓 또한 왜놈들의 술책에 두루마리격으로 말려든 꼴이었다. '옥포' 이북에서의 채곽허가- 이는 곧 '웅천' 앞바다에만 국한되었던 '제포'의 어로허가가 '거제도' 북쪽 바다로까지 확산되는 시초였다.

'삼포 앞바다 외에 거제도까지 어장을 늘린 왜놈들은 삼포 거주의 어선들과 대마도로부터 몰려오는 어선들이 합쳐 놀판을 삼았으니 조선의 남해는 급기야 왜놈들의 바다로 둔갑된 듯했다.

채곽왜선(採藿倭船)들이 거제도 바다를 어장 삼은지 두해- 1440년(世宗 22년) 드디어 예조판서 민의생(閔義生)의 숨가쁜 계품(啓稟)[72]이 오른다.

"삼포왜인의 항거두수(恒居頭數)가 이 추세로 늘어간다면 국사(國事)에 중대한 난제가 설 것이옵니다. 동래 부산포의 경우, 부산포 항거 왜인은 60여

---

71 갈조류 미역과의 한해살이 바닷말.
72 신하가 임금에게 어떤 내용을 아뢰는 일을 이르던 말.

호(餘戶)나 어로를 빙자한 상왜(商倭)의 수는 무려 6천(千)여 인에 이르러 번잡폐단은 이루 설명하기 어렵고, 혹여 유사시(有事時)에 이르러 왜인들이 적화(賊化)한다면 입구(入寇)의 전례(前例)를 방불케 할 터인즉 하루 속히 진군(鎭軍)을 증강하여 이에 대처해야 할 줄로 아뢰오."

민의생의 목타는 '장계'도 어인 일이었는지 실효를 거두지 못했고, 조선의 어정쩡한 태도에 신명이 오른 왜놈들은 그칠 새 없이 '삼포'에의 '거주왜인'을 늘려간다.

그도 그럴 것이었다. '대마도' 주는 '삼포 왜인'들로부터 공물(貢物)을 받아먹고 살았으니, '삼포왜인'들 중 대호(大戶)는 매년 면포(綿布) 두 필(匹)을, 소호(小戶)는 한 필 씩을 바치게끔 되어 있었던 거다.

이렇게 세력을 늘려간 '대마도' 주 종정성(宗貞盛)은 1440년(世宗 22년) '사여서도'(斜餘鼠島=추자도楸子島 동쪽에 있는 '어여서도')에서의 포어(捕漁)를 요청하게 되고 이 '사여사도'에서의 어업요청이 묵살되자, 드디어는 '고초도'(孤草島)에서의 어로를 애걸복걸 하기에 이른다.

93. 왜구(倭寇) 4

천추(千秋)의 한(恨)이 된 '고초도어업허가'- '삼포개항'에 따른 '삼포'의 어로구역 안에서의 어로허가, 그리고 '거제도' 이북수역까지 자리가 넓혀진 왜놈들의 '어로구역 확장'도 조선의 엄청난 실책이었지만, 무엇보다도 이 '고초도'에서의 어업을 허가해줌에 이르러서는 조선의 '남해'는 반쯤 거덜이 나는 징조였다. 그것은, 조선이 약정을 맺어 왜인들에게 어업을 허가하는 최초의 역사적 사실이라는 점에서 그랬고, 왜놈들은 '고초도'에서의 어업을 실마리 삼고 반도 삼해(三海)에의 침략을 착실히 다져갈 수 있었기 때문인 거다.

왜놈들 편에서는 목숨을 걸고 기필 성사해야 했고 조선의 형편으로서는 끝내 허가해 주기 싫었던 '고초도'의 어업허가는 도대체 어떻게 해서 이루어진 것인가.

'사여사도'에서의 어로허가 청원을 본때나게 물리친 1440년(世宗 22년), 그러니까 '사여사도'의 어로청원이 있은지 바로 한달 뒤인 5월이었다.

'첨지중추원사'(僉知中樞院事) 고득종(高得宗)과 '대마도' 주(종정성宗貞盛)가 마주앉는다.

'대마도' 주의 애걸은 사뭇 처량하다.

"대인께서도 목도하셨을 줄 믿습니다만 본도는 본시 암산(巖山)인데다 흔한 것은 돌 뿐이라 경작할 만한 땅도 없거니와, 설령 농작을 시도한다해도 땅이 척박하여 일호[73]의 실효를 기대할 수도 없습니다!"

'대마도' 주 앞에서 대인(大人) 칭호도 들었겠다, 고득종의 위풍은 가히 조선민의 기백이 음연하였다.

"땅이 척박하여 농경이 불가하기로 무슨 화가 되겠오이까. 사면 양해의 천혜를 받았으니 어업으로 생업을 삼으면 되는 일 아니겠오!"

"대인!… 간청 드리오니 계달[74]해 주시겠읍니까?"

"간청?… 무슨 간청인 줄은 모르겠으나 족하는 어려워 말고 일단 말씀을 해보시오."

족하(足下) '대마도' 주는 그야말로 고득종의 무릎아래 엎드려 읍소한다.

"본도의 인민은 오직 조어를 생업으로 삼는지라 매년 사오십소 과할 때는 칠팔십소가 고초도로 출어하여 생계를 자급해 왔읍니다! 부당한 일인줄 알고있으나 본도 인민들은 모두가 이곳에서 아사하느니 죽음을 각오하고라도 고초도 출어를 감행하겠다는 결의인 것이며, 따라서 본도 인민의 이같은 의사를 막을래야 막을 수 없는 지경에 이르고 말았읍니다!"

"아니, 그렇다면 거금 조선의 고초도에서 밀어를 해왔다는 말이오?"

---

73 —毫. 한 가닥의 털. 극히 작은 정도를 이르는 말.
74 신하가 글로 임금에게 아뢰다. 늑계품하다. 계문하다.

"사실입니다··· 일이 이에 이르러 한가지 특히 염려스러운 것은, 본도 인민의 고초도 조어 도중 만약 귀국의 변장[75]에게 탄로 되어, 피할 막간의 시간마저 없게 된다면 필히 서로 살해하는 불상사가 생길터이요, 이런 일이 일어난다면 수호[76]의 뜻에 크게 어긋날까 두렵습니다!"

"말이라고 하시오! 의당 족하의 권량으로 고초도 출어를 막아야 할 일입니다!"

"··· 막는 것만이 능사이겠읍니까?"

"그렇다면?"

"귀국에서 고초도 조어를 허가해 준다면 생계 흡족해진 본도 인민은 입구(入寇)할 마음이 영원히 없어질 것 아니겠읍니까?··· 제삼 청하오니 허가하도록 계달해 주십시오!"

94. 왜구(倭寇) 5

고득종은 '대마도' 주의 입에서 '입구'(入寇)라는 말이 떨어지자 원념의 섬뜩함이 전신에 찬소름을 일궈대는 것이었다. '고초도'에서의 어업을 허가해 주지 않는다면 도적의 떼거리를 다시 짜서 조선의 바다를 먹을 수밖에 없다는 으름장이나 다름없지 않는가.

"청원이 불허된다면 입구의 여지가 있다는 말이오? 당치도 않소이다! 변방 삼해의 방비가 철통같거늘 족하는 조선을 어찌보고 그런 말을 하신단 말이오!"

대마도주는 괜한 엄포를 놔 고득종을 들큰거리게 했다 싶어 금세 사태 주름을 잡고 간살부린다.

"어찌 꼭 그리라는 뜻이겠오이까!··· 만에 하나, 그런 불경사의 살륙을 방재코자 올린 충정이오니 대인께서는 관후하여 주십시오."

---

75 邊將. 변경을 지키는 장수라는 뜻으로 첨사·만호·권관을 통틀어 이르던 말.
76 修好. 나라와 나라가 서로 사이좋게 지냄.

"관후라니, 과분한 말이오만… 누구보다도 족하께서 잘 알고계실 일 아니겠읍니까. 조선은 이미 삼포를 호시하여 왜국의 정상을 역조하는데 이 바지한 지 오랩니다. 그렇거늘 다시 고초도 어로를 청원함이란 왜국의 과욕이 아니랄 수 없거니와, 차제에 혹여 고초도 어로를 허가한다 하더라도 귀도의 인민들은 필시 조어를 가탁하여 고초도에 유거할 것인즉, 변경 약탈의 선례가 다시 없다 어찌 믿겠오이까!"

"변경 약탈이라니요!… 대인의 우환일 따름이옵니다!

"우환이 현상 될 소지가 다분하오이다. 지금 조선의 변경 도서민들은 번염[77]과 조어와 해조속 채취로 생업을 삼는 바, 만약 그들이 래우하는 귀도의 어민들과 상우하여 득실을 산계한다 하면 필히 불상사가 일어날 것이요, 포어에만 혈안이 된 귀도 어민들이 그같은 경우에 이르러 어찌 족하의 마음만 본받는다 호언할 수 있단 말입니까?…… 의당 청원의 의사를 철함이 비방일 것 입니다."

'대마도' 주는 한 무릎 바짝 다가든다.

"묘책이 있읍니다!"

"… 묘책?"

"본도 인민들은 반드시 도주의 문인을 받아 출어케 하며 조선국에서는 일일히 검험한 일이로되, 혹간 도주의 문인[78]을 불참한 본도 어민이 유할 시는 가차없이 적으로 논죄하는 것이옵니다!"

고득종은 쓴 웃음을 한자락 마무리하며 손을 내젓는다.

"묘책도 비방도 아니외다."

"아니, 어찌해서 그렇단 말입니까?"

"문인을 불참한 자 적으로 논죄함은 당연지사 이거니와, 문인을 지참한 자가 적으로 돌변한다면 어찌 하자는 말이오?"

---

77 燔鹽. 바닷물을 졸이어 소금을 만드는 일. 자염(煮鹽).
78 文引. 조선 시대에, 우리나라에 오는 사절 등 모든 왜인에게 대마도섬의 도주(島主)가 발행하던 도항(渡航) 허가 증명서.

'대마도' 주는 고득종의 물음이 끝나기 무섭게 두 손을 모아 허공에 세운다.

"만약 도주의 문인을 지참한 본도민이 난을 모작할 때는 당해 자는 물론이요 그자의 처자까지 참수하기로 약정하면 되옵니다! 맹서합니다!"

고득종이 스르르 눈을 감는다. '대마도' 주의 목소리가 화급히 떤다.

"한두 해만 시험 삼아보십시오! 상위[79] 없을 것이옵니다!"

잠긴 눈꺼풀을 떨어대며 고득종은 무슨 생각을 하고 있는 것인가. 생각해 볼 건덕지도 없는 일. 고득종의 입에선 거절의 불호령이 떨어져 마땅할 것이었다.

그러나 고득층의 입에선 찰진 정이 느닷없이 익는다.

"내 계달토록 진력하리다!"

95. 왜구(倭寇) 6

'고초도'에서의 어로를 열망한 나머지 '굶어 죽느니 목숨을 걸고 고초도로 출어 하겠다'는 왜놈들의 생떼나, '문인을 받은 본도 어민이 조선의 법을 위약했을 때는 당해자는 물론 그 자의 처자 권속까지 목을 치라'는 '대마도' 주의 애걸, 깊게 생각하지 않더라도 숨길 수 없는 두 가지의 사실을 점치기에 어렵잖은 일이었다.

그 하나는 왜놈들의 '고초도' 출어 열망이 그 얼마나 치열했는가 하는 것이요, 또 하나는 조선의 '고초도' 앞바다가 얼마나 천혜(天惠)의 '어족보고'(魚族寶庫)였는가 하는 사실이다.

고득종은 '대마도' 주 종정성과 뜻이 맞아 혓바닥이 닳도록 왜놈의 '고초도' 출어 허가를 계품하기에 이르고, 세종대왕은 그해를 넘겨 고민하다가 이듬해인 1441년 11월21일, 드디어는 우승지 이승손(李承孫)을 인견(引見)한[80] 자리에서 죽도 아니요 밥도 아닌 탄식을 명(命)으로 삼는다.

---

79 相違. 서로 달라서 어긋남.
80 윗사람이 아랫사람을 불러들여 만나 봄

"왜인의 청이 이같이 간절하니 이 일을 장차 어찌할꼬?… 왜인들이 어업을 생업 삼아 가련한 생을 부위함은 조선백성들이 다 아는 일, 약자의 지처에 하력하야 그들의 청을 허락하는 것도 도리일 것이나, 만약 청을 허하여 은혜를 주 면 취이득에 혈안 되어 기수내왕 할 것이며, 연하여 불측한 화도 궐창할 것인즉 어찌 조처함이 옳단 말인고!… 신들의 찬반이 좌분우분하야 짐의 심기가 난하니 대신들의 중의를 모아 일모[81] 전에 계문토록 하오!"

세종대왕의 명은 그날을 넘기지 말라는 것이었으나 국사치고는 난사였든지 다음날인 스무이튿날에야 의정부(議政府)는 왜인의 '고초도' 어로를 논의(論議) 삼는다.

대왕의 어전에서 왜인의 '고초도' 어로를 허가해야 한다고 주장을 내세우는 신하들은 생각밖의 인물들이었으니, 영의정 부사 황희(黃喜), 좌찬성 하연(河演), 우찬성 최사강(崔士康), 병조판서 정연(鄭淵), 우참찬 이숙치(李叔畤), 예조판서 김종서(金宗瑞)였다.

이들의 충정은 이렇던 거다.

"왜인의 고·초 양도에서의 어로 청원을 불허 하는 것만이 능사라고 생각되지는 않사옵니다. 비록 허하지 않더라도 왜인들은 몰래 내왕할 것이오니 조선이 징후를 잡을 듯 어찌 다 금제할 수 있아오리까. 만약 금제하고자 하면 필시 변경에 수차가 생길 것이오니 이를 허락하시어 은혜를 베푸는 것만 못할 것이오며, 지용(智勇) 겸비한 자를 지세포 만호(知世浦 萬戶)[82]로 삼아 종정성과 더불어 약정케 하되,「너희들의 생계가 곤란함에다 또한 기수 원청하기에 고, 초 도 양도에서의 조어를 허락하고자 하니 너희들은 필히 선의 대소를 구분하여 문인 지참 내왕케 할 것이며, 어세(漁稅)를 지세포에 바쳐야 의당하려니 필히 수칙이행 할 것이며, 이를 어기는 자는 가차없이 논죄할 것이로다」하게 한다면 반면으로 국익이 되지 않으오리까! 거듭 청

81 日暮 : 날이 저묾
82 경상도 거제(巨濟) 지세포(知世浦)의 만호. 萬戶는 고려·조선 시대 외침 방어를 목적으로 설치된 만호부의 관직. 만호는 본래 그가 통솔하여 다스리는 민호(民戶)의 수에 따라 만호·천호·백호 등으로 불리다가 차차 민호의 수와 관계없이 진장(鎭將)의 품계와 직책 등으로 변하였다.

하옵건대 윤허하심이 지당할 줄 아뢰오!"

세종대왕은 급기야 깊게 고개를 끄덕거리며 용안으로는 희색이 만면해진다.

"짐의 뜻 또한 그와 같도다아-"

그러나 우국충정의 신하가 없는 것은 아니었다. 병조참판 신인손(辛引孫)·이조판서 최부(崔府)·우의정 신개(申槩)가 '고초도' 어로를 불허할 것을 읍청(泣請)하며 목이 멘다.

96. 왜구(倭寇) 7

"신의 망령된 생각인 줄은 모르겠사오나 한 나라의 존망이 달린 중대국사가 이렇게 경락될 수 있아오리까! 왜인의 고·초 양도에서의 조어정원은 마땅히 불허돼야 할 것이, 왜인들은 조어청원을 예봉으로 삼아 조선변경을 수탈하고 침노하여 왔아옵니다! 대마도는 본시 조선의 땅이었아오나 려말 나라의 기강이 크게 파쇄되어 왜노에게 점거케한 바 되지 않았아옵니까! 하온데 이제 다시 왜인의 조어 청원을 허락하신다면 왜인들은 다수 래거하여 필경은 고·초양도를 저들 땅 삼을 것이옵고 과세월하면 조선으로서는 금계의 묘책이 무할 것인즉 가히 한심스러운 경락이 아니고 그 무엇이겠아옵니까 아니 되옵니다! 불허하시옵소서!"

우의정 신개의 읍소요,

"신의 생각도 그와 같사옵니다! 마땅히 왜인에게 일러, 고·초 양도는 조선의 경토이거늘 너희들이 어찌 감히 조선경토를 왕래하며 조어하겠다는 것이뇨 하시어 왜인들로하여금 성각케 해야될 줄 아옵고, 왜인들의 어선이 설령 밀어왕래할지라도 병선을 분견하여 가차없이 수포하고 적선으로 논죄하면, 왜인들의 방자함도 쇄기할 것이며 조선의 위엄은 크게 떨칠 것이옵니다! 왜인들의 청원을 허하시면 두고두고 불치의 국환이 될 것이오이다!"

병조참판 신인손의 읍청(泣請)이었다. 이조판서 최부(崔溥), 좌참찬 황보인(皇甫

仁)도 왜놈들의 '고초도' 조어를 극구반대했지만 세종의 마음은 찬성파의 중의 쪽으로 기울어 갔다. 한 밤을 꼬박 뜬눈으로 지새운 우의정 신개가 이튿날 일찍 예궐(詣闕)하여 재삼 읍청하지만 그것도 허사- 세종대왕은 바로 그날 마음을 정하고 만다.

> "듣자하니 찬반에 공히 우가 없는 것은 아니나 조선의 국익을 선고함에 반
> 대의 우만을 중히 사서 불허하는 것 만이 능사도 아니로다. 조선 변방의 경
> 계도 그 어느 때보다 철통같고 나라의 위엄 또한 그 어느 때보다 크게 떨
> 치고 있느니 왜인들에게 선린(善隣)의 의를 베품도 그 또한 나라의 힘 아
> 니겠느뇨.
> 어로왜선들의 어세(漁稅)를 철저히 수징토록 하고, 어세는 감사(監司)의 구
> 처 (區處)에 따라 사객(使客)의 지대비(支待費)에 사용할 것이며 여분은 미
> 포(米布)와 교환하여 국용(國用)으로 하면 일거양득일지니, 과인은 오늘, 조
> 선 경토 고·초양도에서의 왜인들의 조어를 허하노라-"

1441년(世宗 23년) 12월, 선린의 의(義)를 내세우고 국력의 막강함을 턱믿는 '고초도' 어업허가는 이렇게 해서 이룩됐다.

'대마도' 주 종정성이 고득종과 대좌한지 불과 일년 칠개월만에 끝장을 본 '고초도 어업허가'는 조선의 입장에서는 국난의 불씨였고 왜놈의 처지에서는 반도침략의 더없는 양방(養方)이었다. 나라 사해(四海)가 어장이나 진배없는 왜놈들에게 '고초도'를 내주다니- 국익(國益)과 선린을 명제삼고 한껏 본새를 재는 양 했지만, 기실 조선조 건국 초부터 대외(對倭) 정책의 터를 잡았던 물렁한 교린책(交隣策)[83]이었으며, 겉은 쓰면서도 속은 단 체해야 직성이 풀리는 유약한 회유책이었다.

---

83 조선시대 중국 이외의 다른 나라들에 대한 우호적인 외교정책

'삼포개항'에다 '개운포 어업허가' 그리고 '거제도' 수역에서의 '어로구역 확장'도 모자라 '고초도 조어'까지 허락한 조선은 왜국으로부터 어떤 국익을 거둬들였던가.

97. 왜구(倭寇) 8

"고·초 양도에서 조어(釣漁) 하는 어선의 어세(漁稅)는 조획(釣獲)한 어속으로 삼되 일차 도래(到來)하야 귀도(歸島)하는 시각에 필히 입세(入稅)해야 하며, 세어(稅魚)는 대선(大船) 한 척당 오백미(尾)요 중선(中船) 한 척당 사백미요 소선(小船) 한 척당 삼백미로 작정(酌定)"

하는 '어세약정'(漁稅約定)에다

"어로왜선(漁撈倭船)의 서인(船人)은 도주(島主)의 삼착도서문인(三着圖書文引=도주의 도서가 세개 찍힌 증명서)을 필히 지참해야하며, 이를 조선국 지세포 만호에게 납입하고, 지세포 만호는 문인을 개급(改給)하되, 조어를 마치고 돌아갈 때 만호는 도주(島主)의 문인에 회비(回批), 착인(着印)하여 반환함으로써 증거를 삼는다."

하는, 불법어로를 막기 위한 어로약정도 있었으니 조선은 왜국으로 하여금 짭짤한 이득을 얻어내야 옳았다.

그러나 '고초도' 어로를 허가한 지 기껏 여섯 달 뒤인 이듬해(世宗 24년) 6월, '대마도' 주 종정성은 '어세감면'을 요청하며 또 한번 팔자 느긋한 겹다리를 틀었고, 조선은 그 당장 종정성의 생떼를 달래준다.

"대마도 주 종정성의 어세감면 요청에 일리가 있다 사료되어 어세를 감면
하는 바, 대선은 감 삼백미요 중선은 감 이백오십미요 소선은 감 이백미로
할지라."

바꿔말해 '대선'은 5백마리에서 3백마리를 감면한 2백마리, '중선'은 4백마리에
서 2백50마리를 감면한 1백50마리, '소선'은 3백마리에서 2백마리를 감면하여 1
백마리의 세어(稅魚)를 내면 그만이었다.

'세어감면' 치고는 어처구니 없는 처사인 것이, '약정세'에서 절반을 훨씬 웃도는
마리수를 깎음질 해댄 선심일 바에야 그게 어디 감면이더냐. 왜놈들 처지에서는 공
짜로 '고초도'를 먹은 것이나 다를 바 없었다.

그렇다면 왜놈들의 '불법어로'만은 제대로 막았어야 옳을 일, 그런데 '어세'를 감
면해 준 지 두달 후인 그해 8월이다. 한심천만한 병조(兵曹)의 계서(戒書)가 '대마
도' 주에게 날아간다.

"전년 동월(冬月) 고·초양도에서의 조어를 정약(定約)할시, 족하(足下)의 선
인들은 병기(兵器)를 휴대하지 못하며, 선적의 대·중·소와 승선인수를 구록(
具錄)하여 지세포 만호의 문인(文引)을 개수(改受)한 연후 조어하며, 조어를
종(終)할 시는 지세포에 회도(回到)하여 문인 반납하고 어세를 바친 후 발
송(發送)할 것이며, 혹여 족하의 문인을 불참하고 잠래(潛來) 조어하는 자는
적선(賊船)의 예에 의거하여 추포(追捕)할 것과 병기를 잠지(潛持)하고 타처
에 횡행(橫行)하는 자는 문인의 유무(有無)를 물론하고 논죄할 것을 이미 일
찌기 정약하였는 바, 금차 정약을 위배하는 사례가 무수빈번하니 심히 유
감된 일 아니오니까…"

이쯤 기막힐 일이 또 있으랴. '고초도'에서의 어로허가를 기회삼은 무수한 왜선

들은 애당초 약탈과 살생을 업으로 하는 해적선들이 거반이었고 작폐를 하 다 들킨 왜놈들은 모두 딴청을 부렸으니 조어를 빙자하고 흔연 고개를 들기 시작한 왜구들은 바야흐로 기세를 떨쳐갔다.

98. 왜구(倭寇) 9

이처럼 왜놈들의 계략에 조선이 호락호락 말려들게 되자 한동안 뜸했던 왜선(倭船)들은 조선바다의 물비늘위를 미끄러지며 제 멋대로 놀아나게 됐다. 조선 삼해(三海) 중에서도 '남해'가 왜놈들의 침략발판이 되다니- 국사치고는 어처구니없는 일이었고 한켠으론 상상할 수도 없는 엉뚱한 정경이었다.

그 이유는 이랬다. 조선 국방의 전초를 '남해'로 삼고 '하삼도'(下三道=경상도·전라도·충청도) 방위에 전력(戰力)을 다한 왕, 바로 그 왕이 세종대왕이었던 까닭이다. 더불어 조선의 어가(漁家)를 보호함에 있어 유별스러운 관심을 가졌던 왕도 세종대왕이었던 거다.

"조선경토의 방위에 그 어느 곳이 먼저이고 그 어느 곳이 나중일 것이오만,
조선의 대적은 역시 왜국일 것인즉 백사선행하여 하삼도 방위에 전력을 다
할 것이로다. 려말의 왜구만 하더라도 그들이 강하였다기보다는 하삼도 경
비의 조선수군이 기강문란하고 약쇠했던 죄과이며, 특히 하삼도 어가의 민
생이 극도로 빈곤하고 불안하여 아국경토를 알기를 남의 땅인 듯 각망하고,
유사시에는 경토를 버리고 난(亂) 피함만을 능사로 삼은 결과 아니겠는가…
조선수군의 전력과 사기도 막중사일 것으로되 하삼도 어가들로 하여금 나
라 사랑하는 마음을 길러 조선경토의 고수를 위하야 순명보국하는 조선민
의 기백을 심어줄 일, 그와 같이 되자면 우선 어가들의 민생이 풍족하게 보
장되고난 연후여야 마땅히 기대할 수 있을지라 조선 수군은 하삼도 어가의

민생을 보호하는데 제일의 의명을 가져주기를 바라는 것이로다."

천민(賤民)인 '어가'의 민생(民生) 보호가 국방의 선결이란 뜻을 세우고 특히 '하삼도' 방비에 국운을 걸었던 세종대왕, 세종은 이같은 어명을 몸소 실천하는 데 어김이 없었다.

세종은 선왕(先王=李朝 제3대왕 太宗)의 수군 정책을 가차없이 뜯어 고친다.

태종은 왜구토벌의 전략을 기병(騎兵)으로 삼을 정도였고, 따라서 '수군'에 대해서는 별 관심이 없었던 만큼 병선(兵船)을 '조운선'(漕運船)으로 징발하여 태종 2년 5월의 조운실적만 해도 '두미'(豆米) 10만2천3백14석(石) 이었던 것이다. 이때 징발된 병선과 조운선은 경상도 1백11척, 전라도 80척, 충청도 60척이었으니 '하삼도' 방비의 병선은 거진 '남해'를 비운 꼴이었다. 더구나 왜구토벌을 '기병'으로 삼자는 기발한 전법마저 서슴지 않았으니 벌떼처럼 몰려오는 왜구를 무작정 조선본토에 상륙시키고 보자는 엉뚱한 짓 아니겠는가.

세종은 우선 군선(軍船)을 크게 늘렸다. 태종 8년까지만 해도 조선수군의 '병선'은 모두 4백28척이던 것이 세종 6년에는 8백29척, 군선의 종류만도 '대선'(大船)·'중대선'(中大船)·'중선'(中船)·'병선'(兵船)·'쾌선'(快船)·'맹선'(孟船)·'중맹선'(中猛船)·'별선'(別船)·'무군선'(無軍船)·'선'(船)·추왜별맹선(追倭別孟船)·'추왜별선'(追倭別船)·'왜별선'(倭別船) 등 13종이나 됐다.

세종의 '하삼도' 방비가 그 얼마나 절절했던가는 군선들의 배치상황만 봐도 알죠다. 8백29척 중 '황해'를 비롯한 '평안'·'강원'·'경기'·'함길'(咸吉)에 배치된 군선 수는 불과 2백37척이었고 '하삼도'에 배치된 군선이 '경상도'의 2백85척을 위시하여 모두 5백92척이었다.

99. 왜구(倭寇) 10

　군선 8백29척에 수군(水軍)은 모두 5만1백77명, 이처럼 막강한 수군을 정비한 세종대왕은 1425년(世宗 7년) '하삼도'의 수군증강에다 심혈을 쏟는다.

　조선수군의 절반을 훨씬 웃도는 전력(戰力)이 '하삼도'로만 편중되자 경기 (京畿=강화부江華府)의 '좌도수군첨절제사'(左道水軍僉節制使)·'우도수군첨절제사'(右道水軍僉節制使)를 비롯한 황해(黃海)의 '수군첨절제사'(水軍僉節制使)·강원(江原)의 '병마도절제사'(兵馬都節制使)·평안(平安)의 '평양도'(平壤道)·'안주도'(安州道)·'의주도'(義州道)의 세 '수군첨절제사', 그리고 함길(咸吉)의 '낭성포등처수군만호'(浪城浦等處水軍萬戶)·'도안포등처수군만호'(道安浦等處水軍萬戶)의 두 '만호'들은 어리둥절 혼이 빠져 불만들이 분분했다.

　그러나 세종대왕은 마냥 흔연했다.

　"하삼도 방비에만 조선수군이 편중된다고? 우맹한 자들의 우환이니 장차 세월이 과하면 의당 알게 될 것이로다. 과인의 생각으로는 현금의 하삼도 방비도 흡족치 못한 바 다대할지니 성능에 있어 타가 추종치 못할 병선을 신조하여 하삼도 수군을 더욱 막강하게 증강할지라. 그와 같은 불만을 발할 여가가 있다면 그 여가를 선용하여 신병선의 연구에 전념하라 이르렸다!"

　세종대왕은 '하삼도' 수군강화를 놓고 연일 고심하던 끝에 드디어는 무릎을 친다.

　"쾌선은 경쾌하되 선체가 너무 협소하여 추포의 임무를 능히 다 수행치 못할지니, 쾌속병선을 신조하여 대선과 수행케하면 쾌속선은 적선을 능히 추포할 것이요 왜적들과 노획물은 따로 대선에 수용할 수 있지 않겠는가. 연하여 쾌속선이 자유분망히 적선을 추포할 수 있도록 엄호하는 병선을 따로 신조하되 그 병선은 필사각오로 저항하는 왜적들이 승선할 수 없도록 고안되면 더할 성사가 없으렸다. 아무리 중과부적의 왜적이라 할지라도 조선수군의 병선에 승선할 시는 상호 살륙하게 되고 조선수군의 희생도 과소하진 않을지니 항전 왜적들을 조선수군의 희생없이도 일망타진 할 수있는 묘방이 선다면 금상첨화 아니겠느뇨."

이렇게 해서 새로 등장한 병선이 바로 '비거도선'(鼻居刀船)과 '검선'(劍船)이다.

그해 5월, '비거도선'은 제주(濟州)에서 29척, '전라도'에서 49척, 모두 78척이 신조(新造)되어 '하삼도' 수군에 골고루 배치됐고 '검선'도 신조되어 조선수군의 전력은 유례없는 막강함으로 개신됐다.

'비거도선'과 '검선'의 등장은 조선수군의 전법(戰法)에 찬연한 새 장을 연다. 그것이 바로 '비거도선'(3척)이 앞장을 서고 그뒤로 병선 전현에 창검(槍劍)을 꽂은 '검선' 한 척이 따르며 맨뒤로 '대선'이 따르는 새로운 대왜(對倭) 수군전술(水軍戰術)이었다.

그뿐만이 아니었다. 세종대왕은 병선의 수리를 엄격히 하기 위해 '병선수호법'(兵船守護法) 마저 만든다.

그러면 세종의 '하삼도' 수군증강은 왜 그해(世宗 7년) 들어 바짝 불을 지폈던가.

바로 그 이듬해(世宗 8년)의 '삼포개항' - 세종대왕은 '삼포개항'에 앞서 이쯤 탄탄한 대왜(對倭)의 방비를 굳혔던 거다.

100. 왜구(倭寇) 11

그러나 세종의 이같은 수군정책은 얼핏 보기로 '하삼도 방비'만을 위한 수군증강인 듯도 싶었다. '검선'과 '비거도선'의 '하삼도' 우선배치를 두고 급기야는 우국의 불만들이 터진다.

'영종포만호'(永宗浦萬戶)·'초지량만호'(草芝梁萬戶)·'제물량만호'(濟物梁萬戶)·'정포만호'(井浦萬戶) 이 네 '만호'들의 중의를 모아 경기(京畿)의 좌우(左右) 양 '수군첨절제사'가 세종께 아뢴다.

"하삼도가 왜적방제의 예봉(銳鋒)인 줄은 능히 알고 있아오나 군선의 배치에 있어 차등이 막급하여 심히 우려되는 바 없지 않사옵니다. '남양부서화지량'(南陽府

西花之梁)을 위시한 여섯 정박처의 군선수는, '중대선'(中大船)이 십일척이요 '병선'
이 사척이요 '쾌선'이 삼십척이요 '맹선'이 사척이요 '무군선'이 사십칠척 하야 모
두 구십육척에 '왜별선'(倭別船) 한척이 있을 뿐이온데 하삼도 군선 수는 '중청'이
일백사십이척이요 '경상'이 이백팔십오척이요 '전라'가 일백육십오척 하야 기수 오
백구십이척에 달하는 바옵니다.

더구나 '무군선'이 사십칠척이나 '경기'에 배치된 점은 심히 부당한 바, '무군선'
은 평시엔 공선으로 정박하고 유사시에만 수군을 급모하여 전투에 임하는 군선이
라 유사시를 당하여 신속히 대처하기 난하옵고 선체만 체대하고 쾌주할 수 없어 실
효를 기하기 심히 어려운 군선 아니오리까!"

병조참의(兵曹參議) 박안신(朴安臣)이 거든다.

"신의 생각으로도 그러하옵니다. '무군선'의 존폐를 숙고해야 할 계제에 이르러
유독히 강화부 수군에만 '무군선'이 과수 배치됨은 부당지사라 아뢰옵니다. 하삼도
수군 중 '충청'에만 십척의 무군선이 유할 뿐 '전라'·'경상' 양 수군에는 단한 척의
무군선도 없지 않사오니까!"

세종이 '경기'의 두 '수군첨절제사'에게 묻는다.

"그래 바라는 바가 무엇인고?… 그리고 불만의 소지는 또 어떤 것인고?"

"신등이 우려하는 바는 조선수군의 전력이 하삼도에만 편중되어 조선 수부인 '
한성부' 경계의 막중한 임무를 띤 경기의 수군이 약쇠하기 그지없다는 현상이옵니
다!…… 더불어 청하옵건대 신조(新造) '검선'과 '비거도선'을 경기의 수군에도 배
치하시와 수부경계에 대차없도록 성은을 베풀어 주시옵소서!"

그간 평온한 마음이던 세종이 별안간 진노한다.

"이다지도 우매한 자들이 어찌 수만 수졸을 통수한단 말인고! 금차 검선과 비거도
선이 신조되기 전까지 하삼도의 수군에 쾌선(快船) 단 한척이 있었던 적이 있느뇨!
경기 인경의 충청 수군에 사척의 쾌선을 두어 경기수군의 전력을 보조하였고 하삼
도 중 전라·경상 양 수군에는 현금에 이르기까지 단 한 척의 쾌선도 무할지라 검선

과 비거도선을 배치했거늘, 어찌 삼십 척이나 되는 쾌선을 보유한 경기의 수군이 수부경계의 허실을 한탄한단 말인고?… 아니, 왜구가 침노하거늘 하삼도 수역을 거치지 않고 어찌 경기 수역에 출몰할 수 있단 말인고! 쾌선이 왜선보다 쾌속하여 성능 우월한 점은 이미 상왕께옵서 양화도(楊花渡) [84]에 납시어 시험하신 결과이거늘 삼십척이나 되는 쾌선이 수부경계에 미급하다는 망언이 어찌 가하다는 것이랴!"

101. 왜구(倭寇) 12

세종대왕은 다시 목소리를 높인다.

"경청수행하여 오직 해방(海防)에만 혈심몰두하렸다! 조선경토에 왜구를 불러들임은 려조가 효시였고 려말까지 왜구가 창궐하게 된 근본도 왜구를 바다에서 잔멸치 아니하고 경토로 끌어들여 격퇴하겠다는 육전(陸戰)을 주 삼은 과오이려니 수군을 할용치 못한 맹덕함이 왜구침략의 천추 한을 심은 바로다!… 수군증강만이 호국의 비방이요, 따라서 하삼도 수군의 막강한 전력만이 왜구척결의 최선임을 과인은 통감한 지 오래로다. 하삼도의 수군을 증강함에 있어 두 가지를 뜻으로 삼았으니 그 하나는 양백연(楊伯淵)과 라세(羅世) 같은 명장이 없음이요 또 하나는 왜구의 근본이 어떤 것인가를 터득했음이라!… 일각인들 허송치 말고 어서들 물러가 관직의 소관을 철저히 하렸다!"

세종대왕이 '하삼도' 방비를 서두름에 있어 뜻으로 삼았다는 이 두 가지는 대체어떤 것인가.

그 하나— '수군의 활용만이 국방의 비방'이라는 확신을 안겨준 사건, 바로 고려 32대왕 우왕(禑王) 6년 8월의 '진포대첩'(鎭浦大捷)과 삼년 뒤인 우왕 9년 5월의 '관음포대첩'(觀音浦大捷)이다. 양백연(楊伯淵)·라세(羅世)·정지(鄭地) 등이 최무선(

---

84 마포구 합정동에 있던 마을로서, 양화나루·큰나루 인근에 있던 데서 마을 이름이 유래되었다. 양화대교가 놓여진 곳에 해당된다.

崔茂宣)이 만든 화포로 무장한 병선 1백척으로 '진포'(서천舒川=금강錦江 어귀)에 침입한 왜구 5백척을 잿더미로 만들어버린 것이 '진포대첩'이요, 서해에 출몰한 왜구 1백20척을 해도원수(海道元帥) 정지와 라세가 47척의 병선으로 남해의 '관음포'까지 추격하여 격멸시킨 해전이 바로 '관음포대첩'이었다. 이 두 대첩이 도화선이 되어 다음해(창왕昌王 元年) 박위(朴葳)의 '대마도 정벌'이 가능했던 것이었다.

이 두 '대첩'의 밑거름이 된 것은 우왕의 해방강화책(海防强化策)으로 우왕은 조선의 승도(僧徒) 2천명과 선장(船匠) 1백명을 징발하여 병선을 건조하고 수군을 크게 강화했던 거다.

그런데 이조 제2대왕 정종(定宗)에 이르러 엉뚱한 수군정책이 펼쳐진다.

불과 2년의 짧은 재위 동안이었지만 원년(1399년) 1월에는 충청도의 병선을 20척이나 감하고 3월에는 동북면(東北面)과 강원(江原)의 선군을 전파(全罷)하다가 급기야 7월에는 '하삼도'를 비롯한 조선의 기선군(騎船軍)을 전파하며 군선도 거의 없앨 것을 궁리하기에 이르는 것이다.

"충청감사의 장계인즉 수졸의 사망과 도산(逃散)함이 날로 심하여 병선을 전파함만 못하다 하니 우선 과반을 파함이 옳을 일이요, 조선 변방의 침노왜구도 완연 쇠진했으니 군선도 크게 감파하야 조선의 수군을 점차 전파하는 양방도 국익이 될 것이로다."

정종의 이같은 '선군전파'(船軍全罷) 궁리는 충청감사의 장계에서보다는 기실 족리의만(足利義滿=왜국 足利幕府 제3대 장군)[85]의 소위 '파적지언'(破賊之言) 을 믿는 어처구니없는 망상이었다.

정종의 치세가 이쯤 물렁대자 왜구들은 기회를 놓칠세라 다시 고개를 들었고, 두해 뒤인 태종 원년(太宗 元年=1401년)부터 침구(侵寇)하기 시작한 왜구는 태종 18년(1418년)까지 모두 63회에 걸쳐 조선변경을 짓밟는다.

---

85 아시카가 요시미쓰

세종은 정종의 '선군전파'책이 다시금 왜구를 불러들였다고 믿으며 몸서리를 쳐왔던 것이었다.

102. 왜구(倭寇) 13

또 한가지, 세종의 '왜구의 근본을 터득했음이라'하는 말은 무엇을 뜻함인가.

정종의 '선군무용'(船軍無用) 정책에다, 왕위를 이은 선왕(先王=太宗)마저 수군증강에는 별로 관심이 없었고 오로지 조운(漕運)에다만 힘을 썼던 관계로 왜구들은 다시 창궐하기 시작했는데, 태종의 재위 동안 그중 심하게 왜구가 날뛴 때가 태종 6년(1406년)과 8년(1408년)이었다.

태종 6년의 왜구는 모두 12회나 침구해 왔지만 그해 4월과 8월의 작폐가 그중 심했다. 4월에 '안흥량'(安興梁)을 침범한 왜구는 18척. 그런데 18척이라는 작은 규모의 왜구가 조선에 대하여 입힌 피해는 실로 국치(國恥)여야 마땅할 정도로 어마어마한 것이었다. '조선' 14척과 '호송병선' 1척, 거기다가 미곡 4천90석까지 고스란히 뺏겼던 거였다. 이 일이 있은 지 불과 두달 뒤인 8월에는 군산 앞바다에 출몰한 왜구가 귀국(歸國) 길에 오른 '자바' 국사(國使) 선단을 습격하여 10여 명을 죽이고 20여 명을 생포한다. 조선의 바다속에서 국사일행을, 그것도 왜구에게 피습당하게 하다니 가히 국치의 으뜸이었다.

태종 8년의 왜구는 모두 17회에 걸쳐 조선의 변경을 짓밟지만 그중에서도 3월과 5월의 피해가 막급했다. 그해 3월, 23척의 배로 충청수영(忠清水營)으로 쳐들어 온 왜구는 '첨절제사'를 비롯하여 수졸 15명을 죽이고, 5월에는 전라도의 '고만만'에 나타나 '조선' 10여 척을 나포하여 도망간다. '조선'을 뺏아가는 짓거리야 그렇다 치더라도 아예 '수영'(水營)으로 들이닥쳐 조선의 수군을 쓸어잡다니- 태종의 수군정책이 그 얼마나 한심스러웠으면 이런 꼴을 당했으랴.

왜구의 기세가 이쯤되자 태종은 그제야 부랴부랴 수군을 증강하기 시작하는데,

어찌 생각하면 정수리를 얻어맞은 앉은뱅이가 겁결에 벌떡 일어서는 꼴이었다. 왜냐하면 조선 수군은 이때부터 막강한 전력을 다져갔기 때문인 거다.

태종은 4년 뒤인 1412년(태종 12년)부터 바짝 병선을 늘리고 병선의 개조에도 유별난 공을 세운다.

태종 12년 5월에는 선저(船底)에다 석회(石灰)를 도포하여 군선의 파손을 방지하는 '축선법'(畜船法)을 만들고, 태종 17년 4월에는 배밑을 연기로 그을려 해충의 침식을 막는 이른바 '연훈법'을 탄생시킨다. '축선법'과 '연훈법'의 창시는 조선의 군선개량을 위한 획기적인 성업(聖業)이었다.

그뿐만이 아니었다. 태종은 투항해 온 왜구의 괴수 '평도전'(平道全)에게 명하여 왜선(倭船)을 건조케하고, 몸소 '평도전'의 왜선 시주(試走)에 참관하여 왜선의 장점을 낱낱이 밝혀내 신 병선을 만드니, 그게 바로 '쾌선'(快船)이었다.

태종 6년과 8년의 두차례에 걸친 왜구의 작폐- 세종은 이때 새로운 사실을 깨닫게 된다. 그것은 왜구가 본시부터 노략질을 전업으로 삼는 도적의 무리가 아니요 이부를 가장한 상왜(商倭)들이라는 것이었다. '충청수영'을 쑥밭 만든 왜구도, '조운선'을 빼앗고 '자바' 국사 일행을 피습한 왜구도, 기실 모두 '상왜'의 무리였던 거다. 다시 말해, 무역의 탈을 쓴 이른바 '흥리왜인'(興利倭人)[86]들이 느닷없이 도적떼거리로 둔갑하는 것이었다.

세종의 수군증강은 바로 왜구의 근본을 알아낸 방제책이던 거다.

103. 왜구(倭寇) 14

'흥리왜인'의 무리가 곧 '왜구'라- 새김하고 '삼포개항'에 앞서 '하삼도'의 수군을 막강히 다져 '왜구'에 미리 대처했던 세종대왕- 세종은 '삼포'를 열은 뒤에도 조선

---

86 조선을 오가며 무역에 종사하던 일본 사람.≒상왜.

어가(漁家)의 민생보호를 위해 한치의 틈을 벌리지 않았다.

'삼포개항' 6년 뒤인 1432년(세종 14년) 12월 세종은 군선의 건조와 수리 그리고 군선건조용 송목(松木)을 관장하는 '사수사'(司水寺=사수색司水色)를 다시 세워 당선(唐船)의 '갑조법'(甲造法=선체의 외판外板을 이중二重으로 하여 침수를 막는 선조법船造法)을 따른 '갑조선'(甲造船)을 만들어낸다.

그해 경강(京江=한강)에서, '사수색' 건조의 '동자갑선'(冬字甲船)·'왕자갑선'(往字甲船), 그리고 유구(琉球)[87]의 선장(船匠)을 시켜 만든 '월자갑선'(月字甲船) 등 세가지 군선을 시험해 본 세종은 희색만면해서 감탄하는 것이었다.

"조선민의 기술이 그중 특출한지고! 사수색이 만든 왕자갑선이 쾌속에 있어 타선을 압도하니 유구의 월자갑선은 폐하고 왕자갑선을 본삼아 조선 수군의 군선을 조선할 것이로다.··· 상왜의 무리가 구화(寇化)되기로 이리 막강한 조선의 수군이 변방 수역을 경계할 것이니 조선어가의 민생 또한 태평할 것이 아니겠는가."

세종은 '갑조선'을 건조케 함에 이르러 군선건조에 있어 눈부신 업적을 남기니, 바로 목정(木釘=나무못)으로만 건조하던 종래의 건조법을 개신하여 철정(鐵釘=쇠못)을 쓰게 한 점이다.

수군의 전례없는 전력증강, '검선'과 '비지도선'의 창시, 쇠못으로 건조한 '왕자갑선'의 등장- 해방(海防)에 전심전력한 결과가 이쯤 탄탄해지자 세종은 '국력도 그 어느때보다 막강하고 조선경토의 방비도 그 어느때보다 철통같거늘···' 하는 느긋함으로 '삼포개항'을 서두르고 끝내는 '고초도' 어로를 왜놈들에게 허가하게 된 것이었다.

그런데 세종의 이러한 안도와는 달리, 그것도 세종의 혈성(血誠)이 늘녹은 '하삼도'가 왜놈들의 계략과 침노의 발판으로 판을 바꿔갔으니 기이한 일이 아닐수 없었다.

---

87 일본 오키나와(沖繩)의 옛이름.

'고초도'에서의 어로를 왜놈들에게 허가한지 불과 3년 뒤인 세종 26년(1444년) 9월- '지세포 만호'의 기진맥진한 상소는 청천벽력이나 다름없는 것이었다.

"고·초 양도로 출어하는 왜선들의 수는 날이 갈수록 급증하여, 정탐한 결과 인즉 일일 근 이 백여 소에 이르옵고 어선 2백여 소에 편래하는 상왜들은 그 어선 수의 과반을 넘어, 고·초 양도 수역내의 왜선들은 마치 벌떼 같사오나, 금차 문인을 회비(回批)하는 왜 어선은 단 한소도 무하며 어세 또한 일건 입세하지 않는 사태로 돌변하였아옵니다. 이대로 왜선들의 작폐를 방치함은 조선수역이 왜구들에게 수탈당함을 방관함과 여일할지라 단호한 구처를 행실하여 왜선들의 침노를 방제해야 할 줄 아뢰옵니다. 어세의 입세나 문인의 회비는 고사하고 조어를 종하면 그 즉시 본도로 도주 귀항하오니 종정성과의 약정대로 범법왜인들은 물론 그들의 처자까지라도 참살하야 율계의 엄법으로 삼음이 지당한 줄 아뢰오!"

104. 왜구(倭寇) 15

'지세포 만호'의 피끓는 하소는 당연한 것이었다. 생선꼬리 하나 '어세'로 바치지 않고, '조선국 만호'의 문인회비는 커녕 그물 거두기 무섭게 '대마도'로 회항해버리는 왜선들의 작태가 '고초도 어로허가' 뒤 불과 3년 세월 동안에 길들여진 터였고, 그것도 조선의 수군이 그 어느 때보다 막강한 때였으니, 세종의 말대로 '조선 어가의 민생을 우선 보호'하자면 수군으로 하여금 한번쯤은 일벌백계의 엄벌을 응징해 마땅한 일이었다.

그러나 '지세포 만호'의 상소를 접한 세종은 설레설레 고개를 내젓는다.

"적화왜인(賊化倭人)의 죄를 물어 그 처자 권속까지 참살해야 의당하다고?… 어세를 내지않고 문인의 회비도 없이 회황해버리는 왜인들의 방자한 행패는 간악하기 그지없는 일이로되, 당해 왜인의 죄로 하여금 그 처자까지 몰살시키는 만행이 어찌 가할 수 있단 말인고. 고·초 양도의 조어를 왜인들에게 허락함에 있어 조선은 왜국과 국위를 근본한 약정을 맺었고 그 조어약정이 상금도 준연하거늘, 약정에도 없는 만행을 방제책 삼아 그들을 보복함은 조선의 위품에 크게 어긋남이라, 혹시의 막간일지라도 그와 같은 만행을 추념하는 자 과인의 신하가 아닐지라!"

우의정 신개는 통분의 열화가 치밀어 어전임에도 목소리를 높인다.

"조어약전만 준연하면 무슨 소용 있아오리까? 약정을 위배한 자들도 왜인들이옵고 약을 준수치 않은 왜인들에게 병조가 계서를 발한지도 어언 이년전 아니오리까!… 하온데 불과 과삼년한 왜인들의 작태는 어찌 되었아옵니까?… 대폭 감면한 어세임에도 불구하고 단 일미어세마저 불납하고, 지세포에 회도하여 문인 반납함은 고사하고 조어를 종한 그 즉시 본도로 도주 회항함이 다반사요, 잠지한 병기를 만능삼은 잠래왜인들이 변경수역의 조선어가에 출몰하여 횡행난동하니 이런 국치도 또 있아오리까!… 마땅히 왜 어선 모두를 적선으로 간주하여 선수와 인원을 가리지않고 추포하며, 적화왜인 중 도주의 문인을 지참한 자가 발견되면 해당 왜적의 일태권속을 모두 멸하여 엄벌의 계기로 삼아야 옳을 줄 아뢰오!"

세종의 진노는 막바지에 이른다.

"아니, 또 그 소리란 말인가? 문인을 지참한 왜인이 적화할 경우 그들 처자까지 참수하라는 것은 대마도 주 종정성의 애소일 뿐 조어약정과는 무관하지 않는가! 약정에도 없는 일개 도주의 말을 증빙삼아 죄없는 자까지 살생하는 만행이 국위의 제일이요 치세의 묘방이란 말인고?… 당장 물러가 이르렸다! 왜인들의 약정위배한 죄, 그실이 조선의 수군을 통수하는 자들의 실책이요, 태만 무능했던 죄과이려니 대오각성하여 다시는 이런 불상사가 없도록 할 것이로다. 무능함을 변명삼기 위해 또다시 적왜의 처자몰살을 비방책으로 발설하는 자가 있다면 가차없이 나문하여 파직수죄할 것임을 알라!"

왜적에 대한 뚜렷한 방비책도 없이 '하삼도' 수군의 막강함만 믿는 세종은, 성군(

聖君)답게 엄명하되 '왜적의 처자몰살'을 주장하는 수군절제사는 모두 '나문'(拿問 =논죄의 으뜸으로, 조정으로 잡아 올리는 것)하여 파직할 것만을 이른다.

죽어나는 것은 '하삼도'의 수군들이었다.

105. 왜구(倭寇) 16

신개가 물러나며 마지막으로 아뢴다.

"망극한 성은만 같자오면 국난이 어찌 있아오리까!… 하오나 마마, 왜적의 술책 이 조선국의 정의(情宜)를 간악하게 이용한 결과이니 그 술책을 못 본 체 관정해야 하는 조선의 수군만 극애할 따름이옵니다!… 마마! 조선 수군에게 그 무삼 죄과가 있아오리까? 조선의 수군은 오직 마마의 성은만 정봉하여 해방(海防)에 임할 따름 이옵니다!… 어명대로 봉전하야 수군의 통수자로 하여금 각별히 소임을 행수하라 이르겠아옵니다!"

신개의 유달리 초췌한 모습을 본 세종은 가슴 한 구석이 무너져내리듯 아파왔다. 세종은 우의정 신개를 불러 세운다.

"조선의 정의를 간악히 이용하는 술책이라니! 더구나 그 술책을 못 본 체 관정해 야 하는 것만 이 조선 수군의 소임이라는 말, 대체 어떤 연유에서 가한지 일러보라!"

신개가 정승의 관엄도 마다하며 탈상젯날의 과수댁 벽용[88]처럼 마음 터억 놓고 설 움을 내쏟겄다.

"왜적이 조선의 정의를 간악히 운용한다 함은 유명무실한 어로약정을 악용하여 왜적이 망극한 성은을 도점함이요, 왜적의 술책을 방관함만이 조선수군의 소임이 란 것은 학진(鶴陳)의 막강한 전력을 폈으되 일망 속의 왜적을 가히 멸할 권리가 없 음을 이르는 뜻이옵니다… 마마! 광구를 포함은 일점 저육만이 묘방인즉 강경일변

---

88 擗踊. 몹시 슬퍼함. 부모의 상사에 상제가 매우 슬피 울며, 가슴을 두드리거나 몸부림 치는 것.

도의 엄벌을 명하심은 곧 포 광구의 부포묘방이 아니오리까!"

미친 개에겐 썩은 돼지 살 한점을 줘 사로잡고 학진(鶴陳) 속의 적은 의당 타진되어 마땅할 일이로되, 미친 개를 유인함에 있어 돼지고기 한점도 무실하며 '학진' 속에 갇힌 적은 그대로 놔줘야하는 조선 수군의 통한을 읊고 있는 신개의 읍소를 깡그리 모를 세종은 아니었다.

세종은 신개의 들먹대는 등에다 옥수(玉手)를 얹고 자진자진 떠는 옥음(玉音)을 한껏 낮춘다.

"그대의 울화를 모를 과인이 아니로다!… 박애자민함만이 민생의 본이라는 과인의 일념이 대적의 전법이 못 됨을 모를 리가 있겠느뇨… 연이나 초강의 조선 수군이 어찌 일개 도민을 대적으로 간주하야 적왜직속의 일대를 멸하는 비열한 만행을 포광구의 묘방으로 삼을 수 있겠는가. 그대는 알고 있을지라!… 식지(識知)하는 바를 다 일러보라, 조선 수군에겐 불침번뢰의 신병선이 있지 않는 가?"

"……?"

"검선… 검선이 있지 않는가? 왜정이 약정을 위배하되 그들의 소행에 급급하지 말고 검선으로하여금 수약정(守約定)토록 무력을 과시하면 왜적의 간계인들 어찌 과십일을 연하겠느뇨! 검선의 전력을 활용극대화하되 약정의 수칙내에서만 적왜를 논죄토록 하면 자연 적의 간계도 쇠잔할 것이로다…"

세종의 이같은 믿음은 당연한 것일 수도 있었다. 왜냐하면 조선 수군의 '검선'을 따를 만한 '왜선'(倭船)은 없던 터였고 그 '검선'들이 조선의 '하삼도'를 지키는 한 '다들 죽고보자'는 격인 왜적의 철없는 망동이란 상상할 수도 없었기 때문이었다.

그렇다. '검선'의 창시는 세종의 대업이었다. 얼마나 특출한 군선이었으면 1백 48년 뒤의 충무공이 '검선'을 본떠 개판(蓋板) 위에 추도(錐刀)를 꽂은 '귀선'(龜船=거북선)을 만들어 임진란에 실용했겠는가.

106. 왜구(倭寇) 17

과연 '비거도선'과 '검선'의 위력은 대단한 것이었다. 세 척의 '비거도선'과 한 척의 '검선'이 '대선'과 한 선단이 되는 이른바 '대선수행수군전술'(大船隨行水軍戰術)로 왜선들을 때려잡기란 식은 죽사발 핥는 격으로 쉬운 일이던 거다.

때려잡기로 마음만 먹자면 언제고간에 뜻을 이룰 수 있는 조선 수군이었지만, 세종의 완강한 유화책(宥和策)에 눌려 강 건너 불을 보듯 왜어선들의 작폐를 구경만 하던 '지세포'의 조선 수군이, 급기야는 한차례 옹골지게 본새를 재봤다.

세종 26년 10월- 조선의 생선들로 만선(滿船)되어 배밑창이 터질 지경인 왜어선 12척이 수군의 정선(停船)명령도 아랑곳 않고 대마도로 줄행랑을 놓자 조선 수군은 왜어선들을 사량(蛇梁)까지 뒤쫓아 그중 5척을 잿더미로 만들고 항전하는 두명의 왜놈 목을 벤다.

이 소식을 접한 세종은 오히려 용안 가득히 수심의 눌눌한 그늘을 담는다. 세종의 왜국에 대한 유화책이 어느 정도였는지 살펴보자.

"참수한 왜적이 어민의 탈을 쓴 상왜들이렸다?"

병조판서가 완강히 변소(辯訴)[89]한다.

"왜적의 정체를 확연히 판별하기란 난사 중의 난사이오니 금차 왜적의 무리들은 필시 어민들일 것이옵니다! 상왜인가 하고 추포하면 어민들이옵고 어민인가 하고 추포하면 또 상왜들인지라 반상반어의 왜적을 일견(一見)하여 작칭(作稱)하기 심히 어렵사옵니다… 하오나 왜적의 정체가 어떻든간에 적화의 수단이 어선이요 어로이니 왜적은 모두 어민이라 단정함이 옳지 않사오리까. 신의 망졸한 생각인줄 아오나, 유명무실하여 조선의 득해일 뿐인 약정을 차제에 전폐하시와 고·초 양도에서 왜인을 몰아내는 일만이, 조선어가의 민생을 보하는 성은에 합당될 줄 아뢰오!"

"당치도 않는 말이로다. 아무리 왜인들이라 할지라도 그들 역시 가련한 어민들일

---

89 해명하듯 호소하다.

지라 수호(修好)[90]의 정리를 살펴 고·초도 어로를 허가했거늘, 그들의 기십건 약정위배 사실만을 들어 어로약정을 전폐하다니 그것이 어찌 국사일 수 있으랴!… 더구나 왜국의 어민이 모두 왜구요 왜어선은 모두 적선이라 간주함은 심히 부당한 처사인즉, 그렇다면 왜국의 어민은 모두 주살하고 왜어선은 모두 회진 시키자는 말인가?"

"… 오로지 그와 같은 국변을 미연에 방제코자 아뢰는 진언일 따름이옵니다?"

세종은 단호히 이른다.

"금반 지세포 수군의 전과에 대하야 과인은 심심한 우려를 불금하는도다[91]. 의당 왜어선을 추포하여 논죄한 연후 환송하되 약정위배 죄과를 물어 벌과세를 수징하면 치왜의 선방이요 조선의 국익 또한 될 터인즉, 정황불문코 왜선을 회진하고 더구나 어민의 목을 베다니 막강한 조선 수군의 위력이 어찌 그리 옹졸하단 말인고… 차후엔 필히 추포예인하여 범법 사실을 확인한 연후 논죄토록 하라!… 왜구의 발호를 예감코 근심하는 자 많은 줄 아나 그 또한 우국의 우환일 뿐일지라, 과인은 왜구의 쇠멸을 벌써 믿은지 오래로다아-"

세종 원년에서부터 25년(1443년)에 이르는동안 무려 37회나 왜구의 침입을 겪은 세종의 유화책이었다.

107. 왜구(倭寇) 18

세종의 밑도 끝도 없는 '유화책'이 조선의 바다를 넘성거리는 왜적에게 얼마나 좋은 구실이 됐는가는 침경 37회의 해거리만 봐도 알 수 있었다.

세종 원년(1419년)에만 일곱 차례나 조선경토에 침입한 왜적은 3년(1421년)에 4회, 4년(1422년)에 4회, 5년(1423년)에 1회, 6년(1424년)에 2회, 7년(1425년)에 2회, 8년(1426년)에 5회, 10년(1428년)에 1회, 12년(1430년)에 1회, 15년

---

90 나라와 나라가 서로 사이좋게 지냄.
91 금할 수 없다. 걱정을 안할 수 없다.

(1433년)에 3회, 18년(1436년)에 1회, 19년(1437년)에 1회, 20년(1438년)에 1회, 22년(1440년)에 1회, 24년(1442년)에 1회, 25년(1443년)에 2회-, 이렇게 모두 설흔 일곱 차례를 3년이 멀다하고 밀어닥쳤으니 조선을 넘본 징조가 이쯤 튼튼할 수 있으랴.

거기다가 '삼포개항'의 해인 세종 8년엔 다섯 차례나 준동하여 세종으로 하여금 마지못해 왜인의 '삼포' 항거(恒居)를 서두르게 했고, '고·초도 어로허가'해인 세종 23년엔 잇속을 차려 단 한차례의 조선변경 침입도 없었으니, 간악한 왜놈들이 세종의 '유화책'을 그 얼마나 유효적절히 등에 업은 짓거리이겠는가.

"고·초 양도에서의 조어를 왜인들에게 허락한 연후 단 일건의 조선경토 침범이 없음은 무엇을 뜻함이겠는가. 이는 곧 일방이 범법의 죄를 범하되 그 죄를 응징하야 보복하는 일만을 능사로 삼지 않고 범법의 정항을 통찰하여 관용하면 피아가 불화치 않고 능히 상조상존 할 수 있음을 웅변함이라!⋯ 과년후 왜인들의 방자한 작폐가 혹 유할지라도 무력을 전초 삼아 살상인명의 보복만을 해결의 비방으로 삼지 말 것이며 종국에까지 서방책을 모색할 일이로다. 살생보복의 윤회는 상쟁의 화근 될 뿐이요 선도유화함은 화평민안의 대계를 이루게 될 지라!"

세종은 이쯤 치세를 낙관하여 왜어선들의 어로구역을 넓혀주고 왜어선들로 하여금 '채곽'(採藿)의 자유마저 누리게 했지만 불과 한해 뒤인 세종 24년에 한차례, 또 한해 뒤인 세종 25년엔 두 차례의 왜침(倭侵)을 맞게 되는 것이다.

세종의 대왜(對倭) '유화책'은 두가지의 엄청난 과오를 범하게 된다.

그 하나는 도적떼거리에 불과했던 왜구가 '어로허가'로 인해 '어민왜적'(漁民倭賊)으로 완연히 탈을 바꾸게 된것이요, 또 하나는 왜구를 '흉리왜인'으로만 간주한 나머지 막강한 수군의 전력을 조선경토내의 '항거왜인'(恒居倭人) 적화 (賊化) 방제책으로만 이용한 것이었다.

그렇다고 '어민왜적'과 밀통된 '삼포'의 '항거왜인'만이라도 제대로 다스렸냐하면 그것도 아니었다.

'삼포'를 개항한 뒤로 40년이 지나고 '고·초도'에서의 조어를 왜놈들에게 허가한 25년 후인 세조(世祖) 12년(1446년)에 순찰사 박원형(朴元亨)이 조사한 바 '삼포'의 '항거왜인' 수는 1천6백50명에 이르렀고, '삼포개항'으로부터 49년 뒤, 그리고 '고·초도' 어로허가로부터 34년이 지난 성종(成宗) 6년(1475년)에는 '항거왜인'이 2천2백9명으로 늘다가, 성종 24년(1493년)에 이르러는 '항거왜인'의 수가 3천명에 '삼포'의 왜어선은 1백25척에 이르렀다.

108. 왜구(倭寇) 19

'삼포'에서의 왜놈들 세력이 어느 정도였던가는 '삼포'의 외세(倭勢)를 둘러보고 온 순찰사의 복명(復命=어명을 수행하고난 결과를 임금께 아뢰는 것)만 봐도 알죠다.

"삼포 항거왜(恒居倭)의 두수(頭數)는 삼천에 이르온데 남자는 거반 어업에 종사하여 막대한 이(利)를 취득하며 여자는 여염(閭閻)[92]에서 상업에 종사하는 바 이들 또한 상리(商利)가 지대하여 삼포의 항거왜들은 생활이 유족하기 이를 데 없아옵니다. 연이나 반면으로 삼포거주의 아국 어가들은 항거왜의 세에 눌려 어로를 순행할 수 없어 민생이 극빈할 뿐더러, 항거왜 소유의 어선과 대마도로부터 도래하는 상왜의 배들이 합세하여 포만(浦灣)을 모두 점거하니, 그 번잡무도한 폐단은 이루 이를 데 없아오며 아국 어선들이 자유로이 항행할 수 없음은 물론 정박처 물색마저 궁한 형편이더이다! 항거왜의 보유어선은 모두 일백이십오 소로서, 이 중 제포에 팔십 소요, 부산포에 삼십 소요, 염포에 십오 소이온 바, 이 수만으로도 과하려든, 항거왜 소유의 어선 수를 근 배량 과하는 상왜의 선 기백 소가 종일토록 왕래하며

---

92 백성의 살림집이 많이 모여 있는 곳. 늑여리, 여항.

삼포해역을 점거하는 양이 마치 삼포가 왜국의 땅 같사옵니다.

삼포 항거왜들은 이제 정처왜리(定處倭里)를 무단이탈하고 그들의 세력확장에만 혈안일 지경이니 삼포에 왜리(倭里)는 명목만 항거처일 뿐이요 기실 왜인의 이주어촌(移住漁村)이나 다를 바 없아옵고, 불행지사도 혹간 무한 것은 아니어서 양순한 조선민이 왜인들의 사리모계에 빠져 왜인들과 편당하여 작폐하는 골육상쟁마저 빈번하옵니다!

망극한 성은이 양광(陽光) 같음에도 불구하고 삼포의 항거왜 양태가 이같은 추세로 됨은 오로지 조선 수군의 무력함이 화근 아니겠아오리까! 신의 망졸한 생각인 줄 통감하오나, 시각을 다퉈 약체인 조선 수군을 증강하시와 해방(海防)에 철저를 기함만이 구국의 묘방이요, 군난에 대처하는 양방일 줄 아뢰오! 마마! 통촉 하시옵소서!"

'삼포개항' 67년후- '삼포'의 왜세가 이쯤 된 연유는, '삼포의 어로 허가구역 안에서 조이하는 모든 왜국어선은 조어를 끝내면 곧 대마도로 돌아가야 하며 임의로 삼포에 머무를 수 없다'는 이른바 '쇄환지법'(刷還之法)을 제대로 수행하지 못했던 세종대왕의 실책에다 끈을 댄다손치더라도 '삼포 항거왜인' 소유의 어선이 1백 25척이나 되고 그 어선수의 갑절을 넘는 왜상선(倭商船)들이 제 멋대로 조선바다를 놀판 삼는일이 어떻게 가능할 수 있었을까.

무엇보다도 궁금한 것은 순찰사의 '복명'이 보여준 두 가지의 읍청이다.

'삼포 항거왜의 작태가 이렇게 됨은 오로지 조선 수군의 무력함이 화근이 된' 그것이 첫번째요 또 하나는 '국난대처의 양방은 수군을 증강해서 해방에 철저를 기해야 한다'는 것이다.

'조선 수군의 무력함', '약체 조선 수군의 시급한 전력증강'-

조선개국이래 그중 막강한 수군을 길러냈고 그 막강한 수군으로 하여금 왜구쯤 슬슬히 넘보며 '유화책'을 대외의 국시로 삼았던 세종의 '막강 조선 수군'은 도대체 어떻게 유사 이래의 '약체수군'으로 전락해 갔다는 것일까.

109. 왜구(倭寇) 20

'삼포항거왜인'의 수가 비 오신 뒤 죽순 격으로 늘어나고, 세력을 넓힌 그들이 조선 땅 안에서 '유족하기 그지없는 삶'을 누린다 쳐도, 땅 주인이요 그 바다의 주인인 조선어가는 '삶이 빈한하기 이를 데 없고 배를 댈 정박처 물색마 저 궁하다'는 순찰사의 '복명'은 대체 어찌된 일일까. 도깨비도 숲이 있어야 모인다는 말이 있고 보면 도깨비떼들이 제 멋대로 놀게끔 당상자리 하나 아구맞춰 준 일이 반드시 있었겠다.

삼해 조선변경을 지켜 그 힘의 떨침을 하늘속에다 미쳤던 군선 8백 29척에 5만 1백77명의 막강한 세종의 조선 수군은 어떻게 지리멸멸 아스러졌던가.

세월은 거뭇 흐른다.

세종 27년(1445년) 승명대리(承命代理)하여 국정에 참여한 문종(文宗=李朝 第5代王)- 치세(治世) 2년 3개월의 짧은 재위 동안 언로(言路=허심탄회한 국정國政 대화)를 열어 문무(文武)의 국세(國勢)를 떨치고자 진명[93]했으나, 설흔 여덟 해의 비명으로 승하하니 역사의 흰쌀에 뉘를 흩뿌렸던 '단종참화'(端宗慘禍)를 부른 문종 원년(文宗元年=1451년)-

조선 수군의 허실(虛實)을 두고 문종은 애가 닳는다.

"선왕께옵서 오직 조선의 해방(海防)에다 성은을 전력하옵시고 조선의 수군을 적대가 없는 강막함으로 키우셨음을 과인이 어찌 모르겠오… 허나 갑조선을 건조함에 있어 시공(施工)이 난하고 민폐 또한 다대한 바 있을지니 과인은 선왕의 성업에 뜻을 조금 달리하는 바라… 신등의 생각은 어찌한지 기탄없이 아뢰보오!"

야릇한 일이었다. '고·초도 조어허가'를 극구 반대했던 좌참찬 황보인과 '고·초

---

93 盡命 : 목숨을 바침.

도'에서의 왜 어선 조어를 허가해 주도록 끝끝내 간청했던 고득종이 뜻을 모은다.

고득종이 아뢴다.

"마마의 뜻이 지당한 줄 아뢰오. 갑조선은 선명(船命)이 길어 가히 이십여 년 용역이 가하오나 시공함에 이르러 난사가 부지기수이옵고, 조선의 단조법(單造法)으로 만든 군선은 갑조선에 비해 선명은 다소 짧사오나 시공에 어려움이 전무하며 군선의 용역 또한 십수 년은 가하오니 차제에 갑조선을 폐하심이 옳으실 줄 아뢰오"

황보인도 아뢴다.

"신의 생각도 그와 같사옵니다. 갑조선을 폐하고 조선의 단조법으로 군선을 건조하되 보수만 철저히 하면 갑조선에 뒤질 바 있아오리까! 갑조선은 튼튼하나 선체가 체대하여 능히 쾌주할 수 없도록 둔중한 결함이 있아오며 단조선은 튼튼함에 있어 갑조선에는 미급하나 능히 쾌주할 수 있어 행동이 자유자재한 잇점 또한 유 하오니 약보수즉가경수십년(若補修則可經數十年) 아니오리까!"

문종이 급기야 단안을 내린다.

"과인의 생각 또한 신등의 생가과 여일(如一)할지라… 시공이 어렵다함은 군선건조에 쓰이는 송목이 단조선(單造船)에 비하야 근 배를 과하며, 민폐가 지대하다 함은 노역이 기심하여 선장(船匠) 이외의 인민을 부역케 하다보니 그들 본업의 민생에 대차가 생김을 면키 어려움이라!… 선왕의 성업을 개변함에 죄스러움이 지대하나, 명국대계를 위할시면 어찌할 수가 없을지니, 갑조선을 폐하되 하삼도에 순찰사를 파유하여 중의의 근본을 살피도록 하오-"

110. 왜구(倭寇) 21

비록 '갑조선' 건조는 전폐하되 선왕의 대업인 해방(海防)의 국시(國是)만은 그대로 이으려는 문종의 노력은 역력했다. 문종의 이같은 뜻은, '갑조선'을 전폐했다고 해서 섣불리 조선 수군의 편제를 뜯어고친다거나 혹은 수군의 전력을 경감시키려는 어떤 구처도 실행치 않은 점에서 입증됐던 것이니, 조선 수군의 전력은 선왕 대(代)와 마찬가지로 막강했고 다만 '갑조선'의 신조(新造)만 금했을 따름이던 거다.

문종은 '갑조선 금조(禁造)'를 명해 놓고 나서도 꼬박 두달 동안을 고심한다. '갑조선'을 건조하는데 따른 자재의 낭비와 시공의 어려움, 그리고 많은 인원을 동원해야 하는 민폐를 없애기 위해 단안은 내렸으되, 혹간 '갑조선' 전폐로인한 경토방비의 허(虛)가 드러날 줄도 모른다는 섬뜩한 우려던 거였다.

문종 원년 6월. '경기'를 거쳐 '하삼도'를 돌아보고 온 순찰사를 맞으며 문종은 가슴이 뛴다.

"그래, 갑조선 금조에 대한 중의가 어떻던고?"

"갑조법을 폐하심은 망극한 성은인 줄 아뢰오. 갑조법을 폐하는 것이 당연지사라는 중의만 지대했을 뿐 단 일건의 반대도 접해본 적이 없었아옵니다."

"그 중의라는 것이 일방의 뜻만일 수도 있을 것인즉, 혹 수군 통수자들의 의사만을 대변함은 아닌고?"

"중의를 탐지함에 있어 어찌 그와 같은 허갈을 내세울 수 있아오리까! 조선수군의 중지와 공역에 종사하는 민심이 모두 여일했아옵니다."

"… 다행한 일이로고!… 연이나 과인은 일념우환이 무한 것은 아닌즉 갑조선 전폐가 혹 조선 수군의 전력을 감하야 해방에 막심한 수차를 가져오면 어찌하랴 하는 것이로다… 선왕께옵서 베푸신 치세성업 속에서도 그 어느때보다 왜어선들의 작폐가 등등기세했거늘, 선왕의 대업에 홍모[94]의 세로도 비준될 수 없는 과인의 치국이 어찌 성운의 선견지명이라 자만할 수 있겠는가!"

"마마, 조선의 수군은 승위 금차까지도 그 강막함에 한 치의 허가 없을 뿐더러 해방의 기는 날로 승승하야 실로 육복귀주세(六服歸周勢)[95]나 다름없아옵니다!"

---

94 鴻毛 : 기러기의 털이라는 뜻으로, 아주 가벼운 사물을 비유적으로 이르는 말.
95 바둑의 묘수풀이 문제를 수록한 중국의 3대 바둑고전의 하나인 《현현기경(玄玄棋經)》의 18항목. 六服歸周勢란 "여섯 나라가 주나라에 복종한 형세"

"… 이 모두가 선왕대업의 광휘 아니겠는고…"

문종은 눈시울이 뜨거웠다. 철통 같은 조선 수군의 전력이 변경 6국을 굴종케 하
는 '주'나라의 위세와 같다는 순찰사의 말- 그렇다. 세종의 강한 조선 수군은 문종
의 재위를 넘어 단종(端宗)의 짧은 치세에 이르기까지 그 막강함을 변함없이 떨쳤
었다.

그중 짧은 재위 동안 수군의 '군선' 보수(補修)에 전력을 다했던 '문종'과 '단종'-
역사의 기연(奇緣)이라 쳐도 참으로 야릇한 일이 아닐 수 없었다.

문종은 태종 17년(太宗 17년=1417년)의 '연훈법'(烟熏法)을 철저히 실행하는 한
편 새로 군선 보수의 '개삭'(나무못을 일정기간 뒤에 바꿔 박는 개조공사)을 창시하
여 조선 수군의 막강한 명맥을 잇고자 사력을 다했다.

세종조에 이르러 흐지부지됐던 '연훈법'을 되살리고 무엇보다도 '개삭'을 창시하
여 엄법으로 한 문종의 군선보수책은, 세계 어느나라의 수군에서도 찾아볼 수 없는
조선군선만의 특유한 보수법이요, 전통이었다.

111. 왜구(倭寇) 22

문종(文宗)으로부터 '연훈법'과 '개삭' 이 두 가지 군선보수법을 물려받은 단종(
端宗)은 세계의 어느 수군에서도 유례를 찾아볼 수 없는 조선 수군만의 이 두 가지
기술을 보존하고 나아가서는 조선 수군의 전력유지를 선왕대와 다름없게 하기 위
해 있는 힘을 다 쏟는다.

단종이 조선 수군의 명맥을 잇기 위해 유독 군선의 보수에만 심혈을 기울인 것은
당연한 일이었다. 그것은 불과 열 두살의 어린 나이로 즉위한 단종이 수군의 편제
를 개신할 대업을 창시하기에는 너무나 힘에 부치는 일이었고, 오직 선왕대의 강
한 수군을 보지(保持)하는 것만이 왜놈들로부터 나라를 지키는 양방(良方)이었기
때문이다.

단종 즉위년(即位年. 1452년) 7월. 단종은 처음이자 마지막인 치적을 남긴다. 군선보호의 엄법(嚴法)인 '군선망실·후손배상법'(軍艦亡失·朽損賠償法)이 그것이었다.

즉 '대선'(大船) 건조에 드는 재목(材木)을 2백35조(條), '중선'(中船) 건조에 드는 재목을 2백 11조, '소선'(小船) 건조에 드는 재목을 1백 14조, '비거도선'(鼻居刀船) 건조에 드는 재목을 42조로 잡아,

> "… 대선을 망실(亡失)한 자(者) 재목 1조당(條當) 면포(綿布) 1필(匹)이니 2
> 백35필이요, 중선을 망실하는 자 재목 1조당 면포 1필이니 2백11필이요,
> 소선을 망실하는 자 재목 1조당 면포 1필이니 1백14필이요, 비거도선을 망
> 실하는 자 재목 1조당 면포 1필이니 42필을 배상할 것이며… 군선을 후손
> (朽損)시키는 자 재목 2조당 면포 1필이니, 대선을 후손시키는 자 면포 1
> 백17필이요 중선을 후손시키는 자 면포 1백 5필이요 소선을 후손시키는
> 자 면포 57필이요 비거도선을 후손시키는자 21필을 배상해야 될지라…"

하는 호된 불호령이던 거다.

바꿔말해 군선을 망실케하는 사람이나 군선이 망실되게끔 사유를 만든 사람들도 모두 군선건조용 재목을 송두리째 내 놓아야 하며, 군선을 썩어 못쓰도록 방치한 사람이나 훼손시킨 사람도 군선건조에 드는 재목의 절반을 만들어 내 놔야 된다는, 소름발 돋는 '군선보호법'이었다.

단종이 선왕의 대업을 계승하기 위하여 그 얼마나 피가래를 삭히며 애를 썼는지를 절감케 하는 수군정책이었고, 또 한편으로는 단종이 선왕대의 '수군체제'를 고수하기 위해 안간힘을 써댄 징후도 역력한 것이었다.

선왕대의 수군체제를 고수하기 위해 유별난 열성을 쏟았다 함은 무엇을 뜻하는 것인가. 바로 세종의 '대선수행수군전법'(大船隨行水軍戰法)이다.

군선보호를 위한 엄법을 만들면서 유독 '대선'·'중선'·'소선'·'비거도선'을 망실과

후손의 금법 대상으로 삼은 것은 세종의 수군전술을 그대로 봉전(奉傳)⁹⁶함으로써 조선의 바다를 그중 안전하게 방비하자는 뜻이던 거다.

비록 '갑조선'은 전폐했으되, 조선의 수군은 전력에서 의연 막강했으며 '연훈법'과 '개삭'의 군선 보수 기술을 다진 연후, 또 '군선 망실·후손배상법'의 발효로 그 어느 때보다 수군의 기강이 튼튼했던 조선 수군- 단종 즉위년까지만 해도 왜적은 조선 수군의 대적이 못 됐고 왜어선들의 조선바다에서의 어로는 자라가 범의 꼬리를 문 격의 철없는 작폐를 곁들여 횡행됐을 뿐이었다.

112. 왜구(倭寇) 23

단종 원년- 그간 엎치락 뒷치락했던 수군의 편제도 다시 틀이 잡히고 '군선'을 알기를 제 목숨 따잡는 괴물로 새김했던 수군의 문란했던 기강도 점차 튼튼해져 갈 무렵이었다.

바다 건너 왜구는 어떻게 해서라도 조선바다를 제것 삼을 양 넘성거리고, 왜어선들은 '삼포'를 근거로 군혀 맘놓고 조선의 생선들을 쓸어담을 즈음- 조선은 이런 왜놈들의 산드러지는 겉모양만 턱 믿으며 왕권(王權) 다툼의 칼날에다 선지를 바른다. 왕위를 점탈하려고 피의 거스름을 뛰어오르는 수양대군(首陽大君)의 계략에 황보인(皇甫仁), 김종서(金宗瑞)가 죽노니, 한가지 야릇한 일은 세종23년의 '고·초도 어로허가'를 놓고 찬반의 격론을 벌였던 양극이 함께 죽는 일이던 거다. 황보인은 목숨을 걸고 '고·초도'에서의 왜놈들 조어를 반대했던 충신이었고 김종서는 국익을 내세워 '고·초도'에서의 왜어선 어로를 극구 찬성했던 신하가 아닌가.

수양대군은 마침내 아우인 안평대군(安平大君)마저 사사(賜死)하고 단종을 핍박하여 선위(禪位)의 교서(敎書)를 내리게 해서 등극(登極)하니 곧 이조 7대왕 세조(世

---

96 받들어 전함. 삼가 계승함

祖)요, 즉위년(即位年)은 1천 4백 55년이었다.

이조의 어느 왕보다 무예(武藝)에 능하고 병서(兵書)에 밝았던 세조-

세조의 치세는 의당 국방의 금탑(金塔)을 세워 마땅했고 조선 삼해(三海)의 방비에다 불침난공(不侵難攻)의 웅봉(雄峰)을 세웠어야 했다.

그러나 세조 2년(1456년) 5월. 좌의정 신숙주(左議政 申叔舟)가 예궐한 자리에서 세조는 유례에 없는 묘방(妙方)을 내세운다.

"삼포의 항거왜가 점차 확장세하는 징후가 무(無)한 것은 아니요 왜어선들이 범법하야 조선어가에 대해 다소의 작폐를 자행하는 바 모르는 일이 아니로되, 과인의 생각으로는 그같은 왜세에 대비하는 하삼도의 수군이 유명무실하게 편제만 지대(至大)할지라, 차제에 하삼도의 수군을 감할까 하는바 신의 생각은 어떠한지 궁금하오."

신숙주가 얼굴을 든다.

"하삼도의 수군은 대왜의 예봉으로서 전력 또한 웅대하며 그럴수록 천행이라 생각함이 신의 뜻이오나 마마의 성은이 그러하오면 감수군(減水軍)의 세목(細目)이나 보여 주시옵소서"

"상금 작정한 세목은 부실하여 대안을 쾌히 개사할 수는 없으되, 일단 수졸의 두수(頭數)와 군선의 경감을 실행하면 되는 일 아니겠소?"

"수졸과 군선을 경감하는 일이 쉽지만은 않을 것이오이다! 수졸과 군선을 감하자면 편제에 대차가 생길 것이요, 편제를 화급히 개편하자면, 다소의 혼란이 따를 것인즉, 그 혼란을 틈타 왜어선들의 작폐 준동이 막심할 줄 아뢰오."

"허어- 우국충정의 우환일 따름이라!… 과인이 생각키로 혹여 하삼도의 수군을 반감(半減)한다손 치더라도 그 반감의 전력만으로도 왜적을 일거멸살할 수 있으리라."

"…반감?…"

신숙주는 허억- 단내 나는 가쁜 숨을 묻는다.

"어찌 그리 놀란단 말인고?"

"하남도의 수군을 별안간 반감한다는 것은 하삼도 수군을 전폐(全廢)하심이나 다를바 없아옵니다!"

113. 왜구(倭寇) 24

세조가 크게 놀란다.

"아니, 수군의 반감이 어찌 전폐함과 여일하단 말인고? 하삼도의 수군을 반감한다손 치더라도 그 반감의 전력이 다른 다섯 도의 수군과 비등함은 다 아는 일… 과인의 말은 필히 반감 하겠다는 것이 아니고 다만 반감의 전력으로도 능히 왜적을 궤멸시킬 수 있으리라는 믿음이오…"

"… 황공하옵니다!…"

세조는 잠시 말을 끊고 무엇인가 골똘히 생각한다. 한참후에 용안을 든다.

"기왕 하삼도 수군의 경감문제가 나왔으니 차제에 하삼도 수군을 대폭 감함은 불가피할 줄 아오… 우선 제포제진(諸浦諸鎭)의 병합과 개폐를 선행하여 편제에 합당되도록 군선 또한 감하면 편제에 대차가 생길 일도 없거니와 혼란도 없을 것이니…"

신숙주가 황망히 아뢴다.

"하오나 마마, 하삼도의 각포제진은 병합개폐를 실행하기가 심히 어려울 줄 아뢰오! 하삼도 수군의 제진·각포는 모두 왜적도래의 적소에 설영(設營)되었음은 물론 상금의 제진 각포의 방비만으로도 별안간 출몰하는 왜적을 능히 방재할 수 없지 않사오리까!"

세조는 용안 가득히 엷은 실소를 담는다. 신숙주의 간청이 세조의 마음에 들 리 없었다.

세조는 이미 두 가지의 이유에서 '하삼도 수군'을 감하리라고 마음을 굳힌 뒤였다. 그 하나는 '조운'(漕運)이었다. '조운'의 활달스러운 실적만이 나라살림을 튼튼하게 한다는 확신을 가진 세조로서는 화급한 '조운선'의 확보에 심혈을 기울일 수밖에 없던 거다. 그러나 '조운선'의 건조가 문제였다. '조운선'의 건조에 드는 송목(松木)의 조달, 그리고 많은 목공(木工)과 선장(船匠)의 초발(抄發=일종의 부역)을 두고 고심하던 세조는 마침내 '하삼도 수군'에서 빼돌린 군선으로 하여금 '조운선'의 대역(代役)을 맡게하는 묘략을 짜낸 것이었다.

또 하나, 그것은 '하삼도 수군'의 전력이 조선 수군의 과반을 넘게 편중되어 수부(首府) 경계의 '경기수군'이 약체된 점에 대한 우려였다. '하삼도 수군'의 절반만 빼내어 '경기수군'을 증강시키면 조선의 국방은 걱정할 일이 못 된다는 믿음이었으니, 이는 곧 무력으로 왕권을 점탈한 세조가 변방 방비는 밀어두고라도 우선 조정의 수비를 철통같게 해서 왕권의 세좌를 튼튼히 하려는 묘책이었다. 세조의 이같은 치세는 태종(太宗=李朝 3대 왕)의 정략과 너무 닮은 점이 많았다.

"모르는 소리오… 과인이 알기로 하삼도 중 특히 경상·전라의 수군편제는 무실무공하리 만큼 체대만 비대할지라!… 경상의 제진제포는 좌우주진(左右主鎭)을 비롯하여 이십삼 영(營)에 이르고 전라 또한 일십구 영에 이르러 모두 사십 이 영인데, 경기·강원·황해·영안(永安)·평안은 모두 합해 삼십 일 영 아닌가. 그러함에도 불구하고 하삼도 수역에 왜적이 빈번히 출몰함은 그 어찌된 일이며, 혹시 왜적이 기백 소 도래하여 하삼도 수군을 멸하고 경기로 침래 한다치면 수부는 과연 어찌 될 것인고? 그러니 하삼도 수군의 감(減) 병력으로 하여금 경기의 수군을 보강토록 하며 감 군선으로 하여금 조운에 대역케하되 하삼도의 수군을 소수정예(小數精銳)로 하면 일거삼득이 아니겠오!"

114. 왜구(倭寇) 25

신숙주는 세조의 말이 끝나기 무섭게 화닥닥 놀라며 엉겁결에 한 무릎 어전으로 다가든다.

세조는 저으기 불쾌한 빛을 띠며 마땅찮게 쓴 입맛을 다신다.

"아니, 그래도 과인의 생각이 합당치 않단 말이오?"

"… 황공하오나 그렇사옵니다!"

"… 아니 어째서?"

"아뢰자니 무엄하기 그지없는 일이요 신의 사념만으로 두자니 그 또한 기심 (欺心)[97]을 면키 어렵사오며… 마마 그 어느 것이 신의 충절이오리까?"

다른 재상과 틀려 왕의 심기를 밝혀내 눈치껏 간 맞추는 데는 탁월한 수완을 지닌 신숙주였다. 한 무릎 다가들 때만 해도 죽든살든 진의를 개진할 것 같던 신숙주는 용안으로 잔물살 같은 경련이 살근대자 그만 무르춤해서 굳는다.

"충절에 심리를 점쳐 문복함[98]이 어찌 가하랴… 과인과 뜻을 달리하는 바를 숨기지 말고 사실대로 말해보오"

세조는 야릇한 미소를 띠며 신숙주를 내려다본다. 흡사 신숙주의 뜻이 어떻든 간에 이미 작정한 마음인데 무슨 상관이랴 하는 기색이었다.

"하삼도가 아닌 타 오도의 수군을 소수정예로 함은 가할지라도 하삼도의 수군을 소수정예로 하옵심은 위험천만의 일인 줄 아뢰오! 방비수역이 광활하여 상금의 대선·대군의 수군으로도 그 소임이 불충하온데 그 아무리 정예의 수군인들 소수를 가지고 어찌 능히 하삼도를 방제할 수 있아오리까?… 마땅히 그에 상반하시여 오히려 대군정예로 하심이 옳을 줄 아뢰오!"

"… 대군정예?"

"황공하옵니다!…"

세조의 이마 위로는 그 당장 진노의 힘줄들이 갈래갈래 가지를 뻗는다.

"이는 과인을 우롱함이라! 소수정예를 주창하는 과인 앞에서 대군정예의 상극을 개진하다니 이리 무엄할 수가 또 있단 말인고! 신은 대답해보오, 대체 하삼도의 수

---

97 자기의 양심을 속이다.
98 문복하다 : 점쟁이에게 길흉(吉凶)을 묻다. 점치다, 헤아리다 늑문수하다.

군에게 주어진 소임이 무엇이뇨?"

"… 조선변경의 국방과 조선어가의 민생을 보호함이오니다!"

"그러면 하삼도를 제외한 타 오도의 변경은 조선경토가 아니며 타 오도의 어가는 조선의 어가가 아니란 말이렸다?"

"마마! 어찌 그럴 수가 있아오리까! 신의 망졸된 생각뿐이었아오니 통촉하시옵소서!"

"그러려든 타 오도 수군은 밀어두고 하삼도로만 수군을 과중히 편제하야 국용의 막대한 지실을 감당할 필요가 어찌 가하단 말이오?… 신은 알고 있을지라, 상금의 조선 조운은 폐사지경에 이르러 그 실적이 국정을 도참할 만큼 위태롭지 않는가!"

"하오나 마마! 하삼도의 경토는 타 오도의 사정에 비해 근간의 뜻이 다르지 않사오리까! 왜적의 출몰이 빈번한 수역에다가, 왜국과는 상망(相望)의 거리 마주 바라볼 정도로 가까운 거리[99]이옵고, 어가의 민생 또한 빈한하며 불안하여 생존을 상정으로 기약하기 심히 난한지라…"

세조는 벼락 같이 신숙주의 말끝을 자른다.

"하삼도 어가의 민생이 그렇다면 타 오도의 내륙으로 이주케하여 어로를 그만두고 농경을 생업삼게 하면 되는 일- 하등의 난사도 아닐지라 사추할 바 아니오!"

115. 왜구(倭寇) 26

신숙주의 얼굴에서 핏기가 가신다.

세조는 흐뭇한 웃음을 머금은 채 잠시 눈을 감는다. 세조의 머릿속에서 속살이 찌는 생각 하나- 바로 둔전(屯田)이었다. 한무제(漢武帝) 때 조충국(趙充國)이 창안한 '둔전제'를 끌어들여 '하삼도'의 어가를 치민(治民)하면 일거양득의 무드럭지는 묘

---

99 마주 바라볼 정도로 가까운 거리

책이 될 것이라는 다짐이 버젓한 웃음을 만들어내고 있는 거였다.

신숙주가 아뢴다.

"아니 되옵니다 마마! 하삼도의 인민은 거개가 어가(漁家)들인 바 그들을 육지로 이주시켜 농경에 종사케한다면 돌연한 습생의 변태에 쉽게 길들여 질 리 만무한즉 그 혼란의 민폐를 어찌 능히 다스릴 수 있아오리까! 려조(麗朝)가 쉬히 멸망된 소이 (所以)도 기실 해방을 소홀히 하여 왜구에게 삼남(三南) 경도가 침략 당하고, 경도연 해의 어가들이 난피(難避)하여 내륙으로 도산(逃散)함에 십수년 동안 연해 어가에 서 사람의 그림자를 찾아볼 수 없었던 결과가 아니오리까? 하삼도 어가를 내륙으 로 이주시킨다 함은 곧 연해도서를 또 공활케하여 왜적으로 하여금 조선경도를 그 들 땅 삼게하는 것이나 다름없지 않사오리까! 농경도 대본(大本)이오나 아국은 변 방 삼해가 공히 어족의 보고인즉 하삼도 어가들로 하여금 땅을 지키고 바다를 고수 케 하여 어로를 정상으로 실행케 하는 것 또한 나라의 대본일 것이오니다! 마마! 경 토의 도서가 무너지면 곧 조선이 무너짐과 여일하옵니다! 마마 통촉 하시옵소서!"

신숙주의 읍소는 우국의 충정으로 그쯤 절절할 수가 없었다. '하삼도의 어가를 내 륙으로 이주시킴은 변방도서를 공황케 하며' '농경도 대본이나 어민의 어로 또한 삼해 조선의 대본'이라는 신숙주 말- 그렇다. 조선의 연해도서에서 어민의 그림 자도 찾아볼 수 없다면 그게 어디 조선경토라 이름할 수 있겠으며 어민들이 배를 버리고 내륙으로 이주한다면 명실공히 조선의 바다는 왜놈들에게 넘겨주는 짓거 리나 무엇이 다르랴.

그러나 세조는 사뭇 못 마땅해서 들릴락말락 혼자소리로 웅얼거릴 뿐이었다. 한 참 후에야 겨우 입을 연다.

"하삼도 어가를 내륙으로 이주시킨다고 연해도서가 텅 빌 수 있으리오. 과인의 생 각을 그릇새긴 신의 우환일 따름이니, 하삼도 어가를 다 내륙으로 이주케 한다는 뜻이 아니오 내륙이주를 원하는 어가들을 우선 이주시켜 보자는 뜻이로다. 평안·강 원·황해도의 농토는 광활하고 비옥하여 농경에 최적이니 어가의 민생이 농경으로 변한들 오히려 전화위복이 아니겠오?… 둔전제를 철저 실행하야 민생은 물론 군량(軍糧)을 충당토록 하고, 려조 공민왕도 둔전병(屯田兵=평시에는 농업에 종사하고 유사시에는 즉시 군사로 편성되는 일종의 토착병사土着兵士)을 두어 크게 실효를 거둔 예가 있으니 둔전병 또한 고려해 본다면 그 얼마나 좋으랴!… 과인의 이런 뜻 모두가 하삼도 어가의 불안막급한 민생을 우려함에서 비롯한 것인즉 그 원죄가 편제만 지대하고 해방을 철통같게 못한 하삼도의 수군에 있음이라! 그러니 하삼도의 수군을 대폭 감하야 소수정예로 하며 하삼도 어가를 평안, 강원, 황해의 삼도 내륙으로 이주케 하겠다는 과인의 뜻은 결코 불변한 것이로다!"

세조의 의지는 단호했고, '하삼도 수군의 소수정예'와 '하삼도 어가의 삼도이주'는 수습할 수 없는 엄청난 결과를 부르게 된다.

116. 왜구(倭寇) 27

드디어는 세조 5년(1459년)- 세조의 '하삼도 어가(漁家)' 삼도이주, 조전(漕轉=당시의 漕運)의 활달스러운 실행, 그리고 조전의 실효를 거두기 위한 '하삼도'에의 상평창(常平倉=곡물 면포의 비축창으로, 물가가 내릴 때 비싼 값으로 사들였다가 물가가 오를 때 다소 헐 값으로 파는, 이른바 물가 안정제도) 시행, 또 '하삼도' 수군의 경감- 이 네 가지 치적은 거침없이 이루어졌다.

'하삼도' 어민들은 썩 내키지 않는 걸음들로 '평안도'·'강원도'·'황해도'로 향했고 어로를 포기한 일부 이주어민들은 '둔전'의 농경에 종사하게 됐으며, '하삼도 수군'의 경감을 전제한 '조전'의 실행 또한 그 어느 때보다 활기를 띠게 됐다.

세조의 '조전' 우선책이 날로 성하자 '하삼도 수군'은 자연 약체로 변하게 되고 군선의 '조운선' 징발로 인한 수역방비는 허실의 큰 구멍이 뻥 뚫리게 된다.

'하삼도 수군'이 날로 약세로 치닫자 그 누구보다도 고심한 사람이 신숙주였다. 신숙주는 조운도 성하고 '하삼도 수군' 또한 강한 편제를 그대로 유지할 수 없을까를 궁리하던 끝에, 마침내 묘방을 내세우니, 그것이 바로 조선 왕조에선 처음으로 등장하는 '병조선'(兵漕船)이었다.

세조 6년 6월, 막상 일은 벌여놨으되 '하삼도 수군'이 눈에 띄게 약체화하자 세조 또한 고민이 없을 리는 만무였다.

세조는 신숙주의 기지를 믿는지라 그를 불러들여 머릿골 썩는 근심을 터놓는다.

"과인인들 어찌 하삼도 수군을 걱정치 않으리오. 타 오도의 수군은 원래 편제가 협약한지라 조운선으로 초발(抄發)할 군선이 없는 것은 그대도 알고 있을 바, 하여 하삼도의 군선을 초발하여 조운선에 상용했던 바 하삼도 수군의 약세는 일일승승 기세이니 우환이 아닐 수 없오. 과인의 묘책이 미급하야 당장 성안할 수는 없으되 하삼도 수군의 강막함도 수하고 조전의 성세도 함께 수하는 묘방이 없겠는가?… 일 선이역(一船二役)의 묘책이 있을 법도 하련만은!…"

세조의 감긴 눈꺼풀이 파들파들 떨었다. 그도 그럴 것이, 세조는 그해 11월까지 건조될 조선(漕船) 1백 4척을 임명한 뒤요 '조선' 건조를 위해 선장(船匠) 1백 명과 목공 2백 명을 이미 초발했던 거였다. 다시말해 '하삼도 수군'은 밀어두고 '조전'에 다만 성혈을 쏟았던 거다.

잠시 골똘한 생각속에 잠겨 있던 신숙주가 차근차근 아뢴다.

"신의 생각 또한 그렇사옵니다. 불철주야로 고심한 결과 묘책이 될 만한 생각 하나가 떠오르긴 했아옵니다."

"묘책? 어서 일러보오! 그대의 생각이라면 필히 비방이 될지라……"

"하오나 마마, 신의 묘책이라는 것이 당장 시행 하기로는 허가 많사옵니다. 신으로 하여금 하삼도를 두루 살펴보게 하옵신 연후 개진케 해 주시옵소서! 신의 묘책에 앞서 기필 선행돼야할 급무가 유하옵니다."

"급무라!… 어서 일러보오!"

"조선(造船)의 다조(多造)로 인한 송목의 낭비가 지대했아온즉 관가와 양반가의 건축에 조선송목(造船松木)을 쓰지 말도록 할 것이며 서인가(庶人家)에서는 잡목만 허하시되 송목의 사용을 일체 엄금 하시옵소서!"

117. 왜구(倭寇) 28

세조는 희색만면해서 무릎을 친다.

"좌의정은 과연 재상인지고! 신만한 그릇이 조정에 둘만 더 있은들 과인의 이런 우환도 없을것을… 하삼도를 순찰하야 이실의 중의(衆意)를 듣도록 할 것이며 과인은 우선 송목절감의 법을 만들어 포고하도록 할지라."

신숙주의 건의를 재꺽 받아들인 세조는 그해 4월, "관가나 양반가라 할지라도 조선(造船) 건조용 송목을 건축자재로 쓰지 말 것이며 서인가 건축에는 잡목 이외의 단 일조의 송목 사용도 엄금한다"는 금송법(禁松法)을 내린다.

'하삼도' 순찰의 엄명을 받고 떠난 신숙주가 내친김에 조선 수영을 두루 살피고 복명했을 때는 그해(세조 7년) 10월이었다.

신숙주의 복명에 앞서, 세조는 내심 불철주야로 조리치며 다져 온 속셈을 은연중 흥청낭창 줄타며 으름장을 놔본다.

"수군의 편제에 수행되는 사기 또한 충천할지며 조전(漕轉)의 우선을 시행함에 따른 일호의 혼란도 무(無) 했으렸다!"

신숙주는 대답 대신 들먹대는 등줄을 거들대며, 잠시 말이 없다.

세조의 물음이 화급이 떨어졌다.

"그래 어떻던고?"

신숙주의 얼굴이 한참만에 겨우 들리운다.

"신이 중의를 점찰한 바 벌써 지대한 혼란이 일었음이요, 그 혼란을 방재할 즉슨, 하루라도 빨리 대안을 하명하옵시는 길 밖에 다른 방도가 없는 줄 아뢰오?"

"혼란이라니?… 하삼도 수군이 기강과 편제에 수차를 가져왔단 말이오?"

"… 아뢰옵기 황공하오나 하삼도의 수군만이 아니옵고 조선 전도의 수군에게 공히 기궐하였아옵니다… 하오나 하삼도 수군의 혼란이 그중 막심한 줄 아뢰오!"

세조는 목소리를 높인다.

"괴이한지고! 수군통수자들의 방자함이 그 얼마나 등세했으면 이같이 되랴!… 좌의정은 알지라. 과인은 국사를 엄행함에 있어 홍모의 수차도 미리 방재했으니, 변방어가의 안전한 민생을 감호함에 이르러 이미 하삼도 어가의 삼도 이주를 선행했음이요, 조전의 성황을 우선함에 이르러는 조선을 과백소 건조하야 수군의 감호막하[100]에 뒀으며, 금송법을 엄행하야 송목의 낭손(浪損)도 근절케 한지 이미 오래이되, 급기야는 둔전농영의 농민을 위하여 궁궐에까지 잠실(蠶室)을 두고 왕족들로 하여금 잠업의 수범을 솔선케 했거늘… 아니, 그렇다면 과인의 이렇듯 치밀한 치세가 국망의 허사 그뿐이란 말인가?… 통한의 허사로고! 인민이 불복하야 곡귀천계의 사사로운 이익에만 맹목할진데 왕의 우국이 무슨 성업을 낳으랴!"

세조는 고개를 꺾으며 한열의 식은 한숨을 길게 내뱉는다.

신숙주는 무릎이 뻐근해 오도록 앉은걸음을 내처 황망히 아뢴다. 막장에나 설핏 선보일 양으로 감춰뒀던 묘책을 내세워 세조의 울환을 우선 끄고 볼일이었다.

"마마 고정 하시옵소서! 마마의 성은이 어찌 망국의 허사가 될 리 있아오리까!… 다만 성업의 근간을 하삼도 수역의 방비에 우선하시어 국난의 징후에 먼저 대처하심이오면 만사가 능히 성은에 합당될 줄 아뢰오! 신의 묘책을 들어 보시옵소서!"

118. 왜구(倭寇) 29

신숙주의 말끝을 채고 세조의 용안이 번뜻 들리운다. 화덕진군(火德眞君 불을 관장하는 동양의 火神)을 믿기로 이쯤 게걸스러울 수가 있으랴.

"과인이 침식을 전폐코 추념한 바 바로 재상의 묘방이었음이랴! 대체 묘방의 근원

---

100 監護幕下. 감독 보호 아래 둠.

이 어떤 것인지 시급히 일러보오! 국세망양이 그대의 묘방에 달려있오!"

"황공하옵니다!"

"어허— 금차 난사의 해결책이 목전에다 등봉난로를 세웠거늘 그런 품예는 적합치 못할 것, 어서 일러보라는데 서두장월의 예가 상금 무슨 기필지사이랴!"

신숙주는 마음 턱 놓고 아뢰었다.

"신이 어명을 받자옵고 조선 전도의 수군을 정탐사청한 바, 수군의 편제는 말할 바 없거니와 군선의 체등(體等)이 백태만상이어서 편제의 통수가 심히 난하옵더이다! 제진제포의 군선은 각기 체등이 만태여서 왜적 출몰 시 단위대군의 통솔이 거의 불가하옵고, 이런 상황에 라정(羅世·鄭地)[101]명장이 있은들 어찌 능히 실효를 거둬 대첩의 결과만을 바랄 수 있아오리까? 그중 특히 하삼도의 수군은 거의 지리멸렬의 자중지란에 있아온즉, 우선 군선의 보합을 념하시어 편제의 대율승군을 조처하심이 타당할 줄 아뢰오… 대율(大律)이 쇠하오면 소서(小席)도 없는 것 아니오이까!"

"좌의정 들으시오! 과인의 심기가 그중 난처한 것은 위 대율하는 묘책이 전무한 일이라, 과연 어찌하면 소서를 꾀해 대율의 자종에 이르리오?"

"우선 하삼도의 제포제진의 감하심을 철하옵시며 하삼도 수군의 대대 편제인 대선수행수군전술을 승계하시와 왜적 괴멸의 예봉으로 삼으심이 선(先) 묘방이 되오리다!"

세조는 신숙주의 간청을 들으며 잠시 눈을 감는다. 이내 적절한 대답이 걸맞는 틈을 쥔다.

"과인은 능히 신의 계품을 알지라… 연이나 조전대역을 맡아 활약하던 하삼도의 군선을 원상으로 복귀하자면 조전에 막대한 차질을 부를지라 그 어느 것을 우선하면 좋단 말인고! 하삼도 삼십 이 영의 수영이 기필 견지돼야 한다는 뜻인즉, 과인은 그에 대해 불찬의 천지격차가 있오! 조전의 선위나 하삼도 수군의 상정 전력을 견

---

101 고려 후기에 경상남도 함양군 사근성을 중심으로 전개된 왜구 토벌 전투인 '사근산성(沙斤山城) 전투'에서 활약한 두 장수.

지하자는 선위가 다 일리는 유하나, 금차 조선의 국정은 전시가 아니라 평상의 태민안성이 아닌가? 전시(戰時)도 아닌 평상의 태국민안(泰國民安)일진대 극구 전시 체제의 수군견지를 주창하는 뜻이 무엇인고?… 왜적?… 가당찮고 무엄하도다! 조선 삼해의 변경에 왜세작폐가 국운에 등비[102]할 화급지사란 말인가! 아니, 왜적이 상금 어디서 준동하며 그 얼마나 작폐의 예를 행작했단 말이오?"

신숙주의 눈에서 금새 매운 눈물이 밭고랑을 파댄다.

"마마! 삼포 항거왜의 극세를 모르고 계시오니까!"

"삼포 항거왜?… 그들이 어쨌단 말인고? 조선 수군의 방비가 맹호지세라면 삼포 항거왜의 세는 겨우 도산귀주세일 뿐… 조전의 성달은 평상시에 진극의 도를 더 해야할 일이니 전시도 아닌 차제에 수군약세를 점쳐 조전을 선후의 국사로 방치함은 무릇 대역의 모죄나 다름없도다!"

신숙주의 입안이 바짝 마른다. 죽을 각오로라도 상달해야 할 일이 있었다.

119. 왜구(倭寇) 30

"마마 고정 하시옵소서!"

신숙주는 바직바직 타는 입술에다 찰엿 같은 침을 한차례 바른다. 세조의 진노가 극에 달해 진화의 기미마저 마를 즈음해선 생색 한번 오지게 틀겠다는 생각이 있었다. 이른바 묘책이었다. 투전(鬪錢) 마당 '사동'(四同. 투전의 놀이로 네 사람이 놀고 목군(目軍)이라는 초잡이를 세운다) 판에 '육매삼쌍'(六枚三雙) 잡은 뽄새를 재 보겠다는 거였다.

"어찌 더 고정하란 말인고! 고정할 사념마저 지난지 오래오."

세조의 목소리가 차락 가브러진다.

---

102 等比 : 두 개의 비가 서로 같은 것.

이마에다 받혀얹은 어수가 바들바들 떨었다.

"조전을 우선 하시되 조전과 수역방비의 이율을 공히 꾀할 군선을 건조하옵시면 되는 일 아니오리까!"

"……?"

"신이 순찰한 바, 수군의 군선이 제진·제포에 따라 수의건조되어 체제가 제각기 상반함은 물론 어느 것이 군선(軍船)인지 혹은 어느 것이 조선(漕船)인지 분별마저 난할 정도였아옵니다! 상금의 수군체제가 현상으로 유지된다면 조선어가의 민생은 차외이거니와 국사에 중대한 난봉이 설 것이옵니다."

"이율을 함께 꾀할 군선이라니?"

세조의 가쁜 숨가닥이 신숙주의 땀 얹힌 이마를 살근살근 식힐 정도였다. 세조의 놀라움은 그쯤 급진(急診)이었다.

"병선이되 조선이며, 조선이되 병선의 용역이 가한 군선을 건조하시어 일선 이역 (一船二役)케 하옵시면 하등 난사만은 아니오리다!"

"옳거니!"

세조의 감탄은 사뭇 불김이다.

"병선이되 조선일 시면, 곧 병조선이 아니오리까! 조전의 선봉을 맡되 수전 (水戰)의 무기를 상비하며, 사관을 승선시켜 유사시에 대비케 하면, 포왜(浦倭)의 선방이 될 줄 아뢰오-"

"과연… 조선의 신등이 모두 좌의정만한 대기(大器)라면, 짐이 어찌…"

세조는 차마 말을 잇지 못한다.

신숙주의 '병조선' 발안(發案)에 힘입은 세조는 조선의 수군을 '병조선 편제'로 바꾼다. 이른바 '맹선제수군'(猛船制水軍)의 효시였다.

'맹선제수군' - 세조의 수군개편은 언뜻 보기로 조선의 대업 같았으나 이 '맹선제수군'으로 하여금 조선은 왜놈에게 바다를 내줘야했고 조선의 어민들은 제 바다 속에서 의붓어미 젖줄 찾는 의붓자식처럼 왜놈들 눈치를 살피며 주눅이 들어

가야 했다.

옥빛 잔물살 살랑대는 '양화도'(楊花渡)를 내려다보며, 추녀를 세운 '희우정'(喜雨亭)-

세조의 용안은 그 어느 때보다 기쁨이 넘쳐 살찐 가을만큼 흡족하다.

세조 11년(1465년) 8월 2일. 세조는 문무현관(文武顯官)을 거느리고 양화도 (楊花渡:삼진三鎭의 하나인 양화진의 요충지要衝地. 지금의 서울 당인리唐人里)에 행차한다.

효령대군(孝寧大君=이조 4대왕 세종의 형으로서 태종의 제2왕자)을 비롯해서 이제는 영의정(領議政)이 된 신숙주, 좌의정 구치관(具致寬), 우의정 황수신 (黃守身), 판한성부사(判漢城府事) 이석형(李石亨), 호조판서 노사신(盧思愼) 등이 세조의 옥좌를 둘러앉았다.

120. 왜구(倭寇) 31

'양화도'를 내려다보며 거진 혼이 나간 듯 알듯 모를 듯한 미소만 연연하게 물살 짓고 있던 세조가 가냘픈 한숨 한자락을 내리깐다. 그러나 그 한숨은 심려의 막장에서 만들어지는 울연(鬱然)[103]의 징후라기보다 내색하기 힘든 초라함을 끝내 비웃적거리는 당당함과 엇비슷했다.

왜냐하면, 세조의 그 한숨가닥 끝에는 서릿발보다 섬뜩한 헛기침이 서너 차례 되알지게[104] 따르던 거다.

'양화도'의 연초록 물위로 두 날개를 벌려 뜬 군선들. 습전(習戰)[105]의 명(命)만 떨

---

103 鬱然하다 : 숨이 막힐 듯이 갑갑함.
104 되알지다 : 억지로 하거나 힘주는 것이 세고 야무지다.
105 수전(水戰)을 연습함. 대개 수전은 한강에서 연습했는데, 삼군(三軍)으로 나누어 매 군선(軍船)에 30명의 수군(水軍)을 태우고, 또 배 3, 4척에 허수아비를 태워 가상적군으로 삼고, 주화(走火)·질려포(蒺藜砲)를 쏘아 격침시켰음

어지면 그 당장 적선(賊船)을 때려잡을 양 사기가 하늘 끝으로 뻗친 수졸들. 그리고 어좌를 보좌한 문무현관들의 상기된 얼굴들-

그 어느 것 하나 세조의 심기를 언짢게 할 건덕지가 없으되 세조의 마음 한 모서리는 신숙주의 재기가 세운 바늘 끝 하나가 따끔대는 아픔을 주며 드센 자리 한겹을 마련하는 것이었다. 바로 신숙주의 '병조선' 건조 발안에 허벅지를 쳐대며 혼이 빠졌던 왕의 게걸스러운 체면이 오늘에 이르러 쑥넝쿨밭 된 꼴을 봤고 더불어 신숙주 정문일침(頂門一鐵) 한 끝이 이렇듯 쾌사를 낳을 수 있으랴, 하는 모진 시기(猜忌)의 불꽃이던 거다.

세조의 용안이 푸르락불그락 갈피를 못잡게 색깔을 바꾸자 신숙주는 또 무엇이 잘못됐나 싶어 왕의 심기를 슬쩍 떠봤다.

"용안에 환우가 적만(積滿) 하시옵니다… 습전을 다음 날로 미루오리까."

세조의 어수가 황망히 허공을 내젓는다.

"아니오!… 어찌 그리 짐의 마음을 모를 수 있단 말인고!"

"……?"

"웅장하며 당당하고, 정정하며 또한 충천사기 하니, 이렇듯 막강한 조선 수군의 정예 앞에서 왜구가 어찌 감히 준동할 수 있으랴! 더구나 일선이역의 병선들이라! 이 자랑스러운 병선들이 조선수역에 용역케 될 때 변방 하삼도 수역방비는 그 얼마나 전례무강 할 것이며 조전의 맹성으로 하여 국익은 그 또 얼마나 융성할 것인가?"

"황공하옵니다!"

"이 모두가 영상의 현안이요, 그 충정에 힘입은 바라…"

"당치도 않사옵니다! 신은 성은에 수종했을 뿐 현안국익의 묘를 수과한 바 추호도 없아옵니다!"

"허어- 영상이 과인을 우롱함이오. 겸구고장(箝口枯腸)[106]하야 진퇴가 양난일 때,

---

106 입에 재갈을 물리고 창자를 말린다는 뜻. 궁지에 빠져 말을 못 함을 이르는 말.

그 누가 과인을 도왔기에!…"

세조는 '양화도'에다 떨쳤던 눈길을 거둬 염천(炎天) 청애를 올려다본다. 눈길이 하늘 속에 멎자 또 그 한숨가닥이 아릿저릿 깔린다.

신숙주의 속셈은 그게 아니었다.

'습전'을 지연시키다 보면, 뜻을 바꾸기를 가뭄바가지 물줄 찾는 격의 허드렛 일로 치는 세조 앞에서, 그 어느때 다시 '병조선'의 본때를 재보랴.

화급히 여쭌다.

"습전을 실행하라 이르오리까?"

세조는 하늘 속에다 굳혔던 눈길을 그제야 '양화도' 물비늘 위로 쪽배 띄우듯 넘슬대며 힘없이 명했다.

"… 그리하오."

신숙주가 옆자리의 '판한성부사' 이석형에게 명한다.

"마마께옵서 습전을 시행하라 이르옵시오."

이석형의 목소리가 씨고추밭 두렁의 문둥이들 꼴로 자진자진 높았을 때였다.

121. 왜구(倭寇) 32

좌우(左右)로 갈라 서서 '양화도'의 사적대와 석사교 편으로 따로 진을 친 군선들이 금세 성난 벌떼처럼 끓는다.

습전의 시고(始鼓)들은 두 날개에서 퍼져올라 염천허공에다 지친 신렴인 양 결을 튼 햇살 새를 뚫으니 고조상합(鼓譟相合)이 성동천지(聲動天地)였다.[107] 그 요란한 북소리 사이로 수졸들의 함성이 섞여들며 강상의 물비늘들을 찢고, 북소리, 고함소리들을 실은 군선들은 좌군(左軍)이 왜구(倭寇)요 우군(右軍)은 만적(蠻賊)이라

---

107 북을 치는 소리가 서로 합하여져서 소리가 천지를 진동하였다.《조선왕조실록》세조11년 "중궁(中宮)과 더불어 희우정(喜雨亭)에서 수전(연습)을 구경하다" 항목.

는 기세로 서로 분분하는 꼴이, 과연 세종(世宗)이 늘상 찬탄해마지 않던 '막강 조선 수군'의 재연이었다.

그 누구보다도 희색만면해서 기쁨의 열도를 가슴 끝에다까지 채운 사람은 바로 신숙주였다.

이날의 '양화도' - 조선의 바다가 어찌 썩어가든, 조선어가들의 고기잡이가 어떤 꼴로 파장을 보든, 또 '삼포'의 왜세가 거뭇 죽어가는 조선바다를 놀판 삼고 장차 어떤 난장을 궁리하든 간에 당장 우선은 길이길이 국세를 떨쳐 삼해수역을 조선 수군이 관장할 것 같던, 그쯤 배부른 조선의 '날'이었다.

바로 신조(新造)한 '병조선'들로 하여금 좌우양군을 짜서, '모의수전'을 실행케 하여, '병조선'의 일선이역(一船二役) 성능을 시험하는 뜻깊은 날이던 거다.

드디어 세조의 탄성이 연해 터진다.

"더하여 만족함을 구할 바 어디 있으랴! 일호(一毫)의 허가없이 강편재 하되 은현(隱現)[108]하고, 수졸들은 위국분전하되 정연분란하며, 병조선은 적선당전함이 선질여비(船疾如飛)[109]로되 저리도 명의 상하가 뚜렷할 수 있으리오! 이보오 영상!"

"예에-"

"치왜(治倭)의 대안이 바로 이것인 것을- 조전의 성운으로 나라살림은 필히 살찔 것이요, 저 만능의 군선이 해방(海防)에 임할 시는 필히 선례에 무한 금탑을 수보하렸다!… 안그렸오?"

"황공 하옵니다!"

"과인이 거듭 주창했거니와 상금의 조선은 태민정안의 평시라!… 전시가 아닌 상금의 군선으로는 조선의 병조선을 따를 군선이 천지만방에 또 어디 있으리오?"

마침 좌우수군이 서로 격돌하여 자웅의 승기(勝機)를 다투는 참이었다.

탄성을 연발했음이 조금은 겸연쩍었던지 세조가 신숙주의 귀바퀴에다 바짝 소

---

108 숨었다 나타났다 하다.
109 배가 날아가는 것처럼 빠름.

근대는 거다.

"좌우 수졸의 사기가 충천함이 똑같은지라 일호의 우열을 가릴 수 없지 않는가? 오향고(五香糕)[110]를 먹여 출전을 명했던들 저리 순국보명의 기세이랴… 수졸들은 그렇거니와 나아가서는 승패가 없는 습전일 것이, 좌우 수군의 전력 또한 용호상박하야 판별이 난(難)한지고!… 습전의 초발 수군은 타도제진의 수군이렸다?"

"아니옵니다! 경기수군에서 초발된 정예 수군이온 줄 아뢰오."

"그래?… 좌상대장(左廂大將)은 누구인고?"

"병조판서 김질(金礩)이오니다!"

"허어—… 우상대장(右廂大將)은 누구인고?"

"서원군 한계미(西原君 韓繼美)인 줄 아뢰오."

"허어— 해방예봉의 수군 통수자들보다 용맹수엄한지고!"

세조는 거푸 불길 같은 한숨을 내뿜었다.

122. 왜구(倭寇) 33

세조의 마음을 더없는 기쁨과 안도로 채워줬던 '양화도'의 병조선습수전(兵漕船慴水戰)- 신숙주의 발언으로 햇빛을 본 새로운 군선인 '병조선'은 그 성능이 크게 인정되어 '조운'·'해방'의 선봉에서 두 가지 몫을 그럴 듯하게 치러냈고 세조는 조선 수군의 편제를 사정없이 뜯어고쳐 '병조선'으로 하여금 수군의 주력군선으로 삼는다.

바로 세조의 '맹선제확립'(猛船制確立)이다. 세조는 우선 조선수군의 군선을 92척 감하고 수군은 1천3백77명을 줄였다.

군선 7백37척에다 수군 4만8천8백명인 세조의 조선 수군- 겉으로 봐서는 그 막

---

110 멥쌀가루와 찹쌀가루에 오향의 가루를 넣어 설탕을 뿌리고 끓는 물에 반죽하여 시루에 찐 떡.

강함이 예나 다름없는 듯했다. 왜냐하면, 군선 7백37척은 세종의 8백29척 군선에서 기껏 92척을 줄인 수였고 4만8천8백명의 수군 역시 세종 때의 5만1백77명에서 1천3백77명을 감했을 뿐이었기 때문이었다.

처음엔 '하삼도'의 수군을 반쯤 싹뚝 잘라내고 수영(水營)의 수를 크게 줄일 것이며, 따라서 수영의 병합까지 시행하고 말겠다고 진노했던 세조였다. 그랬던 세조의 수군정책이 왜 이쯤 당초의 기세를 꺾고 뜻밖의 뒷걸음을 쳐댔던가.

곧, 이듬해(세조 12년. 1446년) '삼포 항거왜'의 세력확장 때문이었으니 이른바 순찰사 박원형의 복명이 바로 그것이던 거다. '삼포 항거왜'의 수가 1천6백50명에 이른다는 박원형의 복명에 세조는 내심 불침을 맞은 듯 따끔했다.

"왜인의 수가 일천육백오십수라고? 그렇다면 유사시에 이르러 돌연 적화하기에 충분한 세력이 아닌가!"

"황공하오나 유사시 적화하기에만 적당된 수이오리까! 항거왜의 두수(頭數)도 난제이려니와 무엇보다도 화급한 일은 왜인들의 세력인즉, 삼포 조선 어가들의 어로권은 그실 왜어선들에게 점탈(占奪)되어 전파(全破)된 것이나 다름없아옵고, 상왜(商倭)의 무리가 기천수 또 횡행하며 미포[111]를 독점 매매하니 완연 주객전도의 통상이었아옵니다!"

세조는 잠시 깊은 생각에 잠긴다. 한참 후에야 마득잖은 용안을 들었다.

"삼포의 왜세가 그러하다면 하삼도 수군의 감(減)함을 다시 생각해봐야 할지고… 삼포의 왜세가 승장하기로 왜인들의 변란모작은 불가할 것이, 왜인들은 필연 삼포의 거주왜리에 갇힌 바나 다름없으렸다. 포망 속의 서족(鼠族)이 기사회생의 잔꾀를 부리기로 어찌 탈망(脫網)이 가하랴… 한즉, 하삼도 수군의 감함을 잠시 밀어두고 막강한 수군으로 하여금 왜인들을 상시 호감 정탐토록하면 선방책이 되리라아-"

"하오나 마마! 왜인들은 본시가 음흉하고 간교한지라 변란을 작모하여 준동함에

---

111 米布. 쌀과 포목.

그 징후를 보여줄 리가 만무한 줄 아뢰오!"

"그것이 무슨 우환의 소지가 된단 말인고?"

"망졸된 신의 생각이온즉, 왜인들을 상대함에는 유사시가 따로 없사옵고 평상시가 달리 없아옵니다. 유사시를 당하여 그들을 멸하고 추포함은 심히 난사(難事)이올 것이, 일일 도래하는 상왜의 배들이 기백 소요 항거왜의 어선 또한 오십 소에 이르니 난궐후 도주함이 어렵지 않을 것이옵니다!"

세조는 발끈 성을 돋운다.

"짐의 대안을 경청했다면 그런 우문은 없었을 것이로다! 수군으로 하여금 적왜의 퇴로를 막고 경토(境土)[112]내에서 잔멸하면 되는 일!"

123. 왜구(倭寇) 34

순찰사 박원형은 말끝을 자르는 세조의 앙다문 입술이 파르르 떨어대자 황급히 어전을 물러났다.

사흘후였다. 신숙주가 예궐한다. 세조는 신숙주를 뛸듯 반긴다. 그도 그럴 것이 국정의 난사에 몰려 묘방이 궁할때면 으레 신숙주가 숨 돌릴 구멍을 터 세조를 편안케 해주지 않았던가.

"그렇지 않아도 영상을 기다리고 있던 참이었오… 과인에게 미소한 우환이 일미유(有)한지라…"

"신이 이미 알고 있아옵니다."

신숙주의 눈길이 잠시 무릎께로 떨어졌다. 세조의 마음이 설렌다. 무릎께에다 눈길을 떨군 채 사념을 쫓는 양이, 꼭 숨줄 틀 묘방을 내세우기에 앞서 으레 해보이던 짓거리겠다.

---

112 국경 안에 있는 한 나라의 영토.

"… 어쩐 우환이오리까?… 침전이 흉흉하옵신다는 전문 듣자옵고 신 또한 편히 밤을 지낼 수 없었아옵니다."

세조가 엷은 한숨을 내리깔은다.

"과인의 치세치민에 이렇게 허(虛)가 지대할 수 있으리오! 약여 추념(追念)[113]하니 과인의 그릇됨이 불급대기(不及大器)인가 보오."

"마마, 당치도 않사옵니다!… 거두시옵소서!"

"과인은 일찌기 해방과 국정을 공히 태평케 하고자 병조선으로 하여금 일선이역의 예봉을 삼았음인즉, 해방은 튼튼하고 조선 역시 활달하야 국태민안의 경이 아니었오?"

"지당하신 말이오이다!"

"그랬거늘… 순찰사 복명은 과인의 믿는 바와 격상의 상반이라! 삼포의 왜세가 일승비등하야 장차 삼포가 난장될 소지가 유하다 하니 이 무슨 궤변인고?"

"… 황공할 따름이옵니다!"

"더구나 조선어가의 어로가 완연 왜인들에게 점탈되어 미구에 전파될 실상이라니! 아니, 하삼도 수군은 무얼하는 수졸들이며 그 어느 때보다 편제가 정연한 조선의 맹선제 수군은 도대체 하는 일이 무엇인고? 어찌하여 범법 왜인들을 일벌백계의 엄법으로 다스리지 못한단 말이오?"

세조는 신숙주의 입에서 그럴싸한 묘책이 떨어지리라 새감하며 내심으론 평안하겠다. 그러나 신숙주의 얼굴은 첩첩 암운이 낀다.

"아뢰옵기 황공하오나 육해(陸海)가 공히 어지럽사옵니다!"

"새삼스럽소! 과인의 우환이 바로 해륙에 연유한 상금의 실상 아니겠오?"

세조는 별로 놀라는 기색이 없다. 신숙주의 '육해가 공히 어지럽다'는 말- 유별난 말이 아닌 것이 '삼포 항거왜'의 기세는 곧 내륙의 난사요 왜어선들의 준동은 곧 바

---

113 나간 일을 돌이켜 생각함.≒추사

다의 걱정거리 아니겠는가.

"삼포 항거왜의 왜세도 그렇거니와 조선어가들의 도산 또한 난사이오되… 그에 못지않는 우환이 또 있아옵니다!"

"… 삼포왜세 별외로 또 우환될 난사가 있다고?"

"… 그러하옵니다!"

세조의 숨결이 금새 가빠진다. 시월 스무날에 부는 산들바람의 마중바람 기세였다.

"아니, 뭐라고?"

"삼포의 왜세는 수군의 무력으로 하여금 철저히 감호하면 예방책이 되는 것으로 되 조선경토의 내륙에서 조선민이 궐난한다면 곧 자중지란의 동족상쟁이 아니오리까!"

124. 왜구(倭寇) 35

"동족상쟁?… 영상! 경이 어전위을 구망하고 이런 상언을 예사로 할진덴 필히 그에 따르는 바른 징후가 있었으렸다!"

세조는 한 무릎 꺾어 세우며 안절부절 못 하더니 급기야 벌떡 일어선다. 매서운 눈길이 신숙주를 내려다본다.

"무얼 생각하고 있는 것인가! 화급히 일러보라지 않았오?… 동족상쟁?… 흥! 도대체 그것이 무엇이오?"

"전하 고정 하시옵소서! 순국보명의 절개를 뜻삼아 숨김없이 아뢰오리다아- 전하!…"

"듣기 싫소! 동족상쟁의 내연이나 이르라는데 과인은 왜 자꾸 부르는 거요?"

성급한 세조는 신숙주의 떨군 머리를 향해 한두 걸음 화닥닥 다가선다.

"전하! 삼포의 왜세가 극비등세하기로 왜인들의 동향을 정탐하야 미리 그들의 음모를 쇠멸할 시면 필히 난사만은 아니오리다! 수군의 감호가 삼포왜인의 퇴로를 미리 막을 수 있을 것이오며 진졸들로 하여금 범법소지가 가한 왜인과 왜어선들을 탐밀 수금하면 선방이 아니오리까!… 연이나 상금 막중한 난사는 삼도 이주한 하삼도 어가인즉…"

"하삼도 어가?"

"그렇사옵니다… 삼도의 당해 감사들의 하소인즉, 한결같이 하삼도 어가들의 무단이탈이 극심하야, 추포하여 농경에 종사토록 하자니 그들의 원소(怨訴)[114]가 가련하고 또 그들의 환향을 묵도(黙睹)[115]하자니 자연 상환곡(償還穀) 체납(滯納)이 우려되는지라 진퇴가 양난이라 하옵더이다!… 전하, 통촉 하시옵소서!"

세조는 별안간 실성한듯 큰 웃음을 내쏟는다.

"하삼도 어민이 삼도에서 환향을 목적 삼아 농경지를 이탈한다고? 하하하- 소 귀로는 농부의 고함소리만이요, 생선 눈에는 염해광고뿐 이라더니 바로 그 말 아닌가?"

"그러하옵니다!"

세조는 웃음자락 끝에다 시퍼런 날을 세운다.

"방자하도다!"

신숙주의 찔끔 놀라 쳐들린 어깨쭉지 위로 거침없는 세조의 진노가 뜨겁게 내려앉는다.

"하상도 어가의 태평한 민생을 구념한 끝에 그들을 삼도이주케 했거늘, 이제 농경지를 이탈하야 수난의 변방도서로 다시 환향하겠다 함은 대체 무슨 변덕이란 말인고? 어로를 자파(自罷)[116]하고 농경을 원청한 자들의 구민책으로 삼도 이주를 허하지 않았던가?"

"황공하오나 실상이 전혀 다르다 하옵니다. 농경지를 이탈하는 하삼도 어가의 원

---

114 원망에 가득찬 하소연.
115 아무 멀없이 지켜보다.
116 스스로 그만두다.

소인즉, 본시가 어민인 그들이 생업을 돌변하야 농경에 종사하자니 생소하기가 이를 데 없고, 더불어 관아의 강경에 못이겨 삼도이주를 했을 뿐, 그들의 자의가 전혀 아니었었다고 애걸한다 하옵니다."

"… 그래?…"

앞뒤 몇 걸음을 황망히 뱅뱅 돌며 그리던 세조가 문득 걸음을 멈췄다.

"영상은 물러 가 엄첩하시오!… 과인은 이에 하삼도의 수군을 증강할 것이니 수군은 삼포왜세를 우환삼지 말 것이요, 지방수령들은 농경지 이탈의 어가 수대로 문책하야 거말(居末)로 논죄할 것이니 촌시(寸時)[117]허송치 말 것이며, 농경지 이탈하는 사람은 가차없이 포하여 거이·거삼(居二·居三)을 함께 물어 중죄측별 하리라!"

125. 왜구(倭寇) 36

세조의 불호령이 떨어지자 신숙주는 바튼 기침만 몇 차례 짜내다가 어전을 물러나고 만다. 속마음 같아서야 영상자리에서 물러나는 한이 있더라도 불당금질 같은 진언을 관철하고 싶었지만, 세조의 어명은 서릿발처럼 차고 맵던 거다.

다시 농경지를 이탈하는 하삼도 이주어민이 있다면 지방수령은 '거말'(居末=조정으로 잡아 올리는 나문拿問)에 논죄하고, 농경지 이탈어민들은 '거이'(居二=決杖. 볼기를 치는 벌)와 '거삼'(居三=推考. 이유를 따져 묻는 것)으로 엄히 벌한다는 것이었으니, 어명대로만 밀고 나간다면 혼란치곤 이만저만한 것이 아닐 것이었다.

탯줄 자르면서부터 배운 천업(天業)이라는 게 기껏 고깃배 몰아 그물이나 쳤던 것- 천생이 어부인 하삼도 어민들이 물 떠나 밭두렁을 일구자니 자연 농사에 넌덜머리가 날 수밖에 없었다. 힘이 부쳐 밭두렁에 쪼그려 앉을라치면 밭두렁은 금세 갯내음 역한 물비늘이 되어 출렁대고, 잡좇(쟁기의 술 가운데 박힌 들림나무) 쥔 손은

---

117 아주 짧은 시각

그만 놋대잡은 팔뚝이 되어 부들부들 떨어대는 판에, 거기다가 관아의 매몰찬 행패마저 살맛 가시게 뜸을 쳐댔으니, 설잠만 번듯 깨어나도 눈시울이 맵도록 아른대는 것은 너들바람, 샛바람 이는 망망한 바다던 거다.

삼도 이주한 하삼도 어민들의 사정이야 그 어떻든 간에 세조는 엄명한 대로 뜻을 굳혀간다. 하삼도 백성들을 이쯤 얕잡아 본 세조는 '맹선제수군'을 다지면서 낯간지러운 생색을 내놨다.

세조 14년(1468년), 세조의 '맹선제수군'은 편제를 완전무결하게 마무리한다. 세종(世宗) 때의 13종 군선은 '맹선제수군'에 이르러 불과 4종의 군선으로 대폭 감축되는데, 그 4종의 군선은 '대맹선'(大猛船)·'중맹선'(中猛船)·'소맹선'(小猛船)·'무군소맹선'(無軍小猛船)이었다.

7백3십7척의 세조의 수군- 경기수군은 주진(主鎭)과 5포(浦)에 '대맹선' 16척, '중맹선' 20척, '소맹선' 14척, '무군소맹선' 7척 모두 57척이었고, 충청수군은 주진과 5포에 '대맹선' 11척, '중맹선' 34척, '소맹선' 24척, '무군소맹선' 40척 해서 모두 1백 9척, 경상수군은 좌우주진과 21포에 '대맹선' 20척, '중맹선' 66척, '소맹선' 1백5척, '무군소맹선' 75척이니 모두 2백66척이요, 전라수군은 좌우주진과 17포에 '대맹선' 22척, '중맹선' 43척, '소맹선' 33척, '무군소맹선' 86척 모두 1백84척, 강원수군은 5포에 '소맹선' 14척, '무군소맹선' 2척으로 모두 16척, 황해수군은 7포에 '대맹선' 7척, '중맹선' 12척, '소맹선' 10척, '무군소맹선' 10척으로 모두 39척, 영안수군(永安水軍)은 3포에 '중맹선' 2척, '소맹선' 12척, '무군소맹선' 9척 모두 23척, 평안수군은 3포에 '대맹선' 4척, '중맹선' 15척, '소맹선' 4척, '무군소맹선' 20척 해서 모두 43척- 이렇게 총 7백37척이었다.

그런데 야릇한 것은 세종때에 비해 타 6도 수군은 모두 줄이면서 전라수군은 오히려 19척을 더 늘려 1백84척이었고(세종때는 1백65척) 평안수군도 2척을 늘린 43척이라는(세종때는 41척) 사실이었다.

이것은 바로 '하삼도 수군을 증강하겠다'는 약속을 지켜 하삼도 수군을 달래보자는 것이며 평안수군을 2척 늘린 일 역시 삼도이주의 하삼도 백성중 그중 평안도에 어민들이 많았기 때문이었다.

126. 왜구(倭寇) 37

'삼포 항거왜'의 세력에다 따끔한 침줄을 쏴본 것이 기껏 전라수군의 군선 19척을 늘림이요, '삼도 이주'의 하삼도 백성들 중에서도 평안도에 어민들이 많이 산다는 소문을 들었던 바 그들의 농경지 이탈 방제책으로 군선 2척을 늘렸으니, 세조의 속셈은 '하삼도는 끄떡없고 평안도도 맘놓고 살 땅이니라' 하는 양수겹장[118]의 생색이었다.

엄명은 내려놨으되 끈질기게 세조의 고민을 자아내는 것은 '삼포왜세'였다. 당선(唐船) 쯤은 조선의 '병조선'에 비해 그 성능이 훨씬 뒤떨어진다는 확신을 얻은 지 오래려니, 세조는 서강(西江)에 몸소 나아가(세조 7년 4월) 당선장(唐船匠)이 만든 '쇄경선'(鎖慶船)을 보고 묵은초(나이든 거지) 양반집 석담 돌 듯한 콧방귀를 뀌어 댔던 첫이었다.

그러나 왜세의 사정은 달랐다. 벌써 두차례나 조운선단(漕運船團)의 습격이 있었던 터였다. 상왜(商倭)인지 왜적인지 분간할 수 없는 14척의 왜선들이 조라포(助羅浦)[119] 앞바다에서 작폐질을 놨던 거다. 조운선단에게 해를 입히지는 못했으되 어찌나 빨리 달아나는지 추포할 수가 없었다는 상고이었고보면, 세조의 철벽 가슴이라고 썰렁한 냉기가 감돌지 않을 수 없었다.

세조는 몇 날을 고심하던 끝에 유자광(柳子光)을 '삼포'에 순찰케 하여 왜선의 성능을 낱낱이 밀탐하게 한다. 세조 14년 7월이었다.

---

118 즉, 양수겸장(兩手兼將). 장기에서 두 개의 장기짝이 동시에 장을 부르는 말밭에 놓이게 된 관계.
119 경상남도 거제시의 포구. 자라의 목처럼 생겼다고 하여 조라목, 조라포(助羅浦), 목섬, 항리(項里)라고 부르던 곳.

유자광이 복명하는 자리에는 신숙주가 함께 예궐했다.

유자광이 복명한다.

"어명을 받자옵고 삼포의 왜선들을 면밀히 관탐한 바 우환을 거두셔도 마땅할 줄 아뢰오. 왜선의 건조하는 바를 봤아온즉…"

세조가 유자광의 말끝을 챈다.

"왜선을 건조하는 바를 보았다고?"

"그렇사옵니다."

"아니, 삼포의 내안에 왜인들의 선(船) 건조장이 있다는 말인가?"

세조가 놀라자 신숙주가 거든다.

"벌써 수십년 전의 일이오이다."

세조의 눈썹 끝이 화닥닥 쳐들린다.

"발칙한지고! 감히 조선경토 안에서 왜선을 건조하다니! 그렇다면 조선의 송목을 자재삼음이 아니랴? 금송의 엄법이 준연할진덴 어찌 왜인들이 조선의 송목을 제 맘대로 쓸 수 있단 말인가? 필시 목상(木商) 잡배들의 망국모리[120]가 있었으렸다!"

신숙주는 어물어물 망설이다가 마지못해 입을 연다.

"황공하오나, 실이온즉 목상들의 비리가 다반사라 걱정될 일이옵니다. 거래매매가 음처에서 자행됨에 근절의 묘책 또한 궁하오이다!"

"큰일이로고!… 과인은 그에 대해 엄법으로 대처할 것이로되… 그래 왜선의 성능을 살펴 본 바 어떻던고?"

유자광은 그제야 신명이 돋치겠다.

"왜선은 아국 병조선에 대적할 것이 못 되었아옵니다. 왜선은 선판이 심히 엷고 본반(=목판木板=저판底板) 또한 협소하며 선복(船腹)[121]만 팽만할 뿐이었아오며, 전후가 공히 첨예하여 왕래에는 경쾌한 듯하오나, 병조선에 비해 선고(船高)가 근 두

---

120 나라를 망하게 하는 옳지 못한 방법으로 자신의 이익만을 꾀함.
121 배의 중간 허리

곱이나 낮아 싸움에 이르러는 무용지물 격이었아옵니다. 연이나 아국 병조선은 선고가 월등하고 승선수졸 또한 근 백수 과선할 수 있아온즉 수전에 임하여 왜선이 어찌 병조선을 대적할 수 있아오리까?"

127. 왜구(倭寇) 38

세조의 입에서 늘큰한 안도의 한숨이 샌다. 때를 맞춰 신숙주가 뜸을 들인다.

"금차 순찰사의 복명인즉 한치의 허가 없아옵니다. 왜선장 등구랑으로 하여금 왜선 건조법에 따른 군선을 조선케하여 해방에 임하게 하였으나 성능이 조선의 군선만 못하여 왜선을 파기한 것이 벌써 사십오년 전 일이 아니오리까."

"… 과인이 모를 리 있겠오? 연이나 작패연후 도주하는 왜선을 능히 추포할 수 없도록 조선의 군선은 체수만 중대하며 지질한[122] 바라 하니, 어찌 평안히 관정만 하랴.… 과인이 걱정하는 것은 삼포왜선의 순찰 결과를 실상 그대로 과신할 수 없는 바라…"

신숙주의 거침없는 상언이 터진 봇물의 기세였다.

"전하, 부질없는 우환이오이다! 왜선은 선판이 엷은 점으로도 이미 군선의 등체(等體)가 아니려든 거기다가 목정 대신 철정을 다용하야 철정의 낭비가 일선건조에 수많이 되옵고 철정의 다용에도 불구하고 목정과 달리 틈이 쉬이 마모되어 수방(水防)의 견실함이 병조선에 미치지 못하는 지라 선령(船齡)[123] 또한 이삼년의 차에 불과하옵니다. 전하 우환을 거두시옵고 맹선제수군을 관철하시와 성은이 해륙에 공히 떨치게 하옵소서!"

"과인의 뜻 또한 경의 상언에 상통되는 바라! 상금은 국태민안의 정점에 치함이요

---

122 보잘것없고 변변하지 못하다.
123 배의 수명

조선경토 방방곡곡이 도처 시화연풍(時和年豐)[124] 아닌가?…"

"성은이 망국함이오이다!"

"과인은 왜선에 대하야 그 우환을 이만 거둠이 마땅하렸다?"

세조의 타는 듯한 눈길이 유자광을 쏠듯 내려다 본다.

유자광은 황급히 목을 조아린다.

"원념하온 바 그렇사옵니다! 아국의 병조선은 왜선에 필적됨이 가당찮을 줄 아뢰오!"

세조의 마음은 한껏 느긋했다. 순찰사 유자광의 복명은 제쳐놓고라도 조선조 4대를 치세선봉(治世先鋒)에서 활약해 온 원로정객 신숙주의 상언이 또한 그와 같지 않느냐.

세조는 '왜선은 협소하며 선고[125]가 낮다'는 유자광의 복명에 크게 힘 입어 '대맹선'을 더욱 크게 건조할 것을 엄명한다. 수전과 조운을 함께 치러낼 병조선이로되, 수전보다는 조운에 치중하여 미포적재를 과적(過積)할 수 있도록 한 세조의 안간힘도 어지간히 숨가쁜 것이었다.

세종 때(세종 28년)의 '조운선'과 세조의 '병조선'을 비교해 보자. 세종의 조운대선(漕運大船)은 적미석(積米石)이 2백50석이었던 반면, 세종의 '대선'에 버금하는 세조의 '대맹선' 적미석은 무려 8백석이었다.

또 다른 점은 세종의 조운대선은 군선의 호위를 받는 비무장 조운선이었고 세조의 '대맹선'은 8백석의 엄청난 미곡을 실었으되 군선의 호위가 없는, 이른바 조운과 임전을 함께 치러내야 했던 '병조선'이었다는 거다. 말이 쉽지, 8백석을 실은 '병조선'에 수전의 장비나 사관(射官)들이 어디다가 틈을 내보랴.

"조전의 성과가 승일기세로 눈부신지고! 대맹선 일선 당 운반곡이 팔백석에 이르니 세번 할 일을 단 한번에 치러냄이 아닌가? 더불어 자체방어가 가하려니 수군의

---

124 나라가 태평하고 풍년이 듦.늑시화세풍
125 船高. 배의 높이

대편제로 낭손(浪損)됐던[126] 국용미포를 과수 절감함이라?”

128. 왜구(倭寇) 39

　세조의 ‘병조선’은 과연 조운의 선봉에서 눈부신 활약을 했다. 지방의 창소를 기점(起點)으로하여 수부의 ‘군자창’(軍資倉=지금의 서울 용산龍山에 있었다) 에 이르는 ‘통상항로’(通商航路=관선세곡수송官船稅穀輸送의 정기선定期線)와 지방의 해안창(海岸倉)끼리 닿는 ‘임시항로’(臨時航路)는 ‘병조선’들의 정연한 미곡 수송 선단들이 줄을 이었으며, 미곡 8백석을 적재하는 ‘대맹선’을 비롯하여 4백석을 실을 수 있는 ‘중맹선’, 3백석에서 2백50석을 실을 수 있는 ‘소맹선’들이 조운의 주축을 이루자 나라살림에는 번지르한 기름발이 돋는 듯했다.

　미포의 납고(納庫)가 이쯤 활달스러워지니 ‘군자창’을 비롯한 ‘광흥창’(廣興倉=관리 급여용 미포를 보관했고 서울의 와우산臥牛山 밑에 있었다), ‘풍저창’(豊儲倉=사신使臣이나 백성들의 공功에 왕이 하사下賜하는 하사미下賜米 비축), ‘양현고’(養賢庫=서울 성균관 안에 있었고 관내유생공급미館內儒生供給米를 비축했다), ‘훈련도감양향청’(訓練都監糧餉廳=군용미 비축), ‘상평창’(常平倉=국용미 비축) 등의 창고는 전례에 없는 만창(滿倉)이었음은 물론, 백성들로부터 징수한 조세미곡(租稅米穀)의 지방 창고들도 따라서 만창이었으니, 충주(忠州)의 ‘덕흥창’(德興倉)·원주(原州)의 ‘흥원창’(興元倉)·아산(牙山)의 ‘하양창’(河陽倉)·부성(富城=충청도 서산)의 ‘영풍창’(永豊倉)·영안(靈岸)의 ‘장흥창’(長興倉)·승주(昇州=전남 순천)의 ‘해룡창’(海龍倉)·사주(泗州=사천泗川)의 ‘통양창’(通陽倉)·보안(保安=부여)의 ‘안흥창’(安興倉)·임파(臨波)의 ‘진성창’(鎭城倉)·나주(羅州)의 ‘해능창’(海陵倉)·영광(靈光)의 ‘부용창’(芙蓉倉)·합포(合浦=경상도 창원)의 ‘석두창’(石頭倉)·장연(長淵)의 ‘안미란창’(

---

126 버려지거나 혹은 감소하거나 잃어 버려 입은 손해.

安米瀾倉) 등이 모두 만창미곡들로 터질 지경이었다.

조운실적이 이쯤 되고 거기다가 하늘이 도왔음인지 왜적들의 조운선단 습격도 뜸해지자 세조는 입에 침줄이 마르도록 '국태민안 시화연풍'만 읊조리며, 급기야는 조운에 대한 욕심이 하늘을 찌를 듯 승승한다.

"해역 방비에 일호의 허가 생길 때마다 신 등이 입을 모아 아뢰기를 세종조 수군을 찬탄함이라… 연이나 그 생각들 또한 크게 잘못된 것인즉, 세종조는 왜구의 변방침략이 부지기수로 난궐하야 나라는 어지럽고 백성들의 민생은 풍전등화로 위난을 면치 못했던 전시였음이라! 영상은 어찌 생각하오?"

"지당하옵신 줄 아뢰오."

말은 이렇게 하면서도 신숙주의 맘이 편할 리는 없었다. 조운실적이 만활하여 나라살림은 살이쪄가되 여기서 더한 욕심을 부려 수군을 격감한다면 필시 국난이 일고 말 것이라고 점을 쳐봤던 거다.

세조는 의기가 양양해서 말한다.

"병조선 건조를 상언한 영상이 없었다면 과인의 치세가 이렇게 빛날 수 있었으리요. 이 모두가 영상의 덕, 과인은 이에 영상의 충절에 보답될 묘책 하나를 세웠음이라…"

신숙주는 등골에다 찬소름을 얹으며 말문이 막혔다.

세조 14년 10월- 조선의 수군은 전례없이 무력화되어 지리멸멸 쇠망되고 말 전조를 낳는 역사적 순간이었다.

129. 왜구(倭寇) 40

세조는 차분히 목소리를 가다듬는다.

"묘책을 말하기에 앞서 과인은 영상의 확언을 들어야 마음이 편케 될 지라… 왜선의 성능이 조선의 병조선에 필적됨이 가당찮다는 말, 과인은 지금도 반신반의라!

영상의 충언 역시 그러하다면 과인은 서슴없이 병조선의 성능을 확신케 될 것 같소. 영상의 생각도 그러하오?"

"확신하고 있아옵니다. 왜선을 본떠 시도했던 조선술은 실효에 있어 허가 시대한지라 이미 수십거년에 모두 파기되지 않았아오리까. 왜인에게서 취한 것이라곤 단한가지뿐, 그외의 것은 모두 취할 바가 없었는 줄 아뢰오."

"당연할지고! 경토사해의 천혜를 누렸다기로 약구작폐나 본삼는 왜인들이 조선민의 지혜를 어찌 따를 수 있으랴. 과인은 이제 수군을 재 편제하야 부국강군의 위엄을 경토삼해에 공히 떨칠 것이오!"

"성은이 망극하옵니다!"

세조가 잠시 눈을 감는다. 용안으로는 그 어느 때보다 자신감이 만만했다.

신숙주의 말은 틀림없는 사실이었다. 왜선을 본뜬답시고 시끌벅적 일을 꾸며 봤었지만 그 어느 것 하나 조선의 기술을 앞지를 게 없었다. 조선의 군선에 왜놈들의 기술이 먹혀든 건 딱 한가지- 바로 71년 전인 세종 원년 6월이었다.

왜선장(倭船匠) 피고사고(皮古沙古)가 조선군선의 허점 하나를 꼭 집어 낸다.

"내 생각으로는 타(舵)[127]를 두개로 함이 옳을 듯 싶소. 조선의 군선은 왜선에 비해 성능이 나무랄 데 없지만 군선을 급회전 시킴에 있어 둔하기 짝이 없오이다. 그러니 자연 선체를 재빨리 돌려 도주하는 왜선을 곧바로 따라잡을 수 없지 않겠오이까? 조선의 군선이 도주하는 왜선의 방향을 겨우 잡았다하면 왜선은 이미 멀리 도주해버린 뒤일 테니 무슨 수로 추포하겠느냐 이런 말이외다. 급회전함에 있어 왜선이 조선의 군선을 압도하는 것은 바로 양타로 건조함에 이유가 있을 것이니 차제에 조선의 군선도 양타로 건조하여 유사시에 임함이 옳을 것이외다."

피고사고의 의견은 제꺽 받아들여졌고 조선의 군선은 일선일미(一船一尾)이던 타를 한개 더 늘려 일선이미타(一船二尾舵)로 건조됐던 거였다.

---

127 키. 배의 방향을 조종하는 장치

세조가 감고 있던 눈을 사르르 뜬다.

"영상! 수졸도 감했고 군선 또한 경감해 봤거니와 상금도 군비의 낭실이 지대하오. 실상이 이러함은 곧 맹선제수군에 허점이 유한 징조이려니 군선의 수는 그대로 두되 군선의 과반을 무군선화(無軍船化)하면 더없는 묘방이 아니겠는가?"

신숙주가 뛸듯 펄쩍 놀란다.

"군선의 과반을 무군선?… 전하 아니 되옵니다!"

"… 아니 될 일이라고?… 영상만은 과인의 뜻에 감절찬동할줄 믿었는데 어찌 반대한단 말이오?"

"무군선이라 함은 이름만 군선이지 그실 임전에 당하야 신속히 대처할 수 없는 바 아니오리까! … 무군선을 과반 늘리시겠다 하옴은 무군선을 신조하옵신다는 뜻이오니까 아니면 맹선을 택일하옵시와 그 역임을 따로 나누시겠다는 뜻이오이까?"

"소맹선의 과반을 무군소맹선으로 만들겠다는 뜻이오!"

세조의 대답은 거침없었다.

130. 왜구(倭寇) 41

신숙주는 넋 나간 듯한 얼굴을 들고 말문이 막힌다. 신숙주의 표정에서 완연한 반대의 뜻을 읽은 세조는 우선 이 자리를 피해보고 싶었다.

"… 그만 물러가오… 내일 다시 중지를 모아 볼 것인즉 중신들을 모두 입궐하라 이르오… 그리고 영상!"

"… 예에-"

"과인의 뜻은 결코 불변하리니 혹 중지가 과인의 뜻에 반하더라도 영상만은 끝까지 과인의 뜻에 수종해 주길 바라는 바라!"

신숙주는 어전을 물러난다. 눈앞은 그믐 칠야인 듯 캄캄하고 두 다리는 후둘후둘 떨어댔다. 이렇게 심신이 탈진돼 보기는 처음이었다. 한번 고집을 내세우면 물러설 줄을 모르는 세조였고, 거기다가 뜻의 불변함을 암팡지게 못박아 논 터였으니, 흐물흐물 주저앉는 약체 조선 수군의 모습이 눈에 훤하던 거다.

이튿날, 세조는 턱 믿었던 신숙주의 완강한 반대에 놀라지 않을 수 없었다. 신숙주의 반대만으로도 울화가 치밀려던, 최호원의 무엄한 논소(論所)는 가히 세조의 마음을 갈기갈기 찢어대는 거나 진배없었다. 최호원과 세조의 결론은 사상 유례를 찾아볼 수 없는 것이었으니 최호원은 반대의 뜻을 개진함에 목숨을 걸은 듯싶었다.

"무군맹선으로 하여금 조선 수군의 과반을 삼겠다 하옵신 뜻은 마땅히 거두셔야 될 줄 아뢰오. 무군선은 유사시를 당하야 임전케함에 있어 막대한 허(虛)가 있는 지라, 거 삼십년부터 철폐를 주장한 바 있었지 않사오리까? 하려던 그 어느 때보다 왜세가 등등하며 왜인들의 탐탐호시 또한 명작하는 오늘에 이르러 비군선이나 다름없는 무군소맹선으로 하여금 수군의 주축을 삼겠다 하옵심은 당치 않사옵니다! 전하! 거두시옵소서!"

"… 뭣이라고?"

신숙주의 말끝에 허억 단내를 뿜는 세조의 놀람이 채 가시기도 전에 이번에는 최호원의 원소가 불을 지핀다.

"전하! 조선수군의 위용이 삼해에 떨쳤던 삼십년 전에도 무군선은 불과 오십칠 소였아옵니다. 그러던 병조선이 주축을 이룬 현금의 약체 수군에다 과반의 무군소맹선을 편제하옵시면 해방은 어찌되오리까?"

"뭐라고? 무엄하고 발칙하도다! 병조선으로 하여금 수군이 약체화 됐다고? 이런 망언이 어찌 어전에서 가하단 말인고!"

"망언이 아니옵고 실상에 준한 진실이옵니다! 병조선은 조전을 성세케 했으되 튼튼한 해방에 기여함은 저윽이 의심스러운 줄 아뢰오!"

"아니, 뭐라고? 일선이역의 병조선으로 하여금 경토미창이 공히 만창이요 날로 나라살림이 살찌고 있거늘, 병조선이 해방임역에 부적하다면 어찌 현금의 태평성대가 가했으랴!"

"조전성세의 만창만이 기필 태평성대이오리까? 어족 보고를 왜인들에게 빼앗긴 하삼도 어가들의 민생은 상금 도탄지경의 참혹함이옵니다! 현상이 이와같이 돼 갈진덴 경토삼해는 미구에 왜인들의것이 될 터인즉 이 어찌 태평성대로만 흔념할 수 있아오리까!"

"당장 거두지 못할까!"

"전하! 무군소맹선은 기십 소 만으로도 오히려 과분할 것이오이다! 대·중·소맹선은 해방보다 조전에 전역하는 바, 그렇다면 무군소맹선으로 수군의 주역을 삼으시겠다는 뜻이오이까?"

131. 왜구(倭寇) 42

세조가 인중 끝을 파르르 떨었다. 진노의 기세가 무서리 맞고 익은 홍시의 낌새였다.

"그 동안 무엇을 들었단 말인가? 소맹선의 과반을 무군화하여 군비를 절감하고 나아가서는 무군소맹선을 상비군선으로 삼아 왜선들로부터 조선어가를 보호하겠다는 뜻이 아니었으랴!… 무군소맹선을 조선 수군의 주역으로 삼겠다 했다고? 조선 수군의 주역은 의연 대·중맹선 아닌가?"

세조의 목소리가 높자 신숙주는 그만 입을 다문다. 그러나 최호원의 기세는 조금도 꺾일 줄을 모른다.

"전하! 신이 근심하는 바도 바로 그것이옵니다. 대·중·소선 편제하의 십일종 군선의 대선제수군도 빈번한 왜침에 당혹난전 했었거늘, 상금의 맹선제수군의 주역은 대·중맹선이로되 주임(主任)이 조전이온 바, 수전의 장비며 수졸의 승한 역시 부실하고 미비하기 이를 데 없아오이다! 대·중맹선을 조전에 역임케 했다면 마땅히 소맹선으로 하여금 해방의 철통을 맡게해야 될 터인즉 소맹선의 과반을 무군선화하야 상비군선으로 삼으신다면 조선의 어가는 자파지경에 이를 것이오며 경토삼해는 왜인들의 것이 될 것이옵니다. 통촉 하시옵소서!"

세조의 눈에서 불꽃이 튄다. 옥치 두 틀을 갈아붙이는 듯 입술 양끝을 앙다물며 목소리를 떤다.

"뭣이 어째?… 어디 마음껏 아뢰보라!… 마음껏!…"

"전하! 수군통수자들의 중지도 그렇거니와 신의 망졸된 생각으로도 무군소맹선을 늘리시겠다는 뜻은 거두셔야 옳을 줄 아뢰오. 왜적의 발호가 잠잠함이 천만다행이오나 혹여 유사시에 대·중맹선의 조전선단이 침탈을 면치 못하게 된다면 일선 침탈의 미곡이 팔백석이요 오백석이오이다! 더불어 팔백석의 미곡을 과적한 대맹선이 쾌질하며 수전장비 또한 월등한 왜적선과 조우하여 어찌 임전할 수 있아오리까?"

"그래서? 어디 또…"

세조의 용안이 푸르죽죽 죽겄다. 어이없다는듯 내뿜는 한숨이 사뭇 불김이었다.

"대·중맹선의 미곡적량을 과반 줄이옵시고, 대·중맹선들의 수전장비를 막강히 하옵실 일이오며 오히려 소맹선의 무군선을 기십 소로 감하시되 소맹선들을 정예화하여 상비군선으로 삼으셔야하옵니다! 전하… 임전에 신속히 대처할 상비군선도 제대로 없는 조선 수군이 어찌 막강허세만을 위로삼고 안도할 수 있아오리까?"

급기야 세조의 진노는 청천의 날벼락 기세였다.

"무엄하다!… 이런 방자함이 또 어디 있을고?… 뭐라고? 막강허세?"

최호원의 용기는 필시 죽을 각오렸다. 항소가 거침없다.

"실상이 그러하온 것을 어찌 달리 아뢸 수 있아오리까?"

"아니? 이런!… 영상! 영상은 어찌하여 이런 무엄함을 방관하고만 있단 말이오!… 대·중맹선이 막강허세라니? 과인은 맹선제수군을 편제함에 있어 이미 삼포의 왜어선들을 면밀히 조사토록 했고 순찰사를 삼포에 파유하야 왜세를 정탐했었지 않는가!… 더불어 병조선의 성능을 확인코자 양화도 습수전을 실행한지 오래거늘, 뭣이? 맹선제의 주봉이 막강허세라고?"

132. 왜구(倭寇) 43

최호원이 '맹선제수군'을 보는 눈은 그쯤 정확할 수도 없었다. 최호원의 충정이 그대로 받아들여졌다면 왜적은 세조 14년(1468년)을 마지막으로 더이상 조선의 바다를 넘볼 수 없게 됐을지도 모를 일이었다.

그러나 신숙주는 세조의 비위짱만 간맞추기에 바빴다.

"어전에서 무엄함이 지나치오! 그 아무리 우국충정의 짓인들 성업에 대하야 어찌 이렇게 자기 뜻대로만 의판할 수 있단 말이오? 전하께옵서는 맹선제수군을 다지시기에 앞서 삼국 선장들로 하여금 각양의 군선을 시조케 하셨아옵고, 수차 순찰사를 파유하시와 왜세를 찰감하셨으며, 양화도에 납시어 습수전을 관전하옵신 연후 병조선으로 하여금 수군의 주봉에 역임케 하시었음은 조선의 신 등이 다 알고 있는 일!… 전하! 고정 하시옵소서?"

최호원은 담담히 눈을 감는다. 매운 눈물방울이 눈꼬리에 송알 열린다.

신숙주의 말에 조금은 분이 풀린 듯싶은 세조가 게슴츠레 눈을 뜨고 최호원을 쏘아봤다. 최호원의 어떤 말보다도 그중 세조의 분통을 건드려논 말이 바로 '대선수군'이었다. 세종의 '대선수군' 말만 들어도 마음이 뒤틀리던 세조던 거다.

"과인의 물음에 답해볼 지라… 상비군선이라 함은 대체 무엇을 이름인고?"

최호원의 목소리는 다시 카랑카랑 살아난다. 티끌만치의 굴함도 없었다.

"이십칠년 전의 대선제수군을 이름이옵고, 유사 즉시에 신속히 임전할 수 있었던 일십삼종 군선을 모두 이름이옵니다!"

"… 그래?… 그렇다면 상금의 맹선제수군에는 임전에 대처할 상비군선이 없단 말이렸다?"

"황공하오나 그렇게 생각하고 있아옵니다!"

"뭣이라고!… 생각이 그 같을진덴 필히 연유가 있으렸다! 어찌하여 맹선제수군은 상비군선이 못 된단 말인고?"

"전하! 병조선의 본시가 수전보다는 조전의 주역에 합당되게 건조된 것이옵고, 수전의 장비 역시 자체방비에만 겨우 실효될 뿐 적선을 침멸하기에는 미급함이 지대한 것 아니오리까? 성능이 그와 같을진대 병조선이 어찌 해방의 상비군선일 수 있아오리까?"

"당장 거두지 못할까!"

세조의 불끈 쥔 주먹이 녹장도(鹿杖刀) 날처럼 허공을 가른다. 입술 양끝에 물린 백태가 하글하글 끓어댄다.

"다시 또 대선제수군을 말할 시면 엄법으로 논죄하리라! 그래, 대선제수군이 그토록 막강해서 왜적의 변방침해가 그리 빈번했던단 말인가…? 대선제수군의 군선들이 모두 무적의 상비군선들이어서 하삼도 어가의 민생은 전파됐고, 조전선단 엄호 하나 제대로 못해 조전선단의 미곡은 왜적들만 살찌게 했단 말인가?… 대선제수군이 경토삼해를 지켜 공을 세운 바가 그 무엇이며, 군비낭손만 주업 삼던 수만 수군·수졸들은 그 얼마나 소임을 준행했었더란 말인가?… 당장 물러가렸다! 영상도 그만 물러가오!"

'맹선제수군'을 놓고 조정이 떠들썩하도록 격론을 벌였던 이른바 '계혜의수군'(癸亥議水軍)은 이렇게해서 막을 내렸고, 세조는 최호원의 방자함에 앙갚음이라도 하려는 듯이 '무군소맹선'을 엄청나게 늘린다.

133. 왜구(倭寇) 44

최호원의 진언이 물건품인 양 허망하게 깨져버리자 신숙주는 소태 씹듯 쓴 입맛을 다셔대며 주경철야로 살 맛이 없었다. 최호원의 무엄함을 나무라며 세조의 서릿발 같은 진노만 풀어주기에 식은 땀을 짜냈던 그였었지만 본심은 그게 아니었던 거다. 최호원의 뜻은 으깨지더라도 조선의 팔도 수군이 들고 일어나 '무군소맹선'의 늘림을 결사반대 하고 나설 줄로만 믿었다. 그러나 조선 수군은 세조의 강경책

앞에서 옴싹달싹 못해보고 눌러앉아 버렸으며, 세조는 의기양양해서 '맹선제수군'을 마무리한다는 소문이었다.

신숙주는 견디다 못해 예궐 한다. 최호원의 읍소를 대신해보자는 마음이었다. 세조는 벌써 닷새째나 침전에 누워 있는 몸이었다. 세조는 신숙주가 침전에 들자 상반신을 겨우 뒤채며 엇비슷 기대앉았다.

"득환하옵시어 침전이 흉흉하시다니 이 어쩐 변고이오리까. 신의 근심 또한 축망지환이오이다!"

"수처에 창종(瘡腫)[128]이 발하야 잠시도 마음을 평안히 가질 수 없오. 치병백방 해봤으되 백약이 무효라…"

"수군의 편제를 두고 고심하옵심이 이런 양호유환(養虎遺患)[129]을 불렀지 않사오리까!"

신숙주는 등줄에다 찬소름을 얻으며 이쯤 세조의 눈치를 살펴본다. 그러나 세조는 실겨운 웃음 한자락 물며 손을 내젓는다.

"영상의 충정이 심지하야 그렇소. 과인은 벌써 만대유강할 조선 수군을 편제한 지 오래거늘… 영상이 침전에 든 뜻밖이라, 나라에 큰 일이라도 생겼단 말인가?"

신숙주의 가슴이 뜨끔 저렸다. '만대유강의 조선 수군'은 대체 어떤 것인가.

신숙주의 마음과는 달리 세조는 헛기침 몇가닥을 내뱉아놓고 흔연 희색만면이었다.

어물쩡대던 신숙주가 입을 열었다.

"… 실인즉 맹선제수군에 대한 신의 충정이 있아옵니다!"

"영상은 항시 그랬거늘… 이제야 과인의 뜻에 찬동함이 아니겠오?"

"황공하오나 그런 뜻이 아니옵고…"

신숙주의 말이 떨어지기 무섭게 세조는 벌떡 자리를 차고 일어섰다. 세조의 걸음

---

128 피부에 생기는 온갖 부스럼.
129 범을 길러 화근을 남긴다. 스스로 걱정거리를 산다는 뜻.

이 맷돌질 하듯 신숙주를 조여안고 앞가거니 뒷서거니 숨이 가빠온다.

"… 그런 뜻이 아니라?… 대체 무엇인고!…"

"전하!"

"일러보라지 않았오!"

"… 불시에 왜적이 난궐하야 경토삼해를 짓밟는다면 전하께옵서는 어찌 치왜하실 것이옵니까?"

"잔당 일수까지 모두 멸하여 불사재침의 본을 삼을지라!"

"… 왜적의 정벌을 뜻하심이오이까?"

"그렇소!"

신숙주는 바로 이거다 싶었다.

"전하! 왜적을 정벌함이 치왜의 묘방이오나 상금의 조선수군으로는 정벌을 어찌 생각이라도 해볼 수 있아오리까!"

세조의 숨가쁜 발걸음이 뚜욱 멈춘다.

"정벌이 불가하다고?"

"그렇사옵니다. 려조 우왕대의 정벌이나 거 사십구년의 대왜정벌 또한 수대선행사(隨大船行使)[130]한 경쾌선 때문에 가했던 것이오이다! 하오나 상금의 조선 수군에는 주전의 대선도 없아옵고 대선수행하야 왜선을 추포할 쾌선도 없아옵니다!"

134. 왜구(倭寇) 45

신숙주의 말에 엿물을 끓여대며 화들짝 놀라 자빠져야 마땅할 세조였다.

그러나 세조는 어근버근[131]한 심사를 달래기나 하려는 듯이 코웃음 몇가닥에다

---

130 세종 5年 癸卯년 기록, "병조에서 경상좌도 각포에 경쾌한 쾌선을 만들어 대처하도록 하다" 항목. "隨大船行使便利(수대선행사편리): 큰 배를 따라 행사함이 편리하다"
131 서로 마음이 맞지 않아 사이가 꽤 멀어지는 모양을 나타내는 말.

태연함을 섞는다.

"상금의 조선 수군이 그렇게 약체라면 정벌의 대의만 철하면 되는 것, 해방과 조전만 여실하면 정벌을 생각해 볼 필요 또한 없으렸다… 영상의 우국혼이 삼해를 두루 수호함이려니 천만다행으로 왜적의 난궐도 없지 않겠오?"

세조의 빈정댐이 가마골 위로 떨어졌다. 신숙주는 땡볕에 떨어진 송충이처럼 등줄을 오싹 쥔다.

"전하! 정벌을 꾀할 바 없다손치더라도 정벌 대역을 치러낼 수군의 전력은 항상 나라와 함께 기승해야 될 줄 아뢰오!"

"어허- 그만 거두라지 않았오. 과인은 맹선제수군의 편제를 이미 필 했오… 영상의 마음도 흡족하려니!"

세조의 마음 한 구석에서 불기둥이 치솟았다.

왕위 찬탈의 역모에 세조의 오른팔 구실을 했고, 등극 이후의 왕권확립에 빛나는 공을 쌓아줬던 신숙주가, '맹선제수군'을 놓고 뜻 다른 벽을 이렇게 튼튼히 쌓을 건 뭐란 말인가.

세조가 사뭇 불호령인 엄령을 내린다.

"영상은 들으시오! 다시는 맹선수군에 대해 다른 뜻을 개진해서는 안 될 일… '함난평정'이며 '건주위치난'이 모두 조전의 성세를 힘 입은 바라. 조전이 지진하야 나라살림이 이와 같지 않았다면 어찌 그와 같은 국력을 꿈이라도 꿔봤으랴!"

신숙주는 비로소 뜻을 꺾는다. 세조의 말이 틀린 데가 없다. '함난평정'이라 함은 곧 함경도에서 이시애(李施愛)가 난을 일으키자 귀성군(龜城君)[132]으로 하여금 평정케 함을 이르는 것이요, '건주위치난'이라 함은 바로 강순(康純)을 파견하여 건주위 야인(建州衛 野人)[133]을 토벌한 것을 이름이었다. 그뿐이랴. 세조의 치적은 눈부신 '

---

132 이준(李浚)
133 중국 명(明)나라 초기에 두만강과 압록강 유역 남만주 일대의 야인(여진女眞)을 다독여 끌어들이기 위하여 영락(永樂) 원년(1403)에 설치한 위소(衛所).

조전'의 바탕에서 다 이루어졌다 해도 지나친 말은 아니었다.

"… 황공 하오이다…"

신숙주의 고개가 푸욱 꺾이자 세조는 의연 생기가 넘친다.

"영상은 수대선행사의 쾌선을 몹시 기리는 것 같소… 면이나 영상의 생각 또한 편협하기 이를 데 없으니, 영상은 어찌하여 상금의 소맹선을 잊고 수대선행사하던 거도선(居刀船)[134]만 으뜸으로 치는 것인고?"

신숙주가 우물쭈물 선뜻 대답을 못 한다. 신숙주가 주장하는 '수대선행사'(隨大船行使)는 대선에 따르는 소형군선을 지칭함이요, 그 소형군선은 세종조의 '비거도선'(鼻居刀船)[135]을 가리키는 것이다.

"수대선 하야 적임을 행하던 거도선이 감용분전(敢勇奮戰)[136]했던 바를 과인이 모를 리 없으되 상금의 소맹선도 대·중맹선에 수행케 하면 어찌 거도선에 뒤지랴. 안타까운 일인즉 전시가 아닌 평상시라 소맹선이 그 성능을 발할 대적이 없다는 것 뿐…"

세조는 별안간 왕의 위엄도 잊고 심성한 듯 전시을 긁적여댄다. 반은 미친 꼴이었다.

"전신으로 갑충이 기어오르는 것 같아 살펴 볼시면 갑충의 형체는 없고, 종창이 발한 하지골(下肢骨)[137]미로는 통각이 무감하니 이 무슨 괴질이랴!"

세조는 뱅뱅 제자리 걸음을 재너니 이내 내뱉았다.

"영상, 무군소맹선을 기백 소 증선키로 마음 정하였오."

---

134 1427년(세종 9)부터 대선을 수행하는 데 편리하다고 만들게 한 소형 군용보조선. 조운선에 딸려가면서 땔나무를 하고, 물긷는 데 쓰기도 하고, 연해 주민이 해산물을 따는 데 사용하기도 함.
135 독자적으로 활용되지 않고 배를 수행하다 필요한 경우 큰 배에 물자를 나르는 목적으로 쓰인 군용보조정. 빠른 대신에 그 크기가 기껏해야 4, 5석의 쌀을 실을 정도에 불과했다.
136 용감하게 있는 힘을 다하여 싸움.
137 다리와 발을 이루는 뼈를 통틀어서 일컬음.

135. 왜구(倭寇) 46

　세조는 그날로부터 닷새 동안을 신하들의 예궐도 마다하고 침전에만 누워 있었다. 세조의 병은 예사 것이 아닌 듯싶었다.

　무슨 마음에서였는지 세조는 여섯날 째 아침에 신숙주를 황급히 불러들인다.

　세조는 얼굴 구석구석의 살갗들이 더러는 눅처지고 혹은 문드러진, 참혹한 꼴이었다.

　"… 영상, 과인의 천명이 이젠 다 진한 것 같소-"

　세조의 목소리가 가들가들 자즈러진다.

　"전하! 어찌 그런 말씀을 하시옵니까. 망극한 성은이 없아오면 나라도 백성도 따라서 없는 것이오이다!"

　"천명이 진하면 소명에 순하는 것이 사람의 상도려니 이제 심구(心垢)[138]를 떨어내고 조용히 그 날을 기다릴 뿐…"

　세조는 잠시 말을 끊는다. 이내 목소리를 가다듬는다.

　"이젠 참았던 말을 다 할 수 있을 것… 삼포왜세가 등세하게 된 것이며 왜인들로 하여금 조선어가들의 어로를 점탈케 했던 것 모두가 그실 고·초도 어로를 왜인들에게 허한 데 연유함이오.… 더불어 상비수군을 크게 과중하여 국용의 지대한 낭비를 자초한 것도 과오였으리니!… 이에 과인은 소맹선 이백사십구 소를 무군화하야 전시편제인 조선 수군을 평시편제로 할 것이오."

　신숙주는 숨통이 막힐 듯 크게 놀란다. 그러나 혓바닥이 아프도록 어금니를 물며 참는다. 반은 죽어가고 있는 어전임에 차마 반대의 뜻을 펼 수는 없는 일이었다.

　세조의 '맹선제수군'은 이제 완전무결한 편제를 마무리한 셈이었다. 그런데 두 가지의 엉뚱한 일이 일어난다.

　그 하나- 세종 때에는 57척이던 '무군선'이 세조의 '맹선제수군'에서는 2백49척

---

138 마음에 낀 때. 번뇌를 이르는 말.

이라는 어마어마한 수로 늘어난 것이었다. 57척의 '무군선'도 많다고 철폐의 주장이 분분했던 것인데, 수전의 장비는 고사하고 수졸도 없는 공선(空船)이 상비함대(常備艦隊)가 된 이유는 도대체 어떤 것이었을까.

또 하나- 모두 2백49척의 '무군소맹선' 중 2백 1척이 '하삼도'에 배치되는 기현상이었다. 2백1척의 '무군소맹선'은 충청수군에 40척, 경상수군에 75척, 전라수군에 86척이 배치됐던 거였다.

세조는 '맹선제수군'의 편제를 서둘러 마무리짓고 승하했다. 대풍창(문둥병)으로 숨을 거두면서까지 끝내 고집을 꺾지 않았던 거다.

그렇지 않아도 왜세에 눌려 죽은 바다나 다름없던 '하삼도'는 이제 바위를 향해 날으는 달걀처럼 위험천만의 무방비상태였고, 대·중맹선이 조전의 임무에만 전력케 되자 때려부술 작심이면 어느때고 궤멸시켜버릴 수 있는 '무군소맹선' 2백1척이 '하삼도'를 지키게끔 됐다.

'하삼도 수군'이 이처럼 무력해지자 '삼도주진'의 수군통수자들은 거진 제 정신들이 아니었다. 그러나 벙어리 냉가슴 앓듯 울화를 속으로 삭히는 수밖에 없었으니, 세조의 '맹선제수군'은 곧 불변의 유조(遺詔=임금의 유언)였던 거다.

'고·초도 어로허가'를 맹공하고, 국고낭실의 전시체제 '상비함대'를 철폐하여, '무군소맹선'으로 하여금 평시체제의 '상비함대'로 삼았던 세조.

그러나 세조의 '맹선제수군'은 조선 수군의 막강함을 영원한 약체 수군으로 만들었고 급기야는 조선 수군이 궤멸 되고마는 '삼포왜란'(三浦倭亂)과 '을묘왜란'(乙卯倭亂)을 부른다.

136. 왜구(倭寇) 47

그러면 세조는 왜 쓸모없는 빈 배(무군소맹선) 2백1척을 매달아두고 '하삼도'를 지키자 했던가. 승하 직전까지 되뇌이던 '조전'에 대한 집념과 그 집념을 기어코 관철하려는 외고집이었냐 하면, 그것만도 아니었다.

승하 전년(세조 13년)부터 세조는 깊은 고뇌에 빠져 있었으니, 그것은 왕위찬탈에 대한 뼈저린 자책감, 그리고 문둥병까지 얻은 불운에 대해 늘상 슬퍼했던 거다. 불문(佛門)에 귀의하여 성세무상을 개탄하던 세조는 무엇보다도 죽이고 죽임당하는 싸움이 싫었다. 그저 바라는 것은, 오직 태평성대였고 백성들의 평화스러운 삶이었던 거다.

이런 세조의 마음은 마지막 숨을 거둘 때 더욱 진하게 드러났다.

"… 과인의 소원은 국태민안의 무궁함이라… 왜인들이 득세하기로 그들이 큰 변란을 아직 작모한 적 없고, 설령 그들이 안하무인의 경에 달하야 실모가 있기로 조선의 강막한 맹선수군이 신속히 응전하면 어찌 대적의 무리가 되랴… 그러려든 조선이 수군을 유명무실한 대편제로만 증군하야 지대한 군비를 낭비할 필요가 어찌 있으랴… 국태민안의 상금을 전시로 그릇 추념하야 살생의 허만 밀탐하는 것 또한 호전(好戰)의 죄를 면치 못할 일!… 과인은 믿노니 조선의 맹선수군은 반드시 화평성대를 지키고 다스릴 것이로다…"

세조는 망연한 눈길을 띄워 허공을 올려다보고 있었다. 희멀건히 꺼져가는 눈빛에다 애써 곧고 밝은 진실을 담아본다.

"이제 추념하니 성군치덕이 바로 성은만은 아니로다… 결코 고·초도 어로는 왜인들에게 허하지 말았었어야 했을 일이요 삼포금약을 철저히 준행하여 왜세를 미리 막았어야 했던 것!… 상금의 삼포왜세를 가하게 한 것은 무엇보다도 그들의 어세 감면 청원을 쾌히 수락했던 바일 것이로다!… 어찌하여, 아니 어찌하여 그들의 어세감면 청원을 그리도 쉽게 허 할 수 있었단 말인가?…"

세조는 마지막으로 부왕 세종(世宗)의 실책을 원망해 봤었다. 특히 '아니 어찌하야 그들의 어세감면 청원을 그리도 쉽게 허 할 수 있었단 말인가?' 하는 탄식은 중신들의 가슴에다 아픈 대못을 박는 것이었다.

'무군소맹선'이 '하삼도' 방비의 상비함대가 되었기로 세조의 '맹선제수군'이 40

여년 뒤의 '삼포왜란'과 '을묘왜변'을 당하여 그처럼 쑥밭이 되어버려야 할 이유는 없었다. 세조의 고명(顧命. 임금의 마지막 命)을 좋은 쪽으로 지켜나가고, 또 '맹선 제수군'의 세 가지 단점만 보강해 나갔다면, '하삼도'가 그쯤 쉽게 왜놈들의 놀판 이 될 수는 없었을 것이며 조선의 어민들이 바다를 버리고 도산 (逃散)될 리도 만 무였다.

'맹선제수군'의 세 가지 단점-

첫째는 새로운 군선의 출현을 막았던 것이요, 둘째는 '병조선' 이외의 조선 (造船) 을 엄격히 막아 조선술(造船述)의 퇴락을 불렀던 점, 그리고 세째는 대·중맹선이 수 군의 주력(主力)이 됐던 까닭으로 전투함의 공격 예봉(銳峰)이 크게 무디게 된 일 이였다.

서슬푸른 '금송법'(禁松法)이 엄행됐던 때였다고는 해도 대·중맹선을 해방(海防) 에 주역(主役)케 하는 일쯤은 얼마든지 가능했던 일이었다.

그러나 세조 승하 후의 왕정 (王政)은, 그야말로 수군을 잊었던 것이었다.

137. 왜구(倭寇) 48

세조를 이어 예종(睿宗=세조의 둘째 아들. 이조 8대왕)이 등극한다.

예종 원년(1469년)- 조선 수군은 예종 원년을 맞아 존망의 가쁜 숨줄을 할닥대고 있었다. 예종이 수군의 중지를 들어 '무군소맹선'을 절반만 줄이고, 그것도 마득잖 았다면 '병조선'에 수행할 다른 군선만 건조했었다 쳐도 조선 수군의 명맥은 그런 대로 이어졌을 것이며, 따라서 조선의 어선들은 왜어선들이 먹다 만 끝물 생선이나 마 챙겨담는 체면을 세워봤을 것이었다.

그러면 조선 수군의 막바지 숨줄에 얽힐 간난(艱難)의 내력이란 어떤 것인가.

왜구의 변경침해가 극심했던 려조(麗朝)에 이르러 혼비백산 갈피를 못잡던 수군 을 겨우 살려낸 왕이 우왕(禑王 고려 32대왕)이었다. 뒤늦게나마 체제와 전력을 재

정비한 우왕의 고려 수군을 이어받은 창왕(昌王 고려 33대왕)은 즉위 원년에(1389년) '대마도정벌'을 단행할 수 있었다. 그러나 공양왕(恭讓王 고려 34대왕)의 여말에 이르러서는 불과 15회의 변경침해 왜구도 제대로 못 다스리는 약체 수군으로 전락해갔다.

여말의 풍전등화격 약세 수군을 또 한번 다시 살려낸 사람, 바로 조선을 개국한 태조(太祖) 이성계(李成桂)였다. 태조는 여말의 약세 수군을 막강의 조선 수군으로 다졌으니 그 위세는 가히 왜구를 압도했다.

태조의 수군이 해륙(海陸)을 함께 방비하며 전력의 위세를 대외에 떨쳐갈 즈음-조선 2대왕에 즉위한 정종(定宗)은 태조의 수군을 엉뚱한 마음으로 조몰락거려본다. 수군의 과반을 줄일 요량이던 정종은 급기야 수군의 전폐까지 생각해 보는 것이었다.

조선의 수군은 기적적으로 다시 살아난다. 전폐 지경의 조선 수군을 기사회생시킨 왕이 태종(太宗. 이조 3대왕)이었다. 태종의 수군은 기사회생한 여력을 몰아 드디어는 6백13척 군선의 대수군(大水軍)으로 편제됐다.

태종의 대수군은 제4대왕 세종(世宗)에 이르러 개국이래 유래를 찾아 볼 수 없는 8백29척의 '대선수군'(大船水軍)으로 또 다시 컸다. 세종은 등극 원년부터 대마도 왜적들을 향해 불침을 놔봤다. 이른바 기해동정(己亥東征=1419년의 대마도 원정)이었다.

그러나 수군의 막강한 전력만 믿는 세종은 거듭거듭 유화책을 펴 유례없이 막강한 수군이, 바다를 지켰으되 되레 왜놈들에게 조선의 바다를 내어주는 뼈아픈 실책들을 저지르기에 바빴다. 한마디로, 무적(無敵)의 조선 수군은 차츰 본분을 잃어갔고 그 틈을 엿본 왜적들은 차근차근 조선의 바다를 먹어갔던 것이었다.

세종의 수군은 문종(文宗, 이조 6대왕)대를 거치면서 용케도 살아 버텼다. 벌집 쑤셔놓은 듯 시끄러운 국사를 치러내면서도 천만다행으로 명맥을 유지하는 세종의 '대선수군'이었다.

그러나 7대왕 세조(世祖)는 수군의 조전우선활용책(漕轉優先活用策)을 펴, '병조선'으로 하여금 수군의 주봉(主峰)을 삼는 '맹선제수군'을 편제했고, 2백49척의 '무군소맹선'이 경토 삼해를 지키게되어 그야말로 유명무실한 수군으로 탈변되게끔 해놨던 것이었다.

세조는 승하해버렸고, '맹선제수군'은 바야흐로 생사의 갈림길에서 막바지 숨줄을 그렁대며 구원의 뜨거운 손길을 기다리게끔 됐던 것이었다.

138. 왜구(倭寇) 49

그러나 예종은 조선 수군의 이러한 참경을 거들떠도 안 봤다. 오로지 선왕(先王)의 고명을 이어받들기에 정신이 없었다.

예종은 단 한번, 순찰사로 하여금 '삼포'의 왜세를 정탐케 했고, 덧붙여 '무군소맹선'이 지키는 '하삼도' 어민들의 어로를 살펴보도록 했을 뿐이었다. 이것도 '무군소맹선'이 맡은 바 소임을 제대로 실행해내는가 하는 염려에서가 아니라 오히려 '무군소맹선'의 수차없는 소임을 다시 한번 실감하려는 느긋한 여유였다.

예종 원년(1469년)이었다. 순찰사 이극돈(李克墩)의 복명은 뜻밖이었다.

"무군소명선이 제포(諸浦) 방비에 임한 연후 왜인들의 경망된 작폐는 찾아볼 수 없게 되었다 하옵니다. 삼포의 왜세 또한 오랜만에 평정을 되찾은 듯하더이다. 더불어 반가운 일은 전파지경에 이르렀던 하삼도 어가의 어로가 은연 활기를 되찾아 민생의 업이 순조로운즉 이 모두가 선왕께옵서 베푸신 망극한 성은이 아니오리까!"

이극돈의 복명은 실로 불가사의한 것이었다. '무군소맹선'으로 하여 '삼포왜세'가 한껏 기가 죽고, 거기다가 '하삼도' 어가의 어로가 활기를 되찾았다는 말- 예종의 용안은 돌연 희색만면했다. 그러면 그렇지 하는 생각에 무릎을 쳤다.

재위(在位) 일년의 짧은 세월동안 예종은 거의 해방(海防)을 잊는다. 바다는 불퇴필승의 '무군소맹선'들이 철통같이 지키고 있는 터, 거기다가 '맹선제 수군'의 조전임역은 여전히 불란정연했으니, 예종은 경국대전(經國大典)의 편찬과 관제(官制)의 개혁, 직전수조법(職田收租法) 제정 등의 치적에만 심혈을 다 쏟았다.

예종의 뒤를 이어 세조의 손자요, 추존왕(追尊王) 덕종(德宗)의 아들인 자산군(者山君)이 즉위한다. 바로 이조 9대왕 성종(成宗)이었다. 성종은 13세의 어린 나이로 즉위하여 그후 8년간을 세조비(世祖妃) 정희대비(貞喜大妃)에게 수렴청정 했으니 '맹선제수군'의 허실은 커녕 수군의 편제도 제대로 모를 지경이었다.

정희대비의 수렴청정을 벗어나 친정(親政)을 행한 것은 성종 8년(1476년)부터였다.

그러나 성종도 예종과 다를 바 없었다. 이미 성종 6년에 이르러 '삼포'의 왜세는 다시 고개를 들기 시작했고 그해 3월 '삼포 항거왜'의 수는 2천2백9명으로 늘어나 경상도 관찰사의 장계(狀啓)[139]는 불길을 지폈었던 거다.

성종은 친정을 행하면서부터 경토삼해의 방비와는 전혀 무관한 일만 벌여 놓기 시작한다. 곧 왕비인 숙의(淑儀) 윤씨를 폐위하고 그 이듬해에는 윤씨를 사사(賜死)하여 연산군조(燕山君朝)의 피비린내 나는 사화(士禍)의 씨앗을 묻었다.

한편으론 국방에도 힘 쓰는 듯했으나 바다의 사정과는 깡그리 먼 야인토벌 (野人討伐)이 고감이었다.

경사백가(經史百家)에 박통(博通)하고 성리학(性理學)에 정통하여 문운(文運)을 극성케 했으며, 나아가서는 이조의 찬란한 문화를 꽃 피우게 했던 성종- 그러나 야릇한 일이었다. '삼포'의 왜세는 그 어느 때보다 커졌었고 왜놈들의 작폐는 점점 날을 세워갔던 거였다.

---

139 지방에 파견된 관원이 자기 관하의 중요한 일을 임금에게 글로써 보고하는 일이나 그런 문서를 이르던 말.

139. 왜구(倭寇) 50

　도원수 윤필상(尹弼商)을 시켜 야인토벌을 마치고(성종 10년 1479년 5월) 다시 허종(許琮)으로 하여금 두만강 야인을 정벌한(성종 22년 1491년) 성종은 그제야 '삼포왜인'에 대해 관심을 가져본다.

　성종은 '맹선제수군'을 크게 믿고 있었던 터라 바다는 밀어두고 내륙의 안정에다만 힘을 쏟았다.

　성종이 '맹선제수군'을 믿게 된 연유는 두가지가 있었다.

　그 첫째가 '맹선제수군'으로 하여금 군비가 크게 절약된 사실이었다. 바른 말로, 세종의 '대선수군'은 평시의 수군체제로는 다소 과분한 것이었다. 유사시라면 모를까 평시에 그만한 수군을 관리하기란 막대한 국고(國庫)의 낭비없이는 어려운 사실이었던 거다.

　그 둘째가 나라살림의 튼튼함이었다. '병조선'을 빼돌려 조전에 활용한 연후 수군의 군비가 눈에 띄게 줄었고, 수군의 군비절감에서 남은 힘을 내륙의 야인토벌에다 충당할 수 있었으니, 서거정(徐居正)을 시켜 '동국통감'(東國通鑑)을 편찬케 했고 '동문선'(東文選)·'오례의'(五禮儀)·'악학궤범'(樂學軌範) 등의 찬란한 문화를 싹 틔우는데 밑거름이 됐던 것이었다.

　그러나 성종 24년에 이르러(1493년) '삼포 항거왜'의 선박이 1백25척으로 기세를 떨자 성종은 '하삼도'를 뒷전으로 밀어둘 수만은 없게 된 것이다.

　"순찰사의 복명이 전혀 뜻밖이라 과인의 심기가 퍽은 언짢도다. 막강의 무군소맹선들이 전라·경상의 수영에다 닻을 내려 촌시의 허송없이 왜세를 감호한다 들었거늘, 삼포 항거왜의 수가 삼천에 이르고 항거왜들이 보유한 어선의 수 역시 일백이십오 소라니 이 어찌된 일이랴! 그렇다면 상금의 조선 삼포는 왜인들의 땅이나 다름없음이요 삼포의 바다는 왜어선들만의 독점양해가 아니겠오?… 왜어선이 일백이십오 소라면, 아니 대체 조선 어가의 어선은 몇 소나 된다는 말이오?"

성종의 근심어린 눈길이 충복의 신하를 내려다봤다. 참으로 질기게도 오랜 세월 동안 벼슬자리에 앉아있는 신숙주다.

"… 사십여 소라 하더이다!"

"뭣이라고?… 조선 어가의 어선들이 왜어선들의 수를 능가해도 모자라려던, 뭣이 어쨌다고? 사십여 소?… 아니 삼포의 조선 어선들이 왜 어선의 세곱의 하나에도 못 이른다?"

"전하 고정 하시옵소서! 왜어선들의 수가 많기로 어디까지나 무장도 못한 낡은 고깃배들 아니오리까?"

"큰일 날 일!… 일백이십오 소의 왜어선들이 불시에 작당하야 삼포를 유린한다 추념해보오! 무군소맹선들이 공선인 바에야 어느 틈에 신속히 임전할 수 있단 말이오?"

"전하, 지심한 하려(下慮)일 따름이옵니다!"

"아니오. 어찌 과인만의 걱정이란 말이오!… 참 이렇게 하면 어떨꼬? 차제에 상왜선을 제외한 모든 왜어선들의 삼포 정박을 불허한다면?"

성종의 이 결단이 실행됐다면 조선의 수군은 또다시 살아났을 것이었다. 그러나 신숙주의 말은 엉뚱했다. 이쯤 느닷없는 일이 어디에 또 있으랴.

"전하 아니 되옵니다. 왜어선들을 본도 귀항시킨다면 겨우 확고해진 대왜 선린 수교 또한 일점 포말이 될 것이옵니다. 일사분란한 무군소맹선의 감호를 믿으시옵소서!"

140. 왜구(倭寇) 51

씹을 수록 졸깃졸깃 진맛이 우러나는 신숙주의 진언(進言)[140]이었다. 성종은 안도

---

140 윗사람에게 자기의 의견을 말함.

의 낯색을 불콰하게 달구며 연연한 미소를 머금는다. 빈사(瀕死)[141]지경에서 어떻든 되살아나 보려고 발버둥을 쳐봤던 조선의 수군은 수절과부 홀쳐놓고 이승을 마지막 보는 자리개미(이조 때의 형벌로 목을 졸라 죽임) 꼴로 허망할 뿐이었다.

덧없는 세월만 흥청낭창 흐른다.

1494년, 성종의 장남으로 성종 14년(1483년)에 세자에 책봉됐던 융(㦕)이 등극한다. 바로 이조 제10대왕 연산군(燕山君)이다.

연산군은 즉위 원년(1494년)부터 '삼포'의 왜인들을 향해 불호령을 내린다.

"이런 고얀지고! 삼포 항거왜의 무리가 남어여상(男漁女商)하야 유족하기 이를 데 없는 생을 누리거늘 이에 반하야 조선 어가들의 민생은 도탄지경의 참혹함이라니 말이라도 되는가? 아니 아니 그 누구가 삼포의 땅 주인이며 삼포 연해의 주인은 도대체 누구란 말이냐? 어로구역 외에서 어로하는 모든 왜놈들의 채해선(採海船=미역을 따고 고기를 잡는 왜어선의 총칭)을 당장 추포하야 엄히 논죄할 것이며 첨사(僉使)의 노인(路引)[142] 없이 어로하는 모든 왜어선은 불문곡직 잔멸하렸다! 에잉- 고얀지고! 왜세의 방자함이 이와 같다니 아니 삼포 수영익 조선 수군들은 도대체 그 소임이 무엇이란 말이냐!"

천성이 괄괄한 연산군은 우선 피가 끓고 끓어 가슴이 통째 아렸던 거다.

연산군의 불호령은 제꺽 먹혀들었다. 세종 때의 끝장없던 유화책은 비로소 막장을 봤고 그적 유명무실했던 선군환기(船軍換騎)[143] 또한 본때를 재며 되살아났다.

연산군의 엄명에 신명이 돋친 조선의 수군은 첨사의 노인(路引) 회비(回批)[144]없이

---

141 거의 죽을 지경에 이름.
142 조선 시대, 병졸이나 장사치 또는 외국인에게 관청에서 내주던 여행 증명서.
143 세종 때 정한 '삼포금약'(三浦禁約) 중 한 약정으로 '수군(船軍)이 고기잡이배(釣船)로 바꾸어 타다'라는 뜻. 즉 '삼포'의 어로구역에서 포어(浦漁)하는 왜국 어선은 필히 선원 한명을 조선의 포소(浦所)에 유치(留置)해야 하며 그대신 감시를 위한 조선의 선군(船軍) 한사람을 왜국 어선에 동승시켜 출어해야 한다는 약정.
144 세종 때 불법어로를 막기 위한 어로약정 : "어로를 하는 왜인들은 도주(島主)의 도서가 세개 찍힌 증명서를 필히 지참해야하며, 이를 조선국 지세포 만호에게 납입하고, 지세포 만호는 문인을 개급(改給)하되, 조어를 마치고 돌아갈 때 만호는 도주(島主)의 문인에 회비(回批), 착인(着印)하여 반환함

곧바로 본도 귀항하는 왜어선을 모두 네 차례나 때려잡는다. 두 번은 '안골포'(安骨浦) 앞바다에서였고 또 한 번은 '서생포'(西生浦), 그리고 나머지 한 번은 '적량'(赤梁)까지 추격하여 가차없이 잿더미로 만들고 봤다.

연산군은 이 소식을 접하면서 그쯤 기쁠 수가 없었다.

"으하하하- 그 얼마나 장한 일이랴! 뜨거운 쇠를 못 두들겼거든 식은 쇠나마 혈성을 다하야 닦아내는 지략도 가한 법! 힘을 못써 녹슬어가던 조선 수군이 실로 오랜만에 녹을 씻어낸 쾌사 아닌가? 으하하- 엄달할지라! 채해(採海) 왜선은 어로에 선(先)하야 필히 첨사의 노인을 받을지며, 채해 왜선에는 기필 수군의 능사자(能射者)를 동승시켜 선군환기의 엄법을 준행토록 하라!"

연산군은 그것도 모자랐다. 내친 김에 조선 어가들의 민생마저 돌봐주고 싶었던 거다.

"듣자하니 삼포의 조선 어가가 도산지경에 이르렀다 하니, 비단 어가들뿐이랴? 농어(農漁)를 막론하고 조갱모채(朝羹暮菜)[145]의 빈한함을 면치 못하려니 그들에게 국용을 우선함이 옳을 일!"

연산군은 '상평창' 외에 빈민구제의 전용창(倉)을 세운다. 곧 '사창'(社倉)과 '진제장'(賑濟場)이다.

그러나 말발굽이 닳도록 한창뛰던 수레바퀴가 진흙창에 쳐박혀 옴싹달싹 못하는 세월을 맞는다.

바로 연산군4년 (1498년) 이었다.

141. 왜구(倭寇) 52

해방(海防)의 본분을 잊은채 조전(漕轉)[146]에만 이용당하던 조선수군이 모처럼 활

으로써 증거를 삼는다."

145 아침에는 멀건 국으로 끼니를 때우고 저녁에는 무성귀를 먹는 가난한 살림.

146 배로 물건을 실어 나름.≒ 조운(漕運)

기를 되찾아 왜적들에게 따끔한 혼찌검을 앵겨주자 하늘 무서운 줄 모르고 기세등등하던 '삼포 왜세'도 주춤 굳었다. 세조의 재위(在位) 동안 결코 부스러기와 쌀겨 나부래기나 얹곤 묵은초 곡간 꼴로 바다를 떠다니던 '대·중·소맹선'들이 간끼 밴 뱃전을 말끔히 씻어내고 미포 대신 수졸과 수전장비를 실은 채 왜적들을 때려잡는 일은 실로 오랜만의 쾌거였다.

세조의 '병조선'(兵漕船)들이 네 차례의 수전에서 본때를 재보자 '하삼도' 수영은 은연 사기충천의 불길을 지폈고 '채해왜선(採海倭船)'에 동승한 조선 수군의 능사자(能射者=수군의 정예 사수射手)들 역시 위세가 당당하던 터였다. 연산군의 불호령 몇차례에 '삼포' 앞바다는 다시 조선의 바다로 회생했고 그 바다를 지키는 조선 수군도 가히 장군출새세(將軍出塞勢=요새를 지키기 위해 명장이 움직인다는 뜻)일 즈음이었다.

그러니까 바로 그때였다. 연산군은 등극 사년 동안의 눈부신 치적을 단숨에 허사로 만든다. '하삼도'나 '삼포왜세'는 고사하고 나라마저 송두리째 잊고 미쳐간다.

연산군의 생모인 폐비 윤씨가 성종의 후궁 정씨(鄭氏)와 엄씨(嚴氏)의 모함으로 사사(賜死)되었음을 안 연산군은 두 눈이 벌쭉 뒤집혔다. 정씨 소생의 안양군(安陽君)과 봉안군(鳳安君)을 살해한 앙갚음도 모자라 사림파(士林派)를 대거 숙청하니, 바로 연산군 4년(1498년)의 무오사화(戊午士禍)다. 6년을 제 정신 못차리고 앙갚음에만 혈안된 연산군은 연산군 10년(1504) 김굉필(金宏弼) 등의 사류(士類)를 학살하여 또한번 갑자사화(甲子士禍)를 부르다가, 끝내는 왕을 비방했던 글이 언문(諺文)이었다는 핑계로 언문구결(諺文口訣)[147]마저 불태워 버리고 만다.

연산군은 거진 미친 거나 진배없었다. 원각사 안에다가 '장악원'(掌樂院)[148]을 두

---

147 '언문'은 예전에 '한글'을 이르던 말. '구결'은 한문을 읽을 때 그 뜻이나 독송(讀誦)을 위하여 각 구절 아래에 달아 쓰던 문법적 요소를 통틀어 이르는 말.
148 조선시대 궁중에서 연주되는 음악 및 무용에 관한 모든 일을 맡아보던 관청.

어 기녀(妓女)들을 양성하는가 하면 '경연'(經筵)[149] '사간원'(司諫院)[150]을 폐지하고 유생들을 몰아낸 성균관(成均館)을 유흥장으로 삼았으며 궁궐 내외에 잠행(潛行)하여 음행(淫行)을 일삼다가 급기야는 조선팔도로 채청사(採靑使) 채홍사(採紅使)[151]를 보내 미녀(美女)·양마(良馬)를 징발케 하면서 국고를 탕진하고 민생을 도탄에 빠뜨리니 그 세월은 어언 2년을 넘어 1506년에 이른다.

연산군의 연달은 횡포로 국정은 마비되고 국방은 풍전등화처럼 위태롭게 되자 연산군 등극후 4년동안 옴싹 못하고 죽어지내던 왜적들이 나를 곳 찾아 슬근슬근 깃을 털어댔다. '대마도'로부터 도래하는 왜놈들의 상선은 하루 삼백 소에 이르렀으며 덩달아 '삼포 항거왜'의 보유어선을 능가하는 왜어선들이 속속 '삼포' 앞바다로 몰려들었다.

연산군 12년(1906년) 연산군의 학정에 견디다 못한 성희안(成希顏)·박원종(朴元宗) 등이 구국의 칼을 빼들고 진성대군(晋城大君)을 옹립한다.

연산군은 군(君)으로 강봉(降封)되어 강화(江華)의 교동(喬洞)으로 유배되며 진성대군이 즉위한다. 바로 이조 11대왕 중종(中宗=성종의 제2자, 연산군의 동생)이다.

142. 왜구(倭寇) 53

중종은 즉위 원년부터 과감한 인재등용의 이상정치(理想政治)를 실현코자 이른바 폐정개혁(弊政改革)[152]을 단행하며 연산군 조(朝)의 얼룩진 상흔을 씻어내는데만 혈성을 쏟았다. 물론 바다의 사정엔 관심도 없을 지경이었다.

---

149 '경전(經典)을 공부하는 자리'란 의미. 결국 성현의 가르침을 공부하는 자리라는 뜻으로 조선시대 왕이 공부하는 것을 말하기도 하고, 임금에게 유학의 경서를 강론하는 일도 아우른다.
150 조선시대의 간쟁(諫諍)·논박을 관장하던 관서. 즉 언론을 담당했던 기관.
151 채청사: '채청녀사(採靑女使)' 준말로, 미모의 여성을 궁중에 들이는 일을 담당하는 관리(부서). 채홍사는 '채홍준사(採紅駿使)'의 준말로 좋은 말을 뽑아 궁중에 들이는 일을 담당하였다.
152 폐단이 많은 정치를 개혁함.

조선의 수군편에서 보면 중종은 어쩔 수 없이 달갑지않은 왕일 수밖에 없었다.

조선왕조 11대의 세월 동안 연산군만큼 수군의 무력을 실리에 써먹은 왕이 그 누구였던가. 태조는 수군의 위세를 믿은 나머지 왜구의 내륙잔멸(內陸殘滅)을 꿈꿨었고, 정종의 약체수군을 회생시킨 태종은 수군보다 조전의 성세에다 더한 관심을 가졌으며, 세종은 '대선수군'의 막강함을 내세워 왜적들의 발호를 쓰다듬어 달래주는 데에만 정신을 팔았던 터, 거기다가 문종과 단종 대의 있으나마나한 수군을 되살려 낸 세조는 느닷없이 수군을 조전에만 활용하며 태평성대의 평시체제 수군만 읊조려 댔겄다. 이극돈(李克墩)의 아리송송한 복명에 감복한 예종은 선왕의 고명을 떠받드는 데에다만 급급하여 재위 일년 동안을 깡그리 수군을 잊고말더니, 모처럼 '삼포 항거왜'의 본도 귀환을 작심해 봤던 성종마저 신숙주의 진언 한 마디에 풀썩 무릎을 꿇고 말던 거다.

불과 네 차례라고 하나 연산군의 엄명에 따른 조선수군의 무력과시는 여러모로 중대한 의미를 갖는다.

우선 전과(戰果)부터 살펴보자. 추포한 왜선이 모두 6척이요, 회진하여 가라앉힌 왜선들이 모두 14척, 추포한 6척의 왜어선에서 거저먹은 생선은 7백80여 미(尾)였으며 왜놈의 사상자는 무려 1백20명을 다 채웠던 거다.

조선이 떠들썩하게 생색만 컸던 기해동정(己亥東征.世宗 元年6월), 군선 2백26척에다 수졸1만7천2백85명의 대정벌군이었지만 절제사들의 잇따른 죽음으로 아무런 실리도 없이 훈내곶(訓乃串)을 철수해야 했던 그것에 비할 바 아니었으며, 왜어선 5척을 회진하고 왜놈 두사람의 목을 벤 사량수전(蛇梁水戰. 세종 26년 10월)과도 비교될 수 없는 것이었다.

더구나 쾌속소선(快速小船)의 수행도 없이 '병조선'인 대·중맹선들이 치러낸 전과 아니었던가.

전과는 이렇다치고, '삼포 항거왜'나 '대마도' 왜인들은 가마골의 타래머리들이 죄다 쭈빗쭈빗 일어설 만큼 무서움을 타지 않을 수 없었다. 생떼를 써보면 손바닥이 닳도록 달래만 주고 눈치 한번 살펴 볼 요량으로 망나니 짓을 해보면 겨우 '무군소맹선'들의 호병(號兵) 징소리만 으름장을 놔보던 조선 수군들이 느닷없는 성깔들이 돋쳐 이렇게 교룡완주세(蛟龍玩珠勢. 교룡이 구슬을 가지고 논다는 뜻)의 서슬푸른 발톱을 세워 일벌백계의 엄벌을 실행할 수 있는가 하는의아함이던 거다.

그러니 연산군의 앞뒤 안 가리는 엄명이 너댓번만 더 떨어졌다 쳐도 '하삼도' 조선 어가들은 다시 그물질 서둘렀을 것이요 '삼포 항거왜'의 시겁잖은 작폐쯤 고양이 수염 앞에서 발이 군은 생쥐꼴로 파들파들 경기를 일어보다간 끝장났을 것이었다.

그러나 중종은 연산군의 치적들을 모두 곁눈질로 훑태질 하던 나머지 뜻밖의 일마저 만들어내고 만다. 대·중맹선들이 치러낸 이 전과에서 엄연히 대선(大船)의 효용이 눈 들어났음에도 불구하고, 서슴없이 '무군소맹선'을 대왜(對倭) 예봉으로 삼는 거다.

143. 왜구(倭寇) 54

"알다가도 모를 것은 수군 통수자들의 마음이라. 맹선수군들로 하여금 해방에 주역케하는것이 옳지 못한 일이라고 그처럼 중구집설했던 때는 언제고 이제는 또 대·중맹선을 예봉삼아 대선위주의 수군을 재편하자고 주장한단 말인가… 이같음이 모두 선왕세위의 네차례 첩과(捷果)[153]를 들어 이름인줄 알고 있으나 과인의 생각은 전혀 상반이로다!"

네 차례의 첩과?… 천행의 운이 따랐으되 어쩌다가 거북이가 범의 꼬리를 문 격! 둔중하야 쾌질(快疾)[154]할 수 없는 대·중맹선이 해방의 주역이 될시면 장차 지대한 허를 초래할 것이로다. 문란하야 어지러울 지경이던 조선의 수군체제가 맹선제 수군으로 하여금 모처럼 획일정돈 됐음은 이미 다 알고 있는 일, 대·중맹선은 역시 조

---

153 전투에서 이긴 성과. 戰果
154 쏜 살같이 빠름

전(漕轉)[155]에 우선하되 소맹선으로 하여금 왜적 추포의 주역을 삼을것 이며 무군 소맹선들로 하여금 유사시에 대처하는 상비군선으로 역임케 함이 그중 해방의 선방이 될 것이로다."

대선수군의 부활만이 수군의 회생이라는 수군의 상언에 대한 중종의 확고한 뜻이었다.

중종의 이 뜻은 조선 수군의 역사에 매우 중요한 문제를 남긴다. 곧 소형선(小型船)은 어디까지나 대선의 엄호를 주역으로 했던 조선왕조 10대의 수군 전통을 깨고 소선이 해방의 선봉에 나서는 이른바 대선의 수소선(隨小船) 수군체제의 첫걸음이었다. 소선들로 하여금 대왜(對倭) 주봉을 삼는 일은 중대한 모험이 아닐 수 없었다.

중종이 한가지만은 꼭 지켰어야 할 일이 있었다. 그것은 '삼포금약'(三浦禁約)과 '고초도조어약정'(孤草島釣漁約定)은 이미 유명무실하게 됐다손치더라도 '계해조약'(癸亥條約)만은 목숨을 걸고 지켜내야 하는 일이었다. 다시 말해 대선의 수소선(隨小船) 수군체제를 밀고 나가더라도 '계해조약'만 끝까지 물고 늘어졌더라면 왜놈들은 다른 구실을 못찾고 옴싹없이 죽어 지낼 수 밖에 없었던 거다.

벌써 63년 전인 세종 25년(14443년). '고초도조어허가' 2년 후에 변효문(卞孝文)과 대마도주 종정성(宗貞盛)이 '세견선'(歲遣船=조선의 허락 을 받고 대마도와 무역하던 일본배)을 두고 맺은 '계해조약'의 골자는 어떤 것이었던가.

"조선 삼포에서의 호시조어(互市釣漁=무역과 어획)를 왜국에 허함에 있어 다음과 같이 약정한다. 세견선은 모두 60소로 정하며, 좌선인수(坐船人數)는 대선(大船) 40명이요 중선(中船) 30명이요 소선(小船) 20명으로 정한다… 삼포에 머무르는 왜인의 날 수는 20일을 넘을 수 없으며, 단 선원이 조선의 수부로 향발하야 배를 지켜야 하는 간수인(看守人)은 50일을 잔류

---

155 당시의 조운(漕運)

할수 있다… 고초도에서 조어하는 왜인은 필히 지세포 만호의 문인(文引)을 받아야 하며 어세(漁稅) 또 한 필납하여야 한다."

그런데 '세견선'의 60척 제한은 고사하고라도 '세견선'에 업혀 불법으로 삼포를 왕래하는 왜놈들의 '상선'은 하루 기백척에 이르렀고, 20일을 '삼포'에서 체류할 수 있다는 엄법에도 불구하고 '삼포'에다 살판을 차린 왜놈들의 수는 3천에 이르렀던 거다.

그러나 중종은 마지막 뎃인 이 '계해조약'이 있는지 없는지도 모를 지경이었다.

144. 왜구(倭寇) 55

그런 중에도 한가지 다행스러운 일이 있었다면, 중종은 정사에 골머리를 썩히는 틈틈이 '삼포'의 왜세에 대해서도 관심을 저바리지 않는 사실이었다.

중종의 큰 뜻은 오로지 과감한 신진세력을 등용하여 개혁정치를 단행하는데 있었다. 그러자면 무엇보다도 선행돼야 할 것은 왕정의 안정이었다.

왕정의 안정을 저해하는 그중 큰 원인이 바로 '삼포'의 사정이었던 거다.

조선경토의 발치에서 꼼지락대는 간지러움증은 어디를 어떻게 긁어줘야 할지 알 수 없는 참으로 갑갑하고 짜증스러운 것이었다.

중종은 삼포의 왜세를 견제해보기 위해 묘안 하나를 짜내봤다.

"대마도의 왜인 민생이 오로지 조선의 은덕에 힘입어 그만 하거늘 작금의 왜인 작태는 망덕배은의 방자함이 지나친 바라. 치왜(治倭)하되 무력이 아닌 선방을 발안하야 실행하면 어떨꼬?"

중종은 남곤(南袞)의 의사를 슬며시 떠본다.

"그같은 묘안만 발할지면 그 이상의 치왜선방이 어디 또 있사오리까? 하오나 상금의 삼포 실상은 저윽이 염려스러운 바 강경책 이외의 선방이 따로 있아오리까!"

"강경책… 아니 될 일! 무엇보다도 우선하야 조정이 안정돼야 할 차제에 기 천 수(首) 왜인들을 강공책으로 적대삼으면 필시 나라 또한 어지러웁게 될지라."

중종은 뭔가 골똘히 생각한다. 용안으론 잔주름이 구름처럼 덮였다. 이내 중종은 '그렇지!'하는 감탄과 함께 용안을 든다. 뗏장구름을 벗어난 하늘 귀퉁이처럼 용안은 금세 밝다.

"왜인들로 하여금 국정잡사에 부역케 하면 어떠겠는가? 조선은 삼포 항거왜의 인력 초발로 하여금 그만한 국용(國用)[156]을 감함이요, 더불어 왜인들은 부역에 종사함으로써 삼포가 엄연히 조선경토임을 감절케 될 것이며 또한 조선의 은덕에 보함이라 생각할 것이 아닌가!

남곤이 감복한다. 바삐 조아리는 머리통은 흡사 가뭄에 물줄 찾는 연자새 꼬리 짓이겄다.

"성은이 망극하옵니다! 단 한가지 선방도 궁하던 차 어찌 이같은 일석삼조의 묘방이 가할줄 알았아오리까! 이 모두가, 이모두가 성은의 망극함에 천은 또한 합당된 줄 아뢰오오.-"

남곤의 감복에 희색만연한 중종은, 내친김에 또 다른 묘방을 내세운다. 중종의 목소리는 걷잡을 수 없는 흥분으로 사뭇 떨어댔다.

"삼포 항거왜들의 부역을 엄행하되, 그것에 병하야 왜인들의 흥리(興利)[157] 또한 일체 엄금하면 어떨꼬? 조선어가들의 도산함이 왜인들로 하여금 양해를 점탈된 데 있다하나 과인은 달리 생각하는 도다. 왜어선의 어로 어속이 조선어가들에 비해 월등 우세하기로 아무러면 조선의 어민이 경토양해를 버리고 도산했으랴! 이는 필시 상왜(商倭)들의 고혈을 빠는 흥리에 연유했음이리라! 무엄하고 방자하기 그지없는 일, 왜인의 무리가 어찌 감히 조선경토 내에서 조선민을 상대로 흥리를 주업 삼을 수 있단 말인가?"

---

156 나라의 비용(費用).
157 재물을 불리어 이익을 늘림.

드디어 중종의 '항거왜들의 부역'과 '상왜들의 흥리엄금'이 엄달(嚴達)[158]된다. 뜻이야 나무랄 데 없었다. 그러나 시기가 문제였다. 쉬운 말로, 너무 늦어버린 견제책이었다.

145. 왜구(倭寇) 56

중종의 이런 견제책이 10년만 앞서 엄행됐더라면 '삼포' 사정은 전혀 낯가죽이 달라졌을 것이었다. 무슨 말인고 하면 왜세가 '삼포'의 조선민을 압도하되 이짬저짬 눈치를 살피다보면 저들이 목적한 만큼의 제 몫을 찾아먹기에 여간한 고생이 따랐을 것이었고 그 고생스러운 생떼를 챙겨담기에 앞서 왜놈들은 우선 벌여논 저들 본전이나마 제대로 간수할 양으로 조선의 눈치를 살피기에 제 정신들이 아니었을 것이었다.

그러나 중종의 이 견제책에도 아랑곳않고 '삼포'의 왜세는 흔연 널브죽히 조선을 발아래로 내려다봤으니, 이것은 곧 조선의 강경책에 굴종할 수 없도록 삼포 왜놈들의 세력은 이미 클대로 커버린 뒤였던 것이다.

대마도의 종감홍(宗監弘=무네모리)- '삼포항 거왜'의 부역과 흥리엄금의 엄명이 내렸다는 소식을 전해들은 '무네모리'는 돌연 천축을 뚫는 홍소(哄笑)[159]를 터뜨린다.

"뭐라고? 조선이 우리 민생의 터전을 규제했으니 바로 왜인의 흥리엄금이요, 대마도 아민에게 부역을 시도함이 선린왜치(善隣倭治)[160]의 선방이라고?··· 으하하하! 중종은 미쳤다! 더불어 조선은 이제 불가회생의 막판 악을 써보자는 셈인가?··· 으하하하- 미친놈들! 조선 어가의 과반이 우리들의 흥리금전 밑에 눌렸거늘 이제야 잔명소명을 달하겠다는 조선의 생떼가 오직 가련코 측은할 뿐이로다! 삼포의 아민

---

158 명령이나 통지 따위를 엄중히 전달함.
159 입을 크게 벌리고 떠들썩하게 웃음.
160 우호적인 관계를 유지하며 왜인을 다스림.

들로 하여금 조선의 실책을 겉으로 엄수케 하되 그들의 허를 찔러 일시에 봉기토록 하라! 으하하하— 미친놈들! 본도 삼백여 소의 어·상선을 일시에 무장하여 삼포를 쑥밭으로 만들어놔야 제 정신들을 채릴 것이렸다? 바로 그 말이요 그 뜻 아니냐? 으하하하!"

'무네모리'의 낯가죽이 이쯤 무쇠판이 될 즈음의 중종5년(1510년 3월)—

'합포'(合浦=경상남도 창원) 땅에 전라도 승주(昇州)에서 도산(逃散)한 어부일가가 살고 있었다.

70세를 한해 넘어보는 어부 지병삼(池炳三)이요, 외동아들 지당포와 며느리 사이에 세살 난 손자가 있었다. 손자의 이름이 지상모(池上毛)이되 나이가 너무 어려 구름짱 얹은 하늘이나 섬 새를 구비도는 바다를 아직은 분간 못할 그런 떡애기렸다. 병삼 노인이 죽발을 편상 삼은 그 가난의 한 모서리를 지키고 앉아 '가매섬'(부도釜島)[161]을 내다본다.

"여봐여, 애기야! 댕포란 놈 기별 안즉 없능겨?"

며느리 승주댁이 시큼한 긴내음 절인 치마귀를 오지게 훑치며 휑 부엌께로 몸뚱이를 감춘다.

"당당 멀었구만이라우. 천지면 지토배[162]가 상꾼덜 실어 날릉당께 해질 참에나 깔대올랑가…"

병삼 노인은 부엌께로 사라지는 며느리의 치마꼬리에다 성깔 돋친 눈길을 얹어본다.

"니기미 씨부랄 녀연— 냄편보고 깔대오다니! 쪽빨이놈덜 장리 한 코라도 지년이 갚었으면 말도 안혀. 니애미 씨비여! 저년이 도토리 석짝에 새양쥐 오짐 찔기는 맹끼 들짝더니만 씹가쟁이에다가 뜬금없는 단물을 뽈았당가?… 냉이 개루다 또 한번 행보를 놔보려. 그참이는 아조, 아조 저 년을—…"

---

161 전라남도 완도군 생일면 금일읍에 있는 섬.
162 지토선(地土船). 조선시대 지방의 토착민이 소유한 배.

146. 왜구(倭寇) 57

병삼 노인은 투덜대기 무섭게 '작진'(鵲津=까치나루)께를 흘겨본다. 금세 매운 눈물이 찌걱찌걱 눈꼬리를 쏘아대며 굳는다.

동편 눈어름을 다 채우며 어깨를 치렁치렁 짜는 산이 '까치나루' 옆구리일 것이요, 서편을 막고 그 까치나루 섶을 비기며 '댓거리'(대껄=합포 북편으로 달리는 산자락을 파고든 마을)를 싸안은 '율전티'(밤밭고개=지금의 마산시 월영동과 예곡동 중간의 고개) 위에 열 엿새 물색달이 휘영청 떴다.

며느리는 병삼 노인의 병환이 저으기 걱정됐을 것이었다. 부엌 문설방에다 가랭이를 걸치고는 근심에 차서 묻는 말이겠다.

"아적 시안인의 편상에는 으째 뉘세려 그란지 몰러유. 상모 애비는 시방 제덕에서 일 볼 참일 텐디!"

"하이가아- 나 이레보도 끄떡없다고잉! 얼어 죽을라면 폴새 고드람이 돼얏을테제!… 니 효도에 백년도 더 살면 으짠데여? 도랭이는 믓헌다고 껴입었을끄나…"

병삼 노인은 목아지께에서 걸치적대는 도랭이섶을 조물락대며 눈을 감아본다. 보름날 쥐불을 놓기로 이쯤 따가울 수 없었다. 눈꼬리를 죄며 말벌 침줄 같은 아픔이 배내애기 경기처럼 따끔따끔 전신을 좀쑤셔대는 거다.

'월영천'(月影川=지금의 마산시 창포동에 있는 개울) 위에서 단물 쏟는 부엉이 흘레가 한창인 듯싶었다. 부엉이의 부우부우- 소리가 한껏 자지러진다.

병삼 노인의 생각 속을 당포녀석의 널짝같은 등허리가 땀 절인 쉰내음을 거푸 쏟으며 터억 막아섰다간 이내 사라지고, 사라졌는가 하면 다시 나타나 겹발문을 치곤 했다.

'제포'(齊浦=내이개)[163]와 '부산포'(釜山浦), 그리고 울산 '염포'(鹽浦)에서는 전에 없던 새 구경거리가 동화제(洞火祭)[164]의 차일처럼 수선스레 펼쳐지고 있다 하던가.

---

163 내이포(乃而浦). 일명 제포(薺浦 : 웅천熊川)
164 청양정산동화제(靑陽定山洞火祭). 매년 정월 충청남도 청양군 정산면 송학리 하송 마을에서 마

여염가를 누비며 돈줄이나 앞세워 호들갑을 떨어대던 '부산포'의 왜놈·년들이 걸 맞지 않는 삽자루와 곡괭이 자루를 잡곤 비지땀을 설쿠며 길바닥에 나앉았고, '내 이개'에서는 장리를 헤이노라 손가락이 닳을 지경이던 왜놈늘이 으슥한 그늘만 찾 아 엉키는 꼴이 흡사 생거지떼라 했으렷다.

"아암! 아아암- 댕포놈이 자알 생각헌 거여! 경강(京江) 가는 상뱃놈 아니라면 합 포 석두창의 지토배 뱃놈이락도 되야 혈껴!"

당포녀석은 벌써 나흘째나 '지토선'(地土船=지방 창倉을 운행하던 관선官船. 어로 기에는 어선으로 둔갑되기도 했었다.)의 도사공을 따먹을 양으로 숨이 가빠 있었던 거다. '내이개' 선창을 누비는 당포녀석의 모습이 흔연 눈앞에 살아나자 병삼 노인 은 아예 도랭이 걸쳐입고 편상에 퍼져 누워버린 것이었다.

당포녀석이 홑적삼에 중의 꼴로 '내이개' 상거지가 됐을 터인즉 자기만 어찌 뎁혀 진 구들을 차고 누으랴, 하는 그런 마음에서 였던 거다.

'합포' 뿐이랴. '초리섬'(草理島) 겹자락에까지 그물을 칠 틈새기는 이미 없었다. 음력 상달이면 '가덕도'를 거슬러 오르는 '도음어'(刀音魚=도미)떼가 벌써 '옥계'를 지나 '덕동리'(德洞里=지금의 마산시 덕동)를 싸고들며 '가매섬'과 '모도'(毛島)에다 알자리를 틀었을 것이었다. 그러나 '합포' 앞바다로는 이미 왜어선들의 도미주낙이 거미줄처럼 결을 짜낸 뒤였다.

147. 왜구(倭寇) 58

비단 도미뿐이랴. '포패왜선'(捕貝倭船=전복을 따는 왜어선)은 '거제도' 앞바다 를 슬겅슬겅 먹어대더니 급기야는 '웅천' 앞바다의 '초리도'(草理島)에까지 들이닥

을의 안녕함과 번영을 목적으로 행해지는 마을축제. 마을굿.

쳤고, '사어[165]'(상어)를 잡는 '사어연승[166]왜선'(鯊魚延繩倭船=상어주낙배)은 '가덕도'(加德島) 옆골을 비비적대며 널부즉히 깔려 '진사'(眞鯊. 참상어) '죽사'(竹鯊=죽상어), '은사'(銀鯊=은상어) 등을 닥치는 대로 낚아올려 이미 상어 씨가 마를 지경에다, 단물도 안 놓칠세라 강(江)에까지 파고들며 '수어'(水魚=숭어)마저 그물에 싸담는 판이었다.

그중에서도 분통 터질 일이 '도미박망'(到美魚縛網)이었으니, 주낙줄이 시침질을 해대는 빈 곳이면 반드시 '도미박망'이 담겨 주낙줄 피하랴 그물 피해 뱃길 틀랴 쓸개물이 바트던 거다.

'삼선'·'통선'(桶補)·'조선'(槽船)·'노선'·'광선'(廣船)·'협선'·'어정'(漁艇), 이 일곱 가지 고깃배들이 경상도 '삼포연해'의 조선 어선들이었으나 황년세월에 부대끼다 못해 심지어는 '협선'(삼선의 종선從船이었다)들마저 뱃길을 잊고 선창 석축에 묶였다.

기껏 2파(二把=약2.5m)짜리 '어정'이 그물질을 했으면 그 얼마나 생선 비린내를 맡아볼 것이랴만, 3파짜리 '중어정'(中漁艇)의 어세(漁稅)를 한냥이나 매기고 2파 짜리 '소어정'(小漁艇)에다가도 5전의 어세를 매기는 현실이었다. 왜어선들은 어세 없이도 생선만 잘 싸담아 그물 한망 뜰때면 파망(破網)될 처지려던 하루내내 그물 질을 해봐야 먹잘 것없는 '해점어'(海點魚=바다 메기) 십여 수 겨우 챙기는 '소어 정'에까지 5전의 어세를 거둬들인다는 일은 뭔가 잘못돼도 보통 잘못된 일이 아니 던 것이었다.

병삼 노인은 '지토선' 도사공이라도 붙들어 보겠다며 거진 실성해 가는 당포놈을 떠올려본다. 이놈 저놈 붙들어 통사정을 쏟아보다가 졸창 막장까지 허기가 들 양 이면 멀거니 석축을 차고 앉아 '영동' 앞바다나 내다보고 있을 것이었다. 병삼 노

---

165 鯊魚 혹은 鯋魚.
166 연승 : 긴 모릿줄에 일정한 간격의 아릿줄을 달고 그 끝에 낚시를 매단 주낙이라고 부르는 어구를 물 속에 드리워서 고기를 살아 있는 채로 한꺼번에 낚아 올리는 어업

인은 싸아- 설사기를 틀어대는 아랫배를 움켜쥐며 편상 모서리에다 두 무릎을 세운다. 그저 죽고보자고 절금절금 씹어 넘겼던 '해점어'였었다. 영락없이 아랫배를 쥐어뜯는 거다.

"해잼어 한 마리면 똥창이 뒤집힌다고 했드라고!… 누가 요렇고롬 옳을 말만 맹글어놨는지 몰르겄다… 늙바래 믄 지랄이여. 해잼어라도 묵고 명 늘리겄다는 맴이 애시당초에 틀려 묵었제… 지름만 보골보골 끓어쌌는 놈의 괴기를 시마리나 묵었응께 요 난리여!… 홧다메, 믄 뒤가 요렇고롬 급하데야?"

병삼 노인이 막 편상위에 쪼그려 앉아 중의 가랭이를 움켜쥐었을 때였다.

"문디이놈들!… 고마 김공발이 다 쥑이라… 문디이놈들! 삐말이 어데 있노? 삿갓복이 어데 있노?… 마아 있는 데만 가르쳐 도고! 상감마마 진지상 근심에 히떡 디비질 김공발이 앙이다아-"

'진상채복선'(進上採鰒船=진상용 전복만 따던 배) 도사공 김가놈 목소리였다. 고래고래 목소리를 놓는 꼴이 어지간히도 술김에 절었다. 당산(堂山. 마산시 월영동 서쪽에 있는 산) '모금재'를 내려오는 듯싶다. 필시 전복을 찾아 '가마섬'만 줄창 돌다가 '옥계'선창으로 배를 댔을 것이었다.

148. 왜구(倭寇) 59

병삼 노인은 아랫배를 움켜쥔채 그만 그대로 굳는다. 입술꼬리가 하들하들 떨어댄다 싶더니 그 입술 양끝을 죄고 골을 파대던 인중이 자라 목아지처럼 옴쑥 줄어든다. 아차했던 순간이었지만 그새 똥창 겹주름이 풀려버린 듯싶다. 중의 가랭이께에선 금세 새콤떱떨한 냄새가 왈큰 치솟겄다.

"아가!… 으짠데여 또 싸뿐졌는 모냥인디…"

병삼 노인의 말이 떨어지기 무섭게 승주댁이 쪼르르 달려왔다.

"씨아부지 명이 질다봉께 니가 요 고상이여!… 이고 내 세끼! 호랭이한테 잽히가도 천왕이 살래보낼 녀언- 속맴은 뭇한다고 이리 순하디 순해각꼬!……"

"아부님은 벨 말씀을 다 한당게요. 상모 애비 생각하다가는 고쯈에 깜빡 정신을 낯디말로……"

승주댁이 병삼 노인의 중의 밑자락을 쥐곤 막 훌태질을 하려던 참인데 공발 영감이 삽작 앞에 따악 버텨선다. 안절부절 못하던 승주댁이 선뜻 놀라 획 돌아서는데 비칠걸음으로 다가 온 공발 영감이 편상 모서리에다 풀석 엉덩이를 붙였다.

"해필이면 꺼억 고쯈에 들이닥친단 말여, 오살노옴-"

병삼 노인의 말끝을 채고 공발 노인이 느닷없는 성깔을 깔고 보겠다.

"요 문디이놈 머라캣노?"

"귓때기만 지랄맞게 밝당께. 해필이면 똥 찔길 때 깔대올 것은 뭐여?… 또 황 잡었든 모냥이제. 오기만 청청혀서 눈깔 다 뒤집어까고 쌩지랄을 피는 꼴이…"

"하모! 하모오- 열 아흐래 냉기모 이 김꽁발이 목 비겄다 앙카나? 더러버서 나 몬 쌀끼라고 마. 와, 와 죄도 없는 꽁발이가 목때기를 비겄노? 목 비기 전에 장도칼로 물고 먼첨 쥑으모 된다 앙이가!"

물빛 달 탓만은 아니었다. 차악 눈거풀을 내리깔며 짚신 콧날에다 떨군 눈길이 어지간히도 거무죽죽 죽었다.

본시가 '고주'(固州=지금의 고성군固城郡) '삼덕포'(지금의 통영統營)에서 탯줄을 자른 공발이었다. 올해로 예순여덟 살을 채웠다.

그 적 뱃놈들이 다 그랬듯이, 김꽁발이도 오로지 도사공이 되는 것만 소원이었다. 왼종일 그물을 담가봐야 곡식과 바꿔먹을 생선이라곤 20미(尾)도 못 챙기는 '어정'에다 목숨을 걸기는 50년의 뱃놈 세월이 아까웁던 것이었다. 등골의 땀줄이 마를 새 없도록 바지런을 떨어댔던 나머지 용케도 도사공 자리를 따먹게 됐다.

어지간히 낡았으되, 그래도 뱃전(舷)이 버젓한 '삼선'이었다.('삼선'은 뱃전이 있는 유현지선有舷之船이었고 '통선'은 뱃전이 없는 무현지선無舷之船이었음)

서너자 높이의 파도에도 잡은 생선을 모두 물살에 쓸어보내야 하는 말구유형의 '

통선'에다 비할랴치면 '삼선'은 할아버지격 어선이었다.

그런데 금년 정월- 조정의 '호조'(戶曹=조세미포租稅米布와 징수물품徵收物品(=진상·공물의 징수품목)의 해사海事를 관장했음)에서는 느닷없는 시명이 엄달됐다. '삼선'의 이름 한번 꽤나 으시시했다. 바로 '진상채복선'이었다.

김공발이는 어깻죽지가 들썩거려 견딜 수가 없었다.

"도사공 마악 묵은 참에, 배 이름 한번 되게 걸데이! 진상채복선이 대체 머꼬?"

149. 왜구(倭寇) 60

도사공도 됐겠다. 오랜만에 주막의 술이 바닥날 지경으로 퍼마시며 흥이 돋던 공발이었다.

"임금님 자실 전복만 따는 배라."

공발이는 낫 살에 어울리지 않도록 흥발이 돋아 견딜수가 없었다.

"늙으맥이 복팽이가 사알 이 꽁발이한테 굴러왔다 앙이가 조웃네에- 함, 시상 편코말고."

새파란 뱃놈들 틈에 끼어 어장 상꾼노릇 하기에도 이젠 지칠 대로 지쳤고, 왜놈들 고깃배 등살에 빈 그물 거두기만 바쁠 바에야, 차라리 허리뼈 휘도록 일하고 관록이나 받아 먹는 게 얼마나 편한 말년이냐 싶었던 거다.

거기다가 잡자고만 들면 '가실도'(추도秋島[167])와 곤리도[168] 옆구리만 파대도 흔한 것이 전복이던 것이었다. '통영 전복'이 진상품이란 소문은 오래전에 들어 다 알고 있었던 터, 오죽 맛이 좋았으면 '제주도 밀감과 말(馬)' '강원도 녹용'(鹿茸), '연해읍(沿海邑)의 해조(海藻)', '진도(珍島) 유자', '함북 모피(毛皮)'와 함께 나란히 일곱 품목에 들었으랴.

---

167 경상남도 사천시 동서동(東西洞)에 딸린 섬.
168 경상남도 통영시 산양읍 곤리리에 속한 섬.

그런데 막상 전복을 따자고 드니 사정은 전혀 딴판으로 흐르는 것이었다. 왜놈들의 '포패왜선' 때문이었다. '포패왜선'들은 '냉이개' 앞바다에서부터 '제창현'(濟昌縣=지금의 거제군巨濟郡) 물골을 비적비적 파고들어 '오비도'와 '수월리'까지 먹어든 지 오래였다.

그뿐만도 아니었다. '제창현' 북쪽에서만 미역을 딴다는 소문은 어찌된 것인지, 왜놈들의 '채곽선'들마저 어렴상없이 '량'(사량면蛇梁面) 앞바다로 들짝날짝 놀아대는 것이었다.

'통영'의 '진상채복선' 다섯 척은 '포패왜선'과 '채곽선' 때문에 떴다하면 공선(空船) 신세가 돼갔다. 말이 '채곽선'이었다. 뱃전으론 겨우 두어겹 감곽(甘藿) 다발이 늘컹 깔렸을 뿐 마대 속으로는 전복들이 터질 지경이었다.

참전복이 아니라면 '비말'(변립복匾笠鰒=삐말)이나 '삿갓복'(흑립복黑笠鰒)이라도 좋았다. 맛에서야 참전복에 뒤질바 아니던 거다. 그러나 그것들마저 흔치 않았다. 일찌기 겪음해보지 못했던 전복 흉년이었다.

왜놈들의 '포패왜선'이나 '채곽선'들이 정작 노리는 것은 전복만이 아니었다. 무슨 말인고 하면 먹을 양으로 전복을 쓸어담는다기 보다는 '석결명'(石決明=전복에서 나는 흑진주)을 얻기 위해 눈을 뒤집어 깠던 거다.

공발이는 지쳐갔다. 전에 없던 전복 흉년에다, 왜놈들의 작폐는 한껏 더 했고, 또 그것에 겹쳐 시제마저 삼월이던 것이었다.

공발이는 견디다못해 사정해 봤다.

"일본배들이 이리 지 시상을 채리는데 우째 뽁을 땁니꺼? 뽁이 있을 만한 데는 뽁 따는 일본배들이 구름땡이로 몰렸십니더… 거그다가 삼월이라꼬요. 삼월 뽁은 독을 뿜는다 앙캅니꺼. 두어 달만 있으모 지대로 딸 수 있을 낍니더!"

"고얀놈! 뭣이 어째? 포패왜선들의 모임이 구름과 같다고? 허어- 그놈 거짓말 한번 막힌 데 없이 크구나… 이놈아, 통영 전복의 진미가 언제 시제를 가렸더냐? 설령 그렇다기로 부지런히 채복하여 전복으로 저장할 시면 후사가 편할것! 채복 시기를 엄수하지 못하면 엄히 논죄할 것이니라!" 관아의 불호령 이었다.

150. 왜구(倭寇) 61

공발이가 게슴츠레 뜬 눈으로 병삼 노인을 바라 본다. 턱주가리가 떨도록 혀를 차대더니 패앵 콧물을 풀어친다.

사레 든 염소가 재채기하는 양으로 합죽한 턱아지를 바싹 쳐들고는 콧망울을 벌름대는 꼴이 벌써 기미를 알아채린 듯싶다.

"휘이- 또 똥 쌌구마."

"… 해잼어 때미 그려…"

"그놈의 거 내쫘삐리제 머한다꼬 묵긴 묵노? 해잼어 한 마리만 묵었다카모 총각놈덜 똥창도 고마 까디비지는데 지가 머라꼬?"

"요런 상녀려자석이! 머여? 지가 오째야?"

술 기운만 퍼졌다하면 말뿐새가 영 글러먹은 공발이다.

"고마 퍼뜩 돌아가분지라는 말씀 아닝가베. 머한다꼬 더 살겠다카요?"

"… 걱정안해도 인저 사알사알 갈랑갑다. 똥창 죄는 심으로 사는 뱃놈인디 밑구녕 심줄까지 풀려뿐졌응께."

며느리 승주댁이 공발이를 슬큰 흘기며 섭섭하다는 표정이었다.

"영감님도 삘 말씀을 다하시네요잉. 우리 아부님 안즉도 십년은 더 사시고 남어라우!"

병삼 노인은 며느리의 말에 쩌르르 가슴이 저려온다. 며느리의 말이 고마워서가 아니다. 어찌 생각하면 며느리의 말은 욕이나 진배없는 것이었다. 뱃놈이 일흔살을 꼬부렸으면 살아도 너무 오래 살았다 싶으련, 여기다 십년을 더 살으라니 그것이 욕이 아니고 무엇이랴. 당포녀석을 위해서라도 하루빨리 죽어야 할 것이, 늙은 애비만 아니었으면 벌써 '합포'를 떴을 녀석 아닌가.

그런데 죽자고 들면 그럴수록 흔연 딴 생각 하나가 소름돋는 도리질을 해대던 것이었다. 죽을 때는 꼭 고깃배 위에서 죽어야한다는 생각이던 거다.

밤마다 죽음을 생각해봤다. 떠올려보는 죽음은 그저 훤하고 밝은 것이었다. 그것은 상앗대질로 갯골을 빠져나는 새벽의 출어처럼 훤했고 석축에 앉아 그물 손질할 때의 대낮처럼 밝기만 하던 것이었다.

"허어- 그저 만사가 태평이여!"

사지의 옹도리뼈들이 추욱 늘어지며 오랜만에 편한 세상 한번 만났다고 그 새벽들과 대낮들을 떠올릴 쯤해서, 바로 그때를 골라 느닷없는 소름발이 등골을 식혀대던 것이었다.

죽는 곳이 무당의 쾌자(快子)[169]처럼 여러가지 색깔이던 것이었다. 병삼 노인은 기를 쓰고 눈을 떠봤다. 훤한 새벽도 아니요 밝디밝은 대낮도 아니었다. 족제비에게 물려가는 시궁쥐 등골처럼 황담색의 누리꾀꾀한 색깔들이 등짝을 바치며 사방으로 누웠을 뿐이었다.

"으디랑가? 여그가 으디여?"

병삼 노인은 목이 메어 싫거장 악을 써봤다.

"영감, 막장에 환장했고마! 어딘 어데고? 밭이다 밭! 바로 땅 말이다! 땅 앙이거로!"

병삼 노인은 화들짝 놀라 물비늘 같은 밭이랑을 단숨에 내달렸다. 그 땅의 끝자락을 딛고 '갈돛'(왕골 돛폭) 하나가 잔뜩 바람을 먹고 떠흐르는 것이었다.

"이놈덜아! 배를 대사제 배를! 쪽개 숭어는 느놈덜만 마중나온데여?"

악을 써보다 써보다 지쳐 병삼 노인은 풀썩 무릎을 꺾는다. 정신이 드는 듯싶었다.

"하나부지!… 하나부지!"

그 '갈돛폭'은 느닷없이 조부의 등짝이던 것이었다.

---

169 굿을 할 때 착용한 복식. 소매가 없는 포의 일종으로, 무복(巫服)으로 착용되었다

151. 왜구(倭寇) 62

펀뜩 놀라 정신을 차릴 때면 떠흘러 가던 갈돗폭이 다시 되흘러 와 눈앞을 막았다. 바다는 금세 어둑침침한 방속이었고 조부의 등짝은 그새 당포녀석의 등짝이 돼 있었다. 당포녀석은 곧추세운 무릎 위에다 턱을 얹곤 멀거니 고미 모서리를 올려다 보고 앉아있기가 일쑤였다.

"많이 편찮으신 모냥이지라우."

당포녀석은 등을 돌린 채로 푸우- 한숨을 내뱉었고,

"그새 꿈을 꿨디야. 아니명 생시라냐?… 쪽개를 봤는디 쪽개를!… 조부님이 숭어 배를 몰고 뜨시는디 갈돗폭이 바랑을 묵고 터질라고 했었는디……"

병삼 노인은 허전하게 되뇌이다 말았었다. 병삼 노인이 헛것을 볼 때마다 당포녀석의 숨소리는 으례 그물질 끝난 뱃전만 같았다. 한 발[170]짜리 '대구치'(大口魚=알밴 대구)가 마지막 숨을 몰아쉬노라 손바닥만한 아가미를 벌큼대던 그 뱃전 속-- 당포녀석의 등짝 위로는 그 '대구치'의 아가미짓 같은 숨이 멍울멍울 얹히고, 그러다 보면 어둑침침한 방속은 참으로 오랜 동안을 '어정'처럼 뒤뚱대던 것이었다.

그때 바로 그때를 골라 차일질을 쳐대는 생각이, 죽을 때는 기어코 배 위에서 죽자는 생각이던 거다. 이마 위로는 불솥 같은 햇볕이나 얹고 귓청속으로는 갯바람 소리나 터지도록 담고, 그리고 등짝 아래로는 선뜻한 '대구어'들을 깔고 누워, 새벽 이어도 좋고 대낮이어도 좋은 그 평안한 죽음을 맞으리라는…

"… 성님요오!"

병삼 노인은 공발이의 말에 퍼뜩 제정신이 들었다. 그제야 눈길을 띄워 '율전티' 께를 바라다 본다. 열 엿새 물색달은 그새 한뼘이 더 솟아올랐고 '월영천' 쪽에서는 부엉이 소리도 여전하다.

무슨 말을 할 듯 말 듯 인중골을 들먹대던 공발이가 이내 스런스런 도리질을 해

---

170 한 발은 두 팔을 양옆으로 펴서 벌렸을 때 한쪽 손끝에서 다른 쪽 손끝까지의 길이.

댔다.

"당포 그놈아 안비네?… 어데 갔능가베."

"냉이개 행보 했여."

"냉이개? 아니 냉이개는 와 가요?"

"지토선 도사공 한자리라도 묵겄다고 갔여."

"지토선 도사공?"

공발이는 느닷없이 꺼렁꺼렁 웃어제꼈다.

"당포 그놈아 미칭기라! 지토선 도사공?… 아니 우짠… 문디이놈이 당포놈에게 도사공 준닥 합디까?"

병삼 노인은 슬그머니 부화가 치민다. '진상채복선' 도사공 자리가 꽤나 거드름을 피워대는 상당 뱃놈 놀 자리라는 것은 모를 바가 아니로되 당포녀석이 뭐가 얼마나 모자라 '지토선' 도사공이 못되랴 하는 마음에서다.

"하자고 들면 못 해묵을 것은 또 머여? 전복 못 따서 목심줄이 댕강댕강헌단 놈이 놈 걱정은 으째 헌디여! 흥"

"… 하기사 성님 말이 맞긴 맞소고마! 꽁발이가 시방 넘 걱정하게 됐나……"

"그란디?"

공발이는 거푸 한숨만 내쉬더니 뜻모를 말을 짓씹는다.

"시상천지에 그리 닻발 좋은 곳도 없을끼다! 바다가 온통 닻밭 앙이 거로!… 가배량은 인자 끝장이라!"

152. 왜구(倭寇) 63

공발이의 탄식이 여늬 때완 사뭇 달랐다. 엿물을 한소큼 고아내기로 이쯤 끈끈할 수 있으랴. 거기다가 차악 눈거풀을 내리닫는다. 녀석의 눈거풀 속에서는 무진 바쁜 생각이 팔모기둥[171] 서는둥 하는 모양이었다. 흐느적흐느적 꾸물대는 눈거풀 속에서 눈알은 데룩데룩 굴러대고 있을 것이, 늘금대며 노는 눈거풀은 '모살판'(모래톱) 위로 떠밀린 한사리 적 '해월'(海月=해파리) 죽듯 하는 것이었다.

병삼노인은 저윽이 놀랄 수 밖에 없다. 녀석의 꼴대가 뭔지 확연히 달랐다.

우선 공발이의 말은 너무 새삼스러웠다. '가배량'(加背梁=지금의 충무시忠武市) 뱃머리 선창가 앞바다 반마장까지 '닻밭'(해저가 편편하여 닻을 내리는데 걸치적대는 것이 없는 바다)이라는 것을 모를 뱃놈도 있던가. 그 새삼스러운 말도 그러려던 거기다가 '가배량'도 끝장이라니, 통영바다 수신(水神)이 뱃놈들 점고(點考=낱낱이 수를 헤아림) 나서실 일 아니더냐.

병삼 노인은 숨골께에다 오싹 소름을 얹으며 묻는다.

"아니, 고주 꽁발이놈이 느닷없어도 유분수여. 대체 먼 소리라냐?"

공발이는 속눈썹 결을 촉촉히 적셔대며 참으로 엉뚱한 대답이었다.

"성님요! 나 아조 도망쳐삐릴라요! 숨어 살 자리 참한 데 하나 물색 안해줄라요?"

"멋이여?… 근디 이놈이 시방 잠덧을 헌다냐. 귀신 나락 까묵는 기척을 헌다냐!

병삼 노인의 귓청이 째앵 울었다. 생각의 틈마다 억센 도리질만 도리깨질 이었다.

"헛소리 앙입니더! 사흘 남었다 앙인교? 열 아흐레 꽉 찼다카모 꽁발이놈 목때기도 고마 떨어집니더!"

"미친노옴- 몰를 소리만 씨불대제 그놈…"

공발이가 병삼 노인의 말끝을 채고 화급한 무릎 걸음을 잰다.

"옥계 선창에서야 들었다 앙입니꺼?"

"… 먼 소리를?"

"나 미칠 일이라!… 해필이면 그 상우로 큰 갓복이 올를끼 머꼬말따!… 부사 주안상에 큰 갓복이 올랐는데 한점 씹이대다가 고마 불호령이 떨어짐기라. 마아 똥물까

---

171 밑면이 팔각으로 된 각기둥

지 다 궤었다 앙캅니꺼… 날로 잡아들이라꼬 상투가 떨어질 지경이라 앙캅니꺼! 아고야 무시라아- 잽힜다 보소! 우쩨 살아난닥 카노…"

"얼라?… 시상으 먼녀려 일이 고록고롬 펜댜! 먼 염병을 친다고 해필이먼 고녀려 큰 갓뽁이 새로 끼어들었다냐!"

병삼 노인은 정신이 아득해지는 기분이었다. 사실이 그렇다면 일도 크게 벌어졌다 싶은거다.

'큰갓뽁'(대립복大笠鰒) 한점이 쓸개 세쪽을 당해낸다 했다. 맛이 어찌나 쓴지 잘못 입에 댔다하면 반나절동안 입념까지 아린 '큰갓뽁'이었다. 비단 사람뿐이랴. 입성 걸은 돼지도 물었다 뱉어 낸다지 않던가.

"성님, 청승떠는 소리 듣자능기 앙이다. 기왕으 일은 벌으징기라!… 어데로 가모 안잽히고 살끼가?"

눈에 훠언 했다. 진상 전복을 제가 먼저 맛을 보던 차에 그런 꼴을 당했으니 일을 그 얼마나 크게 벌이랴.

"고얀놈! 그놈을 당장 잡아들이렸다! 그놈이 필시 전하를 희롱하자고 작심했으렸다. 에잉 고얀노옴!"

일은 이쯤 제 멋대로 불어터졌을 것이었다.

153. 왜구(倭寇) 64

"성님요, 배꼽이 터진다 앙입니꺼? 진상채복선은 현감 묵으라꼬 뽁을 딴답니꺼, 야아?… 그라꼬요오- 사람 히비떡 미칠 시상이라꼬요. 고주 앞바다로 대마도 괴깃배가 우쩨 먹자꼬 든답디까? 사량·가배량·지세포·조라포, 마아 조선 군선들이 짜악 깔렸다 앙잉교?… 문디이놈딜! 지 바다도 본 챙기묵는 놈딜이 조선 뱃놈들만 고마 씹이 묵겄다 이기라!"

공발이의 탄식이 이쯤 옳을 수가 없었다.

'진상채복선'의 뱃놈들이 모두들 목아지 비틀린 장닭 꼴로 흐물흐물 눅쳐지는 데는 그럴 만한 이유가 있었다.

죽자고 전복을 따봐야 수량을 채울 수 없던 거다. 왜 그런가. 채복(採鰒)한 수량 중의 절반은 현감 주안상 위에서 없어지기 일쑤였다. 사흘 동안이면 수량을 다 채울 수 있었으되 축낸 전복을 다시 따서 맞춰갈랴치면 곧 사흘 일이 열흘 일로 늘어나게 마련이었다. 그렇다고 관아에서 내주는 미포(米布)가 더 엏히느냐하면 그것도 아니었다. 그러니 자연 정해진 수량의 서너곱을 더 따내야했고, 관아에서는 채복가대로 녹을 매겨놓고 나머지 이레일에 합당 되는 미포를 은근슬쩍 떼어먹는 것이었다. 말하자면 열흘을 허리뼈 휘도록 일했지만 정작 손에 쥐는 미포는 어김없이 사흘 일값에 묶이던 거다.

또 '고주' 앞바다 사정 좀 보자. 병풍을 둘러친듯 깔린 수영(水營)의 조선 수군만 본다면 왜놈들의 '포패왜선'이며 '채곽어선' 등속의 어선들이 어느 틈을 빠져나 '고주'앞바다에 이를 것인가.

'시랑'(蛇梁)의 조선 수군은 '대맹선' 한척에 '중선'이 두척 그리고 '소맹선' 네척에다 '무군소맹선'이 다섯척 해서 모두 열두척이요, '지세포'(知世浦)의 수군은 '대맹선'이 한척 '중맹선'이 네척, '소맹선' 일곱척, '무군소맹선' 다섯척- 모두 열 일곱척이요. '옥포'(玉浦) 수군은 '대맹선' 한척 '중맹선' 다섯척 '소맹선'네척, '무군소맹선' 여섯척- 모두 열 여섯척이며 '조라포'(助羅浦) 수군은 '대맹선' 세척 '중맹선' 두척, '소맹선' 세척, '무군소맹선' 세척- 모두 아홉척에다, '제포' 수군이 '대맹선' 한척, '중맹선' 다섯척 '소맹선' 다섯척, '무군소맹선' 다섯척 해서 모두 열 여섯척이었다. 거기에디기 '안골포'(安骨浦) 수군의 열척까지 합한다치면 '고주' 앞바다의 길목을 막는 수군의 군선 수만도 모두 일흔 한척의 대군이었다. '경상도수군'은 23개처 수영의 군선 2백66척에 비한다면 '고주' 앞바다를 싸발르고 뜬 군선은 '경상수군'의 3분의1에 해당하는 막강한 전력 아닌가.

그런데 한가지 공교로운 일은 한결같이 '대맹선'은 한척들뿐이라는 사실이었다.

기실 전함이라고 할 것들은 '대맹선'과 '중맹선'들뿐-

그런데 '대·중맹선'들은 '조전'을 핑계삼아 거진 수영을 비쑤대기 일쑤였었다.

왜놈들은 벌써부터 '무군소맹선'쯤 우습게 봐넘긴 터였겠다, '대·중맹선'이 없는 천혜의 '고주'앞바다를 못 먹으면 무엇을 먹을소냐- 하는 간계가 튼튼히 또아리를 튼 뒤였던 것이다.

154. 왜구(倭寇) 65

병삼 노인이 속마음과는 달리 부러 귀찮다는투로 내뱉는다.

"흥! 늙바래 으디로 도망질을 논단말여. 서름받던 세월 용케 견뎌내고 인자 게우 벼슬헐 낮살에!"

공발이가 뎅그랗게 눈알을 뒤집어 깐다.

"성님까지 와 이레쌌소? 벼슬이 머가 우째요. 오장육부가 고마 디비지는 참인데 누가 성님 비양질에 장단 치겄다 항교!"

"허어 그노옴- 니놈보고 누가 징따라 꽹과리 뚜두르라고 하디야?"

"그라모?"

"니놈은 인자 으디로 숨어도 디져뿐진 목심이라 이거여. 허어음-"

"고래 성님보고 살려돌라 앙캅니꺼… 오늘 성님 하는 꼴 디게 어려버서 미치겄 고마. 아니 성님요? 그라모 이 불쌍한 꽁발이놈캉 살풀이를 하자는 소링교 먼교? 야아?"

공발이의 우악스런 어깻죽지가 별안간 화들화들 떨어댄다. 이판사판임을 작심한 본새인 것이, 여차직했다 하면 뻑적지근하게 살이 내리는 완력이나 풀어보고 죽더라도 죽자는 그런 징조였다.

'니기미 쓸개가 빠져도 열번은 더 빠진놈! 놈의 속을 몰라도 유분수여!'

병삼 노인은 아금니를 앙당물며 녀석의 저글저글 타는 눈길을 피하고 봤다.

매정스러운 공발이었다. 비양질이라니- 겉으론 정작 태연해 보이지만 속으론 불씨 얹은 짚단 타는 본새로 화지직 분통이 달아오르는 병삼 노인이었다.

녀석은 필시 벼슬할 나이에 어디로 도망가려느냐 했던 말에 불 같은 울화가 치밀 었을 것이었다. 성깔만 앞세워 새김하자면 그럴수도 있는 말이것다

죽지 못해 겨우 목숨을 연명하는 늙은 뱃놈보고 벼슬할 나이라니, 비양질치고는 뭇매질 맞고 죽은들 할소리가 따로 없기도 하는 것이었다.

그러나 오죽했으면 그런 말을 뱉아냈으랴. 상놈 중에 그중 상놈이 뱃놈인 세상에 서 예순을 넘겼으면 하늘의 살핌이 따로 있겠더냐.

'쌍놈은 낫살이 벼슬 묵능다고!'

하는 말이 있어왔겄다. 이 말이 어떤 양반놈 풍월이랴. 얼토당토 않는 말이었다. 한 동네 구석구석을 두루 살펴볼랴치면 그중에서도 으뜸으로 못사는 가난뱅이나 상것 중의 상것들이 즐겨 읊조리던 속담이던 거다.

열살 뱃놈 터진 그물코 시중들다가 스무살 먹고, 열다섯살 뱃놈은 상앗대 쥐다가 곰반팔(팔꿈치가 안으로 굽어드는 병신) 신세 맞으면 그런대로 태평세월을 훌쳐댔 으며, 스무살 뱃놈은 남의 배 뱃길 터주다가 눈치만 늘고, 드디어는 서른살 뱃놈이 도사공 먹기가 소원됨에 돛폭, '지활' 두루 말을 힘이 되면 상전 딸년 양각도 따놓 은 당상이요, 서른살 뱃놈은 한 행보에 두 선창 계집년을 잠자리 삼을 즈음, 그중 어 려운 마흔살 터울 뱃놈들이 짠 바다 다 흘러대며 생거지 꼴이 됨에, 이제야 쉬흔 줄 넘긴 육순 뱃놈들이 거추장스럼없이 선창을 마슬 돌겄다.

헛기침 한자락에도 젊은 뱃놈들은 허리뼈 휘는 큰절을 해대고, 돈줄만 믿고 그렁 그렁 악을 써대던 선주들도 영감뱃놈 어깻죽지에 댕경 열리며 묻노니

"오늘 뱃길은 워찌것유?" 해대던 것이었다.

그러자면 뱃놈 나이 환갑을 꼬부리고선 선창골마다 어른이려던, 하필이면 그중 뽄새 재는 뱃놈 나이에 숨을 곳을 찾는 공발이는 대체 어떤 목자의 짐승이란 말인가.

155. 왜구(倭寇) 66

"꿈자리가 시끌시끌하디말로 벨스런 꼴을 또 본당게… 내 말 비양질 아닝게 속 끓이덜 말어. 쌍놈덜은 낫살이 벼슬이란 말배께 더 되어?… 후딱 옥계로 내려가 보랑게"

"옥계는 와요?"

"시방이사 거그배께 갈 디가 으디 있간디?"

"내쪼까도 나 안갈랍니더."

공발이가 선뜩한 편상 위로 늘펀히 눕는다. 등짝을 한두 번 들썩대보다 말고 못마땅해서 투덜댄다.

"이 집에는 장사들만 사능갑다. 삼월에 편상은 와 나와서 요래 방구들 되겠다카노… 에고 춥어라! 성님 나 얼어죽는 꼴 볼라카요? 헤엥-"

"아 후딱 내리가보라는디 편상 우로는 으째 쳐눕는거여? 내일 아직에 다시 와여. 술김으로 씨불대는 소리를 누가 고지듣는다디야?"

"성님 나 술 안취했심니더! 술로 묵을라꼬 들모 한 말은 더 퍼묵었을낍니더… 술이고 뭐고 다 귀찮다 앙입니꺼?"

땅이 꺼질듯한 매운 한숨을 한두차례 쏟아놓고는 공발이는 잠잠했다. 그새 잠이 들었나 싶어 공발이를 내려다보던 병삼 노인은 섬찟 놀란다.

쾡한 눈망울이 물색 달덩이를 담고 있다. 공발이의 눈길은 눈이 시리도록 그 달덩이를 싸담다가 더러는 스르르 하늘을 미끄러져내리며 '까치봉' 위에 얹히곤 했다.

만에 하나라도 공발이의 푸념이 거짓이기를 바랬던 병삼 노인은 명치 끝이 차디차게 식는다. 여간해서는 볼 수 없었던 공발이의 깊디깊은 눈빛이 심상찮았다.

'기어이 일은 터져뿐졌응께!'

병삼 노인은 별안간 숨이 닳는다. 녀석은 이제 어쩔 수 없이 다른 곳으로 도망질을 놓고 말 것이라는, 그런 믿음에서였다.

병삼 노인의 이 믿음이 생각보다는 훨씬 빨리 다져진 데는 그럴만한 이유가 있었다. 공발이의 눈빛이었다. 열두살적부터 노를 쥐었으니 뱃놈 세월만도 예순 한해-그 예순 한해의 세월 동안 기어코 변하지 않던 것이 하나 있었다. 물길도 변하고 고기떼 놀던 자리도 변하고, '개옹'(물골)의 물 깊이도 달라졌으며 선창들도 모습들이 변해갔지만, 어쩌자고 그것만은 지금까지도 한결같은 지 모를 일이었다. 짐작해 보자면 아마도 몇 백년은 고사하고 몇 만년 뒤까지 변치않을 것이었다.

바로, 죽을자리 앞에서의 뱃놈들 눈빛이던 거다. 상앗대가 없으면 허리 힘으로라도 '개옹' 위에 얹힌 배를 빼내는 그런 용심좋은 젊은 뱃놈들은 흉내도 내볼 수 없는 것- 죽음을 맞이하며 훤히 트여 오는 새벽과 쨍쨍 끓어대는 대낮을 함께 볼 줄 아는 늙은 뱃놈들이라야 그 쾡 빈 뿌연 눈빛을 만들어낼 수 있었던 것이었다.

조부도 아버지도 그리고 병삼 노인 곁에서 죽어간 수많은 어른들은 어쩌면 그렇게도 똑같은 눈빛들로만 흔연스레 죽음을 불러들였던 것인지……

공발이의 눈빛이 바로 그 눈빛이었다.

"성님요! 도망가다가 죽으모 마아 그뿐앙잉교!… 성님 말이 우째 그리 또옥 맞는지 모르겠심더… 훤히 빈다 앙임니꺼? 새벽 물때하고 그물 콧뺑이로 간꽃이 억수 피는 낮참 물때 말입니더…"

영락없었다. 공발이의 목소리는 바람기 죽는 풀무처럼 힘이 없었다.

156. 왜구(倭寇) 67

한잠 깜박 시들었다 싶었는데 그새 꿈자리 한번 와글작 요란했다.

"안 깨웠으모 마아 이틀은 내리 잤을끼라요. 여덟골 지토선들이 합포로 떴다 앙캄니꺼?… 요래 퍼져 잠만 자싸모 기별이 지발로 찾아올끼라 하등갑네."

"심이 부쳐서 가쟁이를 벌릴 맴도 없응께 그제"

"자부랍다 해싸모 더한기라."

"누가 잤가니? 눈만 감꼬 있었제 잠은 안잤다고잉."

"흥-"

덕포댁이 눈꼬리를 찢는다. 주막이라야 장정 세 명만 퍼져누우면 빈 자리가 없도록 비좁은 알량한 술청이었다. 왜놈들이 알자리는 다 골라앉아 술장사를 벌이는 판이니 이리저리 내쫓기다가 겨우 '적석산'(積石山) 발치 끝에다 뗏장 두 통 깔고 벌인 덕포댁 주막이었다. 그래도 조선뱃놈들은 이곳이 제집 쪽마루나 같았다.

"거 이상타아- 와 뱃사람덜이 콧뺑이도 안 뷜꼬."

덕포댁이 '고촐산' 밑섶을 물고 깔린 먼 바다를 곁눈질하며 중얼댔다.

"쪼께 더 지달리먼 몰려올 것이여."

당포가 마지못해 한마디하자

"와요? 와 그래요?"

덕포댁이 당포께로 휭 돌아선다.

"흥, 주막 쥔 팔자 한번 늘어져뿐졌응께… 사알사알 선창에 나가보라고. 돌땡이 져날르는 놈들 틈에 조선 뱃놈들 꽤나 섞였을 거여."

"아니 와요?"

"음마? 심심하먼 와요? 와요?… 나헌티 묻덜 말고 내려가 보라는디 뭇한다고 저 혼자 놀래서 이란당가?"

당포는 시치미를 뚜욱 떼고 꾸다 만 꿈을 쫓는다. 길몽인지 흉몽인지 도시 종잡을 수 없는 꿈이었다.

거북을 봤다. 그것도 '대모귀'(玳瑁龜=무늬가 유독 넓고 큰 거북)[172]였다. 뱃놈이 '대모귀'를 꿈속에서 보면 그날 뱃전은 터져나간다 했다. 날씨가 심상치 않거나 그물을 쥐는 손에 유독 힘이 없을랴치면 너나없이 해보던 말이었다.

"누구 대모 꿈 꾼 놈 없나? 대모 본 놈 있으모 마아 비싸게 풀아라. 쌀 한섬 주고

---

172 '대모'(瑇瑁)라고도 씀.

내가 살란다."

그런데 같은 '대모귀' 꿈이라도 사정이 다른 경우가 또 있었다.

"대모갑 탄 놈이 팔면 우얄라꼬? 쌀 한섬만 잿밥된다 앙이가-"

"쌀 한섬 묵겄다고 대모갑 탄 꿈을 폴아묵을 뱃놈은 없다!"

'고것이 맘에 걸린단 말여!'

당포는 쩌업 쓴 입맛을 다셔댄다. '대모귀' 꿈은 꿨으되 막장엔 '대모귀' 등판을 넙죽히 타고 앉아 슬겅슬겅 바다를 떠흘렀던 거다. '대모귀' 등을 타고앉아 바다를 떠흐르는 꿈은 곧 잘돼간다 싶은 일이 끝장에 산지박 꼴이 되는 징조라 했지 않은가.

그물이 터지도록 만망(滿網)이 됐다가도 끝장에 벼리줄이 터져 잡은 고기를 몽땅 풀어놔 주는 신세가 된다거나, 아니면 집안의 병자가 숨줄을 꺼버리는 징조라거나- 하여튼지 '대모귀'를 본다치면 한사코 등판에 오르지 않았어야할 일, 그런데 그놈의 '대모귀'가 하필이면 꿈 막장에 등판을 갖다대던 것이었다.

길몽 쪽으로만 생각해보자면 오늘은 기어코 도사공 자리 하나 앵겨붙을 조짐이요, 흉몽 쪽으로 생각이 미치다 보면 가래를 끓여대며 숨을 꺼버리는 아버지의 얼굴이 또렷이 살아나는 당포였다.

157. 왜구(倭寇) 68

당포는 저도 몰래

"허어- 시상 되야가는 꼴이 요상시럽단말여!"

하곤 청승스럽게 탄식하고 만다. 눈치 한번 되우 빠른 덕포댁이 그새 낌새를 짚었는지 날름 받는다.

"그러거로말이다. 아조 내쪼까삐린다모 몰라도 왜놈덜 장리만 못놓게하모 우짜잔 말이고 말이다. 내이개 조선사람덜 치고 그 장리 안 묵고 사는 사람이 어데 있더노?"

"누가 아니래여. 덕포댁 말마따나 왜놈덜을 조선 땅에서 아조 몰아내뿐지든지!…
그도 저도 못할 판에사 암짝에도 소용없는 짓이여… 니기미! 그놈덜 장리 묵는다고
금세 조선놈덜 신간이 편타여?"

"고레 말입니더."

당포는 허기지다 못해 싸르르 아파오는 아랫배께를 쓰다듬어 내린다. 이럴때엔
텁텁한 한사발 술밖에 약이 따로 없으련만 덕포댁은 공술 한사발 선심 쓸 기미가
전혀 없다.

받쳐세운 두손바닥 위에다 턱아지를 얹고 연신 쓴입맛만 다셔대자니 그저 아득한
것은 제신세였다. 이대로 나간다면 옴싹없이 굶어죽기만 첩경이겠다.

'대모귀' 꿈 한자락에다 골머리를 썩힐 때가 아니었다. 세상 돌아가는 꼴이 이쯤
느닷없는 수도 있으랴.

짝자그르 퍼진 풍문이 이랬다. '삼포' 땅에다 먹고 살 터전을 마련한 왜놈들이라
면 모두들 눈알이 두겹은 뒤집혔고 버얼겋게 핏발선 눈들로 조선 사람들을 흘김질
해대는 꼴들이 심상찮은 일을 벌이고 말 조짐이라는 거였다.

거둬들인 미포를 차곡차곡 쌓는 재미로 손끝이 닳던 '부산포'(釜山浦)의 왜놈들이
느닷없이 길바닥에 내몰려 부역을 치러내노라 비지땀을 설퀴대는가 하면, '울산염
포'(蔚山藍浦)에서는 깔아 높은 장리줄에 묶인 왜놈들이 너 죽고 나 죽자는 막판 살
기가 올라 웅성웅성 떼거리를 짜며 관아로 몰려든다는 것이었다.

왜놈들의 부역이 그중 심한 곳은 '부산포'였고 '울산염포'와 '웅천제포'에서는 부
역 대신 왜놈들의 흥리를 엄금하는 엄명이 떨어진 지가 벌써 보름이 넘었다 했다.
그렇다고 왜놈들의 부역이 '부산포'에서만 실행되는 것도 아니라 했다. 그러자니
미칠 지경이 된 왜놈들은 '부산포'의 왜놈들보다 '염포'와 '제포'의 왜놈들이라는
것이었다. 깔아놓은 장리는 옴싹없이 묶인 터에다가, 거기다 덧붙여 돌멩이를 져나
르고 연장을 손에 쥔 채 길 바닥에 나앉아야 했으니, 그놈들 속도 어지간히 썩어문
들어질 것이라는 소문이었다.

소문의 사실들이 그런대로라면 조선 사람들 치고 오랜만에 쳇증이 가시지 않을 사람도 없었다.

그런데 일은 소문과 같지 않았다.

'부산첨사'(釜山僉使) 이우승(李友僧)의 불호령이 간단없이 왜놈들의 간담을 서늘케해 봤지만, 정작 부역에 나서는 왜놈들은 몇사람에 불과했고 왜놈들로부터 일값을 받은 거개의 조선 사람들이 대역(代役)에 나섰던 거다. 조선의 진졸(鎭卒)들이 왜놈들의 속셈과 배꼽이 맞아 슬며시 눈감아 주는가 하면 심지어는 왜놈들의 심부름꾼이 되어 부역의 인정(人丁. 일꾼)들을 조선 사람들로 초발하는 데 앞장을 섰다는 거였다.

모처럼 그거 시원하다 해보며 헛기침을 짜봤던 가난뱅이 조선 사람들은 어리둥절 머릿골이 돌 지경이었다.

158. 왜구(倭寇) 69

그러나 한편으로는 차라리 잘됐다 싶은 일도 있었다. 왜놈들은 부역에 빠지려고 안달복걸하던 차에 장리를 논 조선 사람에게 은근슬쩍 막일을 떠맡겼고, 왜놈들의 돈줄에 묶인 조선 사람들은 왜놈들 대신 부역을 치러내며 일값으로 심심찮게 장리를 줄여 갈 수 있었던 것이었다. 왜어선들 등쌀에 어차피 생선 비린내도 못 맡아보던 터, 혼나간 꼴로 멀거니 바다만 내다보고 있을 바에야 한나절만 허리뼈 휘어대면 숨통 죄는 장리가 저절로 줄어들어 주겠다. 그래서 이게 웬 떡이야 싶어 아예 '부산포'로 봇짐을 싸는 패거리들도 간간 있던 거였다.

처음엔 이쯤 무슨 큰일이랴 하며 허세를 재봤던 왜놈들이었다. '삼포개항' 후부터 줄곧 겪음해본 조선의 엄포라는 것- 선소리 틀어댈 적만 쩌렁쩌렁 했지 뒤는 물렁물렁 지레 삭아들고마는 도깨비 으름장 아니더냐. '부역'이고 '흥리엄금'이고 간에 며칠이나 갈 것인가 하고 버젓이 부역장까지 마을을 돌 정도였다.

그런데 왜놈들의 짐작과는 달리 머릿골 가마털이 쭈빗 서는 조선의 철퇴가 연달아 떨어져내렸다. 왜놈들에겐 청천벽력이었다.

'삼포항거왜'들의 길목은 고사하고 왜국사절단들마저 세갈래 길을 통해서만 한성에 이르도록 하니, '울산염포'에서 '영천'(永川)·'죽령'(竹嶺)·충주(忠州)를 거쳐 '한성'에 이르는 '좌로'(左路)가 그 첫째요, '동래부산포'에서 '대구'(大邱)·'조령'(島嶺)·'음성'(陰城)을 거쳐 한성에 이르는 '중로'(中路)가 둘째, 그리고 '웅천제포'에서 '성주'(星州)·'추풍령'(秋風嶺)·'청주'(淸州)를 거쳐 한성에 이르는 세번째 길이 '우로'(右路)였다.

왜사(倭使)들의 길부터 이쯤 호되게 묶고 '삼포항거왜'의 동정을 밀탐하던 조선은 급기야 '삼포항거왜'는 물론 상왜(商倭)들까지 '삼포' 안에다만 발을 묶었다. '삼포' 밖으로 한발짝만 더 나가는 왜놈들은 가차없이 잡아들였던 거다.

'왜인의 타지횡행 엄금'의 본때를 봐주기 위해 조선은 '제포' 윗쪽에 있는 '보평역'(報平驛)을 없애버렸다. '보평역'은 '제포'의 왜놈장사치들이 염탐장으로 쓰던 곳이었다.

'보평역'을 없애버리자 그제야 왜놈들은 간담이 서늘했다. 마파람에 날린 콩벌레 꼴로 풀죽은 등짝들을 잔뜩 옹크린 왜놈들이 채마밭 가랑에나 겨우 나들이 할 즈음, 이번에는 왜놈들의 밭뙈기에 마저 불호령이 떨어졌다. '삼포항거왜'들에게 일체의 농경을 엄금한 것이었다.

'보역'을 폐했고, 밭뙈기가 쑥밭 되었지만, 왜놈들은 그래도 믿는 것이 있었다. 바로 조선의 바다였다.

바로 그때 등골이 오싹할 일이 또 터졌다. 왜놈들은 혀를 빼물고 허억 단내들을 내뿜었다.

왜적들의 목아지 열여섯개가 장대끝에 매달려 '제포'·'염포'·'부산포' 나들이를 한 것이다. 전라도 '신달량'(新達梁)에 넘어들어 민가에 작폐를 놨던 왜적들의 모가지들이었다.

"조선경토에 도래하야 내지로 잠행횡행하며 조선민의 생명과 재산을 탈거하는 왜적은 그 종말이 이와 같을지라!"

전라좌도 수사 이종인(李宗仁)의 불호령에 놀란 '삼포'의 왜놈들 눈에도 버얼건 핏발이 섰다.

159. 왜구(倭寇) 70

두곱은 실히 부어오른 채 푸르죽죽 거진 썩어가는 왜적들의 목아지들은 조선 사람들의 눈에도 흉칙하기 이를 데 없는 것이었다.

왜적의 목아지들이 '내이개'를 돌아 '동래부산포'로 떠났을 즈음, 처음에는 기가 질려 느닷없는 경풍을 앓던 왜놈들이 슬근슬근 본색을 드러내기 시작했다. 옴싹않고 틀어박혔던 방구들을 차고 나와 다문다문 패거리를 짜대던 것이었다.

모여앉았다 하면 '웅천현감' 욕이었고 '제포첨사'를 몰아세웠다. 저들에게 내 줄 돈도 안 내주는 일만도 뻔뻔하기 그지없으려던 거기다가 깔린 돈줄의 흥리는 고사하고 본전마저 묶어대는 '웅천현감'이 날도적놈이 아니고 무엇이냐는 거였다. 또 '제포첨사'는 벼락을 맞아 혀를 빼물고 죽을 거라 했다. '보평역'을 전폐하고 밭떼기마저 밭을 만들어댔으면 족하려던 저들 고깃배 그물질에까지 훼방을 쳐댈 것은 뭐냐는 것이었다. 길목들은 죄다 틀어막고 당금대 쥐고 흙만 헤적대도 우루루 달려들어 가차없이 패대기를 쳐대는 일도 견뎌주었으려던, 바다까지 첩첩이 틀어막아 옹조이는 짓은 무슨 엉뚱한 행패냐는 거였다.

근 백년 세월 가깝게 조선경토를 헤적됐던 저들의 작폐는 깡그리 잊은 채 핏발선 눈에다 퍼어런 불심지를 지글지글 태워대며 이쯤 생떼를 부려대는 왜놈들이었다.

그러나 '웅천현감'도 '제포첨사'도 전혀 누그러질 기미가 없었다.

특히 '제포첨사' 김세균(金世鈞)은 날로 기세가 더해갔다.

"뭣이라고? 조선의 선린우호를 악용하여 조선변경 민가에 작폐하고 무고한 조선민 재산을 탈거함도 모자라 급기야는 내지에 잠행해서 분탕질을 해댔던 놈들이 누구라더냐? 짐승만도 못한 놈들! 경토내에서의 흥리엄금이며 농경엄금이 엄연한 국명이려던 그놈들이 어찌 불찬(不贊)하여 원소(怨訴)를 발할 수 있단 말이냐!"

이렇게 부화를 끓여가던 '제포첨사' 김세균은 한술 더 떠봤다. 이런 절호의 기회가 아니면 왜놈들을 어찌 다스리랴 하는 마음에다. 죽는 한이 있더라도 이번에야말로 망나니 왜놈들에게 재갈을 물려 암팡진 고삐줄을 끌어보리라 하는 성급함이 앞섰던 거다.

"왜놈들에게 부역케 함이 동래부산포가 시지라하나 구태여 동래부산포에다만 한정시킬 필요또한 없으렸고… 제포는 말할것도 없거니와 원포·죽곡개 구자의 석장훼손이 지실하니 항거왜들로 하여금 석장보수에 부역케 하렸다!"

'구자'(口子=선창·항구)의 석축보수가 명목이었지만 기실 '제포 항거왜'들을 단 한시도 놀게 할 수는 없다는 김세균의 분노가 앞섰던 것이었다.

사실 '제포 항거왜'들을 부역에 종사케하는 일이 국명은 아니었다.

김세균은 여기서 한발짝 더 나아가본다. 조선 '어가'(漁家)의 곤궁함을 뼈저리게 보아 느꼈던 김세균이었다.

"어허— 삼월 아닌고? 시제가 바야흐로 대구어 산란기렸다.… 고얀놈들! 어디 두고봐라! 웅천 앞바다의 대구어는 단 일미라도 왜어선에게 포어(捕魚)케 할 수는 없도다.… 제포 항거왜 소유의 모든 어선들을 구자에 묶어 조선의 어선들이 마음놓고 대구어를 포어토록 하라!"

'제포진'의 조선 수군들은 오랜만에 어깻죽지가 건들춤을 춰댔다.

160. 왜구(倭寇) 71

그러나 '제포'의 왜어선들을 감호한답시고 으름장을 놔보는 군선들은 '무군소맹선'들이 고작이었다. 어떤 때는 단 한명의 수졸도 없이 텅 빈 공선들로 묶여 있다가는 왜어선들이 슬근슬근 닻줄을 거둘랴치면 그제야 설잠 깬 눈두덩을 부벼대며 수졸들이 배에 올랐다. 대개의 경우 기껏 너 댓명의 수졸들이었다.

그렇다고 하루내내 바다에 떠서 왜어선들을 감시하는 것도 아니었다. 길게 잡으면 '제포' 앞바다 '웅천만'(熊川灣) 나들이었고 어쩌다가 큰맘을 먹었다 하면 동(東)으론 '명지바다'(鳴旨= 명지수도鳴旨水道) 서(西)쪽으론 '댓골'(지금의 진해鎭海 죽곡동竹谷洞) 앞으로 떠흘러 보다가는 되돌아 오는 것이었다.

왜어선들은 조선의 '무군소맹선'들에 대해 닳대로 닳아져 있었다. '무군소맹선'들의 눈치를 살펴 가며 고기를 잡기란 식은 죽사발 넘기듯 쉬웠다. 닻줄 거두는 '무군소맹선'이 눈에 들면 '석장'을 차고 앉아 죽은체 시들해보다가 나들이를 마친 '무군소맹선'들이 닻을 내리면 '납세기'(=날치. 비어飛魚) 튀듯 재빠르게 '제포'를 빠져 나가던 거다.

이런 왜어선들의 기미를 전혀 짐작잡지 못한 사람이 바로 김세균이었다. 김세균의 믿음은 이랬다. 경상우도주진(慶尙右道主鎭)의 대·중·소맹선 수만도 스물한척, 거기다가 '무군소맹선' 열척을 합하면 서른한척에다. 제포진(濟浦鎭)의 군선이 자그만치 열여섯척- 그러니 마흔일곱척의 군선들이 왜어선들의 뱃길을 막고나서면 어느틈에 그물을 담가 볼 것인가. 이번에야말로 소율도(小栗島)·대율도(大栗島)를 지나 소죽도(小竹島)까지 바짝 파고드는 알밴 대구어들을 조선 어가들 그물속에 죄다 담아주리라--

그러나 김세균의 믿음과는 엉뚱하게 판이 다른 사정이었다. 김세균은 '대구어'가 산란기를 맞는 3월만 떠올렸을 뿐, 바로 이 3월이 온 경상도가 죽어나는 '조전시기'(漕轉時期)라는 것은 깜빡 잇었던 거다.

경상도의 '조전선단'(漕轉船團)은 하늘이 무너져내려도 3월 20일 안으로 발선(發船)해야 했고 목적지인 '경강'(京江=한강)까지는 5월 15일 안으로 기필코 가닿아야 했다.

두달도 채 안 남은 운송시일을 맞추기 위해 경상도는 바야흐로 북새통이었다. '

합포'(合浦=마산)의 '석두창'에 이르는 바다는, '금주'(金州=김해)·'웅천'·'칠원'(漆原)·'검암'(檢岩=함안咸安)·'의령'·'진해'·'고주'(固州=고성固城)·'제창'(濟昌=거제巨濟) 등 여덟 골 배들이(民船) '대동미'(大同米)를 실어나르노라 욱적북적거렸고 '조전'에 임역된 '대·중·소맹선'들도 발선 채비를 가꾸기에 정신들이 없었다.

거기다가 '경상도' '조전선'(漕轉船)의 적재미는 물경 1천석(石)이었다. 수영에서는 '조군'(漕軍=사공)을 모군(募軍)하기에 혼이 빠질 지경이었고 사람들은 죽는 짓이나 다름없는 '조전선' 사공이 안 될 양으로 머리통만이라도 감출 숨을 구멍을 찾아 또 혼줄을 빼야했다.

'제포'라고 다를 것은 없었다. '대·중맹선'들은 이미 수영을 비운 뒤였고 '무군소맹선'들만 오락가락 떠흐르며 허세를 재보던 것이었다.

'대구어'만은 이런 저런 사정 아랑곳없이 산란장을 찾아 벌써 '명지바다'에 이르렀다는 소문이었다.

161. 왜구(倭寇) 72

당포는 생각이 '대구'에 미치자 별안간 숨이 가빠졌다. 콧속에서 풀무질해대는 숨결이 화끈 달아오르는 통에 두 콧망울은 얼얼한 훈김을 못이겨 절로 벌름대는 것이었다.

"올 대구는 변덕도 심하당께는. 인자사 맹지바다 넘었다니 괴기도 시상 돼가는 꼴에다가 장단치겠다는 거여 뭐여?"

하필이면 이럴 때 '대구떼'냐 싶어 혼자소리로 해본 말인데 덕포댁이 날름 받는다.

"누가 앙이랍니꺼! 거 이상타 앙잉교. 작년만 같았으모 정월에 고마 알 다 시리뿔고 지금쯤엔 넘바다로 빠져갈 때 앙인가베."

"바로 고 말이제잉. 쌈 말리겠다고 깔대오는 대군지 쌈 붙히겠다고 오는 대군지!… 고것이 요상시럽단 말여."

"굵은 강생이 짖는갑다, 무신 말인지 모르겠다 앙이가.… 대구가 삼은 와 붙히논 답디꺼?"

"어르신네 말씀들이 그려서 틀린 데가 없다는 것이시! 에잉- 쯔읏."

당포는 삼장엿짝 떨어지듯 본새 재는 혀를 차대고 나서 덕포댁을 흘긴다.

"시방 왜놈덜 형편 좀 봐여. 짠 바가지에다 쉬어터진 술 퍼서는 뱃놈들 쓸개쪽 빼돌라는 술장시지만 말여, 아 고래도 시상 돌아가는 꼴은 쬐끔 알어사 안쓰겠어?"

"… 어르신네덜이 머라꼬 했노? 자부라서 미칠판에 잘됐다 앙이가. 그말 듣고 잠이나 좀 깰란다."

"입으로는 울고 머리속으로는 양반 상장 올리는 것들이, 뱃놈 괴기밥 버는 술장시라고 했어!"

"아고야아- 흥! 뱃사람덜 꽁바라지한다꼬 내사 밑이 다 삐죽 빠지는데 양반집 상장 올리는데 드갔다 나올 틈이 어데 있다카데요? 야아?"

"웜메 깜짝이야? 귓청 찢어졌는게비여. 작년에 박었든 미영씨가 튕게 나오는갑다."

"치소 고마!"

"이삔 얼굴에다 썽발을 친다항께는 훨썩 더 이삐당께!"

덕포댁은 당포를 싫지않다는 듯 살짝 찔겨대고 나서 바짝 얼굴을 들이민다.

"쏙에도 없는 소리 고마 치우고예… 아까 머라꼬 했능교? 대구가 와 삼을 부친단 말잉교?"

"고레도 몰라?"

"모른다까네!"

"… 술이 다 나쁜디 요럴 때는 보약이란 말여… 섯바닥이 짜악 달라붙어가꼬 입속에서 불나게 생겼단마시…"

당포가 늘근늘근 능청을 떨자

"먼저 말해라 고마. 말만 해주모 술 한사발 없겠노."

덕포댁이 눈꼬리를 사르르 떤다.

"별 말 아니여… 시상 끝이 훠언하잖다고?"

"흥! 디비진 자래가 금새 됐나, 빼긴 와빼노."

"… 제포 왜놈덜 시방 죽을 판 만났어. 돈줄은 꽁꽁 맥혔제, 밭떼기에다는 풀도 못 심게 되았제, 거그다가 괴기까정 못 잡게 허제… 아 요런판에 대구떼가 몰려봐여. 왜놈들도 뱃놈들인디 괴기떼 보고 그냥 있을 수 있까니? 왜놈덜은 즈그덜대로, 조선 뱃놈들은 또 즈그덜대로, 대구떼만은 목심 내놓고 잡게 안되것냔 말여… 쌈이 안붙고 으짤꺼여?"

당포의 말이 막 끝났을 때였다. 팔금이늠이 들어선다.

162. 왜구(倭寇) 73

팔금이가 당포를 알아보고는 깜짝 반기더니 우루루 다가들어 당포 옆으로 바짝 다가앉는다. 녀석은 '제포진'에서 '중맹선'을 타는 망나니 수졸(水卒)이었다. 심심하다 하면 일을 저질러 '중곤'(中棍)[173]·'중곤'(重棍)[174]은 넌덜머리가 나도록 맞아댔고, 끝내는 다섯자 일곱치 길이에다 넓이가 다섯치 서푼 그리고 두께만도 한치가 되는 '치도곤'(治盜棍)[175]을 두번씩이나 앵겨 본 '망독'(제포 동북쪽에 있던 마을) 별짜였다.('중곤'과 '치도곤'은 군문(軍門)에서만 쓰던 형장(刑杖)이었다)

"하이고오 을매만잉교 성님. 우째 고레 콧뺑이도 안비줬능교?"

"시방 배에서 내린게비여."

"어데요… 내일 배탄다 앙입니꺼."

---

173 조선 시대에, 죄인의 볼기를 치는 데에 쓰던 곤장의 하나. 길이는 5자 4치, 너비는 4치 1푼, 두께는 5푼가량으로 중간 크기이다.
174 조선 시대에, 죄인의 볼기를 치는 데에 쓰던 곤장의 하나. 길이는 5자 8치, 너비는 5치, 두께는 8푼가량으로 곤장 가운데 가장 크며 주로 죽을 죄를 지은 죄인에게 쓰였다.
175 조선 시대에, 죄인의 볼기를 치는 데 쓰던 곤장의 하나. 가장 큰 것은 길이 5자 7치, 너비 5치 3푼, 두께 4푼이나 되며 주로 절도범 등에게 쓰였다.

"또 곤장맞을 짓을 벌려놓고는 은신했등갑만?"

"성님은 조선 사람 아이거로… 한 뭉탱이 배 탔다카모 남재기 한 뭉탱이는 쉬능기 조선 수군들 아잉가베."

당포는 '대구' 생각 쫓노라 그걸 깜빡 잊었다싶어 입을 다물고 만다.

저도 몰래 늘질긴 콧방귀가 샜다.

뱃놈들치고 조선의 수군을 고깝게 안볼 사람도 없겠다. 제 바다도 못 다스려 왜놈들 그물에다 조선생선들은 다 싸담아주는 주제에 수영(水營)이고 마을이고 간에 자갈처럼 깔린 것이 수졸들이던 거다.

'대맹선' 한척에 여든 명의 수출이 딸리고 '중맹선' 한척엔 예순 명, '소맹선' 한척에 딸린 수졸들이 서른 명이나 됐다. 거기다가 '무군소맹선'에 딸린 수졸들까지 합친다면, 온통 구데기떼처럼 버글버글 끓어대는 게 수졸들 아니더냐.

그렇다고 그 많은 수졸들이 모두 군선에 올라 바다속에서만 사느냐하면 그것도 아니었다. 각 군선에 딸린 수졸들을 절반으로 나눠 그 반수가 임역(任役)하면 나머지 반수는 쉬는 이른바 선군(船軍)의 이번윤번갱대(二番輪番更代)가 철저히 실행되고 있었다.

유독 수군(水軍)에다만 이런 선심을 써본 이유가 이랬다.

수군은 우선 상것들 중의 상것들로만 몽도리쳐졌던 것이니 해방(海防)의 본분은 물론이요, 웬만한 부역장(賦役場)에다는 꼭 수군을 써먹었던 거였다.

따라서 수졸들의 고역이란 마소의 일부림과 버금버금할 정도였다.

그런데 한가지 불안한 점이 있었다. 짐승 일 부리듯이 하다보면 고역에 지친 수졸들이 언젠가는 막바지 악을 써댈지도 모른다는, 그런 짐작이었다. 더구나 상것들의 떼거리들이라 작모하여 궐난할시면 이판사판으로 목숨 걸고 일어날 것은 뻔한 일- 그래서 짜낸 묘방이 바로 수군의 '이번윤번갱대'요 '윤번체기'(輪番遞騎)[176]

---

176 기선군으로서 교대하며 군역하는 것. 배를 타고 싸우는 수군(水軍), 즉 기선군(騎船軍)은 일년에 일정기간을 복무하는 군역을 담당해야 했다.

였던 것이다.

팔금이 녀석도 쉬는 짬 방구들 차고 내리 죽치다가 배에 오르기 앞당겨 싫커장 술이나 퍼마실 요량으로 주막에 들렀을 것이었다.

"낯색이 와 요레 콩똥땡이 색인교? 야?"

팔금이가 물었다.

"시상 더러워서! 지토선 도사공 자리 하나 묵끼가 요렇게 어렵단마시."

당포의 풀죽은 대답에,

"지토선이 우째요? 뱃놈이 괴기 잡아사제 지토선 사공 묵어서 머할라꼬요? 선창에 나가보소마! 괴깃배덜이 난리핀다 앙입니꺼."

163. 왜구(倭寇) 74

팔금이가 쩌업 하고 단맛 도는 입맛을 다셔대기 무섭게 당포가 '뭣이어?'하고 놀란다.

당포가 술청을 차고 일어서 짚신을 발가락 새에다 꿰는데 팔금이의 억센 손이 당포의 중의가랭이를 붙들고 늘어진다.

"이런 지랄맞다 방탱이 될 셰끼! 아 이놈아 가랭이는 으짠다고 죄고늘어져?"

"성님요! 이 팔금이놈캉 술이나 억수 퍼마십시다 고마! 구자에는 뭣할라꼬 나간답니꺼? 이 팔금이가 지토선 도사공 자리 하나 챙겨드릴끼라요! 고마 술이나 퍼묵읍시다."

"지토선 도사공? 참말이여?"

"이 성님이 속아서만 시상 사셌나, 와 이레요? 이 팔금이놈 거짓말은 천성이 에려버서 몬합니더!… 참말 아니모 참숯 가지고 백동숯이라꼬 속일랍디꺼. 고마 앉으시소야."

"그랑게로 요놈어 붕알을 놔도란 말 아니여? 니기미이- 자네허고 대작 놓다가는

팥죽 시알 두쪽 사정 모른다고 깨질 것이여. 시알뿐이여? 소문난 내 연장 못쓰게 된
단 말이시…. 아, 이 손 노랑게그려."

"나 성님 말씀만 믿고 이손 놓심니더. 참말이지예?"

"어따 참말이랑게 그네!"

팔금이 녀석이 그제야 손을 놨다. 녀석의 억센 손아귀 속에서 죽다 살아난 불알
두쪽이 한동안 얼얼했다.

당포는 녀석의 유독 짧은 목아지를 곁눈질로 훑어내리다 말고 안쓰럽다 못해 눈
물줄이 새콤한 설움을 함께 해볼 마음이었다.

팔금이가 당포의 불알 두쪽을 암팡지게 죄고 늘어지는 연유는 어렵게 생각할 필
요도 없었다. 쉬운 말로 너무나 외롭고 쓸쓸해서였을 것이었다.

'수졸'이 사람이던가- 바다에다 목숨을 걸고 살아가야 하는 숱한 사람들은 송아
지 가죽값만도 못한 목숨을 스스로 제가 챙겨야 겨우 입술이라도 듬씩거리며 살아
갈 수 있는 세상이었다. 양반들은 애사당초 뱃놈들 알기를 벌레만도 못한 짐승들
쯘세로나 여김하던 터였으니 더 말할 여지도 없었거니와, 그 양반들 해보던 작태에
얹혀 더한 멸시로 바다에다 목숨을 붙이고 사는 사람들을 지적지적 밟아놔야 직성
이 풀리던 사람들도 많았으니, 이들이 곧 땅에다가 목구멍을 걸고 살아가는 잡다
한 사람 패거리들이었던 거다. 농민들마저 '수졸'이나 '뱃놈'들 알기를 걸신 든 거
지패거리들 쯤으로 봐 넘길 판이었음에랴 관아에다가 '녹' 붙여먹고 사는 '진졸'들
은 어련했으랴.

"저거 머꼬? 중맹선 대웅 편대에서 배 타묵는 패거리들 앙이가?"

"그러고로! 마아 술자리를 옮기사 안쓰겠나? 그래도 진졸 처신에 수졸캉 어데 술
로 같이 묵겠노!"

"맛다아- 사알 자리를 뜨자고마, 우리들이사 까치가 까치 알이고 까치 알이 까치
라 한다케도 넘들이 어데그리 봐줄끼가, 상좌 귀에 소문줄 가닫기 전에 우리가 먼
저 술자리를 옮기는 것이 당상인기라."

주막에서 '수졸'들과 맞닥뜨린 진졸(鎭卒)들의 걱정이 이렇던 거다. 진졸(지금의 육군 해안초소 파견대쯤 될까)들의 서슬이 이런 세상에서 팔금이놈인들 어느 곳에서 누구를 붙잡고 제대로 술사발인들 넘겨봤으랴.

수졸들의 말벗은 곧 뱃놈들이나 상거지들뿐이었으니 배타기 전날에 만난 뱃놈 당포가 얼마나 눈에 번쩍띄는 술벗이겠던가 말이다.

164. 왜구(倭寇) 75

당포는 마지못해 술청에다 엉덩이를 붙인다. 팔금이가 덕포댁을 향해 신이 돋는다.

"보소, 술 안가오고 머하능교? 아조 동이째로 가오소 고마."

덕포댁은 팔금이의 호령쯤 아랑곳없다. 생선에 있어서라면야 뱃놈 다음으로 귀가 밝은 사람이 주모렸다. '대구어'만 사태로 터졌단 봐라. 모처럼 흥이 돋는 뱃놈들 등살에 술청 뗏장이 가라앉을 판이요 내지에서 몰려드는 장사패거리들 시중에 몸둥이가 두쪽날 시절아니냐.

덕포댁의 생각속으로 허벅지만한 '통대구어'들이 가지런히 눕겄다. 이번에는 하늘이 두쪽 나도 한짐 단단히 챙겨 '제포'를 뜨리라. 왜놈들 없는 곳으로 가 마음놓고 술청이나 벌여보면 한 해를 살다 죽은들 더는 바랄 것이 없고말고-

"요레 좋을 일이 어데 있을꼬! 보소야, 그믈질 나갈꺼지예? 알쟁이로 한물참만 날로 주소?"

덕포댁이 당포의 콧날 앞에다 화끈 닮은 단내를 풍긴다. 탄탄한 방댕이로 당포의 허리통께를 슬쩍 튕겨놓고 보는 거다.

"와 요레? 술로 돌라꼬 하는데 내 말은 말이 아니라 이기가? 퍼뜩 술로 안가오모 술청에다 고마 불을 놔 삐릴거로!"

팔금이가 쫙 목청을 돋구자 그제야 덕포택이 방댕이를 뗀다.

당포도 덕포댁의 생각과 다를것이 없다. 눈에 서언한 것은 햇볕에 말라가는 알쟁이 '대구어'다.

그것은 바로 알이 든 채로 통째 말리는 '약대구'(藥大口魚)[177]다. 웅천 '약대구'라면 팔도의 양반들이 눈을 삼백창으로 치뜨곤 엿물 같은 군침을 다는 진품 중의 진품이다.

'대구어'가 조선 고깃배 그물속에서 놀겠다니 게다가 조선 뱃놈들도 맘놓고 '약대구'를 챙기게 됐다니 실로 얼마만에야 찾아온 복덩이란 말인가.

'약대구' 한마리가 기생집 방구들 열장을 당한다했다. 알은 알대로 늘근늘근 씹어 삼키고 머리와 몸통은 건곰을 만들어 먹을라치면 소슬대문 추녀서듯 한없는 양기가 뻗쳐 솟는다 했지 않던가.

당포는 우두둑 소리가 나도록 불끈 주먹을 쥐어본다. 벌래벌래 가슴이 뛴다. 한사발만 넘기면 죽어도 원이 없을 듯싶던 술 생각은 그새 언제냐 싶게 싸악 가셨다.

덕포댁이 술상을 채려왔다. 팔금이가 술을 따르며 술내는 본새를 한껏 재보는 거다.

"마아 쭈욱 넘기고 보입시더어- 성님요! 고레 혼빼지 마입시더. 대구가 웅천바다를 보고 꼬랑지 찢어지게 달려오고 있다 앙입니꺼? 꿈이 앙이라요! 생시라 안캅니꺼!… 내 성님 머리속 좀 들이다 볼까요? 훤히 빈다 앙입니꺼."

"………"

"성님 머리 속에서요 약대구들이 삐덕삐덕 말라가고 있임더. 쇠여묵을라 말고 똑바로 대보소, 맞지예?"

"…… 그려……"

당포는 술 사발을 단숨에 들이키곤 손바닥으로 턱주가리를 쓰윽 훑는다. 조선 고깃배들이 '제포' 앞바다를 다 메운 판이다. 술도 좋지만 뱃놈이 이 소리를 듣고 술청만 차고앉게 됐더냐.

당포는 후닥닥 술청을 차고 내닫는다. 짚신이 눈에 뵐 리 없다. 한참 내달리다보

---

177 대구 입으로 아가미와 내장을 꺼내고 그 속에 국간장과 소금을 넣고 짚으로 채워 말린 것.

니 맨발이었다.

165. 왜구(倭寇) 76

 단숨에 '구자'로 내달은 당포는 눈이 휘둥그레서 굳는다. '제포' 앞바다로는 '어정'들이 50여척 엉켜 떴다. 돛폭이 터질 듯 바람을 먹은 '통선'(桶船)들까지 고기잡이를 나선 모양이었다. '통선' 다섯척이 '명지바다' 쪽으로 미끄러져갔다.

 '괴정'(槐井)에서 '제포'에 이르는 개고개로는 '북보개'와 '자은말' 쪽에서 넘어오는 접꾼(어장 일꾼)들이 덩이덩이 얹혔고 '나리미'(나임말羅任未= 제포 동편에 있는 다리)를 건너온 듯싶은 달구지를 끄노라 당나귀 불알통이 핑경될 지경이었다. '대장' 등지의 내지에서 몰려드는 장사치들의 달구지일 것이었다.

 "요것이 다 웬녀려 배들이랑가? 제포 배덜만은 아닌 모냥인디?"

 당포는 웅성대는 사람들 틈에 섞여 이리저리 떠밀렸다.

 "제포 배덜이라꼬? 골장에다 불침을 쐈나! 장목·천가에서 온 배덜 앙이가?"

 누군가가 별 시달갑잖은 놈 다 보겠다는 투로 쏘아붙였다.

 구자 석장께에서는 배를 띄우는 '제포' 어정들로 또 북새통이었다.

 "야 이 문디이놈어 셰끼덜아 뱃머리 고마 다 깨진다!"

 "느놈의 셰끼덜이 일을 좌놓고 와 요레? 닻줄을 감았으모 퍼뜩 배를 빼사할낀데 와 꼼지락대노? 문디이셰끼덜이 시방 유람을 떴나!"

 "보소, 보소야! 삐죽한 뱃머리로 뱃전을 콩콩 박아대모 우짠답니꺼? 뒷길로 티나가모 안되겠십니꺼!"

 "젊은놈어 셰끼가 멀 안다고 지랄을 뜨노. 차라 고마! 니 배 뱃전 뿌사지모 내 배 뱃머리는 팬안타 카더나? 문디이셰끼! 저놈어 셰끼가 관장항 주사만 살었나!"

 "관장항 주사는 와 산답니꺼? 어른이나 관장항 물구신 살소고마!"

 "머라꼬? 저런 문디이 마늘씨 같은 셰끼, 저놈 저거 누고? 어데 뱃놈 손자고?"

"어데요, 안지개 막쇠 아들놈 아닝교. 치소 고마. 대구떼가 니놈덜 그물은 싫타고 마 하겠심니더! 퍼뜩 나가시지예."

"앙이거로! 지개에 저런 뱃놈 없다! 없다 앙이가!"

예나 지금이나 뱃놈 입심 따를 상것들도 없겄다. '대구어' 때문에 눈들이 벌쭉 까뒤집힌 본새였다. 얼마나 마음들이 급했으면 '관장항'(冠丈頂=충청도 안흥량安興梁 앞 물목으로, 강화의 손돌항孫乭項[178]과 더불어 제일 사나운 물목이었다) 주사(舟師=수졸, 혹은 그 배의 책임자)나 되란 소리가 나오겠으며, 거기다 관장항 물귀신을 살으라는 지독한 말이 튀어나왔으랴. 뱃사람들에겐 이 말 이상으로 지독스런 욕도 없던 터다.

당포는 멍 해서 한동안 그대로 서 있었다. 얼마만에야 보는 푸짐한 정경인가.

'제포'의 알자리인 바깥지개(제포 바깥쪽에 있는 본구자本口子)를 차고앉아 뱃길을 꽁꽁 막고 울룽대던 왜놈들 등살에 겨우 그물 말으는 시늉이나 고작 해봤던 시절들이 눈앞에 아롱 거렸다.

욕설을 주고받으며 쌈닭 꼴들로 화뿔을 세우던 어정들이 깜죽깜죽 뱃머리들을 떨어대며 저만치 흘러가고 있었다. 필경 언제 그랬었더냐는 듯이 꺼렁대는 웃음들을 주고받고 있을 것이었다. 당포의 눈길이 바깥지개 쪽으로 날은다.

166. 왜구(倭寇) 77

'바깥지개'는 바깥지개대로 또 난리였다. 먹장구름 몰려가듯 이리저리 우루퉁탕 들민거리는 것들은 필시 왜놈들 패거리일 것이었다.

당포는 바깥지개 쪽으로 잰걸음을 논다. 왜놈들의 고깃배 꼴이나 구경해보자는 심사였다.

---

178 경기도 김포시 대곶면 신안리 지역에 있는 목(項).

낫대 쥘 기력들이 진해서 괜히 들뜬 기분이나 내보는 노인들 대여섯사람이 쪼그려 앉은 채로 볼만한 구경거리를 훔쳐보고 있었다. 당포도 그 노인들틈에 껴앉았다.

육칠십명쯤 되는 왜놈들이 석장 바로 앞쪽에다 촘촘이 결을 틀고는 악바지를 써대고 있고 조선의 진졸들 서른명이 죽봉장대를 곧추 세워들곤 왜놈들을 막고 있었다. 낌새를 보아하니 왜놈들은 석장을 넘어 저들 어선으로 오르려는 짓거리들이요 조선의 진졸들은 왜놈들이 어선에 다가드는 것을 막자는 뜻인 듯싶었다.

왜놈 패거리들이 세운 주먹들을 부르르 떨어대며 칼날 같은 소리들을 찢어댄다.

"흥리를 금했으면 그만이지 고기는 왜 못잡게 하는가? 조선놈들은 모두 도적놈들이다!"

"논밭도 다 뭉개버렸지 않느냐? 우리들은 뭘해 먹고 살으란 말인가. 날도적놈들!"

"좋다! 그럼 제포첨사를 만나보게 해다오!"

왜놈들이 방향을 바꿔 개미떼처럼 흩어지자 조선 진졸들이 우루루 내달아 왜놈들의 길목을 틀어막는다.

"그럼 좋다! 배를 타게 해다오! 절대 대구는 잡지 않겠다! 쓰시마로 건너가 도주님께 이 사실을 알려야겠다!"

진졸들이 죽봉장대를 휘두르며 으름장을 놓자 왜놈들도 설마 죽기야 하랴 하는 뽄새로 막무가내 밀어닥치고 보겠다.

"야이- 조선놈들아! 어디 덤벼봐라, 이 도적놈들!"

으름장만 놔보던 진졸들이 급기야 사정없이 죽봉대를 휘둘렀다.

"문디이놈어 셰끼들! 까치 집 시르니까네 깨깨비가 살판났다 카더니 이놈어 셰끼덜이 고짝 났다 앙이가! 어데 한번 죽어보거로!"

죽봉장대는 보리멀 타작마당의 도리깨처럼 놀고 왜놈들은 헉 허억- 단내를 뿜어내며 거꾸러진다. 더러는 죽봉장대를 뺏어들고 진졸을 개 잡듯 후려패는 왜놈도 있다. 드디어는 왜놈들이 다시 물러섰다.

"저놈덜 아조 개쌍녀려 새끼들이시? 한놈쯤은 섯바닥 빼물게꼬롬 북장질로다 뱃때지를 후려놔사 쓰는디!"

　당포가 못마땅해서 패앵- 콧물을 풀어치자 노인 한사람이 당포를 위아래로 흘겨내린다.

　"뱃놈 맘이 고레 콩눈매끼 짤잘하모 몬쓴다! 왜놈덜 죄는 밉지만 죄가 밉지 어데 사람이 미운가베? 내쪼까삐린다모 몰라도 괴기는 와 몬잡게해? 괴기떼 보고 괴기 안잡겠다카는 뱃놈이 어데 있겠노 말이다… 괴기는 잡게해놓고 보능 기라."

　노인들이 '하모, 하모!' 하며 저마다 고개를 끄떡여댄다.

　당포는 금세 멋적다. 뱃놈들 마음이란 것이 어쩌면 이렇게도 햇솜타래이랴. 왜놈들의 논밭이 짓뭉개지자 살판났다는 본새로 거들을 피워대는 농사꾼과는 판이 다르겠다. 뱃놈들 마음이 이래서 바다꼴이 이쯤 돼버린 줄도 몰랐다.

167. 왜구(倭寇) 78

　당포는 멋적은 김에 돌멩이 한개를 집어들고 땅바닥을 헤적거려 본다. 노인장 말들이 옳은 듯싶다. 자식 죽는 꼴은 봐도 고기떼앞에서 배를 묶고는 못산다는 뱃놈들 아니더냐. 진졸들의 죽봉장대를 피해 깊은 팔짱들을 껴고 멀거니섰는 왜놈들 행색이 거진 동냥자루 뺏긴 묵은초 꼴들이었다.

　거기다가 더 못 견딜 것은 왜놈들의 눈길이었다. 왜놈들의 눈길들은 기껏 열댓발짝 앞쪽의 어선에다 대못을 박았다.

　왜놈들의 눈길을 따라 가보던 당포는 저도 몰래 늘큰한 한숨을 내리깔은다.

　줄줄이 늘어서 발을 엮은 듯싶은 애어선들이 '바깥지개' 석장 끝도 모자라 말굽형상으로 아스라히 돌아 뻗었다.

　"한나… 두얼… 서이… 너이…"

　당포는 무릎을 세우고 일어나 슬근슬근 발짝을 떼며 헤어본다. 눈 안에 드는 것만도 일흔 척이 넘는다.

'제포'의 왜어선들이 모두 1백16척이라든가. 그러니 나머지 사십여 척은 용케도 바다로 빠져나갔는가 싶다. 여느 때 같으면 앞 배의 고물을 물고 줄줄이 떠 있을 상왜선(商倭船)들은 단 한척도 없다.

일흔척이 넘는 왜어선들의 꼴이 또 말이 아니었다. 돛폭들은 아무렇게나 두루말려 어떤것은 뱃전에 널브러졌고 또 어떤것은 돛대 중간쯤에 엇비슷이 매달려 심심찮은 바람줄을 따라 건들건들 하릴없겠다. 땅금[179]이 내릴 때라면 영낙없이 목 매달고 죽은 송장으로 헛눈 짐작하기 알맞았다. 게다가 '용총줄'[180] '아디줄'[181] '하루줄' 들이 바람결에 제멋대로 날려 알기설기 노는데 흡사 사래춤춰대는 미친년 머리칼이었다.

노인장들의 말이나 당포의 속마음이 한결같이 왜놈들을 불쌍히 여김하는 데는 그럴만한 이유가 있었다.

'삼포' 중에서 '염포'와 '부산포'가 장사치 왜놈들의 근거지라면 '제포'만은 뱃놈 왜놈들의 근거지였던 까닭이다. '염포'·'부산포'의 왜놈들은 장사속을 앞세워 꼼꼼한 야박스러움을 맘놓고 텃세 삼았지만 '제포'의 왜놈들은 뱃놈들 천성대로 하는 꼴들마저 되우 어리숙했고 성질들도 호탕한 데가 있던 거다. 따라서 '제포'의 왜놈들이 돈줄을 놓아 먹는 흥리라는 것도 따지고보면 그 상대가 거진 가난한 조선 뱃놈들이었다. 낡은 어정을 개삭(보수)하는데 드는 비용이라든가 '시망'(세망細網)을 짜는데 필요한 비용 따위-

"달포 안으로 안고치모 완파선을 맥여 고마 폐선시켜삐린다 카는데 우야노? 조선 땅에서 자알 사는데 좋은 일좀 하소 고마. 공전좀 빌리도고."

조선 뱃놈들이 궁한 처지에도 한껏 데데하게 텃세를 재볼 양이면,

"핫 핫 하앗- 좋소. 빌려주지. 그대신 약속기일을 넘기면 안돼."

---

179 '땅거미'의 방언.
180 돛대에 매어 놓은 줄. 돛을 올리거나 내리는 데 쓴다.≒마룻줄, 용총
181 조종삭(操縱索)

하며 돈줄 한번 시원하게 깔아놓던 것이었다.

'제포'의 왜놈들이 거의 다 뱃놈들이라는 점은 세월만 거슬러 올라봐도 알쪼겄다. 벌써 17년 전- 그러니까 성종 24년(1493년)에 헤아렸던 '삼포 항거왜'들의 어선 수를 보자. '염포'가 15척이요 '부산포'가 32척이요 '제포'가 86척이었던 거다.

당포는 떼거리를 짠 채 웅성대는 왜놈들을 슬깃 훔쳐보며 '안지개' 쪽으로 걸음을 옮겼다. 금새 걸음이 우뚝 굳는다. 남들은 '대구어' 쫓아 바다로 바다로 내달리는데 저만 혼자 이게 무슨 꼴인가 싶어서였다. '합포'로 건너가 어정을 몰고 올랴치면 하루는 꼬박 축내야 할 판이었다.

168. 왜구(倭寇) 79

당포는 '안지개'를 향해 숨이 차게 내달았다. 용케 '합포'나 '덕개'(德介=지금의 마산시 덕동)로 가는 '지토선'이나 만나면 천만다행일 것이었고 사정이 빗나가면 '제포'의 아무 어선이나 한자리 빌려타고 '대구어' 마중이나 나가볼 마음이었다.

'안지개'는 그새 휑했다. 어선이란 어선들은 모두들 '제포'를 빠져나간 뒤였다. 사뭇 멀리 점들처럼 떠흐르는 어선들을 바라다보며 간이 타는 당포의 옆구리를 누군가 쿡 찔러댄다. 팔금이놈이 불콰해진 낯짝을 헤죽여대며 비양질이었다.

"보소 성님요. 와 고레 혼빼고 섰십니꺼? 시염이라도 쳐서 명지바다로 안나가고요. 그물로만 대구 잡는답디꺼. 퍼뜩 시험쳐가 알쟁이 대구 백마리만 보듬어내소고마."

"요런 육실헐 놈. 사람 시방 환장하겄는디 권대가리도 없는 비양질 듣겄냐?"

당포는 벼락처럼 소리를 질러대놓고는 쭈르르 내닫는다. 마침 닻줄을 푸는 '어정'(漁艇)이 눈에 띄었다. '바깥지개'쪽에다 '건방렴'(乾防簾)[182]을 틀었다가 왜놈들

---

182 남해안에서 학꽁치·전어·새우, 기타 잡어 어획용으로 설치한 어구. 대 또는 갈대 등으로 만든 발을 설치하였는데, 도원(道垣)·수원(袖垣) 및 어포부(魚捕部)의 세 부분으로 되어 있었다. 방사형으로

로부터 혼찌검을 받았던 '망독'의 녹점이놈이었다.

배 빌려타고 생선 좀 나눠먹자는 놈을 반겨할 뱃놈은 없겠다. '어장'을 차려 접군을 붙여먹는 부자 뱃놈이면 몰라도 '건방렴'도 제대로 못 차려 먹는 가난뱅이 뱃놈이 다른 뱃놈 생선 잡으라고 내 줄 틈이 어디 있더냐.

더구나 세 사람 조여앉으면 엉덩이 옮길 틈새도 없는 '어정'이겠다.

당포는 부러 너스레 웃음을 지어보이며 짐짓 오달지게 마음을 챙겨본다.

"웜메에- 을매만이여? 대구떼 마중 나가능갑만?"

녹점이놈이 벌써 기미를 챘다는 투였다. 당포의 얼굴에서부터 주르르 훑어내리던 녀석의 눈길이 맨발등에 얹혀 맷돌 굴리듯 살금살금 겉돌겠다.

이내 전에 없이 차디찬 목소리로 시큰둥 입을 열었다.

"… 누구라꼬?… 제포는 와?"

"고냥 놀러 깔대왔었제…"

"일로 봤으모 퍼뜩 드갈 일이제 짚신까지 팽가삐리고 와 싸댕기노. 미친 강생이 꼴 났다앙이가."

당포는 부러 꺼렁꺼렁 웃어제끼고나서 슬금슬금 다가선다.

"대구떼가 그란디 으짠 일이래여? 달 보름은 늦었지 않은 게벼?"

"석달을 늦었다케도 요레 와주모 된기라."

"아문. 그렇고 말고!"

어중쩡대다간 녹점이놈 배마저 놓칠라 하다 당포는 이물에다 한쪽 발을 슬쩍 얹는다. 녹점이의 곁눈질이 유독 당포의 맨발만 흘끔댄다 싶었는데 아니나 다를까 당포의 맨발이 이물을 딛고 넙죽 서자마자 녀석이 눈알을 뒤집어 깐다.

"와 이래?"

벌려 세운 수원은 어류가 외양으로 빠져 나가는 것을 막았고, 그 중앙에 한 줄로 세운 도원은 어류를 함정장치인 어포부로 유도하는 구실을 한다. 건방렴은 중앙의 도원이 없었고 만안이나 간석지에 설치, 간조 때 어류가 들어오는 것을 잡았다.

"거시기··· 합포 가는 배도 없고말여··· 머시기··· 잔손이나 도와줌시러 대구나 귀경허자고 차아- 이것이 을매만이여? 헛 헛."

당포가 헛웃음자락을 마무리할 틈도 없었다. 녹점이가 당포를 우악스레 떠밀어 붙인다.

"치라 고마! 조가놈캉 내캉 비직일 틈도 없는데 어데 사알 낄라카노? 합포 드가서 너거 배 몰고 오이라!"

녹점이가 말을 끝내기 무섭게 요란한 상앗대질이었다. 배는 금세 늘글늘금 떠흘렀다.

169. 왜구(倭寇) 80

"네에라 이 급살맞을 셰끼! 하이고오- 아나 약대구? 맴을 고렇게 써갓꼬는 해점어로만 청올 그물코 다 터질 것이여 인자!"

당포는 분통을 삭힐 길이 없어 꽤액 아을 써 본다.

"청올치[183]가 우짠다꼬? 나 청올치그물 없다아- 소포망으로 바꾼지가 언젠데 그라노? 대구는 내끼고 해점에는 당포 그물로만 드백힌다 앙이가."

녹점이도 못 질세라 유근유근한 비양질이 드세다.

"염병 삼년에 오그랑방탱이 될 셰끼! 헹-"

당포가 콧물을 풀어치며 돌아서는데 팔금이의 역정이 또 불솥 같다.

"와 이라요 성님. 콧물은 와 팔금이놈 낯짝에다 풀어앵기고 이캅니꺼?"

당포는 불끈 쥔 주먹을 들고 한차례 후릴 기세다.

"상녀려 셰끼를 고냥··· 캭 대갈박을 뽀개놀것잉게. 누가 내졑에 서 있으레여? 씨벌놈이 쫄랑쫄랑 따라 댕김시러 지랄이여!"

---

183 칡의 속껍질.

당포는 휑 돌아서 걷는다. 그렇잖아도 속이 썩는 판이었다.

"보소 성님요, 내캉 술이나 퍼마시능기라요. 녹점이가 멀 잘못했답디꺼? 내라도 그랬을껍니더."

"……"

팔금이가 바짝 따라붙는다.

"안그레요? 화이고, 어데 쑤셕여댈 틈이 있다고 고레 염치없이… 뱃때기 따 가 쓸개쪽은 양달에다 말렸십니꺼."

"그란디 이놈의 셰끼가?"

당포는 눈알을 데룩거려보다가 저도 몰래 팔금이의 뒤를 딸코만다. 어차피 '합포'로 건너가긴 틀렸다. '지토선'은 고사하고 '낱들배'(타읍선他邑船) 한척 눈에 띄지 않는 판 아니냐. 배로 못건네면 꼼짝없이 걸어서 가야 할 처지다. '귀곡'·'망곡'을 거쳐 '매락재'(梅落고개=마산 양곡동으로 넘는 고개)를 넘자하면 '합포'까지는 아무래도 나흘은 잡아야 할 것이었다.

덕포댁의 치마꼬리가 몽당빗자루 토방 쓸 듯했다. 술청으로 수졸 패거리들이 여나문명 모여앉아 어지간히들 떠들어 댄다.

"아고야! 와 다시 오능교?"

덕포댁이 당포를 보고 새삼 놀란다.

"배가 있으야제. 뱃놈덜 인심이 가뭄에 마른 번개꼴이여! 흥-"

"그라모…"

"그라모?… 그라모 으짠데여?"

"퍼뜩 떠나지 않거로."

"걱정허덜 말더라고잉. 술청 빌려가꼬 시들 줄 알어? 댓사발 퍼마시고 뜰참잉게."

"억수 귀도 밝제. 흥, 누가 고레 말했나?"

덕포댁이 당포를 오지게 흘겨댔다.

"보소, 보소 고마. 자부랍다카모 재워주고 술로 돌라카모 억수 퍼앵기라. 뱃사람덜 살판 만났다 앙이가."

수졸 패거리들 속에서 누군가가 당포를 부추긴다.

당포는 그말에 한껏 힘이 솟는다. 발바닥이 짓물러터져도 '합포'까지 내달릴 참이었다.

당포는 거푸 술사발을 들이키며 생각해 본다. 녹점이가 그쯤 얼굴을 바꿀 수가 없다. '제포' 뱃놈 중에서는 그중 당포와 친한 녹점이었다. 그런 녀석이 '대구어' 때문에 본색을 바꿔버렸다.

'보더라고잉. 약대구가 누구 토방에서 말르는지 보더라고잉!'

170. 왜구(倭寇) 81

당포는 술사발을 놓기가 무섭게 주막을 나섰다.

덕포댁이 쪼르르 따라나왔다.

"가능교?"

"빤히 봄시러 내동[184] 그려."

"… 원포개로 넘겄제…"

"뱃놈이 물갈[185] 따러가사제 호랭이 사냥질 나섰다고 불모산을 넘으끄나?"

당포는 말을 끝내기 무섭게 겅중겅중 내닫는다. 마음같지 않게 몸둥이가 뻣뻣했다. 꼬박 엿새 동안을 거진 곡기를 못 넘겼나 싶다. 허기진 밥통 속으로 한말은 실히 될 술이 고였으니 온 몸둥이가 구석구석까지 술불이 당기는 모양이었다.

당포는 '행암봉'(行岩山)을 멀리보며 풀썩 무릎을 꺾고만다. 갈증이 드셌다. 바직바직 말라붙는 혓바닥 새로 불김 같은 가쁜 숨이 녹는다. 입속은 사뭇 삼탕을 고아내는 기세였다.

---

184 '일껏(애써서)'의 방언.
185 물가.

"물!… 물 으딨여?…"

엉금엉금 기어대며 숨 넘어가는 오리 본새로 주둥이를 쩌억 쩌억 벌려대던 당포는 가물가물 죽어가는 눈을 억지로 크게 떠본다. 흐물대며 노는 또 다른 제얼굴을 봤기 때문이었다.

'천자샘'이었다. 당포는 가물대는 정신을 모아보며 사위를 두리번댄다. 그새 '죽곡개'를 지난 모양이었다. '천자샘'은 '죽곡개'와 '원포개' 사이의 후미진 산섶에 있는 샘이었다.

샘 가운데로 둥둥 떠다니는 것이 있었다. 모두 세개다. 어련하랴 싶었는데 영낙없이 팔뚝만한 나무토막이겠다. 사내의 연장을 본 떠 깎은 나무토막들이 도리뭉숭한 머리들을 부벼대며 너울너울 놀아난다. 필경 아들을 못 가진 아낙네들의 짓이리라. 이 샘에다 치성을 드리면 반드시 아들을 얻는다는 영험을 모를 사람들도 있던가.

"후웅-"

당포는 머리통째 처박고 벌컥벌컥 물을 들이킨다. 당포는 뱃속에서 찔렁찔렁한 물소리가 나도록 퍼마시고 나서 그만 번듯이 눅쳐지고 만다.

얼마 동안을 골아떨어졌는지 모른다. 겨우 눈을 떠보니 수선스러운 별밭이 나무가지 새로 드문드문 널렸다.

"가사 혀!… 합포로 가사 혀…"

몸둥이를 뒤척여 보던 당포는 다시 후질근히 늘어지고 만다. 정신이 맑아지기는 사뭇 멀었나 싶다. 별밭들이 우수수 떨어져 내리는가 하면 나뭇가지들은 미친년의 헐레춤을 따라 내젓는 팔뚝들이 되기도 했다.

개슴츠레한 눈길을 열고 별밭을 올려다보던 당포는 그제야 오진 한속을 탄다. 등짝이 선뜩한 냉기로 저려왔다.

"니기미 약대구고 지랄이고 얼어디지게 생겼당게, 워메 추웅거!"

사지는 멀쩡히 구실을 하는데 정신이 말을 안 듣는 거였다. 이 정신으로 힘만 믿고 걷다가는 불모산 호랑이굴을 파고들지도 모를 일, 정신이 헤번득 트여 어지러움기나 가시면 그때 단숨에 내달리자는 마음이었다.

당포는 바짝 등줄을 옹크리고 모로눕는다.

그때다. 바시락대는 기척이 인다.

당포가 머리통을 발끈 들고 '천자샘'께를 내다본다. 기껏 대여섯발짝 앞에 바위도 같고 썩은도롱이를 세워 논 듯도 싶은 거무스럼한 것이 꼼짝않고 앉았다.

"훠이- 저녀려 불여수!"

밤길 홀릴 양으로 꾀를 내는 불여우가 아니라면 그것은 필경 '행암산' 불곰일 것이었다.

당포는 슬그머니 팔을 뻗어 나뭇가지를 움켜쥔다.

171. 왜구(倭寇) 82

"우워- 요녀려 불곰셰끼!"

팔뚝만한 나뭇가지가 따악- 하고 생지를 찢자 마자 당포는 화닥닥 일어선다.

나뭇가지를 쥔 손에 뻐근한 살이 내린다. 그렇잖아도 온몸으로 화가 뻗쳐 사지대 골 마디마디가 뻑적지근하던 터다. 불모산 불곰이라고 별거냐 한판 뒤엉켜 굴러봤으면 좋겠다는 느닷없는 객기가 욱 치밀고 보겄다.

한 두 발짝 다가가며 텅 텅 뜀질을 해 보는데도 그 거무죽죽한 것은 좀체 움직일 줄을 모른다.

"저녀려 불곰셰끼가?"

당포는 내친 김에 두어 발짝 또 화들작 다가들고 본다.

"흥, 대구가 오긴 오는 모양이제. 벌써버텀 벌씬벌씬 냄새를 맡고는 요 작것이…"

짐승의 천성이라는 것이 어쩌면 이렇게도 영악하랴 싶다. '제포'가 대구 비린내로 들뜰 즈음이면 영락없이 불곰들이 마을로 내려오던 거다. '약대구'를 말린답시고 백올치멍석을 깔아놓을랴 치면 한두마리 쯤 간단없이 물고 튀었고 어떤 놈은 통대구를 싸안고 사람 보는 앞에서 아직아작 씹어먹기도 하던 것이다.

　두리반반한 엉댕이로 몽둥이 찜질이 떨어져서야 혓바닥을 훼훼 날름대며 도망질을 놓는가 하면, 또 어떤 놈은 기껏 열댓 발짝 경중경중 뛰다말곤 이내 돌아앉아 천연덕스럽게 세수하는 시늉을 해 보이기도 했었다.

　"옴싹않고 있는 모냥이 샘물로 낯짝 씻는다고 뙈작뙈작 지랄을 떠는 모냥인디…에라 요 자발 머리 없는[186] 셰끼!"

　허기진 판에 곰 고기나 먹어 보자. 당포는 나무가지를 곧추세워 들고 와락 달겨들고 봤다.

　"아고야! 와 요레요?"

　느닷없이 아낙네의 놀란 외마디 소리가 터진다.

　"어엉?…"

　당포의 가마골에서 따끔한 불김이 이는가 싶다. 머리칼이 곤두선다. 상투 끝이 물었다가 뱉은 젖꼭지처럼 쭈빗 서는 낌새다.

　"니가 불여수냐?… 그려?"

　"… 어데예. 불여수가 와 된다캅니꺼?"

　"고럼 누구여?"

　"… 내라요! 내라니까네… 술로 묵을 때만 목소리를 외는 갑다."

　취기가 덜 가신 탓이었다. 그러고 보니 귀에 익은 목소리였다.

　'덕포댁?… 저것이 내 뒤만 쫄쫄 따라붙었다?… 후웅-'

　금세 술기운이 확 가시는 당포. 입꼬리께에서 엿물을 치는 앙큼한 웃음끝에 어련하랴 싶은 짐작 하나가 달랑 열린다.

　고향은 '회원'(會原=지금의 의창군義昌郡) 땅 '덕포'라던가, 갓난장이 아들녀석 달랑 업고 '제포'로 흘러든 지가 벌써 삼년을 넘었다. 어찌된 영문인지 딸린 사내

---

186 가볍고 참을성이 없다.

가 없었다.

덕포댁이 주막을 차린 것은 아들녀석이 '간일학'(間日瘧=학질. 하루거리)을 앓다 죽은 작년 여름부터다. 거진 실성하다시피 된 덕포댁이 틈만 있으면 내닫는 곳이 바로 '천자샘'이었고, '천자샘' 속에다 '나막자지'를 깎아 띄운 사람도 덕포댁일 것이었다.

"아들놈아 한나만 논다카모 밤도망질이라도 놀꺼로!"

술청에 술꾼들이 없을 때면 당포 앞에서만 늘상 이렇게 푸념하던 덕포댁 아니더냐.

172. 왜구(倭寇) 83

"근디 여그는 으짠 일이당가?"

당포는 주위를 두리번대며 덕포댁 옆으로 가 풀썩 엉덩이를 붙인다. 제 아무리 밤중이라지만 밤새한테라도 들켜 소문줄이 깔렸단 봐라. 덕포댁의 술청도 그 당장 파장을 볼 것이요 당포의 '제포' 나들이도 끝장 날 것이었다.

상것인 뱃놈에다 주모라 쳐도 산속에서 일을 벌인 것을 관아에서 눈치라도 잡는 판이면 방댕이의 살점들이 짓물릴 것이었다.

생각이 여기에 미치자 올빼미라도 숨어 이 꼴을 훔쳐보지 않나 가슴이 조이는 당포다.

당포는 불김 같은 한숨을 토해내며 어금니를 빠드득 갈아부친다.

'에라 쌍것!… 요녀려 쌍것!'

당포는 속도 모르고 한뼘은 실히 불근 들리우는 사타구니를 옹쥐며 거푸 어금니를 앙다문다.

"저만치 가라니까네!"

덕포댁이 가쁜 숨을 발근발근 뿜어대며 무릎을 세운다.

"… 암시락도 안혀!…"

말은 이렇게 해 보지만 이젠 아래 뱃가죽마저 싸르르 당겨 올 지경으로 정신을 차릴 수 없다. 장목처럼 뻗대지르는 아랫도리가 오줌통을 바짝 조여당기는 낌새인 것이 이대로 참아내다간 필경 상환을 얻어 숨줄이 끊길 판이었다.

"월매에 배여어!… 니기미, 요놈의 댕포놈 시방 죽는다 죽어!"

판세를 짐작못할 덕포댁이 아니련만 덕포댁은 흔연스레 딴청이다.

"와 요레요? 와 요레요?"

"내가 알엇? 니기미, 꼬랑지에다 쥐불을 놀 불여수!"

그때다. 뒷쪽에서 바시락대는 소리가 났다. 대구떼 소문 듣고 장사치들이 불나게 들짝대는 시절 아니던가. 당포는 그제야 새 정신이 번뜩 든다. 사정없이 쥐어짜던 아랫배의 아픔도 금세 가시는 기분이었다.

"후딱 내리가랑게!"

덕포댁은 무슨 일인지 태연하다.

"말또 안해보고 가라꼬요?"

"……?"

"… 내 요레 온 것은 딴기 앙이라요… 들어 줄 꺼지예?"

"문 헛소리당가?"

"사람 하나 제창까지만 실어날라주모 되능기라요."

"… 멋이여?"

"… 대구 안잡을끼라요?"

"대구 잡자고 이 난리인디 다 암시러 으째 이란당가! 대구 안잡을라면 미쳤다고 야밤중에 산길을 타?"

"고레말입니더… 그때 구령까지만 드갔다 나오모 안되겠입니꺼."

당포는 도통 영문을 알 수 없다.

벼락질에다 백태를 볶아내도 유분수지 무슨 일을 이쯤 급하게 꾸민단 말인가.

'미친년 하고는!… 이 댕포놈이 믄 짓을 못해서 저하고 도망질을 놔?… 상모놈이

끈끈이 커가는디, 흥-'

당포는 모른 체 시치미를 떼본다.

"또깨비 출상날도 아닌디 믄녀려 헛소리여. 아니 누구를 제창으로 실어날르란 말여?"

덕포댁이 쪼르르 다가와 선다.

"일만 해주모 약대구 잡을라꼬 고생 안해도 된다 앙입니꺼."

"뱃놈은 괴기가 당상 묵어, 흥-"

"… 그 사람이 여기 왔임더."

"머여?"

뒷쪽에서 헛기침이 째앵 터졌다. 사람 하나가 어그적대며 당포에게 다가선다.

"하아-지이상!"

173. 왜구(倭寇) 84

귀에 익은 목소리였다. 숲속에서 튀어나온 사내가 당포앞에 떠억 버텨선다. 허우대가 외골장사 뽄새다. 당포의 머리통 위로 녀석의 머리통이 또 얹혔으니 짐작으로도 육척이 넘는 키였다.

꼭 집어낼랴 치면 틀림없이 그놈 밖엔 다른사람일 리가 없지만 설마한들 그녀석이 덕포댁과 나란히 밤길 행보를 했을까싶다.

"지이상! 나 꼼빠이다!"

녀석이 더운 입김을 당포의 상투 끝에다 뿜어대며 '핫하아-' 하고 꺼렁거렸다.

당포는 순간 뛰던 맥박이 살픈 죽는 듯싶다.

"머여?… 곰배!…"

제포땅 곰배라면 모를 사람이 없다. 다른 왜놈들 허우대라는 것이 죄다 당골대자루 꼴로 몽땅하고 작달막하게 오그라붙었으려던 곰배놈만 유독 사지대골이 훤칠한

데다 가슴패기마저 널짝처럼 떡 벌어진 별짜 왜놈이었다. 그런 중에도 꼭 한가지 험이 있다면 왼쪽 팔굽이 제 턱주가리께를 향해 바짝 오그라붙었겠다. 그래서 제포 사람들은 녀석을 '곰배팔이'라 불렀는데, 녀석은 병신 육갑떠는 작심으로 '곰배'를 하냥 '꼼빠이'라 하며 벼슬 한자리 한 양으로 철딱서니 없이 놀아대겠다.

'포패왜선'만도 세 척이나 거느리는 곰배였다. '제포'에서부터 '등고미'(경상남도 웅동熊東)의 '창안'·'속내', 그리고 '천가'(天加=가덕도加德島)의 '성복' 옆구리까지 쑤석여대며 '전복'은 전복대로 찍어내고 전복에서 나는 '석결명'은 석결명대로 따모아, 챙긴 '석결명'만도 그간 두홉을 다 채웠다는 알짜부자다.

'제포'의 조선 뱃놈들이 곰배녀석을 떠올릴 참이면 무엇보다도 먼저 생각나는 것이 녀석의 몸둥이었다.

그 하나는 중닭 한마리는 실히 앉고 남을 녀석의 자지요. 또 하나는 온몸을 얼껌 덜껌 감고 도는 징그러운 자청(刺靑=문신文身)이다.

"저놈아 저거 몸이 한번 귀경하고 볼꺼로. 몸뎅이가 믄 죄가 있다꼬 저레 몬살게 카노? 저거 비암 앙이가? 또 한나는 머꼬?"

"빡쥐 앙이가. 비암이 빡쥐로 사알 깨밀어 생키는기라."

"핫다 크대이! 절마 양물좀 보거로!"

"절마 양물 갈매기가 안채묵나. 저거 고마 똑 징애리[187]라- 봉사 갈매기 아니모 고마 징애린가 싶다카고 칵 채묵을낀데."

"와들 이라노? 고만해라."

"안봐두모 저승 가서도 고마 설타 칼키라요. 복달임 중닭 한마리는 앉고 안남겠 입니까?"

"쓸데없는 소리 고마 치라! 대갈박은 요레 동글동글하고 기럭지는 네치반짜리 조선놈 양물이 젤잉기다. 저레 길모 일 벌있다카모 고마 뿌가진다."

---

187 정어리

녀석이 자맥질을 한답시고 홀랑 벗은 채 물속으로 뛰어들 때면 조선뱃놈들은 이쯤 입이 떠억 벌어지던 것이었다.

곰배녀석의 물질이 세상 아랑곳 없다 하는 식으로 뻔질날 즈음해서 급기야는 심심찮은 반발이 '제포'를 뒤흔들었었다.

"천하 개쌍놈덜 앙이거로!"

늙수구레한 '제포' 어부들이 들고 일어난 것이었다.

174. 왜구(倭寇) 85

노인장들이 '바깥지개' 곰배녀석의 집으로 우르르 몰려 들었었다.

"여기가 조선제포다! 어데 해가 쨍쨍한데 까붙이고 물질을 할꼬말따! 너거 대마도 놈덜은 법도 카는 것도 없나?"

"힛핫 하아- 우리 쓰시마에도 그런 거 다 있다."

"적댕이를 고마 틀고봅시다! 이놈 요레 달아서는 안된다 앙잉교."

"보레, 보레이. 곰배 자네말따, 조선사람덜 보는디서 고레 쌍티내모 누 손에 죽을지 모른다. 머가 애랩노? 그 양물 좀 가리도고 하능기다… 그라꼬오- 니 몸땡이 좀 보거로. 잡귀라 카는 것은 다 파디가꼬 여엉 눈깔 애리다 앙이가? 비암 본 뱃놈 베리줄 터지고 빡쥐 본 뱃놈 밤뱃길에 배 뿌사진다 칸다."

뱀을 본 뱃사람은 만망(滿網)의 그물 벼리줄이 터져나갈 징조요 박쥐 꿈을 꾼 뱃사람 배는 반드시 암초를 들이받고 만다는 철석 같은 믿음을 내세워 다그쳐 봤지만 곰배는 하냥 태연했을 뿐이었다.

야릇한 일이었다. 곰배녀석의 일장연설 한자락에 절구공이 떨어지듯 고개를 끄덕여대고 만 '제포'의 늙은 어부들이었다.

곰배가 쩌업- 하고 입맛 한가락을 감친 연후 처음 듣는 희안한 연설을 풀었다.

"나 꼼빠이 두가지 다 들어줄 수 없어. 제포가 조선땅 누가 몰라? 허나 나 꼼빠이는 쓰시마 습속대로 사는 거요. 우리 쓰시마에서는 잠수할때 꼭 옷을 벗어. 부산포·염포·쓰시마 사람들도 다 그렇고 제포 포패선들도 다 그런데 나 꼼빠이만 왜 그래? 못해, 못합니다!"

대뜸 불당그래[188] 뜸을 먹여댈 줄 알았던 늙은 어부들이 한결같이 입을 다물었다. 그도 그랬던 거다. 하필이면 곰배놈만 뿐이랴. '포패왜선'이나 '채곽왜선'들의 왜놈들이라면 너나없이 홀랑 까벗은 알몸으로 자맥질을 했고 더불어 왜놈들에게 딸린 여자들까지 걸핏하다 하면 알몸이었던 것이다. 조선관아라고 별수 있더냐. 다른것은 시시콜콜 따지면서도 왜놈들의 홀랑 까불이는 습성에는 단 한 마디 말도 없었다. 관아의 태도가 그럴진댄 힘없는 뱃놈들이 떠든다고 유별스레 중뿔이 돋아나랴 싶었던 거다. 그러니 유독 곰배에게만 몰리는 역정도 기실 따지고 보면, 녀석의 흉측스런 양물 때문이었고 그 아홉치가 다 나가는 양물의 죄값이었으리라.

낌새를 짐작한 곰배가 한껏 목청을 돋구었다.

"조선사람들 미련해. 이 문신은 상어로부터 사람 몸을 보호하기 위해서야. 좋소! 꼼빠이 말을 들어보시오. 상어한테 물려 죽는 조선사람은 한명도 없을 거야. 상어는 우리 쓰시마 사람들 문신을 보고 놀래서 도망간다!… 그런데 꼼빠이 보고 문신을 없애라고? 핫 핫 하아-"

이 말을 듣고는 더 따져 볼 건덕지가 없었다. '제포' 앞바다의 '곤포'(昆布=다시마)나 '전복'을 따는 조선의 뱃사람들은 기껏 갈피를 꼬아만든 줄로 허리를 묶고 바다 속으로 뛰어들기 일쑤였다. 벼락같이 들이닥친 '효사'(모도리상어)에게 물려간 '제포' 사람만도 몇 명이었던가.

늙은 어부들은 슬금슬금 곰배의 집을 물러났다. 그러나 검댕이를 개어 대끝으로 전신을 꼭꼭 찔러대는 문신만은 새길 엄두를 못냈다. '창원'의 '오세미'(지금의 무당)들이 눈을 까뒤집고 훼방을 논 것이었다.

---

188 아궁이의 불을 밀어넣거나 그러내는 데 쓰는 작은 고무래.

175. 왜구(倭寇) 86

창원 '오세미'들이 떼거리로 몰려와 푸닥거리를 한다는 소문이 퍼지자 관졸들이 깔렸다. '오세미'들은 서로가 내가 용하다 아니 내가 천자의 영험을 받았다 하며 저마다 굿판을 달리 벌이는 통에 관졸의 밀탐을 용케 숨었다. 어떤 '오세미'는 불모산으로 또 어떤 패들은 행암산으로 숨어들어 조선뱃놈들의 몸둥이에다 '자청'을 새기는 것을 막고 나섰다. 웅천바다 속의 '부신영감'(富神令監[189]=도깨비)께서 진노가 대단해 웅천바다를 뜨신다는 거였다. 경상도 뱃사람들에겐 '부신영감'처럼 소중한 신도 없었다. 모든 고기떼는 '부신영감'이 관장하시고, 지금 명지바다를 달려오는 '대구어'도 '부신영감'께서 보내주시는 것이며, 그 중에서도 특히 '행어'(行魚=멸치)와 '도어'(刀魚=갈치)는 '부신영감'의 명령이 아니면 단 한마리도 나타나지 않는다고 믿었던 터다.

굿판에 달랑 놓인 잿밥이란 것이 '노제반' 한그릇이요 '노제병' 두판이었다. '부신영감'이 그중 즐겨드시는 음식이 '노제반'(蘆穄飯. 수수밥)과 '노제병'(蘆穄餠. 수수떡)이었던 까닭이다.

어너윤에 불모산요

어너윤네 웅천바다

이 바다는 누 바다로

부신영감님 바다일세

요 바다에 손이왔다

어데구로 손이왔나

경상도서 손이오고

---

189 원래는 조선시대 종2품·정3품 당상관의 품계를 가진 관인을 높인 칭호. 관리·노인·家長을 존중하는 우리나라 고유의 풍습이 가미되면서 ① 판사·검사 등의 법관이 서로를 부를 때, ② 노인을 부를 때, ③ 부인이 자기의 남편이나 다른 사람의 남편을 부를 때에 사용되는 등으로 일반화되고 있다. 아울러 민간신앙에서 '도깨비'에도 '영감'을 붙이기도 한다.

웅천으로 손이왔고

무신 곳에 백히있노

웅천바다 백히있다

무신 옷을 입고왔노

무신 띠를 졸라맸노

비암으로 띠를 쫄라

빡쥐 날개로 달고왔다

어야아 어야아-

웅천바다 부신영감님요

요 쑤시밥 요 요 쑤시떡

달게달게 자시고

웅천사람 팬히 살게

절금 절금 하시소사.

  관아에서야 뭐라던 '오세미'들의 힘은 대단했다. '제포'의 뱃사람들은 모두들 '오세미'의 푸닥거리 판으로 몰려들었고, '모돌상어'에게 물려갈지언정 몸둥이에다 '자청'을 새기는 일은 목숨 걸고 않겠다며 손발이 닳게 빌어댔던 것이었다.

  곰배의 몸둥이를 두고 옳거니 글커니 했던 일은 이렇게 끝나고 말았지만 왜놈 곰배녀석이 '제포'의 뱃사람들에게 끼쳐 준 영향은 적지 않았다.

  그 하나가 조선 뱃사람들도 '곤포'나 '감곽' 그리고 '전복'을 따는데 부지런을 떨기 시작한 것이었다. 말하자면 조선의 '채곽선'과 '포패선'들이 심심찮게 늘어갔던 거다.

  조선 사람들이라고 물속으로 자맥질을 해서 '곤포'나 '전복' 등을 따내는 어업을 전혀 몰랐던 것은 아니었다. '천본욱'(千本旭=조선볍씨 볏단)으로 꼬아 만든 새끼줄을 허리에 묶고 자맥질을 하는 뱃사람들은 예전부터 있어왔지만 이 짓거리라는 것이 그물로 생선 싸담는 뱃놈에 비할랴치면 더욱 천덕스러운 물질이던 거다. 그래서 흘끔흘끔 눈치를 살펴가며 죄라도 짓는양 숨어 했던 것인데, 곰배의 '채곽선'과 '포패선'들이 웅천바다를 누비고, 덩달아 왜놈들의 '포패선'과 '채곽선'들까지 대마도로부터 몰려들자, 조선 사람들도 맘놓고 자맥질을 할 수 있게 된 것이었다.

176. 왜구(倭寇) 87

곰배로 하여금 또 하나 왜놈에게서 배운 것이 있다면 바로 '청어자망'인 '시망'(견사세망絹絲細網)이었고 이 '시망'의 발달은 곧 '어전'이나 '어장' 그리고 '방렴'어업과는 달리 한바다로 나아가 아무곳에서나 마음대로 그물을 담글 수 있는 '양중세망선'(洋中細網船)[190]을 있게 했다.

조선 어선들의 어구라는 것이 기껏 대나 싸리 등을 엮어만든 '활찌그물'(삼태그물), 그리고 겨우 쌀톨이나 빠져나갈 정도로 결이 촘촘한 '소포망'(疏布網), 또는 칡껍질을 가늘게 꼬아만든 '청올치'(갈피망葛皮網)가 고작이었고 그것도 못하면 장대 끝에다가 한아름 넓이로 둥글게 매달은 '초망'(抄網)이던 것이었다.

이상스러운 일이었다. 왜국의 배는 조선 사람이 만들어 줬고 배 모으는 기술도 기실 조선 사람이 가르쳐준 것이려던 유독 그물에 있어서만은 조선이 왜국을 못따라간 것이다. '신라'의 유명한 선장(船匠)이 왜국에 건너가 이른바 왜국 조선술(造船術)에다 큰 혁신을 불러일으킨 '이나베 공인'(猪名部工人)[191]의 시조가 됐다는 것은 왜놈들이 더 잘 알고 있는 일 아니더냐.

어떻든 간에 '시망'은 경상도의 뱃사람들에겐 횡재나 다름 없었다. '활찌그물'·'소포망'·'청올치'·'초망' 이 네가지 그물이 경상도 어업의 유일한 어구였던 낡은 티

---

190 육지에서 좀 떨어진 바다에 배를 세우고 촘촘한 그물로 물고기를 잡아올리던 배.
191 5세기에는 집단적인 이주와 더불어 조선(造船) 관계 목공인 이나베(猪名部)의 시조, 오오사까(大阪) 지역의 관개에 이바지한 연못과 제방의 기술자, 제봉사, 제철 기술자 등이 일본으로 건너갔다. 당시 통일국가의 형성과 왕권의 확립은 이들의 덕분이었다고 해도 과언이 아니다.

를 벗고, 돈줄이 뒷바쳐주는 웬만한 경상도의 뱃사람들은 '시망'을 장만해갔던 것이었다. '청올치'나 '소포망'으로 생선을 잡는 축들은 당포 같은 가난한 뱃사람 패거리였다.

'시망'을 쳐보니 그쯤 좋을 수가 없었다.

'활찌그물'은 물속에다 그물을 담가놓고 두사람이 그물 양끝을 맞잡아 떠올려야 하는 그물이었다.

그새 흠뻑 물기를 먹은 대싸리를 들어올리기란 쉬운 일이 아니었고 걸핏했다 하면 결이 터져나가 천행으로 떠담은 생선들을 놓치기 십상이었다.

'소포망'은 더했다. 그물이라기보다는 옷배나 진배없는 것이어서 그물거두기가 그쯤 힘들 수 있으랴. 그물을 끌며 빠져나가야 할 바닷물이 못 빠져 천근은 되는가 싶게 무거웠다. 소포망 두번 거두면 풀석풀석 무릎이 꺾이는 뱃놈들이던 거다.

잡고기라도 그럭저럭 담기는 그물이 '청올치'였다. 그래서 '청올치'로 고기잡이하는 뱃사람들은 '시망'을 갖는 일이 소원이었다. '시망'을 담가놓고 값높은 '청어'나 '대구'를 싸담아 보면 죽어도 원이 없을 지경이었다.

당포는 그제서야 이런저런 생각속에서 깨어난다. 곰배의 할닥대는 숨결이 콧날께로 내려앉는 게 이쯤 싫을 수가 없다.

"으짠 일이데여?"

당포가 한발짝 떼어놓으며 물러서는데 곰배의 우악스러운 손이 어깻죽지를 움켜쥐었다.

"지이상! 나 제창까지만 실어다줘! 은혜는 크게 갚는다!"

"이녁 배로 건너가면 고만 아닌게벼. 내가 믄났다고 곰배를 실코간단 말여?사람 아조 빙신이로 봤다고잉 흥-"

"하아- 이 꼼빠이 배가 없어서 그래! 제창에 갔는데 조선 수군 무서워서 못온다 못와!"

"씨잘데없는 소리 허덜말고."

"하아- 지이상! 이렇게 빌어!"

곰배가 두 손바닥을 싹싹 부벼댔다.

177. 왜구(倭寇) 88

"아서어- 손빠닥만 닳아지여!"

"그럼 이렇게 오야붕 할께!"

곰배가 풀석 무릎을 꿇더니 두 손바닥을 모아 제 낯짝 앞에다 세우는 낌새다.

"나 오야붕 안 한당께 그네."

"지이상! 꼼빠이 소원을 들어줘! 이 꼼빠이 낮에도 밤에도 미친다! 조선 사람들이 꼼빠이 죽일라고 해! 이 꼼빠이 아무 죄 없다! 지이상! 지이상!"

당포는 순간 피가 발등으로 내리쏠리는가 싶다. 아무리 세상 본새가 변했기로 이렇게 뻔뻔스러울 수가 있는가.

암팡지게 준 돈줄을 늘였다 당겼다 하며 가난한 조선 뱃놈을 등쳐먹고 거기다가 '포패선'·'채곽선' 몰고 다니며 '곤포'를 따는 조선 아낙네들에게 상것 행태를 어렴상없이 해냈던 녀석 아닌가. 그런데도 죄가 없다니, 녀석이 막장에까지 조선 사람들을 얕잡아 보는 작태겄다.

"… 죄가 읎다?… 섯바닥에 열탕 끓어 붙을 세끼! 허어엄-"

당포가 아금니를 빠드득 갈아붙여 보는데 그간 잠잠하던 덕포댁이 슬쩍 곰배놈 편을 들고 나선다.

"말이사 옳거로. 냉이개 뱃사람덜 치고 곰배양반 덕 안 본 사람이 어데 있겄노?"

"머여? 곰배양반?"

"아따 치소 고마. 말버릇이 고레 들었는데 우짤끼요? 말 꼬랑지 잡고 성낼라 말고요, 요 곰배 제창까지 실어다 주소 고마. 아래 밤에도 말임더, 다섯명이나 되는 사람덜이 칼로 들고 목때기로 딸라켓다 앙캅니꺼. 고마 씨꺼메서 몬봤 지만 아마도 장리 갖다묵은 사람덜일끼라꼬 하데예… 실어다만 주모 한몫 크게 준다캅니더.”

“저런 육실헐놈어 지집!… 시끄럽당께?”

당포가 버럭 악을 쓰자 곰배가 후다닥 무릎을 세웠다.

‘분통이 뽀골뽀골 끓는 참인디 으디 한판 붙어본다냐 으짠다냐?’

당포는 주먹을 불끈 쥔다. 그렇잖아도 곰배놈과 한판 벌여봤으면 했던 당포였다. 당포가 아니라면 녀석과 힘을 겨뤄 볼 조선 뱃놈은 한사람도 없으리라 하며 두둑한 배짱을 익혀온 지 오래였다.

곰배는 딴 짓이었다. 허리춤게를 바삐 헤적대던 기색이더니 뭔가를 당포의 손아귀 속에다 차악 앵긴다. 따글따글한 것들이 손에 만져졌다. 짐작으로 미루어 틀림없이 ‘석결명’일 것이었다.

“이거 세 개 줄께? 곰빠이 약속하면 꼭 지킨다!”

당포는 곰배의 손을 뿌리쳤다. 마음같지 않게 뿌리치는 손이 늘보 기지개처럼 처진다. 이유가 있었다. ‘석결명’ 세 톨이면 상모 어미의 병쯤 간단히 고치고도 남을 것이었다. 자맥질 한번만 나갔다 하면 사흘은 내리않는 상모 어미 아닌. 한방 말이 ‘노점’(勞漸=폐결핵)이라던가. 더불어 이제 초기이니 약방문만 잘 쓰면 씻을 듯이 나아질 거라고 하던 것이었다.

“니기미, 석결명이고 뭇이고 못하겠다는디 으째 이려?”

잠깐동안만이라도 멈칫거려봤던 당포는 횡 돌아선다. 낯가죽이 화끈대는 것이었다.

“지이상! 그럼 다섯개다. 다섯개!”

곰배가 당포의 가슴패기를 싸안는다.

178. 왜구(倭寇) 89

당포는 곰배의 팔아름을 잽싸게 벗어났다. 어찌나 호되게 조여대는지 숨통이 막힐 지경이었다. '제창현'까지 못실어다 주겠다면 차라리 너 죽고 나 죽자 하는 기세같기도 했다.

"근디 요 급살맞을놈이 넘 숨통은 으째 카악죄고 난리레여?"

"지이상? 나 꼼빠이 친구는 지이상 밖에 없다!… 그럼 일곱개를 주겠다!"

"하갸갸아- 아니 으짠 일로 댕포가 곰배 친구랑가? 내가 자네헌티 장리를 돌라했어 시망을 돌라혔어?"

곰배가 당포의 말끝에 별안간 생기를 띤다.

"시망?"

"……"

"좋아아- 내 배 시망을 주겠다. 인제 꼼빠이를 실어다 주는 거지?"

당포는 또 한번 멈칫적거린다. '석결명'보다는 '시망'이란 소리가 이렇게 머릿골을 흔들어놓을 줄은 몰랐다. '시망' 두짝만 있으면 부러울 게 없는 당포다.

벌써 십수년 전부터였을 것이었다. 왜어선들이 갈고 다니는 곳이면 조선 어선들도 거진 '시망' 장만 해갔다. 왜놈 것과 똑같이 만든 '시망'은 아니었지만 그것을 본떠 만든 조선 '시망'이라고 왜놈들 것보다 못할 바는 아니었다. '시망'을 못짜면 하다못해 '소포망'으로라도 바꿔갔다. '청올치망'으로 생선을 잡는 조선의 어민들은 기껏 열댓집- 당포는 이 가난한 패거리틈에 끼어 '청올치' 두틀에다 명을 걸고 뱃놈노릇을 해오는 참이었다.

녹점이녀석이 한껏 소리를 높혀 해댔던 비양질이 새삼스레 되살아나는 듯도 싶었다. '청올치'를 '소포망'으로 바꾼 지가 오래라며 당포의 가슴패기를 떠다밀던 녹점이의 낯짝이 떠오르기도 했다.

"아고야, 답답해서 나 미친다 안카나. 고레 한다꼬 대답하거라! 석결명 일곱개가 누 아 이름이라 카더나! 시망 한틀이 강생이 똥인 줄 아나?… 퍼뜩 고레한다 카라케도 정신놓고 있는 꼴 좀 보거로!"

덕포댁이 발을 동동 굴러대며 간이 타게 내뱉았을 적에야 당포는 번뜻 제정신이 들었다. 곰배녀석의 허드래 그물 아니면 '시망' 한틀 구경 못해보고 죽을까보냐.

'청올치'로라도 이번 대구떼만 싸담아 봐라. '약대구' 세짝만 챙겼다 하면 '시망' 한틀은 짜고도 남을 일이었다.

"여봐여 곰배, 이 댕포 자꼬 건들덜 말여, 석결명이 일백개라도 나허고는 상관없는 일이고 말여. 시망이 아니라 시망 하나씨가 앵긴다 해도 곰배 실코 제창은 안 가여!"

곰배가 멀뚱히 굳는다. 연신 쌧 쌔앳 하고 혀를 차대는 꼴이 어지간한 화뿔이 돋치는 모양이었다.

"참말로 자알 났데이! 흥."

덕포댁이 툭 쏘아부쳤다.

"시망 없으면 청올치로 대구 잡으면 돼야."

"아고야 말 한자리 좋체에- 썩은 청올치 쏙으로 은대구가 억수 터지겠다 고마! 흥."

"니기미이- 덕포댁 비양질 듣겄다고 안했어잉! 딸딸 볶아봐여. 그녀려 주둥이는 성할 줄 알고?"

당포도 내친 김에 목청을 돋구고 본다. 생각하면 그럴수록 곰배녀석의 청이 이렇게 뻔뻔할 수가 없다. 하필이면 도망갈 자리가 '제창현'이냐.

179. 왜구(倭寇) 90

'제창현'이면 바로 '거제도'(巨濟島)땅이다. 조선 사람들이 볼일을 보러 들어가려 해도 서슬푸른 수군 등살에 선뜻 발길이 내키지않는 곳이려든 밤중을 골라 도망질을 놓겠다는 왜놈 주제에 선뜻 '제창'을 물색하게 됐다니- 당포는 어이가 없었다.

'거제도'를 싸바른 조선 수군의 기세좀 보자. '옥포'(玉浦)·'지세포'(知世浦)·'조라포'(助羅浦)·'가부랑포'(가배리加背里=오아포)·'영등포'(永登浦)·'오비포'(烏飛浦)의 여섯 수영(水營)이 병풍 발을 둘러쳤다. 여섯 수영에다 닻을 내린 군선수만도 일흔 척이 넘었고, 거기다가 '지세포' 수영은 '대마도'로부터 몰려오는 왜어선들과 상왜 선(商倭船)들에게 문인(文引) 회비하여 귀도래도(歸島來到)케 하는, 이른바 조선 수군의 '통수부' 아니던가.

그 '거제도' 땅으로 곰배는 도망질을 놓겠다는 거다. 곰배의 꿍꿍이속을 들여다보기가 그렇게 어려운 일만은 아니었다. 그간 '거제도'를 들민날민 하면서 제놈 간 쪽에 붙은 쓸개꼴의 탄탄한 패거리를 짜놨었다는 말일 거다.

바로, 조선 수군의 능사관(能射官)들일 것이었다. 왜놈들의 어선에 올라타서 '지세 포'에 회도(回到)할 때까지 왜놈들의 고기잡이를 감시하는 게 본분이요, 그래서 활 솜씨 칼쓰는 솜씨가 수졸중에서 그중 빼어난다는 능사관들- 이 능사관들이 왜놈들과 어울려 짭짤한 수지를 맞춰간다는 소문은 벌써 옛날 이야기겄다.

능사관들이라고 다들 그러랴만, 조선 뱃사람들은 왜국 뱃놈보다도 능사관을 더 믿게 보는 습성이 오래 전부터 들어왔던 터였다. 못된 능사관을 부리는 수군 상좌 들이 있을 것임은 너무나 뻔한 일, 거기다 능사관을 부려먹는 상좌를 또 맘껏 부리는 더 높은 자리의 패거리들이 필경은 있을 것이었다.

'지세포'에 회도하지 않고 곧장 '대마도'로 내달리는 왜어선들은 그렇다고 치자. 그렇다면 어세(漁稅) 단 한마리도 바치지 않고 빈 그물만 까벌리는 왜놈들 배짱은 또 뭔가. '고·초도' 조선의 황금어장을 제멋대로 누비면서 물 간 '도음어'(都音魚=도미) 한마리도 안 바치는 속임수라니.

그런데 이런 왜놈들을 두고 조선 뱃놈들이 수근덕대는 소리들이 이랬다.

"괴기로 몬집았다카는데 무신 할 말이 있겄노. 그물 까벌리는 솜씨가 날이 날마다 는다 앙이가."

"저놈아덜 그물 터지게 싸보듬은 되미는 우옛노?"

"우짜긴 우째? 옮기싣코 떠났제! 조선 되미는 시방 매몰이(매물도) 지나가꼬 쓰시마로 퉝기나간다 앙이가!"

"차암- 고러구로!"

"저놈아덜 조선 사관 부리는 솜씨가 화냥년 좆대갈박 쥐는 뽄이라 안카더나. 조선 사관캉 짜고 말따, 잡은 괴기를 고마 딴 배에다 실어 쟁이는기라. 막깐 터지게 괴기로 실은 배는 쓰시마로 뱃머리를 틀어뿔고 빈 배만 요레 사알 들어온다 앙이가. 지세포만호 상투만 떨어지게 됐다 앙이거로. 마아 그물 까발리고 괴기 몬잡았다 봐라 봐라, 카는데 어세로 어데 맥일끼고?"

"답답해서 복장이고 머꼬 고마 다 터진다! 조선 수군 머리들이 새대갈박이어서 요레 되능기라!"

"고마 참으레이. 니보고 지세포만호로 살라 안칸다."

180. 왜구(倭寇) 91

말은 이렇게 농삼아 하되 조선 뱃사람들의 마음 속으로는 검질긴 분노들이 창창 또아리를 틀어댔다. 왜놈들의 비위짱이 그쯤 흔연스러운 한, 그리고 왜놈들의 그런 뻔뻔스러운 작태를 모른 체 눈감아주는 악덕한 조선 사람들이 있는 한, '소포망' 매달고 온 바다를 갈고 흐르며 죽살이쳐봐야 죽어나는 사람들은 조선 뱃놈들뿐인 것이었다. '거제도'가 그 꼴이었으니 다른 곳은 말해 뭣하랴.

당포는 이런 생각을 마무리하며 어지간히 닳은 한숨을 푸우 내뿜는다. 생각대로라면야 곰배녀석 두 가랭이를 지게동발지듯 해서 천자샘 속에다가 거꾸로 매꼰아도 모자랐다.

"지이상! 조선사람들 인정많고 좋은 사람들이야! 그중에서도 지이상이 제일이지! 꼼빠이의 은인이 돼줘!"

더는 못참을 일이었다. 한쪽 팔을 더듬어 서까래나 맞추면 딱 좋을 나무토막을 함방지게 쥐는 당포다.

"… 몬쓴다!… 사람 쥑이고 우예살라꼬 이라노?"

껌새를 살핀 덕포댁이 숨넘어가는 소리를 허억 내뿜는다.

당포는 곰배를 향해 한두발짝 슬근거리며 절었다. 이런 시절 아니라면 '청올치'로 고기잡는 조선 뱃놈이 왜놈 정수리를 후릴 생각을 어찌 해보랴. 멧돼지 인중에다 죽창을 박듯이 어디 힘 한번 오지게 풀어보자는 마음이 불끈 동하는 당포였다.

당포는 흘레 막 떨어진 숫개인 양 가랭이를 떠억 벌린 채 등짝을 굽히고 섰는 곰배의 머리통을 겨냥하고 몽둥이를 추켜세웠다.

"네에라, 요 씨벌 세끼! 제창에 가면 당상에다 앉쳐놓고 떡 찐다더냐? 요세끼! 디져봐엿!"

횟통만 앞서 우당탕 달겨들다보니 그새 겅중겅중 도망질을 놔버린 곰배였다. 비맞은 몸둥이가 죄없는 상수리나무만 벼락쳐놓고 봤다.

녀석도 되우 시절을 타는가 싶다. 여느때 같았다면 날아드는 몽둥이쯤 한손으로 움켜쥐곤, 또 한손으로는 적삼등쪽이 곱사등이 되도록 잔뜩 훑태쥐고 버력더미[192] 떠담는 삽처럼 널브적한 발을 뒤로 한발쯤 휙 뒤쳤다가 뻥 내질렀을 것이었다.

석달 전의 일이었다. 팔금이놈의 본새가 꼭 그꼴이 됐던 거다. 우지스럽기로 따진다면 볼가리(아구새끼) 뺨쳐먹을 녀석이 어수선한 소문을 듣고나서 대뜸 곰배에게 횟통을 터트려놓고 봤다.

그 소문이란 것이 이랬다. '삼덕포'(통영)의 '진상채복선' 공발 노인의 딸 살금이를 곰배녀석이 참새 잡는 솔개격으로 들이덮쳤다는 것이었다. 공발 노인이 앓아 누웠기로 큰애기가 '진상채복선'을 끌고 물질을 뜰 게 뭐냐는 투정이다, 또 한편으로는 효녀 살금이가 아니면 그런 생각을 누가 해 보랴 하고 두둔하기도 했었다. '제창' 앞바다의 '칠천도' 검등바위에서 그 일이 터졌다 했다. 소문만 믿고 곰배를 족칠 수도 없는 일이어서 벙어리 냉가슴 앓듯 사람들은 맥이 빠질 즈음- 무슨일인지는 몰라도 살금이가 목을 매고 목숨을 끊어버린 거였다.

---

192 광석이나 석탄을 캘 때 나오는, 광물이 섞이지 않은 잡돌인 '버력'이 쌓인 더미

"조선 사람덜 꼴들 좋데이. 살금이 구신이 몬참는다 할끼라. 어데 죽어보거로! 곰배놈 섯바닥을 쥐빼가꼬 모도리 밥[193]을 칠끼라! 문디이세끼! 날로 쥑이모 니는 안 죽나?"

술기운만 믿은 팔금이가 곰배 집으로 들이닥쳤다.

181. 왜구(倭寇) 92

팔금이의 하는 양을 봐서 상기도 생등생등하게 살아있는 분통이나 터뜨려 보자 하고 벼럴봤던 '제포' 사람들은 금세 수수롭게[194] 풀죽을 수밖에 없었다. 팔금이는 흡사 갈매기 부리에 물린 밴댕이꼴이었다. 곰배가 나서는데 녀석의 한손에 곱사등이가 다 된 팔금이가 달랑 들렸겄다. 아니나다를까, 삽처럼 두리넓적한 발을 뒤로 한발쯤 뒤제끼더니 이내 냅다 내질렀다.

"웅천현감놈 앞에서 따져도 좋아! 곰빠이가 뭘 어쨌다고? 나쁜 놈! 저승이나 가랏!"

팔금이는 죽었는지 살았는지 사지를 헤벌쩍 까고누워 옴싹 않았다.

일이 이쯤에서만 끝났어도 '제포' 사람들은 곰배에게 다른 트집을 붙여 보복하고 봤을 것이었다.

그러나 일이 한사코 거꾸로만 가기로 작정했다. 팔금이는 '관아'와 '수영'을 두루 돌며 거진 죽었다 살아난 거였다.

"네 이놈. 범법 항거왜에 대해서는 논죄의 약정이 준엄하거늘 어찌 네놈이 어한(漁漢=뱃사람)의 무리와 작당하야 네놈 수의대로 항거왜를 결타하려 들었던고? 에잉- 몹쓸 놈! 더구나 허황무실한 풍문을 빙자코 무고한 항거왜를 죄인으로 몰아부치다니 졸열하기 그지없는 일… 여봐라 이놈을 매우 쳐서 정신이 번쩍 들게 하렸

---

193 '모도리(돌묵상어)'의 먹이(미끼)로 쓴다
194 愁愁롭다 : 쓸쓸하고 서글프다.

다아-"

왜놈에게 화뿔 한번 돋궈 본 죄값이 자그만치 장형(杖刑) 육십도(六十度)였다.

엉덩이께의 짓물린 살점들이 채 아물지도 않은 참이었다. 이번에는 '수영'에서 팔금이를 몰아잡는다.

"정예수군의 유광을 더럽힌 네놈! 일개 말졸의 네놈이 전체 조선 수군의 기강을 문란케 했겠다. 죄질로 따져서야 의당 진도 남조포로 충군(充軍)함이 마땅할 것이나 대죄관후하여 치도곤 이십도 결타를 벌할 지니 각성하렸다."

'수영'의 으름장은 더 못 견딜 일이었다. '관아'에 대한 체면이 있기로서니 '치도곤' 스무대를 앵기고도 전라남도 '진도'의 '남조포'(南桃浦=南桃鎭)로 충군 (充軍=변경수비에 충당케 하는 일종의 도형徒刑) 한다고 겁을 먹이다니 황막 천지도 유분수였다.

이 일이 있은 후부터 '제포'가 내땅이다 하는 본새로 맘껏 놀아났던 곰배였었고 '제포' 사람들은 곰배의 눈치만 흘끔대며 주눅이 들어갔던 터였다.

당포는 오싹 찬소름을 얹는다. 곰배녀석의 가슴패기 밑에 깔린 살규이의 모습이 생각됐던 거다. 소문줄이야 거짓이건 사실이었건 간에, 녀석이 정말 살금이를 깔아 덮쳤다면, 곰배녀석은 앞방아 찢고 넘어진 장승이었을 것이요 그밑에 깔린 살금이는 장승밑에 깔린 경칩개구리 본새였을 것이었다.

당포는 곰배의 그 아홉치짜리 남근을 떠올리다 말고 그제야 덕포댁이 생각났다.

'화냥년! 저년이 곰배놈 연장 맛을 봤단말여?… 그려?…'

아차 싶었다. 당포는 둘레둘레 눈길을 날리며 덕포댁을 찾아본다. 그새 감쪽같이 사라졌다.

당포는 우루루 산길을 타내렸다. 앞쪽에서 숨가쁜 발짝소리가 들렸다. 덕포댁이 내닫고 있을 것이었다.

당포의 쫓아오는 기세가 심상치 않았던지 발짝 소리가 뚜욱 끊긴다.

"와, 와 요람니꺼?"

당포가 덕포댁의 뒷덜미를 움켜쥐자 덕포댁이 단내나는 소리를 내뱉는다.

182. 왜구(倭寇) 93

년의 가쁜 숨결에 실리우는 '와 요람니꺼'하는 소리가 워낙 다급하기도 했지만 그 보다는 손아귀속으로 쥔 목덜미마저 파들파들 떨어대는 본새가 죄없이 태질을 맞는 씨암탉 같아서 내리뻗치던 힘이 금세 풀죽는 당포다.

벼리 줄 옭아매듯이 덕포댁의 뒷덜미를 잔뜩 또아리 틀어 옹쥤지만 기실 할 말은 별로 없다.

"이거 노소! 죄도 없는 사람 목때기는 와 요래 쥐고 날리라요?"

홧김에 한발쯤 홱 나꿔채 슬경슬경 돌림질을 해댔던 탓일 것이었다. 덕포댁의 콧날이 쌔근대는 숨줄을 하글하글 끓여대며 당포의 이마앞에 바짝 열리겄다. 내쳐 달아나게 놔둘까 어쩔까 망설이던 당포는 '나도 몰라여!'하며, 우선은 년을 바짝 안고 만다.

덕포댁은 강보에 싸인 젖먹이가 젖줄을 찾으며 주둥이를 훼훼 내돌리는 양으로 목아지를 뒤로 바짝 곧추세워 댔다간 떨구고 떨궜다간 다시 세워대며 배트작거렸다. 그 기세에 제가 제 힘 못가 누며 뒤로 발랑 나자빠지는 덕포댁이었다. 콧뱅이께가 유독 간질거렵다 했더니 덕포댁의 얼굴은 당포의 이마를 바투 보며 영락없이 내리깔렸구나.

"와 요람니꺼! 이거 노소야, 아고야아- 무신 가슴이 요레 무겁담니꺼!"

덕포댁의 가쁜 속삭임에 얹히는 엉뚱한 것이 모양세를 갖춰갔다. 네치쯤의 양끝을 죄고 팽팽히 버티다가 이내 뾰족한 끝을 모으며 느닷없이 거꾸로 서는 세모꼴의 형상이겄다. 그 형상의 가운데로 땔감 삭정이를 뽀개듯한 도끼날이 찍힌다. 단번에 두동강이 못 될 통나무라면 도끼를 빼 다시 한번 내리 찍어대야 할 이치렸다. 바로 그때 그 형상은 점점 또렸해지던 것이었다. 헛찍고 만 도끼날 자국인 것도 같고

아니면 늙은 노새가 벌근벌근 마지막 숨줄을 끊여대며 겨우 떠보는 반쯤 열린 눈-

그랬다. 바로 남몰래 슬근 떠올려보던 덕포댁의 아랫도리였다.

"요년! 세상에 벌릴 자리가 없어 곰배새끼 앞에서 가쟁이를 까벌렸디야?"

"오매야 차라리 마아 카악 쥑이뿔소 고마… 나 요레 택도 없는 소리 듣고는 원통해서 못산다!"

"요년! 그짓말 씨불댈라고 애를 쓰는디… 이 댕포놈 까막쟁이 아니라고잉!"

"오매야- 오매야 어데 있노?… 알제? 알제?… 내 곰배캉 그거 했겠나!"

욕지기 치오르는 아낙네처럼 아랫배를 움켜쥐곤 우욱-하며 연신 방댕이를 뒤틀어대던 덕포댁이 그옇고는 찰진 흐느낌을 문다.

당포는 덕포댁의 배퉁이를 깔고 엎디어 잠시 죽은 듯 해 보았다. 년이 정작 울음을 쏟고보니 이게 무슨 못할 짓인가도 싶다. 한 모금이라도 더 얹혀줄 요량으로 술사발 겹두리로 철철 넘치는 술을 손바닥으로 싹싸악 쓸어대며, '요 술 사발은 우째 이라노? 술사발 밑구녁이 쪼매 얕다 싶었거로!' 해싸며 남몰래 당포만 위해주던 덕포댁 아니더냐.

그러나 당포는 다시 몸서리를 쳐본다. 곰배녀석의 아홉치짜리 양물이 덕포댁의 아랫도리를 빼득 빼득 휘젓어댔을, 그런 참기 어려운 생각들만 왜글왜글 흩어져내리는 때문이었다.

183. 왜구(倭寇) 94

모든 것 다 참아낸다 쳐도 그것만은 어려운 일이었다. 피가래를 그렁그렁 삭혀대며 연신 바튼기침을 내뱉는 상모 어미가 있다 해도 덕포댁 밭가랑에다 탄탄한 아들 한놈 심어봤으면 하고 얼마나 남 몰래 애를 태웠더냐. '제포'의 '부신 영감'께서 짐작을 하신다면 온갖 부정거리는 다 몰아다 주실 일- 그러나 그쯤 엄청난 일을 황망중일지라도 서털구털[195] 챙겨봐야 할 이유가 있었다.

"네에라 요 빙신셰끼! 니 애미가 노잼병 땜시 곰삭을 때 생겨난 셰끼라고 고렇고름 시어빠지면 청올치를 쳐봤대야 게우 밀때하고 물날때 요렇게 두때뿐이었는디 젊으나 젊은 놈이 믄놈의 심이 고렇게 일쯕 파한디야?… 웬순녀려 셰끼하고는! 고래서 지집년 밭은 빙없이 팔팔한 땅을 골라사 쓴다는디… 에잉- 팔짜도 씬놈!"

당포 딴으로는 '청올치' 두망에다 젖넘기던 힘까지 다 쏟곤 토방에 들어서자마자 후질그레 쳐질 때면, 끝간데 없는 눈길을 열고 웅천바다께를 바라보며 누웠던 병삼 노인이 혓바닥 끝이 닳아라 하고 혀를 차대며 해쌌던 말이었다.

멍울진 핏덩이를 벌큰벌큰 쏟아내며 그만 숨줄이 끊겼다는 어머니였다. 병삼 노인이 어머님 머리채를 훼훼 틀어 꾀고는

"요런 보밴데 없는 지집! 아 요것아 눈깔을 뜨봐옜! 핏댕이만 내질러 놓고는 시방 니년 혼자만 극락 가겄다?… 홤메에- 요 모진 지집년아, 눈깔을 대고 떠보란디도 으째 이란다냐? 눈깔 돌면 다 끝장이랑께 그네 요년이…"

어머니는 그 바쁜 짬 안에서 다시는 못올 길을 그여코 떠나버렸고 병삼 노인은 휑 돌아서선 꼭 한번 눈두덩을 쓸고 섰더라는 것이었다.

"성님, 고마 파묻을 일만 남았다 앙잉교!… 눈두덩이는 와 비비싸코 그라요. 차암- 꽁발이놈 눈물로 보자카능기요 머요?"

공발이가 툭 내쏘자 병삼 노인은

"씨벌놈하고는… 부신 영감님이 낮행보 나셨다면 니놈말만 고지듣고는 요 뱅삼이 헌티만 부정을 씌어주시겄다! 푁! 내가 은제 울었디냐?"

하며 우정 태연해 보는데 어머님의 가랭이속에서 몽글몽글 떨어대던 핏덩이가 별안간 앵앵 악을 써대더란다. 그제야 정신이 든 병삼 노인이 우루루 어머님의 가랭이로 달겨드는데 지게동발의 올가미를 용케 빠져 달아난 복날똥개가 처업처업 냇

---

195 말이나 행동이 침착하지 못하며 어설프고 서투른 모양을 나타내는 말.

물을 핥아대는 꼴이었단다. 어머님의 가랑이 속에다 머리통을 처박고 있던 병삼 노인이 염건장(鹽乾場=생선을 말리던 두름발)에 널린 초어(稍魚=문어[196])를 거두듯이 뭔가를 댈롱 쳐들어올리며 언제 그랬더냐 본새로 목소리를 높이는데

"사나여 사나! 인자 맘놓고 극락뜨여! 니년 셰끼가 청올치 두틀 몰을 뱃놈이란 말여!"

하며 울음반 웃음반 거진 미치더란다.

"보소 성님요! 탯줄 끊어진다 앙임니꺼?"

공발이가 화들짝 놀라 일어서자 병삼 노인이 탯줄을 악물어 끊었다.

"요 셰끼 요놈 댕포여 댕포! 지집년 업어맬 때 원칸 숨이 차사제. 지랄방구를 떠는 지집년 뱃때기를 우선은 타고봤는디 바로 진동 옆설기 당포더란 고말이다!"

184. 왜구(倭寇) 95

그 통에도 눈에 번쩍 띄는 것은 갓난장이의 배배 틀린 가랭이 가운데로 봉긋 솟은 자지뿐인 지라 우선은 이렇게 떠벌렸지만, 늙발에 얻은 아들녀석을 혼자 키울 일은 태산정봉의 솔잎을 헤어보는 듯 아득한 병삼 노인이었다. 뱃놈 한솥 밥술에 얹혀 살겠다고 선뜻 나설 계집도 없거니와 천성 후더분한 과수 하나 염탐해서 냉큼 업어올 나이도 아니고 해서, 병삼 노인은 아예 밥물 동냥이나 돌며 내 손으로 키워내자고 작심해 버렸다.

밥물이 귀할 때면 곡기를 날로 짓씹어 제비어미 본새로 갓난장이 주둥이 속에다 흘려넣어 줬었다. 웨작웨작 게워내지 않는다 하면 필경은 곱똥을 달며 강그러졌다. 칭얼대는 밤이면 갓난장이 주둥이에다 귓불을 물렸다. 어린것은 말랑대는 귓불을 젖꼭지인 양 물고 놓질 않았다.

---

196 팔초어(八稍魚=八梢魚)

"요상시런 팔짜제! 뱃놈 귓밥에 옴살이 백힌다? 허어-"

제법 딱딱하게 옴살을 얹은 귓불을 조물락대며 어이없어 한숨줄을 달다보니 그제야 봉케 견뎌냈었구나 하는 생각도 겹붙던 것이었다. 두해가 지난 거였다. 녀석은 걸음을 배우면서부터 곧장 뱃머리에 달랑 앉아 갯바람을 쐬며 바다를 익혀갔었더란다.

이런 내력을 되새겨볼 참이면 설사똥 질금거리는 양으로 뒷맛이 개운치 않은 당포였다. 상모란놈 생각이었다. 상모 어미가 '노점'병을 얻은 낌새로 심심찮은 바른기침을 물었을때쯤 해서 생긴 자식이 상모놈 아닌가. 병삼 노인 말대로라면 상모 놈이 탄탄한 상뱃놈 될 싹수는 아예 글렀다는 허망한 생각이던 거다.

그 허망하다 못해 끝내는 사지에 맥이 풀리는 서운함 끝에 떠오르는 사람이 으레 덕포댁이었다. 계집 어깨가 어쩌자고 그리도 떠억 벌어졌으며, 그 어깨 두 날개를 옹죄며 따글따글 영근 허리통이며, 웬만큼 떠밀어서는 옴싹달싹도 않을 성싶은 방댕이- 생겨먹은 뽄새로야 오갈 데 없이 상것 뼈대이겠으되 뱃놈 씨앗 묻을 밭으로 친다면 그쯤 좋은 밭이 또 어디 있을까 보냐.

당포의 귓청 속에서 활찌그물 당길 때 처럼 뺑 빼앵 하는 소리가 일었다. 남몰래 숨어서만 탐했던 덕포댁이 당포를 배통이 위에다 얹곤 널부죽이 깔려 있는 참 아니냐.

덕포댁이 막바지 힘을 써본다.

"나, 나 좀 보거라!… 요래 인나 보그라 퍼뜩…"

덕포댁이 당포의 가슴패기를 떠다밀며 방댕이를 뒤튼다.

순간 당포는 불현듯 미심쩍은 생각이 치오른다. 덕포댁의 꼬옥 쥔 손이었다. 가슴을 떠다밀랴 치면 손바닥을 펴야 할 일로되 손바닥은 암팡지게 죄곤 콩콩 당포의 가슴패기를 쥐어박고 있는 것이었다. 년의 손아귀 속엔 뭔가 들어 있을 게 분명했다.

그렇지 않아도 마땅한 핑계가 없어 거푸 단내만 쏟아내며 야지랑스레 죽은 체 해봤던 당포다.

당포는 년이 빠져나가지 못하도록 널짝 같은 가슴으로 젖가슴을 죽어라 눌러대며 와락 덕포댁의 손목을 움켜쥔다.

"와 요레요?… 이거 노소! 노소 고마!"

"뭣이 들었을 것이여잉. 손꾸락 뿐질러지기 전에 후딱 펴봐엿."

"몬 한다!… 몬한다까네!"

영락없이 들어 있겄다. 따글따글한 '석결명' 두톨이다.

185. 왜구(倭寇) 96

"후웅― 그라면 그라제. 지집년이 암시런 까닭도 없이 사나하고 밤길행보를 할 택이 있간디?"

당포는 '석결명' 두톨을 뺏아 쥐고 자뭇 기세가 퍼랬다. 주둥이가 삼태올이 되도록 발뺌을 해봐야 옴짝 할수없는 흠을 잡히고 말았으니 제년이 순순히 말을 안 듣고 배겨나랴 하는 속셈이었다.

그런데 덕포댁은 전혀 딴짓이었다. 손가락이 부러져가는 일이 생긴다해도 '석결명'만은 놓지않을 줄 알았는데 기껏 한두번 앙탈을 떨어보다간 이내 손아귀의 힘을 스르르 풀어버리는 거였다. 그뿐만이 아니었다.

"다, 다 갖거로! 석결명이나 따악 보듬꼬 자알 묵꼬 오래 살거라… 인자 됐나? 됐으로 고마 요 가슴이나 치도고!"

하며 톡 내쏘겄다.

당포는 대뜸 부아가 치밀었다.

"음마?… 요녀려 불여수가 먼놈어 간살을 부린 데야?"

"멀? 내 멀 우쨌께?"

"석결명 두쪽 챙기담고는 곰배놈 도망질 모사한 사람이 누군다?"

"고래 내다! 바로 내다!"

"요런 뻔뻔스런 지집… 석결명을 나 묵게 해놓고는 덕포댁은 살짝 빠지겠다?… 고것이여?"

"흥, 뻴꼬라지 다 볼따. 내 언제 묵으라켔나 생기라켔나!… 싫타모 고마 내쏴삐리모 안되나, 흥-"

"허어-"

당포는 맥이 풀려 벙어리가 사추리 밑 까보일 때처럼 혓바닥을 늘금 빼며 헛웃음을 쳐봤다.

좀 전까지만 해도 '석결명' 일곱개가 갓난애 이름인 줄 아느냐며 동동 발을 굴러댔던 덕포댁 아닌가. 그랬던 덕포댁이 '석결명' 두톨을 돌맹이 보듯 하며 뜻모를 소리만 내쏟고 있는 거였다.

"와 웃노? 와?"

"웃음보따리가 닷말이여!"

"보따리 많아서 좋고오-"

"요런 급살맞을 지집을 고냐…"

불끈 주먹을 쥐곤 한방 내지를 기세였던 당포는 또 한번 맥이 풀린다.

'석결명' 세 톨만 쥐었다 하면 맘먹은 생각이 절로 기름발이 치는 형편이었다. 지금은 없어졌지만 '보평역'으로 몰려 슬밋거리던 왜놈들 허리춤에는 으례 '석결명'들이 숨겨 있었다. 왜놈들에게 먹혀 '보평역'에서 내지상인들을 염탐해 주던 조선 사람들은 '석결명' 덕분에 번지르한 생색을 내보게 됐었고, 왜놈들의 '석결명'을 사 가는 단골들이 조선 양반문중의 세가들이라 했던가. '석결명' 두톨만 굴렸다 하면 묵정밭[197] 다섯 가랑쯤은 고대[198] 챙길 수 있었으매 '석결명' 한톨에 쌀 석섬이 오갈 정도였다. 곰배에게 홧통을 터뜨린 죄로 '관아'와 '수영'을 두루 돌며 엉덩이가

---

197 농사를 짓지 않고 버려두어 거칠어진 밭
198 바로, 곧

짓물렀던 팔금이녀석도 기실 이 '석결명' 값의 곤장을 맞았다는 소문이던 거다. 곰배녀석의 '석결명'이 '관아'로 '수영'으로 뻔질난 나들이를 했었다던가.

그런 '석결명' 두 톨을 '싫타모 고마 내쏴삐리모 안되나!' 하며, 천연덕스러운 덕포댁의 의중을 종잡을 길 없어 골머리가 썩는 당포였다.

거푸 한숨을 내뿜어대며 죽은 듯이 처져 있던 덕포댁이 배통이를 불근대며 허리통을 꼬아댄다. 그때마다 당포의 아랫도리가 너울파도에 얹힌 '어정'처럼 기우뚱논다.

186. 왜구(倭寇) 97

무슨 생각을 했는지 덕포댁은 쿡- 하고 느닷없는 웃음을 씹는다. 내쳐 비양기 섞인 목소리로 내뱉았다.

"… 내차암- 웃으버서 말도 안나온다까네!… 보소 시방 머하고 있능교?… 요거 대체 머하자꼬 요라요, 야아?"

당포는 토방으로 묶여 나온 장닭 꼴로 바보스러운 눈알만 데룩데룩 굴려대며 어둠만 내다보고있었다. 년이 몸둥이를 뒤챌 때 마다 당포의 발목께에 얹히는 게 있었다. 한두번 슬근 슬근 비비적대다간 툭 떨어져 내리고 떨어져 내렸는가 하면 그새 또 얹혀 간지럼기를 일궈대는 것- 술청에 넙적 올라앉아 있을 때면 씻어낸 무우처럼 반지르르 윤기를 띠던 장딴지에 어김 없으렸다.

어차피 양단 간에 결단이 나야 할 일이었다. 이러쿵 저러쿵한 소문줄이나 깔려 엉덩이가 짓물리느니 아금니 악물고 참아내어 년을 곱게 돌려보내든지 아니면 밑불에다 검불 얹듯 화지직 불김을 지펴 년의 몸둥이를 날름 핥고 봐야 할, 그쯤 다급한 순간이었다.

어련할까. 화지직 블김을 지펴놓고 보자며 그새 떡방아질을 해대는 아랫도리다.

'네에라- 나도 모른다!'

당포는 씨돼지가 울빗장을 차듯 덕포댁을 와락 끌어안곤 팽팽히 조였던 허리통을 떡더궁 떨어뜨려 놓고 봤다.

덕포댁은 당포의 느닷없는 기세에 짐짓 마음에도 없는 앙탈을 부려본다.

"아고야!… 몬한다까네!… 몬한다까네!"

숨가쁘게 내뱉더니 손을 뻗쳐 당초의 아랫도리를 떠다미는 시늉이었다. 그 바람에 덕포댁의 손길이 그만 뭉클하게 느껴지고 만다.

덕포댁이 허억- 숨을 몰아세웠다.

"오메야! 이기 머꼬?… 이기 머꼬?"

"… 니기미, 나도 몰라여-"

"보소!… 보소야!… 오메야 무시라!"

"지집이 벨스런 꼬라지를 다 부려!"

당포의 거친 손길이 치마자락을 훑어 쥔다. '해점어' 껍질을 까 벗기듯이 벼락 같은 홀태질을 곁들였다.

"… 나, 나 모른다!… 와 이라요? 모른다, 모른다!"

"덕포댁!"

"차라 고마!… 보소! 창나무가 와 요라능교? 야아?"

"… 머여? 창나무?"

"… 아고야아- 차, 창나무 아니모 이기 머꼬?…"

"… 쓰잘디 없는 소리랑게그네…."

"창나무 아니모!… 창나무 아니모 무르팍가 와 요랍니꺼?"

"무르팍?… 떼끼 숭헌!"

"무르팍도 아니모 이기 머꼬말다!… 오메야 어딧노! 무서워서 고마 나 죽능갑다!…"

덕포댁의 질겁하는 양을 짐작 못할 당포가 아니다. 입꼬리가 슬밋 찢어지며 뻐근한 웃음이 새겄다.

전신을 부들부들 떨어대던 덕포댁이 급기야 흠벙하게 사지를 뻗는다. 방댕이가 늘금대기 시작했다.

"… 사나 한나 놀끼다… 한나 꼭 놀끼다…"

덕포댁의 팔아름이 그제야 당포의 목덜미를 잡아조였다. 당포는 그때를 맞춰 끄응 힘을 쓴다.

"오메야… 나 죽는다까네!"

덕포댁이 불김 같은 외마디 소리를 내질렀다.

187. 왜구(倭寇) 98

벌써 이틀째나 바다는 시끄러웠다.

모진 갯바람이 몰아갈 때마다 물사태 끓는 소리가 와글와글 땅을 흔들었다. 철썩했다간 이내 쏴아 내리쏟아지는 낌새가 '모개섬'(募開島) 발치를 후리며 치솟는 물결이 세발은 실히 올랐다가 떨어지는 모양이었다.

한치 앞을 가늠할 수 없도록 깜깜한 밤중이었다. 석장을 더듬고 기어대는 두사람이 있었다. 뒤쪽에서 석장을 타내리던 사람이 털석 고꾸라진다. 석장을 잡을 요량으로 내뻗은 손이 헛군데를 집혔으리라.

앞에서 기어대던 사람이 낮게 내뱉는다.

"쉬잇- 급살 맞을놈! 배 띄기도 전에 디지겠다."

"고마 바우가 삐딱 틀어진다 앙임니꺼?"

"눈깔 믿고 길생각 말고 손짐작으로 기라했디말로 그새 지랄을 떤단말여."

"다시는 안고랄끼로."

두사람은 용케 석장을 타내렸다.

"얼라?"

"와요?"

"닻줄이 안접한단마시."

"손으로 쥘라말고 훼훼 홀태질을 해보소 고마."

"바람에 배가 씰린 모양이여."

"머시라?"

두사람의 입에서 연해 걸죽한 한숨이 샌다. 한동안 한숨줄만 죽이고 앉았던 두사람은 그제야 바짝 귀를 쫑그려본다.

썰그럭- 썰그럭-

바람소리 속에 섞이는 소리였다.

"믄 소리제?"

"맞심더. 바우에다 뱃전 비비대는 소리라."

"으디만큼이라냐? 귓청이 어두워서 짐작을 못 잡겄어."

"석장 콧뺑이 아니겠나… 가만 앉아기시구로. 내 퍼뜩 가 말어올 끼라."

"조심해여."

물사태가 모질다 보니 바투 감아놨던 닻줄이 스무발을 넘게 풀린 모양이었다.

석장을 등에다 기댄채 엉거주춤 서 있는 사람이 마른 혀를 차댄다.

"… 불쌍한 셰끼! 쯧쯧- 믄녀려 팔짜가 저분이데여. 놈들은 자식들이나 깔겨놨제. 저녀려 셰끼는 그물 몰을 자식놈 하나 못 맹글고는… 이잉- 쯧쯧쯔읏-"

깜깜한 밤하늘을 멀뚱히 올려다보고 섰으려니 생각나는 것도 하고많다.

엿새동안이나 '청올치'를 뒤집어쓴 채 숨어 지냈으니 삭신 마디마디가 제것이 아닐 것이었다. 게다가 곡기라도 제대로 넘겨봤더냐. 행여 사람들 눈에 띌 새라 하루내내 겨우 한끼 챙겨먹었겠다. 누가 뱃놈 아니랄까 봐서 '청올치' 속으로 곡기를 밀어넣을 때면

"내 죄가 크긴 억수 크제! 넘덜은 대구떼 쫓아 맹지바다를 갈아부치는데 내는 청올치로 뒤집어 쓰고 숨었으니 대구도 몬 잡는다 아잉교!"

하며 청승맞게 훌쩍대던 것이었다.

놈을 안심하고 숨겨놓자면 그물속 밖엔 다른 곳이 없었다. 하루에도 서너차례 들 이닥쳐서는

"뽈가지도 아닌데 합수통에 숨었을 까닭도 없제만."

하며 합수구덩이 속까지 막장대로 휘휘 저어댔지만 토담 밑에 몽당거려 놓은 '청 올치'만은 쳐다도 안 봤던 것이었다.

188. 왜구(倭寇) 99

목숨 내걸고 하는 도망질이라 깜깜밤중을 택하지 않을 수 없었다. 그것도 그중 뱃 길이 험한 때를 맞춰 일을 치르자고 별러왔다. '경상도'의 조전선단(漕轉船團)은 이틀 전에 한성 경강(京江)을 향해 발선한 뒤였고, 호위수군(護衛水軍) 역시 '조전선 단'을 따라 수영을 비운 뒤였으니, 되던 안 되던 일을 꾸미고 볼랴 치면 하늘이 내 린 기회였다. 더구나 창대바람이 돛대를 꺾어 놓을 기세 아니냐.

ㄱ나저나 이 바람통에 배가 제대로 길을 틀까 염려스러웠다.

"성님요. 닻줄로 잡았다 앙임니꺼. 성님이 욜로오소 고마!"

닻줄을 감아대는 모양이었다. 말끝마다 미주알 빠지도록 힘을 써대는 안간힘이 물리겠다.

병삼 노인은 암내난 고양이가 땅을 헤집어 파듯이 바짝 오그려붙인 갈퀴날 손가 락들을 옹조이며 석장을 타고 기었다.

"내일 아적[199]까정은 진동에 닿아야 되여. 고레사 내가 배를 양중에 띈단 말잉께."

"허리삑다구 뿌가지게 어데 해보입시더! 안되모 고마 물구신배께 더되겠나."

"진동에서는 으찌께 마로 앞바다까정 간데여?"

"고주 춘앵이까지는 고마 걸을랍니더. 춘앵이만 해도 마로 괴깃배덜이 드난다 앙

---

199 '아침'의 방언

잉교."

"마로 괴깃배덜은 느늠 도망질에 쓰라고 공선으로 닻줄 건다디야?"

"요레 합포에서도 사알 빠지가는데 춘앵이에서야 식은 죽사발 뽈기라. 밤중에 사알 나가 고마 아무 배나 훔쳐타고 볼낍니더!"

병삼 노인의 목젖께에 드디어는 왈큰 솟는 울음이 걸린다.

"성님요! 와 요레요?"

꺼슬꺼슬 옴살이 박힌 손으로 병삼 노인의 손을 와락 덮씌운다.

"씨벌늠!··· 요거 놔엿!"

녀석의 하는 짓거리가 영감귀신 곡소리를 그옇고 듣고 말겠다는 건가. 그렇지 않아도 끓어대는 울음줄이 금세 터질 듯한 기세였다. 되우 서러워서 잡힌 손목을 잽싸게 빼고 봤지만 언제 다시 잡아보랴 싶은 녀석의 손이었다.

"··· 뱃길을 용케 잡웆다 치자고··· 마로 앞바다에 들어서서가 문제여. 낙포 서쪽으로다 괭이섬(묘도猫島)이 깔고 누었여. 원칸 얕은 데다가 바구[200]가 깨알맹끼 깔렸여. 배 대그빡만 받았다치면 다가서 고냥 디지고 말 것잉게."

"다 가서 와 죽는담니꺼··· 요래뵈도 삼십년 넘게 놋대 쥔 내 아닝교?"

병삼 노인은 벌근벌근 숨을 들여마셔본다. 녀석의 몸냄새다.

"팔짜도 개좇같은 놈이여··· 니놈이 괴기를 원끗 잡아봤여 배 한나를 장만혀 봤어? 그 하고많은 시월 다 보냄시러 그래 자식셰끼 한나 못 맹글어 놓것은 뭇이냥게!"

"팔자가 고란데 우짤끼요? 자식셰끼 없으모 고마 숨 끊고 디비질때 편타 앙이가."

"··· 뱃놈은 자석이 재산이라고잉. 자석 없는 뱃놈이 오래도 산겨."

"고레 시방 죽을라꼬 지랄핀다 아임니꺼요."

녀석의 도망질에 자식놈 하나만 따라붙는 데도 이쯤 서럽진 않을 것이었다. 다 늙어 고부라진 뱃놈이 탯줄 끊고나서는 처음 가보는 뱃길을 트겠다니- 이쯤 박정스

---

200 '바위'의 방언

러운 일도 또 있을까보냐.

189. 왜구(倭寇) 100

이럴때 당포놈만이라도 곁에 있어주었다면 얼마나 속이 편하랴. '진동'까지만이라도 당포가 노질을 거든다면 한결 수월할 것이었다.

이런 생각을 하며 당포를 원망해보는데,

"성님요, 나 고마 갈람니더!"

낮게 내뱉더니 훌쩍 뛰어 배에 오르는 녀석이다.

병삼 노인은 녀석의 팔을 힘껏 나꿔챈다. 그 바람에 뱃머리를 밟기 무섭게 석장으로 다시 나똥그라지는 녀석이었다.

"네에라, 요 매정시런 늠!"

"고람 우짜란 말잉교? 일로 빼딱 튼다카모 배로 대준 성님이 먼첨 죽심니더!"

병삼 노인이 무릎위에다 또아리를 튼 팔아름속으로 푸석 고개를 묻는다. 억세게 참고봐야할 울음이 끝내는 터지고 마는 거다. 녀석을 다시 보기는 어차피 틀린 일이었다. 제가 죽고나서라도 '마로'(馬老=전라남도 광양光陽) 땅에다 제발 씻줄이나 한톨 남기거라. 내가 못보면 당포놈이라도 네놈 씻줄을 보게 되겠지- 하는 생각이 설움의 반죽을 조몰락대고 있는 것이었다.

녀석이 가야할 땅은 바로 '마로' 땅 '다압'(多鴨)이요, 그것도 섬진강 물줄기에다 그물을 담고 살아가는 '고사리'다.

"고사리에 외삼촌님이 기실껴… 몰르제 고짬 시상을 뜨셨는지도… 허제만 니놈 숨어 살 곳은 거그뿐이여잉… 이 뱅삼이 성님 말하고 연줄을 찾아봐여. …살아 기신다면 펄쩍펄쩍 놀래 뛰실 것이여… 외망말 숭애도 좋제만 알 실으겄다고 고사리로 백히는 알쟁이 숭애는 천상진품이여. 어란을 몰렸다치먼 니기미 제포 약대구는 쩌리 가분져여…"

했을 때, 녀석은 금세 놋대 처음 쥔 어린 뱃놈처럼 신빨이 돋던 거다.

밤중만 아니라면 녀석의 뒷통수라도 익혀봐 둘 것이었다. 그러나 녀석의 몸둥이마저 흐릿흐릿대는 밤중이었다.

병삼 노인은 이 마지막 길에 녀석을 어떻게 불러야할 지를 생각해 본다. '급살 맞을 놈' 아니면 '씨벌셰끼' 하곤 무진 박대만 해왔던 세월이 원망스러웠다.

병삼 노인은 궁리끝에 손을 내뻗는다.

"… 손이나 줘봐여!"

"나 손 머할라꼬?"

녀석의 목소리도 늘척한 물음줄에 어지간히 곰삭는다. 병삼 노인이 와락 녀석을 껴안는다. 새큼떨떨한 녀석의 등짝에다 쓰리도록 콧망울을 부벼봤다.

"동상… 동상!"

"성님요오- 요레 마소 야!"

"동상! 자네 명질게 살어사쓰여… 나는 게우 한해도 못살껴.… 우리 댕포놈이락도 보고 죽으사 쓴당게 그네!"

"성님요… 오래 오래 사시소 고마. 고레야 이 동생놈 안볼낀가베!"

"가여… 후딱 가엿!"

"성님요! 내감니더!… 언제고 뱃놈 시상 한번 올거로…"

녀석은 뱃머리를 딛고 뱃전으로 고꾸라졌다.

우욱- 우우욱- 목구멍으로 치받치는 울음이 꽤나 모질다. 병삼 노인이 쥐고있던 닻줄을 논다.

물가랑이 넓어서일 것이다. 배는 금세 흔적도 없이 바다속으로 빨려든 듯싶다.

"성님요오- 내 갑니더어-"

"네에라 요 매정시런 셰끼!"

죽어가는 갯강구처럼 등짝을 떨며 울고섰는 사람은 병삼 노인이요, 물사태소리에 흔적도 없는 사람은 '진상채복선'의 공발 노인이다.

190. 왜구(倭寇) 101

열흘을 넘게 그렇대던 바다가 겨우 조용해졌다. 사물대는 '가덕도'의 허리춤을 싸감고 널린 낮은 구름들이 풀어놓은 흰색 띠처럼 수평선을 향해 뻗었다. 잔잔한 물비늘 위를 날으는 물새떼들도 어지간히 숨이 가빴다.

그간 묶였던 '제포'의 어선들이 수십척씩 떼거리를 짜고 바다속으로 미끄러져 들었다. 제 철을 잊고 늑장부린 대구떼려니 벼리줄 터지게 들어박히지는 않았지만 그래도 수백년을 두고 오갔던 물길은 천성대로 잊지않은 모양이었다. 대구떼는 어김없이 웅천바다로 모여들고 있었다.

당포도 오랜만에 창나무를 쥐었다. 병삼 노인은 여전 말이 없었다. '청올치' 두망을 떠봤지만 건져담은 대구는 기껏 다섯마리뿐이었다. 비록 병삼 노인뿐이랴, 당포도 쓸개물이 밭을 지경이었다.

"괴기가 벌써 아래로 내린 모양이여. 두망에 다섯마리라니!… 에잉 기가 맥히서."

병삼 노인은 아예 이물끝에 풀썩 주저앉고 만다. 심드렁해서 푸욱 고개를 떨구는 꼴이 대구고 뭐고 다 귀찮다는 본새였다.

"두룡포 쪽으로 가 볼끄라우?"

당포가 묻자

"글씨이… 괴기가 내렸다면 고짬 내렸을 뱁도 헌디…"

병삼 노인이 훼훼 고개짓을 해 보는데 '어정' 대여섯척이 물길을 거슬러 미끄러진다.

그 '어정'들 속에서 악을 쓰는 소리다.

"쪼매 잽히나?"

병삼 노인이 큰소리로 맞받는다.

"거 으짠 몹쓸녀러 셰끼여? 대구에다가 눈깔이 뒤집힛다고 어른보고 하대하는 상녀러 셰끼가!"

"어따 멀 고레쌌노?… 고레 고마 잘못했다고 칩시더… 괴기 좀 잡응교?"

"말도 마여. 두망에 다섯마리시"

"우짠일꼬? 알쟁이는 다 어데 갔노. 괴기가 벌써 내릴 택도 없고."

"내려뿐진 모냥이여."

"내릿다모 어데 말잉교? 문선까지 내릿다 요말잉교?"

"네에라- 요 속창사 빠진 놈. 고것을 나헌티 물어보면 으짠디여?"

"답답해서 안카요."

"근디 시방 으디로 가능겨?"

"괴기가 내렸다 싶어서 가초도 옆구리로 가보자케서 간다 앙잉교."

"그려?… 뜨기는 쬐끔 떠봤여?"

"어데요, 약대구 깜으로는 일곱마리뿐인기라"

"횸메에- 그물질 한번 솔찬이 짭짤혔겠구먼!"

병삼 노인은 인중골을 바짝 죄며 당포를 건너다본다.

"배 돌려사 쓸랑갑다."

"쪼끔 더 떠보는 것이 안좋겄요. 내진 대구에 약대구 있으랍니까."

"허긴… 고래도 알 실어뿐진 대구로 함방함방 싸담는 것이 더 나여. 시망에도 안
드는 알쟁이가 믄 지랄났다고 우덜 청올치로 든다냐? 배 돌리랑께."

"시방 돌리요?"

당포의 얼굴에 못 마땅하다는 빛이 역력하겄다.

병삼 노인은 별안간 해소기침을 끓여대며 자즈러진다.

"니기미 불사시런녀려 팔짜여. 작년 내내 빈그물질로 빽따구가 휘었는디 올참 대
구까정 요러겄다?"

191. 왜구(倭寇) 102

병삼 노인이 북장구 치는 가슴을 달래노라 한숨을 내리깔으는데 당포가 이때란 듯이 묻는다.

"진동에는 믄 일로 가셨당게유?"

"……"

"지 찾아 나서셨등게라우?"

병삼 노인은 잠시 생각해 본다. 아무리 뼈대 받고 난 자식이지만 이제 겨우 스물 일곱살 넘긴 당포놈을 어찌 믿으랴. 녀석의 술 배가 워낙 말술이라, 가마골 끝까지 술김이 차오를라 치면 그것도 자랑이라고 떠벌릴 줄 누가 알랴. 한사코 입을 다무 는 수밖에 별 도리가 없을 성싶었다.

그러나 한켠으로는 또 이렇다. 그물 거두다 죽을 지 잠을 자다가 죽을 지 모를 목 숨 아닌가. 자신이 죽더라ㄷ 당포놈만은 공발이의 도망질을 알고 있어야 뒷일이 든 든할 것이었다.

병삼 노인은 뒷생각이 더 북새질 치겠다. 입을 놓기로 작심한다.

"… 가뿐졌여…"

"야아?"

"고사리로 도망질을 그여 났단말다."

"누가라우?"

"공발이놈…"

"믓이라우?"

병삼 노인은 잠시 말을 끊는다. 이내 떨어지는 말이 살통을 옮기듯이 조심스럽다.

"맴 독하게 묵고 들으야해여.… 애비 은제 죽을는지 몰라여. 애비가 화급간에 숨 을 끊드라도 공발이놈 자알 숨어 살게꼬롬 니놈이 도와줘사 써. 핏줄은 안섞였제만 핏줄보닥도 더 기중한 느 애비 동상이여잉!"

당포가 놀란다.

"고람은 그 바람통에 뜨셨당가요?"

"고짬 아니면 때가 읎는디 으짠다냐?… 죽기살기로 떴응께 용왕님이 도와주셨을껴."

"화이고, 노인장이 믄 심으로…"

"진동에 가서 우덜 배가 눈에 띄는디, 시상으찌께 반갑든지 숨줄이 끊길라고 지랄을 치여 진동까정은 용케 건늇다는 말 아니겄디야!"

"금매말이요!"

"고 담부터가 창창 뱃길인디 바람통에 지대로갔능가, 배 까파지서 폴쎄 디졌능가 원!…"

"금매말이요!"

당포의 대답이 되우 청승스럽자 병삼 노인은 느닷없이 태연해 본다.

"급살맞을 놈 하고는 믄 지랄났다고 금매말이요 금매말이요 해싼다냐.… 후딱후딱 노질이나 하란디도."

병삼 노인은 전라도 '마로' 땅에서 뱃놈 여생을 보내겠다고 아등바등댈 공발이를 떠올려 본다.

괄시가 이만저만이 아닐 것이었다. 사람 괄시가 심할 것이라는 생각이 아니다. 바로 뱃놈 괄시다. 뱃놈으로 따진다면야 전라도 뱃놈들을 어느 뱃놈들이 따를까 보냐. 기껏 '진상채복선' 몰던 솜씨로 막 먹고보자 한들 우선은 별의별 그물에다 또 '방렴'(防簾) 많은 것에 눈이 뒤집힐 공발이다.

'방렴어업'만도 '방구렴'(防口簾)·'노호통'(蘆扈桶)·'호통'(扈桶)·'토전'(土箭) 등속이니 '건방렴'만 봤던 공발이는 필경

"벨시럽다 앙이가. 건방렴 한나모 잡괴기야 억수 잡는데 와 요레 가지 수만 벌리 놓꼬 삑따구를 휘능교?"

할 것이며, 콧구멍을 쑤셔여 대던 전라도 뱃놈들은

"으디서 왔다고 했지라우?… 올라. 갱상도라 혔제… 허어, 갱상도사 괴기 놔주는 그물질잉게! 우덜맹끼 고기를 싸담아사 뱃놈이여잉, 후웅-" 할 것이었다.

192. 왜구(倭寇) 103

공발이가 양중(洋中)으로 그물질을 따라 나섰다 치자. '청올치'·'활찌'·'시망'에다가, '시망' 하나에 딸린 어선들이라는 것이 이름만 틀리되 한통속이나 진배없는 '어장세망선'(漁場細網船), '양중세망선'(洋中細網船), '양중거처세망선'(洋中去處細網船)- 그리고 '청올치'나 '활찌'로 잡고기나 챙기는 '지토선'(地土船), '타읍선'(他邑船), '어정'(漁艇)- 또 민물(江) 어장인, '휘리장'(揮羅場)에 뜨는 '휘리선'(揮罹船)이 봐왔던 어선들이요 잡아봤던 그 그물들이겄다.

그런데 전라도 바다로 내려앉는 그물과 그 바다를 갈고 다니는 어선들 좀 구경할꺼나.

'서수어'(石首魚=조기) 한그물 뜨자고 어장에 모이는 조깃배만도 '저자망선'(底刺網船)·'정선망선'(碇船網船=행배)·'망선망선'(網船網船)·'궁선망선'(弓船網船)에서 멸치잡이 배인 '분기초망선'(焚寄抄網船)에 까지 이르자면 스무가지가 넘는 전라도 고깃배들이다. 그 중에서도 집채만한 '중선'(中船)이 흐들작 흐들작 뒤뚱대며 흘렀단 봐라. 공발이 입에서 단내나는 '오매야!' 소리가 열번은 더 새렸다.

고기 싸담는 그물 좀 보자. '지인망'(地引網) 류에 드는 그물만도 '면휘망'(綿揮網)·'면변망'(綿邊網)·'대고'(大罟)요, '자망'(刺網) 류에 드는 그물이 '갈망'(葛網)·'행망'(行網)·'주목망'(注木網)·'설망'(設網)·'궁선망'(弓船網) 등 여덟 가지- 뭐니뭐니 해도 전라도 어업을 대표하는 그물이라면 '선망'(旋網) 류에 드는 '망선망'(網船網)과 '중선망'(中船網)이겄다. 특히 '망선망'은 그 길이만도 2백여발에 이르는 조선 제일의 그물이다.

그러니 공발이의 그물질이 그 얼마나 주눅이 드랴.

병삼 노인은 쩌업 쓴 입맛을 다시고 봤다. 노질에 여념이 없던 당포가 슬근 힘을 늦춘다.

"아부지… 거시기 말씀인디요…"

"거시기가 뭇이여."

"요참 대구 물때 지내고나서는 시망 두틀 맹글어사 쓸랑갑소잉."

"어따 말만 들어도 뱃때지가 불러. 그라제만 약대구 깜이 들어사제…"

"… 약대구 아니라도 맹글먼 않되요안!"

"머시여? 약대구 없는디 믄 심으로 시망을 짜여?"

당포는 가쁜 숨을 벌근대며 한동안 말을 끊는다.

'으찌께 헌다?'

행여 잃어버릴세라 상투 속에다 넣곤 갈피줄로 옹조여 놓은 '석결명' 두톨이다. 덕 포댁이 곰배녀석에게서 받은 그 '석결명' 말이다.

"… 부신 영감께서 보물을 주신 모냥이여라우… 줏어뿐졌오안!"

"뭇을?"

"석결명 두개당께"

"뭇이라고 석결명을 둘이나 줏어?"

"야아."

"아니 으디서?"

"죽곡 천자샘께서 줏었지라우."

"먼녀려 헛소리라냐?… 고레 으디다가 뒀냐?"

"상투 속에다 숨겨뒀오잉!"

병삼 노인의 눈길이 당포의 상투 끝으로 열린다. 눈빛이 검불 타는 듯 하다.

193. 왜구(倭寇) 104

눈썹을 파르르 파르르 떨어대는 꼴이 대장장이가 노새 발에다 대갈을 박는 본새다.

"으디서 줏었다고야?"

병삼 노인의 목소리가 심상치 않다.

"천자샘에서랑께요."

"아니 으떤녀려 미친셰끼가 그 중한 물견을 일어뿐졌단 말여?"

"… 내가 아요?…"

병삼 노인의 눈길이 발등으로 떨어진다. 눈두덩을 껌벅껌벅대며 골똘한 생각을 편다.

잠시 후였다. 병삼 노인은 우당탕 당포에게 달겨든다. 가마골이 뽑힐 기세로 당포의 상투를 움켜쥔다.

"요녀려 셰끼!"

"아부지 으째 이라요 야?"

"으째 요라냐고? 느늠어 셰끼가 자알 알 것이여잉!"

"아부지! 참말이랑께요!… 참말로 줏었다는디 으째 요라신지 모르겠네여!"

"요녀려 붙여수 셰끼!"

"아니 누가 붙여수라고 요란당가!"

"느놈이제 누구는 누구랑가!"

"홧다메에- 으째 지가 붙여수냥께는… 아부지! 요라시덜 마시랑께요. 배 넘어가게 생겼오만."

"암시락 말라는디도 요셰끼가… 요것이여? 바로 요것이여?"

병삼 노인의 손에 '석결명' 두톨이 암팡지게 들었다. 고물 끝으로 가서 풀썩 주저앉는 병삼 노인이다. 손바닥 위에다 올려놓고는 이리 떼굴 저리 떼굴 굴려보며 야릇한 웃음기를 문다.

"댕포 느놈어 셰끼! 쇠일라 말고 똑바로 대봐여… 천자샘 절에서 줏었다?"

"내동 말씀 드렸는디 또 저라신당게… 야아, 줏었어 줏었단 말이요!"

"저놈이?… 아니 누구를 못 속여묵어서 애비를 속일라고 쌩지랄이여?"

"… 허어 차암-"

"불시런 청승 떨덜 말어!… 이 애비가 모를 줄 알고야? 다 안다고 잉."

"뭇을이라우?"

"줏어야? 아나 줏었겄다, 요셰끼.… 애비는 삘시런 고생 다 해냄시러 공발이놈 도망시키는 고짬에… 시상에, 고짬에 느놈어 셰끼는 냉이개 주막에 처벅히서는 왜놈 덜허고 똥줄 내리도록 술을 퍼묵었겄제!… 을매나 간살을 뜨러댔으면 왜놈이 한나도 아니고 두개나 줬으끄나?… 머시여? 부신 영감님이 복땡이를 주신갑다고? 저런 육실헐 셰끼? 지토선 도사공 잡겄다고 나간 놈이, 그래 왜놈덜 갈비짝에 차악 앵겨붙어서는 오만 간살 다 떨어댐시러 석결명 하나 돌라고 사정을 혔단말여?"

"깝깝해서 미쳐뿐진당게! 댕포가 믄났다고 왜놈덜 갈비짝에 붙어라우?"

"씨끄럽단디… 폴세 다 알고 있여. 왜놈덜 석결명이 한주먹씩 나돈다는 소문줄을 다 잡었여."

"……"

당포는 입을 다물고 만다. 병삼 노인의 천성에 그냥 물러설 리가 없다. 그러다 보면 덕포댁과의 밀통이 발각되지 말라는 법도 없다.

"댕포 요셰끼! 이 애비 숨줄 놀 때 까정은 왜놈덜 석결명으로 시망짤 맴사 없어! 알었여? 엉?"

"… 야아…"

"되얐어. 노질이나 서둘러."

병삼 노인의 팔이 휘익 하고 허공을 홀태질했다. 이렇게 허망할 수는 없겄다. 뽕 알- 하는 소리가 났다 했는데 '석결명' 두톨은 그새 바닷속으로 형체를 감췄다.

194. 왜구(倭寇) 105

병삼 노인은 좀 전까지 와글벅적 일궜던 황퉁을 말끔히 가셔버린 듯 했다.

"한사코 밑으로 내리봐도 벨 수 없을껴. 최리섬(초리도草理島) 옆설기 까정만 흘르고 보자잉."

"더 내려보면 으짤끄라우."

"씨잘데없는 소리… 지아무리 철늦은 괴기떼라고 알도 안시리고는 으디로 뺀다냐? 디져도 알을 까놓고 디지는 목자가 괴기여."

그러나저러나 이번 대구떼마저 놓치면 뭘 먹고살까 싶은 황년이다. 제철 보다는 두달이나 늦게 오는 대구떼에다 막바지 소원을 걸고봤지만 역시 부짓군[201] 본새를 내보는 대구떼였다.

'약대구' 챙길 요량으로 눈을 까뒤집는 웅천바다의 그물질이 이랬다.

그 첫번째가 '대구어'다. 대구떼가 알을 풀 참으로 웅천바다에 몰리는 때가 섣달 하순부터 정월 하순이었다. 그러니 이번 대구떼는 무슨 일인지 꼭 두달을 늑장 부려 떠났던 거다.

대구떼의 산란장은 뭐니뭐니해도 '연일주진'(延日注津=포항) 앞바다(영일만 迎日灣)와 웅천 앞바다(진해만鎭海灣)였다. 먼저 떠난 대구떼는 곧장 달려 웅천바다에 이르고 그보다 뒤늦은 대구떼는 한달 늦은 2월 하순부터 3월 초에 우선 영일만에다 일을 풀고 본다. '영일만'에서 알을 푸는 대구는 다섯 살박이쯤 되는 반발짜리 대구인데 비해 곧장 웅천바다로 내달려 오는 대구는 여섯 살박이로 한발이 다되는 '약대구'감 들이다.

'영일만'을 눈돌림하고 웅천바다로 내달리는 대구떼는 부산포(釜山浦) 옆설기를 지나 내쳐 웅천바다로 들이박혔다. 웅천바다에서 알을 풀고난 대구떼들은 유람차 나들이를 늘리는데 제창을 지나 두룡포(頭龍浦=충무시)에 이른다. 두룡포 겁자락을 따라 다시 내닫는 대구떼들은 문선(文善=삼천포) 앞바다에서 맷돌질을 틀고 놀

---

201 부지꾼 : 심술궂고 실없는 짓을 잘하는 사람.

다가는, 다시 곤남(昆南=남해군南海郡)을 거슬러올라, 마로현(馬老縣=전라남도 광양光陽)에 이르러서야 다시 왔던 길을 되돌아가는 것이었다.

'왜대구'(서해대구)라는 것도 있긴 있었다. 바로 '마로현' 앞바다에서 되돌아가지 못하고 줄곧 내달려선 '옥구'(군산)를 거쳐 황해로 들어박히고 만 대구 종자들이다. 황해로 한번 들어박힌 대구들은 죽을 때까지 다신 왔던 길을 못찾고 말았다. 찬물발(寒水帶)이 아니면 앞도 못보는 대구인지라 난류가 치밀어 오르는 남해바다를 거슬러 갈 수 없었던 거다.

기껏해야 중국의 산동(山東) 갑각에서 황해의 '장산곶'(長山串)에 이르는 '남양대지'(南洋大地), 그리고 또 '장산곶'에서 '어청도'의 난바다(충해冲海)에 이르는 '천평'(天平)에서 주눅들어 살고봐야 했던 '왜대구'는 고생한 값으로 몸뚱이도 커봐야 한자나 되게 짜들어졌다.

그러자니 대구라면 그저 웅천바다 대구였다. 섣달 하순에서부터 정월 하순에 이르기까지 겨우 한달여 반짝해보는 대구를 못 싸담는다면 '약대구'는 커녕 그해 대구어 그물질은 말짱 파장을 봐야 했던 거였다.

왜놈들이 미워서였을까, 올해는 그만 걸르고 말 것 같던 대구떼가 오랜만에 뽄새를 재보는 조선 뱃놈들 앞으로 늑장부려서나마 내달려 온다는데- 그런데 그물질 초장의 조짐부터가 샛노란 형편이니 '약대구' 너댓마리 말렸다 셈 치면 흡족해야 할 일 아닌가.

195. 왜구(倭寇) 106

'대구어' 그물질이 이쯤 거덜났다면 눈까뒤집고 명줄을 걸어봐야 할 것이 비유어(肥儒魚=청어靑魚)[202]였다. 왜냐하면 대구어의 감질나는 산란기에 비해 비유어의 산

---

202 청어. 값싸고 맛있어 가난한 선비들이 즐겨 먹으므로 선비들을 살찌게 하는 물고기라고 해서 '비유어'(肥儒魚)라 쓰게 되었다.

란기는 넉달이나 더 길었기 때문이었다. 바다색깔이 희뿌옇게 변할 지경으로 알을 풀며 미쳐 날뛰는 때가 정월부터 2월 중순- 알을 풀자마자 마파람에 아딧줄 걷듯이 감쪽같이 자취를 감추는 대구어와는 달리 비유어는 정월과 2월을 미쳐 날뛰다가 4월 하순에 이르기까지 스럼스럼 알자리를 찾아들던 거였다.

경상도 어업의 주종을 이루는 '비유어' 떼의 물목부터 살펴보자.

동해로부터 줄을 잇는 '비유어' 떼거리가 웅천바다를 지나 전라도 바다로 흘러드는 습성은 '대구어'들이 하는 짓거리와 다를바가 없었다. 다른 점이 있다면 '대구어'는 '연일' 앞바다를 알 풀 자리로 점찍고 내리 아래로 내달으는 반면에 '비유어'는 '연일' 앞바다보다는 훨씬 윗쪽에서부터 알을 풀어 내린다는점, 그뿐이었다.

정월 초순을 대엿새 앞서는 섣달 스무이틀께에부터 그 첫번째로 점찍은 알자리를 찾아드는데 그곳이 바로 '영길'(永吉=함경북도)의 '경성'(鏡城)과 '조산'(造山) 앞바다였다. 알을 풀 마땅한 자리를 물색하다 지친 '비유어'들은 '경성'과 '조산'앞바다를 눈돌림하고 남쪽으로 미리 내달으며 알을 짜대는데, 알을 풀기로는 '경성'이나 '조산' 앞바다 못지않게 좋은 곳이 '사방도'(朔方道=함경남도)의 '덕원'(德源=원산元山) 앞바다던 거였다. '경성'·'조산'·'덕원'의 세곳에서부터 모이기 시작하는 '비유어' 떼거리는 급기야 수십리를 뻗치는 대군(大群)을 이루며 줄곧 '교주강능도'(交州江陵道=강원도)의 '장전만'(長箭灣)을 거쳐 천혜의 산란장인 경상북도 '연일'(영일만迎日灣)을 파고든다.

'연일' 앞바다에서도 제대로 알을 풀지 못한 '비유어'들은 부산포(釜山浦)를 향해 내닫는다. '비유어' 떼거리가 '부산포' 깊숙한 곳까지 파고들며 알을 풀 때면 '부산포'로 들어가는 배들은 '비유어' 등살에 노질을 제대로 해 볼 수 없을 정도였다. '부산포'에 이른 '비유어'들은 대구떼거리들이 하냥 지나는 그 물목을 따라 전라도 앞바다를 갈아붙이다간, 어떤 떼거리는 왔던 길을 다시 거슬러오르고 또 어떤 떼거리는 곧장 '황해'(黃海)로 들어백히고 말던 것이었다.

비유어의 운명도 대구어와 어쩌면 그렇게도 똑같은지 몰랐다. 황해로 들어박힌

대구어가 왜대구가 됐듯이 비유어 역시 황해로 들어박히고만 것들은 이름에다가 세치짜리 수염발을 달곤 양반행세를 하는데, 이것이 바로 그 유명한 서해의 '비웃'이던 거다.

'대구어'로 친다면야 경상도 대구어가 으뜸이요 서해 '왜대구'쯤은 생선축에도 못 낄 것이로되 '비유어'의 경우에 이르러서는 사정이 전혀 딴판으로 뒤바뀌는 것이었다. 바른 말로 경상도의 '동해 비유어'는 척추뼈도 쉬흔 세마디의 작은것이요 서해의 '비웃'은 척추의 뼈마디가 일흔 네 마디에 이르는 큰것들이었다.

알다가도 모를 일은 생선들이 물을 가려먹는 그 얄미운 천성이었다. 경상도 바다에서는 기껏 반발짜리 '비유어'이던 것이 서해의 물맛을 봤기로 어찌 한발짜리 '비웃'으로 뼈대마저 바꿔버린단 말이냐.

196. 왜구(倭寇) 107

그러나 바다의 보살핌은 생선 놓아먹이는 데까지 자랑스러웠다. '비유어' 때문에 서해 뱃놈과 남해 뱃놈이 서로 아등비등 입념을 앙다물고 싸울세라, 짧게는 십여년, 그리고 길게는 사십년 간이나 틈을 나눠 골고루 '비유어' 맛을 보게 하던 것이다.

남해의 '비유어'가 근 사십년만에 대풍을 이룰때면 서해의 '비유어' 그물질은 겨우 심심찮을 정도로 뱃놈들 체면치레나 닦았고, 반대로 서해의 '비유어'가 사태로 들어박힐 때면 남해가 또 그 꼴이었다.

그래서 서해 '비웃'이 대풍 들랴치면 나무 연기를 씌워 말린 '연관목'(烟貫目)[203]과 소금에 절여 얼간포를 만든 '관목청'(貫目鯖)[204]을 살 양으로 몰려드는 내지상인들이 서해를 북새질치며 바글바글 끓어댔다.

---

203 박달나무 연기를 쐬어 말린 관목어(청어). 즉 과메기.
204 청어의 눈을 꿰었다는 '관목(貫目)'에서 유래하여 '관메기'에서 '과메기'로 변함. 청어에 소금을 약간 뿌려서 살짝 저리는 '얼간'을 해서 건조한 생선이 과메기였다.

거꾸로 남해의 '비유어'가 대풍들었단 봐라. 서해의 '연관목'이 언제였더냐 싶게 이번에는 남해 연안의 뭍이란 뭍은 장사치들로 생난리였다. '과미기'(소건청素乾鯖) 때문이었다.

서해의 '비웃'이 '연관목'이면 남해의 '비유어'는 곧 '과미기' 아니던가. '연관목'이 양반들 명주횐배의 놀음자리에 올라 술안주가 될 짬이면 '과미기'는 양반 상놈 가리지않는 짚불 위에 얹혀 자글자글 끓며 익었다. 다 구어진 '과미기'의 껍질을 싸르르 벗겨내면 양방술(養方術) 미녀의 옥문인 양 새빨간 어육(魚肉)이요, 그 살점을 맨손가락으로 담싹담싹 뜯어내 볼따귀가 얼얼하도록 우물거려 넘기는 맛을 '연관목'이 어찌 따를까 보냐. '과기미 쑥국'은 또 어떻던가. 살강살강 움돋는 쑥을 한소쿠리 따다가 '과미기' 두마리에다 넣고 끓이면 쑥과 어울지며 살점을 지레 녹히는 무르디무른 국물- '청올치'를 대여섯망 뜬 뱃놈이든 지집년 사추리에다 홧통을 삭혀 허리뼈가 빼딱 돌아간 양반놈이든 간에, 그 국물을 한사발만 넘겼다하면 삭신 뼈저림이 절로 가시던 거였다.

'과미기'를 말해볼라 치면 뭐니뭐니해도 상달 열나흘 날 밤에 벌이는 '먹보기'겠다. 이를테면 누가 더 청어를 많이 먹느냐 하는 상것들의 내기놀음이었다.

바다를 둘로 갈라놓고 전라도요 경상도요 해쌋지만, 아마도 한 물목안의 뱃사람들이어서 그런지 경상도 뱃놈들이나 전라도 뱃놈들이나 하는 짓거리들은 되우 닮은 데가 많던 거다.

경상도 뱃놈들은 '과미기'로 대들고 전라도 뱃놈들은 '대발찜'으로 대들었다. 짚불 위에 얹은 '과미기'는 으레 초장엔 기세가 퍼렜다. 자글자글 끓는 기름기를 알맞게 녹혀대며 새빨간 살점을 뜯어먹기 시작하면, 그저 한없이 들어갈 것 같기도 하겠다. 그러나 '비유어' 기름이 졸창 살까지 다 녹인다는 말이 있어 왔겠다. 살점에 섞여 잘박잘박 고이는 '과미기' 기름이 대창을 지나 졸창 굽도리까지 고이기 시작하면 기껏 열댓마리- 경상도 뱃놈들은

"오매야아- 배꼽 고마 튕기 째진다 앙이가!"

하며 중의 허리춤을 다 까놓고 늘어지기 일쑤요,

"이놈이 어데 뱃놈인데 요레 심이 없노? 차라 고마. 내 복짱 사알 늘리놓고 묵어 볼꺼로!"

하며 선뜻 나섰던 다른 사람도 겨우 스무마리 씹어 넘겼다하면 또 '오매야-' 하며 늘어지던 거다.

197회. 倭寇 108

그러면 여태껏 콧구멍이나 쑤석여대며 부러 하품줄을 거푸 달던 전라도 뱃놈이 먹구렁이가 또아리를 풀듯 늑장을 부리며 능청을 떨었다.

"횟다메에- 스무마리나 묵었여?… 으디 한번 섯바닥 좀 놀려볼끄나? 그나저나 열마리라도 지대로 묵을란지 몰르것다."

헛기침을 한가닥 째앵 쏟아놓고 나선 짚불 위에다가 가마솥을 얹는다. 가마솥 속으로 대발을 건너질러 눕히곤 빼득빼득 말린 청어를 그 위에 얹었다. 짚불이 타는 동안 청어는 제몸에 가진 기름기를 다 짜내게 마련- 기름기를 울거낸 청어의 살점이 꼬들꼬들 해갈 즈음에서부터 턱주가리가 놀겄다.

"몇마리 째라냐?"

하면 용심이 돋춰 거들을 떨어대던 패거리가

"시물 아홉마리다잉!"

하던 것이었다.

"배창시는 자꼬 들어와도 좋다고 지랄인디 항차 졸창 터지는 짓 안여?… 으디이- 고렇다면 쪼깨 더 묵어본다냐 으짠다냐? 허엄-"

우적우적 턱주가리를 놀리는데, 스물아홉마리가 다 뭐냐. 마흔마리째 넘기고는

"간만 따악 맞는다면 열마리는 더 생기겄는디 개심심혀서 오욕질이 나올라한당께는."

하며 그제야 맹꽁이 배퉁이를 벌근대며 늘어지는 거다. 청어 마흔마리를 넘기고

도 끄덕없는 전라도 뱃놈이 간맛을 그리워 할지니, 이것이 필경은 고추장쯤 안 될까 싶구나. 그러나 그적만 해도 조선놈들 입성은 고추를 새까맣게 모르고 있을 때였다.

상것들이 분을 풀어보기로는 백중날(百種)의 씨름판이요 상달 열나흘 밤의 '먹보기'를 따라걸 것이 없었다. 종놈들은 백중날 씨름판에서야 양반자식놈 가랭이를 터억 걸어 볏단 부리듯 매꼰아부칠 수 있었던 터이며, 뱃놈들은 '먹보기'판에 이르러서야 세가(勢家) 반청에서 썩던 청어를 제 맘껏 축내며 포식할 수 있었으니 말이다.

반청의 청어가 부지기수로 축남에 곱똥 질긴 갓난장이 본새로 낯가죽을 파들파들 떨어대는 상전 얼굴을 살피는 짓도 재미있었지만, 그보다도 더 숨이 닳는 일은, 상것 계집들 치고 '먹보기' 판에서 이긴 뱃놈을 싫다하며 눈돌림하는 년들이 없던 터다.

참으로 알다가도 모를 일이었다. 계집들은 왜 '먹보기'판에다 그쯤 단내나는 숨줄을 걸던 것인가. 홀애비로 내리 썩던 뱃놈도 '먹보기'판에서 이겼다 치면 용케 계집 하나 업어 챙겼으니, 거개의 뱃놈 마누라라는 목자들이 그런 연유로 치마말을 풀었더니라.

병삼 노인이라고 다를 바 없었다. '대발찜'으로 '과미기' 마흔마리를 넘긴 사람이 바로 병삼 노인이었고 '오매야'만 읊조려대며 거진 죽어갔던 경상도 뱃놈은 바로 공발이놈 아니더냐.

전라도 뱃놈 주제에 어디 너희들에게 질소냐 싶어 마흔마리를 우겨넣었지만 혓바닥이 삼대 되도록 불질을 놓던 그날이었다. '진통'을 지나 '당포' 옆구리를 기어대는데 웬 발짝소리가 짠닥짠닥 딸던 거였다. 벌컥벌컥 물을 들이키던 병삼 노인은 그제야 정신이 번뜩 들었다. 나 모른다 하는 마음으로 대뜸 내달아 그놈의 발짝소리를 달랑 업곤 뛰었었다. '대발찜'이 아니었으면 당포놈을 어찌 얻었으랴.

198. 왜구(倭寇) 109

이렇게 따지고보면 서해의 '연관목'이 남해의 '과미기'를 업신여길 수는 없을 터, 몸통만 배로 크면 다냐 하고 새암을 떠는 '과미기' 때문에 '연관목' 콧대도 설풋 꺾였다.

이쯤되자 서해 뱃놈들이 내지상인들을 상대로 엉뚱한 소문줄을 퍼뜨리는데- 서해 '비웃'은 죄다 '관목청'(貫目鯖)이라 우격다짐하며 야지랑스레 놀아보겠다.

남해의 뱃놈들이 그중 싫은 소리가 바로 이 소문이었다. 살아서 펄쩍펄쩍 뛰는 날것은 고사하고 심지어는 염장해서 말린 얼간포청어도 앞뒤가리지 않고 '관목청'이라 부르던 것이다.

'관목청'이 왜 서해의 '비웃'이겠는가 말이다. '관목청'이야말로 남해산이 으뜸이요, '관목청'의 본디가 '비유어' 종류이기는 하되 생김새부터가 판이 다른 청어 어른격이던 거다.

'웅천' 땅에 나들이 뜬 양반이란 것들이 주안상 위의 '과미기'를 헬짝헬짝 뜯어대며 제딴으론 유식해서 읊는데

"주효가 변변치 않소이다. 가효를 따라야 술 또한 명주려니 충청의 관목청이 새삼 그립구료."

할랴 치면

"이만하면 족하오. 웅천에 와서 관목청을 찾은들 무슨 소용있겠오. 화충이 아니면 덕금이라 했으니 그만 다행으로 생각해야지."[205]

하며 수염다발을 쓸던 것이다. 서해 '관목청'은 화충(華蟲=꿩)이요 남해의 '과미기'는 덕금(德禽=닭)[206]이라니 이렇게 억울할 일도 있더냐. 그것도 전라도 바다가 아닌 영남 바다에서 잡히는 '관목청'이 진품이려던 웅천의 '관목청'이 열번을 둔갑

---

205 닭은 5가지 德을 갖췄다 하여 '덕금'(德禽)이라 하고, 꿩을 '화충'(華蟲)이라 한다. 이름은 꿩이 아무리 아름다워도 닭 보다는 이롭지 못하다는 말이겠으나, 여기서는 꿩대신 닭.
206 머리의 관은 文이요, 발의 며느리발톱은 武요, 적을 보면 싸우니 勇이요, 먹을 것을 얻으면 서로 부르니 義요, 때를 놓치지 않고 우니 信이라. 그러므로, 닭을 덕금이라 일컫는다. 〈한시외전韓詩外傳〉

한들 서해의 '비웃'은 될 수가 없던 터다.

'관목청'뿐인가. 서해의 '비웃'을 뺨칠 영남 바다의 청어 어른들은 둘이나 또 있다. 알을 깔 생각은 까맣게 잊고 그저 줏어먹는데만 목숨을 걸던 연유로 4·5월에 잡히는 놈도 뱃속에 알이 없는 '묵을충암'(食鯖)[207]이 그 하나요, '비유어'보다는 동글납작해서 살도 훨씬 많고 고기 맛 또한 달면서도 새콤한 '우동필'(假鯖)이 그것이었다. 다른 점이 있다면 '관목청'은 주로 '부산포'에서 '웅천' 바다에 이르는 물목을 삶의 자리로 정하는데 반해, '묵을충암'이나 '우동필'은 영남 바다를 지나 전라도 자산(玆山=흑산도)에까지 나들이를 한다는 것뿐이었다.

'삼포'의 왜놈들이 '니신'[208]을 혓바닥 닳토록 읊어대는 것도 기실 따지고보면 영남 바다의 '청어'를 두고 이름이요, 녀석들이 정초를 당해 눈 까뒤집고 '청어'알을 찾는 것도 영남 바다의 '청어'알이었다.

정초만 닥쳤다 하면 왜놈들은 졸창터지도록 청어알을 삼켰는데, 그 이유인즉 청어알을 먹어야 자식을 줄래줄래 걸게 까놓을수 있다는 믿음이었다.

제놈들 여팬네 아구창 속에다가 ㄱ놈의 청어알을 한사코 넣어주고, 제놈들은 제놈들대로 쓸개물 치받히도록 청어알을 삼켜대는 정초의 대여섯새 동안의 무렵이면, '제포'의 알자리인 '바깥지개'를 차고앉은 왜놈들 집구석 담장을 돌기도 멋적던 조선 뱃놈들이었다.

"아, 아! 다스께데요! 아아-"

"… 간바레!… 간바렛…"

계집들 사추리 속으로 불밤송이가 떨어지는 모양이었다. '살려달라'며 짐짓 엄살을 피워보지만 '웅천' 청어알이 아니라면 그 언제 흥건한 단물을 쏴갈겨 보랴.

---

207 묵을충(墨乙蟲)
208 ニシン(鰊)

199. 왜구(倭寇) 110

'살려달라'고 능청을 부려대는 계집들 목덜미에다가 조청 같은 게거품을 끓여대며 '참아, 참아라!' 해대는 왜놈들의 거무죽죽한 속마음 좀 보자. 정초에 청어알을 먹어야 자손이 걸다는 것은 왜놈들의 풍습이라 치고, 거기다가 대엿새씩이나 계집 가랭이를 파대자니 좀은 겸연쩍은 생각도 들으려 이런 구렁이 속창자 같은 소리를 호통이랍시고 겹붙이기도 하겠다만- 그런데 왜놈들의 이런 느긋함은 전혀 엉뚱한 이유로해서 움이 돋던 것이다.

조선놈들이 저들의 '북해도'(北海道) 청어를 싸담아 먹는 것만도 이가 갈리는데 청어알까지 조선놈들이 먹게 해서야 말이 되느냐, 하는 생떼가 그것이었다. 왜놈들은 조선의 '동해산(産)' 청어가 본디 저들의 '북해도 니신'이요 따라서 조선의 동해에서 남해로까지 회유하는 청어가 조선의 '동해청어'라는 것은 말도 안된다고 철석같이 믿고 있었다.

그러나 눈거풀 닫는 새에 콧망울 베어먹는 격의 날도적 심사였다. 조선의 '동해청어'는 '연해주'(沿海州) 앞바다에서 '영길'·'삭방'·'교주강능' 바다를 거쳐 경상도 '문선'의 서쪽 끝인 '창선'(昌善)에까지 내리는 청어로, 조선의 연안만 골라 살며 그 노는 물길을 단 한번인들 거슬린적이 없는 조선의 토종 청어였고, 왜놈들이 내세우는 '북해도 니신'은 조선 서해의 '왜대구' 본새로 왜국의 그 '북해도' 앞바다에서만 사는 왜놈들의 청어였다.

대구어 잡이가 시들하고 청어마저 흉년 들어서 약대구에 과미기를 챙길 싹수가 영 글렀다면 막장으로나마 매달려야할 고기잡이가 깡냉이(감성돔=흑도미墨道尾)였다. 영남 바다의 어업은 기실 그 으뜸이 대구어요 그 다음이 비유어요 그 세째가 도미였기 때문이다.

웅천 바다의 '도미'어가 어쩌자고 '깡냉이'나마 싸담겠다는 허망한 것이 되고 말

앞더냐. 한자짜리 '감성이'209만 낚아올려도 모자랄 일인데 기껏 대여섯치나 되는 '감성이' 새끼 '깡냉이'도 제대로 못잡아 아등바등대는 꼴이란 눈뜨고는 못볼 참경이었다.

더구나 3월 아닌가. '도미'로 치자면야 알을 까기 전의 3월 도미가 그중 진품이요, 따라서 이때라야 '도미'의 떼거리도 사철 중에 제일 컸던 거다. '도미어장'으로는 '제창' 앞바다- 그런데 '웅천'에서 '제창'에 이르는 물목들로는 왜놈들의 주낙이 삼배 시침질 하듯 깔렸고 그것도 모자라 왜놈들의 '도미박망선'들이 수백척씩이나 떴다.

야들대는 도미살점 속에 앵두빛의 홍포(紅胞)가 결을 짜대는 5백돈쭝짜리 감성어들은 왜놈들의 주낙에만 덥썩덥썩 걸려들었고 한판이 훨씬 넘는 독미어(禿尾魚=참돔)들도 목숨 끓을 자리를 찾느니 고작 왜놈들의 박망(縛網) 속이었다.

왜놈들이 그중 탐하는 그물질도 이 '도미' 그물질이었고, 또 왜놈들 중에서도 그중 상것들이 '도미박망선' 뱃놈들이었다. 우선 다른 어선들에 비해 그 수가 엄청나게 많은 데다가 걸핏했다 하면 사생결단의 싸움마저 벌이기 일쑤였던 것이다.

분통을 못 참은 조선뱃놈이 에라 모르겠다 하곤 부러 주낙줄을 노 끝으로 훼훼 감아틀었단 봐라.

"고로셋! 민나 고로셋!"

하며 대뜸 창대를 들고 미쳐 날뛰겄다.

200. 왜구(倭寇) 111

수십년을 두고 들어온 말인데 왜놈들의 욕지거리를 못 알아들을 조선 뱃놈들이 아니었다.

---

209 '감성돔'의 방언.

"머시라? 죽인다꼬?"

그물질이 말짱 헛것이다 보면 눈에 뵈는 것이 없는 게 뱃놈들이겠다. 남의 나라 바다를 차고앉아 도미떼만 몽도리쳐 잡아가는 짓거리도 못참을 일이려던 되려 도적놈 덜미를 쥔 주인 행세를 하겠다니 어찌 참고보랴. 상투끝까지 알심이 솟게끔 힘을 죄고는 뱃전을 바짝 들이댄다.

서툰 조선말을 읊조리며 어지간히 천벌맞을 짓거리를 해왔을 터- 왜놈들 중에서 조선말 꽤나 나불대는 녀석들 몇이 나서는데 살기가 등등하다.

"주낙줄을 안 물어내면 죽이겠다!"

"죽기전의 고상이노 하면 살려준다!"

왜놈들을 살펴보던 조선 뱃놈들은 금세 찔끔 저리는 게 있었다. 배도 낯선 배요 낯짝들도 생판 처음보는 녀석들이겠다.

'제포' 땅에서 그물을 말리면서 사는 왜놈들은 그래도 나았다. 그중 무서운 왜놈들이 그물만 거두고 주낙줄만 감아들였다 하면 그 당장 '대마도'로 도망질을 놓는 이른바 반상반어(半商半漁)의 알쏭달쏭 정체를 모를 왜놈들이던 거다.

선선히 풀죽어 줬다가는 버릇될라 하고는 기왕에 뻗쳐질르고 봤던 횟통을 터뜨리고 봤다.

"대복챙이 까시로 숨을 따놀따! 내 너거 조상 묏똥을 팠나? 날로 죽인다꼬?"

"당장 주낙줄을 풀엇!"

"머시라? 내 요레 사알 비끼가는데 주낙줄이 고마 노에 앵겼제 노가 주낙을 어데 감았노? 씨벌셰끼덜 앙이가, 남의 바다에서 어세 꼬랑지 한나 안물고 고기잡는 셰끼덜이 와 요레?"

"조선놈들 우리 혹가이도 니신 때문에 사는 놈들이야. 조선 가미끼도 우리꺼닷!"

낱낱이 잘도 알고 있겄다. 웅천의 '과미기'는 언제 귀동냥해서 '과미기'가 저들 것이라고 우겨대는가.

"오매야아- 요 문디이셰끼덜! 조선 청애가 와 느것이고? 아잉?"

난장도 잠시였다. 창대가 벼락을 치고 막깐 갈고리가 웅웅 날고- 왜어선의 뾰쪽한 이물이 손바닥 같은 어정의 고물께를 들이받는다 싶었는데 어정은 그새 발랑 뒤집혔다. 주낙을 챙겨 거두며 왜어선은 부랴부랴 도망질을 놨다. 허우적대던 조선 뱃놈 두사람이 뒤집힌 어정을 쫓아 헤엄을 치는 듯싶더니 끝내는 상투까지 물속으로 감추고 만다.

　바로 작년 3월 하순에 있었던 일이었다. '제창' 땅이 떠들썩 끓어대고 조선 수군이 으름장을 놓으면서 '제창' 앞바다를 갈아붙여 봤지만 그것도 잠시였다. 그 많은 왜놈들과 어선 속에서 '조선 가미끼도 우리꺼닷!' 했던 녀석들을 어떻게 집어낸단 말인가. 그뿐인가. 당포의 왼손 엄지와 검지도 고스란히 없다. 천행으로 목숨은 건졌지만 '도미박망선'의 왜놈들과 한판 얼려붙었다가 녀석들이 휘두르는 부질날에 싹뚝 잘려나간 것이었다.

　'도미주낙배'나 '도미박망선'의 왜놈들 하는 짓거리가 유독 미친 늑대꼴들이었는데 녀석들이 고기잡이 배에다 싣고오는 연장만 봐도 제꺽 알쬤다. 창나무깜 나무나 벨 때 쓰면 딱 알맞을 그놈의 부질[210]은 뭣한다고 고깃배에다 실었겠는가.

201. 왜구(倭寇) 112

　'부질'에다 '막깐 갈고리'- 고기잡이 하고는 아무런 상관도 없는 '부질'을 그물더미 속에다 숨겨 오는 것부터가 왜놈들이 '도미'라는 생선을 그 얼마나 탐하는가 어림잡기엔 어렵지 않았다. '막깐 갈고리'야 큰 생선이 들랴치면 머리통부터 때려부셔 할름할름대는 구세미[211]창을 꿰놓고 볼 연장이라 여김하매, 조선 뱃놈들의 '작쇠'가 바로 그 뽄이겠으니 말이다.

　그러나 '부질'만큼은 해도 너무했다 싶은 연장이었다. 생선 아니면 사람들 골통이

---

210 鈇鑕. 마소의 먹이를 써는 연장.
211 아가미

라도 우선은 벼락쳐 놓고 보겠다는 심사 아니더냐.

"날로 보거라. 왜놈덜로 도막이 우에다 놓고 날로 훼치자카는 말 앙이가. 시상에 말따, 뱃놈이 괴기 못묵으모 그물 이뻐서 고마 고마 또 뱃놈 되능기라는데, 되미 못묵으모 조선 뱃놈덜 멕줄이라도 끊어묵고 보재이 카능기 어데 뱃놈들 할 짓이 냔말따. 꼴 비는 부질로 요레 캉캉 때리부치는데 부질날로 사람 목때기 누가 짤르라 했더노!"

"부질로 대들모 고마 짝두도 안있겠심니꺼?"

"앙이라아- 짝두날로 꼴이나 비라는거제 사람 목때기 따라카고 맹글기 앙이다."

백번 천번 옳은 말이었다. 이런 속마음을 펴면서 왜놈들과 나란히 그물질을 해보겠다는 조선 뱃놈이야말로 뭔가 못된 생각을 턱믿는 철없는 것들일 수도 있었다.

그렇다면 왜놈들이 '도미'잡이에다가 제 목숨까지 내걸고 나서는 이유가 필경은 있겠다. 조선 바다의 생선들이 꼭집어 '도미'만은 아니려던 유독 '도미'에다가만 달근숨을 달며 삼동물림[212] 빨아대는 듯 하는 연유가 이랬다.

한관[213] 이상 나가는 '마다이'(참돔)·'구로다이'(먹돔·감성돔)·'지다이'(붉돔)·'기다이'(황돔)들쯤은 조선놈들이 다들 챙겨먹어도 좋다는 것이었는데 단지 이 네종류의 도미들이 4백돈쭝[214]에서 7백돈쭝에 이르는 3·4월 박이들은, 네놈들이 어찌 먹겠다는 거냐 하는 불호령이었다.

이유인즉은 이렇던 거다. '도미어'가 한관이상의 살덩이를 굳히며 낫살을 먹을랴 치면 그저 큰것에 홀리는 조선 뱃놈들이면 몰라도 일본 사람들 식성에선 의붓자식의 잠꼬대 보다 더 지겨웁고 귀찮기 마련일 뿐이라는 거였다. 이른바 홍포(紅胞=적색소포赤色素胞)가 굳어버린 '도미'는 이미 '도미'가 아니라는 거였다. '썩어도 도미' 라는 속담을 있게 한 '도미'도 따지고 보면 알집이나 고니를 풀기 전의 4~7백돈

---

212 담배설대 중간에 은이나 금을 물려, 뺐었다 끼었다 할 수 있게 만든 담뱃대.
213 1관(貫)= 3.75kg=10근
214 1돈(匁)= 3.75g. 10돈은 1냥. '돈쭝'이라고도 부른다. 400돈쭝은 1.5kg, 700돈쭝은 2.625kg

쭘 안의 3·4월 눈 뜬 철(산란기) '도미'를 두고 이름이니 홍포가 시어빠진 낮살박에 '도미'들은 제발 덕분에 조선 뱃놈들이나 싫커장 먹으라는 선심이었다.

처음에는 '이거 좋을시고!' 했던 조선 사람들이었지만 날이 가고 해가 바뀌면서야 왜놈들의 '도미' 맛 놀림에 혀를 내두르게 됐다. 과연 왜놈들의 말이 옳던 것이었다.

왜놈들이 '도미'잡이에다가 눈을 까뒤집는 적절한 이유들이 속속들이 드러나기 시작했다. 그 중에서도 제일 놀랄 일은 '새서방돔'(균평선이)의 등지느러미까지 쪼옥 쪼옥 빨아먹는 왜놈들의 입성이었다. '적어'(赤魚=붉돔), '묵도미'(墨道尾=감성돔), '흑돔' 등 홍포가 그중 청년인 도미들은 다들 먹어라 하곤 '균평선이'나 먹어보자며 나섰던 조선 뱃놈들은 벌어진 입을 못다물었던 것이었다.

202. 왜구(倭寇) 113

"머시라? 왜놈덜이 새서방되미까지 다 묵겄다꼬? 배꼽이 튕기 째진다 앙이가. 왜놈덜이 새서방되미로 언제 알았더노?"

"쏙이 썩는데 고마 욕이나 깔아보거로. 아니 고레 웅천 바다 부신 영감님은 머를 하셋노, 씨벌- 웅천 제창 뱃놈덜이 새서방되미도 못묵는다모 바다를 아조 띠다가 대마도에다 붙히모 안되나!"

"하모, 하모오- 고짝이 천만번 낫다꼬마."

조선 뱃놈들이 이쯤 허망해질 수밖에 없는 이유가 또 이렇던 것이었다.

기껏 일곱 치[215]면 큰 놈이오, 대여섯 치짜리 '균평선이'라도 그 맛이 '깡냉이[216]' 열 손[217]을 당해내며, 홍포 젊은 '감생이' 한 접도 '균평선이' 두꼬리를 못 당해낸다 해서 다른 이름을 붙였으니, 바로 '새서방되미'아니던가.

---

215 '한 치'는 '한 자'의 10분의 1 , 약 3.03cm. '일곱 치'면 약 21cm
216 감성돔 새끼
217 생선 두 마리. 원래는 암치(민어의 암컷)와 조기를 셀 때, 크고 작은 것 두 마리를 함께 묶어 '한 손'이라 부름

옥방(玉房) 신접살림의 새서방님에게나 맛 보일 특미여서 목젓이 타는 군침을 삼키면서도 계집들은 살 한점 넘겨 볼 수 없었더니라.[218]

그물에 떠담겨 노오란 주둥이를 할름대면 다섯줄의 검정무늬가 섬뜩하도록 갱내음을 불렀고, 열 봉우리의 등지느러미를 부채살처럼 펴곤 성빨을 돋굴 때면 샛노란 꼬리와 등겹지느러미를 펴는데 칠석날 아침에 피는 호박꽃 본새 아니던가.

살겠다고 용을 쓰는 '균평선이'를 대침으로 가로꿰어 사지를 늘어지게한 연후, 염막의 소금 한줌 흩뿌려 굽는다 치면, 애젓 담은 상강철의 박살처럼 겹물리우는 희디흰 살점. 그 살점을 뜯어 혓바닥으로 맛갈을 굴려 볼 참이면 부모 임종도 잊는다는 천상의 진미라던가.

그래서 다른 '도미'들을 다 뺏겨도 '새서방돔'이나 챙겨보자는 조선 뱃놈들이었다. 더불어 왜놈들이라고 '새서방돔'을 어찌 알고 있으랴 하는 느긋한 배짱도 수월찮게 컸던 것이었다.

그런데 혼이 빠져 말문이 막힐 수밖에 없었다. 3월 하순을 거뭇 넘기자마자 왜놈들의 도미잡이는 별안간 '균평선이'잡이로 탈을 바꾸는 게 아닌가.

"하하- 조선 바다노 세도다이 야쓰라와 혼모도 바까리다!···하하-"

'세도다이'(瀬戸鯛=균평선이)를 찾아 바다를 갈고 다니는 왜어선들을 보고서야 조선 뱃놈들은 도미잡이는 이제 끝장이구나 싶었다. 더구나 못 참을 일은 왜놈들의 입성이었다. 조선놈들은 살점도 제대로 못 뜯는데 왜놈들은 '균평선이'의 등지느러미 가시를 쪼옥 쪼옥 빨아대며 살점엔 별 관심들이 없었던 거다.

왜놈들의 짓거리를 흉내 내 봤다. 과연 그랬다. 알집을 풀기 전의 4월 '균평선이'는 등지느러미 가시께에서 지글지글 끓는 기름발이 하늘의 진맛이던 것이었다.

'도미'에 대한 왜놈들의 앎이 이럴진댄 녀석들이 조선의 '도미'들을 어찌 못 본 체

---

218 샛서방고기. 맛이 좋아 본 남편에게는 아까워서 안 주고 샛서방에게만 몰래 차려준다고 하여 샛서방고기라고 불린다는 설도 있다. 橫帯髭鯛, 세도다이(セトダイ), 얼게빗등어리, 챈빗등이, 딱때기, 쌕쌕이, 꾸돔, 꽃돔, 금풍생이, 금풍셍이, 금풍솅이 등 다양하게 불린다

할수있으랴. '원촌'(猿村=지금의 전남 여천군麗川郡)의 '삼도'(三島=전남 여천의 거문도巨文島)에서나 구경해 보는 흑돔의 혹을 따내어 말려뒀다간 곤포국에 떼넣어 끓여 먹고, '히로시마'(일본 광도현広島縣)의 '능지포'(能地浦) '뜬돔'(浮鯛) 맛 다음으로는 조선의 '도미'를 꼽는 왜놈들이었다. '능지포'의 뜬놈이란 것도 별스런 거였다. 일을 깔 요량으로 깊은 바다에서 연안으로 밀리던 '도미'가 부레 안에다가 잔뜩 공기를 먹고는 죽어 뜬 것이 바로 '뜬놈'이니 말이다.

203. 왜구(倭寇) 114

'도미'의 맛을 탐하는 왜놈들의 입이 이쯤 높은데다가 '도미'라고 하면 물불 안 가리고 덤비는 그들인지라, 조선 뱃놈들은 무진장 노는 '도미'떼를 눈앞에 보면서도 어쩔 도리가 없었다.

왜놈들보다 더 잡지는 못할지라도 그들의 '도미' 그물질에 엇비슷 대들어 본다 치면 우선은 고깃배 수기 왜어선에 절반은 따라가야 할 일이요, 어구(漁具)들 또한 만만찮게 어깨를 겨뤄봐야 할 것이었다. 그러나 '도미'를 잡는 조선의 고깃배들이란 것이 왜어선들 수의 열곱에 하나도 못미쳤고 고깃배들이 적다보니 그물들 또한 한 가지도 변변한 것이 없었다.

어찌하여 도미잡이가 이쯤 됐는가. 한마디로, 조선 뱃놈들은 벌써 60여년 동안 도미잡이를 그만 둬버린 것이나 진배없었다.

'도미'를 잡을 양으로 온갖 아양 다 떨며 갖은 생떼 다 부려본 덕분에 세종 (世宗)으로부터 '고·초도 어업허가'를 따낸 때가 1441년(세종 23년 11월 22일)- 그러니 왜놈들의 '도미박망선'들이 조선의 '전라'·'경상' 두 바다를 갈고다니며 '도미'를 싸담아간 세월만도 예순아홉해에 이르겠다.

그로부터 아홉해 동안은 조선 뱃놈들도 막바지 악을 써봤었다. 그러나 '도미'를 잡는 그물질만은 백번 죽었다 깨어난다 쳐도 왜놈들을 따라갈 수 없던 거다.

당겨 놓은 '파마궁'(破魔弓)[219] 시위처럼 삼월의 수평선이 쪽빛으로 팽팽히 트이면 '오늘만은 되미좀 먹자'하곤 배를 띄워봤었다. 반발짜리 잔물살이 바다 위를 간지럽게 핥아댈 때라야 '용왕님'과 '부신 영감님'은 알밴 '도미떼'를 양중(洋中)에서 뭍께로 몰아주시던 것이다.

그물질도 잠시- 모처럼 힘이 솟아봤던 조선 놈들은 탈진해서 기가 죽어야 했다. 물때는 어찌 또 그렇게 잘 고르는지, 휑 비었던 수평은 금세 웬놈들의 '도미박망선'들로 복작복작 끓던 것이었다. '도미'에 있어서만은 조선 뱃놈들 뺨쳐먹게 물목도 잘 고르던 왜놈들이었다.

스렁스렁 밀어닥친 '도미박망선'들은 물목을 짚은 조선 뱃놈들을 밀어낼 양으로 조선의 고깃배들을 바짝 조여틀고는 간단없이 횡횡 돌기 시작했다. 어렵할까. 알량한 조선 고깃배 그물들은 삽시간에 용줄이 끊겨나가는가 하면 왜놈들이 휘젖는 상앗대에, 노에, 똘똘 말려 흡사 겹틀어 짠 빨래 소포꼴이 돼버리던 거였다.

고깃배의 수라도 어금버금[220]해야 맞대들어 죽기살기로 싸워볼 것이요 고깃배의 크기만이라도 엇비슷해야 '도미박망선'의 뱃전을 부술 엄두라도 내볼 일이었다. 그러나 배의 크기가 네곱에 이르고 수마저 기백척인 왜놈들을 무슨 수로 당해볼 것이랴.

거기다가 왜놈들의 어로를 감시한다는 명목으로 뜬 조선 수군의 '쾌선'(快船) 몇 척들은 강건너 불을 구경하는 꼴이었다. 세종의 대외(對倭) 선린책이 수군의 목을 바짝 움켜쥔 탓도 있을 것이니 왜놈들은 조선 수군의 이같은 감호가 되려 제멋대로 놀아먹기에 안성마춤의 그늘이던 것이었다.

이래저래 도미잡이 조선 뱃놈들은 주눅이 들어갔고, 아홉해 동안이나 이런 꼴을 당하다보니 '도미' 말만 들어도 넌덜머리가 날 지경이었다.

---

219 하마유미(はまゆみ. 破魔弓·浜弓) : 악마를 쫓아낸다고 하는 신사용(神事用) 활. 혹은 상량식에서 옥상에 세우는 활 모양 장식.
220 정도나 수준이 서로 비슷한 모양을 나타내는 말

금년까지면 꼭 60년을 이 꼴로 왜놈들의 눈치나 살펴야 하는 도미잡이였다.

204. 왜구(倭寇) 115

그래저래 '도미'라는 생선은 아예 왜놈들이나 먹을 것으로 내놨다 치면, 타작 끝난 텃논가랑에서 쭉정이 줍기로나마 줏어먹어야 옳을 생선이, 바로 '청어'와 '대구어' 아닌가.

금년 들어 꼬박 두달 동안을 '청어'와 '대구어'에 반은 미치다시피 소원을 걸어봤지만 '과미기'나 '약대구' 몇짝 제대로 못챙겨 핏발선 눈을 버얼겋게 까뒤집는 '제포' 뱃놈들이다.

생선들도 시절을 타는가 봤다. 하필이면 '청어'떼가 박힐 때쯤해서 '제포첨사'의 간단없는 불호령이 떨어져내렸고 왜놈들은 침줄을 들썩대며 성난 말벌떼처럼 와글작 댄 데다가 그 바람에 조선 뱃놈들은 '청어'고 뭐고 장리나 줄여보자며 왜놈들의 부역장으로 대역(代役)들을 나선 판이었으니 '청어'잡이가 제대로 될 리 만무였겠다.

거기다가 '대구어'마저 달포는 늦게 '제포'바다로 내린 거다. 제철을 잊은 대구떼려니 떼거리를 짜는 짓도 감질났지만, '과미기' 아니면 '약대구'다 하고 덤벼 본 때가, 하필이면 또 온 바다가 시끌벅적 끓는 조전시기(漕轉時期)일 것은 뭔가.

"환장헐 일이여잉! 전주덜 반창으로 과미기가 쟁여있으야 당년 그물질 황잡을 뱃놈덜도 빠작빠작 빌어묵는 것인디… 그도 못했다면 뱃놈덜 토장²²¹ 위에서 약대구나 빼닥빼닥 말르든지! 니기미, 대구까정 요꼴 만났응께 우덜은 인자 다 죽어뿟짓냐안!"

병삼 노인이 심드렁해서 내뱉자

---

221 土墻. 흙을 쌓아올려 만든 담

"대구 막장 본 낌셰만 잡었다 하면 제창 사등에서 용냄이로 내려 봅시다요."

'석결명' 두톨을 뺏기고는 한동안 풀죽어 있던 당포가 목소리에다 힘을 줘본다.

"용냄이로는 못헌다고야?"

"그래도 그쪽 물에서는 솔찬히 뽑아낸답니다"

"아, 뭇을?"

"돔이제 뭇이여라우."

"뭇이야, 되미?… 철없는 짓 할라면 애비 죽고나서 니 맘대로 하라고잉. 외약 손꾸락[222] 두개나 절단내고도 저늠어 세끼가 아적까정 정신을 못 채린단 말여.… 발목땡이까정 몽땅 절단나사 쓰겄다는 고런말이여?"

"외약 손 한나쯤 짤려보낸다고 노질 못할끄라우?"

"화이고오- 그래서 고렇고롬 노질을 자알 헌디야?… 씨불대덜 말고 대구라도 줏을 생각해엿!"

병삼 노인은 버럭 악을 써놓고 나서도 뒷맛은 되우 떫덜하다. '전주'(箭主)들의 반창에 '과미기'가 동났다는 소문이니 금년 내내 인심들 한번 고약스러울 것이었다. '전주'들의 인심이 그렇게 될 시면 가난한 뱃놈들은 챙긴 '약대구'로 대드는 수밖엔 없을 터, 그런데 대구잡이는 벌써 막장을 본 거나 다름없으니 일도 크게 벌어졌다 싶다.

당포의 말이 틀린 데는 없다. '제창'의 '사등'(沙等)으로 바짝 붙어 '물섬'(수도水島)에서 '용남'(龍南)의 '돼지여'(저도猪島)로 내려본다면 '도미' 몇십선은 뽑아 볼 것이었다. 그러나 영남 바다에서는 '도미'떼 알 푸는 자리로 소문이 높은 그 물목에 왜놈들의 도미잡이가 그 얼마나 억척스러우랴.

당포의 잘린 손가락만 봐도 온몸으로 찬소름발이 돋는 병삼 노인이었다.

'도미'떼가 사태면 뭘하나. 그 물목은 이미 갈수 없는 곳이었다.

---

222 '왼손가락'

205. 왜구(倭寇) 116

병삼 노인은 '도미'가 없고 '청어'가 없고 '대구어'마저 없는 웅천바다를 생각 해 본다. 소금끼만 여전했다 뿐 완연히 죽어버린 바다였다.

웅천바다가 이렇게 허망하게 죽어버릴 수는 없다. 뭔가 다른 생선 꼬리라도 있 어 줄 법했다.

그러면 그렇지. '도미'·'대구어'·'청어'가 웅천바다를 망해먹고 보겠다는 요량이 면, 흐느적흐느적 민대머리를 놀리며 웅천바다를 그여코 살리겠다는 가없이 기특 한 고기도 있것다.

그러나 맘이 안찬다. 생선이라면 그저 비늘다발이 촘촘해야 할 것. 그런데 떠오르 는 고기라는 게 비늘이 없다. '팔초어'(八梢魚=문어)였다. 여덟바늘 낚시를 소포로 앙금지게 새서 내리면, 동짓날 새서방이 새각시 젖가슴을 안 듯이 덥썩 안곤 미치 다가, 벼락질 같은 당김에 맨살이 꿰 나오는 '팔초어'-

'팔초어'를 올린 뱃놈 치고 흥겹지 않은 사람이 없것다. '묵포'(黑布=먹물)를 쏴 댈랴면 진즉 쏴갈겨야 했을 일. 멍청한 '팔초어' 거동 봐라, 제판엔 숨는다치고 묵 포를 내뿜는데 이미 옴싸하게 갇힌 통바리 속이요, 이젠 단단히 숨었거니 하며 묵 포 속에서 뒤눈을 껌벅껌벅 떠보는데 그꼴이 숭능 마시고 난 앵모(벙어리) 넉살처 럼 천연덕스럽것다. '팔초어'의 철없는 짓거리를 보면서부터 뱃놈들은 꺼렁꺼렁 웃 어제치게 마련이니 간밤 꿈자리가 뒤숭숭했던 뱃놈들도 그 당장부터 말끔히 근심 들을 헹궈내던 거다.

"요레 철없는 괴기가 우째 묵꼬 사는지 모를따.… 봐라 요 문둥아 너거 시방 꽁꽁 숨었는지 아나? 아잉?"

웃다 지친 뱃놈이 반들반들한 머리통을 덥썩 쥐어본다. 바로 이때를 골라하는 짓 거리는 더 예뻤다.

두눈은 잔뜩 놀라 데룩거리며 여덟개 다리를 흥청능청 뻗어 뱃놈을 각시 삼고 담쑥 조여안는다.

"오매야아- 요놈아 이레뵈도 붕알 찼능갑다. 놔라 놔라 고마. 내 니 각씬줄 아나?"

팔이고 옆구리고 가리지 않고 척 처억 감고 앵기는 '팔초어' 다리를 뺄려고 용을 쓸 참이면

"억수 좋을 일 났제. 니가 문애 암놈잉갑다. 내 거짓말 하나봐라. 젖통만 골라서 요레 사알 안더늠나… 그놈아 용타, 용체에- 우째 요레 빨리 지 지집년을 알아볼꼬 말이다."

하는 구경꾼 말에 뱃놈들의 웃음소리가 와글와글 끓던 것이었다.

그러나 '팔초어'는 얼마 못가서 흐믈흐믈 죽어야 했다. 다른 짓거리는 다 좋은데 딱 한가지- 뱃놈 살을 꽉 물고는 죽어라 안 놓는 그놈의 '국제'(菊蹄=흡반) 때문이었다. '팔초어'의 '국제'는 어찌나 빨아대는 힘이 센지 잠시동안만 그대로 놔둬도 피가 솟을 정도이니 말이다. 매

견디다 못한 뱃놈들은 너나없이 대들어서는 '팔초어'의 '옥매'(팔초어의 이빨)를 갈고리로 파냈다. 이빨을 뽑아내기 전까지는 이틀이고 사흘이고 살아 버티는 '팔초어'였다. 그러나 이빨만 뽑아냈다 하면 고대 죽는 것이었다.

크기는 평감만하며, 내리달린 본새가 다닥다닥 붙은 국화꽃 송이같은 '국제' 를 벌금대며 죽어 뻗은 '팔초어'가 뱃놈들에게서만은 미물이 아니었다.

206. 왜구(倭寇) 117

살아서 용을 써대는 아가미에다가 '막깐갈고리'를 사정없이 찍어꿰며, 상기도 펄쩍대는 생선더미 위로 벌렁 나자빠져선 단잠을 자는 뱃놈들이려던, 유독 '팔초어'에게만은 애틋한 설움을 느끼는 뱃놈들의 청승은 또 뭔가.

연유인즉 이렇다.

'팔초어 백마리 먹었다고 볍씨 동나야' 하는 말이 있겠다. 무슨 말인고 하면- '팔

초어' 일백마리 값이 나락 한홉 값도 못된다는 이런 말이렸다.

삶아서 홍피(紅皮)를 벗겨내면 백옥 같은 살이요, 그 살들을 쑹쑹 썰어 씹어댈랴 치면 가득히 단맛이 도는 '팔초어'의 맛을 어느 생선이 당할까만은 비늘 한 쪽없이 맨들거리는 머리통이며 여덟개나 되는 발이며 거기다가 구렁이 담장 기듯 하는 그 발놀림이려니 적어도 양반문중의 사람들은 '팔초어'를 믹어서는 안 되느니라- 하는 청청높은 풍습이 있어 왔었다.

장사패거리들은 '팔초어'만 봐도 못볼 것이라도 본 양 혀를 차댔고 '어전'(魚箭)의 '전주'들은 '팔초어'가 그물에 들었다 하면 고기잡이가 망할 징조려니 하고 여김하게끔 됐었다.

천대받는 꼴이 어쩌면 그렇게도 뱃놈 팔짜와 꼭같던가.

이런 '팔초어'였지만 뱃놈들이나 시속의 상것들에겐 '팔초어'만큼 고마운 고기도 없었다. 날것은 날것대로 푸짐한 끼니때움이었고 말린 '팔초어'는 상것들의 목숨을 건지는덴 없어서는 안될 영약이던 거다. 소문줄은 양반 상놈 가리지 않는 모양이었다. 날것 '팔초어'에다는 눈길도 안주던 양반들이었지만 말린 '팔초어'만은 약이라 생각했던지 어쩔수없이 달여먹던 것이었다.

'팔초어' 말린 것을 다글다글 달여 넘기면 이질(痢疾)로 밑이 짓물리는 '대공통'(大孔痛)에 특효였고, '팔초어'의 머리통 속에 든 '온돌'을 말려뒀다가 열창(熱脹)[223]에다 개워 바르면 신효약(神效藥)이었다.

그 중에서도 '풍단'(風丹)이나 '단독'(丹毒)[224]엔 더 할수없는 영약이었으니 '팔초어'의 '온돌'이 아니었다면 한해에도 몇백명의 상것들이 기별도 없이 죽어갈 판이었다.

---

223 술이나 기름진 음식에 의해 생긴 병으로, 배가 불러올라 트적지근하며 입이 마르고 찬 것을 즐기며 대변이 굳고 소변은 벌건 증세를 보인다.
224 피부에 나타나는 일종의 급성열독병증(熱毒病症).환부가 홍단(紅丹)을 칠한 것처럼 붉어 단독이라 하였다. '풍단'은 피부에 희끄무레한 반점이 생겼다가 물집으로 되어 터져서 누런 진물이 나오며 아픈 것으로 단독(丹毒)의 하나이다.

왜 그런가. '이질래공통'이란 병의 본디가 배퉁이나 늘릴 양으로 아무것이나 줏어 먹는 상것들의 병이요, 밭갈이하는 농사꾼들이 낫날에다 살을 베어 곧잘 앓다 죽느니 '풍단'이며, 생선의 독가시에 찔리거나 '막깐갈고리'날에 찍힌 뱃놈들이 여차직 했다 하면 얻고마는 병이 '단독'이던 까닭이다.

두해 전이었던가. '팔초어'가 아니었으면 영락없이 당포놈을 잃었을 것이었다. 벼리줄이 쓸리는 통에 오른손 손바닥이 칼로 그어댄 듯 갈라졌고 그레저레 낫겠지 하곤 내버려 뒀다가 끝내는 '단독'을 얻었었다. 허벅지만큼은 실히 부어오르던 팔뚝이라니- '온돌'찜을 안 했으면 제가 어찌 살아 났을 것인가.

병삼 노인은 생각을 매듭 지으며 긴 한숨을 토한다. '팔초어'나마 제대로 잡히기는 영 글렀다는 짐작 때문이었다. 바라지 않는 '무해'(舞蟹=꽃게. 벌덕게)나마 그물에 올라와야 '팔초어'가 성할 것이었다. '팔초어'가 그중 좋아하는 먹이가 '무해'이기 때문이었다. 그런데도 금년 들어 '무해' 한마리 구경해 본 적이 없었다.

웅천바다가 끝장난 것인가 생각해보니 콧날마저 매워오는 병삼노인이었다.

207. 왜구(倭寇) 118

'제포' 뱃사람들은 스무날을 거웃 넘기며 아둥바둥대보다간 이내 지치고 말았다. '대구어'떼는 철늦은 값을 하느라고 뱃놈들 애간장만 녹여대다간 흔연 자취를 감춰 버렸다. 왔던 물길을 거슬러오르는 '대구어'라도 줍자며, 전라도 '마로현' 앞바다까지 내려봤던 '제포' 뱃사람들은 다시 웅천 앞바다의 물목까지 올라와 '가덕도'로 빠지는 물길을 막아봤지만, 그것 역시 허사였다.

비록 '대구어' 그물질은 오진 황년을 치렀으되 '제포'나 '제창'의 뱃사람들은 한켠 섭섭치만은 않았다. 실로 오랜만에 맘껏 내 바다를 갈고다녀봤던 것이다. '제포'땅에 눌러앉아 살아가는 왜놈들이 간먹은 팟단처럼 풀죽는 꼴도 처음 봤거니와, '바깥지개' 석장으로 겹겹이 닻줄을 걸곤 묶여 있는 일백척이 넘는 왜어선들이었으니,

그물질을 뜨는 조선 뱃놈들의 마음은 기실 '대구어'를 모는 짓보다 제맘껏 바다를 갈아 부치는 노질에 더 신명을 세워봤던 것이었다.

제포의 왜놈들은 대구어떼가 웅천바다에서 완전 자취를 감추자 조선이 저들을 구박하는 짓도 이젠 끝장을 봤으려니하곤 슬근슬근 바깥지개로 몰려들었다.

그러나 제포첨사의 불호령은 여전히 서슬이 퍼랬다. 왜놈들의 떼거리가 날마다 관아로 몰려들었다. 대구어 철도 지나지 않았느냐, 대구어를 못잡게했으면 됐지 배들까지 왜 묶는 것이냐, 정 그렇다면 대마도 왕래라도 자유스럽게 되게끔 해 달라, 고기만 안잡으면 될 게 아닌가- 하며 미쳐 날뛰던 것이다.

제포첨사 김세균은 튼튼한 가부좌를 틀고 앉아 태연했다.

"왜인들의 원성인즉 대구어 철이 지났음에 저들의 어로를 즉시 허하라는 뜻인 듯하나 이 역시 저들의 사욕만을 앞세우는 망거(妄擧)로고. 금차의 대구어 어기(漁期)가 순변의 이상을 초래하여 불합의 지실이 극에 달했음은 누구나 익히 알고 있지 않는가. 어가의 다수가 약대구 수미도 전장하지 못하였다면 비록 대구어 어로는 전파(全破)됐다 하더라도 포란(抱卵)도미어만은 잡아야 될 이치렸다. 마침 사월이면 포란도미어군이 산란을 망조하며 내해 연안으로 군집을 이룰 터라… 조선 어가들로 하여금 호기의 어군을 포어(捕魚)치 못하게 한다면 조선의 어속(魚屬)은 그 누가 다 잡아야 한다는 말인고? 그러니 도미어 산란기 동안까지 왜어선의 어로를 금함이 상호의 선방이렸다!… 그들이 대마도 왕래를 순개(順開)할 것을 원청하나 기실 어로를 목적삼는 허황된 거짓이라."

첨사 김세균의 고집이 이쯤 되자 제포의 어선들은 이게 웬 떡이냐 하며 도미어 주낙줄을 챙기기에 바빴다.

왜놈들은 웅천현감 한윤(韓倫)에게 맞대들고 봤다. 제포첨사가 제철에 고기를 못잡게 하니 흥리원금이나마 받아내게 해달라는 생떼였다.

그러나 웅천현감도 마찬가지였다.

"비록 웅천현뿐인가. 염포의 경우도 제포와 여일한 정상이려니 이는 곧 현감의 월

권이 아니요 조선의 국명임을 알라! 부산포의 왜인들은 부역장의 인정으로 그 임역에 다소의 고초가 따를 것이로되 조용하고 염포의 왜인들도 흥리엄금의 명에 수의 없이 복종하거늘 어찌 제포의 항거왜들만 이리 소란인고? 차후 재차 난동하는자는 조선국법에 의해 엄히 논죄할 것이로다!"

208. 왜구(倭寇) 119

제포첨사의 뜻이 이와 같고 웅천현감의 호령이 또 이렇거니, 이런 때 뱃놈행세를 못해보면 또 언제 해보랴 하는 제포의 뱃놈들이 한창 그물질에 신이 돋던 그해 4월(중종 5년)-

물길로 4백리를 다 먹는 '대마도' 땅은 여느때와 달리 칩칩한 살기로 끓는다.

'종벽산'(鐘碧山)의 어깨를 넘짚는 '여명산'(驪鳴山)[225]이 동·서로 가물대며 뻗는데 그 산섶의 무릎께를 타내리며 기천(幾千)의 민가를 숨기고, 오몰진 산허리를 골라 대나무와 밀감나무와 유자목(柚子木)으로 병풍 발을 둘러친 부중 (府中).

바로 방진번(芳津=대마도州)의 도주(島主) 부중(府中)이다.

동·서로는 3백리, 남·북이 일백리의 메마른 땅 대마도. 대마도의 좌수포(佐須浦)에서 서쪽으로 바다를 넘는다면 4백80리 물길밖에 조선의 부산포가 있다.

모두 38향(鄕)으로 나뉜 땅에 사는 왜놈들은 간살스럽기가 구미호의 수염발이요, 극악무도하기가 늑대려니, 이 왜놈들이 바로 조선의 바다를 넘나들며 그물질에 작폐놓고 조선민가를 분탕하는 종자들이렸다.

땅이 박토여서 산섶을 일궈 만든 밭 한떼기 없고, 들판이랍시고 아금자금 널린 땅엔 논 한마지기 찾아볼 수 없으며, 심지어는 민가의 담창 안팎으로도 소채밭 한

---

225 《해유록(海游錄)》 상편 6월 27일 대마도 "對馬州別名芳津.… 府東西二山。名曰鍾碧驪鳴"('대마'州는 달리 '방진'이라 칭한다…도부의 동서로 두 개의 산이 있는데 종벽산과 여명산이다.)

가랑도 없다.

서쪽 물길로는 조선의 '부산포'로 흘러들고, 북쪽 물길로는 '강호'(江戶＝왜경＝도쿄東京)요, 동쪽 물길로는 상도(商都)인 '장기'(長崎＝나가사끼)에 닿는다.

'장기'로 몰려드는 남만(南蠻)의 장사치들이며 복건(福建)·소주(蘇州)·항주(杭州)에서 몰려오는 밀상들과 교역함이 저들의 본분이려든 '대마도'의 왜놈들은 벌써 수십년 세월 동안을 조선바다에다만 군침을 삼켜대며 망나니 짓을 해온 것이었다.

부중의 정청(正廳)에 두사람이 마주 앉았다. 여느 때완 다른 음습한 침묵이 잦았다. 봉행(奉行)의 무리 중 한사람도 헌신하지 않는다.

자색(紫色) 띠를 겹지른 일각모를 벗으며 세운 무릎 위에다가 소매가 넓은 흑단령[226] 팔꿈치를 세운 사람은 도주인 종의성(宗義盛)이요 그 앞에 황금 장식의 보검을 찬 채 무릎을 꿇고 앉은 자는 종의성의 아들 종성홍(宗盛弘)이다.

천정 속을 멀끔히 올려다보며 골똘한 생각을 펴고 있던 종의성이 입을 연다. 낯가죽 위로 엷은 경련이 일었다.

"으음- 조선놈들이 이제야 나의 힘을 알렸다! 참는 것도 끝이 있지, 벌써 두달째를 안하무인격 만행을 자행 했겠다… 원치 않았던 일이나 이젠 할수없는 일!"

종의성의 아들 종성홍이 목소리에다 힘을 준다.

"보복은 당연한 것입니다. 제포첨사는 일체의 어로를 금하고, 웅천현감은 흥리엄금의 미명을 앞세워 보평역까지 파해버렸다지 않습니까. 염포도 마찬가지요 부산포첨사는 우리 왜인들을 마소 부리듯이 부역장으로 내몰고 있습니다. … 더구나 못참을 일은 왜인들의 농경마저 엄금하는 짓입니다.… 나쁜놈들!"

"그것뿐인가? 우리의 사신들에게 부산포 밖으론 한발짝도 못 나가게 한다지 않는가?… 흐음- 바보놈들! 삼포를 잿더미로 만들겠다!"

---

226 黑團領. 깃이 둥근 검은색의 옷

209. 왜구(倭寇) 120

종의성이 볼따구니 위로 밭두렁이 지도록 아금니를 앙다문다. 종의성의 눈길이 아들인 종성홍의 민대머리 위에서 늘척 녹는다. 마음 든든하여 한껏 위세를 키워 내는 티가 역력하다.

"흐음- 이제야 원수를 갚게 됐군!⋯ 그럼 마지막으로 다시 한번 전략을 점검해 보자. 모리노부의 보고는 정확한 것인가?"

종성홍의 대답은 그 어느 때보다 힘찼다.

"한치의 틈이 없는 정확한 정황일 것입니다."

"으음- 그러나 한가지 의심스러운 게 있다. 조선의 수군은 강성하다. 그들이 우리들의 공략을 먼저 눈치채지 못하란 법도 없지 않은가?"

"눈치를 챈들 무슨 수가 있겠옵니까. 아군 공략진이 조선 변경을 잿더미로 만들고 있을 때면 조선 수군의 주력들은 서해의 양중을 떠흐르고 있지 않겠옵니까?"

"흐음- 이치대로라면 그렇지⋯ 놈들은 조전대역의 시기를 당해 해방을 깡그리 잊었다 했던가?"

"그렇습니다!"

"허나⋯ 각포 제진에는 무군소맹선들이 만반의 임전태세로 정박해 있을 터⋯ 내 걱정은 바로 그 무군소맹선들이다. 모리노부의 말대로라면 일당 백의 무용지선이라는데 그 말을 곧이곧대로 믿어도 될까?"

"조선수군을 옛적 생각대로 무서워 하시고 계십니까?"

"뭐라구! 내가 조선 수군을 무서워하다니!"

종의성의 목소리가 높자 종성홍은 재빨리 이마에다 두손을 모아붙이며 머리통을 조아린다.

"용서해 주십시오! 유명무실한 조선의 현 수군에 대해 추호도 걱정하실 필요가 없다는 이런 뜻일 뿐입니다."

"좋다… 그러나 우리는 과거 두차례에 걸쳐 치욕을 당한적이 있지 않은가. 그때도 조선 수군을 만만케 보고 건드렸다가 결과는 어찌됐는가 말이다."

"그때는 세종의 수군이었습니다!"

"세종의 수군?… 세종의 수군이 그렇게 강성했을진덴 지금이라고 그 수군의 명맥이 끊겼을리 있는가. 뭔가 꼭 있긴 있을 것이다… 겉으로는 허약해 뵈지만 뭔가 신병선을 숨겨놨을 것이야… 내 생각으로는 그것이 바로 무군소맹선이라는 말?"

"그렇지 않습니다."

"아직은 이른 판단일 것!"

"하아- 딱하십니다. 무군소맹선에 대해서는 낱낱이 살펴 익힌지 오랩니다. 수전에 임할 화통은 커녕 공방(攻防)에 임할 검창(劍槍) 하나 꽂은 데가 없고, 만약 임전(臨戰)에 임할시면 호병(呼兵)하는데만 한나절이 다걸리는데, 그런것을 어찌 병선이라고 이를 수 있겠습니까?… 설혹 대·중·소맹선들이 대적해 온다 해도 우리는 능히 잔멸시킬 수 있을 것입니다. 대·중맹선들은 군선이되 사실은 미포의 곳간이나 다름 없고 소맹선이 쾌질한다하되 우리들의 병선에 비하면 훨씬 둔합니다. 거기다가 각포의 대·중맹선들이 우리를 맞는다 해도 기껏 두서너척뿐이니 순식간에 궤멸시킬 수 있습니다. 첩자들을 시켜 이미 그 수를 다 파악해 놨습니다."

종성홍의 열변을 듣는 종의성의 얼굴은 점점 어두운 그늘을 거둬간다. 종의성이 바짝 얼굴을 쳐들며 허리뼈를 곧추세운다.

210. 왜구(倭寇) 121

"좋다아- 상세히 말해보라!"

종성홍이 낱낱이 고한다.

"우리들의 공략지는 우선 거제와 제포 그리고 부산포입니다."

"그렇지. 제포를 칠려면 먼저 거제의 수군을 부숴놔야 할 것이요 부산포를 치려

해도 해운포를 때려놓고 볼일!… 거제의 조선 수군은 어떤가?"

"거제의 수영은 모두 여섯이되 영등포·지세포·조라포·옥포 이 네곳만 부셔버리면 족합니다. 오비포와 가부량은 별 문제가 안 됩니다."

"군선들은?"

"영등포에 대맹선 한척이요 중맹선이 세척이요 소맹선이 세척이며 무군소맹선이 여섯척… 옥포가 대선 한척에 중맹선 다섯척 소맹선이 네척에 무군소맹선 여섯척이며, 지세포가 대맹선 한척, 중맹선 네척에다 소맹선 일곱척이며 무군소맹선이 다섯척… 조라포가 대맹선 한척, 중맹선 두척, 소맹선과 무군 소맹선이 각각 세척들입니다."

종의성의 낯색이 어두워진다.

"거제의 수군만도 그렇게 막강하지 않은가!"

"염려할 것 없습니다. 말씀 드린바와 같이 대·중맹선들은 조전에 다 썼을 것이며 우리들은 무군소맹선 스무척과 싸우는 꼴아니겠습니까?"

"흐음- 제포는?"

"대맹선 한척, 중맹선·소맹선·무군소맹선이 각각 다섯척씩해서 모두 열다섯척입니다."

"으하하하- 제포는 누워서 떡 먹기이구나! 대·중·소맹선들이 수영을 비웠다면 기껏 다섯척의 무군소맹선과 싸운다는 말이렸다?"

"그렇습니다."

"제포!… 제포… 제포첨사란 자가 제일 못되게 놀아난다 했지…"

종의성은 빠드득 이빨을 갈아붙인다. 버얼겋게 상기된 얼굴로 다그쳐 묻는다.

"해운포는?"

"대·중맹선이 각각 한척씩이요 소맹선이 네척 무군소맹선이 한척입니다."

"뭐라고? 아니, 왜 무군소맹선이 한척뿐이란 말인가?"

종성홍의 넉살이다.

"부산포는 그냥 내주겠다는 영접 아니오리까."

"으하하하– 그렇지, 바로 그거다… 염포는?"

"대맹선이 한척이요. 중맹선이 네척, 소맹선이 다섯척에 무군소맹선이 두척입니다."

"흐음–"

"… 그리고 두모포와 생포는 그 중에서도 약체여서 군선이…"

"아, 그만, 그마안–"

종의성은 더 들을 필요도 없다는 듯이 할레할레 손을 내젓는다. 잠시 뭔가 생각하던 끝에 얼굴을 든다.

"그거 이상스러운 일 아닌가. 모리노부의 말을 빌자면 조선 수군의 주역이 대맹선이라 했는데, 조선의 수영엔 왜 대맹선들이 한척씩 뿐인고? 그것 참 야릇한 일 아닌가?"

"조선 수군의 전력이 그처럼 약체라는 증거 아니겠습니까."

"더군다나 대맹선이라는게 미푸의 곳간이라며? 으하하하–"

"핫 핫 하앗– 그렇습니다!"

미친듯이 박장대소하던 종의성이 문득 웃음을 거둔다.

"모리노부는 어디 있느냐?"

백척의 군선보다 더 아끼는 왜장 소오모리노부(宗盛順)를 찾는다.

211. 왜구(倭寇) 122

"배들을 살펴보려고 수장에 나갔습니다."

"그레에?"

종의성은 엷게 웃는다. 석장(石墻)의 수장(首墻=포구의 콧부리)에서부터 잇대어 뜬 공략선들의 위용을 떠올려봤던 거다.

"모두 몇척이라고 하더냐."

"삼백마흔세척이라 합니다."

"그렇다면 조선의 삼포공격에는 되려 남아도는 전력이 아닌가."

"바로 그 말입니다. 삼포의 무군소맹선들이 어찌 우리들을 당하겠습니까? 설혹 대·중맹선들이 기십소 합세한들 어찌 대적할 수 있겠습니까."

"좋아, 좋다아- 이번 조선공략에 뜻을 함께 한 대명은 누구 누구인고?"

"역시 좌수포(佐須浦)가 으뜸이오."

"좌수포?… 장하구나! 그래 몇척인가?"

"일백삼십소의 배를 모아 보냈읍니다."

"일백삼십소라아- 그래 무사히 입장했는가?"

종성홍은 잠시 말을 끊는다.

"왜 대답이 늦느냐?"

그제야 종성홍은 떨꿨던 고개를 든다.

"모두 일백삼십칠소를 발선시켰으나 그중 일곱소가 황파됐다 들었읍니다!"

"뭐라고?… 아니 왜 일곱척이나 황파됐단 말이냐?"

"악포(鰐浦)에서 당했다 합니다."

"악포에서?… 멍청한 자식들! 선두를 어떤 놈으로 삼았기에 그렇단 말이지?"

종의성은 싸워보지도 않고 물 속에다 수장을 지내버린 일곱척의 배가 그리 아까울 수 없었다.

'악포'(鰐浦)- '좌수포'에서 30리 물길. 물길을 막고 선 갯바위들도 원한을 씹어대는 꼴이었다. 갯바위들의 형색이 저마다 이빨을 앙다문 꼴이려니 어찌 보면 '말향경'(末香鯨=향고래) 입이요, 또 달리 봐 줄 시면 후주(嗅珠=상어의 코)를 벌근대며 달겨드는 '철좌사'(鐵剉鯊=줄상어)의 입이렸다.

물목이 어찌나 험했던지 바람 사나운 날이면 열길 물기둥과 싸우며 버티는 모양이 흡사 누각 같은 고드름발이었다. 열척이 지난다면 그중 세척은 으례 제물이 돼

야 하는 '악포'였으니, 일백삼십칠소의 대선단이 그 물목을 거슬러 오름에 기껏 일
곱 척만 깨졌음은, 왜놈들의 노질 솜씨가 신기에 가까움을 실증하는 거였다.

더구나 '대마도' 부중에 이르는 물길은 2백60여리려던, 그 2배60여리를 기껏 일
곱척만 부셔대며 부중 길목의 '현두포'(縣頭浦)에 닿은 솜씨들이라니, 과연 물에다
가 천명을 걸고 그 물이 아니면 목숨을 지탱할 방편이 바이[227]없는 해구(海寇)의 지
략이었다.

"으음… 또?"

종의성은 무겁게 묻는다.

"서박포(西泊浦)가 칠십소, 금포(琴浦)에서 마흔척, 풍포(豊浦)에서 이십척, 그리
고 현두포가 일백척이옵고… 나머지 십삼척은 람도(藍島) 서남에서 모아 보냈습니
다."

종의성은 지그시 눈을 감는다. 이만한 노질 솜씨들이라면 조선의 우매한 것들이
어찌 눈치라도 챌 것인가. '수포'에서도 또 40리 물길의 '풍포'요, 풍포에서 30리
가 또 '서바포'며, 서바포에서 '금포'를 지나 '현두포'에 이르자면 그 뱃길 만도 1백
60리가 다 차지 않는가.

212. 왜구(倭寇) 123

'악포'에서의 수난만 뺀다면, 그 어지러운 물길을 4백척에 가까운 배들이 용케도
건너 모였겠다, 거기다가 조선에 이르는 물길은 손바닥 펴보는 듯 훤하니 이번 싸
움은 해보나마나 뻔한 승부겠다.

종의성은 연신 눈거풀을 떨어대며 뭔가 양에 안 찬다는 표정이다.

"뭔가… 뭔가 모자라는데 말이다. 이 생각은 또 뭐겠느냐?"

---

227 아주, 전혀

"네에?"

"삼백마흔세척이 단가?… 생각해 봐라. 더… 더있을 것이야!"

종의성의 하는 짓거리를 따라 장마철에 부뚜막으로 오른 두꺼비처럼 검은 창을 뱅그르 돌려대보던 종성홍이 다다미 바닥을 치고 나선다.

"아버지의 생각이 뭔 지를 알아냈읍니닷!"

"뭔가?"

"조선 삼포의 우리 배들입니다!"

"그렇지! 바로 그거다!"

종의성은 별안간 미친듯이 웃어제낀다. 마른 혓바닥 끝에선 침방울이 튄다.

"삼포의 우리 동포들은 그 즉시 병졸이 될 터이요, 삼포의 우리 배들 역시 곧바로 병선이 되지 않겠느냐? 안 그렇더냐?"

"……?"

"멍청한 노옴?… 삼포의 동포들을 병졸 삼고 그들에 딸린 배들을 병선 삼는다면?… 우리들의 주력이 발선하기도 전에 조선변경은 이미 우리들이 점령한 거나 다름없다는 그 말이닷!"

"하앗- 그렇습니다!"

"으하하하- 으하하하하-"

종의성은 문득 웃음을 끊는다.

"오쨔! 맘껏 웃었더니 목이 말라!"

"하앗. 오짜아-"

종성홍이 밖을 향해 목소리를 높인다. 그동안 얼씬도 않던 동자들이 옻칠한 상에 다기(茶器)를 들고와 바치고는 두번 절한다. 머리는 두갈래로 따서 묶었고 쌍쌍호접(雙雙胡蝶)의 윤무(輪舞) 무늬가 화사한 옷들을 걸쳤다. 저마다 칼을 찼다.

종성홍의 손가락질 한번에 동자들은 고대 물러간다.

끄윽- 트림을 뱉아내며 종의성이 말한다.

"그들도 본진의 발선 일을 알고 있겠지?"

"어련하겠읍니까. 벌써 알고 있읍니다. 그뿐만이 아니라 그날을 기해 일시에 봉기할 만반의 준비가 끝났다 들었읍니다."

"바로 그것이 문제다… 가능한 한 제포첨사, 그 자는 사로잡아야 한다. 삼포의 동포들이 미리 때를 맞춰줘야 한다는 말!… 그들은 아마 우리들의 위세를 보자마자 도망가기에 바쁠 것이렷다. 본진이 조선의 거제와 삼포를 회진 하기에 앞서 조선 항거의 동포들이 놈들의 퇴로를 막아줘야 한단 말이지."

"염려마십쇼! 공략의 묘가 그렇게 치밀하게 짜여질 수 없읍니다!"

"좋아- 삼진 중 제포는 누가?"

"모리노부가 거제와 제포를 칩니다!"

"좋다!"

"부산포는 제가 칩니다!"

"그래야지!"

종의성은 별인긴 일이선다. 정청 안올 서성대던 종의성이 명령한다.

"수장으로 나가련다."

"곧 모리노부가 올 텐데요."

"좀이 쑤셔서 더 기다릴 수가 없어? 내 눈으로 보고 싶다!"

213. 왜구(倭寇) 124

도주 종의성이 정청을 나선다. 종싱홍이 그 뒤를 따른다. 석경을 다내려 선 곳에 가마가 높여있다. '우기'(羽旗)와 창검을 든 종자(從者) 열두명이 가마를 둘러싸고 섰다.

종의성은 두눈을 지그시 감은 채 가마의 흔들림에 따라 흐느적대는 몸뚱이를 맡긴다.

'조선놈들! 이제야 방진[228]의 힘을 맛보리라!… 강아지가, 강아지가 범과 싸워보겠다니?… 으흐흐흐-'

흔들대는 어깻죽지 위로 살기어린 웃음이 찌걱찌걱 엉켜붙는다.

'수장'에 이른 종의성은 가마에서 내려 발치아래 꿇어 엎드린 종자에게 쌍칼 하나를 풀어 건넨다.

포식한 호랑이의 걸음 본새로 느그적느그적 걸어 배에 오른다. '우기'와 창대가 난간을 따라 줄줄이 꽂혔고 사방은 흑포(黑布)로 둘러쳤다. 북이 울리자 검은 옷을 입은 열다섯명 노젓는 종자들이 일시에 물을 가른다.

선옥(船屋) 위의 걸상에다 등짝을 묻고 앉은 종의성- 알량한 버릇대로 제철도 아닌 상아부채를 펴들고 본다. 상아 부챗살이 따그르- 하는 앙증맞은 소리를 냈다.

"주력은 현두포에 모였다지?"

종성홍의 대답은 그 어느 때보다 힘에 넘친다.

"그렇습니다. 그 위용은 가히 장관입니다."

"… 삼백마흔세척이라…"

종의성의 낯색이 슬밋 어두워진다.

"… 왜 그러십니까?"

"걱정이 없는 것은 아니야…"

"걱정이 있다니요?"

종의성은 상아부채를 세워 관자놀이께를 몇번 눌러댄다. 마른 침줄을 꼴깍 넘기고나서 입을 연다.

"만약… 만약에 말이다, 조선 수군의 임전이 우리들의 생각보다 훨씬 더 치열하다면?"

"말씀드렸지 않습니까! 조선은 지금 조선중임의 시기라 수영은 수영대로 정신들

---

228 芳津. 대마도州

이 없고 변경 조선민들은 그들대로 혼이 빠졌읍니다. 수영을 지키는 병선들은 임전이 불가한 무군소맹선들뿐, 그들이 우리들의 공략에 어찌 감히 대적하겠읍니까?"

"삼백마흔세척이 한곳을 치는 것은 아니지 않느냐."

"… 예에?"

"바보 같은 놈!… 모리노부의 작전대로라면 삼백마흔세척을 둘로 쪼개야 할 것… 결국 공략의 주력은 삼백마흔세척이 아니라 일백칠십일척씩이란 말이닷!"

"… 하앗-"

"그래도 내 말을 모르겠는가?"

"… 이제 알겠읍니다. 모리노부는 거제와 제포를 치고 저는 동래부산포를 치게 돼 있읍니다!"

"바로 그말 아닌가. 만에 하나, 모리노부의 공략이 실패한다면 네가 일백칠십일척의 전력으로 부산포와 제포를 다 쳐야 할 것이며 반대로 너의 공략이 실패하고 만다면 모리노부가 또 네 꼴이 되는거닷!"

종성홍은 안타까움을 이기지 못하는 듯 연신 쓴 입맛을 다셔댄다.

"조선의 경상도수군을 막강하게만 믿으시니까 그렇습니다! 지금 조선의 경상수군은 사실상 싸워보기도 싫은 약체 수군입니다! 더구나 제진각포의 군선들은 오월 십오일 경강도착의 시한에 몰려 조전선단을 호위하며 이미 수영을 비웠읍니다!

214. 왜구(倭寇) 125

종의성은 여전히 꺼림칙한 표정이다. 설레설레 고개를 내젓는다.

"믿을 수 없다. 방진의 조그만 땅덩이도 이와같이 수비가 철저한데 조선의 대수군이 조전 때문에 수영을 다 비운다?… 내가 알고있는 바 조선 수군의 전력은 쇠를 녹이는 큰 솥과 같다. 평소엔 허한 데가 있어 뵈도 유사시를 당하면 끝없이 불을 지펴 군선을 만들어내고 군비를 마련해 낸다.… 초전에 패전한다 해도 그들은 다시 전력을 강화해서 방진공략군들의 퇴로를 막고 괴멸을 서두를 것이며 급기야는 방진본도를 공격해 올 것이다!"

종의성은 1백21년 전의(1389년 박위朴葳의 대마도정벌) 소름발 돋는 참패를 생각해 낸 모양이었다.

"지금은 전혀 딴 판의 사정입니다.… 두고보십쇼! 이번 공략으로 해서 조선의 거제와 삼포는 잿더미로 변할 것입니다! 일격에 조선의 경상수군을 때려부셔놓고 말겠습니다!"

종성홍의 거들에 약간 걱정이 가신 듯한 종의성이 길게 한숨을 내뱉는다.

"마땅히 그래야 할 것- 그러나아… 역시 뭔가 이상해… 제아무리 조전시기인들 군선들이 수영을 비운다? 그렇지! 허를 내보이면서 우리들의 공략을 기다리고 있을지도 모르지. 함정!… 함정 말이다!… 먼저 쳐들어오기를 기다렸다가 그것을 핑계삼아 삼포내지의 방진동포들을 조선땅에서 몰아내자는 속셈일 것이다… 동포들에게 어로를 금하고, 농경을 금하고, 흥리를 금하고… 웅천의 보평역을 파하고… 그것도 모자라 아국 사신들에게마저 천대와 괄시를 자행하는 일!… 이 모두가 그런 징조 아니겠는가?후웅-"

"조선내지의 우리 첩자들 말을 믿으셔야 합니다! 그리고 모리노부의 지략도 믿어주셔야 합니다!"

"모리노부?… 물론! 나는 모리노부를 믿고 있다!"

"모리노부 앞에서도 이런 걱정을 한다면 모리노부는 크게 실망할 것입니다."

"모리노부를 실망케 하고 싶진 않아. 단지 그에게 전략을 건의 해볼 뿐이야."

"모리노부는 고집이 센 장수입니다. 자기의 계획에 대해 이러쿵저러쿵 군소리를 다는 것을 제일 싫어하는 사람입니다.… 잘 알고 계시지 않습니까!"

종의성의 눈거풀이 파르르 떤다. 앙다문 입꼬리가 씰룩댄다. 그때마다 짙은 눈썹이 송충이처럼 움쩍거린다.

"똑똑히 들어둬랏! 내 뜻은 삼백마흔세척의 주력으로 한 곳을 치자는 거닷!주력을 둘로 나누면 그만큼 전력이 약해질 것 아닌가. 삼포를 건드려놓고 보느니 아예 제 포를 쳐서 웅천성을 쑥밭 만들자는 이런 말!… 여러 곳을 긁어주느니 단 한곳을 철저히 쳐서 회생할 수 없도록 뿌리를 뽑아버리자는 거다."

"작전은 이미 끝났읍니다!"

"뭐라고?… 닥처랏!"

"……"

"만약의 사태에 대비해서 이번 공략선단은 전소 무사히 귀도해야 할 것이다… 그러자면 막강한 주력으로 단번에 쳐부수는 길뿐! 귀도한 주력으로 두번 세번 끈질기게 또 치자는 뜻 아닌가."

배는 '현두포'에 이르는 수로를 따라 흐르는 모양이었다. 물살에 밀리는 배가 쏜살같다.

215. 왜구(倭寇) 126

현두포- 험산암벽의 아스라한 단애밑을 파대며 물살이 빠른 물골이 흐르고 이 물골에 들어서면서부터 모든 배들은 타(柁=키)를 빼곤 물살에 절로 업혀 흐른다. 대마도의 부중을 현두포에 뒀다면 박위(朴威)의 대마도 정벌군도 이 물골에 이르러 실패를 맛봤을는지도 모른다. 들어서는 물목은 훤히 터주고 만구(灣口)의 물목을 지켜 기다렸다가 벼락같이 부숴댈랴치면, 물살에 업혀 흐르는 배를 우정 세워볼 수도 없을 터요, 미친듯이 앞으로만 떠흐르는 배들은 막강의 군선인들 본대를 재보기도 전에 대파될 것이었다.

물골을 빠져 트인 양중에 이르자면, 그 물길이 또 십리였다. 종의성이 탄 배가 말발굽 형상의 '만구'에 이르자 떠흐르는 품이 물차는 제비 거동의 배 한척이 쏜살같이 영호(迎護)하며 다가들었다. 배가 도주의 배에 밧줄을 걸자 온 얼굴이 털북숭이인 왜장 한사람이 성큼 배에 오른다.

종성순(宗盛順)[229]이다. 종성순이 수행을 시켜 걸상 하나를 나르게 하여 종의성 옆에다 바짝 다가붙이곤 털썩 등을 묻는다.

"생각보다 빨리 당도하셨소이다."

"저… 저 많은 배들이 이 삼포공략의 방진선단이란 말인가?"

종의성은 그 짬에도 위세를 재보며 상아부채살 너머로 멀끔 건너다본다.

"그렇습니다. 일배삼소는 부중 만구에 있어 종성홍의 휘하에 들었음은 익히 알고 계실 일. 저것이 바로 모리노부 휘하 이백마흔소의 거제와 제포 공략군이오."

"위용이 하늘을 찌를 듯함이라!"

종의성은 줄줄이 늘어선 공략선들을 살펴보다가 한 곳에다 눈길을 못박는다. 보판(鋪板=갑판) 위로 드문드문 선 것들이 바다를 향해 엇비스듬히 누웠는데 흡사 앉은 개자지 꼴이겠다.

"저것들은 화통아닌가?"

"하 하 하앗- 화통만 눈에 드시는 모양입니다… 저것은 총통으로 철환을 다방(多放)할 수 있을 것이오이다!"

"총통?… 철환을 다방한다면 총통하나가 조선 수졸 일백도 당할 것 아니겠오!"

"으하하하-"

"하 하 하앗-"

모리노부가 웃음을 거둔다. 빠드득 아금니를 갈아붙인다.

"이제야 조선 수군은 궤멸할 것이오!"

"그렇게 돼야 하지 않겠는가!"

"틀림없는 사실이오이다!"

종의성은 화통(火筒)과 총통(銃筒)을 번갈아보며 철환(鐵丸=탄알)을 다방(多放=속사速射)하며 삼포공략을 끝낼 승전을 떠올려본다.

---

229 소오모리노부

종의성은 잠시 후, 무슨 생각을 하는지 고개를 떨군다. 사뭇 심각하다. 모리노부가 의기양양해서 말한다.

"조선 수군은 눈치도 못챌 것이 뻔하오. 거년 일백여년 동안 우리가 조선에 패했던 연유는 화력에서 조선에 뒤졌기 때문이며 대선에 수행하는 쾌선의 양면공격에 못당했던 때문입니다… 허나 지금은 사정이 판판입니다. 조선 수군의 현 편제는 대선수행의 전법을 파한 대선없는 소선의 일방 편일요, 그들이 믿는 화력 또한 우리가 조선 수군의 화력을 능히 압도할 수 있는 경에 왔습니다!… 조선놈드을-"

모리노부가 또 한차례 이빨을 갈아붙인다.

216. 왜구(倭寇) 127

종의성이 모리노부의 말끝을 챈다.

"성급한 판단일 수도 있을 것!"

"성급한 판단이라니요?"

"조선 수군은 전법에도 뛰어나거니와 적의 형세를 밀탐하는 데도 또한 뛰어남이라.… 그들은 필시 아군의 화력을 이미 정탐했는지도 모를 일… 그래서 내가 생각했거늘…"

"그렇지 않습니다! 조선은 우리의 화력을 까맣게 모르고 있오!"

종의성이 상아부채를 몇번 내젓는다. 계란망울이가 턱밑까지 쳐오름이니 필경은 군침을 삼켜댔을 것이었다.

"모리노부!"

"말씀을 해보십시오!"

"조선 수군이 반격을 가해 올 때를 생각해 봤는가?"

"조선수군의 반격?… 으하하하- 그들은 반격해올 수 없습니다! 대·중맹선들이 기십척 있다 하나 제대로 화통을 갖춘 배도 없으려니와 대·중맹선이 반격을 시도해

봐야 기껏 대맹선 이십소, 중맹선 육십구소의 경상수군이 어찌 우리들과 대적할 수 있단 말입니까? 더구나 감포·축산포·철포·오포, 이 네 수영에는 대명선은 고사하고 중맹선도 단 한척이 없습니다!"

왜놈들의 밀탐이 이쯤 정확할 수도 있으랴. 감포(甘浦)·축산포(丑山浦)·칠포(漆浦)·오포(烏浦)- 이 네 수영엔 대·중맹선은 단 한척도 없었으니 '감포수영'의 군선이랄 것이 '소맹선' 6척 '무군소맹선' 1척 해서 모두 7척이요. '축산포수영'의 군선이 '소맹선' 6척에 '무군소맹선' 1척을 합해 또 모두 7척이며, '칠포수영'의 군선인즉 '소맹선' 4척에 '무군소맹선' 1척이니 모두 5척, 거기다가 '오포수영'의 군선 또한 '소맹선' 4척에다 '무군소맹선' 1척을 합하여 모두 5척이었던 거다.

종의성이 기왕지사 내뱉은 말을 관철할 양으로 서슴없이 말문을 터놓겠다.

"삼백마흔세척의 주력으로 우선 제포와 웅천성을 쳐야할 것… 제아무리 대적할 수 없는 약체의 조선 수군이라 할지라도 반격을 가할시면 아군의 병선도 기십소 완파됨을 작정해야 옳지 않겠는가? 아군의 공략선이 기백소 무사귀도 한 연후 전열을 다시 정비하여 동래성과 부산포를 친데도 별로 늦진 않아! 그러니 주력을 발진하되 우선은 단 한곳이라도 완전 궤멸시켜 놓고 볼 일이라."

모리노부가 바짝 쳐올린 어깻죽지로 가들가들 웃는다. 웃음을 거둔 모리노부의 얼굴은 금세 위용만만 하다.

"아니, 어째서 그렇단 말입니까?"

"조선 수군은 수전으로 골장이 다져진 정예 아닌가? 우리가 믿었던 바와 달리, 만에 하나, 아군의 주력이 반감된다면?… 그 다음의 방패책은 무엇인고?"

종의성은 순간 자못 놀란다. 모리노부의 꺼렁대는 웃음이 한동안 자지러지기 때문이었다.

모리노부가 쓴 입맛을 쩌업 다셔대고나서 사뭇 호기가 승승한데,

"허어- 아군의 전력을 어찌 그리 쉽게 보는 것입니까?… 벌써 작정돼 있습니다!"

"……?"

"공략 제일진이 삼포를 치고나면 불과 석달 후에 제이 공략군이 또 경상도를 치게 돼있습니다… 이미 병선의 수도 내정된 것… 자그마치 삼백오십소가 대기하고 있읍니다!"

217. 왜구(倭寇) 128

모리노부의 말이 끝나자 종의성은 도주의 위엄도 아랑곳않고 떠억 입을 벌린 채 혼줄을 뺀다.

"삼백오십소?"

"그렇습니다."

모리노부는 구렛나루가 결을 틀도록 쩌업 입맛을 다셔대고나서 선소리 트는 갈가마귀 본새로 까르릉 목청을 가다듬는다. 두눈은 금세 살기를 담는다.

"삼백마흔세소의 주력으로 제포 한 곳만 치고보자니 도무지 이해할 수가 없습니다. 거제와 제포를 치기 위해서라면 오십소만 가져도 충분합니다. 거제·제포·부산포를 한꺼번에 정신 못 차리도록 부셔놓곤 조선의 원군이 도착되기 전에 철수해 버릴 것이오… 우리들의 단 일격에 조선의 경상좌도 수군은 전멸 되리라고 믿습니다!… 무력화된 수군을 다시 증강시키자면 석달만 걸리겠습니까? 바로 그때, 공격 제이진이 또 때려부십니다!"

종의성이 얼굴을 떨구고는 깊은 생각에 잠긴다. 모리노부가 종의성을 흘기며 못마땅한 표정이다.

"… 그래도 또 걱정이 있읍니까?"

"… 삼포에 항거하는 동포들을 생각하고 있을 따름…"

"그들이 무슨 걱정거리란 말입니까?"

종의성은 두가지 사실에 대해 고민하고 있었다. 첫번째 고민은 이랬다. 하늘 높은 줄 모르고 날뛰는 조선민들을 따끔하게 다스려놓기는 해야 되겠으되, 삼포공격의 명분은 어디까지나 조선의 학대에 못견딘 삼포 항거왜들의 반란이어야 한다는 생각이었다. 따라서 공격선단이 조선변경에 도착하기 하루전쯤 해서 삼포 항거왜들이 봉기해 줘야 할 것이며 공격선단은 항거왜의 생명과 재산을 보호하기 위해 어쩔 수없이 파병된 것처럼 감쪽같이 조선을 속이고 봐야 할 것이었다. 그러나 모리노부의 말처럼 벼락같이 때려부수고는 또 숨가쁘게 철수해 버릴 시면 조선땅에 남은 항거왜들의 목숨은 어떻게 될 것인가.

두번째 생각- 기왕지사 벌여논 일이니 삼포를 칠라면야 모리노부의 말처럼 아예 회생불가능 할 지경으로 쑥밭을 만들어놔야 당연했다. 그러나 조선이 그들의 속임수에 넘어가지 않는다면?… 조선은 필경 '대마도' 정벌을 또 결행하고 말 것이었다.

종의성의 머리속으로는 이 두가지 걱정거리가 버글버글 끓고있는 거다.

"공격직후에 공격선단이 철수해 버린다면 조선내지에 남은 동포들의 목숨은 어찌 될것인고!"

종의성이 모리노부의 눈치를 흘깃 살피며 한숨을 내뱉자 모리노부가 한심천만하다는 듯 떫은 웃음을 문다.

"그거야 마땅히 함께 철수해야 되지 않겠습니까? 삼포에 항거하는 동포들의 배가 자그마치 기백소인데 무슨 걱정이 되겠소이까."

"… 흐음-"

"걱정이 또 있습니까?"

"있어… 이번 공격이 아국의 조선침공이라는 눈치를 그들이 잡는다면?…"

"으하하하- 벌써 다 연락이 돼 있습니다."

모리노부는 연방 꺼들꺼들 웃어제끼더니

"내 그럴 줄 알고 데려왔습니다… 오이! 그 자더러 배에 오르라 해랏."

타고왔던 배를 향해 소리친다.

218. 왜구(倭寇) 129

흑포 뒤에 숨어서 모리노부의 부름을 기다리고 있었던 듯싶은 사람이 훌쩍 뛰어 배에 오른다. 가슴은 널짝 같고 허우대가 칠척을 넘는다. 성큼성큼 걸어와선 종의성의 발치 아래로 납작 엎드린다.

모리노부가 종의성의 귀바퀴에다 바짝 입술을 대곤 속삭인다.

"병선 수십소 보다 더 귀중한 사람입니다. 이 자가 수도하는 한 이번 삼포공략은 지고싶어도 질 수가 없습니다."

종의성은 발 아래 꿇어엎드린 자의 등짝에다 눈길을 떨구고 우선 그 자의 큼직큼 직한 사지대골에 놀란다.

한번도 본 적이 없는 사람이었다. 생긴 꼴대로라면야 일당 백의 장수감이다.

"… 처음 보는 자다…"

"좌수포 태생입니다."

"좌수포?… 이번 공략의 선장인가?"

"아닙니다… 말졸이로되 힘이 황소여서 봉창 세개를 한팔로 휘저어 댑니다."

"그런 재목을 왜 선장장으로 삼지 않는건가?"

"힘만으로 명장일 수 있겠읍니까. 힘이 장사이되 지략이 모자라니 선장을 삼을 수는 없지만… 이 자는 조선변경에 이르는 수도를 손바닥보듯 하며 조선삼포 내지의 사정도 휜히 들여다봅니다!"

"보배로고!"

"그렇습니다!… 이 자의 염탐이 아니었다면 삼포공략의 실행이 한달은 더 늦어졌을 것입니다. 경상좌도수군의 제진각포의 군선 수도 이 자가 다 염탐한 것으로 한치 수차가 없다 합니다!"

"…그레?……"

종의성이 사뭇 흡족해 하며 큰 숨을 몰아쉰다. 모리노부가 그 짬에 얼른 명령한다.

"오이! 얼굴을 들고 자세히 말씀드려라. 도주께서 이번 삼포공략을 두고 걱정이 대단하시다. 네 말을 들으면 속이 후련하실 것이다.으하하하-으하하하--"

모리노부의 웃음에다 장단을 맞추기라도 하려는 본새겠다. 꿇어엎드려서 옴싹않던 자가 슬며시 얼굴을 드는데 음흉한 웃음기가 얼굴을 다채웠다.

종의성이 목소리를 가다듬는다.

"정확한 염탐은 싸우기전에 벌써 이기고 들어가는 것과 같다. 조선삼포의 염탐이 맹세코 확실한 것인가?"

"하앗- 목숨을 걸고 맹서할 수 있습니닷!"

"어떻게 그런 정확한 염탐을 할 수 있었나?"

"조선삼포의 내지에 십수년 머물렀던 덕분입니닷! 제포부터 동래 부산포, 염포까지 안 가본 곳이 없습니다! 어느곳에 어떤 바위가 있다는 것까지 훤히 알고 있읍니다!"

모리노부가 잽싸게 거든다.

"특히 거제와 제포, 그리고 웅천성 사정에 대해서는 따를 자가 없읍니다."

"그레?"

종의성이 잠시 말을 끊는다. 그제야 생각났다는 듯이 내쳐 묻는다.

"그럼… 조선 삼포에서 항거 했었더냐?"

"하앗- 제포에서 살았었는데 안죽고 겨우 몸뚱이만 빠져나왔읍니닷!"

"… 이름이 뭔가?"

"꼼빠이 입니닷!"

"꼼빠이?"

219. 왜구(倭寇) 130

종의성은 입속으로 연신 '꼼빠이… 꼼빠이…' 되뇌어보다 말고 별안간 웃음을 터뜨린다. 종의성을 따라 걸판지게 웃어제끼던 모리노부가 웃음을 거두며 낮게 속삭였다.

"제포의 조선놈들이 지어준 이름이라 합니다."

모리노부의 말이 끝나고 나서도 한동안을 실먹실먹 웃음줄을 못참는 종의성이다.

종의성 앞에 꿇어앉아 살기 띤 눈알을 데룩데룩 굴려보는 꼼빠이- '세망어선'(細網漁船) 두척에다 '포패선'(捕貝船) 세척을 부리며 '제포'에서부터 '등고미'(웅동熊東)의 '창안'과 '속내' 그리고 '천가'(天加=가덕도加德島)의 '성북'을 누비고, 동쪽으로는 '동래 부산포'에 이르는 창창한 뱃길을 제맘대로 갈고 다녔던, 바로 그 곰배다.

"구사일생으로 조선을 탈출하였다 했었지?"

종의성이 대견하다는투로 묻는다.

"그렇습니다!"

"제포에 항거하는 수많은 동포들은 옴짝달싹 못해보고 갇힌 신세라 들었는데 너는 무슨 재주로 제포를 빠져나왔단 말이냐?"

"제창을 건너가 조선 수졸의 덕을 입었습니다!"

"제창?"

"거제도를 이르는 조선 말이 그렇습니다."

"… 아니, 조선 수군의 덕을 봤다니? 너에게 있어서야 거제가 호구일 것인데 되려 그들의 덕을 봤다니 야릇한 일 아닌가!"

"조선 수군의 기강이라는 게 그렇습니다! 이득이 있으면 옳고 그름을 따지지 않습니다. 제창의 몇몇 능사관을 포섭해 놨던 덕택입죠!"

"우리 이선에 승선해서 이로를 감시하는 그자들 말이지?"

"그렇습니닷!"

"흐음- 조선은 모든것이 거꾸로 돌아가는 나라구나! 하하 하하-"

종의성의 웃음소리가 한껏 밝다. 그간의 찜찜했던 걱정거리가 말끔히 가셔버린 듯 했다.

"그레에- 네가 제공한 조선의 모든 정보는 거짓없는 사실이겠지? 수군의 동향이며 조선내지의 항거동포들이 때를 맞춰 봉기하기로 약속된 일 따위가 모두 그러렸다?"

"하앗! 한치의 틀림이 없습니다!"

"좋다아-"

종의성은 급기야 모리노부나 종성홍 따위는 안중에도 없는 기세다. 모리노부가 들으면 사뭇 섭섭해할 말까지 서슴없이 터놓는다.

"공략주력이 막강하기로 염탐이 정확하지 않으면 꼭 승전한다고 믿을순 없어… 조선변경의 사정에 그만큼 밝다면 꼼빠이 너대로 생각하는 바가 있을 것이다!"

"…?"

"작전의 묘 말이다."

어련할까. 모리노부의 낯가죽이 금세 푸르죽죽 죽는다.

"일개 말졸에게 작전을 물으시다니요! 공략군의 지휘는 내가 합니다! 따라서 이미 세워논 작전을 이제라고 변경할 수도 없습니다!"

"꼭 그렇지만은 않아… 이 꼼빠이의 조언을 물어야 해. 뭔가 기상천외의 신법이 나올 수도 있을 것이야. 작전은 그대가 하고 지휘도 그대의 수완에 달렸지만 초전의 승기를 잡기위해 꼼빠이의 의견을 들어보자는 것뿐!"

220. 왜구(倭寇) 131

하찮은 말졸로부터 작전의 묘방을 들어보자는 종의성의 태도가 되우 기분 나빴을 것이었다. 어깻죽지를 들먹들먹, 인중을 바짝 올려붙이고 입술을 씰룩대는 꼴이, 기분 같아서는 대검이라도 흔들어 댈 기세였다.

모리노부가 따악 말을 자른다.

"야음을 이용해서 거제를 치고, 그 기세를 몰아 곧장 제포를 치는 거요! 부산포 공격진은 거제에서 부산포 쪽으로 갈라섭니다!"

모리노부의 말끝을 받아 종성흥이 오랜만에 위엄을 재본다.

"과연 명장의 전술이오!… 꼼빠이! 이제 그만 물러가라!"

그러나 곰배는 선뜻 물러갈 기미가 아니다. 뭉기적뭉기적 멈칫거린다.

곰배가 입을 연다.

"제 생각으로는 야음에 조선변경에 닿는 것은 위험합니다!"

종의성의 눈이 번쩍 뜨인다.

"아니 어째서?"

종의성의 물음끝에 모리노부의 노성이 꺼렁 울린다.

"이런 미친놈! 뭐라구? 야음을 피해야 한다니 이런 건방진 놈이 어디 있단 말인가! 이놈아, 야음이 아니라면 훤한 대낮에 가닿잔 말이냐? 기습만이 최상의 전술인데 우리 공격진이 놈들에게 표적이 된다면 이미 기습전술은 실패한다는 것을 모르느냐?"

종성흥이 모리노부의 호통에다 간을 맞춘다.

"꼼빠이 네놈! 네놈 따위가 감히 어디서!… 목을 베기 전에 당장 물러가랏!"

닳은 숨줄을 벌근벌근 끓여대며 분통을 못참아 어쩔줄을 모르고 앉았던 모리노부가 급기야 벌떡 일어선다. 날이 시퍼런 대검을 빼든다.

종의성은 느긋하다. 죄인을 죽이고 살리는 절대의 권력은 오직 도주인 자기뿐이라는 사실을 은연중에 과시해 보는 거다. 양중(洋中)이라면 모르되 엄연히 선두항 아닌가.

모리노부가 음흉한 웃음줄을 입꼬리에다 설쿠며 한발짝 성큼 곰배 앞으로 다가선다.

"그렇지이- 이제야 알았다!… 네놈 꼼빠이! 바른대로만 고하면 목숨만은 살려주마. 네놈, 네놈은 조선 수군의 첩자지? 그렇지?"

"예에?"

말문이 막혀 금세 혼을 빼는 곰배를 사정없이 다그친다.

"네놈이 조선의 거제수군 덕을 봐서 용케 귀도했다는 사실도 따지고 보면 야릇하기 짝이 없어! 제포땅에 있는 네놈 식솔들을 불모로 해서 조선 수군이 네놈을 이용한 거닷! 그렇지 않다면야 야음을 피해서 조선변경에 닿자는 그따위 자멸지술을 병법이라고 내세울순 없다! 어서 바른대로 말해랏!"

그제야 종의성이 버럭 소리를 지른다.

"아, 조용히들 햇!"

종의성은 잠시 뭔가 깊게 생각한다. 좀 전과는 달리 심상치않은 표정이다.

"꼼빠이!"

"하앗!"

"모리노부의 말에도 일리가 있다. 기습전이란 자고로 야음결행하는 것이 제일이요 야음을 이용해서 적을 치는 것은 아군의 공격을 적에게 숨기기위한 것이다. 그런데 너는 야음을 피하자는 것이니, 거꾸로 생각하면 아군의 완패를 바라는 첩자의 버릇이란 말이다."

221. 왜구(倭寇) 132

모리노부가 득의양양해서 다시 걸상에 가 앉는다. 안도의 한숨을 푸우 내뿜는 품이, 자신의 지혜가 엄청난 실수를 미리 막았다는, 그런 본새겄다. 종의성을 향해 거보라는 듯이 씰룩씰룩 웃는다.

종의성이 목소리를 높여 군말을 딱자른다.

"첩자가 아니라면 네 의견의 옳음을 댈 것이요. 너의 의견이 옳지 않은 것이라면 내가 네놈의 목을 베리라! 지체말고 이유를 대봐랏!"

곰배가 얼굴을 든다. 개기름이 번지르한 낯가죽으론 죽어도 좋다는 야멸진 각오가 녹는다.

"하얏- 야음을 피해야 함도 물론이려니와, 될 수있는 한 풍랑이 심한 날이어야 옳고, 바람이 없는 날이라면 안개가 온 바다를 덮는 새벽이어야 할 것입니다!"

곰배의 말이 떨어지자마자 모리노부가 다시 벌떡 일어선다.

"이놈에게서 무슨 말을 더 듣자는 것입니까?"

"아버님! 일각이 천금 같은 때입니다! 꼼빠이놈은 더 따질 것도 없이 조선 수군의 첩자입니다! 당장, 당장 목을 베십시오!"

종성흥도 게거품을 문다.

아닌게아니라 곰배의 말은 갈수록 태산이었다. 왜놈들의 입장에서 본다면 흡사 '싸워봐야 뭣 합니까. 아예 싸우지 말고 지고 봅시다.'하는 말이나 진배없는 것 아닌가. 기습을 훤한 대낮에 실행하자는 것도 그러하거니와, 풍랑이 없어도 거제까지는 삼백리 가까운 물길이려던 부러 풍랑을 부르자는 심사는 뭐며, 거기다가 안개가 첩첩 바다를 덮어야 할 것이라니 장님 문설주 더듬는 격으로 뱅배앵 바다만 갈아부치다가 절로 지쳐버리자는 뜻 아니고 뭐겠는가 말이다.

종의성이 걸상에서 부시시 등짝을 뗀다. 얼굴을 들곤 하늘을 두리두리 훑어도 본다. 잠시 후, 종의성의 눈길이 곰배의 머리통 위로 내리꽂힌다. 종의성의 오른손이 슬밋슬밋 배통이를 더듬더니 칼자루를 덥석 쥐곤 부르르 떤다.

"꼼빠이, 얼굴을 들어라!"

종의성의 눈길이 곰배의 눈속으로 말벌 침줄처럼 들어가 박힌다.

"네놈의 본색은 이미 탄로가 났다. 네놈의 말은 모두 조선을 위한 양방이다. 무슨 뜻인줄 알겠지?… 이말은 곧 우리 공격진에겐 한없이 불리하고 조선 수군에겐 앉아서 기저 먹는 실리라는 이말이야… 풍랑이 없음에도 불구하고 악포난항에서 공략선 일곱척이 황파됐다. 싸워보지도 못하고 말이다… 악포가 그럴진댄 네놈이 제아무리 조선의 수로를 훤히 꿴다 해도 조선변경에는 난항수로가 부지기수일 것이야. 그런데 뭐라고? 풍랑을 업고 조선삼포를 쳐야 한다고? 또 있다. 안개다! 안개가 껸 날이면 우리들도 쓰시마 삼백리 물길을 제대로 못찾아 도의 전소가 발선을 금하는

데 안개속을 흘러가서 삼포를 공격하자고? 에잉- 역적노옴!"

곰배가 두손을 싹싹 부벼대며 진땀을 얹는다.

"제, 제 말을 끝까지 들어주십쇼! 그리고 나서 죽이십쇼!"

"비록 조선의 첩자이되 기왕 죽을 자리이니 쓰시마에 충성하라! 네놈과 밀통된 조선 수군의 전법을 자세히 실토하란 말이다!"

222. 왜구(倭寇) 133

모리노부와 종성홍의 얼굴은 황소 미간을 찍는 백정처럼 야릇하게 일그러진다. 서로 눈길을 마주치며 그새 잔자누룩해진[230] 꼴이 좀 있으면 보판위로 떨어져 구를 곰배의 모가지를 생각함이라.

"왜 실토하지 않느냐? 첩자답게 입을 다물고 죽겠다는 말이지?"

"그런 뜻이 아닙니다!"

"그럼?"

"백번 죽어도 저는 조선 첩자가 아닙니다! 오직 쓰시마에 대한 충성으로 죽기를 각오했을 뿐입니다!"

"그렇다면 왜 말을 못해?… 좋다 죽기가 소원이라면 죽여주겠다!"

종의성이 확 대검을 빼든다. 허공을 한바퀴 휘저어대고 나선 뚝 멈춘다.

곰배가 제 머리통 위에 멈춰 선 시퍼런 칼날을 올려다본다. 기왕 죽었다 싶은 모양이었다. 서슴없이 말문을 튼다.

"조선변경의 봉수를 생각해 보셨읍니까?"

"봉수?"

종의성은 섬뜩 굳는다. 세웠던 대검이 스르르 내린다. 엷게 떨리는 종의성의 손

---

230 소동이 진정되어 고요하다.

이 대검을 날라 칼집에 꽂는다. 걸상으로 가 풀썩 엉덩이를 붙이며 연하여 허벅지를 철썩 때려붙이겄다.

"아차!… 그렇지, 봉수!… 하마터면 죄 없는 꼼빠이의 목아지만 날릴뻔하지 않았는가!"

득의양양하던 모리노부도 금세 풀죽는다. 종의성의 이글이글 타는 눈길을 피하며 멋적은 헛기침을 짜본다.

종의성의 숨이 가쁘다.

"꼼빠이! 너는 열명의 장수보다 더 낫고 백소의 병선보다 더 귀하다!… 그렇지! 조선변경의 봉수를 무시하고 어떻게 기습공격이 가하랴. 어서 말해보라!"

종의성은 연신 못마땅하다는 눈치로 모리노부를 흘겨댄다.

곰배가 차근차근 읊는다.

"우리가 목표하는 조선변경엔 봉수대가 쫘악 깔려 있읍니다. 전라우도는 잘 모르겠읍니다만 전라좌도로부터 경상좌우도에 널린 조선의 봉수대는 훤언 합니다!"

"그래서?"

"우리의 공격주력이 조선변경을 들어서면 그 즉시 조선의 봉군에게 들키기 마련일 것입니다. 조선 수군이 제아무리 지리멸렬의 약세라 해도 일단 봉군에게 들키고 난 후면 단번에 때려부수기는 쉽지 않을 것 아니겠읍니까?"

"어허- 무슨 군소리가 그리 많단 말이냐! 조선변경의 봉수대를 어서 일러보라지 않느냐?"

곰배가 그 천성의 흐늘근한 음흉함을 생색내며 늘썩하게 재 보겄다. 마른 침줄을 짜압 몽도리쳐선 꿀꺽 목젖으로 넘긴다.

"우리가 거제 앞바다에 이르자 마자 거제의 가라산 봉수대가 그당장 잡아낼 것이며 금세 사량진 봉수대로, 곤남 금산 봉수대로 전해질 것입니다. 곤남 금산 봉수대의 신호는 전라좌수영 돌산방도진에서 받아낼 것 아니겠읍니까?… 운 좋게 거제를 쳤다 할지라도 제포를 치기 위해 발선한다면 제포에 이르기 전에 가덕도 천성보 봉수대에 또 들키게 돼 있고, 동래부산포 공격진은 다대포 봉수대에서 기미를 잡아 동래 우비도 봉수대로 금방 연락할 것입니다!"

"허어-"

종의성은 떠억 벌린 입을 다물지 못한다.

223. 왜구(倭寇) 134

"흐음-"

모리노부도 연한 탄식을 내뱉는다.

"그런데 문제가 있읍니다. 거제 가라산 봉수대, 사량진 봉수대, 곤남 금산 봉수대, 가덕도 천성보, 이 넷 봉수대는 명색이 간봉이지만 모두가 봉수의 기점인 까닭으로 내지의 간봉에 비해 책임이 무겁다는 것입니다. 그러니 목숨을 내걸고 소임을 다할 것 아니겠읍니까?"

종의성이 깊게 고개를 끄덕인다. 너스레를 떨어대는 꼴이 도주의 체면도 잊었다.

"그, 그렇지! 그렇고 말고!"

"또 한가지… 전라좌도의 돌산방도진 봉수와 동래 다대포, 동래 우비도 봉수, 이 세 봉수대는 간봉(間烽)이 아닌 직봉(直烽)으로[231] 곧장 조선 수부인 한성 멱우산으로 연락됩니다. 공격의 시일이 제아무리 빨리 결판난다 해도 조선의 조정에서 우리의 공격을 알아차리기는 닷새면 족합니다! 싸움이 길어지면 본진의 철수가 어렵겠고 철수에만 급하다 보면 삼포내지의 동포들은 버려둘 수밖에 없을 것인데, 그렇게 된다면 그들의 목숨들은 어찌될 것입니까?"

---

231 봉화란 말은 야간의 연봉만을 말하는 것이나, 고려 말기 이후에 주간의 번수까지 합친 뜻으로 통칭되었다. 즉 밤에 불로 알리는 연봉(燃烽) + 낮에 연기로 알리는 수(燧·번수燔燧)를 합친 말. 간선은 변경 지방에서 중앙으로 직접 통하였기 때문에 직봉(直烽)이라 하였고, 그 사이에 보조선으로서의 지선을 간봉(間烽)이라 하였다. 직봉이든 간봉이든 산마루에 봉수대를 설치하였다. 변경의 봉수대가 긴급한 사정을 알게 되면, 이를 즉시 밤에는 횃불로, 낮에는 연기로 알렸다.

모리노부가 한정놓고 들어줄 수만은 없다는 듯이 버럭 악을 쓴다.

"저런 미친놈!그러니까 벼락같이 치고보자는 것 아니냐! 닷새?⋯우후훗-우리의 공격은 이틀이면 끝난다! 조선의 원군이 삼포에 도착하면 뭣해? 하하앗-"

종의성은 모리노부의 허세와 달리 그쯤 심각 할 수가 없다.

"아 조용히- 꼼빠이! 그건 그렇다치고⋯ 아무리 생각해 봐도 모를 게 있다. 조선 변경 초입부터 봉수망이 둘러쳐졌다 했지?"

"핫 그렇습니닷!"

"그렇다면, 풍랑이 없고 안개가 없는 호적의 날을 당한다 해도 봉수라는 난관이 따르는데, 너는 왜 풍랑있는 날과 안개가 낀 날을 주장하는 것인가?"

모리노부가 종의성의 말끝을 날름 받는다.

"바로 그것입니다!⋯ 저놈이 조선의 첩자임을 드러내는 본색이 그것 아니겠오이까?⋯ 꼼빠이!어서 대답해랏! 이젠 더 할말이 없겠지?"

곰배는 태연하다. 쩌업- 입맛을 다셔대고 나선 막장으로 모리노부를 서슴없이 흘겨본다.

"변경 봉군들이 신호하는 데, 밤에는 불을 지펴서 알리고 낮에는 연기로 신호를 삼습니다.⋯ 풍랑이 심한 날을 택하자는 뜻은, 다른 것이 아니라, 연기가 바람에 날려 흩어져버릴 것이니 백번 천번인들 신호만 하면 무슨 소용 있겠습니까?⋯ 또 안개가 낀 밤을 택하자는 뜻은 봉화의 불길이 안개에 가려버릴 것, 그 신호 또한 말짱 헛일 아니겠읍니까!"

종의성, 모리노부, 종성홍이 한결같이 감탄한다.

"조선은 이상한 나라입니다. 조졸과 수졸, 그리고 봉군은 사람으로도 안 봐주는 나라입니다! 경토수비의 역군들인데도 짐승 보듯 합니다. 평상시에도 불만이 다대하여 태만하기 일쑤요 차라리 죽는 것만 못하다고 푸념들인데, 풍랑이 바다를 쓸고 안개가 겹겹이 낀 날에야 봉군들이 뭣한다고 소임을 다 해 내겠읍니까?"

224. 왜구(倭寇) 135

종의성이 무릎을 친다.

"과연 꼼빠이는 우리들의 보배로다!"

모리노부도 버얼겋게 상기된 얼굴이다.

언제 그랬었더냐 싶게 돌변하는 너스레가 가히 명장의 배짱이었다.

"그런 말을 왜 이제야 한단 말인가. 하마터면 네 목을 벨 뻔하지 않았는가 말이다.… 바보 놈 같으니, 감쪽같이 나를 속여대며 네놈 작정껏 나를 놀려댔으니 이제 네놈 맘이 후련한가? 크으 크으-"

잠시 무거운 침묵이 흐른다. 겉으론 태연해 보지만 자라에게 뒷꿈치를 물린 듯 개운잖은 모리노부다. 왜 그 생각을 못했던가 하는 자책도 그러려니와 공략의 실효를 위해서는 곰배의 의견을 따르지 않곤 별 수가 없는 처지이려니, 명색이 공략군의 총사인 주제에 망신살 한번 늘척하게 뻗쳤다는 불만이던 거다.

종의성의 생각은 이랬다.

'모리노부! 꼼빠이가 아니었더라면 그대는 거제를 치기도 전에 공략주력의 절반을 부숴먹었을 것. 선봉장이요 총사인 자가 조선변경의 봉수대를 생각도 못했다니?… 어허, 큰일날뻔하지 않았는가!'

종성홍도 식은 땀을 설쿼댄다. 불여우에게 물려가다가 꽁지털만 떼놓고 겨우 살아난 장닭 꼴이 바로 제 처지 아니겠는가.

'꼼빠이가 나를 살려준 거다. 모리노부가 제 아무리 총사로되 이기든지 지든지간에 결국은 내가 책임을 뒤집어 쓰게 돼 있지 않더냐. 아버님께서는 사실상 모리노부보다도 나를 더 믿고 계시거든… 바보 같은 모리노부!'

곰배가 이런 의중을 모를 리 없다. 납작 꿇어 엎드려 빌빌대는 양이지만 엇비슷이 곧추세운 얼굴속에서 느그적느그적 굴려대는 눈길로는 이런 조짐 저런 낌새 다 눈치를 잡고 있겠다.

제아무리 '제포' 땅에서 살아봤기로 한갓 왜어부뿐인 곰배가 어찌 이렇게도 봉수대 사정을 낱낱이 알고 있는가. 항거왜에 대한 조선관아의 감호가 넉재비에게 중문을 열어줬던 결과이려니, 곰배가 알고있는 조선변경의 봉수대 사정 좀 구경할 꺼나.

조선변경의 봉수대(烽燧臺)는 바다를 훤히 내다보는 산꼭대기에다 연대(煙臺)를 설치함이 통상이었고, 밤에는 불을 피워 알리고 낮에는 연기로 신호를 삼는 이른바 '야즉거화 주즉번시'(夜則擧火 晝則燔柴²³²)가 신호의 기본이었다.

신호하는 방법은 어떻던가. 전시가 아닌 평시의 군사통정으로는 일거(一炬)나 일연(一煙)이요, 적이 경해(境海)에 나타나면 이거(二炬) 혹은 이연(二烟)이요, 적이 근경(近境)하면 삼거(三炬)·삼연(三煙)이며, 적이 범경(犯境)하면 사거(四炬)·사연(四烟)하며, 피아(彼我)가 접전(接戰)하면 오거(五炬) 오연(五烟)으로 신호를 삼되, 구름이나 안개가 첩첩이 껴서 횃불이 안 보일 때나 혹은 바람줄이 거세서 연기가 흩어져버리는 악천후 때는 봉수군(烽燧軍)이 차례로 내달려 횃불을 나르게 돼 있었다. 그나마 횃불을 나를 수 없도록 바람줄이 거셀 때는 맨손으로 내달려 목청 터지게 변란을 알리는 수밖에 별도리가 없었다.

곰배의 생각은 바로 이것에다 계략을 결맞춰 본 거였다. 안개를 업든지 풍란을 이용할 시면 거제나 제포등지의 봉수대는 짐작도 못잡을 것이요, 거제와 제포가 불바다가 됐을 때에야 봉수군이 내달릴 것이니 조정의 원군이 내리닥친다 쳐도 자그만치 열흘정도는 거저 번 것 아닌가.

225. 왜구(倭寇) 136

그것도 제대로 치보(馳報)²³³할 때가 열흘쯤 걸릴 것이요 '간봉'(間烽) 끼리의 연락도 여의치 않을 양이면 보름은 축내기 십상일 것이었다.

---

232 밤에는 횃불을 들어 알리고 낮에는 장작을 태워 연기로 알린다. 즉 번수(燔燧)
233 급히 달려가서 알림.

거기다 또 공교로운 것은 이 일곱봉수대만 속인다면 '거제'·'제포'·'동래부산포'로 들이닫기란 활짝 열린 대문 안으로 들어서는 것 만큼이나 쉬운 일이던거다.

'직봉'(直烽)은 '동래다대포진'(東萊多大浦鎭)과 '동래우비도'(동래부산진東萊釜山鎭·황령산荒嶺山), 그리고 '좌수영'(左水營=전남 여수)의 '돌산도방답진'(돌산방수진突山防守鎭) 뿐이었으니, '곤남'(昆南=남해)의 '금산봉수대'(錦山烽燧臺)·'고주'(固州=고성)의 '사량진봉수대'(蛇梁鎭烽燧臺)·'제창'(濟昌=거제)의 '가라산봉수대'(加羅山烽燧臺)·'웅천'(熊川)의 '가덕도천성보'(加德島天城堡)가 모두 '본봉'(本烽)과 본읍(本邑)을 연결하는 '간봉'(間烽)이던 것이었다.

그러니 '돌산도방답진'·'곤남 금산'·'고주사량진' 세 봉수대만 피해서는 '가라산봉수대'와 '가덕도천성보'만 때려부신다면 만사는 끝장이었다.

곧, '가라산봉수대'가 제구실을 못할랴 치면 '가을포'(加乙浦)에서 '함안'(咸安)·'의령'(宜寧)·'초계'(草溪)·'합천'(陜川)·'고령'(高靈)을 거쳐 '성주각산'(星州角山)에 이르는 '간봉'들이 따라서 깜깜절벽일 것이며, '가덕도 천성보'가 또 제구실을 못할 시면 '사화랑'(沙火郎)에서 '창원'(昌原)·'칠원'(漆原)·'영산'(靈山)·'창녕'(昌寧)·'현풍'(玄風)을 거쳐 '충주'(忠州)의 '마산직봉'(馬山直烽)에 연결되는 '간봉'들 역시 마찬가지의 운명이기 때문이었다.

'돌산도방답진'·'곤남 금산'·'고주사량진' 이 세 봉수대는 공격의 목표에서 한껏 떨어진 것들이니 아예 염두에 둘 필요도 없고, '동래다대포진'·'동래우비도', 이 두 봉수대는 부산포 공격진이 따로 때려부순다면 그만 아닌가.

곰배가 노린 점은 이것 말고도 또 한가지가 더 있었다. 바로, 이 일곱 봉수대가 한결같이 봉수의 기점(起點)들이요, 적이 나타나면 알리는 '이거봉수대'(二炬烽燧臺)라는 사실이었다. 아득한 수평선 위로 수상쩍은 배들이 얼씬만 했다하면 곧바로 알려야 하는, 막중한 임무에다 덧붙여 봉수의 기점들이니, 안개가 자욱하면 이거(二炬)가 무슨 소용있을 것이며 바람줄이 드세면 이연(二烟)인들 또 무슨 소용이 있을 것인가.

곰배가 허리를 느슨히 세우며 씨익 웃는다. 한동안 멍청해 있던 종의성이 한두번 머리통을 흔들어 댄다. 갈레갈레 흩어졌던 정신을 애써 모두는 짓거리겠다.

"… 만일 안개나 바람이 없다면?… 그때는 어쩔 것인가?"

곰배가 짐작했었다는 듯이 곧바로 말을 받는다.

"그렇게 물으실 줄 알았읍니다!… 그렇다면 할 수 없지요!"

"뭐라고? 봉수를 피할 길이 없지 않느냐?"

"그들은 수십년 동안을 그짓 하느라 지칠대로 지쳤읍니다! 몇년간은 우리 어선단이 월경만 해도 봉화를 올렸고 우리 상선단이 현형만 해도 야단법석을 떨어댔었읍죠!… 이젠 사정이 닳습니다. 어쩌면 우리 공격선단을 예사로운 상선들로 볼 줄도 모릅니다… 그러나 초전에 승기를 잡기 위해 그렇게 하자는 것입니다!"

226. 왜구(倭寇) 137

"가마안-"

종의성이 오른손을 번쩍 들며 그제야 서슬푸른 위세를 재본다.

"바로 이런 말이렸다?… 수십년 동안 헛짓을 하다 보니 이젠 조선변경에 나타나는 배쯤은 어련히 쓰시마의 어선이나 상선들이려니 하고 불 피울 생각을 않는다는, 이런 뜻이겠지? 그렇지?"

"그렇습니다! 바로 그겁니다!"

종의성이 웃음을 참느라 뉘[234]를 씹듯 입술을 질겅거린다. 이내 욕지기 끝에 건건이를 토해내는 양으로 오진 웃음을 쏟아 놓는다,

그새 신명이 돋아 등줄을 들먹들먹 두다리를 휘청흥청 거푼거리던 종의성이 웃음을 딱 자른다.

---

234 속꺼풀을 벗긴 쌀 속에 등겨가 벗겨지지 않은 채로 섞인 벼 알갱이.

"이젠 다 된 거다! 조선변경에 도착하는 그날… 바로 그날이 안개밭이요 풍랑이 심할시면 더욱더 천행이되, 설령 바람이 없고 안개가 없다손 치더라도 걱정거리가 없지않나 말이다."

모리노부가 푸들푸들 세겹턱을 떨며 웃는다.

"새삼스럽습니다. 그러게 내가 벌써 말씀드렸지않습니까. 삼포를 쑥밭 만들기는 누워서 떡 먹기라고… 요씨이- 제포첨사를 기어코 사로잡겠다! 두고봐라!"

"… 모리노부!"

"예에."

"그러나 안개와 바람을 이용하는 전법이 그중 안전할 것, 안개와 풍랑에 대비한 훈련도 필요해."

모리노부가 잠시 생각하는 낌새다. 이내 무릎을친다.

"명안이 생각났습니다. 풍랑에 대비해서는 이틀 동안 악포에서 훈련시킬 것이며 안개에 대비해서는 복건성 친구들의 피리를 빌리겠오!"

"복건성 친구들의 피리라니?"

"왜 놀라십니까?"

"물길 사나운 악포에서 풍랑에 대비한 훈련을 시키겠다는 것은 뜻을 알겠거니와, 복건성 친구들의 피리하고 첩첩한 안개하고 무슨 상관이 있단 말인가?"

"안개속에서 배를 몰랴치면 우선 선단이 흩어지는 것을 막고봐야 합니다. 자칫 하면 길을 잃고 뿔뿔이 흩어지가 마련… 북은 소리가 너무 커서 신호로 삼기는 적합치 않습니다. 복건성 친구들의 피리는 소리가 크진 않되 여운이 연연 합니다. 그들은 피리로 서로 신호하며 제아무리 심한 안개속 일지라도 단 한척 황파됨이 없이 일천팔백리 물길을 무사귀항 합니다. 어떻습니까? 신묘한 전법 아니겠오이까!"

"과연 명안이로고!"

종의성의 눈길이 이젠 맘 턱놓고 위용당당한 삼포공략선단을 훑어내린다.

그러면 모리노부가 말한 '복건성친구'들이란 뭣을 이름인가.

바로, 연산군(燕山君) 말엽(1506년)부터 명(明)나라 '복건성'(福建省) 일대에서 일어나기 시작한 되놈들의 연안구도(沿岸寇徒)이니, 이 도적떼들이 근 3백년 세월을 자라 훗날의 청적(淸賊=만적蠻賊)이 되는 것이다.

'복건성'의 되놈 도적들이 왜국의 장기(長崎.나가사끼)로 들민날민 장사길을 트는 짬에 왜구(倭寇)와 어깨를 짜 형님 아우 격이 돼버렸고, 그때까지만해도 창검 들고 날뛰던 왜구들에게 화약병기(火藥兵器)를 건네주게 됐겠다.

모리노부의 삼포공략 제2진- 3백50척의 대선단도 기실 복건의 되놈들에게 힘입어 이미 막강한 화력(火力)을 갖추고 있었다.

227. 왜구(倭寇) 138

드디어 밧줄이 풀린다. 보판 '하라지'에 밧줄을 묶곤 늘짱날짱 유람하던 두배가 뱃전을 뗀다.

"꼼빠이 어시 따라와랏!"

모리노부가 죽은 시어미 보듯 눈치를 살피며 영호해 왔던 배에 오른다. 심상찮게 목소리를 높인다.

그때 종의성이 말했다.

"아, 잠까안- 꼼빠이하고 할 말이 더 남았어. 꼼빠이는 여기 남거라!"

닻줄을 거둬들이자마자 모리노부를 태운 배가 벌써 저만치 떠흐른다. 보판에 댕겅 선 채 허망한 모습의 모리노부가 흡사 미꾸라지 놓친 황새 꼴이겠다.

종의성이 곰배를 내려다본다.

"꼼빠이."

"하앗!"

"이건 진심으로 하는 말이다. 네가 아니었으면 큰일날 뻔했어.… 모리노부가 제아무리 명장이기로 조선변경의 봉화도 염두에 없이 어떻게 삼포를 칠 맘이 생겼을까 말이다… 미친놈… 삼백마흔세소?… 후웅- 네가 아니었으면 그중 오십여 소는 조선 수군에게 당했을 것이다!… 내말이 틀리느냐?"

"… 글쎄요, 잘 모르겠읍니닷!"

"기특한 놈- 지략이 뛰어나되 자랑을 않는구나… 좋다. 말을 해보자.… 네 말대로 라면 오죽 좋겠느냐. 그러나 믿는 부질에다 발가락 잘린다 했어. 조선변경의 봉군들이 수십년 동안에 속아 지쳤다지만 상선이나 어선들로 볼 리없다!삼백마흔세소 라면 수평선을 다 메우는 대선단 아닌가? 필시 봉화가 오를 것이다.…"

종의성의 끝말이 위세와는 달리 가들가들 떨린다. 한참후에 다시 입을 연다.

"네 말대로 안개나 풍랑을 이용해야할 것!… 풍랑은 악포 훈련이면 되겠고 안개는 복건성 친구들의 피리라면 그런대로 되겠지이- 그러나 도무지 맘을 놓을 수 없는 게 있다. 조선변경에서부터 거제·제포·동래 부산포에 이르는 물길!… 이 미련한 놈들이 제 물길인 악포에서도 멀쩡한 배 일곱소를 황파시키는데 조선변경의 낯선 물길을 제대로 갈성 부른가?… 어림없다!"

"큰 걱정 안 하셔도 됩니다! 삼포중 염포에 이르는 물길만은 잘 모르고 있읍니다만, 거제에서 제포, 제포에서 동래 부산포에 이르는 물길은 땅을 밟는 것과 마찬가지 입니다!"

"바로 그거다! 네 그 말을 곧이 곧대로 믿어도 좋겠느냐?"

"하앗! 믿어주십쇼!"

"좋아아- 그렇다면 네 말을 시험해 보겠다. 네 말을 못 믿어서가 아니다. 이번 삼포공략은 쓰시마가 죽느냐 사느냐하는 모험 중의 모험이다! 조선 생선들이 아니라면 쓰시마는 죽은 섬이다! … 쓰시마!… 이 삼백리 작은 섬이 조선이라는 한 나라를 상대하는 싸움이란 말이다!"

"하앗."

"내 말에 곧 대답해야 한다. 거제를 치고나서 제포에 이르는 모리노부군의 물길, 그리고 거제에서 동래부산포로 향하는 무네모리군의 물길, 이 두 갈래 물길에 대해 자세히 말해 보라.… 땅을 밟듯이 휘언하다 했지?"

228. 왜구(倭寇) 139

"그, 그렇습니닷!"

"임전에 이르면 어련히 잘 해내겠는가만 그래도 네 말을 내가 직접 들어둬야 속이 후련할 것 같아 그런다.… 곰빠이, 이말은 너만 알고 있어야 한다… 무슨 일인지 모리노부가 미덥지 않아! 나는 모리노부보다도 내 아들과 무네모리, 그리고 너 곰빠이를 더 믿고 있어. 미칠 일 아니냐? 총사를 못믿는 내 심정을 알겠느냐!"

"하아-"

곰배는 무슨 대답을 해야할 지를 몰라 무턱대고 모가지만 주억거린다. 허나 속마음은 전혀 딴판이었다. 모리노부고 뭐고 쥐도 새도 몰래 멱을 따선 물속에다 처박아 버리고 제가 선봉장이 되어 제포땅을 맘껏 짓뭉개놓고 죽었으면 원이 없겠다는 이쯤 엉뚱한 망상이 불가래를 놓는 것이었다.

"모리노부는 이번 공격보다도 삼백오십소의 제이 공격만 턱믿고 있다. 흥! 당치도 않다! 만약에 초전기습이 실패로 끝난다면 제이 공격은 시늉도 못해 볼 게 뻔한 일!… 단번에 조선의 경상수군을 궤멸시킬 수는 없으되 적어도 절반쯤은 완전무결하게 부셔놔야 할 것이야."

종의성은 잠시 눈을 감는다. 이내 퉁방울 같은 눈을 들어 하늘을 올려다본다. 오른손을 벼락질같이 들어 허공에다 세운다.

"자아- 지금 발선했다!"

"예에?"

"이런 맹충이놈! 공격선단이 막 발선했다 치고 그중 용이한 수도를 말해 보란 이말 아니냐?"

"하앗. 선조의 각주장들은 대개 쓰시마의 북수도를 주 항로로 잡고 거제의 장승포를 왼쪽에 두어 직행하자는 의견들입니다.”

“그야 당연한 일! 그쪽 물길이 그중 깊으니까 아무래도 윗물살을 피하기는 제일 좋지.”

“… 그러나 저는 생각이 닳습니다!”

“아니, 왜?”

“북수도는 동래부산포를 목표 삼을 때나 택해야 할 물길입니다. 거제를 목표 삼을랴면 쓰시마의 서수도를 주 항로로 잡아 관여쪽으로 서북해서 매물열도를 돌아 거제의 가라봉을 왼쪽에 두는 편이 더 나을 것입니다!”

“아니, 어째서 그렇단 말이냐? 서수도는 우선 뱃길만도 북수도 보다는 이틀을 더 잡아먹을 것이요 바다가 얕아서 상층물살을 심히 받게돼있다지 않더냐?”

“말이야 옳습니다. 그러나 조선변경을 향하는 쓰시마의 물발은 어차피 서수도권 북수도건 간에 상층물발이 거셀 뿐 심층의 물발은 세지 않습니다. 그러니 물이 깊은 북수도라고 더 좋을 것이 없습니다!”

“흐음- 그건 그렇다 치고, 왜 군이 서수도를 택해 뱃길을 늘리자는 것이냐?”

“바람이 불 때를 생각해 보셨읍니까?… 북수도의 물발은 중층의 물발이 가히 놀라울 정도로 거셉니다!. 서수도 중층물발보다 곱은 더 셉니다. 거기다가 서수도의 물발은 중층에서 북동으로 흐르기 때문에 상층물발과는 달리 배를 북동으로 떠밀어서 거제 쪽으로 닿게 하나 북수도의 중층물발은 풍랑이 심할 때면 느닷없이 남서와 북서로 흐릅니다. 남서로 떠밀리면 갔던 길을 되돌아 오는 것과 같고 북서로 떠밀리면 거제를 밑돌아 고주 쪽으로 엉뚱한 뱃길을 잡을 수도 있지 않겠읍니까?”

229. 왜구(倭寇) 140

“그렇겠지!”

“제가 서수도를 주 항로로 잡자는 뜻은 바로 이런 점에서…”

종의성은 곰배의 말이 끝나기도 전에 성급히 소리친다.

"좋다! 모리노부와 각선단의 조장을 불러서 네 말대로 서수도를 주 항로로 잡게 하겠다!··· 그렇다면 거제까지는 어떻게 가는 게 제일 안전 하겠는가?"

"거제까지의 뱃길에 앞서 또 아뢸 말씀이 한가지 있습니다."

"좋아, 좋아아- 네 말이라면 어떤 것이든지 다 들어주마. 이렇게 생각지 말고 말해보라."

"짜놓은 작전대로라면 제포와 웅천성을 부술 공략군이 거제를 치고 동래부산포 공략군은 거제에서 곧장 부산포로 향하게 돼있습니다!"

"그렇지.··· 그런데?"

"제 생각으로는 그 소임을 바꿨으면 좋겠습니다!"

"아니, 어떻게?"

"제포 공략군이 거제를 치고 나서 다시 제포로 발선한다는 것은 무리입니다. 조선의 봉수대를 속였다 치더라도 거제와 행암수도는 불과 삼십여리의 지척입니다. 장목과 구영의 타읍선들이나 어선들이 변란을 웅천성에 호보(號報)하기란 쉽습니다! 그렇게 되면 제포 공략군이 거제를 치고 다시 행암바다에 이르는 동안 제포의 조선 수군들은 임전의 시간을 벌 수 있지 않겠습니까? 제아무리 무군소맹선 몇척의 약체 수군이라 할 지라도 그뒤엔 진졸들이 버티고 있으니 웅천성 공격에 난관이 따를 수도 있을 것입니다. 수군만 치고 말 것이라면 그까짓 것은 식은 죽 먹기로 쉬운 일이지만 진졸들과 맞서 조선의 내지를 공격한다는 일은 쉽게 볼 일이 아닙니다!"

"과연!··· 그러니 어쩌자는 말이냐?"

"제포 공격군은 곧장 제포로 달려 무조건 제포 수군과 진졸의 숨통을 죄어야 할 것이며, 거제는 동래부산포 공격군이 쳐야 합니다! 앞선 제포 공격군이 제포와 웅천성을 회진시키고 나서 또 동래 공격군과 합류할 수도 있지 않겠습니까?"

"그러니까 이런 말이렷다··· 제포 공격군이 부산포 공격군과 합세하여 거제를 치고 나서 또 제포로 달린다면 두곳을 단번에 부숴버릴 수 없으되 부산포 공격군이 거제를 치고 제포 공격군은 곧바로 내달려 제포를 친다면 단번에 두곳이 쑥밭된다는, 바로 그뜻 아니냐?"

"그렇습니닷!"

"신법 중의 신법이다! 마음 같아서는 꼼빠이를 선장으로 삼고 싶어!"

곰배는 모리노부 따위의 무따래기[235]들을 제쳐놓고 금세 선장이 된 기분이었다. 갈수록 신명이 오른다.

"거제의 조선 수군이 겉으로는 위용당당하나 내실은 허약하기 짝이 없습니다. 수영의 설진(設陣)도 퍽은 미련스러워서 거제 수군의 주력인 조라포·지세포·옥포 수영이 나란히 대나무 서듯 했읍니다. 부산포 공격군을 삼진으로 나눠서 일시에 치면 이 세곳 수영의 방비는 걷잡을 수 없을 것입니다. 거제 수군은 사실상 이 세수영만 거덜나면 있으나마나 입니다. 가래량의 수군이 원군을 한데도 기껏 장사·가오도를 돌아 우리가 지나왔던 길을 따라와야 될 터이니, 그 시간만도 얼마며 따라와봤자 부산포 공격군은 이미 가덕수도를 향해 양중(洋中)에 있을 것입니다!"

230. 왜구(倭寇) 141

"그렇고말고! 따라와 봐야 말짱 헛것이겠고…"

종의성이 입꼬리 찢어지게 이빨틀을 앙다물며 느긋한 웃음을 키우는데, 곰배의 목소리가 이번엔 소피보고 난 불씹장이의 헛소리처럼 은은하고 비밀스럽다.

"그것말고도 또 있읍니다!"

"또?… 이번에는 또 뭐냐?"

"조선 수군의 전법입죠!"

"조선 수군의 전법?"

---

235 훼방을 놓는 사람들.

"수십년 동안 그들의 전법을 봐왔읍니다만 괴상망칙한 허가 있었읍니다! 그 헛점을 이용하면 덤으로 또 때려잡을 수 있을 것입니다!"

"덤으로 또 때려잡는다?… 철수하는 길에 말이냐?"

"그렇습니다!"

"그래에! 어디 조선 수군의 전법인가 뭔가 그것 좀 구경하자꾸나. 그게 대체 뭐냐? 으하하하ー"

종의성이 보득솔236 가지에다 알자리 틀고난 맵새처럼 요란하게 웃는다.

"그들은 단 몇척의 범경선237만 봐도 수영의 병선이 모두 발선하는 버릇이 있읍니다! 범경선이 기껏 다섯척이든 열척이든 간에 그것을 추포하기 위해 대선단이 발선합니다!"

"그렇다면 수영을 거의 비운다는 말이렸다?"

"예에."

"설령 그런다 치더라도 이번 공격과 무슨 상관이란 말인고? 공격이 끝나면 우리 공격진은 곧바로 철수해야 될 것, 철수 길에 조선 수영을 다시 치다간 되려 없는 회를 부를 수도 있을 것이다!"

"그런뜻이 아닙니다!"

"그럼?"

"우리들을 뒤쫓아 온 추격단선을 때려잡는다는 이런 말입죠!"

"꼼빠이! 그건 과욕이다! 우리 공격진을 추격해 왔다가도 우리들을 발견해내지 못한다면 곧 본영으로 되돌아 갈 것인데 우리가 어떻게 그들의 퇴로를 따라잡을 수 있겠느냐. 거기다가 이번 삼포 공격진은 책임이 막중하다. 때려부수는 것만이 소임이 아니다! 바꿔 말해서 공격도 중요하지만 철수 또한 막중해! 삼포에서 철수하는 항거동포들의 어선들과 수많은 항거민들을 안전호송해야 된다는 이런 말이야!…

---

236 키가 작고 가지가 많은 어린 소나무.
237 犯境船 : 경계나 국경을 침범하는 배.

그런데 조선 수군의 퇴로를 막아 또 싸움을 벌이자고? 그러기에 장수가 못되고 말졸신세지. 에잉-"

"퇴로를 막자는 게 아닙니다!"

"……?"

"그들의 전법이란 것이 어찌나 어리석은 것인지 대선단을 양중에다 띄워놓고 다시 현형할 때까지 이틀이고 사흘이고 기다리니까 그렇습죠! 당연히 본영으로 돌아가야 할 것인데 그렇지가 않습니다. 진을 짜는 모양새도 묘합니다. 총사가 탄 장선을 에워싸고 겹겹이 진을 칩니다. 순시를 하는 병선은 기껏 대여섯척의 척후선들이며 싸움을 할 만한 대선들은 장선을 호위하기에만 급급합니다!"

"믿을 수가 없다… 적선을 추포지 못하면 본영 귀항 하는 게 수전의 상식인데 양중에 떠서 적선이 현형할 때까지 막무가내 기다린다니 그런 어리석은 짓이 어딧단 말이냐?"

"제 눈으로 무수히 목도한 사실입니다! 그들은 우리를 기다려 필경 양중에 있을 것이며 우리는 조선 수군의 이 허점을 찔러 벼락같이 포위한다면 덤 치고는 큰 것 아니겠읍니까!"

231. 왜구(倭寇) 142

종의성은 그제야 생각났다. 옛적부터 들어왔던 말이었다.

곧 조선 수군은 대선단을 동원하는 큰 싸움에 강한 대신 찝적찝적 쑤셔대는 신경전에는 터무니없이 약하다는 소문이던 거다. 대선단의 큰싸움이란 것은 이를테면 세종(世宗)의 대선수군(大船水軍)이 감행한 '대마도 정벌' 같은 것을 이름이요, 자질구레한 신경전이란 것은 '고·초도 조어허가' 이후에 줄창 일었던 변경충돌을 가리키는 것일 게다.

그렇게 생각해 보니 어쩌면 이렇게도 딱 들어맞는 말이랴. 병선의 크기와 화력(火

力)에서 하늘과 땅 차이로 '쓰시마'를 압도하는 조선 수군이었으니 애시당초 그들을 상대해서 총들을 꾀해본 적은 없었다. 만만한 것은 조선의 어선들 뿐-

걸핏했다 하면 추포하겠다고 으름장을 놓는 조선 수군이 미워서 죄없는 조선 어선을 몇척 부숴놓고 보면 생쥐발톱에 콧뱅이를 긁힌 고양이 꼴의 조선 수군이 달근숨을 뿜어대며 와르르 들이닥쳤다. 이쯤해서 들이닥치겠지 하고 비양질겸해 기다릴랴 치면 영락없이 수평선을 메웠다. 몇척 때려잡겠다고 몰려오는 병선이란 것이 적게는 십여척이요 많을 때는 육십여척의 대선단이었다. 필경은 여러 수영(水營)의 군선들이 떼거리를 짠 것이려니 따라서 거진 수영들을 비운 꼴이었다.

거기다가 조선 수군의 추격은 어찌나 끈질긴 것인지, '부산포'의 수군이 '제창' 바다에 이르는 것쯤 예사요 '거제'의 수군이 '곤남' 앞바다까지 뒤쫓아 오기도 하던 것이다.

그렇다고 고대 돌아가냐 하면 잡을 때까지 보통 사나흘은 바다를 갈고 다녔다. 이런 끈질긴 덕분에 더러는 조선 수군의 타작마당이 되기도 했다. 그 좋은 본보기가 지금부터 16년 전(연산군燕山君 원년元年. 1494년) 모두 네차례에 걸쳐 당했던 '안골포'(安骨浦)와 '서생포'(西生浦) 앞바다 그리고 '적량'(赤梁) 재난이었다.

종의성은 쫓던 생각을 떨쳐내고 아슴아슴 누운 수평선을 실눈 안에다 담는다. 곰배의 말처럼 덤으로 거저먹는 조선 수군의 한 떼거리가 눈에 뵈는 듯했다.

"흐음- 곰빠이 네놈의 말이 옳을 듯도 하다!… 나도 조선 수군의 버릇에 대해서는 오래 전부터 알고 있다. 조선 수군의 그런 철딱서니 없는 버릇은 군선의 장대함과 화력의 우세에서 길들여진 것이야… 그러나 지금은 사정이 다르다! 쓰시마의 병선은 이제 고깃배가 아니야! 미포의 곳간이나 다름없는 조선 수군의 대·중맹신들은 이제 우리들의 방이다! 거기다가 우리는 지금 조선 수군을 대적할 수 있는 강력한 화력을 가지고 있어… 복건의 친구들 덕분에 총통을 장비했고 철환도 다방할 수 있어!… 조선은 모르고 있다! 까맣게 모르고 있어!"

"하앗, 맞습니다! 조선 수군은 우리들의 전력을 눈치도 못채고 있습니다!"

"증거라도 있느냐? 너는 제포 항거(恒居)동포였었으니 두눈으로 똑똑히 봐둔 게 있으렸다!"

"있고말굽쇼! 조선 수군이 눈치를 잡았다면 삼포내지의 우리 동포들이 들먹대며 기회만 엿보는데 어쩌자고 수전의 주력인 대·중맹선들을 조전에만 쏟아넣겠읍니까?"

"그거야 우리같아도 그렇겠지. 조전선단의 호위임무는 당연하다."

232. 왜구(倭寇) 143

종의성이 심드렁해서 콧방귀를 뀐다. 귀바퀴라도 쫑긋 설 무슨 신통한 정보라도 있을 줄 알았는데 기껏 그거냐 하는 표정이다.

"또 있읍죠… 조전의 시기가 그렇습니다. 경상좌우도의 조전선단은 삼월 십오일에 발선해서 오월 십오일까지 한성경강에 도착해야 하고 전라좌우도 조전선단은 삼월 십일에 발선하여 사월 십일까지, 경기·충청·황해는 이월 이십오일 발선하여 삼월 십일, 동해영동은 뱃길이 멀어 대개 내지육로로 운송합니다. 강원·영안·황해·평안은 쓰시마와 워낙 먼 거리니까 그런다 치고라도 경상·전라의 전 변경이 두달동안이나 복작복작 끓게 하는 이유가 뭐겠읍니까? 경상도의 경우는 가는데만 두달이요, 다시 본도에 귀환하자면 또 달포를 잡아야 하니 자그마치 넉달 가깝게 대문을 열어둔 꼴이며 전라도도 가고오는 길 잡아서 꼬박 두달동안이나 정신들이 없읍니다. 만약 그때를 골라 조선을 친다면 경상·전라 양도가 꼼짝없이 쑥밭 될 것인데 조선은 전혀 경계의 기미가 없으니 바로 우리를 얕잡아보고 하는 짓일 것이며, 그들이 우리들의 전력을 밀탐했다면 어떻게 그런 모험을 할 수 있겠읍니까?"

"흐음---"

"조선은 참으로 이상한 나라입니다. 기껏 쓰시마의 어부일 뿐인 우리도 이해 못할 일을 흔연히 국사로 삼습니다. 그리고 뻔히 앞뒤가 안맞을 일도 한번 정했다 하면 고집을 꺾지 않습니다. 조선의 입장에서야 경토방위의 전초가 바다일텐데 그 삼해를 다스리는 해방(海防)의 시범이 어찌나 서툴고 덜 익은 것인지 결국엔 수군만 죽어납니다!"

"후응- 미친놈들 아니냐! 그래 어떤 꼴을 봤더냐?"

"보고 느낀 것이 하도 많아서 다 아뢸 수가 없습니다만 그 중에서도 야릇한 것이 바로 조전의 시기 아니겠읍니까!… 조선의 조전시기는 한결같이 이월부터 삼월에 걸쳐 발선을 명하고 있는데, 이때는 한해를 통틀어 가장 천후가 사나울 때입니다. 바람의 방향이 느닷없어서 도무지 종잡을 수 없고 풍랑도 거세서 닷새면 하루 꼴로 양중이 끊어댑니다. 농경의 수확이 끝난 구, 시월이면 큰바람도 다 지나가고 풍향도 까다롭지 않은 호적의 시기인데 하필이면 그때를 피해 그중 난항의 시기를 택할 것은 뭐겠읍니까?"

"허어- 미쳐도 백번은 더 미친놈들 아니냐?"

"조군들과 수군의 원성은 이루 다 말할 수가없읍니다. 걸핏하면 난파를 당하는데 물이 찬 겨울이라서 물에 빠진 조졸이나 수군들은 모두 얼어죽기 십상입니다… 설령 조전대역을 무사히 치렀다 하더라도 귀도하고 나서 근 한달동안은 맥들을 못 춥니다. 노역 때문에 골병이 들어 그렇습니다!"

종의성이 쯔읏 쯔읏 마른 혀를 찬다. 다북한 턱수염이 그때마다 할미새 꽁지춤처럼 까닥까닥 논다.

"이번 공격도 공격이지만 조선의 태도가 방자하면 다른 방법을 생각해 보십시요!"

"다른 방법?"

"조전시기에 조전선단을 덮쳐 미포를 뺏는다면 꿩 먹고 알도 먹지 않겠읍니까!"

233. 왜구(倭寇) 144

곰배의 말이 끝나자 재채기 참는 염소 본새로 하늘을 바라 콧망울을 벌름대던 종의성이 봇둑 트고 밀리는 물의 기세인 양 거침없는 웃음을 터 놓는다. 벌름대는 얼 금쌈쌈한 코는 된바람 맞고 지는 유자목(柚子木)의 낙과(落果)요 벙긋벙긋 입꼬리를 찢는 인중의 힘줄들은 거품 문 씨도야지의 미간 같겄다. 바짝 쥔 인중 주름들은 웃 음발을 따라 다리미질 지나간 소포 꼴로 널븐히 풀리고 웃음이 쉴 적이런 등짝 움 츠린 콩벌레 꼴로 그새 짜들짜들 잔주름을 잡는다.

"으하하하, 으하하하- 그렇지! 왜 그 생각을 못했더냐? 한꺼번에 세가지를 얻음이 라아- 조선 수군의 위세를 꺾는 것이 그 첫째요, 재난이 잦으면 조선민의 민생이 그 만큼 어려울 테니 민심 흉흉 하다 보면 민과 조정이 불화하여 종내는 쓰시마와 협 상할 것이 그 둘째요, 쓰시마는 탈거한 미포로 식량과 교역의 발판을 삼을 수 있음 이 그 셋째!… 으하하하- 으하하하-"

종의성의 뿔 쥐고 고삐 쥐는 만족함에 따라붙는 곰배의 너스레가 숫칼위에 올라 선 무당 기세였다.

"조선내지에 항거하면서도 한날 한시 염탐을 게을리하지 않았던 결과일 뿐입니 다! 서쪽으로는 마로현 앞바다까지, 동쪽으로는 부산포까지 갈고다니며 조선 수군 의 동향과 물길을 익혔으며, 육로로는 보평역으로부터 의창·진영·삼랑에 이르기까 지 진졸의 기강과 조선말상들의 추이를 염탐했었읍니다!… 그저 한일없이 부끄러 울 뿐입니다!"

천금 돈줄을 깔아놓곤 피를 졸이는 흥리를 거둬들이며 이 눈치 저 눈치에 이골이 난 곰배려니, 녀석이 서슬푸른 도주의 좌하(座下)에서 서슴없이 깔아놓는 넉살이란 것도 꼭지만 놔두고 홍시 따먹는 재주렸다.

종의성이 생각난 듯이 묻는다.

"그래 삼포의 항거동포가 일시에 난을 꾀할 때 흥리에 묶인 조선 어가들은 어느 편을 들 것 같은가?"

"사람 나름일 것입니다. 제가 알기로는 제포에서만도 네명은 필시 우리편을 들어 줄 것입니다… 그러나 거개의 조선 어가들은 이때다 하고 항거동포들을 칠 것입니다! 나라를 믿는 본성이 어찌나 그악스럽던지 돈은 우리들에게 빌리되 한치도 굽을 줄을 모릅니다! 조선 어가들은 우리를 보기를 마치 금수로 대합니다!… 그거 참 이상한 종자들입니다!"

"뭐라고?… 우리들을 금수로 본다?"

"… 사실입니다!"

"고얀놈들! 어디 두고보자!… 누가 금수요 누가 사람인가를 이번엔 꼭 보여주리라!"

"저의 소원도 바로 그것입니다!"

"좋아아-"

종의성의 거들이 점점 풀죽어 간다. 무심히 떨군 눈길이 보판(鋪板) 위를 하릴없이 구르기를 한동안- 종의성이 단내 나는 한숨을 길게 내뱉는다.

"허어- 어차피 일은 터졌다!… 일은 터지고 말았어!"

이 무슨 엉뚱한 짓이랴. 갈퀴날 같은 손가락을 뻗질러 세우며 머리통을 움켜 쥔다. 그 바람에 각모 가운데를 가로질러 꽂혔던 검은색 비녀가 보판위로 떨어져 내린다.

"… 이겨도 져도 내 죄 아니랴!"

234. 왜구(倭寇) 145

종의성은 무릎위에다 두팔꿈치를 얹은 채 등을 바짝 움츠린다. 좀전까지의 기개는 오간 곳 없다. 머리칼을 움켜쥔 손이 고대 턱주가리를 받쳐 세우는가 하면 그새 주먹을 악죄고 우두둑 소리가 나도록 손가락 뼈마디를 꺾는다. 안절부절 못하고 사지를 버르적거리는 품이 느닷없어도 유분수였다. 내뿜는 숨소리가 복창 앓으며 털썩 고꾸라진 황소 숨이었다.

종의성은 무슨 생각을 하며 이쯤 돌변한 것인가.

바로, 왜 이런 싸움을 벌여야 하는 것인가- 하는 허망한 생각이었다.

기왕 벌여놓은 일, 이 생각만은 하지말자며 악착스레, 버텨봤지만 막장에 이르러 자릿장²³⁸ 앞설기로 빼죽 내민 베갯모처럼 영락없이 겹지르는 생각이던 거다.

　'쓰시마'가 조선을 상대로 싸움을 걸어야하는 연유는 이랬다.

　쓰시마 38향(鄉)- 어느 땅을 밟아도 곡식이 안 되는 박토다. 게다가 군졸에게만 요미(料米=녹미祿米)가 있고 굶주리는 백성들을 위해선 곡식 한톨 빌려주지도 않으며, 또한 구제하는 법도 없다. 사는 길은 고기를 잡아 파는 어업뿐이다. 배를 가진 자는 그럭저럭 삶을 꾸리되, 배가 없는 자들은 어선의 접군으로 품삯을 벌기위해 남서(南西)로는 복강(福岡. 후쿠오카)·평호(平戶. 히라도)를 거쳐 천초탄(天草灘. 야마쿠사나다) 앞까지 나들이를 해야 했고, 동남으로는 송강(松江. 마쓰에)의 미보만(美堡灣)까지 흘러들어야 했다.

　목숨을 부지하기 위해 찾는 곳이 장기(長崎. 나가사키)였다. 그러나 '장기'는 복건(福建)·소주(蘇州)·항주(杭州) 장사치들의 텃세가 사람 잡을 정도로 등등기세였다. '쓰시마'의 유일한 교역품이란 것이 기껏 생선- 그나마 왜국 연해에서 이골이 날 정도로 맛들여 온 고기들이니 시세가 없었다. '쓰시마' 포만(浦灣)으로는 걸신 든 거렁뱅이들이 줄을 잇고, 허기에 견디다 못한 자들은 급기야 처자(妻子)들을 '복건'의 장사치들에게 팔아넘기기에 이르렀다.

　'쓰시마' 돼가는 꼴이 거진 막장의 곤궁에 빠졌을 즈음, 바로 그때 '쓰시마'가 다시 살아날 요행이 터졌었다. 세종(世宗)이었고 세종으로부터 '고·초도 조어허가'를 따낸 '쓰시마'는 은연 활기를 띠게 됐다. 비단 생선뿐인가. 조선연해에서 '채곽선'(採藿船)의 어로마저 허락을 받게됐으니 콧대높던 '복건'의 장사치들도 흐믈흐믈 '쓰시마'에 먹혀들던 거였다.

　조선의 생선들이 '장기'의 교역장에 선을 뵈자 사정은 딴판으로 바뀌었다.

　조선생선들은 실어나르기 바쁘게 동이 났고 석결명(石決明=흑진주)은 부르는 게

---

238 이부자리를 넣어 두는 장

값이었다.

교역(交易)이 이쯤 활발하게 되니 쓰시마 사람들은 어업에 한술 더 얹어 너나없이 장기의 거간(居間)꾼 노릇에 눈코 뜰새없이 바빴으며, 이 흥청낭창한 세월이 수십년 동안을 내리 이어오는 짬에 쓰시마는 한껏 꺼드럭거리게 됐던 것이었다.

여기서 한발짝 서슴없이 내디뎌 본 것이 바로 '복건'의 밀상들로부터 화약과 화총을 사들이는 일이었다. 이젠 조선에 빌붙어 조선바다를 넉재비(밤도둑) 기어대듯 할 것이 아니라, 얼굴 뻣뻣이 처들고 내 바다인 양 지켜보자는, 이쯤 엄청 큰 생각이었던 것이다.

235. 왜구(倭寇) 146

어찌하여 이런 뻔뻔스러운 생각이 남아 돌았으랴. 크게 토막내고 잘게 썰어서 그만큼 조선바다를 골막하게[239] 먹어봤으면 될 것이었다. 그런데도 불구하고 조선의 수군이 지키는 바다를 '쓰시마' 병선이 스스로 지켜야 하겠다니 주인이 바뀌어도 예사로 바뀐 일이 아니었다.

조선바다를 잃으면 따라서 '쓰시마'는 세상에 없어야 옳을 이치를 깨닫게 됐으니, 종의성은 조선 바다를 저들 살판이 되게 하기 위해 그동안 쌓아모아 뒀던 재력을 울며 겨자 먹기로 축낼 수밖에 없었다. 조선의 생선들은 화포와 맞바꾸는데 거진 탕진됐고, '쓰시마' 명산(名産)의 '소목'(蘇木)[240]과 '석결명'은 오직 미포(米布)를 장만하기에도 모자랄 지경이었다.

이렇듯 엄청나게 큰 격차를 메우자면 두길밖엔 없었다. 그 하나는 조선의 생선들을 밤낮 가리지 않고 잡아들여야 할 일, 또 하나는 '복건'의 친구들에게서 복건물산

---

239 가득하지 않고 조금 모자라게 담겨 있다.
240 단목(丹木)의 붉은 속살. 파혈(破血) 효험(效驗)이 있어 통경제(通經劑)와 외과약(外科藥)으로 쓰임.

(福建物産)들을 헐값으로 떼다가 곱을 붙여 조선에다 팔아먹는 길이었다.

'웅천'의 '보평역'이 제구실을 할 즈음 해선 고기잡이도 그랬으려니와 흥리교역(興利交易) 또한 성시(盛市)였다.

'복건성' 밀상들이 '장기' 교역장으로 실어나르는 물산들은 대개 '수피'(獸皮=가죽)·'호초'(胡椒=후추)·'상아'(象牙)·'명주'(明紬=東珠=명주베)·'서각'(犀角=무소뿔, 화독火毒의 신약)·'관자대모'(貫子玳瑁=거북등껍질)·'설당'(雪糖=설탕) 등속이었는데, '쓰시마' 왜상(倭商)들은 주로 '명주'·'상아'·'서각'을 사서 조선에다 팔아넘겼었다.

병이 나면 죽을 테면 죽어라 하고 내버려 두는 '쓰시마'완 달리, 조선의 풍속은 꺼져가는 목숨을 살려냄이 그중 값진 일이라 생각하던 터이니 '서각'은 조선 한방(漢方)들이 앞을 다투어 사들였으며, '상아'와 '명주'는 조선의 양반들이 미리 돈을 넣고도 모자라 저들끼리의 시샘이 또 호각의 싸움을 벌일 정도였다.

이래저래 '쓰시마'는 살쪄 갔다. 그러던 차에 야릇한 소문이 조선내지에서 퍼졌던 것이다. 그 소문인즉, '대마도'의 도주가 또 방자하게 놀아나니 이번엔 앞도 치고 뒷쪽도 치는 겸사 해서 '일기도'(壹岐島=이키시마)[241]를 정벌하자고 나선다는 것이었다. '쓰시마'만 안전하다면야 '이키시마'쯤 쑥밭이 된 데도 상관할 바 아니었으나, 조선이 '이키시마'를 칠 양이면 반드시 '쓰시마'를 먼저 쳐야 할 것이며 '이키시마'가 조선의 공략에 허물어진다면 '쓰시마'는 그야말로 진퇴양난의 외딴섬이 되고 말 것이었다. 종의성은 '이키시마'를 위해서라기 보다 '쓰시마'를 살리기 위해서 조선을 막아야 했다. 그러기 위해서 절대 필요한 것이 바로 병선의 화력이었던 것이다.

이젠 병선의 화력에다 쏟아부은 재력을 악착같이 보충해야 했다. 다른 길은 없었다. 오직 전보다 더많이 조선생선들을 싸담아야 했고 흥리교역이 잘 돼서 재력손실의 큰 차이를 메우는 길밖에 없었다.

---

241 일본 규슈 북서쪽 겐카이나다에 있는 섬으로, 행정상 나가사키 현 이키 군에 속함. 거제도 뒤에 대마도(쓰시마), 대마도 바로 뒤에 이키섬이 자리잡고 있다.

하필이면 바로 이때 조선은 왜선의 어로를 금하고 흥리를 엄금해 버린 것이었다.

이젠 죽든 살든 간에 싸워볼 수밖에 없었다. 막강한 화력을 내세워 조선으로 하여금 왜선의 어로와 항거왜의 흥리를 트게끔 해야 했다.

236. 왜구(倭寇) 147

종의성의 속마음은 쓰시마가 제아무리 사람 살 땅이 못된다손 치더라도 푸성귀 안 심고 조선바다의 생선으로 삶의 방편을 삼자면, 그런대로 멀지않아 복건·소주·항주의 떼거리쯤은 발밑창에다 깔고 설 수 있다는 생각이었다.

종의성의 이같은 속마음에서 쓰시마 뱃놈들의 불여우계략이 드러난다.

'복건' 등속의 만구(蠻寇)들이 '쓰시마' 병선의 화력을 밑 대줬기로 거저 도와준 것이냐 하면 천만의 말씀, '쓰시마'의 '소목'·'석결명'·'조선생선'들은 실어다 주는 대로 날름날름 받아 챙기고 저들의 물산들은 그 얼마나 호된 값을 매겨 분수를 거둬들였던가. 그러니 조선의 생선들과 조선내지의 흥리로 '쓰시마'의 튼튼한 삶을 삼되 그 언젠가는 불상놈 씻줄의 중국 종자들까지 먹어 치워야 원이 풀리겠다는 앙심이었다. 쉬운 말로, 조선으로 하여금 '복건'의 친구들과 놀아나고 조선으로 하여금 '복건'·'항주'·'소주' 상것들과 등을 갈리고 보자는 거였다.

생각이 이쯤 여물었다 짐작 했을 때 턱밑었던 조선은 쓰시마를 망돌림[242]으로 엎어치는 느닷없는 씨름판을 벌인 것이었다.

조선에서의 조어(釣漁)와 흥리(興利)가 막힌다면 쓰시마는 꼼짝없이 빌거지 신세가 돼야 했다.

급한 나머지 '복건' 밀상들의 맘을 구슬려 허겁지겁 화력(火力)을 갖추다 보니 자그만치 일백여소분의 생선이 밀렸고 흥리를 꾀해 곱은 더 넘겨 받으려 했던 '복건'

---

242 씨름에서, 왼손으로 상대방의 허리춤을 끌어 잡고 오른손으로 목덜미를 잡아 돌려 넘어뜨리는 기술

의 비단(緋緞)들은 상선(商船)에다 실은 채 뜨도 못한 처지였다.

'복건'·'항주'·'소주'의 밀상(密商)들에겐 흉내낼 수 없는 천성 하나가 있었다. 즉, 한번 판 물산들은 반값의 헐값으로 되넘겨 판다 해도 죽어라 사들이지 않는 습성이었다.

할 수 없었다, 조선과 싸우는 수밖에 다른 도리가 없었다. 그러나 조선은 한'나라'요 '쓰시마'는 왜국 속주(屬州)의 외딴 섬일 뿐이었다. '쓰시마'의 화력이 제 본새를 잰다 하나 '복건'의 친구들이 눈돌림 할 시면 고대 바닥날 것은 뻔한 이치로되 조선은 저들의 땅속을 파고 삼해에 널린 생선들을 싸담아 한없이 화총을 갖춰 갈 것이었다. 우선 버티는 힘에서부터 조선에게 지는 것이었다.

그뿐이랴. 모리노부의 삼포 공격진이 반드시 승전하라는 법만 있더냐.

또 턱믿는 곰배가 끈질긴 조선첩자는 결코 아니라는 법이 어디 있더냐.

모리노부가 만에 하나 패한다면 공격진의 절반은 부셔먹을 것이요, 곰배가 조선첩자라면 삼백마흔세척 병선을 고스란히 조선 수군에게 바치는 결과일 것이었다.

종의성은 대충 이런 생각에 쓸개가 졸아들던 거였다. 종의성은 머리칼을 움켜쥔 채 보판만 내려다보고 있다. 곰배는 어안이 벙벙했다. 도주(島主)는 왜 이다지도 고심하는 것인가. 너무나도 딴판인 종의성을 올려다보며 곰배가 묻는다.

"조선의 삼포공략은 벌써 이긴 것이나 다름없는데 어찌 이렇게 걱정하시는 것입니까?"

종의성은 짐짓 태연한 기색으로 보판위에 떨어진 비녀를 줍는다. 비녀를 절꿍 가로질러 꽂으면서 곰배의 물음엔 아랑곳 않는다.

"… 걱정이라니? 그런 것 없다! 이제 거제에 이르는 뱃길을 말하라"

237. 왜구(倭寇) 148

곰배가 종의성의 근심을 덜어주겠다는 듯이 물흐르듯 받아넘긴다.

"관여(굴비=국도國島)를 지나 왼쪽으로 대병대도(大竝臺島=지금의 소지도小知島)를 보고 갑니다. 색암말 남서쪽이니 그 여섯바위를 무난히 지나며 가오도와 어유의 사이를 빠져 석문을 벗어나면 당장에 조선 거제입니다!"

곰배가 아뢴 '거제'까지의 뱃길은 대강 이렇다.

'국도'를 기점 잡아 직선으로 동향(東向)하면 '매물열도'(每勿烈島), '대병대도'(소죽열도小竹列島)를 북향하면 그새로 '대덕'(大德)과 '가오도'(加五島)가 자리 잡았는데, '가오도'와 '어유도'(魚遊島) 사이의 물길을 빠져나가 '석문도'(石門島=북가왕도北加王島)와 '속초도'(束草島=저도猪島) 사이를 지나, '거제'의 '갈곶'(空串) 앞바다에 나선다는 것이었다. 그곳에서 곧장 북향 하면 '도장포'(陶藏浦) 앞바다에 이르고 '도장포' 북쪽에 있는 '주불리두'(周不利頭=서이말鼠耳末) 뒷쪽에 숨어 번개같이 '조라포'를 친다는 거다.

종의성이 감탄한다.

"뭐가 무슨 소린지 도통 모르겠구나. 조선은 쓰시마 뱃길에 서툰데, 우리는 조선 뱃길을 줄, 주울 펜다니, 조선은 우선 지고봤다는 말이렸다!"

"그렇습죠!"

"그렇다면 거제에서 웅천에 이르는 제포공략진의 뱃길을 말해보라."

"그 뱃길은 세갈래가 있읍니다. 그 하나는 동북방의 저도 서쪽을 건너 망와의 남쪽으로 가는 길과, 그 둘째는 저도와 병산열도 사이를 빠지는 길인데 이 길은 험난하기 그지없어서 택하지 않는 것이 상책일 것이오며, 그 세째길은 병산열도와 가덕도 사이를 빠져나가는 길로 그중 장애가 없는 뱃길입니다. 따라서 이번 뱃길은 세번째 뱃길을 택함이 옳을 줄 압니다!"

'거제'에서 '제포'에 이르는 뱃길은 이런 것이었다.

동북(東北)에 접한 '저도'(猪島) 서쪽을 질러 '망와도'(忘蛙島)의 남쪽을 항진하는 뱃길. 둘째는 '병산열도'와 '저도' 사이를 빠지는 길이나, 이 길은 조선 뱃놈들도 겁을 먹는 물길이니 아예 생각에도 두지 말 것이며, 그 세째 뱃길은 '병산열도'와 '가

덕도’ 사이의 시오리 폭 ‘즉본수도’(卽本水道)를 지나는데, 이 뱃길이 그중 지름길
이요 안전하니 이 뱃길을 택한다는 것이었다.

“거제에서 동래에 이르는 무네모리군은?”

“거제에서 가덕도 밑의 양중을 줄곳 나가 절영도 남쪽을 밑돌면 남동에 상이말
이 나섭니다. 상이말은 북방의 조도에서 반마장이요 상이말 남방에 있는 생도의 사
이 입니다. 가는 길은 동래의 서구를 택하되 부산포에 이르러서는 수심이 깊은 동
래의 동구를 택해야 될 줄 압니다! ‘거제’에서는 엇비스듬히 북동향(北東向)해서 ‘
가덕도’(加德島=천가天加) 남동의 양중을 줄곧 나가 ‘절영도’(絶影島)에 나서고, ‘상
이말’(相伊末)을 지나 ‘오륙도’(五六島) 동방을 벼락같이 돌아 ‘동래동구’(東萊東口)
로 들이닥치자는 것이다.

종의성이 체신머리없이 두손을 모아 하늘에다 세운다. 이만하면 이미 이긴 것이
나 진배없으려니 제발 쓰시마에게 운을 내려달라는 기도였으리라.

238. 왜구(倭寇) 149

당포는 으스스 등짝을 떨며 일어섰다. 밤을 한데서 세웠더니 모진 한속이 들던 거
다. 합포에서부터 꼬박 이틀을 걸어 장천(將川=지금의 진해시 장천동)을 넘어섰는
가 보았다. 꽁지발을 딛고 앞쪽을 내려다보던 당포는 부신 햇살을 피할 양 손바닥
을 가로뉘어 이마에다 붙였다. 해는 만재를 솟아올라 막 금싸래기 같은 빗살을 뿌
리고 있었고 만재 동북간을 자리잡은 원개(지금의 진해시 완포동院浦洞)가 아슴아
슴 낮게 누었다. 그리고 보니 지금 서 있는 곳이 큰발티(장천에서 원포로 넘어가는
고개) 마루였다. 원개만 넘는다면 댓골(진해시 죽곡동竹谷洞)까지는 느름짱부려 걸
어도 되겠고 꼬부랭골(고부랑골=죽곡에서 제포 사이에 있는 골짜기)을 후벼댔다
하면 제포는 다 간 셈이었다.

“헛차암- 뱃놀이 시방 믄 청승이데여! 배로 건느면 금방일 것인디 암내 난 호랭이

라고 산속으로만 걷냔 말여!"

패앵- 콧물을 풀어치는데 콧물이란 것이 사뭇 노랑색 조청이었다. 어찌나 끈끈한지 거센 훼질을 쳐봐도 엄지손가락에 달라붙어 떨어질 줄을 모른다. 감모(感冒=감기)기가 드센 때문일 것이었다. 나무등걸에다 엄지손가락을 싹 싹 부벼대고나서 멀건히 턱을 괸다.

하필이면 이럴 때 고깃배 '고물판'이 부셔져나갈 것은 뭔가. 왜놈들 고깃배들이 옴짝달싹 못하고 석장에 묶였을 때 신명돋는 그물질을 해봐야 할 게 아니더냐.

그간 목숨 걸고 '제창'의 사등(沙等) 물목을 바짝 붙어 용남(龍南)까지 내려본 덕분에 '도미' 한접반은 염장하고 봤다. 여느 때같으면 왜놈들 도미배가 군침을 달근대며 막바로 사갔을 것이로되, 왜놈들 고깃배가 줄줄이 묶인 때려니 펄펄 뛰는 '도미' 한접반을 선뜻 사갈 사람마저 흔치 않던 거였다. '도미'라면 물 좋을 때라야 귀물일 것, 간물에다 절인 '도미'가 어디 제값을 재보랴.

그만이라도 시절 좋다 했었다. 그런데 용남의 '돼지여'(저도猪島) 앞에서 큰 바람을 만났다. 고깃배는 한사코 떠밀려야 했고 급기야는 '돼지여' 발치에다가 '고물' 가림판을 찍고 말던 것이었다.

"그래도 합포 댕포니께 널짝이나 다름없는 고녀려 배를 몰고 왔당께는. 바람이 자줬응께 살었제 그 난리가 계속됐다면 배고 묫이고 다 절단났을 것이여…댕포라고 벨 거여? 지가 물구신배께 더 되여?…후웅-"

당포는 콧방귀끝에 병삼 노인을 떠올려본다. 한창 '고물판'을 고치고 있을 것이었다. 늦어도 이틀 후면 승주댁을 싣고 '제포'에 닿을 거였다.

"그나저나 얼간되미를 누가 다 사줄 꺼여! 한방을 잡자면 되미를 팔아사 쓸 것인디."

당포는 덕포댁을 떠올려본다. 그렇잖아도 덕포댁만 믿고 서둘러 먼저 떠난 당포였다. '도미'가 안 팔리면 그것을 잡아두고라도 돈을 벌자는 속셈이었다.

당포는 그 생각끝에 떠벅떠벅 걸음을 놓기 시작했다. 마음을 단단히 사리면 그럴

수록 한숨을 딴판으로 놓겠다. 걸음 끝마다 불 같은 한숨이 샌다.

승주댁의 병이 날로 심상치 않았다. 거기다 엎쳐 외아들 상모녀석마저 시름시름 앓던 거다. 애미 병을 옮아가졌다면 큰일이었다.

239. 왜구(倭寇) 150

꽃샘바람이 드셋다. 맵고 앙칼진 바람이 숲을 새암하며 몰아갈 적마다, 잠자던 노루가 뛰는 듯 장끼가 놀라 날 듯, 별의별 소리가 다 일었다.

여느 때같으면 바위 굽도리를 헤적대며 '산척촉'(山躑躅=진달래) 꽃망울들이 다투어 벙시레 피어났을 것이요 나무등걸을 휘감아뻗는 까치밥 넝쿨도 시퍼런 단물이 올랐을 것이었다. 그런데 올해따라 뜻밖의 일들만 거푸 생기는 낌새였다. 달포는 더 늦게 찾아온 '대구어' 떼거리가 그랬고, 꽃샘바람속에 섬뜩한 냉기가 절여 보름은 실히 더 불어대는 광막풍(廣漠風=북풍)이 그랬으며, '제포' 땅 왜놈들이 석장 콧부리께로만 널브러져 잔뜩 주눅든 행색이 또 그렇던 거다.

당포는 야마(野馬=아지랑이) 속으로 봄날을 보듯 희부연 생각 하나를 잡고 신이 돋아 흥얼거려 본다. 몇해전의 전라남도 승주(昇州) 땅 '고사리'다. 꼭 이맘 때인 사월 초순이었다. 백운봉(白雲山) 허리를 치렁치렁 타내리던 산 밑자락이 '고사말' 남서쪽을 깔아뭉개며 휑한 들판을 일궜다. 그해따라 '산척촉'은 그 들판까지 먹어들며 시끌벅적 꽃을 피웠었다. 누웠다면 등짝으로, 앉았다면 엉댕이로, 엎어졌다 하면 배통으로 '산척촉' 꽃물이 밸 지경이었다.

'숭어' 그물질(홀태낚시)이 여느 때 같지않게 태풍이어서 강구(江口)의 통발(전筌) 안으로는 댓짜리(두자짜리의 숭어)들의 뜀질이 장관이었다.

'고사리'와 '금천말' 먹세가 그 어느때보다 흥청낭창한 세월이었으니 '산척촉' 밭에서 '꽃달임'이 없을 순 없었다. '고사말'·'금천말'(지금은 구례求禮) 땅 다압면(多鴨面)이 내기를 걸었다. 어느 마을의 여자솜씨가 더 나으냐는 내기였다. '산척촉'

꽃잎으로 적편(炙餠)을 붙여내는 '꽃달임'이었다.

눈에 드는 것이라곤 그저 여자인지라 당포는 '산척촉'을 밑자리 삼고 시무룩하게 누워 있었다. 그런데 별난 일이 터졌었다. '꽃달임' 내기에서 그중 예쁜 솜씨를 낸 처녀가 다름아닌 '금천말' 양반문중의 종년이었던 까닭이었다. 종년이 제아무리 솜씨를 재보면 뭣하랴. '꽃달임'에 이기는 여자는 으레 양반문중의 계집이기 망정이었다.

떡모양새가 벗어놓은 보선 본새로 들쭉날쭉 우그러들었다 치더라도 양반문중의 여자에게로만 돌아가던 것이 어쩐 일로 짐승만도 못한 종년이 끝발을 챙겼더란 말인가.

당포의 숨줄이 가빠오기 시작했다. 이렁구렁 능장을 부리다가는 땋아내린 머리총으로 서캐만 풍년일 것이매, 목숨 걸고 상투 한번 얹어보자는 배짱이었다.

날이 저물어 '금천말' 패거리들이 돌아 갈 때를 골랐다. 숲속에 숨어 기미만 살피던 당포는 족제비가 병아리를 채가듯 에라 모른다 하며 업어 쟁기고 봤다. 종년이되 양반문중의 권속이었다. 일이 깨질 시면 멍석말이로 두번은 죽었다 깨어날 것, 기왕 들취업었디면 냉큼 살을 섞고 뵈야 할 것이었다. 상것들끼리 피까지 섞고 말았는데 아무려면 죽여야 원이 풀릴까 보냐.

앙탈을 부리며 거진 죽어가는 종년에게 늑대가 토끼 먹듯 화급스레 일을 치르고 봤었다.

병삼 노인은 세상을 내것으로 한듯 좋아라 뛰며 말했었다.

"요참에 아조 합포로 뜨쁠자고잉!"

240. 왜구(倭寇) 151

'고사말'에서 '휘릿배'(江摔罹)[243] 한척 못부리는 집은 몇집 안 됐었다. 그래도 다

---

243 바다나 강에서 물고기를 잡는 데 쓰는 큰 그물인 '후릿그물'을 '휘리'라 부름. 일찍부터 우리 나라에서 개발된 지인망(地引網)의 일종으로 후릿그물을 장착하고 물고기를 잡는 배.

른 집들은 '휘릿배'가 없으면 '숭어망장'(網場=장목으로 대발을 고정시킨 어법)이라도 박아놓고 봤다. 그러나 당포네는 '휘릿배'는 커녕 '망장' 한곳 막을 엄두도 못냈다. 그쯤 가난했던 거다.

젊은것들이 어장 접군으로 시달리는 것쯤 물에다 목숨 붙이고 사는 뱃놈들이라면 예사스러운 짓이었으나, 늙어 고부라진 사람들이 접군노릇으로 살아가는 꼴이란 여간해선 못 봐줄 참경이었다.

'휘릿배' 한척, '망장' 한곳 없는 당포네가 오죽했겠는가. 남들이 '댓짜리'를 싸담을 때 '등기리'(登其里=한자짜리 작은 숭어)나 '모챙이'(모치毛峙=숭어새끼)라도 거둬 볼 양으로, 아무 곳이나 막고보자 해봤으나, 제아무리 거들떠도 안 보는 물탕에다 '망장'을 박는들 그 공전이 또 거금(巨金)이었다. '망장'을 치자면, 물탕(물이 맑아 숭어가 안 오르는 곳) 밖에 없을 것, 해보나마다 뻔한 짓에다가 무슨 수로 공전을 빌려 볼 것인가 하곤, 그것도 그만두고 말았다.

사나흘을 굶어도 끄떡않던 병삼 노인이 손바닥이 터져라 땅바닥을 두들기며 울어 본 적이 있었다. 강을 오르락대며, 바다로 흘러들며, 수염발 닳게 접군노릇을 해대던 조부마저 '소리도' 앞바다의 물귀신이 되고 만 것이었다. 조부는 바로 한해 뒤에 부친을 따라간 것이었다. 목숨을 끊는 자리도 부친이 죽었던 그 '소리도' 앞바다였다.

"쌍놈들은 목심도 질단 말여. 섯바닥 카악 깨밀고 디지면 만사가 편할 것인디 으째 못 디진당가잉!"

앉으나 서나 이렇게 탄식하며 골즙이 빠져갈 즈음- 그 때 바로 눈뒤집힐 소문줄이 깔리던 거다. 경상도 '웅천' 땅에만 가면 접군노릇 삼년 안에 내 배를 장만할 수 있다는 것이었다.

병삼 노인은 귀가 번쩍 띄었다. 외삼촌이 아직 살아계시지만 눈 딱 감고 '고사말'을 뜨자는 결심을 다졌다.

상것들의 타지(他地) 잠입을 엄히 막는 시절이었으니 도망질을 놓자면 천상 밤을 택해서 배로 뜨는 수밖엔 없었다.

"뱃놈팔짜 도망질은 죽자는 짓이여. 발목땡이가 멀쩡한디도 속편한 땅 놔 두고 뱃길로 가사 쓸께…."

그래도 땅에 빌붙어 죽지내느니 차라리 바다속에서 물귀신 되는 게 백번은 더 나은 일이라고 생각했다. 도망질을 놓을 짬만 엿보며 달포를 견뎠다. 한가지 찜찜한 것은 남의 배를 훔쳐 타야 하는 일이었다. 생각 끝에 점 찍은 배가 고물이네 배였다. 고물이는 '망장'만도 세곳에다 '휘릿배' 한척을 부리는 사람이었고, 바로 외삼촌이 접군으로 타는 '휘릿배'의 주인이기도 했다.

고물이놈 놀아나는 게 여간 호로자식 짓거리가 아니었다. 열여섯 해를 더 산 병삼 노인에게 막말도 예사였다.

"또 황잡었겄제? 고래서 차라리 내 배를 타돌라는 거 안여. 접꾼들이 서툴러서 애가 타는 참이랑게 그네. 으짤랑가?"

눈길 마주칠 적마다 이렇게 비양질을 놓았다.

이런참에 당포놈이 계집을 덥석 엄어왔던것이다. 병삼 노인은 허억- 단내나는 숨을 물었었다. 병삼 노인의 처지로는 바다 하나를 통째로 내것 삼은 기분이었을 것이었다.

241. 왜구(倭寇) 152

천신만고 끝에 용케 살아남게 됐었다. 용왕님은 고물이놈 보다 상것 뱃놈인 접군 식솔 편을 들어 주셨었던가 싶었다.

당포는 아련한 옛 생각을 마무리짓고는 걸음을 재촉했다. 걸음발이 한창 신 돋친다 싶었을 때 당포는 우뚝 멈춰섰다. 왼켠 숲속에서 인기척이 일었다. 사람인지 짐 승인지, 숲을 질러 겁없이 길 가운데로 나서겠다는 낌새로, 소리가 날 적마다 훤칠한 장대풀이 엇비스듬히 누웠다. 누웠다간 휘청 일어서고 기척이 앞서 갈 시면 또

늡는 장대풀 더미를 바라다보며 당포는 길섶의 썩은 나무가지 하나를 쥐어 들었다.

길 가운데로 껑충 뜀질하며 나선 것은 짐승이 아니라 사람이었다. 당포는 모지게 쥐었던 나무가지를 슬겅 떨어뜨리고 만다. 한눈에 '제포'땅 먹성이놈이다. 본디가 '수치' 앞바다 '주치뱅이' 태생인 녀석이었다. '지토선' 한척을 부리며 '제창'의 곡미를 실어나르는 통에 무슨 아양을 떨어댄 결과인지 '주치뱅이'에다 '행어'(行魚=추어鰍魚=멸치)배 한척까지 따로 동동 띄운 녀석이었다.

소문만 믿는다면, '제창'의 수졸들과는 사촌부터 사돈네 팔촌까지 낯가죽을 익힌 녀석으로, '제창' 땅이라면 '가라봉' 어느 바위 틈에 무슨 나무가 서있다는 것까지 줄 주울 꿰는 녀석이었다.

본디가 뱃놈은 아니었다. 돼지 흘래를 붙이는데 이백근짜리 씨돼지를 못이겨 성사가 될랴 치면 으레 무릎을 풀석 꺾고마는 암돼지들이겠다. 암돼지의 무릎을 세울 양으로 암돼지의 주둥이를 갈피줄로 바짝 죄어 당기는 '아갈잡이'였던 녀석이었다.

뱃놈이 제아무리 상것들이라지만 '아갈잡이' 보다야 두뼘은 높은 양반이었다. 갈피줄만 당기면 누가 뭐래나. 흘깃흘깃 돼지 흘래를 훔쳐보던 녀석이 그새를 못 참고 중의 가랭이가 들춰지게끔 자지를 불끈 세우던 거다.

"보그라! 시방 머하노? 씨게 땡기라, 더 땡기라!"

"… 억수 안땡깁니꺼?… 우째 더 땡긴답니꺼! 고마 쥐둥이까지 뽑을라꼬예."

"차라 고마! 쥐둥이가 와 빴노. 니놈 가쟁이좀 보거라. 개좆매꼬로 그기 머꼬? 이잉- 쯧 쯔읏."

사람들이 와작작 웃어제낄랴 치면 그제야 갈피줄 잡은 손으로 사추리를 가리던 녀석이었다.

그러던 녀석이 '제포'의 왜놈들과 어울리며 '바깥지개'를 들민날민 하던 끝에 판을 바꿔버린 것이었다.

"오매야 간쪽이야! 곰세끼인가 했거로!"

"눈꾸멍이 곯았등게벼잉. 애만 사람보고 뭇이여? 곰세끼?… 나사말고 으짠녀려 짐승셰낀가 했다고잉."

당포의 말이 되우 퉁명스럽자 먹성이놈이 금세 잘게 놀아난다.

"농으로 해본 말 앙이거로… 시방 어데 가노?"

"안지개 좀 가는 길여."

"안지개엔 와?"

"섯바닥이 술맛 보자고 지랄잉께 그라제맹.… 덕포댁 장사 자알 되디여?"

당포는 슬근 떠본다.

"덕포댁 시방 안지개에 없다."

"아니, 으디 갔당가?"

"제창 관포에 갔다지 아마."

"관포?… 거그는 뭇한다고?"

"내사 우째 알끼고. 관포로 드갔다는 것만 알제."

242. 왜구(倭寇) 153

먹성이놈의 말을 듣고난 당포는 발걸음에 맥풀리는 기분이었다.

'방정맞은 지집년. 해필이먼 요랄때사말고 갓개로 마실이여!'

병삼 노인더러 '어정' 고물판만 고치면 고대 '제포'로 오라며 땅땅 큰소리를 쳤던 당포였다. 하늘처럼 턱믿었던 덕포댁이 없으니 이 일을 어쩌랴 싶다. 덕포댁을 만날 양이면 '갓개'(관포冠浦=거제군 장목면長木面 관포리)로 들어가는 수밖에 없는데 배편이 수월할 리가 없고, 언제 올 줄 모를 덕포댁을 기다리며 '제포'에서 죽치자니 그짓 또한 낭패였다.

'석결명' 두톨을 바다 속에다 수장지내 버린 이후, 당포에 대한 병삼 노인의 의심은 그렇잖아도 한창 뻗대지르는 참이었다. 당포가 먼저 떠나는데,

"되미를 퐅아사 한방을 잡제. 되미도 안 보고 누가 우덜같은 놈들헌티 미리 점포

를 내준다?… 니놈, 또 바깥지개 왜놈덜헌티 가서 간살을 떨 챔이제? 엥?"

하며 삼백창으로 치뜬 눈을 허옇게 흘겨됐짖 않던가. 이런 참에 '바깥지개'는 고사하고 덕포댁네 주막에서 비실대는 꼴을 짐작이라도 잡혔단 봐라. 상앗대가 두동강이 되도록 그당장 허리뼈를 걸고 나서리라.

당포는 걸으면서 '장목' 뱃놈만 눈에 띄면 통사정을 내서 '갓개'로 들어갈 것이냐 아니면 하루쯤 덕포댁을 기다려 볼 것이냐를 생각해 본다. 감이 안 잡혀 혼자소리로 투덜대보는데 먹성이놈이 묻는다.

"와 참나무 뿌가묵은 상이고?"

녀석의 눈치가 그새 심상찮은 기미를 챈 모양이었다. 당포는 짐짓 '니놈이 불여수라면 이 댕포도 이무기여잉!'- 속으로 뇌까리며 함방지게 능청을 깔은다.

"아, 내등 말했냐안. 공술 몇사발 묵자면 덕포댁 없이 되여?"

"고레 술로 묵꼬잡나?"

"아문. 뱃놈 곡기는 술인디."

"에러울 거 없다. 내 살꺼로."

당포는 놀랐다. 술을 먹을랴면 '바깥지개'의 왜놈들과 어울려 왜놈들집 마루에 겹다리를 꼬고 앉아야 직성이 풀리는 녀석이었다. 주독이 올라 발그작작해진 콧망울을 벌름대며 조선 뱃놈들 보기를 툇돌에 묶인 씨암탉 보듯 하던 녀석이 제스스로 술청을 벌리다니 예사스럽지가 않던 거다.

기왕지사 먹성이놈의 술을 먹는데 몇사발이 다 뭐냐, 가마골에서 미주알 끝까지 불김이 일도록 아예 동이째 바닥을 내고 말리라, 하며 쩌업 입맛을 다시는 당포다.

뭐가 그리 바쁜지 잰걸음을 재촉하던 먹성이가 묻지도 않은 말을 뱉았다.

"낼 새벽에 영등으로 드갈라모 싸게가사 할끼라."

당포는 정신이 번쩍 든다.

"영등에 갈 참이여?"

"와?… 드간다까네."

"아꾸딱이 딱 딱 들어맞어뿐졌어. 나 좀 실어다 도라고잉!"

먹성이가 흘끔 당포를 올려다보며 주밋주밋 망설인다. 난처하단 표정이 낯가죽에 완연했다.

"… 영등에는 머할라꼬?"

"궁농말에 볼 일이 있어……"

당포는 어름어름 뭉개며 헛기침을 쩌엉 내뱉는다. 제깐놈이 안 실어다 주고 배겨나랴. 술김을 빌려 찰거머리 본새로 앵겨붙으면 될 것이요, 그짬에 '갓개'로 내려 덕포댁을 만나보면 될 것이었다.

243. 왜구(倭寇) 154

당포는 먹성이를 기다리며 석장에 쪼그려앉아 있었다. 고대 돌아오겠다며 '바깥지개'께로 모습을 감춘지가 한참이었다.

해가 돋을려면 아직도 멀었는데 건너다뵈는 '바깥지개' 석장께로는 왜놈들이 패거리를 짜곤 바다쪽을 향해 서 있었다. 고깃배들이 결결이 닻줄을 감고 묶였는데 이른 새벽부터 웬 바지런을 떨어대는 것인지 모를 일이었다.

'제포' 사람들의 말이 옳은 것 같았다. 고깃배들이 묶인 뒤론 줄창 집구석에 처박혀 술타령이나 일삼던 왜놈들이었는데 몇날 전부터는 새벽부터 해질녘까지 석장만 차고 앉아 있고 심지어는 계명(鷄鳴=새벽) 때까지 그렇게들 어울리며 한밤을 꼬박 새우기 일쑤라는 것이었다.

"뱃놈들이 괴기를 못 잡응께로 간이 타서 그러겄제."

당포는 연신 하품을 해대며 먹성이의 배를 내려다본다. 긴한 볼일로 '제창'에 들어간다는 녀석이 배 안에다가 새끼줄 한 꼬타리 실은 게 없다. 무슨 볼일이냐고 다그쳐봤지만 '놋대구신 할메가? 와 캐물어 쌌노!'하며 쐐기처럼 톡 토옥 쏘아붙일 따름이었다.

"개좆겉은 셰끼. 황망중에도 바깥지개 마실은 잘도 돈당게."

당포는 기다리다 못해 투덜거려 본다. 앞바람이 꽤는 거셌다. 바람을 안고 갈려면 뱃길도 늦어지겠고, 병삼노인이 '제포'에 와닿기 전에 돌아오자면 한시가 금쪽처럼 아까운 판인데, 무슨 일로 이렇게 늑장을 부리는 것인지 종잡을 수가 없었다.

한편으로 생각해 보니 먹성이가 부럽기도 했다. '제창'의 '영등'(영등포永登浦=거제군 장목면 구영리舊永里)이라면 원패(圓牌=수졸의 군속과 성명, 용모, 거처를 기록한 패) 찬 수군들이 복작복작 끓어대는 땅이다. 그런 곳을 한갓 뱃놈인 주제에 들락거릴 수 있다니 보통 세도랴. 돈줄을 깔며 어지간히 밑심을 다져놨으리라.

망연한 생각을 키우며 앉았던 당포는 야릇한 짐작 하나를 떠올려봤다.

바로 쥐도 새도 모르게 '제포'를 빠져나간 곰배 생각이었다. 덕포댁을 앞세워 애걸복걸했던 곰배가 놀란 노루 마냥 화닥닥 튀어 도망질을 놔버리고 나선 고대 모습을 감춰 버렸었다. '제포' 사람들은 곰배가 내지로 잠행해서 '부산포'로 갔을 것이라며 입을 모았다.

그러나 당포의 생각은 달랐다. 곰배는 필경 '제창'으로 도망질을 놨을 것이요. '제포' 뱃놈 누군가가 곰배를 실어날랐을 것이라는 짐작이었다. 곰배를 '제창'으로 실어다 준 사람이 혹시 먹성이일 줄도 모른다는 생각이 불시에 치밀었던 거였다.

이런 짐작을 해보며 숨줄을 달근거리는데 뒷탈이 수선스러웠다. 돌아다보니 먹성이가 내달아오는 참이었다.

"바깥지개에서 모사가 솔찬히 질었등게벼?"

당포가 비양질 겸해 운을 뜨자

"머시라? 모사라꼬?… 문디이놈 쥐두이를 빨겨놀라!"

먹성이가 눈을 부라려 뜨고 오진 황밤을 먹여댔다.

"니놈 소징개로 드가도 되겠제?"

"내동 갓개로 간다고 했잖어. 느닷없이 소징개로는 으째 돈데여?"

"소징개로 드가서 갓개로 가모 안되나? 내 소징개로 가니까네 그러지러."

먹성이가 황급히 닻줄을 거뒀다.

244. 왜구(倭寇) 155

당포는 배가 '망왜' 앞바다에 이르기까지 꾸욱 입을 다물었다. 목젖이 저리도록 하고 싶은 말을 참아 견디려니 부줏술[244] 훔쳐마시다가 주체[245] 들린 종놈 본새로 속이 닳아 미칠 지경이었다.

먹성이놈 하는 짓거리가 여느 때와는 판이 다르다. '영등'으로 가겠다더니 별안간 '소징개'(거제군 송진포松眞浦) 쪽으로 물길을 바꾸고 나선 것도 그랬지만, 참나무 쥐고 고물장에 선 녀석의 모습이 거진 혼줄을 뺀 꼴이었다. 멍청히 서있구나 싶으면 그새 고물막깐 덮창이 울리도록 텅 엉덩이를 붙이고, 그러다간 또 벌떡 일어나 둘레둘레 고개짓을 곁들이며 생난리를 피워대는 거다.

목젖을 물고 쌍그네를 뛰어대는 비양질이나 물컹하게 깔아보면 속이 후련하겠다 여김하면서도, 당포는 용케도 꾹 꾸욱 참아냈다. 가뜩이나 오두방정을 다 떨어대며 안절부절 못하는 판세에 비양질 한가닥 겹질렀단 봐라. 길길이 날뛰며 물속에다 처박을지 누가 알랴.

먹성이를 멀끔히 올려다보고 앉아선 녀석이 어쩌나 보자 하며 은근히 살피던 당포는 할수없이 입을 열었다. 먹성이는 뱃길마저 잊은 낌새였다.

"시방 지정신으로 배를 몬당가?"

"머시라? 복장 미지는데 헛소리는 와 깔고 요레?"

"소징개로 든다고 혔잖다고? 곧장 내리면 영등안여."

먹성이는 그제야 화닥닥 놀란다.

"오매야, 내 정신 좀 보거로!"

---

244 父祖술 : 집안 대대로 내려오는 술.
245 술을 마셔서 생기는 체증.

창나무를 쥐곤 허리통을 바짝 뒤로 재껴 수선을 피워대던 먹성이가 눈을 새하얗
게 흘기며 당포에게 횃통을 터뜨린다.

"천년묵은 구렁이셰끼! 와 진작 말 몬해주고 배가 억수 내리고 나니까네 말하노?
칵 물에다 처박아뿔라!"

"아서 이러덜 말어. 뱃길이사 창나무 쥔 놈이 트기로 되야있여."

성질대로라면 당장에 달겨들어 숨통을 옹죄고 싶었다. 그러나 '제포'로 돌아올 배
편을 생각하며 히죽 웃고 만다.

"문디이셰끼, 섯바닥을 호이치사 알낀가베!"

그만해도 되련만 먹성이의 화풀이는 갈수록 드세다. '망왜' 앞에서 다시 남서로
뱃길을 고쳐잡았으니 천상 '칠천도'물골(칠천수도漆川水道)로 들어가야 할 것이요,
그렇게 되면 뱃길만도 한정없이 길어진 꼴이었다. 마음은 화덕처럼 급하고 끓는 판
에, 거기다가 '소징개'에서 '갓개'까지 가자면 걷는 길만도 또 얼마냐, 하며 가뜩이
나 울화가 치미는 당포였다. 그런데 혓바닥을 점떠서 회를 무치겠다니- 헤엄쳐 갈
망정 네놈 배 아니면 탈 배 없으야 하는 마음으로 더는 못 참고 본다.

"요런 상녀려 자슥 좀 보게여. 짐승셰끼덜 씹이나 붙여묵든 놈이 은제 벼슬했다
고 요런데여? 주치뺑이에다가 멜배 하나 띄어놨다고 니가 시방 용꼬랑지를 쳐대는
디… 아서엿! 댕포놈 성질 났다하면 쪼깨 더러운 데가 있다고잉!"

"머시라? 짐승덜이 씹붙었제 내가 짐승캉 씹붙어묵었나?"

"화이고오- 멜배 주인놈 한번 무식허제. 내가 은제 짐승허고 씹붙었다. 하디야?
니놈 본때가 고렇더란 요런 말이시! 후웅-"

"오매야아- 내 쏙터져 미친다 앙이가!… 문디이셰끼, 제포로 시엄쳐 가그라 고
맛!"

"그란해도 니놈 배 안 타엿!"

245. 왜구(倭寇) 156

먹성이는 잠시 어안이 벙벙한 표정이었다. 한정없이 굽잡고 늘어지면 꼼짝못하고 당해만 주려니 여겼는데 중의 가랭이를 부르걷고 나서며 되려 큰소리를 치는 거다.

쏘아보던 눈에 독기를 가시며 어색하게 피식 웃고 본다.

"자슥, 성질 한번 디게 뿔나제!"

"으째 금세로 실실웃고 난리여. 간살 뜬다고 될 일 아니여잉. 아서여, 오욕질 나온당게!"

"머시라? 요보거라, 내 언제 간살을 떨드노? 니가 머시 무서버서 이 먹셍이가 간살을 부리겠나, 아잉?"

당포는 먹성이의 허세를 아랑곳 않는다. 생각은 이미 무르익었고, 그 무르익은 생각이란 것이 사람 하나 잡아도 원이 안 풀리게끔 분통터지는 일이었다.

먹성이가 '영등'을 피해 '소징개'로 닿는 데는 필경 속셈이 있을 것이었다. 낯가죽 뻔히 쳐들고 '영등'을 드나들었던 사람을 곱아보자면, 왜놈으로는 곰배요 조선 뱃놈으로는 비로 먹성이었다. 한식(朔)이면 두어시닌 들락거렸고 어떤 때는 '영등'에서 사나흘 간을 묵었다 오기도 했던 거였다.

이렇게 생각하면 먹성이가 굳이 '영등'을 피해 '소징개'로 닿을 이유가 없었다. 가는 곳이 다른 데라면 모르되 '영등'일진데, 하필이면 '소징개'에다 배를 대고나서 '영등'까지 걸어갈 건 뭔가.

당포는 이 생각에 미쳐 섬뜩한 짐작 하나를 꼭집어 냈던 것이다. 그것은 바로 예사스러운 볼일이 아니기 때문에 얼굴을 숨기는 것이리라 하는 짐작이었다.

영등은 밀할 것도 없거니와 버드래(장목면 유오리柳湖里)나 갓개 또한 날근숨줄 몰아쉬는 오소리 콧구멍처럼 빤히 건너다보는 곳이어서 몸을 숨겨 들어닫기로는 마땅한 곳이 아니었다.

그러나 소징개만은 달랐다. 석장 바로 앞까지 울울한 솔밭이 들어서있어서 솔밭 굽도리로만 파고들면 남의 눈에 띌 리 없고 그 솔밭들은 동남으로 내달려 안산(案山)에 가닿고, 영등으로 오르는 장등과 버드래에서 갓개로 내리는 진등에 이르기까지 동북간(東北間)을 다 채우며 또 숲을 이루던 것이었다.

먹성이는 틀림없이 '장등'의 긴 등성이를 넘어 '영등'으로 숨어 들 것이며, '영등'에서의 볼일이란 어쩌면 곰배녀석을 은밀히 만나보는 짓일지도 모르리라- 그렇다면 곰배녀석은 '장등'께의 숲속에다 움집을 짓고 은신하든지 아니면 '영등'에 꽁꽁 숨어 있을지도 모를 일이었다.

죽었다 셈치곤 '소징개'까지 따라붙어 먹성이의 뒤를 밟아 볼 것이냐 아니면 홧김대로 녀석의 허리를 꺾어 혼찌검을 뵐 줄 것인가, 하는 두가지의 생각을 놓고 당포는 고심해 본다. 종내는 홧김을 삭혀 녀석의 뒤를 밟아보기로 작심해 버렸다.

그런데 먹성이가 그새를 참지 못한다.

"나 보거로, 요 문디이셰끼야! 니 참말 다 놀았나? 머시라아?… 우째에?… 내 간살로 떨고 우짠다꼬?"

"고만 해두자고잉!"

"멀 고만해둬? 요 문디이셰끼, 퍼뜩 나가 빠지라고맛! 내쪼까뿔기 전에 니발로 물속으로 드가란 말따, 퍼뜩!"

먹성이가 상앗대를 들고 나선다.

246. 왜구(倭寇) 157

먹성이는 사정없이 당포에게 달겨들었다. 녀석이 별안간 이물께로 달려드는 통에 고물은 한발쯤이나 불끔 들렸다. 매질은 고사하고 여차직 했다하면 배가 넘어갈 판이었다. 휘두르는 상앗대를 피할 양으로 이리저리 몸뚱이를 놀리다 보면 배는 가랑잎 뒤집듯이 발랑 넘어가고 말 것- 당포는 두손으로 머리통을 감싸쥐곤 옴싹 않는다. 맞는데까지 맞아보자는 심산이었다. 상앗대가 먼저 결단나고 말겠지 아무러면 허리통이 꺾이랴 하며 참아내는데 먹성이의 매질은 심상찮게 거세만 간다.

"요 구렝이셰끼! 날로 우째보고 못묵어 죽을라카나? 요 먹셍이가 니한테 티잽히고 살 것 같나? 문디이셰끼 고마 쥑이뿔라! 쥑이뿔라!"

웅웅 소리를 내며 허공을 가르던 상앗대가 번개 벽도질처럼 당포에게 내려 꽂힌다. 머리통을 감싸쥔 손등이 금세 찢겨 핏물을 짜내는 듯싶다.

"웜매!…… 웜매에-"

당포의 입에서 매운 비명이 터진다. 생전 처음 내뱉아보는 목멘 소리다.

"니놈 아조 숨 끊는 자리라! 인자 알제? 인자 알겠제?"

"여봐여 먹셍이! 지발, 지발 고만 해둬여!"

"빈다고 될 일 앙이다! 쥑이삐리모 내사 편타 앙이가!"

먹성이는 미친듯이 상앗대를 휘두르다간 이번에는 상앗대 끝으로 당포의 가슴패기를 쿵쿵 찍어댄다. 찍어대는가 하면 힘을 다쏟아 밀어붙인다.

당포는 그제야 어림짐작을 잡는다.

녀석의 하는 짓이 예사스러운 것이 아니었다. 핫통을 풀 양이었다면 이만한 매질로 족했을 것이었다. 그런데 한사코 바다속으로 떠밀어대는거다. 녀석의 속마음은 정작 죽이고 볼 듯인 줄도 몰랐다.

당포는 머리통을 감싸쥐었던 손을 풀고 상앗대를 쥐고자 몸부림쳤다. 그새 간단없는 매질이 머리통을 타작마당 삼는다. 끈끈한 핏물이 목아지로 타내리는 모양이었다.

당포는 겨우 상앗대를 움켜쥐었다. 먹성이의 가차없는 발길질이 갈비짝을 좁뜯는다. 당포의 마음은 바다속으로 밀려서는 세상 끝장이다 싶은 생각으로 버글버글 끓고 있을 뿐이었다. 상앗대를 움켜쥐곤 비식 뱃전으로 쓰러졌다.

먹성이의 발이 당포의 목아지를 밟고 누른다.

"인자 말해보거로!… 니 와 내배 탔드노? 아잉"

그새 후질근히 늘어뻗는 몸뚱이었다. 먹성이의 얼굴이 아슴아슴 흐리고 정신은 딴 세상의 것처럼 그저 희뿌옇다.

"요 구렝이셰끼! 와 말을 몬해? 퍼뜩 바른대로 안댈끼가?"

"… 멀, 멀말이여어-"

"요레도 딴청을 논다 앙이가!… 니 내쏙 다알제? 와 영등으로 드가는지 다 알제? 이잉?"

"… 암껏도 몰라여…"

"보그라! 니 나 몬쎅인다! 니놈이 날로 따라붙은 때부터 다 알았능기라. …퍼뜩 디라!"

당포는 아금니를 앙믈었다.

"… 곰배를 제창으다 실어다 준 놈은 바로 니놈이여… 니 노옴"

"히히히…내 그럴줄 알었제… 니말 맞다! 고래 요 먹셍이다!… 흐 흐 흐으-"

당포는 등짝이 싸아 식는다. 먹셍이의 가슴 속에서 쭈빗 내미는 시퍼런 낫날을 본다.

247. 왜구(倭寇) 158

당포는 꼼짝없이 죽었구나 싶었다.

사람을 죽일 작심을 하지 않았다면 뭣때문에 가슴 속에다 낫을 감췄으랴.

당포는 있는 힘을 다해서 먹셍이의 발목을 움켜쥔다. 백번 천번 물귀신이 된들 이깐 먹셍이놈 손에 죽음을 당할 수는 없다는 생각이었다. 그러나 힘이 부쳤다. 이럴 줄 알었더라면 처음부터 맞대들어 싸울 것을 괜히 공매만 맞아줬구나 하는 생각만 간절할 따름이었다.

먹셍이의 다리는 장목처럼 탄탄했다. 당포의 얼굴을 뻥 내지르고 나선 다시 목아지를 밟고선다.

"인자 쏙이 씨언하나? 요 문디이셰끼! 와 말로 안하나?"

당포는 먹성이의 발목을 움켜쥐고 몸부림을 쳐본다. 녀석의 발목은 바위짱처럼 무겁게 짓누를 뿐이었다. 목덜미를 질끙질끙 짓뭉개대고 나서 빠드득 이빨을 갈아 붙인다.

"니놈아 기왕 죽은 목심이다! 요 먹셍이한테 좋은 일 해주고 물밥 되거로! … 바른데로 디 봐라. 누고?… 니한테 내가 곰배 실어날렸다꼬 말로 해준 놈이 누고?"

"… 아, 아무도 없여…"

"보그라! 니 와 요레 철이 없노? 바른대로 말해주모 내 니놈 살려줄 지 우째 아노? 말만 해주모 살려준다까네!… 그놈이 대체 누고? 누꼬말다!"

"없여!… 절대로 없여!"

"참말?… 니 갓개는 와 드가노? 갓개는 와 드가냔 말이다."

"… 내동, 내동 말, 말했었냐안… 덕포댁…"

"바로 고거 앙이가! 덕포댁캉 무신 모사로 꾸밋제?"

"므, 뭇이여? 베락을 맞어!"

"띠잡아도 소용없다!… 덕포댁이 사알 말해준기라. 내 곰배 실어날렸다꼬 그 지집년이 말로 해줬제? 그체?"

"요런 베락을 맞어 디질 놈!"

"흐 흐 흐으— 내 베락맞어가 죽는 꼬라지 못봐서 억수 섧제에—"

히죽히죽 웃던 먹성이가 낫날을 곧추세운다.

"요 먹셍이가 두년놈 고마 다 쥑이줄거로!… 막장인데 알고나 가거라. 고레, 내 곰배 실어다줬다! 곰배는 대마도까지 자알 갔제!… 쪼매만 더 오래 살았으모 곰배로 한번 또 볼낀데 요레 죽어삐리니 곰배가 니놈 몬봐서 섭다칼끼다!"

당포는 매움디 매운 눈을 한사코 부라려뜬다. 먹성이의 얼굴에 겹쳐 싹둑싹둑 잘려나갔던 제 손가락들이 뜀질을 했다. 손가락이 왜놈들의 부질날에 잘리던 그때, 잘린 손가락들은 흡사 뜀질경합이라도 벌이는 양 뱃전을 땅삼고 메뚜기 뛰듯 하더니 고대 바다속으로 빠져들던 것이었다.

헛뵈던 손가락들이 욹쪽인 양 흩어져버렸다 싶었을 때 먹성이의 얼굴이 와락 눈앞으로 내리꽂혔다.

당포는 죽을 힘을 다 해서 허리통을 뒤틀었다. 이내 타악---하고 낫날이 뱃전에 꽂힌다. 당포는 쪼르르 고물께로 기어댔다. 낫날을 뽑아든 먹성이가 벼락같이 당포에게 달려든다.

"요 쥐메누리 같은 세끼! 니가 티 나가모 물속베께 더 있겠나! 어데? 어데?"

당포는 와락 덮치는 행암산 불곰을 가늠하듯이 무릎을 꺾고 앉은 채 먹성이를 노려본다. 낫날이 눈앞에 다가왔다 싶었을 때 재빨리 머리통을 수그리곤 녀석의 가슴패기를 싸안았다.

248. 왜구(倭寇) 159

당포가 가슴패기를 싸안고 늘어지자 먹성이가 숱칼 쥔 오세미[246] 본새로 미쳐 날뛴다. 한사코 등짝을 겨냥해선 낫날을 휘둘러대는 품이 기어코 낫날을 꼽아 허파쪽을 도려내야 직성이 풀리겠다는 눈치였다.

녀석의 양쪽 겨드랑이를 종우[247] 고삐죄듯 단단히 움켜쥐고는, 바로 상투 위쪽 쯤에서 할닥대는 먹성이의 턱아지를 가마골이 깨져라 벼락쳐놓고 봤다. 여차직해서 녀석의 겨드랑이를 놓쳤다간 그당장 낫날이 꼽힐 것이었다. 그렇잖아도 미적지근한 핏물이 눈속으로 흘러돌고 귀바퀴 굽도리를 타내려 목덜미를 흥건히 적셔대는 참이었다.

당포는 가물거리는 정신을 애써 모두며 생각해 본다. 지금 죽어버리기는 너무나 억울하다는 생각이었다. '시망배' 한척이라도 기어코 장만해서 전주(箭主) 눈치를 안 살펴도 되는 망망한 양중(洋中=한바다)이나 원대로 갈아붙여 보고 나서 죽을 일

---

246 무당
247 種牛 : 씨를 받으려고 기르는 소.

이었다. 거기다가 또 한가지 생각이 겹친다. 제가 죽어서도 안될 일이로되, 또 먹성이를 죽여서도 안된다는 마음이었다. 뱃놈들 목숨이 짧은 것은 수만 생선들의 원귀 때문이라는데 사람을 죽이고 나서 어떻게 제 명을 챙겨가랴. 자손대대로 천벌이 이어질 죄일 것이 분명한 일이었다.

"누가 죽나 보자 고마! 년놈덜을 못쥑이모 내가 늘마손에 죽겄제! 요셰끼, 창사줄로 다끊어 놀끼다!"

당포는 볏섭 안고 도는 메뚜기처럼 녀석의 가슴패기를 담쑥 죄안고는 이리저리 나뒹굴었다. 황망중에도 불솥 김처럼 뜨겁게 내뱉는다.

"먹셍이! 요러덜 말자고잉! 내가 으째 사람을 쥑인당가! 자네 미운맴이사 크여!… 그라제만 내가 믄났다고 자네를 쥑여? 못 쥑여! 지발, 지발 이러덜 말어!"

먹성이는 막무가내 낫날을 휘두른다. 미친개처럼 허옇게 이빨을 앙다물며 게거품을 문다.

"쥑일끼닷! 내 와 낫을 품고 왔겠나, 요 문디이셰끼야! 내 니놈아 맥줄을 따가 괴기덜 물밥을 칠라꼬 맘 묵고 옹기라! 어데? 니가 낫날로 당해낼까 싶나?"

"아 이놈아 요러덜 말엇!"

"강셍이매꼬로 어데 철없이 노나 요 문디이셰끼가! 일로 요레 맹글어놓고 살겄다 카나? 요셰끼 살고잡나?"

"아암- 안죽어!"

먹성이가 막바지 힘을 써댄다. 그 바람에 한쪽 겨드랑이를 놓고 만다. 먹성이가 화닥닥 일어나 섰다. 당포가 겨우 무릎을 세우는데 먹성이의 낫날 든 손이 벼락같이 내려꽂힌다. 당포는 먹성이의 손을 용케 움켜 잡았다. 시퍼런 낫날이 눈앞에서 파들파들 떨어댔다. 밀치고 밀리고 한동안 어울렸는가 싶었다. 먹성이가 뒤로 벌렁 나자빠지는 바람에 당포는 먹성이의 낫날 든 손에 끌려 앞으로 고꾸라졌다. 당포는 먹성이의 배퉁이를 타고 넙죽 엎드린 꼴이었다.

"엉?… 이것이 믄 일이데여?"

당포는 가슴께로 젖어드는 뜨끈한 물줄을 느끼며 가슴패기를 세운다. 피였다. 어디서 솟는 핏줄인지 벌금벌금 한정없이 내솟는다. 당포는 외마디 비명을 지르며 털석 고물장에다 엉덩이를 붙이고만다.

"옴매매! 나, 나 몰라여!"

249. 왜구(倭寇) 160

당포는 부르르 떨어대는 두 손바닥을 입에 갖다붙이며 허억- 숨을 끊는다. 숨을 참고 있으려니 덜꿍덜꿍 뛰어대는 가쁜 맥박만 귀청을 다찢는다.

먹성이는 옴싹않고 누웠다. 낫날이 왼쪽 가슴께에 다섯 치는 실히 되게 꽂혔다. 핏줄은 그 낫날새를 비적대며 질컹하게 솟고 있다. 그새 흘린 핏줄이 담장속으로 꽃뱀 숨듯 골장 틈을 기어대다간 함방지게 괸다. 고여있던 핏물이 배가 기우뚱거릴 때마다 또 갈래갈래 찢기며 육두사 머리처럼 스르렁- 골장위를 기어댄다.

당포는 연신 머리통을 내저어본다. 그럴리가 없었다. 먹성이의 낫날 쥔손을 밀어붙이며 함께 엉켜봤을 뿐이다. 고꾸라진 곳이 먹성이의 배통이었을 뿐이었다.

당포는 먹성이의 머리통 앞까지 기어가 무릎을 꺾는다.

"웜메메!"

당포는 또 한번 기겁하고 만다. 먹성이의 눈이 허옇게 치떠진 채 하늘속을 흘기고 있었다.

당포는 먹성이의 어깻죽지를 와락 움켜잡고 흔들었다.

"여봐여 먹셍이! 아, 으째 요런당가? 눈 좀 뜨서 나 좀 봐여! 으째 애만 하늘속만 흘키고는 이라냥게? 여봐여 먹셍이! 내 갈비짝에다 낫을 박어도 암시랑 안한다고 잉! 아, 후딱 일어나서 낫을 박으란디도 으째 이라냥게? 어엉?"

아무리 흔들어대 봐도 먹성이는 그저 그꼴이었다. 눈은 여전히 허연 사백창이요 몸뚱이가 이리저리 흔들릴 때마다 낫날 틈에 고였던 핏물이 주루루 갈비짝을 타내렸다.

당포는 먹성이의 가슴패기에다 얼굴을 묻는다. 바짝 귀를 종그려본다. 허망했다. 맥이 끊겼다.

"… 참말… 참말로 니가 죽었냐?… 허허-"

당포는 먹성이의 가슴에서 낫날을 뽑았다.

"안죽였여! 내가 안죽였여!"

당포는 실성기 든 사람처럼 울부짖어 봤다. 그랬을 것이었다. 낫날 쥔 손을 밀어내며 먹성이를 싸안고 넘어지는 바람에 제 낫날에 제가 찔렸을 거였다.

혼줄을 빼고 멍청히 앉아있던 당포는 고물께로 걸어가서 창나무를 쥐었다. 느닷없는 갈바람(西風)이 배를 천가 쪽으로 떠밀어 놨다. 뱃길을 다시 잡기 위해 놋대를 쥐고 허리뼈를 꺾던 당포는 기어코 팔아름에다 얼굴을 묻어버린다. 우웅- 하며 치받치는 울음이 볏섬 엎히듯이 등짝에 실리운다.

"씨벌놈어 내 팔자야아- 음짝 못허고 애만 죄 한나씨었제!… 나, 나는 안죽였다! 댕포놈 사람 쥑여 본 적도 없고잉, 이 댕포 사람 쥑일 봇짱도 없다고잉!… 허어-후웅-"

눈두덩이 쓰리도록 적삼 소매에다 대구 얼굴을 문질러대고 나서 고개를 든다. 허망한 눈길속으로 드는 게 있다. 배였다. 갈바람을 고을에다 업고 자맥질을 해대는 꼴이 칠천도 배인 것 같았고 가는 뱃길은 웅천인 듯싶었다. 곧장 내달려오는 낌새가 영낙없이 맞닥드릴 기세다.

당포는 순간 머리칼이 곤두선다. 이꼴로 사람들 눈에 들었단봐라. 앞뒤 사정 불문하고 그 당장 끌려가 자리개미(죄인의 목을 졸라 죽이는 형벌)되고 말 것이었다.

당포는 후둘후둘 떨리는 걸음으로 먹성이 앞에가 선다.

250. 왜구(倭寇) 161

먹성이의 허옇게 치뜬 눈이 당포의 관자놀이께를 엇비스듬히 지나 '합포'쪽의 하늘을 향해 멀겋게 굳었다. 백창만 쾅하니 열고 있을 뿐이어서 어디를 보고 있는 것인지 종잡을 수 없는 눈길이었지만, 당포가 느끼기에는 꼭 자신을 흘끔흘끔 흘겨대고 있는 것 같아 별안간 오진 한속이 이는 거였다.

"아서여! 이러덜 말어…"

당포는 풀석 쭈그려 앉으며 먹성이의 눈거풀을 쓸어내려 준다. 허연 사백창이 그제야 눈거풀 속으로 숨는다.

한시바삐 송장을 치워야 했다.

일의 시말이야 어찌 되었건 간에 어차피 사람을 죽이고 만 것, 뭉기적대다가 기미를 잡힐시면 이당장 혀를 깨물고 죽는 짓만 못할 것이었다. 더군다나 송장이란 것이 이쯤 참혹할 수도 있겠더냐. 상앗대로만 치고 박아대다가 죽었다면 송장 때깔 한번 멀쩡해서 어지간한 거짓말도 통할 수 있을 것이로되, 온 몸뚱이가 핏물로 범벅을 친 끔찍한 모양에다, 가슴에는 낫날자국마저 선연하니, 백번 천번 사실을 밝혀봐야 종내는 도한(屠漢=백장)의 누명을 벗을 길이 없던 터다.

당포는 고개를 들어 수평선께를 건너다본다. 배는 그새 반마장 가깝게 다가왔다.

마침 물이 날 때였다. 그냥 바다에다 던지자니 불을 보듯 훤하다. 송장은 물발에 실려 곧장 '칠천물길'로 빨려 들 것이요, 들물이 시작된다 하면 이내 '연구'쪽 구자로 넘실넘실 떠밀릴 것이었다.

어떤 일이 있어도 먹성이를 낫날로 좀떠서 죽인 누명만은 벗고봐야 했고, 기어코 '제포'로 되돌아가 승주댁의 한방은 잡아주고 볼 일이었다.

"송장을 갈앉쳐야 할 것인디… 그 방도배께 없는디!… 옴매야, 든 팔자가 요렇당가!"

당포는 골즙을 짜댄다. 마음은 급하고 몸뚱이는 '간일학'[248] 앓는 본새로 떨어댈 뿐 마땅한 처방이 없었다.

"네에라 씨벌놈어 것, 만사 팬허게 아조 빳여죽어뿐진다?"

불김 같은 한숨을 내뿜으며, 귓속으로 물기를 담은 복강아지처럼 타알타알 머리통을 흔들어대던 당포는 한곳을 내려다보며 눈거풀을 파르르 뜬다.

이물섶에 박혀있는 돌덩이였다. 닻으로 삼는 석정(石碇)이다. 당포는 석정을 감고 있는 닻줄을 풀었다. 먹성이의 적삼을 벗겼다. 적삼을 결결이 찢어 갈피줄을 삼듯이 꼬아내렸다. 돌덩이를 들어다가 먹성이의 배통이에다 안기고는 적삼을 찢어 만든 줄로 단단히 묶었다.

"날… 날 그웬수삼꼬 뱃길바닥 따라댕김시러 해꼬지를 혀도라잉!… 댕포 요놈 니 구신한테 잽혀묵으사 안쓰겄냐잉!…"

당포는 먹성이를 바다에다 밀어 넣었다. 백전이 다시 기우뚱 바로 섰다. 흐물거리던 먹성이의 등짝이 이내 자취를 감춘다.

황급히 일을 치르고는 이마 위의 식은땀을 닦는다. 후닥닥 일이시 참나무를 잡았다. 다가오던 배가 사뭇 눈앞이었다. 배의 골장으로는 핏물이 흥건한 채다. 뱃길을 바꿔 다가오는 배를 멀찌감치 피하고 볼 일이었다.

배가 뱃길을 바꿔 흘렀을 때 당포는 건너편의 배를 바라다봤다. '제포'배만 아니라면 상관있으랴 하고 한숨을 내쉬었을 때였다. 째앵하고 고함이 날라온다.

"먹셍이가? 어데 가는 참이가?"

251. 왜구(倭寇) 162

"… 우웅?…"

248　間日瘧 : 하루거리. 하루씩 걸러서 앓는 학질(瘧疾)

당포는 화들작 놀라며 노질을 멈춘다. 전신에 맥이 풀린다. '칠천도' 배이려니 하곤 턱믿었는데 '제포' 배인 모양이었다. 배에 탄 사람들은 먹성이의 배를 대껵 알아채린 껌새다.

배가 이쪽을 향해 이물을 뱅그르 돌렸다. 당포는 바짝 노질을 서둘렀다.

"문둥아, 누가 노질 경합 하자드노. 저놈이 와 저레?"

당포가 아무 대꾸도 않고 노질만 서두르자 이번엔 장난스레 뒤좇는다.

"좋다 고마! 어데 한판 튕기보자 고마."

당포는 죽을 힘을 다해 노를 젓는다. 장난스레 따라붙어 보지만 한창 앞서다 보면 제풀에 그만 두고 말려니 하는 생각이었다. 걸핏하면 노질 경합을 벌이는 버릇이 언제부터 생겨났던가 싶다.

못된 짓거리는 다 왜놈들에게서 배운 조선 뱃놈들이었다. 왜놈들의 배가 온 바다를 다 갈아부치기 전만 해도 조선 뱃놈들처럼 버릇좋은 어부들은 세상에 없었으련다. 제아무리 반가운 사람을 만나도 그저 손인사 아니면 목청껏 몇마디 주고받는 짓이 고작이었고 그런 흔연스러운 든김이 끝나면 고대 제 갈길만 가면 그만이었다.

그런데 십수년 전부터 느닷없는 버릇이 생긴 거였다. 못된 짓만 먼저 골라 왜놈들의 하는 양을 닮아가던 것이었으니, 그것이 바로 빠른 배만 보면 죽어도 앞서고 보려는 장난이었다. 닻줄만 거뒀다하면 석장을 떠나기 무섭게 노질 경합을 벌이고 보는 왜놈들 천성이었다. 그물질을 할 때나 주낙줄을 풀고 감아들이는 때만 빼면 가는 뱃길 오는 뱃길을 다 이 짓거리로 채워야 직성이 풀리는 왜놈들이었으니 넓게 생각을 좇을 시면 무슨일에든지 지기를 싫어하는 왜놈들의 본때가 그럴 것이며 눈에 뵈는대로만 짧게 생각해 본다면 왜놈들의 노질 솜씨가 그만큼 신기(神技)에 가깝다는 걸 은연중에 재보는 으름장일 것이었다. 과연 왜놈들의 노질솜씨는 대단한 거였다.

"차아라! 뱁새가 황새 숭내모 가쟁이만 찌저 지능기다. 대마도에서 조선바다까지 돌낙대는 놈덜을 따라갈까 싶나?"

노질 경합을 벌인답시고 서로 으르대던 젊은 뱃놈들이 종내는 뱃길을 잊어 양중을 헤매는 일도 다반사요 또 티격태격 화뿔을 돋구다간 한접 잡을 고기 반접도 못 잡는 일도 심심찮게 일던 터였다. 늙은 뱃사람들이 아무리 타일러 봐야 젊은 뱃놈들의 객기를 당해낼 순 없었다.

당포는 노질을 하다말고 창나무를 쥔다. 엎친데 덮친격으로 이물께의 빤한 뱃길 앞에 덩치 큰 '당도리'(나무배)가 엽송을 가득 실은 채 다가오고 있는 기다.

천만다행으로 쫓아오던 배가 노질을 멈추는 낌새였다.

"저거 누고? 댕포 아닌가베?… 댕포야 니 어데 가노?"

긴 긴 고함을 듣고서야 배에 탄 녀석이 댓골에 사는 치풍이란 걸 당포는 안다. 치풍이가 또 소리친다.

"먹셍이 심일 받고 소징개 드가나?"

당포는 우선 맞소리를 치고 본다.

"고렇구먼. 맞었여어-"

치풍이가 그새 배를 돌려 가던 길을 갔다.

당포는 '당도리'를 피해 이물을 서쪽으로 바짝세웠다.

252. 왜구(倭寇) 163

'당도리'는 이물에다 바글바글 끓는 물보라를 일궈대며 그냥 멀어져 갔다. 떡더꿍 떡더꿍 뱃머리 방아를 찧어대며 흘러가는 모습이 흡사 걸신 든 돼지가 구정물 통에다 머리통을 처박는 꼴이었다.

당포는 골장에 쭈그려앉았다. 쏴아- 하고 뱃전을 후리는 파도가 덮어내리는 투망마냥 골장위로 쏟아져내렸다. 핏물을 씻어내기로는 안성마춤이었다. 당포는 손바닥이 쓰라리도록 핏물을 닦아냈다. 핏물은 말끔히 가셨다.

다시 노를 잡아보지만 도무지 제정신이 아니었다. 병삼 노인, 승주댁과 상모놈만 아니라면 차라리 이길로 끝없이 흘러 가버리는 짓이 그중 상책일성 싶다. 덕포댁을 용케 만난데도 '제포'로 돌아가기는 아예 틀렸다. 먹성이는 형체도 없고 먹성이의 배만 '제포'에 가닿는 꼴이니 사람들의 마음을 속여 볼 방법이 없다.

'댓골'의 치풍이라면 '주치뱅이'의 먹성이와는 둘도 없이 가까운 사이였다. 먹성이는 왜놈들과 어울려 '주치뱅이'의 벼락선주가 된 터였고 치풍이는 왜놈들의 '포패선'에 따라붙어 쏠쏠한 속셈을 챙긴 사람이었다.

"내 치풍이 글마를 우째 씹어묵으모 좋겠노! 허차암- 치풍이놈 노는 꼴좀 보래이. 일마가 날로 못 묵어 고마 죽겠다카는데, 왜놈덜 포패선을 사알 앞세워가 내 물질 앞바닥만 훑어묵는다 앙이가! 내 더러버서 셰끼가 주막강생이 매꼬 로 또 고물 잡고 따라붙는다 앙이가!"

'진상채복선' 공발 영감은 치풍이를 두고 이쯤 속을 끓여댔었다.

그런 치풍이에게 들키고 말았으니 일은 곱은 실히 어렵게 꼬였겠다. 당포의 귀바퀴에서 치풍이가 내뱉던 말이 살아난다. '먹셍이 심일 잡고 소징개에 드가나?'- 묻는 꼴대로 봐서 치풍이는 분명히 먹성이의 하는 일을 얼추 알고있는 기미 아니던가. 지금쯤 치풍이는 되우 의심스러워 연신 고개를 갸우뚱거리고 있을는지도 모를 일이었다.

당포는 욱진욱진 쑤셔대는 관자놀이를 몇번 콩콩 쥐어박아 본다. '소징개'로 들어가 봐야 뾰쪽한 수가 없었다. 그곳에서 '갓개'까지 또 걸어 들어가야 했고, 덕포택을 만나 도미값으로 전포를 미리 빈다해도 또 '소징개'로 되돌아와야 할 것, 제아무리 적게 잡아야 '제포'에 닿기까지는 꼬박 이틀을 축내야 할 것이었다. 차라리 이길로 '합포'로 배를 몰아선 병삼 노인이 '제포'로 뜨기 전에 가 닿으면 어쩔까도 싶다. 곧 바로 식구들을 싣곤 도망질을 놔버리는 거다.

당포는 생각을 좇다 말고 푸우- 한숨을 깐다. 그것이 그중 상책이다 싶었는데 그것마저 이미 산통이 깨진 낌새다. '합포'를 떠난지 벌써 이틀 하고 또 한나절을 다 채워가는 짬이니 병삼 노인은 필경 '댓골' 앞바다에 거진 이르렀던지 아니면 벌써 '제포' 석장에다가 닻줄을 걸었는지도 몰랐다.

당포는 어쨌든 '소징개'에다 닻줄을 걸고보자며 마음먹고 만다. 뱃길을 살펴보니 그새 '구수리'가 건너다뵈는 바다 속이었다.

당포는 노질을 서두르다 말고 그제야 진땀을 설쿤다. 혼줄을 빼는 통에 깜빡 잊은 일이었다. 먹성이의 혼을 보내주는 일이던 거다. 원수의 혼 일지라도 이렇게 보내는 법은 없었다.

253. 왜구(倭寇) 164

'소징개' 석장이 빤히 건너다뵀다. 울울한 소나무숲들이 들죽날죽 이어지고 그 숲들의 굽도리를 옴목옴목 먹어 들어간 모살판(모래톱)들이 하얗게 빛을 내고 있었다. 이런 모양 때문인지 '소징개' 석장은 언제봐도 비스듬히 선 큰톱 본새였다. 수장께에서 서너척의 배들이 뜨고 있었다.

당포는 수장을 피해 소나무숲의 굽도리를 바짝 파고 들었다. 물이 나는 참이라 배를 댈 곳이 마땅찮았다. 그러나 수장이나 석장을 피해놓고 봐야할 일이어서 어쩔 수없이 딴 곳을 물색해야 했다. 마침 아쉬운 대로 배를 댈 만한 자리가 눈에 들었다. 당포는 훌쩍 뛰어 개펄에 내려섰다. 금세 무릎까지 빠져들었다. 이물에 걸은 닻줄을 힘대로 당겨 한아름이나 되는 등걸에다 닻줄을 맸다. 물이 더 나면 배는 개펄 위로 바짝 얹혀 오를 것이니 떠밀릴 일도 없고 이래저래 잘됐다 싶었다.

물에 올라 선 당포는 주막을 가늠하고 후적후적 걸었다. 그러다 말고 우뚝 군다. 먹성이의 혼을 보내 줄랴 치면 다른 것은 다 없어도 술은 꼭 있어야 할 것이었다. 물밥 대신 술이라도 치며 먹성이의 혼을 보내줘야 뱃놈 도리였다. 제가 휘두르던 낫날에 제가 죽었다손 치더라도 기왕 망혼을 웅천바다의 '부신 영감'에게 맡기는데 구색은 갖추고 봐야 할 일이던 거다. 그런데 '소징개'에는 공술 얻어 먹을 뱃놈도 없었고 주막의 주모와도 생판 낯이 설었다. 괄시 안받고 공술을 넘길 곳이라곤 공발 노인과 몇번 들렀었던 그 주막뿐인데 그곳까지의 길이 또 얼마냐. '소징개' 북쪽을 질러

'영등'의 누렁개(거제군 장목면 황포리黃浦里)로 넘는 땁땁골재까지 가자면 시간도 한참이려니와 우선은 머릿골이 시끄러워 그럴 정신이 없었다.

떠오른 것이 창나무와 노였다. 주막인심이 아무리 모질다 해도 창나무와 노앞에서는 금세 낯나던[249] 것이었다. 창나무나 노를 잡히고 술을 퍼마시는 뱃놈이 제정신 가진 뱃놈이랴만, 그래도 이것들만 들이밀면, 열동이는 고사하고 주막째 들어먹어도 마다할 주모가 없던 것이었다. 그도 그럴것이 창나무없이 어떻게 제 갈 길을 가며 놋대없이 어찌 뱃길을 틀 수 있겠던가.

당포는 다시 개펄로 내려섰다. 한두잔 쯤이라면야 우선 퍼넣고 나서 나 죽여도 모른다 하면 될 것이로되 먹성이의 혼을 보내주는 마당에 족히 한말 술은 쳐야 할 것이요, 더불어 제 끓는 속도 다스리고 볼 일이면 또 두동이 술은 덤을 잡아야 할 것이었다.

이 소리만은 말자며 한사코 아금니를 앙다물어 보지만 저도 몰래 새는 탄식이 '옴매 내 팔자야!'하는 푸념이었다. 한시를 다퉈 '제포'로 들어가던지 아니면 덕포댁을 찾아 '갓개'로 줄창 내닫던지 해야 할 짬에 이게 무슨 청승맞은 것인가 하는 생각이었다. 그러나 이 도리를 마다한다면 자손대대로 천벌이 내릴 것이었다.

당포는 놋대를 뽑았다. 노가 뽑히자 뾰족한 놋좆(노를 거는 자지 모양의 나무)이 드러난다.

당포는 어깻죽지 위에다 노를 얹고 개펄을 빠져나왔다. 주막을 향해 걸었다. 주막에 들어섰다.

당포는 노를 내려놓고 불퉁스럽게 내뱉는다.

"지개 있겠제. 지개에다 대여섯 동만 실어주라 고잉."

---

249 낯나다 : 남 앞에 체면이나 면목이 서다

254. 왜구(倭寇) 165

술청엔 모두 네사람뿐이었다. 뱃사람들인 듯싶은 세명의 술꾼과 쪽마루끝에 앉아 장단지를 떨어대고 있는 열두어살짜리 계집애가 하나였다.

술꾼들이 당포를 흘깃거리며 짐작을 잡았다는 듯이 예사롭게 말문을 텄다.

"어데 배요?"

그들 중 한 사람이 물었다. 당포는 꾸욱 입을 다문 채 시무룩해서 서있었다.

"고마 욜로 오소. 두어사발 냉기모 안되겠나. 술로 다섯동애 묵겄다고 노를 잽히봐사 뱃놈만 손보능기라, 안그래요?"

술꾼들의 말이 떨어지자 마자 당포는 꿀꺽 군침을 삼킨다. 그렇잖아도 술 한사발만 넘겨보면 원이 없겠다는 생각이 뻗지르던 참이기도 했지만 대뜸 공술 사발을 권하고 나서는 뱃놈들 인심이 알큰한 술맛을 당겨주던 거다.

당포는 그쪽으로 걸어가 마루앞에 댕겅 섰다. 술꾼 속의 늙수구레한 사람이 술을 따라주며 말했다.

"몬쓰네! 노 잽히고 창나무로 잽히고 술로 묵는 버릇 들모밀따 지집 속곳까지 베리줄 삼는다 안카더나. 그물코가 천코면 머하겠나? 베리줄이 좋아사 그물팔짜 사능기다… 오매야- 다섯동애나 되는 술로 머할라꼬?"

당포는 아무 대꾸 않고 염체없이 세사발을 받아 단숨에 넘기고 봤다. 세사발의 술이 금세 가슴속에다 불을 질렀다. 그간 와그작거리며 끓던 머리속도 차츰 제정신으로 헹궈져 가는 듯싶었다.

술청 안을 훼훼 둘러보던 당포는 그제야 주막의 본새를 알만 했다. 주모의 콧뱅이도 안 뵈는 점으로 미루어 상것 계집이 막채린 주막은 아니었다. 왜놈들 등살에 어지간히 막돼가는 '제포' 땅에서야 덕포댁 같은 상것 계집이 버젓하게 주막을 열곤, 절구동만한 방댕이를 뭇 사내들 앞에서 뒤똥대도 탈이 안 됐었지만, 땅이 '제창'이려니 그래도 주무가 내외(內外)를 하는 모양이었다. 뭍에다 차렸으면 영낙없이 안

방술집(내외주점內外酒店) 거들을 재봤으련만, 술꾼들이라는 것이 거개가 뱃사람들이고 보니 쪽마루를 술청 삼고봐서, 겉보기로는 여느 주막이나 다를바가 없었다.

쪽마루끝에 앉아 당포가 내려놓은 놋대를 흘끔흘끔 살피고 있는 계집애는 틀림없이 술나르는 종년 일 거였다.

당포는 주막 종년을 향해 버럭 악을 쓰고 본다.

"다섯동애만 실어주라는디 으째 낯짝만 떼작떼작 허고있여?"

계집애가 등짝을 움찔 떨며

"내싸 모름니더."

하는데 지게문 안에서 아낙네의 차악 가라앉은 목소리가 날아온다. 짐작에 술청의 낌새를 벌써 알아차린 듯싶었다.

"어데 배잉교?"

"제포 밴디 말이요잉."

당포는 무뚝뚝하게 대꾸해 놓고 우정 헛기침 몇가닥을 쥐어짠다. 고깃배든지 짐배든지 간에 '제포' 배라면 다른곳 배들은 쪽을 대 볼 자리가 없었다. 왜놈들 덕분에 그중 전포를 잘쓰는 '제포' 뱃놈들이었고 주막인심들도 '제포' 배에 대해서만은 턱없이 후했다.

"제포 드갈라면 노가 있으사 할낀데"

"갓개 들어갔다 나오는 참에 심 치루먼 안되겄오잉."

"다섯동애는 안되고예 시동애만 쓰소 고마… 퍼뜩 실어디레라."

당포는 쩌업 쓴 입맛을 다신다. 내친김에 더 욕심을 부려보고 싶었다.

255. 왜구(倭寇) 166

"시동애 줄라면 아조 상주로 주고 말제 그라요."

당포가 능글맞게 떠본다. 주모는 잠시 잠잠했다. 헤엠 하는 마른 기침을 마무리 하고 나서 귀찮다는 듯이 내쏜다.

"술로 어데 쓰는데 요라요?"

"… 초상 술이여…"

당포의 말이 떨어지기 무섭게 지게문 속의 주모는 딱 말을 자른다.

"시동애도 많소 고마. 초상 술에 권주가 부를라꼬?"

주모의 말이 끝나자 술청의 술꾼들이 웃어재꼈다. 술을 따라줬던 노인장이 들으라는 듯이 내뱉는다.

"됐꾸마. 뱃놈덜 초상 술이 시동애면 퍼지고 말고… 주모 말이 요 말이라. 세가들 초상 술이라모 몰라도 뱃놈 초상 술에 상주가 택이닫나 이기라. 보거로, 초상 술 묵고 권주가 뽑으라 비양질 안놓나! 뱃놈들로 다 싸잡아 송애치셰끼배께 더 몬봐준다카는 욕이라 욕!"

지게문 속에서 주모의 기침소리가 또 한번 터지는데, '맞지거로! 잘도 아네.' 하는 뽄새였다.

당포는 종년이 갖다 놓은 지게를 세우며 "연주창 목도리 감꼬 염병을 앓을 년!"하고 낮게 투덜거려 본다. 생각할수록 괘씸한 일이었다.

이만한 주막이면 필시 '이화주'(梨花酒=막걸리) 몇 동이쯤은 숨겨놨을 것이었다. 그것도 곡자(麯子=누룩)를 '설향곡'(雪香麯=쌀로 빚은 누룩)을 써서 담근 '이화주' 말이다. '이화주' 뿐이랴. '노주'(露酒=소주)도 너댓 말쯤 내려 감춰 뒀으리라.

뱃놈들이 마시는 탁배기가 어디 이화주더냐. 겉모양만 '이화주' 흉내를 냈지 '섬치'(밀누룩 중 그중 질이 나쁜 누룩=개떡누룩)에다 맵밥을 버물려 나흘이 멀다하고 걸러내는 '준순주'(逡巡酒=시급주時急酒) 끝술일 뿐이었다. 이것만이라도 제대로 마신다치면 누가 뭐래나. 한되에서 두되 가깝게 맑은 '주'(징주澄酒=청주)를 떠내고 난 연후려니 밑술 덧술 곰삭은 찌꺼기나 진배 없겠다.

당포의 생각은 기왕 먹성이의 혼을 보내는 마당이니 술이라도 좋은 술을 초상 술로 삼자는 뜻이었다. 가난한 뱃놈들이나 어장 접군들은 '이화징주'는 고사하고 '노주' 한모금 넘겨 볼 건덕지가 없었다. 특히 목구멍을 넘어가자마자 오장육부를 불질해 놓고 본다는 그 '노주' 한번 마셔보기가 소원들이었지만 술값이 상투잡고 나서는 판이니 그림의 떡일 수밖에 없었다.

그러나 세가들의 경우엔 사정이 달랐다. 술자리를 벌였다 하면, 입술 겹두리로 착차악 붙어 앵기는 '이화주'요, 미주알이 구들짝이 되도록 온 몸뚱이를 덥혀주는 '노주'였다.

술을 탐하는 본디에서야 뱃놈들이 어찌 세가들에게 지랴. 살림살이가 넉근한 뱃놈들은 내일 당장 마루짱이 꺼질갑세 우선은 세가들 흉내를 내고 봤다. '이화주'는 저만치 밀어두고 쓸쓸찮게 '노주' 맛도 보던 것이었다.

먹성이가 왜놈들과 어울려 '노주' 마시는 것을 다문다문 봐왔고, 그때마다 당포는 혓바닥이 저리도록 단침을 설퀴댔던 것이었다.

당포는 지겟가지에다 술통이를 얹곤 무릎을 세웠다. 초상 술이자 고별주가 기껏 이꼴이니 먹성이에게 진 죄가 한가지 더 불어났다는 생각이다. 더불어 단단히 맘을 먹었다. 술값이 다 뭐냐. 먹성이의 혼만 보내주고 나선 그 당장 들이닥쳐 놋대 메고 뛸 생각이었다.

256. 왜구(倭寇) 167

당포는 개펄을 걸어 다시 배를 띄웠다. 생각 같아서는 먹성이를 수장지낸 곳까지 가서 혼을 보내줘야 도리였다. 그러나 한시가 화급한 판이라 뱃머리를 동북쪽으로 세우곤 닻을 줬다.

술을 치며 먹성이의 혼을 보내주자니 야릇한 설움이 치미는 당포다. 구차례 (仇次禮=전남 구례군)에서부터 승주땅까지 상도가로 통하는 만혼(輓魂) 가락을 튼다.

지금 가면 은제 오실랑가 오실날을 일러주소

어허노야 어허노야 어이가리 어허노

쬐끄만 빠독250이 광석되면 오실랑가
병풍으 그린 봉황 울고날면 오실랑가
이허노야 이허노 이이 가리 어허노
쬐끄만 개울물이 바다되면 오실랑가
황천산만 먼 질을 다리아퍼 어찌가나

어허노야 어허노 어찌가나 어허노오

얼참장사 한태조도 장셍불사 못하였고
이군불가 제황초도 장셍불사 못하였고
삼국사명 조재룡도 장셍불사 못하였고
시명축돌 초페왕도 장셍불사 못하였고

어허노야 어허노 어찌가나 어허노오

오관참장 관운쟁도 장셍불사 못하였고
육국윤합 진시황도 장셍불사 못하였고
칠년천한 응셍탕도 장셍불사 못하였고
팔셰위상 진영감도 장셍불사 못하였고

어허노야 어허노 어찌가나 어허노오

---

250 '자갈'의 방언

구셰동거 장공예도 장셴불사 못하였고
십년지졸 한소무도 장셴불사 못하였고
백세안곽 각재리도 장셴불사 못하였고
천일비수 김도램도 장셴불사 못하였고
어허노야 어허노 어찌가나 어허노오

만세전공 공부자도 장셴불사 못하였고
억조원대 댕요시도 장셴불사 못혔으니

어허노야 어허노 어찌가나 어허노오.

산지조종이 곤륜이요 수지조종 황화수
곤륜산이 떨으져서 백두산봉 맹글었고
평안 자물 떨으져서 송도송악 맹글고
송악이 떨으져서 황해 구월산 맹글고
구월산은 떨으져서 강원금강 맹글었고
금강산은 떨으져서 경기삼각을 맹글고
삼각산은 떨으져서 충청계룡을 맹글고
계룡산은 떨으져서 전라지리산 맹글고
지리산이 떨으져서 경상태백 맹글루나

어허노야 어허노 어찌가나 어허노오

전라도라 지리산은 섬진강을 귀경허고

경상도라 태백산은 낙동수를 귀경허고

충청도라 계룡산은 백마수를 귀경허고

경기도라 삼각산은 한수강을 귀경허고

강원도라 금강산은 세류강을 귀경허고

황해도라 구월산은 대동수를 귀경허고

송도라 송악산은 임진수를 귀경허고

평안도라 자물산은 대동강을 귀경허는디

어허노야 어허노 어찌가나 어허노오

지금가먼 은제 오나 오실 날만 일러주소오-골

　당포는 소리를 마치고나서 눈꼬리로 찌걱대는 매운 눈물을 닦는다. 상앗대질에 맥이 풀린다. 겨우겨우 상앗대질을 서둘러 아까처럼 다시 닻줄을 맸다.

　당포는 남은 한동이 술을 동이째로 퍼넣는다. 공복이라 무섭게 취기가 올랐다. 당포는 그만 장 위로 빈듯이 누워버리고 만다.

257. 왜구(倭寇) 168

　물비늘이 스믈스믈 일렁이는가 싶었다.

　턱주가리가 덜그덕대도록 모진 한기가 솟았다. 캄캄한 밤 뱃길이었다. '제포'를 향해 죽어라 노를 젓지만 배는 한사코 '천가' 앞바다로만 떠밀리는 거였다. '제포' 쪽을 향해 자맥질을 하던 이물이 스르렁 동쪽으로 돌면서 이내 또 '천가' 쪽으로 빨려들었다. 등짝이 오그라붙을 정도로 내솟는 한기는 이물쪽에서 생겨나는가 싶었다. 잠시후였다. 이물 앞쪽에 퍼어런 불기둥이 선다. 별안간 뒤울이[251]가 우는 소리 끝에 장대바람이 몰아쳤다. 시퍼런 불길에 싸여 불쑥 물비늘을 차고 오르는 게 있었다. 희끄무레한 형체가 이물을 밟고 선다. 이물이 꾸웅 들리운다.

"누, 누구엇?"

당포가 허억 단내를 뿜는데

"내다! 내다아-"

이물을 딛고 섰던 희끄무레한 것이 사지를 팔초어 다리 놀듯 낭창대며 당포에게 다가든다. 먹성이다. 상투는 풀려 날물에 곤포다발 흐느적대는 듯한 머리칼이며, 낱낱을 질끈 문 주둥이론 핏물을 바글바글 끓여대는데, 갈퀴날 뽄새로 바짝 오그려 붙여 세운 두손이 당포의 모가지를 겨냥하곤 허공을 헤엄쳐 온다. 두손이 따로 놀며 당포를 고물 끝으로 몰아붙인다. 목아지를 감고 끝없이 죈다. 당포는 죽을 힘을 다해 먹성이를 떠다민다. 먹성이가 이물을 딛고 다시 선다. 그런데 목아지를 감고 있는 먹성이의 손은 여전히 숨통을 죈다. 이물께의 먹성이가 까르르 웃는다. 먹성이의 몸뚱이에 두팔이 모두 없다. 당포는 뱃전으로 나뒹굴며 목아지를 죄는 먹성이의 팔을 턱이 저리도록 물어뜯는다. 팔은 여전히 당포의 목을 죄며 늘어붙고 시퍼런 불기둥이 먹성이를 싸안고 멀어져 간다.

"놔라! 요거 놔라!"

당포는 부르짖다 말고 소스라쳐 일어나 앉는다. 꿈 한번 모질었다. 팔뚝이 아려 내려다보니 시퍼런 이빨자국이 선연하다. 제풀에 팔뚝만 오지게 물어뜯었나 보았다.

"… 으쩨 요런당가!… 자네 혼줄 보낸다고 술도 쳤고잉… 댕포 이놈 한다고 다했는디잉!"

당포는 중얼거리며 일어섰다. 술이 과했던 탓인지 관자놀이가 욱진욱진 아려오고 뵈는 것들이 죄다 뿌옇다. 골장 위로는 제멋대로 뒹굴고 있는 술동들이 이리저

---

251 북쪽에서 불어오는 바람

리 뱃전을 쓸고 있다.

물발을 내려다보고 섰던 당포는 그제야 흠찔 놀란다. 물이 나는 참이었다. 그렇다면 한밤 반나절을 배위에서 내처 곯아 떨어졌었다는 이치였다. 큰일났구나 싶었다. 병삼 노인과 승주택은 '제포' 석장을 차고앉아 기별도 없는 저만 기다리다 지쳤을 것이었다.

"갓개는 먼 씨벌놈어 갓개여. 섯바닥 빼물고 디질 지집년이 해필이먼 요런 때사 말고 제창 마실이여!"

당포는 덕포댁을 원망하며 몽통한 대갈통을 발끈 세운 놋좆을 내려다본다. 먹성이의 배를 여기다 버려놓고 다른 배편을 물색해 볼 것이냐 아니면 우선 주막으로 들이닥쳐 놋대를 메고 도망질을 놀 것이냐 하는 생각에 머리를 짜고 있는 참인데 배 다섯척이 바짝 고물을 물곤 허겁지겁 흐른다.

"미친늠딜, 석장 다 와서 먼녀려 노질 경합이여? 후웅-"

당포가 혼자소리를 내뱉았을 때였다. 수선스러운 노질로 쌩쌩 내달리는 배속에서 다급한 고함이 터진다.

"거 누고? 영등에 난리났다 앙이가! 퍼뜩 배 빼라!"

258. 왜구(倭寇) 169

배들은 이 말을 던져놓고 나서 고대 솔밭 너머로 자취를 감췄다. 보아하니 '소징개' 배들인 모양인데 처음 보는 배를 보고도 낯가림이 없는 걸 보면 무척 화급한 뱃길인 것만큼은 분명했다.

"영등에 난리라고?… 믄녀러 구신 세나락 까묵는 소리여, 후웅-"

당포는 대수롭지않아 시큰둥 내뱉는다. '제창'에서 '천가' 앞바다에 이르는 물목은 언제나 시끄럽게 마련이다. '제창'의 양중휘릿배(洋中揮罹船)들이 '천가'(天加=加德島)의 천성 앞바다(가덕도 서쪽의 천성만天城灣) 어장(漁場)이나 어조(漁條)에 들어닥쳤던지, 아니면 바짝 만을 파고들어 청구조렴(靑口條簾=청어와 대구어의 방렴防簾)의 장목 몇개쯤 밀어붙였거나, 그것도 아니라면 '천가' 뱃사람들이 자랑하는 동두말(東頭末)의 곽전(藿田=미역밭)에 '제창'의 채곽선들이 숨어들어 감곽을 휘감아 올렸던지 했을 것이었다.

'천가' 뱃놈들이 가만 있을 턱이 없다. 우정 싸우고 볼 맘은 아니지만 화풀이 겸해서 잔달게[252] 놀아 본다는 짓이 '제창'의 '망왜' 앞 어장이나 어조에 슬경슬경 나들이를 해보다가 종내는 '제창'의 남쪽까지 흘러 구지리끝 곽전까지 가 닿아 '제창' 뱃놈들이 했던 짓을 흉내 내 보던 것이다.

티격태격 기껏 말싸움을 틀고보던 뱃놈들이 끝내는 심심찮게 얼려 붙고 만다. 어전 주(主)나 수십동(同) 곽전을 가진 상전 뱃놈들은 행여 싸움을 벌일세라 단단히 단속들을 하지만 접군들은 사정이 달랐다. 일심을 상투가마만큼이라도 더 받으려는 허기진 마음에서 우선은 중뿔을 세우고보는 것이었다. 엎친데 덮친 격으로 이 난장 틈에 '왜어선'들과 '왜포패선'·'왜채곽선'들이 늘장날장 끼어들게 마련이었다.

'제창'과 '천가'의 옆구리를 파며 '웅천'과 '합포'(合浦=마산)로 흘러드는 가덕물골(加德水道)을 가운데 두고 두곳 뱃놈들은 이래저래 탈이 잦던 거였다.

당포는 허겁지겁 내달으던 뱃놈들이 뱉아놨던 말의 뜻을 이쯤 쉽게 여김해 버린 것이었다.

당포는 배에서 내렸다. 하늘이 무너져도 놋대는 찾고 봐야 할 일이었다. 나무등걸에 매놨던 닻줄을 풀어 일곱발은 더 느슨하게 닻줄을 줬다. 물이 나기 시작하는 짬이니 닻줄을 바투 줬다가 배가 높이 얹힐 것이요. 개펄에 얹힌 배를 빼기란 임통 없는 대발로 생선을 몰아 담기보다 더 어려운 일이었다.

나무가지를 쥐고 언덕배기를 오르는데 휘청 무릎이 꺾인다. 가까스로 언덕배기를 올라섰다.

---

252 아니꼽고 좀스럽게

당포는 주막을 가늠해 걸으면서 날을 꼽아본다. 사월 초나흘(庚午)이다. 솔밭 아래를 무심코 내려다보며 걷던 당포는 저으기 놀란다. 세척의 배가 숨가쁘게 와 닿는데 배마다 사람들이 가득 실렸다.

"벨시럽네 거. 운곡 때도 지났는디 지토선일 택도 없고… 대구떼도 다 내리뿐졌는디 고주 장사배덜이 몰릴 참도 아니고잉… 민녀려 사람목자덜이 볼가시냉끼 시끌사끌²⁵³ 지랄이랑가?"

주막이 보였다. 당포는 걷다 말고 움찔 굳는다. 주막 앞으로 사람떼들이 욱시글득시글 생난리 아닌가. 놋대 메고 튀기는 다 틀렸는가 싶다.

'돛발 세우고 창나무로 길을 터본다?… 으짠다?……'

당포는 이내 고개를 내젓는다.

259. 왜구(倭寇) 170

놋대없이도 돛폭으로 뱃길 트고 상앗대로 물목 빠져나는 뱃사립은 흔치 않았다. 당포의 생각 속으로 남는 사람이래야 기껏 두사람인데, 젊은 날의 병삼 노인이 그중 하나요, 밤 도망질을 놓고난 후론 죽었는지 살았는지 알길 없는 공발 영감이 또 하나였다.

천상 놋대는 찾고봐야 되겠는데 빈주먹 속으론 손금만 뻔질하고 게다가 사람떼가 저 모양으로 들끓어대니 일 치고는 여간 어렵게 됐겠다. 한편 생각해 보면 주막 앞이 시끌벅적 끓는 것이 더 잘된 일인가도 싶다. 무슨 일인지는 모르겠으되 저렇게들 수선을 피워대는 틈을 이용하여 슬쩍 주막안으로 들어서기가 더 쉬운 일인 줄도 몰랐다. 굴러가는 계자(鷄子=달걀)도 모로 설 곳이 있다는데 까짓것 우선 굴러가고 보자며 당포는 주막앞으로 걸음을 잰다.

---

253 '시끌시끌'의 방언

주막에 이른 당포는 놋대 생각을 잠시 잊었다. 지게문 안에서 마른기침만 내뱉던 주모까지 길에 나서 우왕좌왕 호들갑을 떨어대는 판이니 주막안은 휑 비었고, 이때를 틈타 놋대를 메고 튀기란 타작마당의 탯자리개질²⁵⁴ 보다 쉬운 일이었으나 어쩐지 일 돼가는 꼴이 예사스럽지 않던 것이었다.

배에서 갓내린 듯싶은 사람들이 거진 혼줄을 뺀 기색으로 다가오자 주막 앞에 서 있던 사람들이 우루루 그쪽으로 몰려갔다.

"영등에 먼 난리라요? 야아?"

사람들이 그들을 에워싸고 다투어 묻는다. 상기 가쁜 숨을 거들먹대는 뱃사람들이 상투가 떨어져라 잘래짓을 곁들이며 대답하는 것이었다.

"오매야아- 말또 마입시더 고마. 내 평생에 요런 난리는 처음 본다 앙이가! 영등 개안에 있던 배덜은 모다 불로 붙여가 목탄을 맹글고 말따, 집이란 집은 다 불로 놓고 말따, 고마 눈앞에 뵈는 사람덜은 사정 안보고 목때기로 딴다 아닝교!"

"시상에! 아니 또 천가 배덜캉 삼이 붙응교?"

"치소 고마! 천가 뱃놈덜캉 하는 삼이 어데 삼입디꺼? 같은 뱃놈덜캉 와 배에다 불로 놓고, 집에다 불로 놓고, 사람 목때기로 와 따?"

"… 그라모 우짠 난리가 고런답디까, 야아?"

"왜놈덜이라!"

"머시라?… 시상에 우짜꼬!"

주막앞은 금세 아수라였다. 당포는 사람들을 헤집고 뱃사람들 앞에 나선다.

"아니 믄 소리데여? 왜놈 배덜이라고는 얼씬도 못하는 시월인디 왜놈덜이 믄난리를 폈단 말여?"

뱃사람들이 눈꼬리 찢어져라 당포를 흘긴다.

"어데 사람인데 요레 속팬한 잡설로 까노얏! 대마도 왜놈덜이 영등을 씨러대는 판

---

254 탯자리개 : 타작할 때, 보리나 벼 따위의 단을 묶는 데 쓰는 굵은 새끼. 타작한 곡식단을 묶은 일은 보통 품앗으로 하기에 수월한 편이었다.

이다! 영등은 시방 불바다다 앙이가!… 영등만 씨러붙이는 줄로 아나? 듣자하니까 네 냉이개는 영등보다 먼저 당했다 카드라! 냉이개 앞바다로 왜놈덜 배가 짜악 깔려가 물목은 다깊었다 안카나!"

"멋이여?… 제포가 으째여?…"

"구신 쌀미들었나, 와 놀래?… 땁땁골재만 기서 보거로. 누렁개까지 연기가 다 덮었을끼라!"

당포는 사람들을 밀쳐내고 내닫는다. 주막 앞에 이르러 잠시 굳는다. 사람들이 덩이덩이 산산 내려온다. '영등'의 서쪽 모장대배기로 닫는 을길과 '누렁개' 동남을 질러 산성산으로 닫는 땁땁골재 가는 길론 벌써 사람패거리가 줄을 잇고 내리는 거였다.

260. 왜구(倭寇) 171

그들이 주고받는 말이었다.

"잘몬됐다카이. 내 말대로 배로 몰고 소징개로 뺐으모 을매나 좋았겠노?"

"하모! 영등이 저 꼴 되는데 영등만 골라 씰겠나. 제창 땅은 다 씰고 볼거로. 소징개라꼬 팬할 택이 있나말따. 천가로 드가지는 몬한다 케도 합포나 고주로사 우짜든지 가 닫을낀데 배로 영등개안에다 놔삐리고 몸띠이만 사알 빠져왔으니 요레 맥없는 뱃놈들도 있더나!"

"냉이개는 영등보다 더할끼라."

"하모! 백척도 더 넘게 안드가더나!"

당포는 전신에 맥이 풀렸다. 설마 했던 믿음이 와그르 무너져내렸다. 왜놈들의 작폐가 '제창'의 영등 한 곳에다만 불질을 지피는 것이려니 하고 짐작했었던 것이다. 이런 짐작은 바로 열여섯달 전의 난리를 떠올려봤기 때문이었다. 그 난리 때도(中宗 4년 정월의 '가덕도 왜침') '천가' 땅만 불바다가 됐을 뿐 다른 곳은 말짱했었지 않았던가. 왜놈들의 작폐라는 것이 늘상 어디 한곳을 골라 느닷없이 분탕(焚蕩)하고 나선 또 벼락같이 달아나버리는 짓을 버릇 삼던 것이었었는데 기백척의 배가 '영등'을 치면서 또 '제포'로 내달렸다니 보통난리가 아니었다. 당포는 주막 안으로 들이닥쳐 놋대를 들쳐멨다.

'천가' 뱃놈들의 말이니 꼼짝없는 사실일 것이었다. 그들은 필경 '영등'으로 오던 길에 '제포'를 향하는 왜놈들을 봤을 것이요 '영등'에 닫자마자 다시 그 난리를 만났을 것이었다. 그들 말대로 '영등'이 불바다라면 '소징개'라고 편하랴. 거기다가 배가 없어 핏발 선 눈들을 데룩거리는 참인데 서두르지 않았다가는 쥐도 새도 몰래 배를 도적맞을 것이요 그렇게 되면 옴싹 못하고 '소징개'에 갇힐 수밖에 없는 일이었다.

당포는 놋대를 매고 가랭이가 찢어져라 내달았다. 주모는 고사하고 어느 한사람 기미를 잡는 기색이 없다. 덩이덩이 뭉친 채 저마다들 혼줄을 빼기에만 바쁘다.

한참 정신없이 내닫던 당포가 뒷쪽의 심상찮은 기척을 잡고 흘끔 뒤돌아본다. 발짝소리들이 요란하다 했는데 영낙없이 대여섯 뱃놈들이 우루루 뒤따랐다. 아까 봤던 그 사람들이었다.

"보소! 시방 어데로 가능교? 고마 우리도 같이 타고 보입시더."

"보거로. 거 어데 배가? 욜로 와가 말좀 들어보거라."

당포는 멈칫 섰다.

"으디로들 가는디 그려?"

"고주 화당으로 드간다."

"고주?… 안되여! 나 시방 냉이개로 들어가여!"

"냉이개라꼬? 미칬나?"

당포는 다시 내달았다. 붙들렸다간 낭패였다. 뱃길이 틀린 것은 밀어두고라도 배를 차지하기 위해 사생결단을 벌일지 누가 알랴.

"저 문디이놈, 저놈아 와 저래?"

'천가' 뱃놈들의 기세가 사뭇 험악했다. 좀 전과는 딴판으로 악착같이 따라붙는다.

당포는 언덕배기를 타내려 개펄을 걸었다. 닻줄을 넉근히 줘놨던 짓이 얼마나 잘한 일인가 싶다 물이 이물께까지 거진 났다. 놋대를 놋줒에다 걸기 무섭게 상앗대로 배를 뺐다. 개펄을 어적버적 걸어오던 뱃놈들이 멍청히 서버린다.

261. 왜구(倭寇) 172

"고레 자알 났다아-제포 간다! 드간다꼬? 자알 드가서 잘난 구신 되그라아-"

녀석들이 내뱉는 욕지거리가 길게 건너왔다. 허겁지겁 돛을 올렸다. 물이 날 때여서 웅천바다로 빨려들기엔 천행이다 싶었고 바람줄 또한 개풍(凱風=남풍)에다 갈바람(서풍)이 섞여 배를 '망왜섬' 쪽으로 밀기에는 첩경이었다.

뱃길을 잡고 고물 골장에 서 있으려니 이제다 하며 지근지근 골머리가 썩는다. 먹성이를 수장 지낸 일만으로도 복장이 터져나는데 왜놈들이 '제포'로 들이닥쳤다니 그 난장이 오죽할까 말이다.

'제포'에 난리가 터졌다면 식구들에게도 화가 미칠 것이었다. 야릇한 일이었다. 중환이 들어 바글바글 가래를 끓여대는 사람은 정작 승주댁이거늘 승주댁의 모습은 병삼 노인과 상모놈 얼굴에 가려 형체가 뿌옇다. 계집없이 늙어가는 뱃놈들이야 온 바다에 널렸으니 부끄러울 일이 아니었지만 이당장 날거지가 된 데도 돛폭 말고 상앗대 찍는 아들놈 없이 어떻게 그물질을 하며 장목나르는 일손 없이 어찌 접군노릇이라도 넘보랴.

배가 '망왜섬'을 동남방으로 밑보며 흐르기 시작했을 때 당포는 '연도'(椽島) 쪽을 향해서 창나무를 틀었다. 곧장 내달려 '석섬이'(가덕수도 북서각에서 웅천바다 사이에 있는 세 개의 섬으로 북쪽의 것을 토도土島, 동쪽의 것을 입도立島, 서쪽의 것을 행암도行岩島라 불렀다)의 서편을 돌아 '솔낭구섬'(송도松島)만 지나면 '제포' 앞바다였기 때문이었다. '제포'에서 '제창'에 이르는 물길은 이렇게 트고봐야 그중 쉽던 거다.

"얼뜩 가자잉! 얼뜩 가!"

맘이 급해 혼자소리를 내뱉던 당포는 저으기 놀라며 서쪽을 내다본다. 열댓척은 돼보이는 배들이 서쪽 수평선에 나타났다. 한눈에 왜놈들 배는 아니다. 자맥질을 한답시고 몸살을 떨어대는 꼴이 '어정'들 아니면 '타읍선' 패거리였다.

"저놈덜이 시방 먼녀려 뜽금없는 맷돌질을 튼데여?"

배들 노는 품이 느닷없는 짓들이었다. 도무지 갈피를 못잡는 꼴이었다. 뱃머리를 돌려 휑 돌아서 내닫질 않나, 한 패거리가 그러면 남은 패들은 덩달아 이물을 돌려대고, 그러는가 하면 어느새 다시 뱃길을 돌려 앞서가는 배들의 고물을 잡고 따라붙곤 하는 것이었다. 시절 좋을 때로만 생각해보자면 고기떼 몰아 맷돌질 하듯 그물을 치는 모양이었다. 그러나 때가 어떤 짬이냐. '영등'이 불바다가 되고 '제포'에 난리가 터졌다는 판에 어떤 실성한 뱃놈들이 그물질을 나섰을 것인가.

배들이 종내는 한데 어울려 꽤 가깝게 다가왔다. 그들은 당포의 서쪽을 질러 허겁지겁 내달았다.

목쉰 고함들이 건너온다.

"그 배 어데 가노?"

"제포여어- 제포에 난리났다는 소문이 참말이랑가?-"

"제포오?… 시방 온바닥이 다아 불이다 부울."

"어데를 드간다꼬 고레? 미쳤나? 솔낭구섬도 몬가서 죽어삐릴끼다."

배들은 그새 멀리 흘러버린다.

"머여? 제포가 불바닥이여?"

당포는 등줄로 찬소름을 얹는다. 식구들의 얼굴들이 금세 불솜들로 아른거린다. 불솜방망이 세개가 불꽃을 날름거리며 허공을 날은다.

당포는 창나무를 틀어 서편을 향해 쪽집개부리를 세운다. 뱃길을 바꾸는 일이 그중 급한 거였다.

262. 왜구(倭寇) 173

가랭이에다 창나무를 껴고 앉아만 있어도 다 갔다싶은 뱃길을 다시 바꾸자니 욕지거리가 절로 터지는 당포였다.

"간쪽을 포떠서는 씹물에다 중탕을 떠도 원이 안풀릴 일이여! 웬수녀려 잔나비세끼덜! 웅천바나 부신 영감님은 믄 해찰²⁵⁵을 뜨셋당가, 후웅-"

소문대로라면 곧장 '제포'로 들어가는 짓은 스스로 죽을 작심이나 진배없을 것이었다. 백여척 왜놈 배들이 바다를 거진 메우고 떴을 것이요 지개 안팎은 미쳐 날뛰는 왜놈들이 벌써 점거 했을거였다.

당포의 머리속으론 이리저리 피해다니며 아우성을 치는 '제포' 뱃사람들과 녹봉장대를 휘두르며 '약대구어' 물고 달아나는 불곰을 몰아잡듯이 그들을 쓸어잡는 왜놈들의 작폐가 떠올랐다. 석장 끝으로 몰린 조선 뱃놈들이 피를 토하며 차례차례 물속으로 떨어지는가도 싶고, 왜놈들의 장검이 희번뜩 댈 때마다 모가지들이 댕경댕경 떨어져내리는 듯도 싶었으며, 또 물속으로 지는 사람이 승주댁 같기도 했고 떨어지는 모가지 속에 병삼 노인의 얼굴이 겹치는가도 싶었다.

당포는 남쪽으로 떠밀리는 배를 서쪽으로 잡기위해 어깻죽지가 무너져내리도록 노질을 서둘렀다. '제창' 앞바다의 날물은 고물장이 보채도록 북으로 밀어줬지만 뱃길을 서편으로 바꾸고 보니 '행암물골'(행암만行岩灣=진해만)의 날물이 쓰렁쓰렁 남쪽으로 밀어부치는 것이었다.

할 수 없이 '초리도'(草理島)의 서쪽 옆구리를 돌아야 할 거였다. 그렇게 해서 다시 북동쪽으로 이물을 세워 '고미섬'(웅도熊島)을 빠져나는 길뿐이었다. 우선은 명동(진해시 明洞) 앞바다에 이르고봐야 배를 댈 곳을 '원개'로 정하든지 '댓골'로 정하든지 할 게 아닌가.

그런데 뱃길이 문제였다. '초리도'의 서쪽을 도는 뱃길은 그런 뱃길도 있다는 것

---

255 해찰 : 1. 어떤 일에 정신을 집중하지 않고 다른 일이나 쓸데없는 짓을 하다. 2. 이것저것 공연히 집적거려 상하게 하다

만 새김해봤을 뿐 한번도 배를 돌아 본적이 없던 터다. '원개'에서 '제포'에 이르는 고깃배들은 곧바로 '솔낭구섬'을 빠져 '제창'으로 내달렸지 '초리도' 서쪽을 도는 뱃길은 한사코 피했었다. 급히 '고주'(고성固城)로 뜨는 배편이라야 어쩌다가 그 뱃길을 달렸는데 그것도 낮때뿐이요 해가 떨어졌다 하면 너나없이 눈돌림하던 것이었다.

뱃사람들 말로는 '말굽이골'이라 불렀다. '초리도'의 생김새가 영락없이 말발굽 본새였기 때문이었다. 배들이 '말굽이골'을 피해다니는 이유가 있었다. 뱃길이 워낙 험난했기 때문이었다. 동남북 간은 멀쩡한데 서쪽 옆구리에 이르면 물길은 그새 판을 바꿨다. 바다 깊이는 느닷없이 백길이 넘게 깊어지고 물발의 힘이 당해낼 수 없도록 장사였다. 물바닥이 별안간 깊어지는 때문인지는 몰라도 물결의 어깨(파곡波谷)가 보통 스무자였고 한번 배를 밀어붙인다 하면 설흔자 밖으로 내몰기 일쑤였다.

"물빨 성질 한번 모진년 밑구멍에 털시래기 본이라. 내 풍랑 어깨에 한번 걸쳤다가 고마 배 디비지는가 카고 시껍했다 앙이가!"

'당도리' 뱃놈들의 투정이 이럴진댄 낙엽같은 어정으로 그 뱃길을 타야 한다 생각하니 눈앞이 캄캄해 오는 당포였다. 거기다가 해떨어질 때도 멀지않았다

당포는 어차피 '원개'에다 배를 대야 할 것이 라고 마음 먹는다.

263. 왜구(倭寇) 174

배가 '초리도' 밑섶에 이르렀을 때 해는 서쪽 수평선 위로 바투 걸렸다. 멀지않아 어두워질 것이었다. 그런데도 뱃길은 겨우 서너마장 줄었을 뿐이었다. 물도 다 난 낌새인 것이, 뿌리가 뽑힌 돌태(해초·석기생石寄生)다발들이 어디서 떠밀려 왔는지 느슨한 물굽이를 타고 논다.

뱃길은 바로 '고주' 쪽으로 내리는 행암바다(行岩灣=진해만)와 옥계쪽을 파고널

린 합포바다(마산만馬山灣)의 갈림 물목에 와있었다. 북서쪽을 향해 '시봉방우'(마산시 삼봉산三峰山)를 가늠하고 오르면 합포바다요, 남서로 돌아 내리면 '제창'의 북쪽 끝부리와 '고주'의 화당 겹두리를 파고내리는 창호리(倉湖里=거제군 가조도加助島) 앞바다였다.

이 물목에 이르러서야 합포바다로 오르든지 창호리바다로 내리던지 두길 밖엔 없었다. 그런데 생각만 해도 지긋지긋한 '초리도' 서편을 바짝 끼고 가야 하는 것이었다. 이를테면 생판 낯설은 물길을 뱃길 잡고 가야 할 판인 거다. 식구들이 '합포' 땅에 있다면야 무슨 걱정이랴. '초리도' 서쪽의 물발이 제아무리 거세다 할지라도 밤구미(마산시 가포동架浦洞·율구미) 끝자락이 병풍발을 둘러쳐 준 덕분에 밀어붙이던 물발도 기세를 꺾게 마련이었다.

당포는 뱃머리를 뱅그르 돌려 동북간으로 이물을 세웠다. 일이 어렵게 될려고 그러는지 말썽도 각색이겄다. 그새 바람줄이 바뀐다. 느닷없는 명서풍(明庶風=동풍東風)이 심심찮게 이는 거다.

"아니 믄녀려 동부새 바람이여! 씨벌늠어 바람이 뱃질을 막겄다는 해꼬지어 머엿?… 부신 영감님도 망녕잉게! 벌떼 같은 왜놈들 배에다가는 뒷바람 줘가꼬 뱃길만 십게 터주고 쓸개물이 뽀딱허게 다쫄아뿐진 이 댕포놈에다가는 줄 것이 없어서 해필이면 동부새랑가?… 뱃길도 급살맞은 판에 으쩨 요라 신단 말이여, 후웅~"

당포는 돛폭을 내렸다. 돛폭이라고 세발 반짜리 갈폭이니 기껏 상투 끝에서 서너 뼘 남는 알량한 것이었지만 그래도 바람줄이 앵기면 배를 대고 서편으로만 밀어댈 것이었다. 면포에다 황톳물을 먹인 황포돛도 아닌데다 물기까지 흠뻑 먹은 띠돛(모범茅帆)이어서, 용종은 느슨하게 풀린지 오래였으며 아디줄마저 제대로 놀아대는 통에 배가 힘을 못쓰는 거였다.

당포는 손바닥이 짓물러지도록 노를 젓는다. 허리뼈가 서너 번 휘어댔다 해봤자 배는 겨우 두어 발쯤 나가고 만다.

무엇보다도 걱정스러운 것은 벌써 후둘후둘 제 멋대로 떨리는 두팔과 두다리 였다. 뱃놈들 죽을 힘은 장단지 오금쟁이에서 나온다고 했지 않던가. 다리가 장목처럼 힘발을 뻗쳐줘야 허리를 요량껏 쓸 수 있을 터요 허리통이 제구실을 해줘야 어깻죽지도 제 힘을 써 볼 것이었다. 그래야 노질에 신명이 돋칠 것 아닌가.

그런데 사지가 축추욱 한사코 늘어졌다. 여차직했다 하면 무릎이 꺾일 기세다.

그리고 보니 사흘 동안을 꼬박 굶었다. 목구멍으로 넘긴 것이라곤 먹성이놈 혼을 보내줄 때 마셨던 탁배기 한동여뿐이다. 그것도 곡기랍시고 마실 때는 제법 배꼽을 세워주더니 한말은 실히되게 오줌을 뽑아대고 나서는 그새 미칠것 같은 허기만 불러주는 거다.

264. 왜구(倭寇) 175

당포는 가물대는 정신을 애써 모둔다. 지쳐 쓰러져버리면 끝장이었다.

독한 마음을 먹어봐야 막장의 힘이라도 솟을 텐데 마땅한 트집이 없다.

부신 영감에게나 화통을 쏟아보면 어쩔까도 싶다. 그러나 이미 다 쏟아버린 것, 따로 생트집을 앙다물을 욕지거리가 없다. 설령 더한 원망이 남아있다손 치더라도 기를 쓰고 참아야 했다. 바로 얼마 전에 저도 몰래 구시렁댔던 탓으로 느닷없는 '동부새'가 일었던 줄도 몰랐다. 부신 영감께서 진노하시면 이 뱃길을 누가 도와주랴.

당포는 도리질을 해댔다. 지금쯤 미쳐 날뛸 왜놈들을 생각해 본다. 왜놈들 장검 아래서 퍽 퍼억 꺼꾸러지는 조선 뱃놈들을 떠올려 본다. 그 뱃놈들 틈에서 병삼 노인과, 다 죽어가는 승주댁과, 그 승주댁 품에 안긴 어린 상모놈을 찾아내 본다. 별스런 일이었다. 오장만 지글지글 끓어댈 뿐이지 뻔질난 힘이 솟을 기미가 없다. 생각과는 딴판으로 전신에 식은 땀줄이 얹힐 뿐이었다.

먹성이를 생각해봤다. 그렇지, 그 녀석만 아니었으면 이 고생이 웬 것이랴. 풍어굿을 치고난 후면 먹다남은 물밥 줏어 넘기느라고 목때기의 계란망울이 쌍그네를 뛰던 수치말(원개 서남쪽에 있는 수치리水治里)의 거지 본새였던 먹성이놈- 알량한 놈이 아갈잡이 노릇으로 끼나 떼우는가 했었는데, 돼지 불알이며 지라쪽 받쳐들곤 왜놈들 비위짱 아구맞추며 들락거리더니, 아- 글쎄 그 아갈잡이 팔짜가 삼년이 멀다하고 '멜배' 선주로 둔갑 나설 줄이야 누가 짐작이라도 했겠는가. 왜놈들의 심부름을 잡고는 '보평역'을 나들이 삼고, 조선 내지의 상인들과 어울려 판세를 염탐해선 곧장 바깥지개로 내닫던 그놈- 왜놈들의 '석결명'을 내다 팔고나서 구전을 챙겨 알쌈지 틀듯 꽁꽁 자산을 모았다는 소문들이었으나, 기실 먹성이는 왜놈들 중에서도 곰배녀석을 상전으로 삼았으며 '추치뱅이'(수치말 앞바다의 멸치어장)에다 띄운 멜배도 속사정인즉 바로 곰배녀석이 넘겨준 어정이라 했겠다. 그 죄만으로도 천벌을 용케 면했다 싶었는데, 먹성이 그놈이 곰배녀석을 '제창'으로 빼돌리고, 그짓도 모자라 당포마저 죽이려들지 않았던가. 이런 생각끝에 또 맥이 빠진다. 무슨 조화인 줄 모른다. 먹성이를 생각하면 상투끝까지 피가 거슬러 오를 줄 알았는데 되려 한숨만 새 나왔다.

"… 으쨌든지 나땜이로 디져뿐졌어!… 내가 쥑인 것이나 한가지잉께로!…"

당포는 다른것은 또 없나 하고 머리를 짜본다.

"암, 암먼! 고 씨벌년! 고년 땜이 이 난리여!"

야릇한 일이었다. 덕포댁을 떠올려보다 말고 당포는 아금니를 갈아붙인다.

"불싸시런 녀언- 해필이면 요때사 말고 제창으로 떴다?… 고년이 뭣땜이? 아니, 뭣땜이?… 분명하제임! 곰배놈 낯짝이나 귀경헐까 하고 들어갔을 것이여!"

왜 진작 덕포댁 생각을 안했었던가 싶었다. 허벅지께로 화끈화끈 불김이 일더니 이내 허리통이 빳빳하게 서겄다. 막장의 힘이나 불러서 이 뱃길을 건너고봐야 할 일이었다. 욕바가지는 다 털어서 원망을 사보는 짓만이 상책인 듯싶었다.

"사추리 속으로 황밤이나 베락맞고 불두덩 터럭다발로는 서카리 두말만 키워라 잉!"

배가 뱃머리를 떨며 자맥질을 한다.

265. 왜구(倭寇) 176

해는 그새 수평선 너머로 떨어졌다. 바다위로 눌눌한 해거름이 물비늘을 먹어들며 익고 있었다. 노질이 한결 수월해진 듯싶었다. 둘이 미는 징조일 거였다.

당포는 불김 같은 한숨을 내쉬며 그제야 땀줄로 범벅된 얼굴을 쓰윽 훔쳐내렸다. 용케도 다 왔구나 싶었다. 그대로 동쪽을 향해 가면 곰섬(웅도熊島)이요, 북쪽으로 이물을 세우면 명동 앞바다 소구리섬('궤도簣島'[256])에 이를 것이었다. 마음 같아서는 명동 앞바다에 이르러 댓골 모랭이[257]를 타고 곧장 '제포'로 흘러들고 싶었다. 그러나 '제포' 앞바다로는 왜놈들의 배들이 진을 치고 있을 것이었다. 식구들이 그 난리를 당하고 있을 짬에 저마저 허망하게 죽어버린다면 말짱 헛일, 기어코 숨어들어 식구들을 살려내고 볼 일이었다. 그러자니 댓골모랭이를 타고 '제포'로 들이닥는 짓은 죽지못해 허룽거리는 것이나 진배없는 짓이었다.

당포는 어차피 '원개'로 닿아 산길을 타야 할 것이라고 다짐하며 무릎으로 쪼그려 앉았다. 오줌보가 터져나는 참이었다. 중의 허리춤을 내리자마자 삶은 감서(甘薯=고구마) 본새로 탱탱 불은 자지가 두어 번 덜꿍대더니 이내 용심좋은 오줌발을 쏟아놓는다. 마음 한구석이 흐뭇했다. 서너발은 실히 뻗치는 오줌줄이려던 왜놈들 두서너명쯤은 매다꼰을 수 있는 힘이 상기도 남았다는 넉근한 믿음이었다.

당포는 '원개'쪽을 가늠하고 노를 저어갔다. 명동[258] 앞 '굿지남찌거리'를 질러 곧추 흘렀다. 풍어굿을 치고 나면 잿밥, 굿것진주 등속의 찌꺼기를 버리는 돌섬이다.

배가 '원개' 앞바다에 이르렀을 때였다. 당포는 노질을 멈추고 대못처럼 굳는다. 사람들의 소리들이 심상찮게 들끓고 횃불 대여섯개가 널름널름 석장께를 밝혔다. 우왕좌왕 갈피를 못잡는 횃불들이 봉화일 리는 없었고, 그 횃불 밑에서 숨닳는 사

---

256 경상남도 창원시 진해구 명동에 있는 섬으로, 소쿠리와 삼태기가 꼴이 비슷하여 '삼태기 궤(簣)'를 써서 '궤도(簣島)'라 명명함.
257 '모퉁이'의 방언
258 경상남도 진해시 명동 신명마을 앞바다에 있는 섬. 이밖에도 모자섬(메주섬), 벗섬(友島), 소쿠리섬, 곰섬(熊島), 음지도(陰地島),지도리(地道里),초리도(草理島) 등의 섬이 명동에 속해있다.

람 목소리들은 사뭇 울음들이었다.

"좀 끼 타입시더! 보소야, 그라모 할배나 태워주거로!"

"몬한다카이! 누구 배 디비지는 꼴을 보겠다는거고 머꼬얏!"

"오매야아- 그람 우짜노야!"

당포의 상투 끝에 찬소름이 언힌다.

'제포'에서 난을 피해 넘어 온 사람들일 것이었다. 우선 '합포'로 건너가고 보자는 다급한 마음들일 것이었다. 앞쪽에서 당포의 배를 가로질러 흐르는 배의 기척이 일었다. 그 배안에서 건너오는 소리들이었다.

"아니 우짠 난리가 요레 베락질매꼬로 느닷없다? 냉이개 사람덜 많이 죽었나?"

"말또 마입시더 고마! 억수 죽었심더! 냉이개는 불바닥 돼뿔고 성내까지 불질이 번진다 앙입니꺼!"

"아니 고레 수군은 머했노?"

"수군이라꼬요? 우스버서 말또 안나온다까네. 닻줄 걸은 채로 고마 다들 불쏘시개 됐다 아닝교!"

배가 멀어져 간 낌새였다. 당포는 또 한번 움찔 굳었다. 그 생각을 왜 진즉 못했었던가 싶다. '원개' 구자에다가 배를 대기는 다 틀렸다.

먹성이의 본바닥인 '원개'에다 어찌 먹성이의 배를 댈 수 있단 말인가.

치풍이의 화등잔만한 눈이 먹성이를 기다리며 구자를 지키고 있을 거였다.

어쩔수없는 일이었다. 곧장 올라 인가가 뜸한 풍덕개(진해시 풍호동豊湖洞)에다 닻줄을 거는 수밖엔 없었다.

266. 왜구(倭寇) 177

당포는 고대 마음을 고쳐먹는다. '풍덕개'에 가닻을 시면 다시 '장천'으로 내려 '행암'(진해시 行岩洞)에 이르러야 할 것이요 '모안포'(모란포牧丹浦=진해시 모란

개)에서 '원개'의 수치말로 넘는 굴둑곡(낙지봉마루)을 꺾어내려 '댓골'로 빠져야
될 것이었다.

그렇게 된다면 허송하는 금쪽 같은 시간만도 얼마이며, 그렁저렁하다가 부친의
시신만도 못챙긴다면 사람목자의 천륜을 저버리는 짐승밖에 더 되겠는가.

당포는 '행암'을 가늠하고 노를 저어갔다. '행암'에 닿자마자 '굴둑곡'을 타내려 '
제포'로 흘러들 생각이다. 천만다행으로 '행암'의 개안은 고요했다. 구시렁대는 사
람들의 목소리도 안 들려왔고 횃불도 없었다.

당포는 '모안포'의 '천정끝' 개펄을 파고들었다. 나아가던 배가 옴짝 않는다. 밀물
이 제 때가 아니라서 배가 개펄 위로 얹힌 모양이었다. 당포는 배에서 내려 깜깜한
개펄 위를 걸었다. 흘깃 뒤돌아 봤지만 배는 그새 어둠속으로 묻혔다.

"고상했다잉! 쥔 잊어쁠고 애만놈 싣고 오느라고 고상했다잉!"

그 배위에서 사람이 죽고 배 주인 먹성이를 떠올리면 섬뜩한 소름줄이 솟는 터
였지만 그래도 영영 못본다 생각하니 죽어가는 뱃놈 하나 버려두고 떠나는 기분
이었다.

당포는 뭍에 오르자마자 정신없이 내달렸다. 얼마 동안을 내달렸는지 모른다. 딛
고 선 땅이 어느 곳인 줄도 짐작할 수 없도록 혼줄이 빠지는 터였다. 똥줄 끝까지 썰
렁하게 빈 공복에다가 감모(감기)기가 억척 같은 기세로 치받히더니 급기야는 병하
나 단단히 붙잡은 모양이었다. 정신 차릴 수 없도록 한속이 이는 데다가 목구멍이
아릴만치 기침이 쏟아지는걸 보면 영낙없이 한수(寒嗽)보를 겹쳤으리라.

당포는 산이 뱅그르 도는 듯, 숲들이 와글짝 무너지는 듯한 어지러움을 느끼며 풀
썩 고꾸라졌다.

"아부지!… 아부지-"

종내는 야릇한 울먹임이 목젖을 볶아댔다. 이를 악물고 참았다. 그러면서 기어봤
다. 당포는 기어대다 말곤 섯달 엽송더미 긁어내다 멈춘 갈퀴 꼴로 바짝 손가락들
을 옹크리며 길게 늑쳐져 버린다.

당포는 아슴아슴 들려오는 기척을 느끼며 긴 잠에서 깨어났다. 눈꺼풀이 천근이나 되는 것처럼 무겁다. 눈꺼풀을 겨우 열고 사위를 두리번거려본다. 느닷없는 것들이 눈길 가는 곳마다로 널렸다. 너댓사람이 빙 둘러 앉았는가 하면 고미 모서리가 보였다. 방속이었다. 어릿어릿 형체가 흐린 사람들은 집식구들일 것이었고 이 방은 '합포'의 제집이리라- 당포는 소스라쳐 자리를 차고 일어나 앉았다.

당포의 낯짝이 금세 굳는다. 한사람만 알아보겠고 나머지 네사람들은 생판 남이었다.

"합포 너거 집속인 줄로 아나?… 망독이다 망독."

제포 동북쪽 망독말에 사는 용총 영감이었다. 말을 마치고 나서 슬그머니 등돌아 앉는다.

"깨났으니 이화주 몇동이는 맡아놨제이. 업어 날르는데 내 허리뼈 다 부러졌어. 백근도 다나가는 모양입데다."

낯선 사내가 당포를 보고 농을 걸었다.

267. 왜구(倭寇) 178

당포가 어안이 벙벙해서 데룩데룩 눈알만 굴리는데 용총 영감이 돌아앉은 채로 말한다.

"허리삐따구 뿌가지게 공을 갚어사 쓸끼다. 이백근 다 되는 사람을 업기가 어데 그리 숩나? 댓골 독점 고개에서부터 망똑까지 업어와 살린 사람이 바로 그 사람이라."

용총 영감은 헤엠- 하곤 마른 기침을 짰다. 연해서 긴 한숨줄을 가들지게 내뿜는다.

당포는 후다닥 일어나 섰다. 금세 무릎이 꺾였다. 이를 악물고 다시 버텨 섰다.

용총 영감이 돌아앉으며 당포를 멀건히 올려다봤다.

"와 인나노?"

"우리 식구덜을 찾으봐사제요!"

'망독말'이라면 바깥지개까진 단숨에 내달리는 거리였다.

"치아라 고마! 아흐레 동안이나 디비져 혼줄로 뺐다카이, 정신 채리자말고 지랄을 떤다, 이 문디이가! 지개에는 와 나가? 와?"

"아니, 으째 나가다니요? 아부지 기별이라도 후딱 잡으사 쓸 거 아니여!"

"앉그라! 앉그라 고마… 너거 식구덜 지개에 없다!"

"예에?… 머시라고라우?……"

"웅천바다 부신 영감님이 다덜 맡으셌다 앙이가!"

"영감님! 애만 소리 허덜 마랑게요!… 고랄 택이 없습니다요!"

당포는 몇번 비칠대다 말고 겨우 토벽에다 등짝을 기대고 선다. 정신이 거뭇 꺼지는 기분이었다.

"댕포야! 내 말로 자알 듣거레이.… 너거 식구덜 고마 다 죽어삐릿다! 시신덜이 없기에 천행이라! 그꼴로 우째 보겠드노?… 니 곰배 그놈아 알제? 그놈아가 왜놈들을 데빌고 쳐들어왔다 앙이가! 그놈아 손에 너거 식구덜 다 죽은 기다!… 와 시신들이라도 챙기겠다 안했겠노? 억수 욕봤제에- 그 문디이 셰끼덜, 시신들은 와 고물에다 붙잡아 메고 도망질로 간다더나? 죽인 사람덜 시신들은 고마 염장죄기매꼬로 연줄로 까가 가삐릿으니 괴기밥 칠 맘 아닌가베!"

당포는 스르렁 주저앉아 버린다. 용총 영감의 목소리가 아득하게 멀고 멀다. 동부새 술렁대는 소리도 같고 바다가 끓는 물사태 소리도 같다.

"인자 맘 독하게 묵꼬 니 혼자 사능 기다! 너거 배도 불쏘시개 돼삐릿고… 지집이사 운 좋으모 또 업어 삼을 수도 있을 끼고… 니놈아 아들놈이 아까운기라! 우짜노? 팔자인데… 너거 아부지는 설타마라! 뱃놈팔짜로 억수 오래 산 기다. 고레 오래 살다보이 말년재앙이 고레 모진기라! 일쩍 죽었으모 자석들 고고전에 진수반제 자알 얻어묵꼬 갔을끼 앙이가?"

용총 영감이 말을 끝내자 둘러앉은 낯선 사람들이

"아암- 옳다마다요!"

입을 모아 말을 받는다.

"댕포야, 고마 밀리 떠뿔제이. 요사람덜 하서주망상 뱃놈널이라 칸다. 장사로 왔다가 난리 맞난기라. 니만 정신 채리모 따라갈란다 안했나."

당포는 비치적대며 방을 나섰다.

"나가봐서 사람덜도 없고 배도 없다!⋯ 너거 식구덜만 죽었나? 수졸 살던 내 동매기놈도 죽었다꼬!"

용총 영감의 투덜대는 소리가 당포의 등줄에 얹혔다.

268. 왜구(倭寇) 179

당포는 거우 몸뚱이를 가누며 걸었다. 눈에 드는 것과 밟히는 땅이 모두 몽롱한 꿈속만 같았다. 집터는 볼상사나운 잿더미로 변했고 너줄그레한 세간살이들이 여기저기 제멋대로 흩어져 있어 내다버린 버림치[259] 꼴이었다. 난 피할 생각으로 세간살이들을 챙겨 허겁지겁 도망질을 놓다가 덜미를 잡혔을 것이었고, 사람들은 죽고 세간살이들만 남아 뒹굴고 있는 것일 거였다.

알만한 '제포' 땅 사람들은 콧뱅이도 안 뵀다. 병졸들만 우루루 몰려다닐 뿐이었다.

당포는 걷다 말고 서본다. 잿더미 속으로 등짝을 움크린 채 버려진 시신들이 덩이덩이 엉켰다. 병졸들이 눈에 띄는 시신들을 우선 모아놓고 본 모양이었다. 당포는 발등까지 푸석이는 잿더미를 밟고 다가가 본다. 행여나 하는 마음이었다. 어지러움증만 더 거세질 뿐이었다. 시신들의 형체가 이쯤 참혹할 수가 없다. 아무리 곱

---

259 못 쓰게 되어서 버려 둔 물건.

뜯어봐야 누가 누구인지 알아낼 수가 없다. 당포는 돌아섰다. 식구들의 시신이 뭍에 남아있을 리가 없다. 닻줄에 꿰어 바다로 끌려가는 것을 용총 영감이 두눈으로 똑똑히 봤다지 않았던가.

"허어- 먼일이랑가아-"

당포는 실성한 사람처럼 이 소리만 되뇌이며 걸었다. 석장앞에 이르려니 절로 꺾이는 무릎이었다. 바다를 향해 멀건히 본새로 주저앉고 만다.

들물이 끝난 때라 석장발치까지 다찬 물이 함방지게 너울댔다. 타다만 나무조각들이 덕지덕지 엉켜 떠밀렸다. 불에 탄 배들의 흔적들일 것이었다.

당포는 그것들을 멀끔히 내려다보다 말고 눈꺼풀을 파르르 떤다. 시신 하나가 그 나무들 틈새를 비적대며 모로 누웠다간 다시 바로 눕곤했다.

낯짝이 눈에 익었다.

"허어-"

당포는 가까스로 내뱉다 만다. 수졸 팔금이다. 당포는 바다를 내다보며 다시 턱을 괸다. 꿈이 아니라고 애써 다짐해보지만 그러면 그럴수록 모든 일이 희뿌연 연기속만 같았다.

당포는 연신 머리통을 혼들어댔다. 상투가 떨어져라 대구 그짓을 해보지만 울음줄은 까맣게 멀다. 천한 뱃놈이 복(復) 부르고 심의(深衣)[260] 입고 소장(素帳)[261] 치장(治葬)[262] 다 치러 방상씨(方相氏)[263] 앞세워 발인(發靷)하랴만 그래도 막무가내 터지는 절곡(絶哭)[264]은 치러야 상놈 본새라도 해볼 것 아니랴. 그런데도 가슴만 메어질 뿐 울음의 기미는 멀다. 뱃놈 눈물이 모질기로서니 이런 불효가 있을까보냐 하

---

260 예전에, 높은 선비들이 입던 웃옷.
261 장사 지내기 전에 궤연(几筵) 앞에 치는 하얀 포장.
262 장지에서 시신을 매장하려고 행하는 의례. 3개월 또는 1개월 만에 장례를 거행했으나, 지금은 주로 3일 만에 장례를 거행하는 게 보통이다.
263 역귀(疫鬼:역병을 일으키는 귀신)를 쫓는 민간의례. 혹은 악귀를 쫓는 사람.
264 몹시 슬프게 곡함

며 공발 영감을 떠올려본다. 공발 영감만은 부친의 죽음앞에서 곡하다가 절기(絶氣)할 것도 같기 때문이었다.

그러나 그마저 부질 없었다. 공발 영감은

"와 요라요 성님. 오매야 가신가베? 부신 영감한테 가거던말따 꽁발이놈 그물질이나 억수 피주라꼬 하소."

틀림없이 이러고 말 것이었다. 당포의 뒤에서 기척이 일었다.

"우짤끼가? 고마 가자꼬마. 짠다고 뱃놈 눈물이 어데 고레 숩나? 고마 내캉 가자!"

용총 영감이었다. 하서주(河西州=강원도 명주군冥州郡) 땅 망상(望祥=묵호 (墨湖) 뱃놈들이 예사스럽게 둘레둘레 고개짓을 곁들이며 용총 영감 옆에 서 있었다.

먹성이를 죽여놨고, 치풍이놈이 기미를 잡았을 터이니, 어차피 '제포' 땅에서 살긴 글렀다. 그러나 당포는 '제포'를 떠나 어찌 살 것인가 하는 마음뿐이었다.

269. 왜구(倭寇) 180

'웅천' 땅은 썰렁하게 휑 비었다. 성내(城內) 사람들은 난을 피해 내지로 숨어들었고 '제포' 사람들은 또 그들대로 허겁지겁 '합포' 땅으로 피난했기 때문이었다. 그들은 아직 제 땅으로 돌아오지 않고 있었다.

그래도 내지와 깊숙이 연결된 뭍은 '제포'보다는 덜 썰렁했다. 인근 산속에 숨어들어 세상 돼가는 꼴을 정탐하던 사람들이 난이 끝나자 하나 둘씩 제 집터를 찾아들던 것이다. 그러나 '제포'는 여전히 죽은 땅이었다. 돌아올 뱃길이 걸음보다 더딘 탓도 있었지만 '제포' 땅을 주름잡던 이천여명의 왜놈들이 '대마도'로 도망질을 놔버렸기 때문이다. 안지개에서 바깥지개에 이르는 길엔 사람 그림자 하나 얻힐 줄 모르고 닻줄 걸 자리조차 비좁던 석장으론 빈바람만 몰아갔다.

종의성(宗義盛)의 대마도 공략군이 조선의 항거왜와 짜고 한바탕 미쳐봤던 삼포왜란(三浦倭亂)- 닥치는 대로 죽이고 닥치는 대로 불살랐던, 기껏 열흘 남짓한 난장

속에서 조선의 경상도 바다는 거진 막바지 숨줄을 할딱댈 정도로 반 죽은 꼴이었다.

'염포'(鹽浦)만 빼놓고는 웅천 '제포'와 동래 '부산포'는 불바다가 됐고 거기다가 제창의 '영등'마저 쑥밭이 돼버렸었다. 제포첨사 김세균(金世鈞)은 사로잡혔고 '웅천성'은 점령 당했으며, 부산첨사 이우증(李友曾)이 죽었다. 동래현령(東萊縣令) 윤인복(尹仁復)만이 동래성을 지켰을 뿐이었다. 황형(黃衡)과 유담년(柳聃年)이 각각 경상도 좌·우방어사(左右防禦使)를 맡고 달려오고, 궐난 된 지 열흘을 넘겨서야 도원수(都元帥) 유순정(柳順汀)·도체찰사(都體察使) 성희안(成希顔)·도순찰사(都巡察使) 박영문(朴永文)이 이끄는 삼도병(三道兵=경기·충청·강원)이 숨차게 들이닥쳤지만, 그때는 이미 조선은 당할 대로 당해버린 뒤였고 종의성의 공략군은 항거왜들을 호위하여 조선바다를 넘어가버린 뒤였다.

조선이 대마도 공략군에게 당한 피해는 말할 수 없이 컸다. '제포'·'부산포'·'영등'의 조선군선들은 거진 소각돼 버렸으며, 진졸과 수졸, 그리고 백성들의 주검은 자그마치 2백72명에다, 불타서 재돼버린 집이 또 7백96채였다.

대마도 공략군의 피해는 어떠했는가.

침몰된 배가 겨우 다섯척, 죽은 자의 시체가 2백95구였다. 공략선의 수가 3백43척이었으니 나머지 3백38척이 되돌아 갔다는 얘기요, 작폐를 놓다 죽은 왜놈들이라야 배 한척마다 한명씩도 죽지 않았다는 얘기다. 그래도 억지로 안도삼아 보자면 종성홍(宗盛弘)이 전사했다는 사실 쯤일까, 공략전의 괴수인 모리노부 이하 각 선장들은 모두 무사히 대마도로 되돌아 간 것이었다.

모리노부는 돌아가는 뱃길에서 인동주(忍冬酒)를 마시며 제정신이 아니었을 것이었다. 단번에 쾌승했으니 화가 끓어 종창이 돋지말라고 마시는 인동주로 열기나 꺼야 했을 것이었다. 더군다나 두번째의 공략선으로 자그마치 3백50여척이 장만돼 있지 않던가.

그렇다면 조선은 한갓 왜구의 단 한번 작폐질에 어떻게 그쯤 허망히 부숴질 수 있었던가.

수군만 믿고 살았던 조선 뱃놈들의 죄값이 이렇게 클 수는 없겠다.

270. 왜구(倭寇) 181

'제포' 땅에 버려진 시체들은 한결같이 형체를 알아볼 수 없도록 난자 당해, 사지가 멀쩡하다 하면 얼굴이 찢겨졌거나 숫제 모가지가 없었고, 피범벅된 모가지가 용케 시체에 붙어있다 하면 그대신 팔다리가 댕경 잘려있게 마련이었다. 그나마 제 땅에 버려두기가 싫어 시체를 두름 엮듯 줄줄이 매달아 바다속으로 끌어가기도 했으니, 만약에라도 난파 당할 때를 생각해서 조선 뱃놈 시체를 효사(모도리상어) 떼거리에게 던져 젯밥 삼을 요량이었을 것이다.

그뿐이랴. 두세살박 계집애들 시체라곤 단 하나 안 남겨두고 말끔히 실어간 것이었다. 왜놈들은 돌아가는 뱃길속에서 무사히 대마도로 돌아가게 해달라는 제(祭)를 지냈을 것이요 그 어린 계집애들 시체는 제물(祭物)이 됐을 것이었다.

폐허가 된 '제포' 서장으로는 흘린 미곡들이 어지럽게 흩뿌려져 있었다. 성안(城內)의 창(倉)을 부수고 민가의 쌀독을 뒤져 미곡을 훔쳐가다가 흘린 곡식들일 거였다.

왜놈들의 하는 짓거리가 일백년 세월을 두고 이렇게 한결같을 수 있던가.

1백30년 전의 세월인 고려 우왕(禑王) 6년 8월(1380년)- 5백여 척의 대군으로 진포(鎭浦=충청도 서천舒川의 금강錦江 어귀)에 들이닥친 왜구들의 만행이 얼마나 끔찍스러웠는가는 그 적의 변보(邊報)[265]만 봐도 알쪼였다.

"왜적의 무리가 오백소의 대군으로 진포구에 도래하야 진포구를 근거삼고 변방 하삼도 일대를 분탕하는 바, 닥치는대로 도륙(屠戮)함에 희생되는 조

선민이 수백이며 혹화(酷禍)[266]를 입은 연해변방은 모두 초토이니 지옥과 같고, 산야는 조선민의 시체로 뒤덮이고 강물은 그 피를 흘려보내기 바쁩니다… 왜구에게 잡혀가는 여자의 무리가 또 산을 메울 지경이며 약탈한 미곡이 얼마나 많은지 왜구가 적선치 못하고 길바닥에다 흘린 미곡만도 한자 두께를 넘습니다… 더더욱 가혹하고 처참한 일은 二·三세 되는 여아(女兒)들은 모두 잡아가는 바, 여아들의 머리를 깎고 배를 갈라(체발부복剃髮剖腹) 내장을 도려내고 깨끗이 씻어 그 속에다 쌀을 채우고 술을 부어 제사의 제물로 삼습니다.… 혹화를 피해 생민(生民)은 난피은적(難避隱跡)하니 연해변방은 숙연일공(肅然一空)이매 나라의 존망이 위기에 처해 있습니다…"

왜놈들의 만행은 이처럼 1백30년을 두고 변한 것이 없었다.

기껏 열흘 동안의 왜란이었지만 '삼포왜란'으로 인한 조선의 체통은 말이 아니었다.

그 첫째는 1백30년 동안(진포鎭浦·관음포觀音浦 대첩 이후) 좀도적 무리에 불과했던 왜구가 화통으로 무장한 침략군으로 돌변한 사실이었다. 조선연안에 상륙하여 민가를 분탕하고 어민들의 어속이나 탈거함을 일삼던 왜구는 급기야 삼포공략군을 발선 시켜 조선이라는 한나라를 상대로 싸움을 벌이게 된거다.

그 둘째는 종의성의 일차 공략진에 의해 조선의 경상수군이 거진 전멸하는 뜻밖의 참패를 맛본 사실이었다. 아무리 번개 벽도질 같은 기습으로 '삼포'를 쳤다 한들 왜구의 무리는 어디까지나 잡색졸군(雜色卒軍)의 패거리였고 조선의 경상수군은 해방(海防)의 예봉을 맡은 정예수군이 아니었던가.

그렇다면 종의성의 단판 승부에 와그르 무너져버려야 했던 조선수군의 속앓이는 어떤 것이었던가.

---

266 혹심한 재화(災禍).

271. 왜구(倭寇) 182

공략선 5척 침몰에 2백95명 전사라는 믿기지않는 대승을 안고 대마도 주(主) 종의성은 어안이 벙벙했을 것이었다. 모리노부가 제아무리 땅땅 큰소리를 쳐대지만 공략선의 절반은 부서져 나갈 것이요 공략군의 모가지도 과반은 떨어져 뒹구리라고 점쳐봤던 종의성이었다.

그러나 전과(戰果)는 눈이 뒤집힐 정도로 엉뚱했던 것이다. 2백95명이 죽었다. 하나 그중의 거개가 '제포'·'부산포'의 항거왜들 모가지였고, 기껏 5척만 축낸 공략선단이 무사히 귀도한 일- 종의성은 아들 종성홍을 잃은 슬픔을 이 대승의 전과와 맞바꾸고도 남았다.

종의성에게 있어 그중 꿈만 같은 사실은 바로 '5척 침몰'이라는 손실이었으니, 이것은 제 허벅지를 꼬집어 뜯으며 제아무리 꿈이 아님을 다짐해봤자, 도저히 생시랄 수가 없었다. 조선수군 중에서도 해방의 예봉(銳峰)이 하삼도수군(下三道水軍)이요, 그 중에서도 정예(精銳)를 자랑하는 경상수군 아니더냐.

막강한 기승을 조선언해에 떨치던 조선의 경상수군이 이처럼 허망하게 어물어질 수도 있겠던가. 공략진의 귀도 보고대로라면 제포(諸浦)·제진(諸鎭)의 조선군선들은 거진 소각돼 버렸다지 않은가.

"조선의 바다를 먹기가 이렇게 쉽단 말인가?… 흐음- 조선수군은 이제 끝장을 본 거닷!"

종의성은 이렇게 탄성할 수밖에 없었다.

종의성의 탄성은 어쩌면 옳을 수도 있었다. 조선의 수군은 '삼포왜란'을 고비로 해서 지리멸렬의 막장으로 치닫는 조짐을 보여줬고, 수군이 없는 조선의 바다 역시 왜놈들의 걸신 든 식성에 알맞는 먹이로 변해갔던 것이다.

종의성의 믿음대로 막강한 기승을 해방에 떨쳤던 정예의 경상수군-

그 장웅한 경상수군이 종의성의 공략군에게 힘도 못 써보고 패한 것은 흡사 각력장(角力場= 씨름판)의 천하장사가 벼락같이 달겨드는 잔나비에게 '배재기'로 한판을 내준 짓이나 진배 없었다.

바로 그렇다. 경상수군은 오랜 세월 동안을 중증의 속앓이로 시달릴 대로 시달려온 참이었고 종의성의 공략군은 탈진한 경상수군의 허리통을 거머쥐고 그 짬을 이용했던 것이다.

비단 경상수군만이랴. 조선수군이 똑같이 앓아야할 병이었지만, 그 중에서도 경상·전라의 양 수군은 타도(他道)의 수군보다 몇곱 더 심한 중병을 치러야 했던 것이었다.

조선수군의 무력(無力)을 자초한 속앓이란 대저 어떤 것이었던가. 조선의 수군은 세가지의 고질을 앓으며 지칠 대로 지쳐 있었다.

그 으뜸되는 것이 이조(李朝)가 개국 벽두에서부터 편 '대왜유화책'(對倭宥和策)이었다. 끊임없이 이어지는 이 유화책은 태조 원년(太祖 元年·1392년)에서 중종 5년(1510년)에 이르기까지 무려 1백18년 동안이나 맥을 대왔고 조선의 수군은 이 유화책에 눌려 해방의 소임을 거진 조정에 뺏겨야했던 것이다.

태조가 전조(前朝=高麗)로부터 물려받은 군선수는 4백12척- 이만한 군선을 보유한 수군이면 조선바다를 넘보며 겁없이 날뛰는 '대마도'의 왜구쯤 단번에 숨통을 옥죄 볼 수 있었다.

그러면 이만한 수군을 가지고도 물렁물렁 주저앉아야 했던 '대왜유화책'의 시말은 어떤 것이었던가.

272. 왜구(倭寇) 183

"명의 대왜 유화를 조선도 본받아야 할지라 명이 왜와 유화함에 있어 겉으로는 왜에게만 막리를 주고 명은 왜로 인하야 손의 지실을 자초하는 것 같지만 실인즉 상반이라. 어찌하야 그런가. 왜에게 공무역의 실리를 주는 대신 명은 왜로부터 명 연해의 왜구를 왜가 스스로 자진 금압(禁壓)토록하는 약정을 얻고있지 않는가. 비록 순차의 실은 있을 것이로되 백인수무하면 막대한 국익을 꾀하는 책이리라.

전조(前朝)의 토왜책을 극구 주창하는 자들이 기수 유함을 과인이 모른바 아니로되 우매한 탁견뿐일 것! 그래, 혹심한 왜화(倭禍)가 경토연해를 태진하야 국운이 경각간에 놓여 있었거늘 무모한 토왜책만을 능사로한 전조는 융성했었다던가? 강공일변도의 토왜책이 구국의 묘방이었다면 전조는 마땅히 국태민안의 정평을 누렸어야 했을 일, 연이나 전조는 국용의 지대한 누실을 못이겨 종년엔 망하지 않았는가! 이에 과인은 대왜유화를 기필 진력코자 함이니 교역을 넓히고 그들을 수무[267]할 것이로다. 특히 대마도의 종가는 왜와 교린함에 있어 중개의 선봉 아닌가, 연인즉 왜구의 소굴인 대마도를 우선 우대하여 유화를 실행하면 이보다 좋은 평왜책이 또 있겠는가? 왜구의 자폐가 자뭇 빈성하다 하나 어디까지나 서절지구[268]일 따름이니 막강한 조선의 수군이 무력만으로 적대하야 쇄멸만을 본 삼음은 가당치 않음이라… 유화하되 명의 예증을 들어 그들이 스스로 구략을 금압토록 약정하면 평왜의 선방이렸다."

즉위 원년, 태조는 이렇게 평왜(平倭)의 뜻을 확고히 했고, 이것은 곧 1백18년 동안을 이어 내려온 '대왜유화책'의 시작이었다.

왕권(王權)의 교체는 왜구에 대한 전조의 토왜책(討倭策)을 유화책(宥和策)으로 바꿔 놨다. 12년 전인 우왕(禑王=고려 32대 왕) 6년(1380년) 8월, 바다에서는 라세(羅世)·심덕부(沈德符)·최무선(崔茂宣)이 진포대첩(鎭浦大捷)을 거둘 즈음 그들과 나

---

267 綏撫. 편안하게 하고 어루만져 달램.

268 鼠竊之寇. 쥐나 개처럼 좀도둑질하다, 남몰래 자잘한 속임수를 쓰다= 서절구도(鼠竊狗盜)

란히 내륙으로 잠입한 왜구를 궤멸시켜 황산대첩(荒山大捷)을 이룬 이성계(李成桂)요, 불과 4년 전까지만 해도(고려 공양왕 원년. 1389년) 수문하시중(守門下侍中)으로, 또 2년 전인 공양왕 2년에는 문하시중(門下侍中)으로 고려를 떠받들며 완강한 토왜책에 응복했던 그 였지만, 고려를 멸망시키고 이조(李朝)의 왕권을 쟁취하자마자 유화를 근본으로 삼는 물렁한 평왜책을 펴고만 것이었다.

그렇다고 태조 이성계가 왜구에 대비한 수군의 강화를 뒷전으로 밀어둔 것만은 아니었다. 태조에게 있어 그중 시급한 일은 왜구진압을 위한 수군의 체제정비와 군선의 증강이었고, 어떻게 해서든지 왜구를 다스려 혼란한 민심을 평정해야 할일은 신왕조(新王朝)가 직면한 가장 막중한 국사였기 때문이었다. 왜구의 발호 밑에서는 왕권도 지탱할 수 없었고, 전조로부터 물려받은 군선 거개가 건조된 지 10년이 다 차오는 노후 군선들이라는 사실- 태조에겐 이 이상 뼈저린 고뇌도 없었던 거다.

태조는 즉위한 지 열하루만인 7월 28일(丁未)에 부랴부랴 왕정(王政)을 교시(敎示)하는데, 우선 수군을 육수군(陸守軍) 못지 않게 강화시키겠다고 못박는다. 그리고 그날로 당장 군선의 영수(營修)와 전운(轉運)을 관장하는 사수색(司水色)을 두는 것이다.

273. 왜구(倭寇) 184

태조는 즉위 2년(1393년)에 전조의 '토왜책'으로 왜구를 타작해 볼 것인가, 아니면 마음 대로 '유화책'을 끝끝내 밀고 나갈 것이냐, 하는 두가지 방법을 놓고 고심하게 된다. 왜냐하면 벌써 즉위 원년에 두차례, 그리고 즉위 2년에 접어들어 아홉차례, 이렇게 무려 11차의 왜구침입을 맞게 됐기 때문이었다.

고려의 '토왜책'은 어떤 것인가. 그것은 '왜구를 발본색원 하는 최대의 선방은 왜구의 근거지인 대마도와 일기도(壹岐島)[269]를 복멸(覆滅)해야 할 것이며 그래도 조선변경을 침구할 때는 가차없이 왜국 본토(本土)를 토벌해야할 것. 왜구는 일백명이든 단 한명이든 간에 대적으로 간주하여 완전소탕을 기할 것. 그리고 이와 같은 왜구토벌전은 최후까지 무력으로만 일관해야할 것이요 왜구의 준동이 완전단절될 때까지는 왜와 더불어 결고 타협하지 않는다'하는 것이었다.

이 '토왜책'은 왜구의 침입이 본격적으로 시작됐던 공민왕(恭愍王) 23년(1374년)에 중랑장(中郎將) 정지(鄭地)와 검교중랑장(檢校中郎將) 이희(李禧)가 헌책(獻策)한 것으로 왕조가 쓰러지기 직전까지 고려 수군의 전통이여 기백이었다. 고려왕조가 몇년만 더 지탱됐더라면 이렇듯 준엄한 고려의 '토왜책' 앞에 왜구가 영원히 무릎을 꿇었을 줄 어찌 알랴.

태조는 마땅히 전조의 '토왜책'을 택했어야 옳았다. '대마도'와 '일기도'를 복멸하고 왜국 본토를 토벌하지는 못한다손 치더라도, 무력을 앞세워 왜구의 잔당 한사람도 놓치지 않고 소탕하며, 그들이 손바닥 닳게 빌어올 때 까진 한마디 타협없이 으름장을 놔보는 짓거리쯤 얼마든지 해볼 수 있는 일이 아니더냐.

그러나 태조는 끝내 '유화책'을 쓰기로 굳게 마음을 다진다.

"한갓 서절지구 아닌가! 기 십소의 서절지구를 적대삼아 수군의 대선단이 양중으로 발진함도 그 또한 국용의 누실 일지고! 마땅히 유화와 수무로써 구도(寇徒)들을 다스려야 할 지라."

전조때에는 왕조의 존망을 좌우 할 정도로 대적(大賊)이던 왜구가 4년이란 짧은 세월 속에서 느닷없이 서절지구(鼠竊之寇)라는 별호(別號)를 다는 순간이었다. '유화책'에만 급급한 나머지 태조의 눈에는 한갓 좀도둑 무리로 뵈는 왜구였고 왜구에 대한 호칭은 이때부터 '삼포왜란' 때까지 줄곧 '서절지구'가 돼버렸던 것이다.

바로 이때, 태조는 귀가 솔깃한 소문을 들었고 이내 무릎을 쳤다. 명(明)나라와 왜

---

269 이키시마

국이 교역을 넓히고 무역을 활발히 하여 유화의 길을 튼 연후 명의 연해에 출몰작
폐 하던 왜구가 종적을 감췄다는 것이었다.

당시 족리의만(足利義滿)[270]이 통치하던 왜국은 조공(朝貢) 본새의 무역을 명나라
와 트고 쏠쏠한 이득을 얻어내며 전성기를 누리고 있었는데, 명나라는 이득을 안겨
주는 댓가로, 왜국에 대해 요동(遼東)에서 복건(福建)에 이르는 명 연해로 출몰하던
왜구(倭寇)를 금압(禁壓)하도록 요구하고 있었던 것이다.

참으로 야릇한 일이었다. 태조는 유화의 손길을 뻗음에 있어 '대마도'주로부터
왜구의 자진금압(自進禁壓)을 확약받은 바이었으니, 교역이 트이자마자 이때다 하
고 조선의 바다를 넘어온 왜구들은 바로 이같음을 철썩같이 맹서했던 무리였던 것
이다.

274. 왜구(倭寇) 185

태조의 '유화책'은 한걸음 더 나아가 이른바 '대왜수무책'(對倭綏撫策)을 낳게 했
다. '수무책'에 업힌 왜놈들이 조선의 관직(官職)을 얻어 조선땅 안에서 갖은 세도
다 부리며 살 수 있었으니 이들이 곧 '수직왜인'(受職倭人)이던 것이다.

"내항하는 왜인은 따뜻히 수무하여 조선경토 안에서 살게 하고, 그들로 하
여금 전죄를 각성케 하야 조선에 보은 할 수 있도록 보살핌이 과인의 뜻이
로다. 비록 거야(去夜)[271]까지 조선을 적대하여 칼을 갈았고, 조선연해에 잠
입하야 구탈(寇奪)[272]의 역죄를 모작했다 하더라도, 전과를 뉘우치고 조선
에 래항한 것이니 그들을 어찌 왜인으로만 대하랴. 능히 조선을 위해 공력

---

270 아시카가 요시미쓰 : 남북조 시대의 종지부를 찍은 무로마치 막부의 쇼군. 무사와 귀족을 아우르
는 강력한 정치권력을 구축하였으며, 막부 재정의 기틀을 마련하였다.
271 바로 어젯밤. 아주 가까운 과거를 뜻함.
272 남의 나라를 공격하여 재물이나 사람을 강제로 빼앗음.

할 우품의 래항왜에게는 관직을 급하야 국익의 선용을 기함이 천만번 마땅

할 것이로고!"

이렇게 시작된 '수직왜인'은 부지기수였지만 그중에서도 굵직한 보기를 들어 보면, 태조 4년 정월 3일에 내항(來降)해온 표시라(表時羅)와 네명의 졸개, 태조 5년 12월 20일에 내항한 구육(仇六) 등이[273] 후한 관직을 얻었던 것이다.

태조의 거듭되는 '유화책'과 '수무책'도 아랑곳없이 왜구는 여전히 조선변경에 입구(入寇)하여 약탈과 살생을 자행했다. 태조 원년과 2년에 걸친 11회의 침입을 비롯하여, 태조 3년에는 14회, 4년에는 5회, 5년에는 13회, 모두 43회의 침구(侵寇)[274]가 줄을 댔던 거였다.

"무엄하고 발칙한 것들! 대마와 일기[275]를 쳐부숴야 혼몽의 망상에서 깨어난단 말인가?… 어찌할 수 없는 일! 대마와 일기를 칠 수밖에 다른 묘방이 없지 않는가!"

태조는 밀고나가던 유화의 손길을 잠시 접곤, 한켠으로는 유화하고 또 한편으로는 무력으로 혼찌검을 내줘야 하는, 되우 야릇한 화진양양(和戰兩樣)을 택할 수밖에 없었다.

태조 5년 8월 9일- 고려조에서도 흔치 않던 대규모의 왜구가 경상도에 침입하여 막대한 피해를 안겨주고 달아나 버렸기 때문이었다.

1백20척의 배로 들이닥친 왜구는 '동래'(東萊) '기장'(機張)·'동평성'(東平城=부산釜山)을 점거하고 조선수군의 병선 16쌍을 빼앗아 갔으며 수군만호(水軍萬戶) 이춘만(李春萬)을 살해했던 것이다.

---

273 《조선왕조실록》〈태조실록10권〉 태조 5년 12월 21일 을사 3번째기사 : "降倭魁仇六, 率三人來~(항복한 왜의 괴수 구육(仇六)이 3인을 인솔하고 와서~)". 〈태조실록11권〉 태조 6년 2월 28일 신해 2번째기사 : "투항한 왜인 구육(仇六)에게 쌀 30석과 콩 20석을, 반인(伴人) 2명에게는 의복·갓[笠] 각각 한 벌씩을 내려 주었다."〈태조실록13권〉태조 7년 2월 17일 갑오 2번째기사 : "항복한 왜인 만호(萬戶) 구육(仇六)을 등육(藤六)으로 이름을 고치어 선략장군행중랑장(宣略將軍行中郎將)을 삼고…"
274 침입하여 노략질을 함.
275 대마도와 일기도(壹岐島=이키시마).

여기서 태조의 '유화책'이 그 얼마나 치졸하고 황망한 것이었던가가 드러난다. 바로, 항복해온 구육(尨六) 등에게 후한 관직을 내려 회유한, 그 일이다. 구육이 태조에게서 관직을 하급받은 때가 이 왜침으로부터 기껏 넉달 뒤의 일이려니, 무턱대고 왜구를 수무하려 드는 태조의 눈이 이쯤 깜깜 멀을 수도 있더냐.

어떻든 태조는 이 왜침을 보복할 양으로 급기야 '대마·일기도 정벌'을 결심하기에 이른 것이었다. 문하우정승(門下右正承) 김사형(金士衡)을 '오도병마도통처치사'(五道兵馬都統處置使)로 예문춘추관대학사(藝文春秋館大學士) 남재(南在)를 '도병마사(都兵馬使)'로 중추원부사(中樞院副使) 신극공(辛克恭)을 '병마사'(兵馬使)로 도관찰사(都觀察使) 이무(李茂)를 '도체찰사'(都體察使)로 삼아 정토진용(征討陣容)을 짠 때가 태조 5년 12월(丁亥)- 그런데 조선바다의 부신 영감들이 모조리 기절초풍할 일이 터지고 마는 것이다.

275. 왜구(倭寇) 186

태조의 '대마·일기도' 정벌의 뜻은 석달 동안 굳건히 다져져 갔다. 정벌군의 출정을 위해 준비를 하자니 두달 남짓한 날들이 필요했고, 거기다 몇날을 더 풍랑이자 주기를 기다려야 했던 것이다. 뱃길만 좋아진다면 언제라도 출정할 수 있었다.

태조가 정벌군의 출진을 하루 이틀 순연해 갔던 이유인즉 태조는 풍랑에 대해서 어지간히 주눅이 들어 있었던 때문이었다. 바로 열달 전(태조 5년 6월) 비를 몰고 온 억센바람이 경상도를 덮쳐 경상수군의 천금 같은 병선 43척을 단숨에 때려 부셔 버렸었고 이 변보를 접한 태조는 거진 열흘 동안을 끙끙 앓고 지냈던 것이다. 태조가 왜에 대한 '수무책'과는 달리 군선을 얼마나 아꼈는가 하는 실증이기도 했다.

바다도 조용해졌고 정벌군이 출정하기에는 더없이 좋은 날이었다. 태조 6년 4월 1일이다.

"기특한 지고! 경하할 일 아닌가! 대죄를 맹성함만으로도 갸륵하거늘 병선까지 끌고 래항 했다니 직첩을 주되 후히 내려야 하지 않겠는가!"

태조는 용안을 버얼겋게 사루며 기쁨을 감추지못한다. 태조의 기쁨은 어떤 것인가.

괴수(魁首) 라가온(羅可溫)이 조선에 항복해온것이다. 그것도 병선 60척을 송두리째 몰고온 것이었다.

태조는 라가온에게 내릴 직첩(職帖=관직)을 골똘히 생각해본다. 내항한 졸개들에게야 겉만 멀쩡하고 속은 휑 빈 첩지(帖紙=사령辭令)[276]만 앵겨줘도 될 일이로되 '라가온'에게만은 극상의 우대를 해줘야 옳지 않겠는가 하는 배려에서 였다.

"항왜 라가온에게 선략장군을 명하노라아-"

이럴 수도 있더냐. '선략장군'(宣略將軍)- 종사품(從四品)의 무관(武官)에게 주는 중추부(中樞府)·오위도총부(五衛都總府)의 경력(經歷=벼슬)이니, 훈련원(訓練院)의 '첨정'(僉正), 오위(五衛)의 '부호군'(副護軍), 각 도(道)의 '병마동첨절제사'(兵馬同僉節制使)와 그리고 '수군절제사'(水軍節制使)·'수군만호'(水軍萬戶)가 바로 이 '선략장군'에 속하던 것이다.

어떻든 간에 왜구의 괴수 라가온은 하루 밤 새에 조선의 선략장군이 되어 졸개를 거느린 우두머리 왜놈들이 하냥하던 짓거리로 어깻죽지를 바짝 치켜세워 힘을 넣고는 어그적어그적 걷는 이른바 호행(虎行)을 재며 조선땅을 맘껏 밟게된 것이었다.

태조는 이것으로도 만족치 못했던지 존엄한 왕의 위신도 저버리고 비천한 해척(海尺=뱃놈)도 못할 짓을 저지르는 것이다.

"해방에 길조가 보임이라. 왜를 수무함에 감복한 구도들이 연하야 래항해
오지 않는가. 이는 곧 백인수무함만이 치왜의 영방임을 신증하는 것이 아니
고 무엇이랴. 더구나 금차 왜의 수괴 라가온의 래항은 천만번의 무력이 유

---

276 관아에서 구실아치와 노비를 고용할 때 쓰던 사령장(辭令狀)

화무수하는 단 한번의 혜안을 못당하는 호적의 예증이렸다. 과인은 이에 임하야 대마·일기의 정토를 철하노라!"

태조는 이렇게 해서 '대마·일기도 정벌' 계획을 단숨에 물거품으로 만들었다. 언뜻 보기로는 시기적절한 영단(英斷) 같았다.

그러나 어찌된 일일까. 고개숙일 줄 모르는 왜구는 여전히 침구했으니 이 해만 해도 모두 11회의 왜구침략을 맞는 것이다.

276. 왜구(倭寇) 187

태조가 '라가온'의 귀순을 이유 삼아 '대마·일기도 정벌'을 철함으로써 조선은 왜구를 조선바다에서 몰아낼 수 있는 절호의 기회를 놓친 셈이었다.

태조의 '대왜수무책'이 절정에 이른 그해에(태조 6년) 무려 열한차례나 준동한 왜구의 발호는 무엇을 의미하는 것인가. 쉽게 말해서, 아예 드러내 놓고 조선을 얕잡아 보게 된 것이었다. 왜놈들의 속셈이 번들지게 드러난 어처구니없는 사건이 터졌다.

'라가온'이 '선략장군'이라는 조선의 서슬푸른 벼슬자리에 오른지 두달도 채 안됐던 그해 5월이었다. 간교한 속셈이야 황소 보고 지레 녹는 한아담(寒鴉膽=까마귀 쓸개)으로 반죽을 쳤던 말든 간에 어떻든 래항왜(來降倭)랍시고 꽤는 후한 대접 받아가며 '지울주사'(知蔚州事=경상남도 울주군) 땅을 주름잡던 왜놈들이, 뭐가 못마땅했는지 귀순해 왔던 때의 마음을 싹 돌리곤 별안간 반란을 일으킨 것이었다.

번개 벽도질 같은 반란이었다. 현감 이은(李殷)을 사로잡아 아예 '대마도'로 달아나버린 것이다.

이때야 말로 다시 '대마도'를 치든지 아니면 '지울주사 반란'의 책임을 물어 '수직왜인'(受職倭人)의 감호를 바짝 죄어보던지 해서 추상 같은 불호령을 내려봐야 했을 것이었다. 그것도 아니라면 조선내지의 래항왜들을 불모로 잡고라도 '대마도'로 숨어들은 왜놈들의 수급(首級=벤 모가지)을 모조리 받아냈어야 옳을 것이었다.

그러나 대마도 주 종뢰무(宗賴茂)는 "죄인들을 엄히 논죄하여 토제(討除)하라"는 태조의 누글누글한 유서(論書)를 받았을 뿐이었다.

태조가 터를 닦은 '유화·수무책'은 이렇게 해서 이씨 조선을 관류하며 대외정책(對外政策)의 근간이 되고 마는데 태조의 '수무책'에다가 뼈대를 세우고 살점을 붙인 왕이 3대왕 태종(太宗)이었다.

태조가 '수직왜인'으로 '대외수무책'을 썼다면 태종은 '향화왜인'(向化倭人)을 떼거리로 조선경토에 불러들여 끈질긴 '대왜회유책'(對倭懷柔策)을 쓴 왕이었다. 조선에 귀화(歸化)하고자 하는 왜놈에게 논밭과 집을 마련해주며 회유했으니 이들이 곧 '향화왜인'이다. 태조 초부터 슬겅슬겅 불기 시작한 '향화왜인'은 왕조 창건 10년 이래로 걷잡을 수 없도록 늘어나 태종 6년(1406년)에 이르러서는 경상도 땅에 사는 '향화왜인'의 수가 2천명에 달했던 거였다.

바다로는 또 왜무역상(倭貿易商)들이 달려 들었다. 소위 '흥리왜인'(興利倭人)이란 것이었다. 태종은 즉위 7년만에 왜의 래조교역장(來朝交易場)으로 '동래 부산포'와 '웅천 내이포(乃而浦=제포)'를 열었다.

태종의 '회유책'도 태조의 '수무책'을 뺨쳐먹게 달근 숨줄을 달이는 것이었다. '흥리왜인'이 교역장에 도착하면 조선경토에 체류하는 동안 그들에게 접대구량(接待口糧)[277]을 지급했고 또 귀환에 드는 쌀마저 주었는데 명목이 과해료(過海料)였던 것이다. 조선과 교역함으로써 막대한 이익을 챙기던 '흥리왜인'들로부터 되려 조선바다를 건너온 '과해료'를 받아내도 모자랄 일이려던, 조선에 체류하는 동안엔 공밥을 먹여주고 폭리의 전대를 차곤 '대마도'로 돌아가는 뱃길에다까지 국용(國用)을 물 쓰듯 했으니, 필경은 바다의 주인이 바뀌어도 단단히 엇바뀐 것이었다.

---

277 접대해주며 주는 양식.

277. 왜구(倭寇) 188

그런데 이조 4대왕 세종(世宗)이 즉위하면서 전혀 예기치 못한 일이 생긴다. 그것은 상왕(上王) 태종의 돌연한 대외정책의 변화였다.

태종은 세자(世子=世宗)에게 선위(禪位=왕위의 물림)했지만 상왕으로서 병권(兵權)만은 장악하고 있었다. 세종 원년의 '대마도정벌'(기해동정己亥東征)도 상왕인 태종의 계획이었다. 삼군도체찰사(三軍都體察使) 이종무(李從茂), 삼도도통사(三道都統使) 유정현(柳廷顯)으로 하여금 삼남병선(三南兵船) 2백27척, 병력 1만7천2백85명, 그리고 병량(兵糧) 65일 분으로 출정시켰던 것이다. 대마도 주(主)는 국지(菊池)·대우(大友)·소이(少貳) 등이 구주제후(九州諸侯)와 결사 방어했고, 정벌군은 '대마도' 복멸(覆滅)[278]엔 실패했으나 적선(賊船) 1백9척 분멸(焚滅), 20척 노획, 적호(賊戶) 1천9백39호 분멸, 적 1백14명 참수(斬首), 적 21명 생포, 조선인 포로 1백31명을 구제(救濟)케 했던 것이었다.

상왕 태종은 유정현의 재정벌(再征伐) 건의에 적극 찬동하여 군비증강에 힘을 쓰는가 하면 대마도 주(主)에게 '대마도'는 계림(鷄林-경상남도 경주慶州)의 속지(屬地)인 조선땅이라며 대갈(大喝)하는[279]등 대왜강공책을 펴다가 세종 4년(1422년) 훙거(薨去)하던 것이다.

태종은 왕위에서 물러나고 나서야 '수무책'이 얼마나 왜구를 살찌게만 했는가를 통감했을 것이었다.

상왕 태종이 훙거하자 세종은 수모와 유화를 버무린 야릇한 '대왜회유책'을 펴면서, 한켠으론 수군증강에 심혈을 쏟아 급기야 8백30척의 군선을 보유하는 유례없는 대수군을 편제한다.

그러나 때는 이미 늦은 것이었다. 경상도 앞바다는 왜놈들과 왜선(倭船)들이 벌떼처럼 침줄을 벌름대며 저들의 놀판을 삼은 뒤였다.

---

278 아주 결딴내 없애다.
279 꾸짖어 크게 소리지르다

교역의 특권을 가진 '흥리왜인'과 '수직왜인'들을 다스려 볼 양으로 등 두들겨 첫 증 내려주는 식의 회유를 서둘게 되니, 바로 세종 8년의 '울산염포'(鹽浦)의 교역장 개장이요 '삼포개항'(三浦開港)의 서막이었다.

'삼포개항'은 이상야릇한 이름의 왜놈들을 더 낳게 했다. 교역이 끝나면 '대마도' 로 돌아가야 하는 약정을 어기고 슬겅 주저앉는 '항거왜인'(恒居倭人)이 그 하나요 교역을 핑계삼아 조선바다로 몰려오는 '통어왜인'(通漁倭人)이 또 하나였던 것이다.

조선의 '삼포'는 왜놈들의 땅을 떼어다가 붙여논 것이나 진배없는 꼴이었다. '삼 포'의 내지(內地)로는 '수직왜인'·'향화왜인'·'항거왜인'이 알자리만 골라 파고 들었 고 '삼포' 앞바다로는 '흥리왜인'과 '통어왜인'들의 배가 조선 뱃놈들의 뱃길을 막 던 것이었다.

세종은 우선 막강한 수군을 믿었다. '지세포만호'(知世浦萬戶)의 불당금질 같은 하 소가 날아들고 조선 어가들의 원소가 밥솥처럼 끓어 댔고 "흥리왜선이 도박(到泊) 하면 유녀(遊女)[280]와 상왜가 어울려 난어작폐(亂言作弊)[281]하는데 누일유포(累日留 浦)[282]요 항왜가세(恒倭加勢)하여 또 교환(交懽[283])하니 조선민의 원성이 하늘을 덮 는다"는 순찰사의 복명(復命)이 절절했지만 세종은 막무가내 선왕대(先王代)의 '유 화책'만 밀고 나갔던 것이었다. 세종의 막강한 수군은 왜놈들에 대한 전시효과로 만족했던 것이다.

278. 왜구(倭寇) 189

태조 이성계가 신왕조(新王朝)의 평정(平靜)만을 갈원(渴願)[284]했던 방면으로 다졌

---

280 돈을 받고 외간 남자와 놀아나는 계집. 즉 창녀(娼女), 관(官)에 장부를 두어 명기(名記)하였음.
281 상스런 말을 하고 나쁜 짓을 하다.
282 여러날 동안 항구에 머물다
283 남녀가 섞여 즐기는 것을 말함.
284 간절하고 애타게 바라고 원함.

던 '대왜수무책'은 태종의 '대왜회유책'에 불을 질러 태종 초에 이미 2천명을 헤아리는 '향화왜인'을 있게 했으며, 상왕 태종으로부터 '회유책'을 승계(承繼)한 세종은 '삼포개항' 왜어선에 대한 옥포(玉浦) 이북에서의 '채곽(採藿) 및 조어허가'(세종 20년) 그리고 왜어선의 '고·초도 어로허가'(세종 23년)를 약정함으로써 근 2천에 달하는 '삼포 항거왜 와 수많은 '통어왜인'·'흥리왜인'을 낳았던 것이다.

세종의 '대왜 유화책'은 1백18년의 장구한 세월을 맥맥히 이어오면서 드디어 대왕 중종(中宗)조에 이르렀던 것이었다.

이 '대왜유화책'의 그중 처참한 제물(祭物)은 말할 것도 없이 수군이었던 거다.

'수직왜인'의 등장은 왜구로 하여금 약탈과 분탕의 만행을 저지르다가 잡혀도 항복만 하면 된다는 가증스러운 배짱을 길러줘 침구(侵寇)의 대담성만 키웠고 '항거왜'와 '향화왜인'의 급증은 왜구의 첩자를 기르는 양호유환(養虎遺患)[285]이었으며 '통어왜인'의 빈번한 조선해(朝鮮海)에의 도래(到來)는 조선수로(水路)에 달통한 왜구의 정예화(精銳化)에 기여했던 것이었다.

명(明)과 왜(倭)의 교역을 본떠서, '대마도' 주(主)와 교린함으로써 '대마도'를 왜구의 자진금압(自進禁壓)에 끌어들이고자 했던 태조의 생각은 짐작의 시작부터 어처구니없는 망상이었다.

왜구가 '요동'과 '복건'에 이르는 명(明)의 전연안(全沿岸)에 출몰하기 시작했을 때 왜구와 대항하기 위해 일어났던 연안어호(沿岸漁戶)들은 차츰 왜구와 빈번한 접촉을 가지는 사이, 어느새 구도화(寇徒化)의 조짐을 보여갔던 것이다. 이른바 '요동'·'복건'의 만구(蠻寇)이었다.

왜구와 '명'의 만구들은 서서히 구략(寇掠)[286]의 패거리를 짜기 시작했는데 연산군(燕山君) 말엽인 1504년에서 5년에 이르는 동안 왜구는 이미 '명'의 만구들로부

---

285 범을 길러 화근을 남긴다, 화근을 길러서 스스로 걱정거리를 산다는 뜻.
286 남의 나라를 공격하여 재물 따위를 강제로 빼앗음.

터 견고하며 쾌질(快疾)[287]하는 조선술(造船術)을 습득했고 따라서 총통(銃筒) 설치와 그 사용법마저 익힌 뒤였다.

모리노부가 '삼포공략'의 발진에 앞서 종의성에게 호언장담했던 3백50척의 2차 공략의 병선들은 기실 고대견실(高大堅實)한 병선들로서 조선 수군의 맹선(猛船=병조선兵漕船)으로는 대적하기 힘든 강성한 선단이었던 것이었다.

종의성의 '삼포공략' 선단이 거침없이 순항하여, 당초의 공격목표였던 '거제'의 '조라포'(助羅浦)와 '옥포'(玉浦) 수영을 제쳐놓곤, 곧장 '가덕수도'(加德水道)를 가늠하고 내달려 '영등'(永登)을 때려부순 것은 왜구가 조선 수군 뺨쳐 먹게 조선의 수로를 낱낱이 꿰고 있다는 점과 함께 조선의 '대왜유화책'을 등에 업고 그동안 얼마나 정예화 됐는지를 웅변하고도 남는 것이었다.

그뿐인가. 한갓 '항거왜'에 불과했던 곰배가 모리노부의 '삼포공략 선단'을 이끌고 온 것이었다.

모리노부는 조선 수군의 주력이 없이 '영등'·'제포'·'부산포'를 맘 놓고 때려부술 수 있었다. 조전(漕轉)의 선단호위에 초발된 대·중맹선들은 조운항로를 흐르며 그나마 수군의 소임을 느껴야 했을 것이니, 조선 수군의 운명은 가히 경각간에 서 있었던 것이었다.

279. 왜구(倭寇) 190

조선 수군의 두번째 속병은 추세울 수 없도록 땅에 떨어진 사기(士氣)였다. 거듭되는 '대왜유화책'은 어김없이 수군의 사기저하를 몰고 왔던 것이다.

'대왜유화책'이 제아무리 뿌리를 내렸다 하지만, 태조 이래 불과 10여년 만에 수군의 기강과 사기가 좀먹어 들었다는 것은 아무래도 불가사의한 일일 수밖에 없

---

287 빨리 달림.

었다.

왜 그런가. 왕조찬탈(王朝篡奪)의 계기가 된 '위화도회군'(威化島回軍)의 다섯가지 이유 중 "거국(擧國)하여 요동에 원정하면 왜구가 반드시 그 허를 틈타서 준동할 것"을 못박았던 이성계가 아니었던가. 그러니 왜구 방비의 예봉인 조선 수군이 태조의 치국(治國) 밑에서 전의를 상실한 허깨비 수군으로 변해갔다는 사실은 공교롭기 짝이 없는 일이었다.

또, 태조는 군의 사기와 기강을 수국(守國)의 제일로 삼았던 장군이었다. 태조는 고려 우왕 9년에 이미 "어구지방(禦寇之方)[288]은 군사를 잘 훈련시키고 기강을 엄수케 하여 군사를 정예화 하는일이 급선지사이며, 또한 연병훈졸(鍊兵訓卒)은 충천하는 군의 사기에 공헌한다"하는 소위 '안변지책'(安邊之策)을 헌책[289]했고, 조선 개국 이래로도 줄곧 군의 군기엄수와 사기함양을 부르짖으면서, 즉위 7년(1398년)엔 진도(陳圖)를 불습(不習)했다는[290] 이유만으로 '삼군절제사'(三軍節制使) 이하 무려 2백92명을 떼거리로 논죄(論罪)했을 정도였다.

태조의 이런 엄책은 결국 수군만 달달 볶아대는짓이나 다름없었다. 입으로는 조선 수군에게 불호령을 내리고 손으로는 왜놈들의 등을 도닥거려주며 왕권지속의 편민(便民)만을 창업(創業)의 본으로 삼았던 거다. 즉, 무력으로 응징하여 왜구의 잔악성을 부채질하면 왜구의 잦은 침구를 부를 뿐이요, 그렇게 되면 혼란한 민심은 자연 백성의 원성을 높게할 터, 그러니 왜구가 스스로 잠복해 올 때까지 왜놈들을 한없이 쓰다듬어 줌으로써 침구의 횟수를 줄여 우선은 백성을 편케 하고 보자는 것이었다.

왜구가 감복해 올 때를 기다린다는 일- 이 얼마나 어리석은 짓인가. 이 어리석음의 그중 빼어난 본보기가 바로 '수직왜인'을 있게 한 '수무책(綏撫策)'이었던 것

---

288 외적(外敵)을 방어하는 방책.
289 獻策 : 일을 해결할 방법이나 꾀를 올림.
290 군대에서 군진(軍陣)을 펼치는 방법 등을 익히지 않음.

이다.

조선수군에게 있어 가장 뼈져렸던 아픔은 라가온의 투항으로 인한 '대마·일기도 정벌'의 무산(霧散)이었다. 언제 다시 늑대로 돌변할 지 모를 라가온이 조선의 '선략장군'이 되고, 한갓 왜구의 괴수일 뿐인 라가온의 투항이 구국의 거사를 단번에 비질해 버리자, 조선의 수군은 넋이 빠져 버렸다.

적을 보고도 싸울 수 없는 수군은 윗자리에서부터 말졸에 이르기까지, 코푸렁이[291] 본새로 지레 눅실눅실 탈진돼 갈 수밖에 없었다.

기실 '대마·일기도 정벌' 출정 포기를 기화로 사기가 침체되기 시작한 조선 수군은 태조의 '대왜수무책'에 시달리기 무섭게 곧 기선군(騎船軍)의 전파(全罷)까지 모색했던 불운의 정종(定宗) 조(朝)를 맞아야 했고, 이어 왜구쯤 간단없이 자복(雌伏)[292] 시킬 수 있는 막강한 수군을 가졌으면서도 해방(海防)보다는 조전(漕轉)을 우선한 태종조(太宗朝)를 거치는 동안, 급기야 세종(世宗)조에 이르러서는 '통어왜인'과 '왜구'가 맘대로 갖고 노는 으름장뿐인 허깨비 수군으로 전락되고 마는 것이다.

280. 왜구(倭寇) 191

"조선연해에 출몰하는 왜구의 방자무도함은 근년 들어 극에 달하는 바, 추급(追及)하면 이산(離散)하고 물러서면 즉시 오합(烏合)하는지라 수군의 소임이 무실지경입니다. 오직 군선에 화통(火筒)을 전치(全置)하여 불문곡직 분멸(焚滅)함만이 방제지책이 될 것이오이다"

좌대언(左代言) 탁신(卓愼)의 '병비사의'(兵備事宜)[293]가 벌써 태종 15년에 이랬고 보면 막장으로 치닫는 조선 수군의 사기를 짐작하기에 어렵지 않은것이다.

---

291 1.코나 묽은 풀처럼 흐물흐물한 것 2.줏대가 없고 행동이 흐리멍덩한 사람을 놀림조로 이르는 말.
292 雌伏 : 암컷 새가 수컷 새에게 복종한다는 뜻으로, 남에게 스스로 굴복함을 이르는 말.
293 국방에 관계된 안배와 처리.

왕조의 이런 '유화책'에 얹혀 한술 더 뜨는것이 있었으니 바로 수군을 짐승쯤으로나 겨우 봐주는 수군 천시의 풍조였다. 수군 천시풍조는 가뜩이나 기가 죽은 수군의 마지막 숨줄까지 옥죄는 짓이었고, '임진왜란'을 맞아 삼도수군(三道水軍)이 전멸될 때까지(丁酉年 7월16일 칠천량 해전漆川梁 海戰) 줄기차게 조선왕조를 일관했던 것이었다.

언뜻 보기엔 그럴듯한 '세전기임 물차타역' (世傳基任 勿差他役)[294]의 단서를 붙여 놓고 수군의 복무는 세전하는 것이니 수군을 다른 역종에 사용할 수 없다는 금지를 심어주는 것 같았지만, 이것이야말로 군역(軍役)을 선대계승(先代繼承)하여 스무살 적부터 예순살이 될 때까지 그 험난한 고역을 치르게 하려는 방편이었던 것이었다.

원래는 양인(良人)이던 기선군(騎船軍)이 어떻게 천인(賤人)의 말급으로 전속돼 간 것인가.

그 고비 또한 참혹했던 것이었다.

세종조에 이르면서 수군은 이미 중죄인이 가야할 막장이나 진배없었다. 무과시험에 부정이 있는 자는 1백대의 곤장을 치고 이어 수군에 복역케 한다는 소위 '범차자 병장일백 신충수군' (凡借者並杖一百身充水軍)의 엄법은 그 좋은 본보기였다.

중종조(中宗朝)에 들어서면서 수군은 명실공히 '천인'의 집단으로 변해야 했으니, 그것은 군역의 의무를 가진 '양인'들로부터 '가포'(價布)[295]를 징수하여 국용으로하는 이른바 '방군수포'(放軍收布)의 변칙 시행이었다. '방군수포'의 시행은 군역규정(軍役規定)을 있으나마나 한 것으로 만들었으며, '가포' 징수의 가혹한 방법에 치를 떨게 된 '양인'들은 '가포' 징수의 의무가 없는 '천인'의 길을 스스로 택해야 됐던 것이다.

이렇게 해서 '천인'으로 자진 전락한 '양인'들은 수군에 복역할 수 밖엔 다른 길

---

294 "대대로 자신의 역할을 이어가고 다른 일을 담당하지 말게 하라"는 뜻으로 봉건적 신분제와 결부되어 있던 조운문제의 본질이 되었다.
295 조선 시대, 역에 나가지 않는 사람이 그 대신 군포에 기준하여 바치는 베.

이 없었으며, 조선의 수군은 급기야 '조례'(皁隷)·'나장'(羅將)·'일수'(日守)·'조군'(漕軍)·'봉군'(烽軍)·'역보'(驛保) 더불어 '칠반천역'(七般賤役)[296]의 그중 말급을 얻게됐던 것이었다.

세전천역(世傳賤役)[297]의 수군이 그나마 어거지로라도 긍지를 느껴야 할 일은 무엇이었던가. 그것은 오로지 왜구를 박멸하고 조선의 삼해(三海)를 지키는 일뿐이었다. 쉽게 말해 싸움이었다.

육수군(陸守軍)의 전투와 달리 수군의 해전은 적선과 만났다 하면 선공(先攻)하여 추포하든지 아니면 질기게 뒤쫓아 격멸하는 수밖에 다른 전법이 없을 것이었다. 그런데도 유화·수무의 왕정은 조선의 수군을 한없이 참고 견뎌내게 하는데만 써먹은 셈이었고 눈앞에서 발호하는 적을 보고도 속시원히 때려부술 수 없는, 허우대만 큰 조선 수군은 이래저래 약체수군의 엉뚱한 길을 가야만 했던 것이다.

281. 왜구(倭寇) 192

수군의 사기저하는 필연적으로 왕성한 수군활동을 저해하는 요인이 될 수밖에 없었다.

야릇한 일은 고려의 공신(功臣)으로서 누구보다도 수군의 수국공적(守國功績)을 절감해왔던 태조 이성계가 왕조찬탈을 꾀해 조선을 개국하자마자 수군의 활동을 못박고 수군의 무력(無力)을 자초한 사실이다.

고려는 육전(陸戰)에는 막강하나 수전(水戰)에는 약한 몽군(蒙軍)의 허를 짚어 강

---

296 조례는 중앙 관서 및 고급관리의 호위와 사령을 맡고, 나장은 의금부·병조·형조·사헌부·사간원 등에 배속되어 경찰·순라·옥졸(獄卒) 등의 임무를 맡았다. 일수는 지방 관청과 역(驛)에서 잡무에 복무했으며, 조군은 조졸(漕卒)이라고도 하며, 조곡의 조운(漕運)과 선박의 보호·수리 등을 맡아보았다. 봉군은 봉수대 위에서 기거하는 봉수관으로서 신호·전령 등을 담당하였고, 역보는 각 역의 역마(驛馬)의 사육 등에 종사하였다. 이들은 신분적으로는 양인(良人)이나, 그 역이 천하여 일반 양인으로부터 천대를 받았다.
297 대대로 천한 노역을 감당하거나, 그런 일

화천도(江華遷都·고려 高宗 19년 6월 16일)를 단행함으로써 근 30년에 걸친 대몽항쟁(對蒙抗爭)을 있게 했고, 고려 수군의 결사적인 강도(江都) 방위는 잔명의 경각간에 처한 왕조를 끝내 회생시킬 수 있었던 것이었다.

개경(開京)의 본륙(本陸)과 강화도 간의 갑곶강(甲串江)을 천험(天險)의 요새(要塞)로 삼고 장기항쟁을 벌일 수 있었던 고려 수군의 용맹은 기실 수군을 믿고 수군의 활동에다 국운을 맡긴 왕조에 대한 충성의 발현이자 충천하는 사기의 결정이었던 것이다.

고려 수군의 대몽항쟁은 몽장(蒙將) 살례탑(撒禮塔)의 침략으로부터(고종 18년과 19년 2차 침략) 28년이 지난 1259년 6월 8일(고종 46년) 몽고의 사신 도고(陶高)가 지켜보는 가운데 강도의 내성(內城)과 외성(外城)이 허물림으로써 끝나는 것이지만, 그동안 '당고'(唐古)의 래침 (고종 25년) '아모간'(阿母侃)의 침략(고종 34년) '야고'(也古)의 침략 (고종 40년) '차라대'(車羅大=札剌兒帶)의 5년간에 걸친 침략을 차례로 물리쳤던 것이다.

그중에서도 '차라대'의 침공은 막대한 화를 고려에 안겨 준 것이어서 몽고병에게 사로잡힌 고려 사람만도 무려 20만6천8백여명에 달했지만, 몽고 침략군들은 강도 공략(江都政略)은 손도 못대보고 그때마다 고려의 북변일대만 공략(攻掠)하다가 퇴거하곤 했던 것이었다.

그뿐만이 아니었다. 고려 수군은 몽병으로 하여금 '갑곶강' 도강(渡江)을 끝내 불허하면서 한편으론 몽병에게 보라는 듯이 수전연습(水戰演習)을 실시하는 등 여유만만한 위용과 백전불퇴의 사기를 과시했던 것이다.

비록 고려의 모든 백성에게 두루 미치지는 못했던 것이나 백성의 해도입보(海島入保)[298]를 강력히 명하고 끝끝내 강도와 고려의 해도를 방어·고수했던 고려 수군의 사기는 결국 두번에 걸친 '일본정벌'(1차 정벌=고려 원종 15년 10월 3일.1274년.

---

298 고려 정부가 몽고침입에 대응하여 지방 군현민을 해도로 입보시킨 일. 몽고군에 대응하고자 해인 강화로 천도하는 것과 궤를 같이 하여 각 지역은 해도(혹은 산성)에 입보토록 한 것이다.

2차 정벌=고려 충렬왕 7년 5월 3일.1280년)을 있게 했던 것이었다. 물론 려원(麗·元)연합군이었고, 1차 정벌은 풍랑을 만나 익사자만도 1만3천5백명을 낸 실패였으며 2차 정벌 또한 태재부(太宰府) 공격에서 7천5백92명을 잃은 대패였으나, 어떻든 몽군을 이겨내고 왜국 본토정벌까지 시도했던 것이었다.

고려 수군이 이처럼 용맹할 수 있었던 것은 고려왕조가 수군을 수국의 제일 예봉으로 삼고 수군의 사기를 북돋아줬기 때문이었다.

재미있는 일은, 고려는 수군을 앞세워 항쟁한 보람으로 몽고로부터 고려에 대한 '유화책'을 거둬들였다는 사실이요, 이조는 수군을 학대하고 같잖게 여긴 나머지 '대왜유화책'을 서둘러서 되려 막강한 조선 수군을 거진 망해 먹은 일인 것이다.

282. 왜구(倭寇) 193

그 세번째 속앓이가 수군의 사기저하에 겹친 군선의 무실(無實)이었다. 말하자면 조선 수군에게 군선은 많이 있었으되 정작 제대로 싸울 군선은 없는 것이나 진배 없었던 것이다.

이 사실 또한 고려조에 비해 너무나 엉뚱한 둔갑이었다.

'삼포왜란'으로부터 무려 5백년 전인 고려 현종 원년(顯宗 元年·1010년)- 고려는 도이(刀伊=동여진東女眞)의 해구(海寇)의 박멸을 위해 따로 '익선'(弋船)을 건조하여, 현종 즉위년부터 숙종 2년(肅宗 2년·1097년)까지 장장 1백년 가까운 세월에 걸쳐 고려 수군의 동해안(東海岸) 활동시기를 열었던 것이다. 고려 수군의 동해안 활동은 실로 조선 역사상 처음이자 마지막인 수군의 전력과시였다.

고려는 여진해구들이 발호하자마자 가차없는 박멸책을 서둘렀고, 여진해구 토벌 전용인 '익선'의 건조는 6년 동안에 75쌍에 이르는 것이다

해구 토벌을 위해 군선을 건조하는 일은 의당한 것이지만 문제는 고려 수군의 '익선'이 여진해구방제를 위해 새로 고안된 특수선(特殊船)이란 데 있다. 즉, 고려 수

군의 '익선'은 덕안(德安)으로부터 경상도에 이르는 조선의 동해 전연안을 휩쓸고, 멀리는 왜국의 북구주(北九州)에까지 출몰하는 여진해구의 토벌 전담선으로, 여진해구들의 구략습성과 해상활동의 허실을 찌르며 무엇보다도 동해의 해상여건에 알맞도록 건조된 군선이었던 것이다.

고려 수군이 여진해구에 대처한 '익선'은 대체 어떤 군선이었던가.

'익선'은 좌우현(左右舷)에 각각 여덟개의 노(櫓)가 있고 또 좌·우 각 네개의 노가 예비로 달려 있었다. 그중 특이한 것은 선두(船頭)에 달린 쇠뿔(鐵角)이었다.

좌·우현 합해 16개의 노만 미루어보더라도 '익선'의 규모가 대선이요 속력이 빠른 군선임을 입증하는 것이다. 그런데 따로 여덟개의 예비 노가 있음으로 해서 적선을 발견 즉시 예비 노를 저어 속력을 가속시켰던 것이다. 바로, 일단 발견된 적선은 결코 놓치지 않고 추포 박멸하겠다는 의지였던 것이다.

그러면 선두에 장치한 철각의 용도는 무엇이었는가?

동해는 서남해와 달라 섬이 없다. 서남해에서라면 놓친 적선을 우회하여 협량(峽梁)에 숨어있다가 다시 덮칠 수 있는 것이지만 동해에서는 한번 놓친 적선은 망망 대해의 양중(洋中)으로 무사 도주할 수 있는 것이었다. 따라서 적선의 박멸이란 오직 싸울 수 있는 거리 속에서 적선보다 빠른 속력으로 들이닥쳐 단숨에 때려부술 수밖엔 다른 방법이 없을 거였다.

바로 이런 전법을 위해 전조된 것이 '익선'이었던 거다. '익선'의 전법은 적선을 발견한 즉시 예비 노로 가속시켜 적선에 근접하고 가속된 군선의 타력(惰力)을 이용하여 선두의 철각으로 적선을 들이받아 버리는 이른바 '충돌당파'(衝突撞破)의 전법이었던 것이다.

'익선'의 '충돌당파' 전법은 곧 '익선'의 선체가 말할 수 없을 정도로 견고했다는 점을 웅변하는 것이기도 했다. 선체가 약한 군선이 어떻게 적을 당파격멸 시킬 수 있었던가.

아득한 5백년 전 세월 속에서 '익선'을 건조하여 여진해구를 토멸한 고려 수군-

그 고려 수군의 용맹을 이어받은 이조의 군선은 어떤 것이었던가.

283. 왜구(倭寇) 194

고려 수군에 의해 실현됐었던 수군의 동해활동(東海活動) 시대는 기실 '익선'의 출현 때문에 가능했던 것이었다. 제아무리 사기충천한 정예수군이라 할지라도 싸움의 발판인 군선이 무실하고서는 오랏줄도 없이 설치는 포졸의 오랏바람이나 진배없을 터였다.

시기적절히 건조된 '익선'으로 기선을 잡곤 동해로 출몰하는 동여진의 해구(海寇)를 격멸한 고려 수군은 해전(海戰)은 말 할 것도 없이 육전(陸戰)에 있어서도 육수군 뺨쳐먹는 실력을 갖출 수 있었다. 바로, 군선의 막강함을 앞세워 단련된 전법이 곧 육전에서도 통한다는 좋은 보기였다.

고려 수군이 일본 정벌에서 세운 공적을 보자. 제일차 정벌군의 규모는 원군(元軍)과 고려군이 합쳐 모두 3만3천- 이중에서 원군이 2만5천이요 고려 수군이 8천이었다.

'대마도'와 '일기도'를 쑥밭 만들고 송포(松浦)[299]를 공격하여 '대재부'(大宰府)[300]의 문턱인 삼랑포(三郎浦=佐原)에 상륙한 군이 바로 고려 수군이었던 것이다.

고려 수군의 전과와는 달리 패전을 거듭하던 원군은 무슨 속셈에서인지 '대재부'를 눈앞에 두고 회선(回船)했는데, 삼랑포의 고려 수군과는 딴판으로 원군은 상기(箱崎)[301] 금진(今津)[302] 전투에서 전의를 상실해버렸던 것이었다.

원군의 도원수(都元帥) 홀돈(忽敦)은 원군의 병력을 다시 승선시키기 시작했고, 고

---

299 마쯔리
300 다자이후
301 하코자키
302 이마쯔

려 수군의 중군장(中軍將) 김방경(金方慶)은 회선을 극력 반대하며 '대재부'공격을 주장했으나 흘돈은 끝내 고집을 꺾지 않았다. 고려 수군은 어쩔 수 없이 왜병들의 시체가 난마(亂麻)[303]처럼 버려진 삼랑포에서 철수하고 마는데, 바로 이날 밤에 대풍랑이 '여·원 연합군'을 덮쳤던 것이었다.

고려 수군의 단독 출정이었었다면 대재부공략도 가능했었을 터, 그러나 연합군이라는 거추장스러운 편제 때문에 엉뚱한 참패를 자초해야 했던 것이다.

함선대파 3백여척, 익사한 군졸이 1만3천5백명이라는 막대한 피해를 입고 제일차 일본 정벌은 승기(勝機)의 문턱에서 물거품이 돼버렸고, 고려 수군은 출정한지 54일만인 11월 27일에 합포(合浦=마산馬山)에 귀환했던 것이다.

'여·원 연합군'의 제일차 일본 정벌에서 고려 수군의 육전신법(陸戰神法)이 덤으로 드러났다면, 제이차 일본 정벌에서는 고려 수군의 전함이 얼마나 견고하게 건조됐는가를 입증하는 계기였었다.

고려 수군(동로군東路軍)은 군선 9백척, 수군 1만, 인해수(引海手)와 수수(水手)[304]·초공(梢工)[305]을 합쳐 1만8천이었고, 원군(강남군江南軍)은 1만2천- 모두 4만의 병력으로 출정한 정벌군은 제일차 정벌에서와 마찬가지로 '원군'은 참패를 거듭했었다. 더구나 고려 수군과 '일기도'에서 만나기로 돼있었던 강남군의 주력(남송군南宋軍) 10만과 3천5백척을 거느린 범문호(范文虎)가 일방적으로 약속을 위약함으로써 곤경에 처한 고려 수군이었지만 악전고투하며 '대재부' 문턱에 이를 수 있었던 것이다.

그러나 다시 대풍랑을 만나 할 수 없이 철군해야 했는데 여기서 드러난 고려 수군의 견고한 군선은 원군의 정신을 빼놨던 것이었다.

---

303 뒤얽힌 삼 가닥이라는 뜻. 어지럽게 얽혀있는 모습을 형용하거나, 여러 일들이 어지럽게 얽혀 풀기 힘든 상황을 비유적으로 이르는 말
304 고려시대 세곡(稅穀)을 운송하는 조선(漕船)에서 종사하던 선원.
305 고려시대 세곡(稅穀)의 운송을 담당하던 조창(漕倉)의 주민

원군의 군선들이 거개가 황파침몰[306]된 데 반해 고려 수군의 군선은 80여척이 훼손됐을 뿐이었다. 비록 실패로 끝난 일본 정벌이긴 했으나 고려 수군의 막강함은 군선의 견고함을 바탕삼았다는 것을 여실히 입증했던 것이었다.

284. 왜구(倭寇) 195

고려수군이 사직(社稷)의 존망을 걸고 결행했었던 일본 정벌은 두번 다 느닷없는 구풍(颶風)[307] 때문에 실패하고만 것이지만, 제이차 일본 정벌에 나섰던 고려 수군의 각오는 실로 수국투혼의 결정(結晶)이었다. 왜냐하면 제일차 정벌의 실패로 왜국을 설 건드린 결과만 부른 셈이었고, 결국은 왜구의 전에 없는 발호를 예고하는 드센 조짐만 일었던 때문이었다. 고려 수군은 국운을 건 제이차 일본 정벌을 어떻든 성공하고 봐야만 할 운명이었던 거다.

느닷없는 구풍에 앞서 고려 수군의 일본 정벌을 실패로 몰고갈 조짐이 있었으니, 바로 강남군의 주력을 거느린 범문호의 방자한 작태가 그것이었다.

애당초 범문호의 '강남군'과 고려의 '동로군(東路軍)'이 상회(相會)하기로 약정된 장소는 고려의 금주(金州=김해金海)였다. 그러나 '강남군'은 풍수(風水)의 불편을 이유로 들고 '일기도'를 상회장소로 고쳤던 것이었다.

고려의 '동로군'이 이같은 약속을 철석같이 믿고 '합포'를 출범한 때가 5월 3일이었다. 그런데 상상할 수도 없는 일이 터지고 만 것이었다. '강남군'은 6월 2일의 '일기도 상회' 약속을 제멋대로 어기고는 6월 18일에야 '경원'(慶元=영파寧波)[308] '정해'(定海=저우산섬舟山島)[309]를 늑장부려 출범한 것이었다.

---

306 荒波沈沒 : 거친 파도에 배가 난파됨
307 본래는 남중국해에서 발생하는 심한 열대성저기압을 말했음. 열대지방에서 발생하는 폭풍을 통틀어 일컬음. 태풍(颱風)·허리케인·사이클론 따위.
308 닝보 : 중국 저장 성(浙江省) 양쯔 강(揚子江) 하류에 발달한 항구 도시.
309 딩하이 저우산 섬 : 중국 저장 성(浙江省) 양쯔 강(揚子江) 하구 동중국해에 있는 섬. 400개의 저

고려 수군은 이런 엄청난 작전오차에도 불구하고 '일기도'에 보름이나 앞당겨 도착하여 왜구의 소굴을 소탕하기에 여념이 없었다. 제이차 정벌을 위해 막대한 국용을 바닥내면서까지 군선 9백척을 건조했지 않았던가. 이 군선들로 두고두고 화근이 될 왜국본토를 복멸치 못한다면 고려사직도 끝장이라는 결사수국(決死守國)의 안간힘이었던 것이다.

바로 이때, 범문호의 극악한 배짱이 또 다시 고려 수군을 궁지로 몰아넣고 있었다.

"고려의 동로군이 일기도를 뒤집어 놨을 테니 강남대군이 뭣한다고 쑥밭된 일기도로 들어가 상회하랴! 우리들은 평호³¹⁰로 간다! 평호에서 만나자고 고려군에게 알려라."

즉, 범문호는 상회시일을 어긴 것도 모자랐던지 양군(兩軍)의 합류(合流) 장소마저 '일기도'를 '평호'(平戶)로 바꿔버린 것이었다. '평호'가 방어의 지리상 좋을 뿐더러 목적지인 '대재부'와 가깝다는 이유에서다.

고려 수군은 일기도를 치고 나서 지하도(志賀島)³¹¹와 박다만(博多灣)³¹² 일대를 차례로 공략해가며 7월 26일에야 이만리(北九州 伊萬里)³¹³에 닿아 범문호의 '강남군'과 만났다. 참으로 굴욕적인 수종이었다.

그런데 범문호는 병을 얻은 병졸이 3천명이라는 이유를 들어 회군(回軍)할 것을 또 주장했다. 고려 수군의 극력 반대로 할 수 없이 '대재부' 공격에 가담했던 '강남군'은 고려군과는 달리 연전연패를 일삼다가 급기야 8월 2일 천지가 뒤집히는 대풍랑을 맞게됐던 것이다.

왜군의 반격과 불가항력의 재변을 당한 '려·원 동정군'은 드디어 제이차 일본 정벌에서 실패하게 된 것이었고 '강남군'의 군선은 거진 대파, 침몰됐으며 익사한 병

우산군도 중 저우산 섬(舟山島)이 가장 크다.
310 平戶.히라토. 일본 규슈, 나가사키 현 북부의 섬.
311 시카노시마, 현재의 후쿠오카(福岡)市 동쪽지역.
312 후쿠오카 현(福岡縣) 큐슈(九州)의 하카다만.
313 후쿠오카 현(福岡縣) 기타큐슈.

졸의 시체들이 바다를 메웠던 것이다. 고려 수군도 7천5백92명의 익사자를 냈으나 군선들의 피해는 극미했던 것이었다.

'강남군'이 화등잔만하게 눈을 뒤집어까고 놀랐던 점은 고려 수군의 군선이 이렇게 견고할 수 있는가 하는 뜻밖의 것이었다.

285. 왜구(倭寇) 196

고려가 군선 9백쌍을 건조하여 그 견고한 군선으로 왕조의 숙원이던 왜구 근거지 복멸을 두차례나 꾀했지만 결국 실패한 것은 구풍(颶風)의 공교로운 래습이었다기보다 애당초 한뜻만으로 뭉쳐질 수 없는 '여·원 연합군'을 억지로 짝을 맞춘 데에 더 큰 원인이 있었다. 원(完)나라의 왜구정벌 속셈은 한두차례의 실패쯤 애당초 각오했던 바나 다름없었으니 소위 동방경략책(東方經略策)이라는 넉근하고 느긋한 위세에다 고려를 끌어들여 봤던 것뿐이었는데 반해, 고려는 두차례의 정벌로 기필 왜구의 화근을 영원히 근질해야 한다는 강경한 토왜책(討倭策)에다 왕조의 명을 걸었고 왜국정벌을 위해 건조한 군선 9백쌍의 신조(新造)는 공역으로 인한 막대한 국용의 지실과 인역(人役)의 폐단을 초래하여 나주도(羅州道=전라남도)의 장흥 천관산(長興 天冠山)·전주도(全州道=전라북도) 부안 변산(扶安 邊山)·중도(中道=충청도)의 고란도(孤蘭島) 등의 조선소(造船所)는 이미 파역(罷役)한지 오래였었다. 한마디로 말해 마지막 제2차 정벌에서도 성공을 거두지 못한다면 다시 그만한 군선을 건조할 수 없었고 바다를 온전히 방어하는 것만이 나라를 지키는 길임을 굳게 믿는 고려의 수국이념으로서는 군선이 없는 해방(海防)이란 상상할 수도 없는 일이었기 때문이었다.

어떻든 간에 두차례에 걸친 애국정벌의 실패는 고려 수군의 전력에다 심대한 영향을 끼치지 않을 수 없었다. 고려 수군은 왜국정벌에서 살아남은 군선들을 모아 수군의 주력(主力)을 삼을 수밖에 없었는데, 그러면 이같은 만신창이의 수군을 이

끌며 고려는 어떻게 왜구 토멸에 임해야 했던가.

이 과정에서 그중 두드러지는 것이 왜구에 대한 고려 수군의 끈질긴 무력상전(武力相戰)이다. 고려는 수군의 약체화로 인한 불리한 여건속에서도 왜구와 더불어 타협함을 되레 자멸지방(自滅之方)으로 삼았던 것이었다.

고려의 수군이 군선을 얼마나 유효적절히 운용했으며 적은 군선을 얼만큼 시기 적절하게 왜구토멸에 실용했는가를 짐작하기에 어렵지 않는 것이니, 이것이 바로 일본 정벌의 실패 이후로부터 줄곧 밀고 나갔던 고려 수군의 소수정예(小數精銳) 전법이었다.

고려는 우선 변경연해의 제포제진(諸浦諸鎭)에다 골고루 군선을 배치하는 종래의 편제를 없애고 수시로 임명되는 해도원수(海道元帥)로 하여금 왜구의 준동 해역에 발진케 하는 전법을 썼던것이다. 그대신 정예의 군선들을 큰 단위로 묶어 왜구의 규모가 크고 작음을 막론하고 반드시 잔멸하라는 엄명을 내려놨던 것이었다. 이것은 곧 왜구잔멸에 임하는 지휘관에게 그 역임(役任)을 일깨워주는 엄법이었으며 또 한편으로는 일종의 연합함대(聯合艦隊)가 갖는 신속한 기동력을 이용하자는 해전의 새로운 전술이기도 했었다.

그때까지만 해도 전혀 생각해보지 못했던 새로운 전술을 펴기 시작한 고려의 수군은 한두번 싸움에 임하면서 또 다른 경험을 터득해가는 것이었다.

바로 왜구의 장기(長技)인 이른바 단병접전(短兵接戰)[314]에 대한 고려 수군의 새로운 해전술(海戰術)이었다.

왜구의 '단병접전' - 왜구의 상투적인 전법이 고려의 수준에 의해 파악되는 역사적인 순간이었다.

---

314 칼이나 창 따위의 길이가 짧은 병기로 적과 직접 맞부딪쳐 싸움.

286. 왜구(倭寇) 197

　왜구출몰의 변보를 접하자마자 그즉시 현장해역으로 발진하여 왜구를 완전격멸한다는 고려 수군의 전략은 우선 '기필멸구'(其必滅寇)해야 한다는 막중한 소임을 실행해야 했다. 말하자면, 왜구와 대적해야할 함대가 해당해역의 해역방비를 관할하는 수영(水營)의 수군이 아니고 고려 수군의 정예를 대단위로 묶은 타격함대인 이상 승전이든 패전이든지 간에 전과(戰果)를 다른 수영에다 떠넘길 수가 없었던 것이다. 즉 일거분멸(一擧焚滅)의 전과 외엔 다른 구실을 만들 수도 달 수도 없던 것이었다.

　벌떼처럼 난동하는 왜구를 단번에 쳐서 마지막 한명의 모가지까지 꼭 베어야 한다는 것은 전략처럼 쉬운 일은 아니었다. 창이나 화살로 왜구와 대적한다는 것은 고려 수군도 막대한 손실을 각오해야 가능한 것 아닌가. 문제는 왜구로 하여금 반격을 가할 틈도 주지 않고 먼저 왜구의 전력을 진탕해 버리는 새로운 전법이었다.

　최무선은 죽기로 작정한 듯 열나흘을 앓는다. 화약을 왜구토멸에다 활용하는 묘방을 생각함에서였다.

　　"상금의 고려 수군이 전처럼 막강하지는 못하다고는 하나 용맹과 기백은 여
　　전하옵니다. 군선의 미비가 자연 제포 제진의 수군활동을 순역치 못하게 하
　　여 초발정예의 대선단이 발정하여 정토에 임하온즉 일거분멸의 막중한 소
　　임을 부한 것이오나, 왜구의 항전은 전례로부터 결사의 도를 과하는 것인즉
　　일거분멸로 기필멸구 한다는 것은 심히 어렵사옵니다. 멸구지방은 오직 초
　　전에 왜구의 항전을 금압하는 도리밖에 양방이 무하오니 화약의 활용으로
　　기선제압함만이 신법이 될 줄 아뢰오."

　최무선의 알현을 받은 공민왕(恭愍王)은 잠시 말을 잇지 못한다. 왕은 한참후에

야 얼굴을 든다.

"왕조의 존망이 왜구토멸의 성패에 걸려있음은 고려 백성이 다 주지하는 바라. 삼해를 지키는 것만이 고려를 강용케 한다는것, 이를 통감하는 사람이 비단 과인뿐이랴! 연이나 대저 화약이라는 것은 본시가 육수군에 적합한 병기일 것인즉 그 화약으로 하여금 망망양중의 병기로 어찌 활용한단 말이오?"

"화포를 창안하여 군선에 비치하면 될 줄 아뢰오!"

"화포를 군선에 장치한다고?… 육지에서도 회운(回運)이 난한 화포를 군선에 설한다는 것도 불가이려니와, 화포를 발한다 치더라도 대체 망망양중의 하처를 목표삼는단 말인가? 양중의 적선은 무한벽공(無限碧空)[315]의 일 점이나 같을 것인즉 적중의 요행을 바래 무수 발한다면, 화약의 지실로 인한 국용의 훼실을 무엇으로 충당한단 말이뇨?"

"화약을 활용하되 우선 시사(試射)하여 그 적중도를 알아내면 될 것이오이다!"

공민왕의 용안에 버얼건 흥분의 열기가 일기 시작했다.

"시사가 원만하야 왜구토멸의 신법이 된다면 이에 또 무엇을 원하랴! 총통의 시사를 결행토록 하오!"

실로 수군의 전법 사상 대변혁을 겪는 역사적인 순간이었다. 즉 화포의 '함선장치'(艦船裝置)라는 신전법의 태동이었던 것이다.

때는 공민왕 5년(1356년) 9월이다. 고려가 만든 화포가 시사(試射)되는 숭문관(崇文館)으론 가을볕만 내린다.

287. 왜구(倭寇) 198

조정의 문무백관이 도열한 숭문관- 화포의 시사를 명했던 공민왕은 궁중에 남아

---

315 끝없이 드넓은 푸른 하늘.

시사의 결과만을 기다리고 있었다. 최무선의 진언대로 시사가 원만하여 왜구토멸의 신병기가 제작된다면 이 이상 무슨 소원이 있을까만, 시사의 결과가 좋지 않을 경우, 그 씁쓸한 허탈감을 문무제신들 앞에서 되씹긴 싫어서였다.

화포의 시사에 앞서 서북방어군(西北防禦軍)의 열병(閱兵)이 있었다. 문무제관들은 '서북방어군'의 열병을 끝마치고 남강(南崗)에 이른다. 철탄(鐵彈)의 발사가 아니라 화약을 이용해서 화전(火箭=화살)을 날려보내는 시사였다.

최무선은 단내나는 숨을 헐떡거리며 입궐한다.

"전하! 시사가 성공하였아옵니다!"

"뭣이? 장한지고! 시사의 결과를 상세히 일러보오."

"남강에서 발사된 화살은 비호의 기세로 날아 순천사(順天寺)에 낙착됐아옵고 그 힘이 어찌나 강함인지 전우가 지몰 될 지경이었아옵니다!"

"순천사에 까지 날은 화살이 지몰할 지경이었다고?"

"그렇사옵니다! 이 모든것이 망극한 성은의 덕이 아니오리까!"

전우(箭羽)가 지몰(地沒)했다 함은 곧 화살의 끝부분에 달린 깃이 땅속에 파문혔다는 말이다

기쁨이 북받치는 것도 잠시뿐, 공민왕은 이내 풀이 죽는다.

"화약의 다량을 보하야 그같은 위력의 병기를 수군의 주기로 삼는다면 왜구토멸은 이미 끝난것… 연이나 그같이 막대한 화약을 어디서 구득하랴!… 송은 벽력포'(霹靂砲)[316]로써 국력을 과시했고 금은 진천뢰(震天雷)[317]와 비화창(飛火槍)[318]을 창안

---

316 종이로 만든 통에 석회와 유황을 채워 넣은 것으로, 이 성분들이 물과 반응하여 폭발하는 것이라 수상전에서 사용됨. 점화된 벽력포는 포(砲)를 사용하여 발사한다. 물위로 떨어지면 성분과 물이 화학반응을 하여 물 속으로부터 벽력포가 날아오르게 된다. 이때 종이통이 찢어지면서 석회를 주성분으로 하는 연기가 퍼져서 사람들의 눈에 치명적인 부상을 입히게 된다.
317 철로 만들어진 용기 안에 폭발성이 강한 화약을 채워넣은 것으로 도화선을 사용하여 점화하였다. 현재의 수류탄에 해당되는 작열탄이었음.
318 글자 뜻 그대로 날아가는 불 창. 창의 앞부분에 매달아 놓은 통에 화약을 넣고 발사하면 통 속의 화약이 맹렬히 타면서 연소 가스를 뒤로 분출하는데, 그 반작용으로 앞으로 날아가는 것이다.

한 지 이미 불급의 선년이었거늘, 고려는!… 고려는 어찌 기승용맹의 수군을 두고 서도 신병기 하나 없단 말이뇨!"

공민왕의 탄식은 최무선에게 있어 가슴을 도려내는 아픔이었다. 그렇다. 송(宋)의 '벽력포나 금(金)나라의 '진천뢰'·비화창만 갖췄었던들 왜구가 어찌 감히 고려를 만만케 봤으랴.

"원의 중서성(中書省)에 화약 지급을 신달하면 어찌하오리까?"

"원에게?… 그들이 그처럼 다량의 화약을 고려에 급지할 것도 만무이려니와 설혹 그들로부터 화약을 받는다 한들 화약만 있으면 무엇하랴. 화포의 창안없이 화살만 날려보내자 는말이오?"

"그럴 리가 있아오리까? 신이 목숨을 걸고 화포를 만들어 내겠아옵니다. 원에게 화약지급을 신달하되 그간 화포의 시사(試射)를 기백 차(次)라도 결하야함은 선급의 일일 줄 아오이다!… 왜구박멸은 오직 군선에 화포를 설하는 길밖에 다른 길이 없사옵니다!"

화력(火力)에 대한 고려의 열원은 그쯤 눈물겨울 수가 없었다. 숭문관에서의 시사(試射)로부터 17년 동안을 고려는 화포의 군선장치라는 염원을 놓고 기백번의 시사를 끈질기게 실행해 갔다.

'남강'에서 쏜 화살이 순천사까지 날았던 때로부터 17년이 지난 공민왕 22년 (1373년) 11월-

고려는 드디어 원(元)으로부터 초석(硝石) 50만근과 유황(硫黃) 10만근을 받게 된다. 군선을 화포로 무장하는 신법(新法)의 신기원이었다.

288. 왜구(倭寇) 199

고려가 원(元)으로부터 초석 50만근과 유황 10만근을 받아냈다는 사실은, 고려가 왜구토멸을 위해 얼마나 부심했는가를 입증하는 것이었고, 따라서 고려산(産) 화약을 그제야 확보하는 쾌거였다.

최무선은 화포를 발명해내느라 4년을 꼬박 머리를 짜냈다. 송(宋)의 '벽력포', 금(金)의 '진천뢰'·'비화창'을 본떠서 새로운 고려의 화포를 만들어낸다는 것은 쉬운 일이 아니었다. 최무선의 머리속으로 떠오르는 것은 원(元)의 '양양포'(襄陽砲)[319]였다. 원나라는 이미 서양포(西洋砲)라고도 불리는 막강한 파괴력의 '양양포'를 가지고 있었지만 비밀무기라는 명목으로 고려에 대해서는 철저히 숨겨왔던 것이다. 그런 원나라가 50 만근의 초석과 10만근의 유황을 지급할 지경에 이르렀으니 고려의 화약에 대한 끈질김이 어느 정도였는가를 짐작하기에 어렵지 않은 것이다.

최무선이 화기(火器)의 신안(新案)에 매달린 지 4년 후인 우왕(禑王) 3년(1377년) 10월- 고려는 드디어 역사적인 화통도감(火筒都監)을 두게 됐고 최무선은 무려 16 가지에 달하는 고려 수군의 신화기(新火器)를 만들어 내는 것이다.

화포(火砲)가 아홉종류나 됐으니 '대장군'(大將軍)·'이장군'(二將軍)·'삼장군'(三將軍)·'육화석포'(六花石砲)·'화포'(火砲)·'신포'(信砲)·'화통'(火筒)·'질려포'(蒺藜砲)·'천산오룡통'(穿山五龍筒)이었다.

화포에서 발사되는 탄(彈)은 모두 네가지였는데 '화전'(火箭)·'철령전'(鐵翎箭)·'피령전'(皮翎箭)·'철탄자'(鐵彈子)였다.

'화포'와 '탄' 다음으로 일종의 화염방사기(火焰放射器)인 '화구'(火具)의 발명은 그 어느것보다 획기적인 것이었다. '화구'로는 '류화'(流火)·'주화'(走火)·'촉천화'(觸天火) 등 세가지였다.

고려 수군은 활이나 창으로 왜구와 맞싸워야 했던 낡은 전법을 버리고 화포를 군선에 장치하여 단번에 왜구를 격멸·분멸할 수 있는 신전법의 숙원을 이룰 수 있었다.

화포의 군선장치를 이룬 고려 수군이 고려에서 만든 화기의 위력을 본때 있게 재

---

319 추를 사용하여 탄환을 투사하는 투석기. 들어올린 추가 아래로 떨어질 때 발생하는 위치에너지를 이용하여 석탄을 날리는 방식. 무거운 탄환을 발사하기 위하여 당기는 사람 수를 늘려야했던 기존방식과 달리 무거운 탄환을 발사하기 위해서는 추만 무겁게 하면 되었다.

본 일이 바로 우왕 6년(1380년) 3월의 진포해전(鎭浦海戰)이었다. 최무선·라세·심득부에 의해 이룩된 '진포대첩'은 왜선(倭船) 5백소의 과반을 분멸해버린 대승이었으나 고려 수군의 새로운 병기에 의한 수군전략의 쾌승이라 하기에는 좀 덜 차는 게 있었다. 말하자면 고려가 개발한 화기를 유감없이 써먹은 일종의 화력실험의 성공에 가까운 것이었지 화력을 이용한 수군의 완전무결한 대첩은 아니었던 거다.

왜 그런가 하면 고려 수군이 '진포'를 덮쳤을 때 '진포구'에 주박(駐泊)해 있는 왜선들은 소수의 유수병(留守兵)들만 남아있는 공선(空船)이나 다름없었기 때문이다. 수전에 능한 왜적들은 거진 다 상륙하여 내지(內地)의 구략(寇掠)에 정신없을 때였으니 고려 수군의 천지 진동하는 화포세례는 결국 잔여 유수병과 닻을 내리고 있는 공선들을 향해 불을 토했던 것이었다. 즉, 왜구의 결사적인 단병접전(短兵接戰)과 고려 수군의 화력이 맞닥뜨려 어울렸던 해전은 아니었던 것이다.

289. 왜구(倭寇) 200

고려는 화포의 군선장치를 모색했던 때로부터(공민왕 22년) 8년 뒤에(우왕 6년) 드디어 고려에서 만든 화포로 군선을 무장했고, 그해에 실현됐던 '진포대첩'은 고려산(産) 화포의 위력을 유감없이 발휘했던 역사적 계기였다.

'진포대첩'이 있은 지 3년 뒤인 우왕 9년(1383년) 5월- 나주도(羅州道)의 서남해를 경비하고 있던 해도원수 정지(鄭地)는 '적 대선(大船) 1백20소 경상연해 대거 침구'라는 합포원수(合浦元帥) 유만수(柳曼殊)의 숨닳는 통보를 받는다.

군선 47척을 이끌고 경상도 바다를 향해 발진하는 정지의 가슴은 흥분의 열기로 끓어댔다. 아무리 화포로 무장했다 치더라도 왜선에 비해 엄청난 열세요 거기다가 왜선 1백20척은 모두 대선 아닌가. '진포'에서의 해전은 주박해 있는 적선을 들이덮쳐 분멸한 것이었으나 이번엔 기다리고 있는 적함대를 향해 고려 수군이 적중으로 다가가는 것이었다. 말하자면, 사생결단의 대회전을 각오해야 하는 반면 이 싸움의 결과에 따라 고려 수군의 앞날도 결정 지어질 수밖에 없었던 거다.

정지의 함대가 관음포(觀音浦)[320]의 박두양(朴頭洋)에 도달했을 때 과연 왜구의 기세는 하늘을 찌를 듯했다.

뱃전에 꽂은 깃발들은 하늘을 뒤덮었고 왜구들의 손에 들리운 창검들은 물비늘을 덮고 번쩍이는데 눈이 부실 지경이었다.

왜구는 대선 20쌍과 정병(精兵) 2천8백명으로 하여금 정예선봉(精銳先鋒)을 삼고 쏜살같이 달겨들었다. 정지의 함대를 순식간에 포위하려는 상투적인 전법이었다.

화포의 군선장치가 과연 해전의 신법인가를 판가름했던 '관음포해전'. 고려 수군의 존망을 좌우하는 '관음포해전'은 결국 정지의 전략이 적중한 대승으로 끝났던 것이다. 정지는 과연 어떻게 싸워 왜구를 격멸했던가.

"왜구의 장기는 정예선봉이 시주하여 일거에 아선들을 포위한 연 후, 사방에서 돌격하여 양제하고, 아선에 의부[321]하여 사생결단 난도하는 단병 접전이옵니다. 제아무리 화포라는 신병기를 갖췄다 한들 왜선에 포위되어 구적들이 의부한 연 후면 화포의 위력도 무실하고 말 것, 이에 비천한 신은 구적들이 아선을 포위하기 전에 제(諸) 화포를 일거다발하여 정예선봉의 기세를 초전에 분멸했던 것이옵니다. 이제 왜적들의 단병접전법은 영구히 자취를 감출 것이오며 고려 수군의 기세를 이와 같이 승계시킨다면 성은의 망극함이 고려 삼해를 다스리실 것이옵니다!"

정지로부터 '관음포대첩'의 소식을 듣는 우왕은 더는 참지 못하고 옥수를 뻗어 정지의 등을 어루만진다.

"장하도다! 이토록 장할 수 있겠는고!… 연이나 화약의 지실이 그 얼마나 막대할 것이랴!"

정지가 얼굴을 든다.

"그렇지 않사옵니다. 구적의 단병접전을 미리 멸하여 예봉을 꺾으면 잔적을 멸하

---

320 경상남도 남해군의 북쪽 고현면 차면리 바닷가에 있는 포구. 일명 이락포(李落浦)
321 蟻附 : 개미떼처럼 달라붙거나 모여듦.

기란 시석만으로도 가한 줄 아뢰오. 관음포 수전에 임하여서도 그같이 하여 화약의 감절(減節)을 꾀하는 일방 활을 난사하여 잔적을 추멸했었아옵니다! 화포로 승기를 잡되 간발[322]함을 피하고 일거다발함을 전법으로 삼으면 적은 멸하고 화약은 감절하는 일석이조의 묘법일 것이옵니다."

290. 왜구(倭寇) 201

'시질'(矢疾)하여 벼락같이 주력을 포위하고, 선현(船舷)에 착제(着梯)하여 의부돌격(蟻附突擊)한다'는 왜구의 단병접전법(短兵接戰法)이란 대체 어떤 전술인가

곧, 왜구는 대적의 선단을 발견하자마자 선단의 주력을 향해 화살처럼 빨리 달려들어 이내 사방으로 포위한 연후, 장도(長刀)와 창으로 무장한 정예선봉군이 일시에 돌격하여 뱃전에다 사닥다리를 걸치자마자 개미떼처럼 기어오르는 전법인 것이다. 칼 부리는 솜씨가 유별나고 창 휘두르는 기술이 신기에 가까운 정예 선봉들이 사생결단코 돌격하는 동안 후방의 왜구들은 빗발같은 화살을 날려 함상의 수졸들을 타작하던 것이었다.

최무선은 이같은 왜구의 '단병접전'을 박멸하기 위해 화포의 함상장치[323]를 발안했던 것이고 고려 수군의 신장(神將) 정지는 유효적절한 화력의 활용으로 '단병접전'의 맥을 끊어놨던 것이었다.

'관음포해전'의 대승은 과연 정지의 탁월한 화력활용에 의해서 이룩된 것이었다.

왜구의 기세가 얼마나 위용당당했는가는 '박두양'(朴頭洋)에 이른 정지가

"국지존망(國之存亡)이 재차일거(在此一擧)로고!"

하는 임전의 첫마디를 실토했던 것만 봐도 짐작이 가는 것이었다.

정지는 왜구의 '단병접전'에 같은 전법으로 맞선다는 것은 결국 고려 수군의 막

---

322 間發 : 간격을 두고 발사함.
323 배위에 싣는 장치.

대한 손실을 초래한다는 점을 누구보다도 잘 알고 있었다. 왜구의 장기는 죽으나 사나 '단병접전'이었고 그들은 전통이나 다름없는 이 전법에 숙련될 대로 숙련돼 있었던 거다.

만약 막강한 화력을 믿고 싸움이 끝날 때까지 화력전만 밀고나갔다면 '관음포해전'의 결과는 어찌 났을까.

정지는 화포를 상전간발(相戰間發)하지 않고 전화력을 일거다발(一擧多發)하여 정예선봉을 초전분멸할 것을 결심했던 것이다. 말하자면, 함대의 모든 화포를 일시에 발사하여 왜구로 하여금 포위할 짬을 주지 않는다는 뜻을 굳힌 것이었다. 천만다행스러운 것은 포위망을 펴기 위해 달겨드는 정예선봉의 적선집결(賊船集結)은 화력의 위력을 발휘하는 데 더없이 좋은 과녁이 됐던 점이었다.

자그마치 대선 20쌍에다 2천8백명의 정예선봉이었다. 대선 한척마다 1백40명의 왜구가 타고 있었던 거다.

정지는 전함대의 화포를 왜구의 선봉을 향해 터뜨렸다. '대장군'·'이장군'·'삼장군'·'육화석포'·'질려포'·'전산오룡통'에서 발사된 빗빌 같은 '칠령진'·'피령진'·'철탄자'는 탑승한 왜구들을 무더기로 죽여갔고 활이나 화통에서 발사된 '류화'·'주화'·'촉천화'는 적선에 꽂히자마자 하늘을 뒤덮는 불길을 일궜다.

순식간에 정예선봉이 분멸(焚滅)해버리자 주력을 잃은 왜구들은 갈팡질팡 산주(散走)하기에 바빴다. 정지는 화포의 발사를 중지하고 활로써 잔적(殘賊)을 소탕·잔멸해 갔다. 결정적인 승기를 잡기 위해 화력을 활용했을 뿐 이미 패멸한 것이나 진배없는 잔적 소탕에는 고려의 국운이 걸린 귀중한 화약을 아꼈던 것이다.

우왕은 정지에게 연거푸 두차례나 상을 내린다. 첫번째는 용포(龍布) 2백50필과 말 한필이었고 두번째는 금대일요(金帶一腰)[324]와 백금(白金) 50냥(兩)이었다.

---

324 금으로 만든 허리띠

291. 왜구(倭寇) 202

우왕은 용안을 어디다 둘지몰라 고심한다. 벅찬 감동을 추스리지 못하는 빛이 역력했다. '관음포해전'의 대승이 우왕에게 안겨 준 감격은 최무선·라세에 의해 이룩된 '진포대첩'이나 이성계의 '황산대첩'의 감격과는 전혀 질이 틀린 것이었다.

우왕은 그 어느 때보다 숙연하다.

"과인의 덕이 천칙(天則)[325]에 불합하야 선왕의 치덕을 승봉치 못하고 불과 위년 아홉해만에 모두 이백십이차의 침구를 맞았던 바라. 왜구의 방제는 오직 해방의 기선을 보하는 길뿐인 즉, 백방용투하며 근화의 멸책을 강구하였으나 발근지방이 없더니, 이제야 토멸왜구의 숙원을 달성한 지고!"

우왕은 용안을 푸욱 떨군다. 옥수가 바르르 떨린다.

"이 모든것이 망극한 성은이 삼해에 떨치심이요, 도감 최공의 공덕을 입음이옵니다!… 관음포대첩이 누신의 공과라 하나 당치 않사옵니다. 성은이 경토 방방곡곡을 수국치세 하심인줄 아뢰오!"

"당치 않도다! 해방이 실강치 못한다면 경토내지에 무슨 화평이 있겠는가?… 삼해만 지킨다면 경토내지는 착족지처(着足之處)[326]가 모두 천참 아닌고!"

정지는 그제야 뿌듯한 보람을 느낀다. 바다만 지킨다면 고려의 내륙이 모두 천참(天塹=천혜의 자연요새)이니 외적의 발들이 감히 고려 땅을 밟으랴 하는 우왕의 말- 천번 만번 옳은 이치였다.

"그래, 고려 화포의 난우를 맞은 왜구들은 어떻게 자멸하던고?"

"주력선봉이 일거에 멸한 연 후, 잔적들은 사방 산주하기에만 열념하여 그 소탕은 매우 쉬웠아옵니다."

"잔적(殘賊) 일구까지 추급박멸 했으렸다?"

"선봉중 십칠소는 일거에 분멸하였고 나머지 삼소는 파손 침몰하니 기천 왜구의

시체가 바다를 메웠었아옵니다. 막강한 주력이 일시궤멸하는데 잔적의 도발이 어찌 필승사기 할 수 있아오리까?… 해전은 이미 파한 것이나 다름없어 화약을 감절하며 시석(矢石)[327]만으로 소탕에 임했아옵니다. 도주적선의 군집에 접근하여 복배(腹背)[328]충돌하고 또한 당파를 겸하였으니 도주한 적선이라야 기십소에 불과했는 줄 아뢰오?"

"… 왜구의 시체들이 수천 부유하야 바닷물을 보기도 어려웠다지?"

"그렇사옵니다!"

"아니, 기치폐공(旗幟蔽空)하고 검극요해(劍戟耀海)하던[329] 왜구의 기세는 어디로 갔단 말인가?"

"… 대승을 거뒀으되 용장 윤송을 잃음이 천추의 한이 될 것이옵니다."

윤송(尹松)이 '관음포해전'에서 전사했던 것이었다.

"용장의 순국없이 어찌 고려가 있으랴!… 연이나 그들 같은 용장이 상금도 해방에 임하는 것이니 안여태산(安如泰山)이라[330]… 해도원수가 노군과 더불어 몸소 노를 젓고, 화약을 감질키 위해 직신의 복배(腹背)에 충돌하야 적선을 당파했다는 것을 이미 들은 지 오래로다!… 부덕한 과인에게 어찌 이런 충국의 신하가 있고, 적선을 충돌당파하는 견고한 군선이 어찌 또 있을 것이라!… 이 무슨 과분한 천은인고!"

우왕의 눈두덩이 버얼겋게 물든다.

"… 물러가오… 그만 물러가오!"

감격의 눈을 감출 길 없는 우왕의 명이 가들가들 떨린다.

---

327 전쟁에서 쓰던 화살과 돌.
328 앞면과 뒷면
329 깃발이 하늘을 뒤덮고 칼과 창이 빛이 바다를 뒤덮으며 반짝거린다.
330 마음이 태산같이 끄떡없고 든든함.

292. 왜구(倭寇) 203

우왕이 눈물을 글썽이며 '정지 같은 충장(忠將)과 견고한 무적의 군선을 가졌으니 안여태산(安如泰山)이다' 했던 말은 그 어느것보다도 절절한 감탄이었을 것이다.

특히 군선에서 더 그렇다. 왜구의 장기인 '단병접전'이라는 것도 따지고보면 별게 아니었지만, 그 유별스럽지도 않은 상투적 전법이 '관음포해전'에서야 확연하게 파악됐고, 군선의 견고함을 힘입어 완전히 쓸모없는 전법으로 퇴락했다는 것이 무엇보다도 값진 얻음이었던 것이다.

기실 고려 수군의 특징은 군선의 견고함에서 맥을 잇는 것이다. 화력활용을 꿈도 못꿔봤던 때의 '익선'(弋船)으로부터 두차례에 걸친 '일본정벌'까지, 그리고 '관음포해전'에 이르러서도 잔적궤멸의 소임을 끝까지 치러낼 수 있었던 것은 바로 견고한 군선의 충돌당파(衝突撞破) 전법 아니었던가.

고려 수군의 '충돌당파전'이 해전의 장기라면 왜구의 장기인 '단병접전'은 애당초 고려 수군의 군선에 대해 얼마나 겁을 집어먹고 있었는가를 웅변해 주는 것이기도했다.

벼락같이 내달려와 포위하고, 뱃전에 사다리를 걸자마자 개미떼처럼 기어올라와 돌격한다는 것은 대체 어떤 속셈이었겠는가. 곧 왜구의 배가 체약(體弱)하기 때문에 고려 수군의 군선과 충돌되는 것을 피할 양으로 사다리를 걸어야 하는 거추장스러운 짓을 선결로 해야 했던 것이며 따라서 사다리에 새까맣게 달라붙어 죽든 살든 돌격해야 하는 무모한 접전을 감행해 놓고 봐야 했던 것이다. 한마디로 고려 수군이 충돌당파전법으로 나오기 전에 때려부숴 승리를 잡자는 전법이던 것이었다.

그런데 어찌된 일일까. '구적들의 선봉정예가 단병접전을 꾀하기 전에 화포를 일거다발하여 선봉을 멸한 후 충돌당파하여 잔적을 완전궤멸하는 전법을 영구승계시키면 고려 삼해는 왜구의 구탈로부터 벗어나 만대태평할 것'이라는 정지의 멸왜책은 고려의 패망과 함께 2백년 세월동안 소문도 없이 맥을 끊기다가 '임진왜란'의 참화를 맞고나서야 이순신(李舜臣)에 의해 다시 살아났던 것이었다.

고려의 패망은 따라서 조선 바다의 죽음이기도 했다. 고려는 멸구(滅寇)의 문턱에서 왕조를 이성계에게 넘겨줘야 했으며 이씨 조선의 개국은 모처럼 쫓아냈던 왜구를 다시 조선 바다로 끌어들이는 양호유환(養虎遺患)의 둥지를 틀게 되는 것이다.

그러한 징조는 이조 개국 벽두에서부터 나타나기 시작했다.

"사람이 태어나서 회유(會有)하고 종내는 단한번의 죽음을 맞음이라. 이만하면 사람 한평생이 섧기만 하랴만은 무장의 전생에 죄업만 남겼음이 비통할 따름이도다! 왕조 부국(復國)을 못보고 죽는 것도 원통하려던 왜구의 삼해추멸을 목전에 두고 그 과를 결하지 못하는 죄가 중과하니 어찌 눈을 감을 수 있단 말인고!… 탁견협안이 왜구와 더불어 유화할 징조만 만연코나! 수국지방은 멸왜, 멸왜뿐이려던!…"

이성계 일파의 형장(刑杖) 아래서 갖은 곤욕을 치르다가 끝내는 처참한 옥고(獄苦)마저 치러야 했던 정지의 죽음이 그것이다. 멸왜만 부르짖다가 죽으니 정지의 약년(若年) 기백용장의 마흔 넷이었다.

293. 왜구(倭寇) 204

대체로 이상 세가지 이유, 즉 이조 초엽부터 1백18년 동안(중종 5년=1510년)을 이어내려 온 '대왜유화책', 거듭되는 유화책으로 인한 이조수군(李朝水軍)의 '사기저하'(士氣低下) 그리고 '군선(軍船)의 무실'이 삼포왜란(三浦倭亂)을 맞아 조선 수군의 자멸지경을 있게 한 주인(主因)임을 밝혀 봤지만 조선의 바다를 말함에 있어 고려(高麗)를 빼놓고 생각할 수는 없는 것이니 이 세가지 원인을 고려와 이조를 비교해 마무리지어 보겠다.

첫째, 아무리 왕권(王權)이 바뀌었다고는 하나 왜구에 대한 조선의 태도는 의당 '분탕과 구략을 일삼는 이상 왜구와는 결코 타협하지 않고 오직 고려 바다로부터 분멸추해(焚滅追海)한다'는 고려의 토왜책(討倭策)을 계승했어야 옳았다는 점이다. 고려의 '토왜책'이 왜국(倭國)을 쳐 없애버린다는 것이 아니고 왜국의 도적떼를 격멸한다는 것인 이상, 왜구를 끝까지 일벌백계의 무력으로 응징하면서도 조선과 왜국이라는 나라와 나라간의 교린과 교역은 얼마든지 가능한 것 아니겠던가.

이조의 '대왜유화책'이 삼포개항으로 인해서 생긴 '항거왜인'(恒居倭人)만 있게 했었다 해도 사정은 완연 달랐을 것이었다. '항거왜인'들이라야 어떻든 조선의 삼포(三浦) 이외의 내지(內地)에는 발을 붙일 수 없다는 것을 못박아놨던 터였으니 이른바 감호(監護)만 철저히 하면 별 힘 안들이고도 능히 다스릴 수 있었기 때문이다.

그런데 왜놈들의 등을 도닥거려 주던 '대왜유화책'이 끝내는 호랑이가 여우에게 큰절 올리는 식의 수무책(綏撫策)으로 변하면서, 조선의 벼슬을 받는 수직왜인(受職倭人), 귀화했다는 명목으로 조선의 논밭과 집터까지 받아내는 향화왜인(向化倭人), 조선과의 교역을 빙자해서 조선민에게 고리(高利)의 돈줄을 깔아놓는 흥리왜인(興利倭人), 그러고도 모자라서 바다를 밭뙈기 팔듯이 왜놈들에게 넘겨주노니 고기 잡는다는 핑계로 제맘껏 조선 바다를 드나드는 통어왜인(通漁倭人) 등속의 왜놈들이 줄래줄래 생겨나던 것이다.

이많은 종속(種屬)의 왜인들이 조선을 오락가락 해댔던 것이니 날개 퍼득대며 날아왔을 것인가. 뱃길을 트며 벌떼처럼 득실거렸던 것이다.

이통에 살판 만난 패거리가 바로 왜구였을 것임은 너무나 뻔했다. 이것들이 왜구인가하고 쫓아가면 금세 낯짝을 바꿔 '흥리왜'를 주장삼고 나서고 저것들은 필경 왜구렸다 하고 들이닥치면 약정(約定)에 준연한 '통어왜'로 둔갑되어 생떼를 부려댈 정도였다.

유화책을 등에 업은 왜인들이 세상 무서운것이 없다 하고 날뛰었을 방자함은 눈에 선한 일, 하늘이 내려앉고도 모자랄 어처구니없는 본보기가 하나 있겠다. 왜구를 금압시키겠다는 핑계로 조선으로부터 쏠쏠한 재미를 거둬들이고 있던 왜국의 주방

수호(周防守護) 대내의홍(大内義弘)[331]이란 자는 가계(家系)가 백제(百濟)의 후손이라며 조선의 땅을 하사(下賜)하라고 생떼를 부렸던 거다. 이 일이 조선 2대왕 정종(定宗) 원년의 일이니 조선의 유화책이 어떤 것이었던가는 불을 보는 듯 뻔한 일 아닌가. 정종은 대내의홍의 청을 혼쾌히 들어주려 했으나 간관(諫官)들의 결사반대로 겨우 조선의 체면을 세울 정도였던 것이다.

294. 왜구(倭寇) 205

둘째, 고려 수군에겐 싸울 적(敵)이 있었고 그 적은 하나뿐이었으나 이조의 수군에겐 적은 바다에 가득하되 싸울 적은 없었다.

이 말은 무슨 말인가. 고려의 강경일변도의 '토왜책'은 자연히 구략을 목적 삼지 않는 왜놈들 일진댄 조선 바다를 넘나들 구실을 찾지 못하게 했으니 조선해를 범경(犯境)하는 적선은 일단 왜구였고 고려 수군은 눈에 띄는 왜구를 불문곡직 쳐부수면 되는 것이었다.

그러나 이조의 수군은 '유화책'으로 생겨난 왜놈들 때문에 딱이 왜구라고 점찍고 나서기조차 어려운 실정이었으며, 정작 왜구침구의 변보를 받고 들이닥쳤을 때는 왜구는 살륙과 분탕질을 할 대로 하고난 연 후 넉살좋게 퇴거해버린 뒤가 예사였다.

이조의 '유화책' 같은 것은 아니었지만 고려도 한때는 왜구를 육지로 끌어들여 육지에서 잔멸한다는 위험천만한 육전주의(陸戰主義)를 모색해 보기도 했었다. 그 좋은 보기가 공민왕 원년 3월의 '풍도환군'(楓島還軍)이다. '풍도'에 침구한 20척의 적선단과 조우한 포왜사(浦倭使) 김휘남(金暉南)은 25척의 우세한 전선을 가지고도 싸우지 않고 퇴각해 버리는 것이다.

당시의 고려 수군은 군선 단 한척이라도 아껴야 할 운명이긴 했었다. 그러나 이

---

331 오우치 요시히로. 무로마치 시대의 다이묘. 규슈 여러 지역의 남조세력 공략에 큰 활약을 했다.

색(李穡)의 상소로 고려는 그 당장 육전주의를 폐하고 수군어적(水軍禦賊)의 수국지방(守國之方)을 삼았던 것이었다. 이색은 상재수상(常在水上)의 수군으로 왜구와 싸울 것을 상소했던 것이고 이 뜻은 곧 연합함대성격의 기동성이 탁월한 고려 수군을 낳게 했던 것이다.

어떻든 싸울 수 있는 고려 수군의 사기는 충천의 기세일 수밖에 없었고 적을 보고도 으름장만 일삼아야 했던 이조 수군은 사기가 땅에 떨어져야 했다.

고려 우왕이 정지에게 후한 상을 내려 전공(戰功)을 독려했던 것에 비해 이성계의 겉만 멀쩡한 수군의 기강 역설과 무수한 논죄(論罪)는 그 얼마나 판이 다른 것인가.

이조사회에 만연했던 수군 천시의 경향, 괴수 나가온(羅可溫)이 조선의 수군절제사(水軍節制使)와 맞먹는 '선략장군'이 된 일, 그리고 제대로 싸우지도 못하게 해놓고 틈만 있으면 간단없이 불호령을 앵기는 짓 따위에 어지간히 주눅이 들은 이조의 수군장(水軍將)들은 바다만 봐도 넌덜머리를 떨게끔 됐던 것이다. 수군장들은 그들대로 수졸들에게 화풀이를 일삼게 되니 수군의 상하(上下)는 불화를 초래하게 됐고 이런 불화의 연속은 당연히 이조 수군의 사기를 떨어뜨릴 수밖에 없었다.

고려 수군의 경우와 비해 보면 그야말로 하늘과 땅 차이의 일이었다.

정지의 '관음포대첩'은 장졸(將卒)간의 화합과 사기가 낳은 그중 빛나는 보기였다. 나주도 영암(靈岩) 앞바다에서 '관음포'로 야행(夜行)했을 때 정지는 노군(櫓軍) 틈에 섞여 노졸들과 함께 노를 저었던 것이었다. 정지의 솔선수범에 감동한 수졸들은 '섬진강구'(蟾津江口)에 이르러 앞을 다투며 척후(斥候)를 자청하게 됐고, 만약 이곳에서 척후선들의 정확한 정탐이 없었다면 '관음포해전'은 난경에 처했을 것이었다.

선단의 주력이 싸울 말도 없는 수장(水將)의 기함(旗艦)을 겹겹히 호위하며, 되살아난 왜구의 단병접전을 맞아야 했던 세종(世宗) 이후의 이조 수군과는 그 얼마나 판이 다른 것인가.

295. 왜구(倭寇) 206

세째, 태조에서 중종(中宗)에 이르는 동안의 조선 군선들은 갈피를 잡을 수 없도록 혹독한 시련을 겪어야 했다. 늘어났다간 줄어들고 줄었다가는 다시 늘고 오랜만에 기틀을 잡는가 하면 이내 엉뚱한 것으로 변해가는 과정이, 그쯤 기구할 수가 없었다.

적은 군선을 50척 혹은 1백척 단위로 묶어 왜구침구의 변보를 받자마자 허겁지겁 전장수역으로 달려가야 했던 고려 수군의 편제를 정비·개량하여 제진각포(諸鎭各浦)에 상주군선(常駐軍船)을 둔 태조는, 불과 즉위 2년에 이르러 마·보병(馬·步兵)과 '선군'(船軍) 20만8백의 군적(軍籍)과 유역자(有役者) 10만5백명, 그리고 5백87척의 군선을 확보했던 것이다.

그런데 바로 그해인 태조 2년 11월에 참으로 어처구니없는 보고가 있었다. '왜구의 침구는 이미 초식됐고 연해백성들은 다시 민생에 복업(復業)했다'는 것이었다. 태조의 '대왜유화책'에 업혀 놀아나는 관리들이 왕권의 지속에만 그 얼마나 철없이 아부·결탁됐던가를 숨김없이 드러내는 실증이었다. 왜구가 초식됐기는 커녕 그해(태조 2년)에만 아홉차례의 침구가 있었고 여덟 달 뒤에는(태조 3년) 무려 열네차례의 침구가 있었으니 말이다.

선군의 편제를 정비하고 더불어 5백87척의 군선까지 보유한 태조가 대왜유화하되 막강한 수군으로 왜구토멸에 나섰다면 사정은 딴판으로 변했을런지도 모른다. 그러나 '왜구초식'이라는 따위의 허황된 보고만 턱믿는 태조가 왜국에 대한 수무책만 숨닳게 펴며 어물어물하는 사이에 '군선을 대폭 감하고, 동북과 강원의 수군을 파(罷)하며, 종내는 기선군(騎船軍)의 전파(全罷)를 단행하여 백성의 편민위무(便民慰撫)에 기한다'는 밑도 끝도 없는, 이른바 '편민사의'(便民事宜)[332]를 들고나온 조선 2대왕 정종(定宗)이 즉위하는 것이다.

---

332 백성의 생활을 편리하게 할 알맞은 일(사항).

존망의 위기에 처한 조선의 수군을 부활시킨 왕이 제3대왕 태종(太宗)이었다.

그러나 태종 역시 즉위 원년부터 군선은 안중에도 없었고 오직 조전(漕轉)에다만 전력을 경주하던 것이다. 태종이 군선은 밀어두고 조전에다만 얼마나 심혈을 쏟았는가 하는 것은 즉위년 8월의 조운선(漕運船) 건조 엄명만 봐도 알쪼다. 태종은 즉위년에 도합 네차례의 왜구침구를 맞으면서도 임정(林整)을 삼도 (충청·경상·전라) 조운체찰사(漕運體察使)로 임명하여 무려 5백척의 조운선 건조를 명령하는 것이다. 조운선 건조로 인한 민고(民苦)가 심대하다는 명목으로 당초에 계획했던 5백척의 절반인 2백51척을 건조하고 마는 것이지만 군선은 단 한척 늘릴 생각을 마다했으니 '왜구초식이니 연해민 복업'이라는 허위보고가 그 얼마나 드셌으면 그랬겠던가.

태종이 믿는 도끼날에 발등 찍힌 격으로 화들짝 놀라 부랴부랴 군선을 증강하고 수군을 강화해 간 것은 즉위 8년 때부터였다.

쉬엄쉬엄 난을 꾀하던 왜구는 조선의 수군정책이 우왕좌왕 갈피를 못 잡는 낌새를 재꺽 알아채곤 태종 6년에는 12회, 태종 8년에는 17회나 침구하여 충청수영(忠淸水營)의 첨절제사 목을 따고 전라도의 조선(漕船)을 무더기로 훔쳐 달아났기 때문이었다.

296. 왜구(倭寇) 207

그제야 조정은 발칵 뒤집혔고 의정부(議政府)는 부랴부랴 수군강화책을 건의하기에 이른다. 의정부의 건의에 따라 태종은 '경기좌우도'(京畿左右道)·'전라도'(全羅道)·'경상도'(慶尙道)·'풍해도'(豊海道)·'강원도'(江原道)·'충청도'(忠淸道)·'서북면'(西北面=평안도)·'동북면'(東北面=함경도) 이상 8개도의 군선을 1백85척 증강할 계획을 세우고 4년 후인 태종 12년에 이 계획을 마무리지었다. 그결과 태종은 제위 12년만에 6백13척의 군선을 보유하게 됐던 것이다.

재미있는 것은 군선의 증강에 따른 왜구의 잔나비 눈치렸다. 태종 8년에 17회나 침구하던 왜구는 그 이듬해인 태종 9년에 2회 침구하여 조선의 눈치를 살피더니, 태종의 군선증강책이 강경일변도로 실현되자 태종 9년에서 14년에 이르는 5년동안 단 한번도 조선연해를 침구치 못하던 것이다. 왜구는 이쯤 조선의 군선에 대해 주눅이 들어 있었고 태종은 왜구의 이같은 얍싸한 술책 덕분에 사상 유래없는 만5년의 태평세월을 누려봤던 것이었다.

그뿐만이 아니었다. 고려 수군에 의해 발안됐던 화포의 군선장치는 태종 15년에 이르러 확고한 체제를 닦았다. 좌대언(左代言) 탁신(卓愼)의 병비사의(兵備事宜)를 빌어 태종 말엽적의 막강한 수군의 화력을 구경해 볼꺼나.

"화통으로 무장된 병선이 1백60쌍이 된다 하오나 일만여 병(柄)의 화통으로는 방왜에 충당되지 못할 터인즉 이만여 근분의 화통을 증조하여 방왜지책에 임함이 옳을 것이오이다."

태종은 그때(태종 15년=1415년) 벌써 화포로 무장된 군선을 1백60쌍이나 가지고 있었고 화포만도 1만여 병(柄)을 확보했던 것이다.

태종 말엽의 믹깅한 수군에 의해 거진 소멸지경에 이르렀던 왜구는 제4대왕 세종(世宗)이 즉위하자, 바로 즉위 원년에 일곱차례나 조선 수군을 건드려놓고 봤다. 세종은 원년(1419년)에 대마도 정벌을 시도해보더니 제위 30년 동안을 줄곧 '대왜교린책'으로만 일관했던 것이다. 무려 13종의 군선을 건조해냈고 8백29척이라는 유래없는 대수군(大水軍)을 편제해놓고도 말이다.

조선 수군의 군선은 7대왕 세조(世祖)에 이르러 거진 쓸모없는 막장신세로 치닫게 됐다. 이른바 세조의 '맹선제 확립'(猛船制確立)이요, 13종의 군선이 대·중·소맹선과 무군선(無軍船)이라는 네가지로 묶여버리는, 병조선(兵漕船) 체제였던 것이다.

세조의 '병조선'은 상장(上粧)[333]을 하면 병선이요 상장을 뜯어내면 곧 조운선이라는 소위 '대선시상장'(大船施上粧) 용어전공(用於戰攻)이요, 거상장(去上粧)이면 용

---

333 (상여나 가마, 배 등의)지붕 마루에 장식하거나 얹는 것. 上裝.

어조운(用於漕運)이노라[334]'하는 별난 발상에서 비롯됐던 것이다.

조선은 왜구를 잔멸해버릴 수 있는 두차례의 기회를 놓친 것이었다. 태종조의 막강한 화력을 갖춘 수군이 그 첫번째요, 세종조의 대수군이 그 두번째다.

삼포왜란을 맞아 종의성의 공략선 5척을 격침시킨 병선도 용케 명맥을 이어 살아남았던 '경쾌선'(輕快船)이었다. '맹선'(猛船)은 닻을 내린 채로 모두 분멸될 신세였으니, 삼판(杉板=외판)·비하곡목(飛荷曲木=船首板)·축판(선미판船尾板)[335]만 엉성하게 짠 야릇한 군선이었던 것이다. 종의성의 비양질대로 '미포의 곳간'인 '맹선'이 어떻게 왜구와 맞싸워 볼 수 있었겠던가.

〈2권에서 계속〉

---

334 '큰 배의 지붕마루에 장착해서는 전쟁에 사용하고 제거하면 식량운송(조운)에 사용한다'
335 고물비우(非雨). 하방판(荷防板).

작가연보

천승세 年譜

1939년   전남 목포 출생

1958년   동아일보 신춘문예에 〈점례와 소〉 당선.

        단편 〈내일〉(현대문학.10월)이 1회 추천.

1959년   단편 〈犬族〉(현대문학.2월) 2회 추천완료. 단편 〈운전수'〉(대중문예.5)

        〈예비역〉(현대문학.7월) 발표.

1960년   단편 〈四流〉(현대문학.10월), 〈解散〉(현대문학.3월),

        〈姉妹〉(학생예술.3월), 〈쉬어가는 사람들〉(목포문학.3월) 발표.

1961년   단편 〈矛와 盾〉(자유문학.9월), 〈花嶹里 숫례〉(현대문학.11월),

        〈살모사와 달〉(소설계) 발표. 성균관대학교 국어국문학과 졸업.

1962년   단편 〈누락골 이야기〉(신사조.3월), 〈春農〉(토픽투데이),

        〈째보선장〉(신사조) 발표.

1963년   단편 〈憤怒의 魂〉(자유문학.2월), 〈물꼬〉(한양.12월) 발표.

1964년   단편 〈봇물〉(신동아.10월), 〈村家一話〉(한양), 〈麥嶺〉(한양.6월) 발표.

        1월 경향신문 신춘문예에 희곡 〈물꼬〉(1막) 입선, 3월 국립극장 장막

        극 현상모집에 〈滿船〉(3막 6장) 당선.

1965년   희곡 〈등제방죽 혼사〉(農園.11월) 발표.

        1월 한국일보사 제정 제1회 한국연극영화예술상 희곡상 수상.

1968년   단편 〈맨발〉(신동아.6월), 〈砲大領'〉(세대.10월),

        희곡 〈봇물은 터졌어라우〉(농원), 중편 〈獨湯行〉(현대문학.9월) 발표.

1969년   단편 〈분홍색'〉(월간문학.1월) 발표. 한국일보사 입사.

1970년   단편 〈從船〉(월간문학.4월), 〈그날의 초록〉(월간문학.10월),

        〈感淚練習〉(현대문학.12월) 발표.

1971년   단편 〈돼지네집 경사〉(월간문학.4월), 〈貧農〉(신상.9월),

　　　　〈主禮記〉(신동아.10월) 발표. 제1창작집《感淚練習》(문조사) 출간.

1972년   제2창작집《獨湯行》출간. 한국일보사 퇴사.

1973년   단편 〈누락골 보리풍년〉(독서신문),〈배밭굴 청무구리〉(여성동아.4월),

　　　　〈달무리〉(한국문학.11월), 〈불〉(창작과 비평.겨울),

　　　　중편 〈落月島〉(월간문학.1월) 발표.

　　　　3월~5월 북양어선에 승선하여 북양어업 실태 취재.

1974년   단편 〈朔風〉(문학사상.3월), 〈雲州童子像〉(서울평론.5월),

　　　　〈暴炎〉(월간중앙.8월), 〈黃狗의 비명〉(한국문학.8월) 발표.

　　　　소년장편소설 〈깡돌이의 서울〉(학원1974.7~1976.3) 연재.

　　　　한국문인협회 소설분과위원장 被選.

1975년   단편 〈산57통 3반장〉(전남매일), 〈義峰外叔〉(전남매일),

　　　　〈種豚〉(독서생활.12월) 발표. 3창작집《黃狗의 비명》(창작과 비평) 출간.

　　　　8월 창작과 비평사 제정 제2회 만해문학상 수상.

1976년   단편 〈백중날〉(뿌리깊은 나무.창간호), 〈토산댁〉(월간중앙.2월),

　　　　〈돈귀살〉(한국문학.11월) 발표. 장편소설 〈四季의 候鳥〉(전남매일) 연재,

　　　　장편소설 〈落果를 줍는 기린〉(여성동아1976.10~1978.3) 연재.

1977년   단편 〈방울 소리〉(여원.12월), 〈인천비 서울비〉(독서신문), 〈뙷불〉(소설문예),

　　　　〈梧桐秋夜〉(문학사상.6월), 〈斜鼻先生〉(월간중앙.10월),

　　　　〈쌍립도 可絶이여〉(기원) 발표. 중편소설 〈李次道 福順傳〉(소설문예),

　　　　〈神弓〉(한국문학.7월) 발표. 4창작집《神弓》(창작문화사) 출간.

1978년   장편소설 〈黑色航海燈〉(소설문예.2,3월) 2회 연재되고 중단.

〈奉棋士의 다락방〉(월간바둑.1977.5~1978.7) 연재,

단편 〈혜자의 눈꽃〉(문학사상),〈細雨〉(문예중앙),

〈꿈길밖에 길이 없어〉(월간중앙.9월) 발표.

장편소설집《깡돌이의 서울》(금성출판사),《四季의 候鳥 상.하》(창작과 비평),

《落果를 줍는 기린》 출간.

1979년   단편 〈靑山〉(독서신문) 발표. 산문집《꽃병 물 좀 갈까요》(지인사),

5창작집《혜자의 눈꽃》(한진) 출간.

1980년   단편 〈不眠의 章〉(음양과 한방.2월), 중편 〈天使의 발〉 발표.

1981년   장편소설 〈船艙〉(광주일보1981.1~1982.10.30.) 연재.

1982년   제4회 聲玉文化賞 예술부문 大賞 수상.

1983년   꽁뜨집《대중탕의 피카소》(우석) 출간.

국제 PEN 클럽 한국본부 이사 被任.

1984년   단편 〈彈奏의 詩〉(예술계.12월),

장편소설 〈氷燈〉(한국문학1984.8~1986.2) 연재.

1985년   단편 〈滿月〉(동아일보) 발표. 국제 PEN클럽 한국본부 이사 重任.

1986년   단편 〈耳公〉 발표. 꽁뜨집《하느님은 주무시네》 출간.

자유실천문인협의회 상임고문 被任.

대표작품선《砲大領-상》,《이차도 福順傳-하》(한겨레) 출간.

1987년   꽁뜨집《소쩍새 울 때만 기다립니다》(장백) 출간.

1988년   수필집《나무늘보의 디스코》(삼중당) 출간.

1989년   시 〈丑時春蘭〉 외 9편(창작과 비평.가을) 발표.

1990년　장편소설 〈순례의 카나리아〉(주간여성1990.6.15.~1991.4.28.) 연재.

　　　　장편소설 〈黑色航海燈-氷燈 2부〉(옵서버1990.5~1991.3) 연재.

1993년　에세이집 《번데기가 자라서 하늘을 난다》(열린세상),

　　　　낚시에세이집 《하느님 형님 입질 좀 봅시다》(열린세상) 출간.

　　　　중편소설집 《落月島》(예술문화사) 출간.

1995년　시집 《몸굿》(푸른숲) 출간.

2007년　소설선집 《黃狗의 비명》(책세상) 출간.

2016년　시집 《山棠花》(문학과 행동) 출간.

2020년　암으로 투병중 전신으로 암세포가 전이되어 약 2개월 와병 후

　　　　11월 27일 영면.